Europa, am Vorabend des Jahres 1666. Es sind furchterfüllte Zeiten, das »Jahr der Apokalypse« steht bevor. Inmitten der Unruhe macht der Antiquar und Kuriositätenhändler Baldassare gute Geschäfte, besonders mit einem geheimnisvollen Buch, das ihm in die Hände fällt. Doch erst viel später wird ihm die eigentliche Bedeutung des Buches klar. Er setzt alles daran, das Buch zurückzubekommen, und begibt sich auf eine abenteuerliche Suche: über Tripolis nach Smyrna und Konstantinopel, nach Genua, Lissabon und London, wo ein verheerender Brand tatsächlich das Ende der Welt anzukündigen scheint ...

Amin Maalouf, geboren 1949 im Libanon, lebt als Journalist und Schriftsteller in Paris. Er gilt als anerkannter Spezialist für Fragen der arabischen Welt und ist Mitglied der Académie française. Seine Romane wurden zu international erfolgreichen Bestsellern, 1993 wurde er mit dem Prix Goncourt ausgezeichnet. Zuletzt erschien im insel taschenbuch sein Roman *Der Geograph des Papstes* (it 4129).

insel taschenbuch 4305

Amin Maalouf

Die Reisen des Herrn Baldassare

AMIN MAALOUF

Die Reisen des Herrn Baldassare

Roman

Aus dem Französischen
von Ina Kronenberger

Insel Verlag

Die Originalausgabe erschien 2011 unter dem Titel
Le périple de Baldassare, Paris: Grasset 2000

Umschlagabbildung: Ludwig Deutsch, The Scribe, 1911
Foto: Christie's Images/The Bridgeman Art Library, Berlin

Veröffentlicht mit der Unterstützung des
französischen Kulturministeriums (Centre National du Livre)

Ouvrage publié avec le concours du Ministère français
chargé de la culture – Centre National du Livre

Erste Auflage 2014
insel taschenbuch 4305
Insel Verlag Berlin 2014

Vertrieb durch den Suhrkamp Taschenbuch Verlag
Umschlaggestaltung: Rothfos & Gabler, Hamburg
Druck: Druckhaus Nomos, Sinzheim
Printed in Germany
ISBN 978-3-458-36005-6

Für Andrée

Heft 1
Der Hundertste Name

Vier lange Monate trennen uns noch vom Jahr des Tieres, und doch ist es schon da. Sein Schatten legt sich wie ein Schleier vor unsere Augen und vor die Fenster unserer Häuser.

Die Leute um mich herum reden von nichts anderem mehr. Vom nächsten Jahr, den Vorboten, den Weissagungen … Bisweilen denke ich: Soll es nur kommen! Soll es endlich seinen Sack voller Wunder und Übel ausleeren! Doch dann besinne ich mich eines Besseren, rufe mir all die schönen, gewöhnlichen Jahre in Erinnerung, als die Tage noch in Erwartung der glücklichen Abende verstrichen. Und ich verfluche von ganzem Herzen die Anbeter der Apokalypse.

Wie hat diese Torheit ihren Anfang genommen? Wer hat sie sich ausgedacht? Unter welchen Himmeln? Ich könnte es nicht mit Gewißheit sagen, und doch, in gewisser Weise, weiß ich es. Ich habe die Angst gesehen, habe die ungeheuerliche Angst entstehen, wachsen und sich ausbreiten sehen, habe erlebt, wie sie sich in die Köpfe geschlichen hat, in die meiner Angehörigen, sogar in meine eigenen Sinne, ich habe gesehen, wie sie die Vernunft mit Füßen getreten, zu Fall gebracht, gedemütigt und alsbald verschlungen hat.

Ich habe gesehen, wie die schönen Tage nach und nach verschwanden.

Bis jetzt war mein Leben völlig unbeschwert gewesen. Es ging mir gut, und ich nahm an Körperfülle und Wohlstand zu, in jedem Jahr ein wenig mehr, und begehrte nichts, was nicht greifbar gewesen wäre. Meine Nachbarn empfanden mehr Ehre für mich als Neid.

Doch plötzlich überstürzen sich die Dinge um mich herum.

Dieses seltsame Buch, das mit einem Mal auftaucht und durch meine eigene Schuld wieder verschwindet …

Der Tod des alten Idriss, für den mich doch kein Mensch verantwortlich macht, außer mir selbst.

Und diese Reise, die ich am Montag antreten werde, trotz meiner Vorbehalte. Eine Reise, von der ich, wie mir heute scheint, nicht wiederkehren werde.

Wenn ich also diese ersten Zeilen in dieses neue Heft eintrage, dann geschieht das nicht ohne Besorgnis. Noch weiß ich nicht, in welcher Form ich von den Vorfällen, die sich ereignet haben, und von denen, die sich ankündigen, berichten werde. Als einfacher Tatsachenbericht? Als Tagebuch? Als Reisebuch? Oder als Testament?

Vielleicht sollte ich zunächst von dem Mann berichten, der als erster meine Ängste vor dem Jahr des Tieres geweckt hat. Er hieß Jewdokim, war ein Pilger aus Moskau, der vor ungefähr siebzehn Jahren an meine Tür klopfte. Wieso *ungefähr*? Das genaue Datum ist in meinen Geschäftsbüchern verzeichnet. Es war der zwanzigste Tag im Dezember 1648.

Ich habe schon immer alles aufgeschrieben, vor allem die winzigen Details, die ich sonst vergessen hätte.

Bevor er in mein Geschäft trat, hatte sich der Mann mit zwei gestreckten Fingern bekreuzigt und sich dann gebückt, um nicht gegen den kleinen steinernen Türbogen zu stoßen. Er trug einen dicken schwarzen Mantel, hatte Hände wie ein Holzfäller, kräftige Finger, einen dichten, blonden Bart, aber winzige Augen und eine schmale Stirn.

Unterwegs ins Heilige Land, hatte er nicht zufällig bei mir haltgemacht. Man hatte ihm in Konstantinopel meine Adresse gegeben und hinzugefügt, daß er hier, und nur hier, überhaupt Aussichten hätte, zu finden, was er suchte.

»Ich würde gern mit Signor Tommaso sprechen.«

»Das war mein Vater«, sagte ich. »Er ist vergangenen Juli verstorben.«

»Möge Gott ihn in das Himmelreich aufnehmen!«

»Möge Er auch die heiligen Toten Eurer Familie aufnehmen!«

Das Gespräch hatte auf griechisch stattgefunden, der einzigen Sprache, die uns gemeinsam war, obschon weder er noch ich sie fließend sprachen. Ein zögerliches, unsicheres Gespräch, aufgrund der Trauer, die für mich nach wie vor schmerzhaft, für ihn unerwartet war, aber auch dadurch, daß er zu einem »abtrünnigen Papisten« und ich zu einem »verirrten Schismatiker« sprach. So lag uns sehr viel daran, kein Wort zu sagen, das den Glauben des anderen hätte verletzen können.

Nach einem Augenblick des Schweigens fuhr er fort:

»Ich bedaure sehr, daß Ihr Vater uns verlassen hat.«

Als dies gesagt war, ließ er den Blick über das Ladeninnere schweifen, suchte das Durcheinander aus Büchern, antiken Figuren, Gläsern, bemalten Vasen und ausgestopften Falken zu ergründen und fragte sich im stillen, aber er hätte sich ebensogut laut äußern können, ob denn ich, da mein Vater nicht mehr da war, trotz allem eine gewisse Hilfe für ihn sein könnte. Ich war bereits dreiundzwanzig, doch mein rundliches und rasiertes Gesicht trug gewiß noch kindliche Züge.

Ich nahm Haltung an, und stellte mich, das Kinn nach vorn gestreckt, vor:

»Mein Name ist Baldassare, ich habe die Nachfolge übernommen.«

Mein Besucher gab durch nichts zu erkennen, daß er mich gehört hatte. Er ließ seinen Blick weiterhin über die tausend Schätze um ihn herum gleiten, mit einer Mischung aus Verzauberung und Angst. Von allen Kuriositätenläden war unserer seit hundert Jahren der am besten ausgestattete und angesehenste im ganzen Orient. Die Leute kamen von überall her, um uns zu besuchen, aus Marseille, London, Köln, Ancona ebenso wie aus Smyrna, Kairo und Isfahan.

Nachdem er mich ein letztes Mal gemustert hatte, schien er einen Entschluß gefaßt zu haben.

»Ich bin Jewdokim Nikolajewitsch und komme aus Woronesch. Man hat mir Euer Haus aufs höchste empfohlen.«

Auch ich befleißigte mich nun eines vertraulichen Tons, denn es war meine Art, liebenswürdig zu sein.

»Wir betreiben seit vier Generationen diesen Handel. Meine Familie stammt aus Genua, aber es ist lange her, daß sie sich in der Levante niedergelassen hat …«

Er nickte mehrmals mit dem Kopf, womit er anzeigen wollte, daß ihm diese Dinge bestens bekannt waren. In der Tat, wenn man ihm in Konstantinopel von uns erzählt hat, ist dies das erste, was er erfahren haben mußte. »Die letzten Genuesen in diesem Teil der Welt.« Ich lächelte und schwieg. Er hingegen drehte sich zur Tür und brüllte einen Vornamen und einen Befehl. Ein Diener eilte herbei, ein kleiner, korpulenter Mann in schwarzer Pluderhose, eine flache Mütze auf dem Kopf , die Augen gesenkt. In der Hand trug er eine Kassette, deren Deckel er aufklappte, um ein Buch zu entnehmen, das er seinem Herrn reichte.

Ich dachte zunächst, er habe die Absicht, es mir zum Kauf anzubieten, und war sofort auf der Hut. Im Kuriositätenhandel lernt man sehr bald, sich vor Leuten in acht zu nehmen, die mit wichtiger Miene daherkommen, ihre Herkunft und ihre vornehmen Beziehungen aufsagen, nach rechts und links Befehle erteilen und letzten Endes nur irgendeine Kleinigkeit verkaufen wollen. Einzigartig in ihren Augen und daher auch einzigartig auf der Welt. Wenn man ihnen sodann einen Preis nennt, der nicht dem entspricht, den sie sich in den Kopf gesetzt haben, sind sie entrüstet und fühlen sich nicht nur hereingelegt, sondern regelrecht beleidigt. Unter lauten Drohungen gehen sie schließlich weg.

Mein Besucher suchte mich sogleich zu beruhigen: Er sei bei mir, weder um zu verkaufen noch um zu handeln.

»Dieses Buch ist vor wenigen Monaten in Moskau gedruckt worden«, sagte er, »und schon ist es dort überall bekannt.«

Er zeigte auf den Titel in kyrillischer Schrift und rezitierte voller Inbrunst: »kniga o were …«, bevor ihm klar wurde, daß er es mir übersetzen mußte: »Das Buch des einen Glaubens, des wahrhaftigen und orthodoxen.« Er beobachtete mich aus den Augenwinkeln, um zu sehen, ob diese Worte mein Papistenblut in Wallung brachte. Ich zeigte keinerlei Regung. Weder äußerlich noch innerlich. Nach außen trug ich das höfliche Lächeln des Kaufmanns zur Schau, im Inneren lächelte ich spöttisch.

»Das Buch kündigt an, daß die Apokalypse vor unserer Tür steht!«

Er zeigte mir eine Seite am Ende des Buches.

»Hier steht ausdrücklich geschrieben, daß der Antichrist, gemäß der Schrift, im Jahr des Papstes 1666 erscheinen wird.«

Er wiederholte die Zahl vier- oder fünfmal, wobei er die Zahl »tausend« am Anfang jedesmal ein wenig mehr verschluckte. Daraufhin sah er mich an und wartete, wie ich mich verhalten würde. Ich hatte wie jedermann die Offenbarung des Johannes gelesen und einen Augenblick bei den rätselhaften Sätzen im 13. Kapitel gestockt: »Wer Verstand hat, der überlege die Zahl des Tieres; denn es ist eines Menschen Zahl, und seine Zahl ist sechshundertundsechsundsechzig.«

»Es steht geschrieben 666 und nicht 1666«, warf ich schüchtern ein.

»Man muß blind sein, um ein derart offenkundiges Zeichen nicht zu sehen!«

Ein Zeichen! Wie oft habe ich nicht dieses Wort gehört, ebenso wie das Wort ›Omen‹. Alles wird zum Zeichen oder zum Omen für denjenigen, der auf der Lauer liegt, bereit zu deuten, bereit, Übereinstimmungen und Ähnlichkeiten zu finden. Die Welt ist voll von diesen unermüdlich auf Zeichen lauernden Menschen – ich habe sie kennengelernt in diesem Laden! Die ganz Verzückten wie die ganz Düsteren!

Jener Jewdokim schien über meine diesbezügliche Gelassenheit verwundert, die in seinen Augen gleichermaßen meine Unwissenheit wie meine mangelnde Gottesfurcht verriet. Da ich ihn nicht kränken wollte, mußte ich mich überwinden und sagen:

»Das alles ist tatsächlich seltsam und beunruhigend …« Oder etwas in dieser Art.

Beruhigt fuhr der Mann fort: »Wegen dieses Buchs bin ich

hierhergekommen. Ich suche Texte, die mir Klarheit verschaffen können.«

Hier horchte ich auf. Ich konnte ihm in der Tat vielleicht helfen.

Ich muß hinzufügen, daß sich das Wohlergehen unseres Hauses im Verlauf der letzten Jahrzehnte auf die Vorliebe des Christentums für alte orientalische Bücher gegründet hat – vornehmlich griechische, koptische, hebräische und syrische –, die die ältesten Wahrheiten des Glaubens zu enthalten schienen und die von den Königshäusern, vor allem in Frankreich und England, gesucht wurden, um ihren Standpunkt im Streit zwischen den Katholiken und den Befürwortern der Reformation zu stützen. Meine Familie hat fast ein Jahrhundert lang die orientalischen Klöster bereist, um nach solchen Handschriften zu suchen, die sich heute zu Hunderten in der Bibliothèque Royale de Paris oder der Bodleian Library of Oxford befinden, um nur die wichtigsten zu nennen.

»Ich habe nicht viele Bücher, die eigens von der Apokalypse handeln, und noch weniger, die die Zahl des Tieres kommentieren. Allerdings habt Ihr hier …«

Und ich zeigte ihm ein paar Bücher, zehn oder zwölf in verschiedenen Sprachen, beschrieb detailliert ihren Inhalt und las bisweilen die Kapitelüberschriften vor. Diese Seite meines Berufes ist mir nicht zuwider. Ich glaube, ich habe den rechten Ton und das rechte Auftreten. Aber mein Besucher zeigte nicht das Interesse, das ich hatte auslösen wollen. Bei jedem Buch, das ich erwähnte, gab er durch kleine Gesten, durch abschweifende Blicke seine Enttäuschung, seine Ungeduld zu verstehen.

Schließlich begriff ich.

»Man hat Euch von einem ganz bestimmten Buch erzählt, nicht wahr?«

Er nannte einen Namen, wobei er sich in den arabischen Lauten verstrickte, aber es fiel mir nicht schwer, ihn zu verstehen. Abu-Maher al-Mazandarani. Um ehrlich zu sein, hatte ich diesen Namen fast erwartet.

Wer sich für alte Bücher begeistert, kennt dieses Buch von Mazandarani. Vom Hörensagen, denn nur wenige Menschen haben es bisher in Händen gehalten. Ich weiß im übrigen noch immer nicht, ob das Buch tatsächlich existiert oder ob es je existiert hat.

Ich will mich erklären, denn ich werde bald den Eindruck erwecken, Widersprüchliches aufzuschreiben: Wenn man sich in die Bücher bestimmter berühmter und anerkannter Autoren vertieft, findet man oftmals dieses Buch erwähnt; dann wird behauptet, daß einer seiner Freunde, einer seiner Herren es früher in seiner Bibliothek hatte ... Hingegen habe ich niemals aus einer anerkannten Feder eine zweifelsfreie Bestätigung der Existenz dieses Buches gefunden. Kein Mensch behauptet klipp und klar: »Ich habe es«, »Ich habe darin geblättert«, »Ich habe es gelesen«, keiner zitiert Abschnitte daraus. Mit der Folge, daß die seriösesten Händler ebenso wie die meisten Gelehrten davon überzeugt sind, daß es das Buch nie gegeben hat und daß die wenigen angeblichen Kopien, die von Zeit zu Zeit auftauchen, das Werk von Fälschern und Betrügern sind.

Das legendäre Buch trägt den Titel *Die Enthüllung des verborgenen Namens*, aber man nennt es gemeinhin *Der Hundertste Name*. Sobald ich dargelegt habe, um welchen Namen es sich handelt, wird man verstehen, wieso es stets so begehrt gewesen ist.

Jedermann weiß, daß im Koran neunundneunzig Namen für Gott erwähnt sind, manche ziehen es vor, von ›Beinamen‹ zu sprechen. Der Barmherzige, der Rächer, der Scharfsinnige, der Sichtbare, der Allwissende, der Richter, der Erbe ... Und diese Zahl, bestätigt durch die Tradition, hat stets bei wißbegierigen Geistern zu der sich nahezu aufdrängenden Frage geführt: Könnte es nicht zur Vervollständigung dieser Zahl einen hundertsten Namen geben, der irgendwo verborgen steht? Zitate des Propheten, die von einigen Schriftgelehrten angefochten, von anderen hingegen für echt gehalten werden, bestätigen, daß es durchaus einen höchsten Namen gibt, den es nur auszusprechen gelte, um jedwede Gefahr abzuwenden und um vom Himmel jeden nur erdenklichen Dienst erwiesen zu bekommen. Noah war er bekannt, heißt es, und so hatte er sich mit den Seinen vor der Sintflut retten können.

Es fällt nicht schwer, sich vorzustellen, welche außergewöhnliche Anziehungskraft ein Buch hat, das vorgibt, ein solches Geheimnis preiszugeben, in diesen Zeiten, in denen die Menschen eine neue Sintflut fürchten. Ich habe in meinem Laden allerlei Persönlichkeiten ein und aus gehen sehen, einen Barfüßermönch, einen Alchimisten aus Täbris, einen osmanischen Feldherrn, einen Kabbalisten aus Tiberias, die allesamt auf der Suche nach diesem Buch waren. Ich habe es stets als meine Pflicht angesehen, diesen Leuten zu erklären, warum es in meinen Augen nur ein Trugbild war.

Haben sie meiner Argumentation gelauscht, geben meine Besucher in aller Regel die Hoffnung auf. Die einen sind enttäuscht, die anderen beruhigt: Wenn sie das Buch schon nicht bekommen können, wollen sie lieber glauben, kein Mensch auf der Welt könne es besitzen …

Die Reaktion des Moskowiters entsprach keiner der beiden genannten. Zunächst schien er amüsiert, als wollte er zeigen, daß er kein Wort von dem glaubte, was ich ihm als Händler auftischte. Als ich, gereizt von seinem Mienenspiel, das Gespräch unterbrach, sagte er plötzlich ganz ernst und nahezu flehentlich:

»Verkauft es mir, ich gebe Euch auf der Stelle alles Gold, das ich besitze!«

Mein armer Freund, hätte ich am liebsten zu ihm gesagt, Ihr habt Glück, daß Ihr an einen ehrlichen Kaufmann geraten seid. Es fehlt auf dieser Welt nicht an Schurken, die Euch unverzüglich um Euer Gold erleichtern würden!

Geduldig setzte ich meine Erklärung fort, warum dieses Buch meiner Kenntnis nach nicht existierte und daß das Gegenteil einzig von naiven und leichtgläubigen Autoren oder aber von Schwindlern behauptet würde.

Je mehr Argumente ich anführte, um so mehr stieg ihm das

Blut zu Gesicht. Wie ein zum Tode verurteilter Kranker, dem man gelassen und mit einem Lächeln auf den Lippen nahezubringen versucht, daß es die Arznei, von der er sich Heilung versprach, noch nicht gibt. In seinen Augen sah ich nicht Enttäuschung oder Resignation und auch nicht Ungläubigkeit, sondern Haß, die Tochter der Angst. Ich verkürzte meine Ausführungen, um sie mit einer klugen Schlußfolgerung zu beschließen:

»Gott allein kennt die Wahrheit!«

Der Mann hörte mir nicht länger zu. Er war auf mich zugegangen, hatte mich mit seinen mächtigen Händen bei meinen Kleidern gepackt, mich zu sich herangezogen und zerdrückte mir das Kinn an seiner kräftigen Brust. Ich glaubte, er wolle mich erwürgen oder meinen Kopf an der Wand zerschmettern. Glücklicherweise näherte sich in diesem Augenblick sein Diener, berührte ihn am Arm und flüsterte ihm etwas ins Ohr. Beruhigende Worte, nehme ich an, denn sein Herr ließ mich augenblicklich los, um mich mit verächtlicher Miene zurückzustoßen. Dann verließ er den Laden, nicht ohne in seiner Sprache noch einen Fluch auszustoßen.

Ich habe ihn niemals wiedergesehen. Und wahrscheinlich hätte ich seinen Besuch und seinen Namen vergessen, wenn nicht mit seinem Auftauchen ein seltsamer Besucherstrom eingesetzt hätte. Ich brauchte Zeit, es zu bemerken, doch aus heutiger Sicht bin ich dessen gewiß: Die Leute, die nach jenem Jewdokim zu mir kamen, waren nicht mehr die gleichen, sie benahmen sich vollkommen anders. Hatte nicht der Pilger aus Moskau jene Angst in seinem Blick, die einige als ›heilig‹ bezeichnen würden? Ich konnte diese Angst von nun an in den Blicken aller erkennen, und mit ihr jene Ungeduld und Eile, jenes ängstliche Beharren.

Es ist dies nicht allein ein Eindruck. Hier spricht nun der Kaufmann, die Finger auf seinem Geschäftsbuch: Seit dem Besuch dieses Mannes ist kein Tag vergangen, an dem man mir nicht von der Apokalypse, dem Antichristen, dem ›Tier‹ und seiner Zahl erzählt hätte.

Warum soll ich es nicht freiheraus sagen, die Apokalypse hat mir im Verlauf der letzten Jahre den größten Teil meiner Einnahmen beschert. Ja, das ›Tier‹ ist es, das mich kleidet, das ›Tier‹ ist es, das mich ernährt. Sobald sich nur eine Spur davon in einem meiner Bücher zeigt, strömen die Käufer von überall herbei, sitzt ihnen der Geldbeutel locker. Alles läßt sich zu teuren Preisen verkaufen. Die gelehrtesten Werke wie die haltlosesten Schriften. Ich hatte in meinen Beständen gar eine gewisse *Minutiöse Beschreibung des Tieres und der zahlreichen Monster der Apokalypse*, in lateinischer Sprache, mit vierzig Zeichnungen zum Beweis …

Doch obschon mir diese krankhafte Hysterie meinen Wohlstand sichert, erfüllt sie mich auch mit Unruhe.

Ich bin kein Mann, der sich kurzlebigen Torheiten hingibt, ich weiß meine Vernunft zu wahren, auch wenn alles um mich herum in heller Aufregung ist. Doch ich gehöre auch nicht zu jenen Stumpfsinnigen und Anmaßenden, die ihre Ansichten entwickeln wie Austern ihre Perlen und sich allem verschließen. Ich habe meine Vorstellungen, meine Überzeugungen, aber ich bin nicht unempfänglich für das, was in der Welt geschieht. Diese sich ständig ausbreitende Angst kann ich nicht länger ignorieren. Und sollte ich auch davon überzeugt sein, daß die Welt verrückt wird, könnte ich diesen Irrsinn nicht einfach abtun. Ich kann noch so sehr lachen, mit den Schultern zucken, gegen die Dummheit und ihren Unverstand wettern, die Sache läßt mich nicht los.

In meinem inneren Kampf zwischen Vernunft und Unvernunft hat letztere die meisten Punkte erzielt. Die Vernunft protestiert, lacht hämisch, zeigt sich störrisch, widersetzt sich, und ich verfüge noch immer über ausreichend klaren Verstand, um diese Konfrontation mit einem gewissen Abstand zu betrachten. Aber gerade dieser Rest an klarem Verstand wird mich dazu zwingen einzugestehen, daß die Unvernunft über mich siegt. Sollte dies so weitergehen, werde ich eines Tages nicht mehr in der Lage sein, solche Sätze zu schreiben. Womöglich werde ich sogar auf diese Seiten zurückblättern und das Geschriebene ausstreichen, weil das, was ich heute Unvernunft nenne, dann meine Überzeugung sein wird. Sollte dieser Mensch, dieser Baldassare, eines Tages – so Gott will – Oberhand gewinnen, werde ich ihn verabscheuen und verachten und verfluchen mit allem, was mir an Verstand und Ehre noch bleibt.

Meine Worte sind, wie ich wohl weiß, kaum von innerer Gelassenheit geprägt, was daran liegt, daß sich die Gerüchte, die diese Welt übertönen, bei mir festgesetzt haben. Worte wie die von Jewdokim höre ich fortan in meinem eigenen Haus.

Was im übrigen meine eigene Schuld ist.

Vor anderthalb Jahren, als meine Geschäfte ununterbrochen florierten, bat ich die beiden Söhne meiner Schwester Plaisance, mich im Geschäft zu unterstützen, damit sie sich an den Umgang mit Raritäten gewöhnten, um eines Tages meine Nachfolge antreten zu können. Vor allem von dem älteren, Jaber, erhoffte ich mir viel. Er ist ein fleißiger, gründlicher, strebsamer junger Mann, schon jetzt fast ein Gelehrter, noch bevor er erwachsen ist. Im Gegensatz zu seinem jüngeren Bruder, Habib, der dem Studium wenig zugeneigt war und stets durch die Straßen streifte. Von diesem versprach ich mir weniger. Gleichwohl hoffte ich, daß er etwas ruhiger werden würde, wenn er eine erste Verantwortung zu tragen hatte.

Vergebliche Liebesmüh. Habib wurde, als er älter wurde, zu einem unverbesserlichen Verführer. Ständig am Ladenfenster auf der Lauer, verteilt er großzügig Komplimente und sein Lächeln, und zu allen erdenklichen Zeiten muß er zu geheimnisvollen Treffen, deren Gegenstand ich mühelos erraten kann. Wie viele Frauen aus unserem Viertel, die mit dem Tonkrug zum Brunnen wollen, halten den Weg an unserem Fenster vorbei für den kürzeren … Habib, »Liebster«, selten sind die Spitznamen unschuldig.

Jaber hingegen hält sich stets im hinteren Teil des Ladens auf. Sein Gesicht wird immer blasser, da er nicht an die Sonne kommt. Er liest, kopiert, notiert, ordnet, studiert, vergleicht.

Wenn sich seine Züge bisweilen aufhellen, dann nicht wegen der Tochter des Schuhmachers, die am Ende der Straße auftaucht und mit aufreizendem Schritt näher kommt, sondern weil er auf Seite zweihundertsiebenunddreißig des *Kommentars der Kommentare* bestätigt findet, was er am Abend zuvor bei der Lektüre der *Letzten Exegese* zu erraten vermeint hatte … Ich begnüge mich bei schwerverständlichen, trockenen Werken damit, sie lediglich zu überfliegen, aus Berufsgründen und nicht ohne zahllose Stoßseufzer. Nicht er. Er scheint sich daran zu ergötzen, als handele es sich um die saftigsten Leckerbissen.

Um so besser, dachte ich anfangs. Ich war nicht unglücklich, ihn so fleißig zu sehen, stellte ihn seinem Bruder als Vorbild hin und fing sogar an, ihm einige Aufgaben zu übertragen. Die pedantischsten Kunden vertraute ich ihm ohne Zögern an. Er führte stundenlange Debatten mit ihnen, und obgleich der Verkauf nicht sein vorrangigstes Ziel war, brachte er sie schließlich dazu, Berge von Büchern zu erwerben.

Ich könnte mich eigentlich glücklich schätzen, hätte er nicht damit angefangen, auch mir mit dem Eifer seiner Jugend ärgerliche Vorträge zum bevorstehenden Ende der Zeiten und über die Vorzeichen, die es ankündigten, zu halten. War dies der Einfluß seiner Lektüre? Oder gewisser Kunden? Anfangs hatte ich geglaubt, es würde genügen, wenn ich ihm wohlwollend auf die Schulter klopfte und ihn dazu anhielt, dem albernen Geschwätz keinen Glauben zu schenken. Der Junge wirkte gefügig, und ich glaubte, er würde mir in dieser Sache genauso gehorchen wie in anderen. Aber da kannte ich ihn schlecht, und vor allem unterschätzte ich unsere Zeit und das, was sie beschäftigt und umtreibt.

Wenn ich meinem Neffen Glauben schenken darf, rechnet man von alters her mit dem Ende der Zeiten. Wer sich heute auf der Erde befindet, wird das zweifelhafte Privileg haben, dieser makabren Krönung der Geschichte beizuwohnen. Er selbst ist darüber, wie mir scheinen will, weder traurig noch betrübt, vielmehr erfüllt von einer Art Stolz, gepaart wahrscheinlich mit

Angst, aber auch mit einer gewissen Freude. Tag für Tag entdeckt er in einer neuen Quelle, lateinischen, griechischen oder arabischen Ursprungs, die Bestätigung seiner Prophezeiungen. Alles läuft, wie er behauptet, auf ein übereinstimmendes Datum hinaus, das bereits – oh, welch ein Fehler, ihm davon zu erzählen! – im russischen Buch des Glaubens genannt ist. 1666. Das kommende Jahr. »Das Jahr des Tieres«, wie er es gern nennt. Um seine Überzeugung zu stützen, führt er eine große Zahl von Argumenten, Zitaten, kalendarischen und sachkundigen Berechnungen und eine unendliche Litanei von »Zeichen« ins Feld.

Wer Zeichen sucht, findet sie, das ist seit jeher mein Standpunkt, und ich lege Wert darauf, ihn noch einmal schriftlich festzuhalten, für den Fall, daß ich es im Trubel dieses die Welt erfassenden Irrsinns eines Tages vergessen sollte. Offenkundige Zeichen, vielsagende Zeichen, verwirrende Zeichen, was immer man beweisen möchte, läßt sich schließlich belegen, und man würde genauso viele Zeichen finden, wollte man das Gegenteil beweisen.

Ich schreibe es, und ich glaube es. Dennoch läßt mich das Herannahen des besagten »Jahres« nicht unberührt.

Noch habe ich eine Szene vor Augen, die sich vor zwei oder drei Monaten abgespielt hat. Wir hatten bis spät in die Nacht gearbeitet, meine Neffen und ich, für die Bestandsaufnahme zum Sommer, und waren alle drei ermattet. Ich saß zusammengesunken auf meinem Stuhl, die Arme um das aufgeschlagene Inventarverzeichnis gelegt, neben mir eine Öllampe, die anfing, schwächer zu brennen. Da beugte sich Jaber plötzlich von der anderen Tischseite herüber, berührte meinen Kopf mit seinem und faßte mich an den Ellbogen, daß es schmerzte. Sein Gesicht war ganz gerötet, und sein übergroßer Schatten legte sich über Möbel und Wände. Mit Grabesstimme flüsterte er:

»Die Welt ist wie diese Lampe, sie hat das Öl verzehrt, das ihr zugeteilt war, es bleibt ihr nur noch ein letzter Tropfen. Sieh nur! Die Flamme zittert! Bald wird auch die Welt erlöschen.«

Ausgelöst durch die Müdigkeit und alle Vorhersagen in meiner Umgebung über die bevorstehende Apokalypse, fühlte ich mich plötzlich durch das bleierne Gewicht dieser Worte erdrückt. Mir schien, ich hätte nicht einmal mehr die Kraft, mich zu erheben. Und ich müßte darauf warten, niedergeschmettert, wie ich war, bis die Flamme vor meinen Augen erstickt war und mich die Dunkelheit einhüllte … Als sich Habibs Stimme hinter mir erhob, fröhlich, spöttisch, hell und wohltuend:

»Bumeh! Willst du wohl aufhören, unseren Onkel zu peinigen?«

»Bumeh«, also »Eule«, »Unglücksvogel«, so nennt der jüngere seinen Bruder seit seiner Kindheit. Und als ich mich an diesem Abend erhob, gelähmt vor Schmerzen, habe ich mir geschworen, ihn nie wieder anders zu nennen.

Ich kann ihn »Bumeh!« nennen, soviel ich will, und schimpfen und brummen, doch ich kann nicht umhin, seinen Worten zu lauschen, die sich allmählich in meinem Kopf einnisten, so daß ich meinerseits Zeichen sehe, wo ich gestern nur Zufälle gesehen hätte: tragische, belehrende oder amüsante Zufälle; ich hätte lediglich ein paar Laute der Verwunderung ausgestoßen, wohingegen ich heute zusammenschrecke, unruhig werde, zu zittern beginne. Und ich schicke mich gar an, den friedlichen Verlauf meines Lebens zu verlassen.

Gewiß, die Ereignisse der jüngsten Zeit konnten mich nicht gleichgültig lassen.

Und sei es auch nur die Geschichte des alten Idriss!

Hätte ich es dabei belassen, mit den Schultern zu zucken, als ginge mich das Ganze nichts an, wäre dies wahrlich kein Zeichen von Weisheit gewesen, sondern von Unbedachtsamkeit und verschlossenem Herzen.

Idriss war vor sieben oder acht Jahren in unseren Ort gekommen und hatte hier in Gibelet Zuflucht gesucht. In Lumpen gekleidet, fast ohne Gepäck, wirkte er so arm wie alt. Man hat nie erfahren, wer er war, von wo er kam, noch wovor er geflohen war. Vor einer Verfolgung? Einer Schuld? Einer Familienrache? Meiner Kenntnis nach hat er sein Geheimnis niemandem anvertraut. Er lebte allein in einem baufälligen Haus, das er für eine bescheidene Summe hatte mieten können.

Jener Alte nun, dem ich nicht häufig begegnet bin und mit dem ich nie mehr als zwei Worte im Vorbeigehen gewechselt hatte, suchte mich letzten Monat in meinem Laden auf und hielt ein dickes Buch an die Brust gedrückt, das er mir unbeholfen zum Kauf anbot. Ich blätterte ein wenig darin. Eine einfache Sammlung unbekannter Dichter, mit zittriger und unregelmäßiger Handschrift, schlecht gebunden, schlecht erhalten.

»Ein wertvolles Stück, ohnegleichen«, behauptete indes der alte Mann. »Ich habe es von meinem Großvater. Niemals hätte ich mich von ihm getrennt, wenn meine derzeitige Not …«

Ohnegleichen? Das Buch war sicher in jedem zweiten Haushalt dieses Landes zu finden. ›Dies ist ein Buch, auf dem ich sitzenbleiben werde‹, dachte ich, ›bis an mein Lebensende! Aber wie könnte ich einen armen Teufel abweisen, der seinen Stolz und seine Scham überwunden und sich erniedrigt hatte, um zu bekommen, was er zum Leben brauchte?‹

»Laßt es mir hier, Hadschi Idriss, ich werde es ein paar Kunden zeigen, die Interesse daran haben könnten.«

Ich wußte bereits, wie ich vorgehen würde. So wie mein Vater, Gott hab ihn selig, es getan hätte, wenn er an meiner Statt gewesen wäre. Um mein Gewissen zu beruhigen, las ich ein paar der Gedichte. Wie ich auf Anhieb gesehen hatte, minderwertige Stücke, hie und da ein paar schön geschliffene Verse, aber im großen und ganzen das gewöhnlichste, das normalste, das unverkäuflichste aller Bücher. Sollte ich einen Kunden finden, der sich für arabische Dichtung begeistert, könnte ich im besten Falle sechs Majdin dafür erhalten, wahrscheinlicher waren drei oder vier … Nein, ich hatte für dieses Buch eine bessere Verwendung. Wenige Tage nach dem Besuch des alten Idriss kam ein osmanischer Würdenträger auf der Durchreise vorbei und kaufte mir verschiedenerlei ab, und als er darauf drängte, daß ich ihm aus Höflichkeit einen Nachlaß gewähren sollte, vermachte ich ihm das Buch, was ihn zufrieden stimmte.

Ich wartete eine knappe Woche und suchte dann den alten Mann auf. Gott, war sein Haus düster! Und wie ärmlich! Ich stieß die verwitterte Holztür auf, um mich sogleich in einem Zimmer mit bloßem Fußboden und nackten Wänden zu befinden. Idriss saß auf einer schmutzigbraunen Matte auf dem Boden. Ich ließ mich im Schneidersitz neben ihm nieder.

»Eine hohe Persönlichkeit ist bei mir vorbeigekommen und schätzte sich glücklich, daß ich ihr Euer Buch anbot. Hier ist die Summe, die Euch zusteht.«

Man bemerke, ich habe ihm nichts Falsches gesagt! Ich verabscheue es, zu lügen, obschon ich durch das, was ich unerwähnt ließ, ein wenig geschummelt habe. Aber letztendlich war doch mein einziges Bestreben, die Würde dieses armen Mannes zu wahren, indem ich ihn mehr als einen Kunden behandelte denn als einen lästigen Bittsteller! Ich entnahm meinem Geldbeutel also drei Majdinstücke sowie drei Fünfer und gab dabei vor, genau zu zählen.

Er riß die Augen auf.

»Soviel habe ich nicht erwartet, mein Sohn. Nicht einmal die Hälfte …«

Ich hob den Zeigefinger und bewegte ihn hin und her.

»Das sollte man nie zu einem Kaufmann sagen, Hadschi Idriss. Er könnte versucht sein, Euch hereinzulegen.«

»Bei Euch gehe ich kein Risiko ein, Efendi Baldassare! Ihr seid mein Wohltäter.«

Ich wollte mich erheben, doch er hielt mich zurück.

»Ich habe noch etwas für Euch.«

Er verschwand für einen Augenblick hinter dem Vorhang und kam mit einem weiteren Buch in der Hand zurück.

›Noch eins?‹ dachte ich. ›Womöglich hat er in diesem Zimmer eine ganze Bibliothek. Worauf, zum Teufel, habe ich mich da eingelassen?‹

Als habe er meinen stummen Protest vernommen, beeilte er sich, mir zu versichern: »Das ist das letzte Buch, das mir noch bleibt, und ich möchte es Euch vermachen, Euch und niemandem sonst!«

Er legte es auf meine Hände wie auf ein Notenpult, die erste Seite war aufgeschlagen.

»Gütiger Gott!«

Der Hundertste Name!

Das Buch von Mazandarani!

Ich hätte wahrlich nicht damit gerechnet, es in einem solch ärmlichen Hause zu finden!

»Hadschi Idriss, dies ist ein seltenes Buch! Ihr solltet Euch nicht so ohne weiteres von ihm trennen!«

»Es gehört mir nicht mehr, es gehört jetzt Euch. Bewahrt es auf! Lest es! Ich habe es nie lesen können.«

Gierig blätterte ich die Seiten um, aber es war zu dunkel, und ich konnte nicht mehr entziffern als den Titel.

Der Hundertste Name!

Herr im Himmel!

Als ich aus der Tür trat, das wertvolle Werk unter dem Arm, fühlte ich mich wie trunken. Konnte es sein, daß dieses Buch, das alle Welt haben wollte, jetzt in meinem Besitz war? Wie viele Menschen sind nicht seinetwegen aus den entlegensten Gebieten der Erde angereist, denen ich zur Antwort gab, daß es nicht existierte, wo es sich nur zwei Schritte von mir entfernt in dem erbärmlichsten aller Häuser befand! Und jetzt überreicht es mir dieser Mann, den ich kaum kenne, als Geschenk! Das alles ist äußerst verwirrend, vollkommen unvorstellbar! Ich ertappte mich dabei, wie ich auf der Straße vor mich hin lächelte, wie ein Einfältiger.

In dieser Gemütsverfassung war ich, wie benommen und noch ganz ungläubig, als mich jemand ansprach.

»Efendi Baldassare!«

Ich erkannte sofort die Stimme von Scheich Abdel-Bassit, dem Imam der Moschee von Gibelet. Fragt sich, wie er mich erkannt hat, da er doch blind ist von Geburt an und ich kein einziges Wort gesagt habe …

Ich ging auf ihn zu, und wir begrüßten uns mit den üblichen Höflichkeiten.

»Wo kommt Ihr her, daß Ihr so tänzelnden Schrittes geht?«

»Von Idriss.«

»Hat er Euch ein Buch verkauft?«

»Woher wißt Ihr das?«

»Aus welchem anderen Grund solltet Ihr diesen armen Kerl sonst aufgesucht haben?« sagte er lachend.

»Da habt Ihr recht«, pflichtete ich ihm bei und lachte ebenfalls.

»Ein gottloses Buch?«

»Weshalb sollte es gottlos sein?«

»Wenn es das nicht wäre, hätte er es mir angeboten!«

»Um die Wahrheit zu sagen, ich weiß nicht viel über den möglichen Inhalt des Buches. Bei Idriss ist es ganz dunkel, und ich warte, bis ich zu Hause bin, um es zu lesen.«

Der Scheich streckte die Hand aus.

»Zeigt es mir!«

Auf seinen geöffneten Lippen trägt er stets ein irgendwie lauerndes Lächeln zur Schau. Nie weiß ich, wann er tatsächlich lächelt. Nichtsdestoweniger ergriff er das Buch, blätterte ein paar Sekunden lang mit geschlossenen Augen darin und gab es mir dann zurück mit den Worten:

»Hier ist es zu dunkel, ich sehe nichts!«

Und dieses Mal lachte er hemmungslos, das Gesicht zum Himmel gewandt. Ich wußte nicht, ob mir die Höflichkeit gebot, in seine Fröhlichkeit einzustimmen. In meinem Zweifel begnügte ich mich mit einem leisen Hüsteln, etwas zwischen einem unterdrückten Lachen und einem Räuspern.

»Und was ist es nun für ein Buch?« fragte er.

Einem Sehenden kann man die Wahrheit verbergen: Lügen ist bisweilen eine notwendige List. Aber einem Menschen gegenüber, dessen Augenlicht erloschen ist, ist Lügen etwas Erbärmliches, etwas Niederträchtiges, etwas Unwürdiges. Aus einem gewissen Ehrgefühl heraus und womöglich auch aufgrund eines Aberglaubens fühlte ich mich verpflichtet, ihm die Wahrheit zu sagen, die ich dennoch in vorsichtige Konjunktive einband:

»Es könnte sein, daß es sich bei diesem Buch um dasjenige handelt, das man Abu-Maher al-Mazandarani zuschreibt, *Der Hundertste Name*. Aber ich warte, bis ich zu Hause bin, um seine Echtheit zu prüfen.«

Er klopfte drei-, viermal mit seinem Stock auf den Boden und schnaufte geräuschvoll.

»Wofür sollte man einen hundertsten Namen brauchen? Mir hat man in meiner Kindheit alle Namen beigebracht, die ich zum Beten brauche, wofür also einen hundertsten? Sagt es mir, Ihr, der Ihr so viele Bücher in allen Sprachen gelesen habt!«

Er zog eine Gebetsschnur aus der Tasche und begann die 99 Eigenschaften Gottes nervös herzubeten, während er auf meine Antwort wartete. Was sollte ich antworten? Ich hatte nicht mehr Gründe als er, um für den geheimen Namen einzutreten. Dennoch fühlte ich mich verpflichtet, ihm folgende Erklärung zu geben:

»Wie Ihr wißt, behaupten gewisse Leute, daß einem der höchste Name gestattet, Wunder zu tun …«

»Was für Wunder? Idriss besitzt dieses Buch seit Jahren, welche Wunder hat er damit bewirkt? Hat es ihn weniger arm gemacht? Weniger gebrechlich? Vor welchem Unglück hat es ihn bewahrt?«

Und ohne meine Antwort abzuwarten, entfernte er sich und wirbelte aufgebracht mit seinem Stock den Staub auf.

Als ich zu Hause ankam, sorgte ich zunächst dafür, das Buch vor meinen Neffen zu verstecken, vor allem vor Bumeh, denn ich war überzeugt, daß er bei seinem Anblick sofort außer sich geraten und es verschlingen würde. Ich schob das Buch unter mein Hemd, und als ich im Haus war, legte ich es ungesehen unter eine alte, sehr zerbrechliche Figur, die ich besonders ins Herz geschlossen hatte und die kein Mensch anfassen oder gar abstauben durfte, das hatte ich allen untersagt.

Dies war vergangenen Samstag gewesen, am 15. August. Ich nahm mir vor, am Sonntag das Buch von Mazandarani gewissenhaft zu studieren.

Sobald ich aufgestanden war – reichlich spät, wie jeden Sonntag, zur Zeit der Ungläubigen –, ging ich durch den kleinen Gang, der mein Zimmer mit dem Laden verband, nahm das Buch und setzte mich mit der Vorfreude eines Kindes an meinen Tisch. Ich hatte die Innentür geschlossen, damit meine Neffen mich nicht überraschen konnten, und die Vorhänge heruntergelassen, um Besucher abzuhalten. Es war infolgedessen ruhig und kühl, doch als ich das Buch aufschlug, fiel mir auf, daß ich nicht ausreichend Licht bekam. Ich beschloß daher, mit dem Stuhl näher an das große Fenster zu rücken.

Während ich den Stuhl verrückte, klopfte es an der Tür. Ich stieß leise einen Fluch aus und verhielt mich ruhig, in der Hoffnung, der ungelegene Besucher würde aufgeben und von dannen ziehen. Leider klopfte es noch einmal. Nicht schüchtern mit dem Finger, sondern mit der ganzen Faust, voller Nachdruck.

»Ich komme«, rief ich und beeilte mich, das Buch wieder unter die antike Figur zu schieben, bevor ich öffnete.

Der Nachdruck hatte mir zu verstehen geben, es könne sich um eine Persönlichkeit von hohem Rang handeln, und in der Tat war dem so. Der Chevalier Hugues de Marmontel, Gesandter des französischen Königs. Ein Mann mit umfassender Bildung, ein Kenner orientalischer Kostbarkeiten, der mich im Verlauf der letzten Jahre bereits mehrfach aufgesucht hatte, um beträchtliche Einkäufe zu tätigen.

Er sei auf dem Weg von Saida nach Tripolis, wo er sich nach Konstantinopel einzuschiffen gedenke, und er konnte den Gedanken nicht ertragen, an Gibelet vorbeizukommen, ohne an die Tür des ehrwürdigen Wohnsitzes der Embriaci zu klopfen. Ich dankte ihm für seine Worte wie für sein Wohlwollen und bat ihn selbstverständlich herein. Ich zog die Vorhänge auf und ließ ihn die Kuriositäten anschauen, wie er es gerne tat. Ich folgte ihm mit einigem Abstand, um auf mögliche Fragen antworten zu können, wobei ich es vermied, ihn mit Erklärungen zu belästigen, die er nicht wünschte.

Er blätterte zunächst in einem Exemplar der *Geographia sacra* von Samuel Bochart. »Ich habe es unverzüglich nach seinem Erscheinen erhalten und versenke mich unablässig hinein. Endlich ein Buch, das von den Phöniziern erzählt, Euren Ahnen ..., will sagen, den Ahnen der Menschen dieses Landes.«

Er machte zwei Schritte und hielt abrupt inne.

»Diese Figuren sind doch phönizischer Herkunft, nicht wahr? Woher kommen sie?«

Ich war stolz darauf, sagen zu können, daß ich sie selbst nahe beim Strand gefunden und ausgegraben hatte.

»Mein Herz hängt sehr an dieser Figur«, gestand ich ihm.

Der Chevalier sagte nur »Aha!«, erstaunt darüber, daß ein Händler so über einen Gegenstand sprechen konnte, der zum Verkauf gedacht war. Gekränkt verstummte ich. Ich erwartete, daß er sich zu mir umdrehte, um nach dem Grund dieser Zuneigung zu fragen. Als er es tat, erzählte ich ihm, daß diese beiden Figuren einst nebeneinander vergraben worden waren und daß im Lauf der Zeit das Metall so gerostet war, daß die beiden Hände nun wie miteinander verwachsen schienen. Ich stelle mir gern vor, daß es sich hierbei um zwei Liebende handelt, die im Tode getrennt worden waren, die aber die Erde, die Zeit und der Rost wiedervereint hatten, untrennbar. Wer immer sie sieht, spricht von zwei Figuren, ich hingegen ziehe es vor, von ihnen zu sprechen, als handle es sich um eine einzige, die Figur der Liebenden.

Er streckte die Hand aus, um sie hochzunehmen, und ich flehte ihn an, vorsichtig zu sein, weil die leiseste Erschütterung sie trennen könnte. Da er der Ansicht war, ich habe ihn nicht mit dem gebührlichen Respekt behandelt, befahl er mir, die Figur selbst hochzuheben. Also nahm ich sie mit unendlicher Vorsicht auf, um sie ans Fenster zu tragen. Ich hatte geglaubt, der Chevalier würde mir folgen, aber als ich mich umdrehte, stand er noch immer am gleichen Fleck. In seinen Händen *Der Hundertste Name*.

Er war bleich, und ich erblaßte ebenfalls.

»Seit wann habt Ihr das Buch?«

»Seit gestern.«

»Habt Ihr mir nicht einmal gesagt, daß dieses Buch Eurer Ansicht nach nicht existiere?«

»Das habe ich immer geglaubt. Und ich habe Euch gewiß auch davor gewarnt, daß von Zeit zu Zeit Fälschungen im Umlauf sind.«

»Und das hier, ist das eine Fälschung?«

»Wahrscheinlich, aber ich hatte noch nicht die Zeit, mich dessen zu vergewissern.«

»Zu welchem Preis bietet Ihr es mir an?«

Ich wollte gerade antworten: »Es ist unverkäuflich!«, da besann ich mich eines Besseren. Niemals darf man etwas Derartiges zu einer Persönlichkeit von hohem Rang sagen. Weil sie einem sofort entgegnen würde: »Wenn es so ist, dann werde ich es mir borgen.« Und um sie nicht zu kränken, muß man dann Vertrauen zeigen. Natürlich sind die Aussichten groß, daß man das Buch nie wiedersieht, genausowenig wie den Kunden. Das habe ich zur Genüge am eigenen Leib erfahren müssen.

»Im Grunde«, stotterte ich, »gehört dieses Buch einem verrückten Alten, der in der jämmerlichsten Hütte von Gibelet haust. Er ist davon überzeugt, daß es ein Vermögen wert ist.«

»Wieviel?«

»Ein Vermögen, sage ich Euch. Er ist nicht ganz bei Verstand!«

In diesem Augenblick erblickte ich meinen Neffen Bumeh hinter uns, der die Szene stumm und verblüfft verfolgte. Ich hatte ihn nicht kommen hören. Ich hieß ihn nähertreten, um ihn unserem hohen Besucher vorzustellen. Ich hoffte auf diese Weise, das Gespräch in eine andere Richtung zu lenken, um der Falle zu entrinnen, die allmählich zuzuschnappen begann. Aber der Chevalier beschränkte sich auf ein kurzes Kopfnicken, bevor er erneut fragte:

»Das Buch, wieviel, Signor Baldassare? Ich höre!«

Welche Zahl sollte ich nennen? Die wertvollsten Bücher verkaufte ich zu sechshundert Majdin. Zuweilen, ganz selten, stieg der Preis auf tausend, was ebensovielen französischen Goldmünzen aus Tours entsprach…

»Er fordert fünfzehnhundert dafür! Ich werde Euch diese Fälschung gewiß nicht zu einem solchen Preis verkaufen!«

Ohne ein Wort zu sagen, öffnete mein Besucher seinen Geldbeutel und zahlte mir die Summe in echten französischen Geldstücken. Dann hielt er einem seiner Männer das Buch hin, worauf dieser sich beeilte, es tief in seinem Gepäck zu verstauen.

»Ich hätte gern noch die Figuren mit den goldenen Mützen genommen. Aber ich vermute, daß das wenige Geld, das mir noch bleibt, nicht reichen wird!«

»Die beiden Liebenden sind unverkäuflich, ich schenke sie Euch. Geht sorgsam mit ihnen um!«

Anschließend bot ich Marmontel an, zum Essen bei uns zu bleiben, aber er lehnte die Einladung schroff ab. Einer der Männer aus seiner Eskorte erklärte mir, daß der Chevalier so bald als möglich weiter mußte, wollte er vor Einbruch der Nacht noch nach Tripolis gelangen. Sein Schiff würde am morgigen Tag auslaufen, mit Ziel Konstantinopel.

Ich begleitete sie bis zum Stadttor von Gibelet, ohne dem Gesandten noch ein weiteres Wort zu entlocken, noch einen Blick zum Abschied.

Bei meiner Rückkehr fand ich Bumeh weinend vor, die Fäuste vor Wut geballt.

»Warum hast du ihm dieses Buch gegeben? Das begreife ich nicht!«

Auch ich begriff nicht, weshalb ich so gehandelt hatte. In einem Augenblick der Schwäche hatte ich den *Hundertsten Namen*, die Figur, die mir sehr lieb war, und die Wertschätzung des Gesandten eingebüßt. Mehr noch als mein Neffe hätte ich Grund zum Jammern. Aber ich mußte mich wohl oder übel rechtfertigen, koste es, was es wolle.

»Was soll's? Es ist nun mal passiert! Ich konnte nicht anders! Der Mann ist trotz allem der Gesandte des Königs von Frankreich!«

Mein armer Neffe schluchzte wie ein Kind. Da faßte ich ihn an den Schultern.

»Tröste dich, das Buch war eine Fälschung, du und ich, wir wissen es genau.«

Er riß sich los.

»Wenn es eine Fälschung war, dann war es Betrug, es zu einem solchen Preis zu verkaufen. Und wenn es durch irgendein Wunder keine Fälschung war, hätte man sich nicht für alles Gold dieser Welt davon trennen dürfen! Wer hat es dir verkauft?«

»Der alte Idriss.«

»Idriss? Und zu welchem Preis?«

»Er hat es mir geschenkt.«

»Dann wollte er gewiß nicht, daß du es verkaufst.«

»Auch nicht für fünfzehnhundert Majdin? Mit diesem Geld könnte er sich ein Haus kaufen, neue Kleider, sich eine Dienerin anschaffen, vielleicht sogar heiraten …«

Bumeh war, wie immer, nicht nach Lachen zumute.

»Wenn ich es richtig verstehe, hast du die Absicht, Idriss das ganze Geld zu geben.«

»Ja, alles, und noch bevor ich es in unsere Kasse lege!«

Daraufhin erhob ich mich, steckte die Münzen in einen Lederbeutel und verließ das Haus.

Wie würde der alte Mann reagieren?

Würde er mir Vorwürfe machen, daß ich verkauft hatte, was als Geschenk gedacht war, oder würde er im Gegenteil in der unglaublichen Geldsumme, die ich ihm überbringen würde, ein Geschenk des Himmels sehen?

Als ich die Tür zu seiner Behausung aufstieß, sah ich auf der Schwelle eine Frau aus der Nachbarschaft, den Kopf in den Händen. Aus Höflichkeit fragte ich sie, bevor ich eintrat, ob Hadschi Idriss zu Hause sei. Sie hob den Kopf und sagte nur:

»Twaffa.« Er ist tot!

Ich bin überzeugt, sein Herz hat in der Minute aufgehört zu

schlagen, als ich dem Chevalier de Marmontel das Buch überlassen habe. Diese Vorstellung vermag ich nicht aus meinem Kopf zu vertreiben!

Hatte ich mich nicht gefragt, wie der alte Mann auf das reagieren würde, was ich getan hatte? Jetzt wußte ich es!

Ist es das schlechte Gewissen, das mich auf Irrwege führt? Nun ja, fest steht, die Fügung ist nur allzu überzeugend. Ich habe einen sehr schweren Fehler begangen, und ich werde ihn wiedergutmachen müssen!

Der Gedanke, daß ich dem Buch nach Konstantinopel folgen sollte, kam mir nicht sogleich. Ich bin im übrigen noch immer nicht vom Sinn dieser Expedition überzeugt. Aber ich habe mich davon überzeugen lassen, daß nichts Besseres zu tun sei.

Zunächst war es das Gejammer Bumehs, doch damit hatte ich schon gerechnet, hatte mich schon im voraus darüber erregt, es hat bei meiner Entscheidung nicht schwer gewogen. Zumal er auf der Stelle losziehen wollte, der Verrückte! Wollte man seinen Worten Gehör schenken, war das, was uns zugestoßen ist, nichts als ein Zeichen, das der Himmel mir schickte. So habe die Vorsehung in ihrer Verzweiflung darüber, mich so unempfänglich für ihre Offenbarungen zu sehen, das Leben dieses armen Mannes geopfert, in dem einzigen Bestreben, mir endlich die Augen zu öffnen.

»Die Augen zu öffnen, wofür? Was soll ich denn verstehen?«

»Daß die Zeit drängt! Daß das verfluchte Jahr vor unserer Tür steht! Daß der Tod um uns herumschleicht! Du hattest dein Heil und unseres in deinen Händen, du hattest *Der Hundertste Name* in deinem Besitz und hast ihn nicht zu bewahren vermocht!«

»Ich kann jetzt ohnehin nichts mehr tun. Der Chevalier ist längst über alle Berge. Auch dies ist das Werk der Vorsehung.«

»Wir müssen es zurückholen! Wir müssen uns sofort auf den Weg machen!«

Ich zuckte mit den Schultern. Darauf wollte ich nicht einmal antworten. Es stand außer Frage, daß ich mich solchen Kindereien hingab. Sich jetzt auf den Weg machen? Die Nacht durchreiten? Um uns von Wegelagerern die Kehle durchschneiden zu lassen?

»Wenn schon sterben, ziehe ich es vor, im nächsten Jahr mit meinesgleichen zu sterben, statt vor dem Ende der Zeiten!«

Aber der Schlingel blieb beharrlich.

»Wenn wir ihn schon nicht mehr in Tripolis einholen, könnten wir ihn wenigstens in Konstantinopel erreichen!«

Plötzlich ertönte hinter uns eine heitere Stimme.

»In Konstantinopel? Noch nie in seinem Leben hatte Bumeh eine derart ausgezeichnete Idee!«

Habib! Auch er mischte sich jetzt ein!

»Bist du von deinen Streifzügen zurück? Ich wußte es genau: Der Tag, an dem du und dein Bruder in einer Sache einer Meinung seid, wird mein Untergang sein!«

»Ich pfeife auf eure Geschichten vom Ende der Welt, und auch dieses verteufelte Buch interessiert mich nicht. Aber seit langem schon träume ich von dieser großen Stadt. Hast du uns nicht selbst erzählt, daß dein Vater, unser Großvater Tommaso, als du in unserem Alter warst, wollte, daß du Konstantinopel siehst?«

Dieses Argument tat hier nichts zur Sache, es war völlig unangebracht. Aber Habib hatte es verstanden, mich an meinem schwächsten Punkt zu treffen, der Verehrung, die ich seit seinem Tod für meinen Vater hegte, für alles, was er gesagt, für alles, was er getan hat. Während ich Habib zuhörte, schnürte es mir die Kehle zu, mein Blick wurde starr, und ich hörte mich murmeln:

»Was du sagst, ist wahr. Vielleicht sollten wir uns nach Konstantinopel aufmachen.«

Tags darauf wurde Idriss auf dem muslimischen Friedhof beigesetzt. Es waren nicht viele gekommen – meine Neffen und ich, drei oder vier Nachbarn sowie der Scheich Abd el-Bassit, der das Gebet sprach und mich nach dem Ende der Zeremonie am Arm faßte und bat, ihn nach Hause zu begleiten.

»Ihr habt gut daran getan zu kommen«, sagte er zu mir,

während ich ihm über die niedrige Einfassung half, die den Friedhof umgab. »Heute morgen habe ich mich gefragt, ob ich ihn wohl alleine bestatten würde. Der Unglückliche hatte niemanden. Weder Sohn noch Tochter, weder Neffe noch Nichte. Keinen Erben – andererseits, hätte er einen gehabt, hätte er ihm nichts hinterlassen können. Seine einzige Hinterlassenschaft hat er Euch vermacht. Dieses unselige Buch ...«

Diese Bemerkung stürzte mich in tiefes Nachsinnen. Ich hatte dieses Buch als ein Geschenk der Dankbarkeit betrachtet und keineswegs als Erbstück, aber in gewisser Weise war es das – oder war es das jedenfalls geworden. Und ich hatte mir herausgenommen, es zu verkaufen! Der alte Idriss in seiner neuen Ruhestatt, würde er mir verzeihen?

Ein langes Stück des Weges legten wir schweigend auf einer ansteigenden Straße voller Steine und ohne Schatten zurück. Abd el-Bassit hing seinen Gedanken nach, ich meinen – vielmehr meinen Gewissensbissen. Dann sagte er, während er seinen Turban auf dem Kopf zurechtrückte: »Ich habe gehört, daß Ihr uns bald verlaßt. Wo wollt Ihr hin?«

»Nach Konstantinopel, so Gott will.«

Er blieb stehen, drehte den Kopf zur Seite, als höre er das Geschrei der weit entfernt liegenden Stadt.

»Stambul! Stambul! Einem Sehenden kann man schwerlich erklären, daß es in der Welt nichts zu sehen gibt. Und doch, es ist die Wahrheit, glaubt mir. Um die Welt kennenzulernen, muß man nur genau hören. Was man auf seinen Reisen sieht, ist alles trügerischer Schein, Schatten, die anderen Schatten nachjagen. Die Straßen und Länder lehren uns nichts, was wir nicht schon wüßten, nichts, was wir nicht in uns selbst hören könnten in der friedlichen Stille der Nacht.«

Der Geistliche mag nicht unrecht haben, doch meine Entscheidung ist getroffen, ich werde aufbrechen! Wider besseres Wissen – und auch etwas widerwillig! Ich würde es nicht verkraften, die nächsten vier Monate und dann das ganze schicksalhafte Jahr in meinem Laden zu sitzen und mir Weissagungen anzuhören, Zeichen festzuhalten, Vorwürfe wegzuwischen und immerfort meine Ängste und Gewissensbisse wiederzukäuen!

Meine Ansichten haben sich hingegen nicht geändert: Ich verdamme weiterhin alle Dummheit und jeglichen Aberglauben, ich bin noch immer fest davon überzeugt, daß das Licht der Welt nicht demnächst verlöschen wird.

Aber einmal abgesehen davon, wie sollte ich, der ich an allem zweifle, nicht an meinen Zweifeln Zweifel hegen?

Heute ist Sonntag. Idriss ist vergangenen Montag beigesetzt worden. Und morgen werden wir uns in aller Frühe auf den Weg machen.

Wir werden zu viert aufbrechen, ich, meine beiden Neffen sowie Hatem, mein Diener, der sich um die Tiere und um die Verpflegung kümmern wird. Wir werden nur zehn Maultiere mitnehmen, und nicht eines weniger. Vier davon werden als Reittiere dienen, die anderen werden das Gepäck tragen. So wird keines der Tiere überladen, und wir könnten, so Gott will, zügig vorankommen.

Khalil, mein anderer Diener, zwar ehrlich, aber etwas unbeholfen, wird hierbleiben und sich gemeinsam mit meiner lieben Schwester Plaisance, die diese überraschende Reise keineswegs begrüßte, um den Laden kümmern. Die Trennung von ihren beiden Söhnen und ihrem Bruder macht sie traurig und besorgt, aber sie weiß auch, daß jeder Widerspruch vergeblich wäre. Dennoch trat sie heute morgen, als wir alle von der Hektik der letzten Vorbereitungen ergriffen waren, zu mir und fragte mich, ob es nicht besser wäre, unsere Abreise um ein paar Wochen zu verschieben. Ich erinnerte sie daran, daß wir Anatolien unbedingt vor der kalten Jahreszeit hinter uns bringen mußten. So hat sie sich schließlich damit abgefunden. Sie murmelte noch ein Gebet und weinte dann leise vor sich hin. Worauf Habib sie aufzuheitern versuchte, während Bumeh sie eher bestürzt als zärtlich aufforderte, schnell ihre Augen mit Rosenwasser zu benetzen, denn Tränen am Vorabend der Abreise würden, so behauptete er, Unglück bringen.

Als ich mit Plaisance darüber gesprochen hatte, daß ich ihre Kinder mitnehmen würde, hatte sie nichts dagegen. Aber die mütterlichen Sorgen ließen ihr schließlich doch keine Ruhe. Nur einer wie Bumeh kann glauben, daß die Tränen einer Mutter Unglück bringen können …

Niedergeschrieben in meinem Haus in Gibelet
am Tag vor unserer Abreise

Ich hatte bereits mein Schreibheft, die Tinte, mein Schreibrohr und meinen Löschpuder für die Reise eingepackt, muß jedoch am heutigen Sonntagabend alles wieder auspacken. Es hat sich nämlich am späten Nachmittag ein Zwischenfall ereignet, der unsere Abreise beinahe vereitelt hätte. Es handelt sich um eine Angelegenheit, die mich im höchsten Maße erbost, mich außerordentlich demütigt und über die ich gern Stillschweigen bewahrt hätte. Aber ich hatte mir vorgenommen, diesen Seiten alles anzuvertrauen, und diesem Vorhaben werde ich mich nicht entziehen.

Auslöser dieses ganzen Aufruhrs ist eine Frau, Marta, die man hier augenzwinkernd ›die Witwe‹ nennt. Vor Jahren hat sie einen Kerl geheiratet, der, wie alle wußten, ein Gauner war: Er entstammte einer Familie von großen und kleinen Betrügern, ausnahmslos Langfingern, Felddieben, Plünderern, Strandräubern, so weit die Erinnerung reicht! Und die schöne Marta, die damals ein kesses, schelmisches, ungestümes, neckisches Mädchen war, aber keineswegs durchtrieben, verliebte sich in einen von ihnen – einen gewissen Sayyaf.

Sie hätte jeden in dieser Stadt haben können, ich selbst – weshalb es leugnen? – hätte sie gern genommen! Ihr Vater war nun zufällig mein Barbier und ein Kamerad, den ich sehr schätzte. Wenn ich morgens zu ihm ging, um mich rasieren zu lassen, und sie dabei zu Gesicht bekam, kehrte ich anschließend vor mich hin singend nach Hause zurück. Sie hatte in ihrer Stimme, ihrem Gang, ihrem Blick dieses gewisse Etwas, das einen Mann nicht gleichgültig läßt. Meine Neigung war ihrem Vater nicht entgangen, und er gab mir zu verstehen, daß er über eine solche Verbindung entzückt und geschmeichelt wäre. Aber das Mädchen war in einen anderen vernarrt: Eines Morgens wurde bekannt, daß sie sich hatte entführen lassen und daß ein gottloser Priester sie verheiratet hatte. Der Barbier starb wenige Monate danach vor Gram und hinterließ seiner einzigen Tochter ein Haus, einen Obstgarten und mehr als zweihundert Goldsultanis.

Martas Ehemann, der in seinem Leben noch nie einer Arbeit nachgegangen war, hatte unverhofft die Idee, sein Glück im Handel zu suchen und ein Schiff zu mieten. Er überredete seine Frau, ihm die Ersparnisse ihres Vaters bis zur letzten Münze anzuvertrauen und begab sich in den Hafen von Tripolis. Er verschwand.

Zu Beginn erzählte man sich, daß er mit einer Ladung Gewürze ein Vermögen gemacht habe, daß er sich eine ganze Flotte habe bauen lassen und vorhatte, vor Gibelet einzulaufen. Daraufhin verbrachte Marta angeblich alle Tage mit ihren Freundinnen am Meer und erwartete ihn voller Stolz. Vergebens – keine Flotte, kein Vermögen, kein Ehemann tauchten auf. Nach einiger Zeit begannen andere Gerüchte, weitaus weniger ruhmvolle, die Runde zu machen. Er habe Schiffbruch erlitten und sei ertrunken. Oder aber, er sei Pirat geworden und von den Türken gefangengenommen und gehängt worden. Aber es wurde auch behauptet, daß er sich an der Küste von Smyrna einen Schlupfwinkel eingerichtet habe und dort mit Frau und Sprößlingen lebe, was seine Ehefrau kränkte, die während ihres kurzen gemeinsamen Ehelebens nie schwanger geworden war und die man deshalb für unfruchtbar hielt.

Für die unglückliche Marta, die seit nahezu sechs Jahren allein war, weder verheiratet noch frei, mittellos, ohne Bruder und Schwester, ohne Kinder, von der ganzen Gaunerfamilie ihres Mannes überwacht, aus Angst, sie würde daran denken, die Ehre ihres vagabundierenden Mannes zu beflecken, war jeder Tag ein Martyrium. Schließlich begann sie lauthals zu beteuern, sie habe aus sicherer Quelle erfahren, Sayyaf sei tot und sie infolgedessen Witwe, eine richtige Witwe. Aber als sie sich in Schwarz kleidete, fiel die Familie des angeblich Verstorbenen über sie her und warf ihr vor, dem Abwesenden unrecht zu tun. Nachdem sie mehrfach Schläge erhalten hatte, die Spuren in ihrem Gesicht und auf ihren Händen hinterlassen hatten, fügte sich ›die Witwe‹ und trug wieder bunte Kleider.

Sie gab jedoch nicht auf. In den letzten Wochen, heißt es, habe sie einigen Freundinnen anvertraut, daß sie vorhabe, sich nach Konstantinopel zu begeben, um bei den höchsten Behörden prüfen zu lassen, ob ihr Mann umgekommen sei, und nicht eher zurückzukommen, bis sie einen Firman des Sultans in der Tasche habe, der sie zur Witwe und für frei erklärte.

Und es scheint, als habe sie ihre Drohung wahrgemacht. Am heutigen Sonntagmorgen war sie nicht bei der Messe: Sie habe Gibelet in der Nacht verlassen, hieß es, und Kleider und Schmuck mitgenommen. Sofort wurden Vermutungen laut, die mich namentlich in die Sache hineinzogen. Dies ist ärgerlich, dies ist beleidigend, und vor allem – muß ich dies mit der Hand auf dem Evangelium schwören? – ist es ganz einfach falsch, falsch und nochmals falsch. Ich habe seit Jahren kein Wort mehr mit Marta gewechselt, seit dem Begräbnis ihres Vaters, wie ich meine. Ich habe sie höchstens ein paarmal auf der Straße gegrüßt, indem ich flüchtig meinen Finger an die Schläfe legte. Mehr nicht. Für mich war dieses Kapitel an jenem Tag erledigt, an dem ich von ihrer Hochzeit erfuhr.

Will man jedoch den Gerüchten Glauben schenken, soll ich heimlich mit ihr abgesprochen haben, sie mit nach Konstantinopel zu nehmen. Und da es mir nicht möglich war, sie vor den Augen des ganzen Ortes zu entführen, soll ich ihr geraten haben, vor mir aufzubrechen und mich an einem vereinbarten Ort zu erwarten, wo ich sie einzuholen gedachte. Es wird sogar behauptet, ich hätte ihretwegen nicht mehr geheiratet, was mitnichten der Wahrheit entspricht. Ich hoffe, ich erhalte eines Tages die Gelegenheit, dies näher darzulegen …

So falsch sie auch ist, hat die Geschichte doch den Anschein von Wahrheit, und ich habe den Eindruck, die meisten Leute glauben daran. Allen voran die Brüder von Martas Ehemann, die von meiner Schuld überzeugt sind, über meine angeblichen Machenschaften beleidigt und entschlossen, ihre Ehre zu rächen. Heute nachmittag drang der erbosteste unter ihnen, ein gewisser Rasmi, gewaltsam bei mir ein, fuchtelte mit dem Gewehr herum und schwor, daß er zum Äußersten bereit sei. Nur meiner Kaltblütigkeit sowie der Ruhe Hatems, meines Dieners, ist es zu verdanken, daß er gebändigt werden konnte. Er verlangte jedoch, ich solle meine Abreise verschieben, um meine Aufrichtigkeit unter Beweis zu stellen. Gewiß hätte ich auf diese Weise die Gerüchte und Verdächtigungen entkräftet. Aber weshalb sollte ich einer Sippschaft von Gaunern meine Redlichkeit beweisen? Und außerdem, bis wann hätte ich die Reise aufschieben sollen? Bis Marta wieder auftauchte? Und wenn sie für immer verschwunden blieb?

Habib und Jaber waren gegen jegliche Verschiebung, und ich glaube, ich hätte ihre Achtung verloren, wäre ich nicht standhaft geblieben. Im übrigen war ich keinen Moment auch nur geneigt nachzugeben. Ich habe lediglich das Für und Wider gegeneinander abgewogen, was klug war, bevor ich mit einem entschiedenen Nein antwortete. Daraufhin verkündete uns der Mann, er werde am morgigen Tage mit uns aufbrechen. Er lege Wert darauf, wie er behauptete, sich persönlich zu vergewissern, daß die Flüchtige uns nicht an irgendeinem Ort der Umgebung erwartete. Meine Neffen und mein Diener waren empört, auch meine Schwester, aber ich ermahnte sie zur Vernunft. »Die Straße gehört allen! Wenn dieser Mann beschlossen hat, in die gleiche Richtung zu gehen wie wir, können wir ihn nicht daran hindern.« Ich sagte dies laut und betonte jedes Wort, damit der aufdringliche Mensch verstand, daß er die Straße zwar zur gleichen Zeit nehmen konnte wie wir, aber keineswegs in unserer Gesellschaft.

Ich überschätze gewiß die Feinfühligkeit dieses Kerls, und auf seine guten Umgangsformen wird man nicht zählen können. Aber wir sind zu viert, und er ist allein. Daß er uns an den Fersen hängt, ärgert mich mehr, als daß es mich beunruhigt. Gebe der Himmel, daß wir während unserer Reise nicht gefährlicheren Menschen begegnen müssen als diesem schnurrbärtigen Aufschneider!

Im Dorfe Anfe, am 24. August 1665

Da die Umgebung von Gibelet im Morgengrauen nicht sicher war, brachen wir erst auf, als es hell wurde. Besagter Rasmi wartete bereits, entschlossen, uns auf dem Fuß zu folgen; er zerrte an den Zügeln, um sein Tier zu beruhigen. Er schien für die Reise ein sehr nervöses Reittier gewählt zu haben, das ihn, wie ich hoffte, sehr bald ermüden würde, so daß er mit uns nicht Schritt halten könnte.

Sobald wir auf der Küstenstraße waren, entfernte sich der Mann von uns und erklomm eine Erhebung, von der aus er seinen Blick über die Umgebung schweifen ließ und dabei mit beiden Händen den Schnurrbart glattstrich.

Während ich ihn aus den Augenwinkeln beobachtete, fragte ich mich zum ersten Mal, was wohl aus der unglücklichen Marta geworden sein mochte. Und plötzlich schämte ich mich, daß ich bis jetzt nur wegen der Unannehmlichkeiten, die ihr Verschwinden mir bereitet hatte, an sie gedacht hatte. Über ihr Schicksal hätte ich mich sorgen müssen. Hat sie nicht vielleicht einen Akt der Verzweiflung begangen? Vielleicht spült das Meer eines Tages ihren Leichnam an den Strand. Dann würde das Geflüster verstummen. Einige wenige Tränen würden vergossen. Dann käme das Vergessen.

Und ich, würde ich über diese Frau weinen, die nicht die meine geworden ist? Sie hatte mir gefallen, ich hätte sie gern genommen, ich habe früher auf ihr Lachen gewartet, ihre sich wiegenden Hüften, die Strähnen ihres Haars, das Klirren ihrer Armbänder, ich hätte sie zärtlich lieben können, sie jede Nacht an mich drücken. Ich hätte sie liebgewonnen, ihre Stimme, ihre Schritte, ihre Hände. Heute morgen wäre sie bei mir gewesen, als wir abreisten. Auch sie hätte geweint, wie meine Schwester Plaisance, und versucht, mich von der Reise abzuhalten.

Benommen vom schwankenden Gang meines Maultieres trieb mein Geist immer weiter dahin. Schon sah ich die Umrisse dieser Frau, die ich seit Jahren nicht mehr angeschaut hatte. Sie hatte wieder die schäkernden Augen aus der glücklichen Zeit, in der sie noch die Tochter des Barbiers war. Ich warf mir vor, daß ich sie nicht hinlänglich begehrt hatte, um sie zu lieben. Daß ich sie habe ihr Unglück heiraten lassen …

Wiederholt kletterte ihr eifriger Schwager auf verschiedene Hügel, an denen unser Weg vorbeiführte. Er drehte sich um die eigene Achse, und einmal rief er gar aus: »Marta! Komm aus deinem Versteck, ich habe dich gesehen!« Nichts regte sich. Dieser Mann hat einen Schnurrbart, der größer ist als sein Gehirn!

Wir vier legten unseren Weg im gleichen Rhythmus zurück, unbeeindruckt von seinem Galopp, seinen tänzelnden Sprüngen und seinem Hufgetrappel. Erst um die Mittagszeit, als Hatem das Essen zubereitete – nichts als ein wenig Fladenbrot, mit hiesigem Käse gerollt und mit Oregano und Öl versehen –, bot ich dem ungebetenen Gast an, die Mahlzeit mit uns zu teilen. Weder meine Neffen noch mein Diener billigten meine Großzügigkeit. Und angesichts Rasmis Benehmens bin ich gezwungen, ihnen recht zu geben. Denn der Rüpel nahm sich, was wir ihm hinhielten, um es wie ein Tier allein am anderen Wegrand zu verschlingen und uns den Rücken zuzukehren. Unwillig, mit uns zu essen, jedoch nicht stolz genug, die Fütterung zu verweigern. Ein jämmerliches Geschöpf!

Diese erste Nacht würden wir in Anfe verbringen, einem Dorf an der Küste. Ein Fischer bot uns Quartier und ein Abendessen. Als ich meinen Geldbeutel zog, um ihn dankbar zu entlohnen, lehnte er ab, nahm mich sodann beiseite und bat, ich möge ihm lieber mitteilen, was ich von den Gerüchten über das bevorstehende Jahr wisse. Mit meinen gelehrtesten Worten suchte ich ihn zu beruhigen. Es sind dies nichts als Lügen, sagte ich zu ihm, die sich von Zeit zu Zeit verbreiten, wenn die Menschen den Mut verlieren. Man darf sich nicht davon anstecken lassen! Steht nicht in der Schrift geschrieben: »Ihr werdet nicht den Tag noch die Stunde kennen«.

Mein Gastgeber war über diese Worte so erleichtert, daß er, neben der Gastfreundschaft, die er uns erwiesen hat, meine Hand ergriff, um sie zu küssen. Meine Wangen röteten sich vor Scham. Wenn dieser rechtschaffene Mann wüßte, aus welchem widersinnigen Grund ich diese Reise unternahm. Der vermeintliche Weise, als der ich mich ausgab!

Bevor ich mich schlafen lege, zwinge ich mich, beim Schein einer rußenden Kerze, diese wenigen Zeilen zu schreiben. Ich bin nicht sicher, ob ich alles Wichtige niedergeschrieben habe. Und es wird mir nicht leichtfallen, täglich das Wesentliche vom Unwesentlichen zu trennen, das Anekdotenhafte vom Wahren, Irrwege vom richtigen Weg zu unterscheiden. Aber ich werde mit offenen Augen weitergehen.

Tripolis, am 25. August

Offenkundig sind wir heute unseren unerwünschten Weggefährten losgeworden. Allerdings nur, um anderen Unannehmlichkeiten zu begegnen.

Heute morgen wartete Rasmi bereits mit gezwirbeltem Schnurrbart vor dem Haus, in dem wir logiert hatten, zum Aufbruch bereit. Er muß die Nacht irgendwo im Dorf zugebracht haben, ich nehme an, bei einem ihm bekannten Räuber. Als wir uns auf den Weg machten, folgte er uns einige Minuten später. Dann stieg er wie gestern auf einen Hügel, um die Umgebung zu inspizieren. Schließlich machte er kehrt und ritt nach Gibelet zurück. Meine Begleiter fragen sich, ob es sich nicht um eine Finte handelte und ob uns der Mann nicht an anderer Stelle auf dem Weg überraschen wird. Ich glaube nicht. Wir werden ihn gewiß nicht wiedersehen.

Gegen Mittag erreichten wir Tripolis. Es war wohl mittlerweile mein zwanzigster Aufenthalt in dieser Stadt, aber ich durchschreite ihre Tore nie ohne gemischte Gefühle. Hier an dieser Stelle haben meine Ahnen zum ersten Mal dieses Land betreten, das war vor mehr als einem halben Jahrtausend. Damals hatten die Kreuzfahrer diese Stadt belagert, ohne daß es ihnen gelungen war, sie einzunehmen. Einer meiner Vorfahren, Ansaldo Embriaco, hatte ihnen daraufhin geholfen, ein Kastell zu errichten, mit dem sie in der Lage waren, den Widerstand der Belagerten zu brechen, und außerdem konnte mit Unterstützung seiner Schiffe die Hafeneinfahrt blockiert werden. Als Belohnung hatte er die Lehnsherrschaft über Gibelet erhalten.

Diese blieb gute zwei Jahrhunderte lang in den Händen meiner Familie. Und als der letzte Frankenstaat in der Levante zerschlagen wurde, verstanden es die Embriaci, den triumphierenden Mameluken das Recht abzuringen, ihr Lehen noch weitere Jahre zu behalten. Wir hatten zu den allerersten Kreuzfahrern gehört, wir waren die letzten, die gingen. Immer noch sind wir nicht gänzlich verschwunden. Bin ich nicht der lebende Beweis?

Als dann diese Lehnsherrschaft ihr Ende fand und wir den Muselmanen unser Gebiet abtreten mußten, beschloß der verbliebene Rest der Familie, nach Genua zurückzukehren.

›Zurückkehren‹ ist vielleicht nicht das passende Wort, denn alle waren in der Levante geboren, und die meisten von ihnen hatten noch nie den Fuß in die Stadt ihrer Väter gesetzt. Mein damaliger Vorfahre, Bartolomeo, verfiel sehr schnell in Wehmut und Mutlosigkeit. Denn wenn auch die Embriaci zur Zeit der Kreuzfahrer eine der angesehensten Familien waren, wenn sie damals in Genua ihr Viertel, ihr herrschaftliches Stadthaus, ihre Lehnsleute hatten, einen Turm, der ihren Namen trug, und das größte Vermögen der Stadt, waren sie jetzt von anderen Häusern übertroffen worden, die mittlerweile vornehmer und erlauchter waren, den Doria, den Spinola, den Grimaldi, den Fieschi. Mein Ahne fühlte sich in dieser Gesellschaft unterlegen, er fühlte sich regelrecht im Exil. Genuese wollte er wohl sein, und er war es ja auch durch seine Sprache, seine Kleidung, seine Lebensgewohnheiten: aber Genuese orientalischer Herkunft!

Die Meinen stachen also wieder in See, gingen in verschiedenen Häfen vor Anker, beispielsweise in Kaffa oder Kassandreia oder Chios, bis einer von ihnen, mein Urgroßvater Ugo, die Idee hatte, wieder nach Gibelet zurückzukehren, wo er für verschiedene Dienste von der Obrigkeit das Recht auf ein Landstück seines alten Lehensbesitzes erwarb. Unsere Familie mußte wohl oder übel auf ihre herrschaftlichen Ansprüche verzichten, um ihre ursprüngliche Bestimmung wiederzufinden, den Handel; doch die Erinnerung an diese ruhmreiche Epoche ist geblieben. Den Dokumenten nach, die sich noch immer in meinem Besitz befinden, bin ich in direkter männlicher Linie der achtzehnte Nachkomme des Mannes, der Tripolis erobert hat.

Warum also hätte ich nicht, wenn ich mich ins Viertel der Buchhändler begebe, mit einem wehmütigen Blick das Kastell streifen sollen, auf dem einst das Banner der Embriaci geweht hat? Die Händler amüsieren sich im übrigen, wenn sie mich kommen sehen und rufen: »Achtung, der Genuese kommt und will die Zitadelle einnehmen, versperrt ihm den Weg!« Sie kommen aus ihren Läden und versperren mir tatsächlich den Weg, jedoch um mich stürmisch zu begrüßen und mir auf Schritt und Tritt Kaffee und frische Sirupgetränke anzubieten. Die Leute hier sind von Natur aus liebenswürdig, aber ich muß auch gestehen, daß ich ihnen ein verständnisvoller Kollege bin und der beste ihrer Kunden. Wenn ich nicht hierherkomme, um mein Lager aufzustocken, sind sie es, die mir aus freien Stücken die Dinge schicken, die mich interessieren könnten und die nicht zu ihrem Handel gehören, was im wesentlichen Reliquien, Ikonen und alte Bücher des christlichen Glaubens sind. Sie selbst sind größtenteils Muselmanen oder Juden, und ihre Kundschaft setzt sich vorwiegend aus Glaubensbrüdern zusammen, die vor allem an dem interessiert sind, was ihren eigenen Glauben betrifft.

Als ich gegen Mittag in der Stadt ankam, begab ich mich sofort zu Abdessamad, einem befreundeten Muselmanen. Er saß vor seinem Laden und war von seinen Brüdern umgeben sowie von einigen anderen Buchhändlern der Straße. Nachdem wir die erforderlichen Höflichkeiten ausgetauscht hatten und ich meine Neffen all denen, die sie nicht kannten, vorgestellt hatte, wurde ich gebeten, den Grund meines Besuches zu nennen. Die Zunge stockte mir. Eine Stimme in mir sagte, ich täte besser daran, nichts zu verraten. Das war die Stimme der Vernunft, und ich hätte auf sie hören sollen. Umgeben von diesen angesehenen Persönlichkeiten, die allesamt eine hohe Meinung von mir hatten und mich ein wenig als ihren Rangältesten ansahen, wenn nicht an Alter und Gelehrtheit, so doch an Berühmtheit und Wohlstand, merkte ich sehr wohl, daß es nicht klug wäre, den wahren Grund meines Besuches zu nennen. Doch ich hatte noch eine andere Stimme im Ohr, eine weniger weise, die mir zuraunte: Wenn der alte Idriss in seiner Hütte ein Exemplar des hochbegehrten Werkes hatte, warum sollten nicht die Buchhändler von Tripolis auch eins haben? Ebenfalls eine Fälschung vielleicht, aber sie würde mir den Weg nach Konstantinopel ersparen!

Nach ein paar langen Augenblicken des Schweigens, während deren alle Blicke erwartungsvoll auf mich gerichtet waren, sagte ich schließlich: »Hat vielleicht der eine oder andere von euch unter seinen Büchern diese Abhandlung von Mazandarani, von der man in diesen Tagen soviel spricht, *Der Hundertste Name*?«

Ich hatte meine Frage so harmlos, gleichgültig und ironisch wie möglich gestellt. Aber auf der Stelle legte sich eine Stille über die kleine Gruppe, die mich umgab, und, wie mir schien, über die Straße, die ganze Stadt. Alle Augen wandten sich im gleichen Moment ab, um sich auf meinen Freund Abdessamad zu richten. Der mich seinerseits keines Blickes mehr würdigte.

Er räusperte sich, als wollte er das Wort ergreifen, aber dann brach er in Gelächter aus, ein schallendes Gelächter, ein gezwungenes Gelächter, das er plötzlich abwürgte, um einen Schluck Wasser zu trinken. Bevor er zu mir sagte: »Dein Besuch ist uns immer eine große Freude!«

Womit er mir bedeuten wollte, daß dieser beendet war. Ich erhob mich betreten, grüßte kurz diejenigen neben mir; die anderen hatten sich schon zerstreut.

Auf dem Weg zur Herberge, in der wir die Nacht verbringen sollten, war ich wie benommen. Hatem teilte mir mit, er wolle Besorgungen machen. Habib flüsterte mir zu, daß er zum Hafen wolle; ich ließ sie ohne ein Wort ziehen. Nur Jaber blieb an meiner Seite, aber auch mit ihm wechselte ich kein einziges Wort. Was sollte ich zu ihm sagen? »Verflucht seist du, Bumeh, deine Schuld ist es, daß ich gedemütigt wurde!« Es war seine Schuld, die von Jewdokim, von Idriss, von Marmontel und so vieler anderer, aber allen voran meine eigene Schuld. Mir kommt es zuvorderst zu, meine Vernunft, meinen Ruf, meine Würde zu wahren.

Ich frage mich dennoch, wieso die Buchhändler auf diese Weise reagiert haben. Ein schroffes, brutales Verhalten seitens derer, die ich sonst als liebenswürdig und umsichtig kenne. Ich hatte im äußersten Falle ein amüsiertes Lächeln erwartet. Nicht diese Feindseligkeit. Obwohl ich meine Frage vorsichtig vorgebracht hatte! Es ist mir unverständlich.

Nachdem ich diese Zeilen geschrieben habe, kehrt meine Ruhe wieder zurück. Aber dieser Vorfall hatte mich für den Rest des Tages in üble Laune versetzt. Ich ließ meinen Ärger an Hatem aus, der nicht die Einkäufe gemacht hatte, die ich wünschte, dann an Habib, der von seinem Gang zum Hafen erst nach Einbruch der Dunkelheit zurückgekehrt war.

Bumeh, der eigentlichen Quelle meiner Enttäuschung, wußte ich nichts vorzuwerfen.

Unterwegs, am 26. August

Wie konnte ich nur so naiv sein?

Die Dinge lagen offen vor mir, und ich habe sie nicht gesehen!

Als ich heute morgen erwachte, war Habib verschwunden. Er

war früh aufgestanden und hatte Hatem ins Ohr geflüstert, daß er noch etwas auf dem Markt bei dem Kastell kaufen müßte und uns dann am Tor der Bassatine, im Nordosten der Stadt, erwarten würde. »Ich wünsche ihm, daß er vor uns da ist«, schrie ich, »denn ich werde nicht eine Minute auf ihn warten.« Und ich gab auf der Stelle das Signal zum Aufbruch.

Das Tor lag nicht allzuweit von unserem Gasthaus entfernt, wir erreichten es im Nu. Ich ließ meinen Blick in alle Richtungen schweifen, aber Habib war nicht zu sehen. »Lassen wir ihm einen Augenblick Zeit, zu uns zu stoßen«, flehte mein Diener, der schon immer eine Schwäche für diesen Jungen hatte. »Ich werde nicht lange auf ihn warten!« antwortete ich und stampfte mit dem Fuß. Aber natürlich mußte ich auf ihn warten, notgedrungen. Was sonst sollte ich tun? Wir hatten eine lange Reise vor uns, und ich konnte meinen Neffen schließlich nicht unterwegs zurücklassen!

Nach einer Stunde, als die Sonne schon recht hoch am Himmel stand, schrie Hatem, mit gespielter Verzückung: »Da ist Habib, Gott bewahre ihn, er rennt, er macht uns Zeichen, was für ein braver Junge er doch ist, immerzu liebevoll, immerzu lächelnd, das Wichtigste, Herr, ist doch, daß ihm kein Unglück zugestoßen ist …« Das ganze Geplapper natürlich nur, damit er keine Schelte bekam! Aber ich ließ mich nicht erweichen. Eine Stunde warteten wir jetzt schon auf ihn! Es war ausgeschlossen, daß ich ihn grüßte oder gar anlächelte, ich weigerte mich sogar, in seine Richtung zu sehen. Ich geduldete mich noch eine Minute, bis er uns erreicht hatte, dann bewegte ich mich würdevoll zum Tor der Stadt.

Habib war jetzt hinter mir, ich spürte ihn, ich hörte ihn dicht an meinem Ohr atmen. Aber ich kehrte ihm weiterhin den Rücken zu. Ich würde erst wieder mit ihm sprechen, nahm ich mir vor, wenn er mir respektvoll die Hand geküßt und mir versprochen hätte, sich nicht mehr ohne meine Erlaubnis zu entfernen! Wenn wir schon die Reise gemeinsam unternahmen, wollte ich zu jedem Zeitpunkt wissen, wo sich meine Neffen befanden!

Beim Wachposten am Tor angekommen, grüßte ich höflich, gab meine Personalien an und drückte dem Mann ein angemessenes Geldstück in die Hand.

»Ist das Euer Sohn?« fragte er und zeigte auf denjenigen, der mir folgte.

»Nein, ich bin sein Neffe.«

»Und diese Frau?«

»Seine Gattin«, sagte Habib.

»Ihr könnt passieren!«

Meine Gattin?

In der Situation sagte ich nichts, ich riskierte nicht einmal einen Blick nach hinten, um meine Überraschung nicht zu verraten. Das geringste Stammeln vor diesem osmanischen Offizier, das geringste betretene Zögern, und wir würden uns im Gefängnis wiederfinden.

Meine Gattin?

Ich zog es vor, zunächst das Tor zu passieren, mich von dem Zöllner und den Soldaten zu entfernen und dabei nach vorne zu schauen. Dann erst drehte ich mich um.

Es war Marta. ›Die Witwe‹. In Schwarz gekleidet und sichtlich erfreut.

Nein, das muß ich zugeben, ich hatte nichts davon geahnt, nicht den geringsten Verdacht geschöpft. Und Habib hat es geschickt eingefädelt, das muß ich sagen. Er, der so gern seine Streiche spielt, um Frauen und Männer zu betören, trug in den vergangenen Tagen nicht ein einziges Mal ein verschwörerisches Lächeln auf den Lippen, ließ nicht die geringste Anspielung verlauten. Über Rasmis Anschuldigungen, die letztendlich gar nicht so unbegründet waren, wie ich geglaubt hatte, schien er ebenso empört wie ich.

Später würde Habib mir vermutlich erzählen, wie sich die Dinge zugetragen hatten. Doch wozu? Das meiste kann ich erraten. Ich kann mir denken, weshalb er seltsamerweise seinem Bruder beigesprungen war, um mich zu dieser Reise nach Konstantinopel zu bewegen. Ich stelle mir vor, wie er sich beeilt hat,

›die Witwe‹ zu unterrichten, die die Gelegenheit für günstig gehalten haben muß, zu fliehen. Sie hatte also Gibelet verlassen und dann eine Nacht in Tripolis verbracht, bei einer Kusine oder in einem Kloster. Das alles scheint so offensichtlich, daß ich gar keine Geständnisse mehr brauche. Aber bevor man mir das Ganze nicht vorgeführt hatte, hatte ich nichts geahnt.

Was jetzt tun? Den Rest des Tages starrte ich unverwandt geradeaus, das Gesicht verschlossen und ohne ein Wort zu sagen. Beleidigt zu sein ist keine Lösung, ich weiß. Aber wenn ich nicht auf jegliche Autorität über die Meinen, auf jegliche Würde, verzichten wollte, konnte ich nicht so tun, als sei ich nicht hintergangen worden.

Ärgerlich ist, daß ich von Natur aus vergeßlich und gutmütig bin und stets geneigt, zu verzeihen. Ich mußte mich zwingen, mich nicht anders zu benehmen. Einen Tag oder zwei muß ich noch durchhalten, und sollte ich auch mehr darunter leiden als diejenigen, die ich damit zu bestrafen gedachte.

Die vier hinter mir wagen nicht, sich laut zu unterhalten, und das ist gut so.

Im Dorf des Schneiders, am 27. August

Auch heute hat sich unerwartet ein Weggefährte zu uns gesellt. Dieses Mal jedoch ein rechtschaffener Mann.

Wir hatten eine schreckliche Nacht hinter uns. Ich kannte eine Herberge auf dem Weg, doch bin ich lange Zeit nicht dort gewesen. Vielleicht hatte ich sie damals zu einer günstigeren Jahreszeit aufgesucht, ich erinnerte mich jedenfalls nicht mehr an diese Mückenschwärme, diese schimmeligen, rissigen Wände, diesen Geruch von stehendem Gewässer … Ich habe die ganze Nacht wild um mich geschlagen und zugeschlagen, sobald ein drohendes Summen an meine Ohren drang.

Als wir am Morgen wieder losziehen mußten, hatte ich kaum ein Auge zugetan. Später am Tag nickte ich wiederholt auf meinem Maultier ein und wäre um ein Haar heruntergefallen. Zum Glück ritt Hatem dicht neben mir, um mich von Zeit zu Zeit zu stützen. Was für ein braver Kerl er war, auf ihn war ich am wenigsten böse.

Gegen Mittag, als wir seit gut fünf Stunden unterwegs waren und ich nach einem schattigen Plätzchen Ausschau hielt, wo wir unsere Mahlzeit einnehmen könnten, war der Weg vor uns plötzlich von einem dicken belaubten Ast versperrt. Es wäre einfach gewesen, ihn beiseite zu räumen oder um ihn herumzureiten, indes, ich blieb verdutzt stehen. Die Art, wie er da lag, geradewegs in der Mitte des Weges, hatte etwas Verdächtiges.

Ich ließ meinen Blick über die Umgebung streifen und suchte eine Erklärung, da flüsterte mir Bumeh ins Ohr, daß es besser sei, den abfallenden Pfad weiter vorne rechts zu nehmen, um später wieder auf den breiten Weg zurückzukehren.

»Wenn der Wind«, sagte er, »diesen Ast von seinem Baum gerissen und bis hierher und in diese Position geweht hat, so kann dies nur ein Fingerzeig des Himmels sein, und wir wären verrückt, uns ihm zu widersetzen.«

Ich verfluchte den Aberglauben, folgte aber Bumehs Rat. Es ist nämlich so, daß ich, während er zu mir sprach, zu unserer Rechten in der Verlängerung des Weges, den er mir empfahl, ein schattiges Plätzchen ausgemacht hatte, das mir zusagte. Allein beim Anblick dieser üppig-grünen Frische, glaubte ich bereits eine erfrischende Quelle sprudeln zu hören. Und ich war hungrig.

Als wir auf den Pfad einbogen, sahen wir Leute, die sich auf ihren Reittieren entfernten, drei oder vier, wie mir schien. Wahrscheinlich hatten sie das gleiche vorgehabt wie wir, überlegte ich – die Straße zu verlassen, um ihre Mahlzeit im Schatten einzunehmen, aber sie ritten zügig, schlugen auf die Tiere ein, als wollten sie vor uns fliehen. Als wir die schattige Stelle erreichten, waren sie bereits am Horizont verschwunden.

Hatem war es, der als erster aufschrie: »Räuber! Das waren Räuber, Wegelagerer!«

Im Schatten eines Nußbaums lag ein Mann. Entkleidet und wie tot. Wir riefen ihm von weitem zu, sobald wir ihn bemerkten: Er rührte sich nicht. Seine Stirn und sein Bart waren blutverschmiert. Ich bekreuzigte mich. Aber als Marta schrie: »Mein Gott! Er ist tot!« und Klagelaute ausstieß, richtete sich der Mann auf, beruhigt, eine weibliche Stimme zu hören, und bedeckte schnellstens mit den Händen seine Blöße. Zunächst hatte er befürchtet, wie er uns sagte, daß seine Angreifer zurückgekehrt wären, aus Reue, wenn man so will, um ihn zu töten.

»Sie hatten einen Ast auf die Straße gezogen, woraufhin ich lieber diesen Pfad genommen hatte, weil ich mir sagte, es müsse in der anderen Richtung eine Gefahr lauern. Aber gerade hier hatten sie sich in den Hinterhalt gelegt. Ich kam aus Tripolis, wo ich Stoff gekauft hatte. Ich bin Schneider von Beruf. Mein Name ist Abbas. Sie haben mir alles genommen, zwei Esel mit ihrer Ladung, mein Geld, meine Schuhe und auch meine Kleider! Gott verfluche sie! Möge ihnen alles, was sie mir genommen haben, wie eine Fischgräte im Halse steckenbleiben!«

Ich drehte mich zu Bumeh.

»Ein Fingerzeig des Himmels, dieser Ast, sagtest du das nicht? Von wegen! Das war eine Räuberfalle!«

Aber er weigerte sich, das Gesagte zurückzunehmen: »Hätten wir diesen Weg nicht genommen, Gott weiß, was aus dem Unglücklichen geworden wäre! Nur, weil sie uns haben kommen sehen, sind seine Übeltäter so schnell geflohen!«

Der Mann, der gerade eins meiner Hemden überstreifte, welches Hatem ihm reichte, pflichtete ihm bei: »Der Himmel allein hat euch hierhergeschickt, zu meinem Glück! Ihr seid rechtschaffene Leute, das sieht man an euren Gesichtern. Nur anständige Leute reisen mit Frau und Kindern. Sind das eure Söhne, diese beiden hübschen jungen Männer? Möge der Allmächtige über sie wachen!«

An Marta waren diese Worte gerichtet. Sie hatte sich ihm genähert, um sein Gesicht mit einem Taschentuch abzuwischen, das sie in Wasser getaucht hatte.

»Es sind unsere Neffen«, entgegnete sie, nicht ohne leises Zögern und einen kurzen Blick in meine Richtung, als wolle sie sich entschuldigen.

»Gott segne euch«, wiederholte der Mann, »Gott segne euch alle, ich werde euch nicht ziehen lassen, bevor ich nicht jedem von euch ein Kleid geschenkt habe. Sagt nicht nein, das ist das Mindeste, ihr habt mir das Leben gerettet, Gott segne euch. Und die kommende Nacht werdet ihr bei mir verbringen, nirgendwo sonst!«

Wir konnten nicht ablehnen, zumal wir in seinem Dorf erst bei Einbruch der Dunkelheit eintrafen. Wir waren von unserer Route abgewichen, um ihn nach Hause zu geleiten. Nach allem, was ihm zugestoßen war, konnten wir ihn nicht allein weiterziehen lassen.

Er zeigte sich sehr dankbar und bestand darauf, trotz der späten Stunde, zu unseren Ehren ein Festmahl zu geben. Von allen Häusern des Dorfes wurden die herrlichsten Speisen gebracht, manche mit Fleisch, andere ohne. Der Schneider ist ein allseits beliebter und respektierter Mann, und er lobte uns, meine Neffen, meinen Diener, »meine Ehefrau« und mich als seine Retter, die erhabenen Instrumente der Vorsehung, in deren Schuld er sein ganzes Leben lang stehen würde.

Wir hätten uns keine tröstlichere Etappe erträumen können, sie hat die Unsicherheiten zu Beginn der Reise in den Hintergrund treten lassen und die Spannungen zwischen meinen Gefährten und mir gemildert.

Als die Zeit zum Schlafengehen kam, gelobte unser Gastgeber mit erhobener Stimme, daß »meine Gattin« und ich in seinem Gemach schlafen würden, während er und seine Frau die Nacht im Wohnraum verbrächten, gemeinsam mit ihrem Sohn, meinen Neffen, meinem Diener und ihrer alten Dienerin. Ich wollte das Angebot ablehnen, aber der Mann wurde böse, er habe dies geschworen, sagte er, und ich könne ihn nicht dazu verleiten, seinen Schwur zu brechen. Selbstverständlich war es zu spät, um aufzuklären, daß diese Frau an meiner Seite nicht meine Ehefrau war. Ich hätte mich in Verruf gebracht, ich hätte die Achtung dieser Leute eingebüßt, die mich in alle Himmel hoben. Nein, das konnte ich nicht tun, es war besser, uns bis zum nächsten Morgen darein zu fügen.

Und so fanden wir uns, ›die Witwe‹ und ich, in diesem Zimmer, von den anderen durch einen einfachen Vorhang getrennt, und dennoch allein und das die ganze Nacht. Beim Schein der Kerze, die uns überlassen worden war, sah ich Martas Augen lächeln. Ich lächelte nicht. Ich hatte erwartet, daß sie verlegener wäre als ich. Sie war es nicht. Es fehlte nicht viel, und sie wäre in schallendes Gelächter ausgebrochen. Das war unschicklich. Ich hatte das Gefühl, mich für zwei zu schämen.

Nach einigem Zögern legten wir uns schließlich auf die gleiche Bettstatt, unter die gleiche Decke, aber völlig bekleidet und gut voneinander getrennt.

Es vergingen einige lange, schweigsame Minuten im Dunkeln, in denen nur unser Atem zu hören war, dann drehte meine Bettgenossin ihr Gesicht in meine Richtung.

»Ihr dürft Habib nicht böse sein. Wenn er Euch die Wahrheit verschwiegen hat, so ist es meine Schuld, ich habe ihn schwören lassen, daß er nichts sagt. Ich hatte Angst, meine Fluchtpläne könnten aufgedeckt werden, mein Schwager hätte mich umgebracht.«

»Was geschehen ist, ist geschehen.«

Meine Antwort war schroff gewesen. Ich hatte keine Lust, eine Unterhaltung zu beginnen. Doch nach kurzem beiderseitigen Schweigen sprach sie weiter: »Natürlich war es unrecht von Habib, dem Offizier zu sagen, ich sei Eure Frau. Das liegt daran, daß er überrumpelt wurde, der arme Junge. Ihr seid ein angesehener Mann, und das alles bringt Euch in eine peinliche Lage, nicht wahr? Ich Eure Frau? Gott bewahre!«

»Was gesagt ist, ist gesagt!«

Ich hatte diese Worte hingeworfen, ohne darüber nachzudenken. Und erst später, als Martas Worte und meine in meinem

Kopf nachhallten, fiel mir auf, wie meine Worte gedeutet werden könnten. In der Situation, in die wir geraten waren, wurde jedes Wort zu einem unsicheren Terrain. »Ich, Eure Frau?« – »Was gesagt ist, ist gesagt!« Es fehlte nicht viel, und ich hätte angefangen, mich zu verbessern, zu erklären … Doch wozu? Ich hätte mich nur noch weiter verstrickt. Ich sah meine Bettnachbarin daher nur an und versuchte zu erraten, wie sie es verstanden hatte. Sie trug, wie mir schien, die schelmische Miene ihrer jungen Jahre zur Schau. Da lächelte ich und machte im Dunkeln eine Geste der Resignation.

Vielleicht hatten wir dieses Gespräch gebraucht, um unbeschwert nebeneinander einschlafen zu können, nicht zu nah beieinander, nicht zu weit voneinander entfernt.

Am 28. August

Beim Aufwachen war ich bester Laune, desgleichen ›meine Ehefrau‹. Meine Neffen verfolgten uns den ganzen Tag mit ihren neugierigen und mißtrauischen Blicken, mein Diener hingegen schien amüsiert.

Wir hatten vorgehabt, bei Tagesanbruch aufzubrechen, doch diesen Plan mußten wir aufgeben. In der Nacht hatte es zu regnen begonnen, und am Morgen goß es in Strömen. Der gestrige Tag war wolkenverhangen, eigentlich das beste Wetter für die Reise, aber man spürte, daß die Wolken uns nicht nur Schatten spenden würden. Wir hatten keine andere Wahl, als noch einen Tag und eine weitere Nacht bei unseren Gastgebern zu verbringen. Gott segne sie, denn sie lassen uns in jedem Augenblick fühlen, wie sehr unsere Anwesenheit ihnen lieb und angenehm ist.

Als die Schlafenszeit kam, schwor der freundliche Schneider erneut, daß ›meine Schutzbefohlene‹ und ich, solange wir unter seinem Dach seien, nirgendwo sonst schlafen würden als in seinem Gemach. Zum zweiten Mal willigte ich ein. Ein wenig zu bereitwillig, vielleicht … Wir, Marta und ich, streckten uns artig nebeneinander aus. Weiterhin bekleidet, weiterhin voneinander getrennt. Nichts weiter als Bettgenossen, wie gestern. Mit dem einzigen Unterschied, daß wir uns jetzt ohne Unterlaß unterhielten: über dieses und jenes, über den Empfang unserer Gastgeber, über das morgige Wetter. ›Die Witwe‹ benutzte ein Parfum, das ich am Vorabend nicht gerochen hatte.

Ich hatte gerade angefangen, ihr von den Gründen zu erzählen, die mich zu dieser Reise bewogen hatten, als Habib in unser Zimmer trat. Er näherte sich geräuschlos auf nackten Sohlen, als wollte er uns überraschen.

»Ich werde hier schlafen«, sagte er, als ich ihn bemerkte. »Im anderen Zimmer sind zu viele Mücken, man wird regelrecht von ihnen aufgefressen.«

Ich seufzte.

»Du hast gut daran getan, hierherzukommen. Hier können die Mücken nicht hereinkommen, der Vorhang ist dicht …«

Hatte ich meine ganze Verärgerung durchklingen lassen? Marta rückte dichter an mich heran, um mir so leise wie möglich zuzuflüstern:

»Er ist noch ein Kind!«

Wieder versuchte sie, ihn zu entschuldigen. Vielleicht wollte sie mir auch nur zu verstehen geben, daß die Eifersucht, die Habib zeigte, unbegründet war. Denn ich konnte vermuten, daß, wenn er mit ihr abgesprochen hatte, sie von ihrer Schwiegerfamilie zu befreien, und ihr ermöglicht hatte, sich uns anzuschließen, dies nicht allein auf seine ritterliche Gesinnung zurückzuführen war, sondern darauf, daß er etwas für sie empfand und daß sie kaum versucht hatte, ihm das auszureden, obschon sie sieben oder acht Jahre älter war als er.

Eifersüchtig war er, wie ich glaube. Eingerollt in seine Decke, hatte er sich zunächst nahe der Wand hingelegt. Auch wenn er nichts sagte, hörte ich doch seinen unregelmäßigen Atem – er schlief also nicht. Seine Anwesenheit ärgerte mich. Einerseits nahm ich mir vor, ihm morgen klarzumachen, daß meine zwei Nächte neben ›der Witwe‹ die Folge von ihm wohlvertrauten Umständen waren und er nichts Schlechtes denken sollte. Andererseits konnte ich nicht einsehen und sehe nach wie vor nicht ein, weshalb ich mich diesem Bengel gegenüber rechtfertigen sollte. Nicht ich war es, der mich in diese peinliche Situation gebracht hatte! Ich war zwar gutmütig, das ist wahr, aber man sollte mein Blut nicht allzusehr in Wallung bringen! Sollte ich je den Wunsch verspüren, Marta den Hof zu machen, so würde ich bestimmt nicht meine Neffen um Erlaubnis bitten, und auch niemanden sonst!

Ich drehte mich kurz entschlossen zu ihr hin und flüsterte nicht gerade leise: »Wenn er wirklich ein Kind ist, werde ich ihn auch so behandeln!«

Als ich mich ihr näherte, roch ich ihr Parfum um so stärker, und mich packte die Lust, mich ihr noch mehr zu nähern. Aber Habib hatte mich gehört: Auch wenn er meine Worte nicht verstanden hatte, hatte er zumindest das Flüstern vernommen. Daraufhin schob er sich mit seiner Decke bis an unsere Füße, ja, drückte sich mit seinem ganzen Körper dagegen und verhinderte somit jede weitere Bewegung von unserer Seite.

Ich war versucht, ihm, ›aus Versehen‹, einen nicht gerade sanften Tritt zu versetzen, während ich schlief. Aber ich zog es vor, mich auf andere Weise zu rächen: Ich nahm Martas Hand in meine, um sie unter der Decke bis zum Morgen festzuhalten.

In der Nähe des Flusses Orontes, am 29. August

Heute morgen regnete es nicht mehr, und wir konnten uns wieder auf den Weg machen. Ich hatte wenig geschlafen, so gereizt war ich von dem ungebührlichen Verhalten meines Neffen gewesen.

Aber vielleicht war es besser, daß die Nacht auf diese Weise verlaufen war. Ja, wenn ich darüber nachdenke, ist es besser, beim Aufwachen die Qualen des Begehrens zu spüren als die der Reue.

Wir verabschiedeten uns von unseren Gastgebern, die uns noch Geschenke mitgaben und unsere Maultiere mit Verpflegung beluden, die für eine mehrtägige Reise reichen würde. Gebe der Himmel, daß wir ihnen eines Tages unsere Gastfreundschaft erweisen können!

Nach dem Regen ist die Straße angenehm, keine Sonne oder übermäßige Hitze, kein aufstiebender Staub. Schlamm natürlich, aber nur an den Hufen der Tiere. Wir machten erst halt, als die Dunkelheit einbrach.

Wir hatten die Stadt Homs passiert, um in einem Kloster zu übernachten, das am Ufer des Orontes lag. Zweimal hatte ich während einer Reise nach Aleppo bereits mit meinem Vater dort übernachtet, auf dem Hinweg und auf dem Rückweg, aber kein Mensch hier erinnert sich daran.

Als ich am Abend in den Gärten des Klosters spazierenging, trat ein junger Mönch auf mich zu und fragte mich mit aufgerissenen Augen und fieberhafter Stimme nach den Gerüchten, die wegen des bevorstehenden Jahres kursierten. Auch wenn er die Gerüchte »verlogen« nannte und »abergläubisch«, wirkte er doch nicht unberührt. Er erwähnte beunruhigende Zeichen, die von den Bauern der umliegenden Dörfer berichtet worden waren, die Geburt eines Kalbs mit zwei Köpfen und das plötzliche Versiegen eines alten Brunnens. Er erzählte auch von Frauen, die sich auf gänzlich unerhörte Weise benommen hätten, aber er beschränkte sich zu sehr auf Anspielungen, und ich muß zugeben, daß ich nicht recht begriff, worauf er hinauswollte.

Ich zwang mich, ihn so gut als möglich zu beruhigen, und berief mich auch dieses Mal auf die Schrift und die Unfähigkeit der Sterblichen, die Zukunft vorauszusagen. Ich weiß nicht, ob meine Argumente ihn getröstet haben. Gewiß habe ich ihm bei meiner Abreise einen Teil meiner zur Schau getragenen Unbeschwertheit zurückgelassen, allerdings nur, um im Geiste einen Teil seiner Furcht mitzunehmen.

Unterwegs, am 30. August

Ich habe soeben noch einmal die Seiten gelesen, die ich in den letzten Tagen niedergeschrieben habe, und bin bestürzt.

Ich hatte diese Reise mit den lautersten Absichten unternommen, besorgt über das Fortbestehen des Universums, über die Reaktion meiner Nächsten auf das vorhergesagte Unheil. Und plötzlich finde ich mich, durch diese Frau, auf Abwegen, auf denen sonst nur ruchlose Menschen verkehren. Eifersucht, Intrigen, Schäbigkeit – wo doch morgen schon das Ende der Welt erreicht sein könnte!

Scheich Abdel-Bassit hatte recht gehabt. Weshalb durch die ganze Welt reisen, wenn ich doch nur sehe, was ich bereits in mir trage?

Ich muß mich wieder fassen! Möge ich meinen ursprünglichen klaren Verstand wiederfinden, möge ich meine Feder nur in die ehrwürdigste Tinte tauchen, und sei sie noch so bitter.

Am 2. September

Häufig sprechen die Leute von der Seekrankheit, aber fast nie von der Reitkrankheit, als sei es weniger entwürdigend, auf einer Schiffsbrücke zu leiden als auf dem schaukelnden Rücken eines Maultiers, eines Kamels oder eines Kleppers.

Doch eben daran leide ich seit nunmehr drei Tagen, ohne daß ich mich freilich dazu durchringen könnte, die Reise zu unterbrechen. Allerdings habe ich sehr wenig geschrieben.

Gestern abend haben wir das Städtchen Maarrat erreicht, und nur im Schutz der halb zerfallenen Mauern habe ich mich wieder erholt, schmeckt mir wieder das Brot.

Heute morgen bin ich durch die Gassen der Händler flaniert, als sich ein seltsamer Vorfall ereignete. Die hiesigen Buchhändler haben mich noch nie in ihrem Leben gesehen, infolgedessen konnte ich sie ohne Umschweife zum Thema *Hundertster Name* befragen. Ich habe jedoch nur unwissende Blicke geerntet – ob aufrichtig oder vorgetäuscht, ich weiß es nicht. Vor dem letzten Laden indes, dem neben der großen Moschee, als ich schon umkehren wollte, trat ein alter Buchhändler ohne Fes, dem ich noch keine einzige Frage gestellt hatte, auf mich zu und drückte mir ein Buch in die Hand. Ich schlug es aufs Geratewohl auf, und – einer plötzlichen Eingebung folgend, die ich mir noch immer nicht erklären kann – begann ich mit klarer Stimme die Zeilen zu lesen, auf die mein Blick als erstes fiel:

Sie behaupten, die Zeit nehme bald ein Ende
Den Tagen sei der Atem ausgegangen
Sie haben gelogen.

Es handelte sich um ein Buch von Abul-Ala, dem blinden Dichter von Maarrat. Warum hat es mir dieser Mann in die Hände gelegt? Warum war das Buch auf ebendieser Seite aufgeschlagen? Und was hat mich bewogen, inmitten einer belebten Händlergasse daraus zu lesen?

Ein Zeichen? Aber was für ein Zeichen ist das, das alle Zeichen Lügen straft?

Dem alten Buchhändler habe ich das Buch abgekauft: Wahrscheinlich wird es mir auf dieser Reise der unvernünftigste Weggefährte sein.

Aleppo, am 6. September

Nachdem wir gestern abend angekommen waren, haben wir den heutigen Tag damit verbracht, mit einem gierigen und durchtriebenen Karawanenführer zu feilschen. Er behauptete – neben tausend anderen Vorwänden –, die Teilnahme eines reichen genuesischen Händlers und seiner Frau zwinge ihn dazu, seine Eskorte um drei weitere Burschen zu verstärken. Ich antwortete, daß wir drei Männer und eine Frau seien und daß wir uns zu verteidigen wüßten, sollten Banditen uns angreifen. Daraufhin ließ er seinen Blick über uns gleiten, über meine Neffen mit ihren schmächtigen Beinen, über meinen biederen Knecht, und verharrte länger als nötig bei meinem Bauch, dem eines wohlgenährten Händlers, bevor der Karawanenführer mit einem verächtlichen Lachen verschwand. Ich hatte nicht übel Lust, ihm ein für allemal den Rücken zu kehren und mich an einen anderen Karawanenführer zu wenden, aber ich besann mich. Ich hatte keine andere Wahl. Ich hätte eine oder zwei Wochen warten müssen, hätte die ersten kalten Tage in Anatolien auf mich nehmen müssen, ohne die Gewißheit, auf einen freundlicheren Führer zu stoßen. Also schluckte ich meinen Stolz hinunter, gab vor, mit ihm zu lachen, klopfte leicht auf meinen Bauch und hielt ihm die geforderte Summe hin: zweiunddreißig Piaster – was nicht weniger als zweitausendfünfhundert Majdin entsprach!

Während er die Münzen in der Hand wog, versuchte er mir das Versprechen zu entlocken, daß ich ihn, sollten wir alle wohlbehalten mit der ganzen Ware am Ziel ankommen, mit weiteren Münzen bedenken würde. Ich erinnerte ihn daran, daß wir keinerlei Waren mit uns führten, nichts als unsere Kleider und Verpflegung, aber ich mußte versprechen, mich dankbar zu zeigen, sollte die Reise von Anfang bis Ende gut verlaufen.

Übermorgen werden wir aufbrechen, Dienstag bei Tagesanbruch, um in etwa vierzig Tagen, so Gott will, Konstantinopel zu erreichen.

Am Montag, dem 7. September

Nach den Beschwerlichkeiten der bisherigen Reise und denen, die uns nun bevorstanden, hoffte ich einen ruhigen Tag einlegen zu können, zum Ausruhen, zur Erfrischung, zum Flanieren und

Fröhlichsein. Aber dieser Montag hielt etwas völlig anderes für mich bereit. Atemlosigkeit, einen Schrecken, gefolgt vom nächsten, und ein Rätsel, das ich bis jetzt nicht gelöst habe.

Ich war früh wach geworden und hatte die Herberge verlassen, um mich in das ehemalige Gerberviertel zu begeben, wo ich einen Armenier aufsuchen wollte, einen Weinhändler, dessen Adresse ich aufbewahrt hatte. Es fiel mir nicht schwer, ihn wiederzufinden, und ich kaufte ihm für die Reise zwei Krüge Malvasier ab. Als ich seinen Laden verließ, überkam mich plötzlich ein merkwürdiges Gefühl. Auf der Treppe eines der Nachbarhäuser befand sich eine Gruppe von Männern, die sich unterhielten und dabei verstohlen in meine Richtung sahen. Bei einem von ihnen hatten die Augen aufgeleuchtet, und mir war, als hätte ich eine Klinge aufblitzen sehen.

Je weiter ich durch die kleinen Gassen lief, um so stärker fühlte ich mich beobachtet, verfolgt, eingekreist. War es Einbildung? Ich bereute es jetzt, mich allein hierher gewagt zu haben, ohne meinen Diener, ohne meine Neffen. Ich bereute es ebenfalls, nicht in den Laden des Armeniers zurückgekehrt zu sein, sobald ich die Gefahr gespürt hatte. Nun war es zu spät. Zwei der Männer liefen vor mir, und als ich mich umdrehte, sah ich zwei weitere, die mir den Rückweg abschnitten. Die Straße um mich herum hatte sich geleert, ich weiß nicht durch welchen Zauberbann. Augenblicke vorher war es mir vorgekommen, als befände ich mich in einer belebten Straße, nicht gerade einer, in der es von Menschen wimmelte, aber auch keiner, die menschenleer war. Und jetzt kein Mensch mehr. Alles wie ausgestorben. Ich sah mich schon von einem Messer durchbohrt, bevor man mich ausrauben würde. Hier ist meine Reise zu Ende, dachte ich zitternd. Ich wollte um Hilfe rufen, aber ich brachte keinen Laut hervor.

Während ich verzweifelt nach einem Fluchtweg Ausschau hielt, bemerkte ich zu meiner Rechten eine Tür. In letzter Verzweiflung drehte ich den Knauf, die Tür ließ sich öffnen. Dahinter lag ein dunkler Gang. Mich zu verstecken hätte wenig genützt, mir schien, als hätte ich mir dadurch nur den Ort ausgesucht, an dem mir die Kehle durchgeschnitten würde. Ich lief deshalb den Gang entlang, während meine Verfolger ihrerseits eintraten. Am Ende befand sich eine weitere Tür, die einen Spaltbreit offenstand. Ich hatte nicht die Zeit anzuklopfen, sondern drückte sie mit der Schulter auf und warf mich mit aller Kraft in den Raum.

Dort bot sich mir eine Szene, von der ich nicht weiß, mit welchen Worten ich sie schildern soll, über die ich jetzt zu lächeln wage, die mich aber in jenem Augenblick kaum weniger erzittern ließ als die Messerklingen der Banditen.

Ein Dutzend Männer befanden sich in diesem Raum, ohne Schuhe, auf dem Boden niederknieend, und im Begriff, ein Gebet zu sprechen. Und ich, nicht genug damit, ihre Zeremonie zu unterbrechen, nicht genug damit, ihren Gebetsteppich zu betreten, ich stolperte über ein Bein, stieß einen Fluch aus, wie er im letzten Armenviertel von Genua gerufen würde, und schlug der Länge nach hin. Die beiden Weinkrüge stießen im Fallen gegeneinander, einer davon zerbrach, und die gottlose Flüssigkeit ergoß sich gluckernd über den Teppich des kleinen Gebetsraumes.

Herr im Himmel! Noch bevor ich Angst empfinden konnte, verspürte ich Scham. In wenigen Sekunden sowohl eine Entweihung, ein Sakrileg, eine Tölpelhaftigkeit als auch eine Blasphemie zu begehen! Was sollte ich diesen Männern sagen? Wie mich erklären? Mit welchen Worten meine Reue, meine Schuldgefühle zum Ausdruck bringen? Ich besaß nicht einmal mehr die Kraft, mich wieder aufzurichten. Da erhob sich der Älteste von ihnen, der in der ersten Reihe kniete und das Gebet leitete, nahm mich am Arm, um mir aufzuhelfen, und sagte die verwirrenden Worte:

»Vergebt uns, Meister, wenn wir uns Eurer nicht annehmen, bevor wir nicht das Gebet zu Ende gesprochen haben. Wenn Ihr derweilen hinter den Vorhang treten und auf uns warten wollt!«

Träumte ich? Hatte ich mich verhört? Dieser liebenswürdige

Ton hätte mich vielleicht beruhigt, wenn ich nicht wüßte, wie man gemeinhin solche Verstöße bestraft. Doch was sollte ich tun? Ich konnte nicht wieder hinaus auf die Straße, und ich wollte meinen Fall nicht noch verschlimmern, indem ich ihre Gebete noch länger mit Entschuldigungen und Klagen störte. Ich hatte keine andere Wahl, als gehorsam hinter den Vorhang zu treten. Es war dies ein karges Zimmer, nur von einem kleinen Fenster erleuchtet, das zum Garten zeigte. Ich lehnte mich an die Wand, legte den Kopf nach hinten und verschränkte die Arme.

Ich brauchte nicht lange zu warten. Als das Gebet beendet war, traten sie allesamt in meine Zelle und stellten sich im Halbkreis um mich auf. Eine Weile betrachteten sie mich stumm und mit fragenden Blicken. Dann ergriff erneut ihr Anführer das Wort und sagte mit dem gleichen zuvorkommenden Ton:

»Wenn der Meister sich uns auf diese Weise gezeigt hat, um uns auf die Probe zu stellen, weiß er jetzt, daß wir bereit sind, ihn zu empfangen. Und wenn du ein einfacher Passant bist, möge Gott gemäß deinen Absichten über dich richten.«

Da ich darauf nichts zu sagen wußte, hüllte ich mich in Schweigen. Im übrigen hatte mir der Mann keinerlei Fragen gestellt, wenngleich seine Augen wie auch die seiner Kameraden voller Erwartung waren. Ich machte mit verständnislosem Gesichtsausdruck ein paar Schritte zum Ausgang, und sie traten auseinander, um mich durchzulassen. Meine Verfolger draußen hatten sich davongemacht, und ich konnte ohne weitere Hindernisse zu meiner Herberge zurückkehren.

Ich wünschte mir sehnlichst, über das Vorgefallene aufgeklärt zu werden. Ich zog es jedoch vor, meinen Angehörigen nichts von meinem Mißgeschick zu erzählen, denn mir schien, meine Autorität würde Schaden leiden, wenn meine Neffen erführen, wie unvorsichtig ich gewesen bin. Und sie würden sich von nun an das Recht herausnehmen, alle erdenklichen Dummheiten zu begehen, ohne daß ich ihnen den geringsten Vorwurf machen könnte.

Später werde ich es ihnen erzählen. In der Zwischenzeit genügt es, mein Geheimnis diesen Seiten anvertraut zu haben. Besteht nicht übrigens darin die Aufgabe dieses Tagebuchs?

Es kommt bisweilen vor, daß ich mich frage: Weshalb sollte ich es mit meiner verschlüsselten Schrift führen, wenn ich weiß, daß kein Mensch es je lesen wird, wenn ich mir darüber hinaus regelrecht wünsche, daß kein Mensch es liest? Eben weil es mir hilft, Klarheit in meine Gedanken wie auch in meine Erinnerungen zu bringen, ohne daß ich mich offenbaren muß, indem ich sie meinen Reisegefährten anvertraue.

Andere schreiben, wie sie sprechen, ich hingegen schreibe, wie ich schweige.

Unterwegs, am 8. September

Hatem hat mich in aller Frühe geweckt, und noch immer habe ich das Gefühl, einen Traum zu Ende träumen zu müssen. Ich hatte keineswegs ausgeschlafen, aber wir mußten uns beeilen, um uns am Antiochiator der Karawane anzuschließen.

Im Schlaf hatten mich Männer verfolgt, und wann immer ich ihnen entkommen zu sein glaubte, fand ich sie wieder vor mir, versperrten sie mir den Weg und zeigten mir ihre Reißzähne.

Nach meinem gestrigen Erlebnis überrascht mich ein solcher Traum nicht. Was mich hingegen überrascht und verwirrt, ist, daß ich mich nach dem Aufwachen weiterhin beobachtet fühlte. Von wem? Von den Straßenräubern, die mich ausrauben wollten? Oder aber von dieser seltsamen Versammlung, die ich beim Gebet unterbrochen hatte? Gewiß werde ich weder von den einen noch von den anderen verfolgt, aber ich konnte es nicht unterlassen, mich ständig umzusehen.

Wenn sich nur die restliche Nacht, die meinen Tag begleitet, von mir entfernt, wie ich mich von Aleppo entferne!

Am 9. September

Heute morgen, nach einer Nacht, die wir in Zelten auf einem Feld voller antiker Überreste, zerbrochener Kapitelle, unter Sand oder Gras verborgen, verbracht hatten, suchte mich der Karawanenführer auf und fragte mich geradeheraus, ob die Frau, die mich begleitete, die meinige sei. Ich bejahte und bemühte mich, entrüstet auszusehen. Daraufhin entschuldigte er sich und schwor, daß er nichts Schlechtes dachte, daß er sich jedoch nicht mehr daran erinnern konnte, ob ich es ihm gesagt hatte.

Ich war für den Rest des Tages mürrisch und fragte mich immer wieder, ob er etwas ahnte? Hatte vielleicht einer der hundert Mitreisenden ›die Witwe‹ erkannt? Das war nicht auszuschließen.

Möglicherweise hatte der Karawanenführer aber auch ein Gespräch mitgehört, ein verschwörerisches Augenzwinkern zwischen Marta und Habib wahrgenommen, über das er mich durch seine Frage in Kenntnis setzen wollte.

Während ich diese Zeilen schreibe, verstärken sich meine Zweifel, als kratzte ich mit der Feder auf diesem Papier auch an meiner Selbstachtung …

Heute werde ich kein einziges Wort mehr schreiben.

Am 11. September

Heute hat sich ein Zwischenfall ereignet, einer dieser schändlichen Zwischenfälle, von denen ich mir geschworen hatte, sie nicht mehr zu erwähnen. Doch da er mich nun beschäftigt und ich mich niemandem mitteilen kann, kann ich ihn ebensogut mit wenigen Worten schildern …

Die Karawane hatte haltgemacht, damit sich alle stärken und einen kurzen Mittagsschlaf halten konnten, bevor es zu kühlerer Stunde weiterging. Wir hatten uns aufs Geratewohl verteilt, unter jedem Baum ein paar Reisende, sitzend oder liegend, als sich Habib zu Marta beugte und ihr etwas ins Ohr flüsterte, woraufhin sie lauthals lachte. Alle um sie herum hörten es, wandten sich zu ihr um, sodann zu mir mit mitleidigen Mienen. Manche wechselten leise mit ihren Nachbarn ein paar Bemerkungen, die sie zum Lächeln oder Hüsteln brachten und die nicht an mein Ohr drangen.

Muß ich noch sagen, in welchem Maße mich diese Blicke peinlich berührten, verletzten, demütigten? Im gleichen Augenblick habe ich mir geschworen, meinen Neffen zur Rede zu stellen und ihn zu ermahnen, sich besser zu benehmen. Aber was sollte ich ihm sagen? Was hat er Tadelnswertes getan? Bin ich es nicht, der sich benimmt, als verleihe mir die Lüge, die mich an Marta bindet, Vorrechte?

In gewisser Weise ist dem auch so, jawohl. Da die Leute der Karawane sie für meine Frau halten, kann ich nicht zulassen, daß sie sich leichtfertig benimmt, ohne daß mein Ansehen Schaden nimmt.

Ich habe gut daran getan, mich meinem Tagebuch anzuvertrauen. Jetzt weiß ich, daß die Gefühle, die Verwirrung in mir stiften, nicht ohne Grund sind. Es handelt sich keinesfalls um Eifersucht, sondern um Ehre und Respekt: Ich kann nicht zulassen, daß mein Neffe in der Öffentlichkeit der Frau etwas ins Ohr flüstert, die alle für meine Ehefrau halten und die daraufhin in schallendes Gelächter ausbricht.

Ich frage mich, ob mich das Aufschreiben dieser Dinge aufregt oder beruhigt. Vielleicht weckt das Schreiben die Leidenschaft auch erst, nur um sie dann besser ersticken zu können, wie die Treiber bei der Jagd die Beute aufscheuchen, um sie den Pfeilen auszusetzen.

Am 12. September

Ich bin froh, daß ich meinem Wunsch, Habib und Marta zurechtzuweisen, nicht nachgegeben habe. Was immer ich ihnen hätte sagen können, hätte ausgesehen, als sei es von Eifersucht diktiert. Dabei kann – Gott sei mein Zeuge – von Eifersucht nicht die Rede sein! Ich hätte mich lächerlich gemacht und sie dazu veranlaßt, auf meine Kosten miteinander zu flüstern und zu lachen. Beim Versuch, meine Ehre zu verteidigen, hätte ich sie mit Füßen getreten.

Ich zog es vor, ganz anders zu handeln. Heute nachmittag lud ich Marta ein, an meiner Seite zu reiten, und setzte sie über die Gründe meiner Reise in Kenntnis. Es ist möglich, daß Habib ihr bereits ein paar Worte darüber gesagt hat, sie ließ sich jedoch nichts anmerken und hörte mir aufmerksam zu, obgleich sie wegen des kommenden Jahres nicht wirklich beunruhigt schien.

Ich wollte unserer Unterhaltung gern eine gewisse Feierlichkeit verleihen. Bisher habe ich Martas Anwesenheit als eine aufgezwungene Notwendigkeit empfunden, bald ärgerlich und beschämend, bald lustig, abwechslungsreich und nahezu tröstlich. Durch das Vertrauen, das ich ihr heute entgegengebracht habe, habe ich sie in gewisser Weise in unserer Mitte aufgenommen.

Ich weiß nicht, ob ich richtig gehandelt habe, aber unsere Unterhaltung hat mir ein Gefühl der Erleichterung und der Zufriedenheit verschafft. Letztlich bin ich der einzige, der seit der Abreise aus Tripolis unter den Spannungen in unserer kleinen Gruppe gelitten hat. Ich gehöre nicht zu jenen, die sich gern einer Feindseligkeit hingeben, ich möchte in Gesellschaft von liebevollen Neffen und einem ergebenen Diener reisen … Was Marta angeht, weiß ich noch nicht, was ich mir im Grunde meines Herzens wünsche. Eine aufmerksame Gefährtin? Mehr als das? Ich kann nicht allein auf meine Wünsche als Junggeselle hören, aber jeder Tag, den ich auf der Straße verbringe, verleitet mich dazu, noch mehr darauf zu hören. Ich weiß, daß ich mich bemühen sollte, sie nicht zu sehr mit meiner Aufmerksamkeit zu bedrängen, deren Zusammenhänge in meiner Seele oder meinem Körper ich nur zu genau kenne.

Seit wir das Haus des Schneiders verlassen haben, habe ich keine Nacht mehr allein neben ihr verbracht. Wir haben bald im Zelt geschlafen, bald in der Herberge, aber immer alle fünf zusammen oder in der Gesellschaft weiterer Reisender. Auch wenn ich mich nicht dafür einsetze, daß es sich ändert, kommt es bisweilen vor, daß ich mir Umstände wünsche, die uns dazu zwingen, wieder allein zu sein, sie und ich.

Um ehrlich zu sein, wünsche ich sie mir unentwegt.

Am 13. September

Morgen ist das Fest der Kreuzeserhöhung, und in diesem Zusammenhang habe ich heute abend einen ernsthaften Streit mit dem Karawanenführer geführt.

Wir hatten für die Nacht in einer Karawanserei in der Gegend von Alexandretta haltgemacht, und ich ging ein wenig im Hof spazieren, um mir die Beine zu vertreten, als ich eine Unterhaltung mithörte. Einer der Reisenden, seinem Akzent nach ein Greis aus Aleppo, seinen gestopften Kleidern nach ziemlich arm, fragte den Karawanenführer, um welche Uhrzeit wir am morgigen Tage aufbrechen würden, denn er würde gerne noch, und sei es nur für einen kurzen Augenblick, an der Kreuzeskirche vorbeigehen, wo sich seiner Kenntnis nach ein Stück des Wahren Kreuzes befand. Der Mann hatte sehr schüchtern und ein wenig stammelnd gefragt. Was, wie es scheint, den Hochmut unseres Karawanenführers erregte, der ihm voller Verachtung entgegnete, daß wir beim ersten Tageslicht aufbrechen würden, daß wir keine Zeit in Kirchen zu verlieren hätten und daß er, wenn er Wert auf ein Stück Holz legen würde, einfach nur das Stück Holz hier aufzuheben bräuchte – und er zeigte auf einen vermoderten Ast am Boden.

Daraufhin trat ich näher und sagte mit lauter Stimme, daß ich Wert darauf legte, ein paar Stunden in Alexandretta zu verweilen, damit ich der Messe zum Fest der Kreuzeserhöhung beiwohnen könnte.

Der Karawanenführer zuckte zusammen, als er mich hörte, denn er hatte sich mit dem alten Mann allein gewähnt. Wahrscheinlich hätte er es vermieden, vor Zeugen so zu sprechen. Doch nach kurzem Zögern gewann er seine Sicherheit zurück und antwortete mir – wenngleich höflicher als dem anderen Unglücklichen –, daß es nicht möglich sei, die Abreise hinauszuschieben, da die anderen Reisenden sich darüber beschweren würden. Er fügte noch hinzu, daß dies der ganzen Karawane von Nachteil wäre, und ließ durchblicken, daß ich für eine Entschädigung aufkommen müßte. Daraufhin erhob ich die Stimme und forderte, daß bis zum Ende des Gottesdienstes auf mich gewartet werde, und ich drohte ihm, mich beim genuesischen Gesandten in Konstantinopel zu beschweren und sogar bei der Hohen Pforte.

Diese Drohungen bargen ein gewisses Risiko. Ich habe keine Verbindung zur Hohen Pforte, und der genuesische Gesandte hat in diesen Zeiten keinen langen Arm: Er hat selbst im vergangenen Jahr Demütigungen hinnehmen müssen und wäre kaum in der Lage, mich zu beschützen oder eine Wiedergutmachung einzufordern. Gott sei gelobt, der Karawanenführer wußte von alledem nichts. Er wagte nicht, meine Drohungen auf die leichte Schulter zu nehmen, und ich spürte, daß es ihn verwirrte. Wären wir allein gewesen, hätte er versucht, die Wogen zu glätten, dessen bin ich gewiß. Aber mittlerweile hatte sich um uns ein Kreis von Reisenden versammelt, die von unseren lauten Stimmen angelockt worden waren und vor denen er keinen Rückzieher machen konnte, ohne das Gesicht zu verlieren.

Plötzlich trat einer der Reisenden auf ihn zu. Um den Kopf hatte er eine grüne Schärpe gewickelt, als befänden wir uns in einem Sandsturm. Er legte dem Karawanenführer die Hand auf die Schulter, verharrte einige Sekunden in dieser Stellung und sah ihn an, ohne ein Wort zu sagen – das heißt, vielleicht sagte er auch etwas mit leiser Stimme und für mich unhörbar. Anschließend entfernte er sich langsam.

Daraufhin spuckte mein Gegner, das Gesicht fast schmerzverzogen, auf den Boden und verkündete: »Wegen dieses Mannes werden wir morgen nicht weiterreisen!«

»Dieser Mann« war ich. Indem er mit dem Finger auf mich zeigte, machte der Karawanenführer mich zum Schuldigen, aber alle Anwesenden hatten begriffen, daß er auf den Sieger zeigte.

Bin ich froh über meinen Sieg? Ja, ich bin froh, ich bin glücklich und zufrieden und stolz. Der Alte aus Aleppo trat auf mich zu, um mir zu danken und meine Gottesfurcht zu loben.

Ich wollte ihn nicht über seinen Irrtum aufklären, aber die Gottesfurcht tat hier nichts zur Sache. Es ging hier nicht um Frömmigkeit, sondern um weltliche Weisheit. In normalen Zeiten gehe ich selten zur Messe, das Fest der Kreuzeserhöhung feiere ich nicht, und den Wert von Reliquien bemesse ich einzig in Piastern, aber ich hätte mein Ansehen eingebüßt, wenn ich zugelassen hätte, daß die Symbole meiner Religion und meiner Nation auf diese Weise beleidigt worden wären.

Es verhält sich wie mit Marta. Ob sie wahrhaftig meine Frau ist oder nur dem Anschein nach, mein Ansehen ist an sie gebunden, und ich bin es mir schuldig, dieses zu wahren.

Am 14. September, Fest der Kreuzeserhöhung

Ich denke unentwegt an den gestrigen Vorfall. Es geschieht selten, daß ich mit solcher Heftigkeit reagiere, und ich verspüre ein Ziehen im Bauch, aber ich bereue mein Auftreten nicht.

Wenn ich jetzt noch einmal lese, was ich gestern abend geschrieben habe, scheint es mir, als hätte ich mein Herzklopfen nicht ausdrücklich genug erwähnt. Es war für wenige Sekunden zu einer stummen Kraftprobe gekommen, in denen sich der Karawanenführer fragte, ob ich soviel Schutz genoß, wie ich vorgab, und in denen ich mich meinerseits gefragt hatte, ob ich mich aus der Auseinandersetzung zurückziehen konnte, ohne mein Gesicht zu verlieren. Selbstredend mußte ich dem Mann in die Augen schauen, um ihn spüren zu lassen, daß ich meiner Sache sicher war, und um zu vermeiden, daß er meine Schwäche bemerkte.

Dennoch gab es auch einen Augenblick, in dem ich keine Angst mehr hatte. Einen Augenblick, in dem ich meine Kaufmannsseele abgelegt und gegen die eines Dompteurs eingetauscht hatte. Und über diese wenigen Augenblicke, und seien sie noch so flüchtig, war ich stolz.

Hat mein Wille den Sieg errungen? Oder die Einmischung des Arabers mit dem bedeckten Haupt? Vielleicht sollte ich ihm meinen Dank aussprechen … Gestern wollte ich ihn nicht aufsuchen, um nicht den Anschein zu erwecken, ich sei in Schwierigkeiten gewesen und sein Einschreiten habe mich gerettet. Heute indes habe ich ihn mit dem Blick gesucht und nicht gefunden.

Ich kann es nicht lassen, unentwegt an ihn zu denken, und da ich nun nicht mehr in eine Kraftprobe verwickelt bin, da dieses Heft keine Arena ist und ich keine Zuschauermenge mehr um mich habe, kann ich eingestehen, wie groß meine Erleichterung war, als dieser Mann eingeschritten ist, daß mein Sieg ein wenig der seinige ist und daß ich ein wenig in seiner Schuld stehe.

Was er wohl gesagt haben mag, um unseren Karawanenführer zum Einlenken zu bewegen?

Beinahe hätte ich es versäumt zu notieren, daß ich mich mit meinen Neffen, meinem Diener, ›der Witwe‹ und einem Dutzend anderer Reisender zur Kreuzeskirche begeben habe. Marta hat zum ersten Mal ein buntes Kleid getragen, eben jenes blaue mit einer roten Borte am Kragen, das ich sie als junges Mädchen häufig habe tragen sehen, wenn sie an den Feiertagen mit ihrem Vater, dem Barbier, in die Kirche von Gibelet ging. Seit sie sich unserer Reise angeschlossen hat, hat sie nur Schwarz getragen, aus Trotz, denn dies war die Farbe, die ihre Schwiegerfamilie ihr untersagt hatte. Jetzt scheint sie zu dem Schluß gekommen zu sein, daß ihr Trotz in der Zwischenzeit gegenstandslos geworden ist.

Die ganze Messe über wurde sie von den Männern betrachtet, von den einen verstohlen, von den anderen unverhohlen, was in mir – Gott sei mein Zeuge! – weder Unbehagen noch den leisesten Hauch von Eifersucht hervorgerufen hatte.

Am 16. September

Ein Schmuckhändler aus Aleppo mit Namen Maimun Toleitli kam heute morgen zu mir. Er hatte, wie er sagte, von meiner großen Gelehrsamkeit gehört und brannte vor Neugier, mich kennenzulernen. Warum er mich nicht früher angesprochen habe, fragte ich ihn. Er schwieg einen Augenblick betreten. Da begriff ich, daß er es vorgezogen hatte, das Fest der Kreuzeserhöhung verstreichen zu lassen. Es ist wahr, daß sich einige meiner Glaubensbrüder, wenn sie an diesem Tag auf einen Juden treffen, genötigt sehen, ihm mit Haß zu begegnen, als handle es sich um einen Akt gerechter Rache und großer Frömmigkeit.

Ich gab ihm mit den gebührlichen Worten zu verstehen, daß ich nicht zu jenen gehörte, und erklärte ihm, daß meine Forderung, einen Tag in Alexandretta bleiben zu dürfen, nicht darin begründet lag, daß ich meine Religion über andere erheben wollte, sondern einzig darin, daß ich mir Respekt wünschte.

»Ihr habt richtig gehandelt«, sagte er. »So ist die Welt …«

»So ist die Welt«, wiederholte ich. »Wenn sie anders wäre, hätte ich eher meine Zweifel ausgerufen als meine religiöse Überzeugung.«

Er lächelte und senkte die Stimme, um zu sagen: »Wenn der Glaube zu Haß führt, gelobt sei, wer Zweifel übt.«

Auch ich lächelte und senkte die Stimme: »Wir sind allesamt Verirrte.«

Wir unterhielten uns kaum fünf Minuten und waren schon Vertraute. In unseren geflüsterten Worten fand sich dieses geistige Einverständnis, das keine Religion hervorbringen und auch keine aufheben kann.

Am 17. September

Heute hat unser Karawanenführer beschlossen, mit uns die übliche Route zu verlassen, um uns zum Golf von Alexandretta zu führen. Er behauptete, eine Seherin habe ihm förmlich untersagt, einen bestimmten Ort an einem Mittwoch zu passieren, er würde sein Leben riskieren, und die Verzögerung, die ich hervorgerufen hatte, zwinge ihn nun dazu, den Weg zu ändern. Die Reisenden protestierten nicht. Was hätten sie auch sagen sollen? Über ein Argument läßt sich streiten, über Aberglauben nicht.

Ich hielt mich zurück, um keinen weiteren Zwischenfall zu provozieren. Aber ich habe den Gauner im Verdacht, er würde die Karawane abseits des Weges führen, um irgendwelchen Schwarzhandel zu betreiben, zumal die Bewohner des Dorfes, zu dem er uns brachte, einen zweifelhaften Ruf genossen. Strandräuber und Schmuggler! Hatem und meine Neffen berichten mir von allerlei Gerüchten. Ich ermahne sie zur Wachsamkeit …

Mein Diener hat das Zelt errichtet, aber ich habe keine Eile, mich darin schlafen zu legen. Marta wird allein, quer zu uns, im hinteren Teil schlafen, von uns vier Männern wird sie nur die Köpfe sehen. Ich werde die ganze Nacht ihr Parfum riechen und ihren Atem hören, ohne sie zu sehen. Die Anwesenheit einer Frau ist zuweilen eine wahre Pein!

Während ich darauf wartete, daß ich schläfrig wurde, saß ich auf einem Stein im Schein eines Lagerfeuers und schrieb ein paar Zeilen. Da bemerkte ich Maimun. Auch er hatte es nicht eilig, sich schlafen zu legen, und wir gingen gemeinsam ein paar

Schritte am Strand. Das Plätschern der Wellen ermunterte zu vertraulichen Mitteilungen, und ich erzählte ihm in allen Einzelheiten mein seltsames Erlebnis in Aleppo. Er, der in dieser Stadt wohnte, würde gewiß eine Erklärung dafür haben. Und in der Tat lieferte er mir eine, die mich für den Augenblick zufriedenstellt.

»Diese Männer hatten mehr Angst vor dir als du vor ihnen«, fing er an. »Sie üben ihren Kult hinter dem Rücken der Obrigkeit aus, von der sie verfolgt werden. Man bezichtigt sie der Rebellion und des Widerstandes.

Alle in Aleppo wissen jedoch um ihre Existenz. Ihre Feinde hatten sie einst aus Scherz ›die Ungeduldigen‹ genannt, doch der Name hat ihnen gefallen, und heute beanspruchen sie ihn sogar. Ihrer Ansicht nach weilt der geheime Imam, der letzte Vertreter Gottes auf Erden, bereits unter uns, bereit, sich zu offenbaren, wenn die Stunde gekommen ist, um den Leiden der Gläubigen ein Ende zu bereiten. Andere Glaubensgemeinschaften sehen die Ankunft des Imam in einer mehr oder weniger fernen Zukunft, zu einem mehr oder weniger festgelegten Zeitpunkt, während die Ungeduldigen davon überzeugt sind, daß sie unmittelbar bevorsteht, daß der Erlöser da ist, irgendwo, in Aleppo oder Konstantinopel oder anderswo, und durch die Welt geht, sie beobachtet und sich darauf vorbereitet, den Schleier des Geheimnisses zu lüften.«

»Aber fragen sich diese Leute auch, woran sie ihn erkennen würden, so sie ihm begegnen sollten?«

»Darüber unterhalten sie sich unentwegt, wie man mir berichtet hat. Da sich der Imam verbirgt, um nicht von seinen Feinden erkannt zu werden, muß man darauf vorbereitet sein, ihn in den unterschiedlichsten Verkleidungen anzutreffen. Er, der eines Tages alle Reichtümer dieser Welt erben wird, könnte in Lumpen kommen. Er, der der Weiseste unter den Weisen ist, könnte sich in der Gestalt eines Geisteskranken zeigen. Er, der ganz Frömmigkeit und Gottergebenheit ist, könnte mit den übelsten Verstößen daherkommen. Deshalb haben sich diese auferlegt, Bettlern zu huldigen, Narren und Wüstlingen. Als du nun zum Zeitpunkt des Gebets bei ihnen eingedrungen bist, sodann einen Fluch ausgestoßen und anschließend Wein auf ihrem Gebetsteppich ausgegossen hast, haben sie geglaubt, du wolltest sie prüfen. Gewiß waren sie nicht sicher, aber für den Fall, daß du der Erwartete wärst, wollten sie nicht Gefahr laufen, dir einen schlechten Empfang zu bereiten.

Ihr Glaube zwingt sie, jedem Menschen gegenüber freundlich zu sein, ob Jude oder Christ, denn der Imam könnte in seiner Verstellung ebenso einen anderen Glauben annehmen. Und auch ihren Verfolgern gegenüber haben sie freundlich zu sein, denn auch hier wäre eine Tarnung denkbar …«

»Wenn sie nun aber allen gegenüber so zuvorkommend sind, weshalb werden sie dann verfolgt?«

»Weil sie auf ihn warten, der alle Throne niederreißen wird und alle Gesetze aufheben.«

Ich hatte von dieser seltsamen Sekte noch nie gehört … Obwohl sie, wie Maimun mir sagte, seit langer Zeit existierte. »Es stimmt, daß sie zahlreicher werden und eifriger, auch unvorsichtiger. Weil diese Gerüchte über das Ende der Welt umgehen und sich die schwachen Geister anstecken lassen …«

Diese letzten Worte taten mir weh. War ich selbst einer dieser ›schwachen Geister‹ geworden, die mein neuer Freund anprangerte? Bisweilen richte ich mich auf, verfluche den Aberglauben und die Leichtgläubigkeit, lege ein verächtliches Lächeln an den Tag oder auch Mitleid … obgleich ich selbst auf der Suche nach dem *Hundertsten Namen* bin!

Aber wie könnte ich meine Vernunft bewahren, wo sich die Zeichen auf meinem Weg mehren? Ist nicht mein jüngstes Abenteuer in Aleppo in dieser Hinsicht besonders beunruhigend? Scheint es nicht so, als würde der Himmel oder eine andere unsichtbare Kraft danach trachten, mich in meiner Verirrung zu bestärken?

Am 18. September

Heute hat Maimun mir anvertraut, daß er davon träumt, in Amsterdam zu leben, in den Vereinigten Niederlanden.

Ich glaubte zunächst, er spreche als Juwelier und hoffe, in diesem entfernten Land schönere Steine zum Bearbeiten zu finden und wohlhabendere Kunden. Aber er sprach als Weiser, als freier Mann und auch als verletzter Mensch.

»Man hat mir erzählt, dies sei die einzige Stadt auf der Welt, wo ein Mann sagen kann: ›Ich bin Jude‹, wie andere in ihren Ländern sagen können: ›Ich bin Christ‹ oder ›Ich bin Muslim‹, ohne um ihr Leben, ihr Hab und Gut und ihre Würde fürchten zu müssen.«

Ich hätte ihn gern näher dazu befragt, aber er wirkte so ergriffen über seine Äußerungen, daß seine Kehle wie zugeschnürt schien und sich seine Augen mit Tränen füllten. So sagte ich nichts, und wir liefen eine Weile schweigend nebeneinander her.

Später, als ich sah, daß er seine Fassung wiedererlangt hatte, legte ich ihm die Hand auf den Arm und sagte: »Eines Tages, so Gott will, wird die ganze Erde ein Amsterdam sein.«

Ein bitteres Lächeln legte sich auf seine Lippen.

»Es ist dein reines Herz, dem diese Worte entspringen. Das Stimmengewirr der Welt sagt etwas anderes, etwas vollkommen anderes.«

Tarsus, im Morgengrauen des Montag, 21. September

Mehrere Stunden am Tag unterhalte ich mich mit Maimun, ich habe ihm Vertrauliches zu meinem Vermögensstand mitgeteilt und über meine Familie. Aber es gibt zwei Themen, die anzusprechen mir widerstrebt.

Das erste betrifft die wahren Gründe für meine Reise. Dazu habe ich bisher nur gesagt, daß ich ein paar Bücherkäufe in

Konstantinopel zu erledigen hätte, und er war einfühlsam genug, nicht weiter in mich zu dringen. Seit unserer ersten Unterhaltung sind es unsere Zweifel, die uns einander nähergebracht haben, sowie eine gewisse Liebe zur Weisheit und zur Vernunft. Würde ich ihm jetzt gestehen, daß ich den gemeinen Glaubensvorstellungen und den gemeinen Ängsten nachgegeben habe, würde ich in seinen Augen jegliches Ansehen verlieren. Werde ich das Geheimnis deshalb bis zum Ende der Reise für mich behalten? Wohl nicht. Vielleicht wird der Augenblick kommen, wo ich ihm alles anvertrauen kann, ohne daß unsere Freundschaft Schaden nimmt.

Das zweite Thema betrifft Marta. Irgend etwas hält mich zurück, meinem Freund die Wahrheit über sie zu erzählen.

Ich hatte bislang nichts Falsches über sie gesagt, nicht ein einziges Mal kam mir das Wort »meine Frau« oder »meine Gattin« über die Lippen. Ich unterlasse es, von ihr zu erzählen, und wenn ich sie von Zeit zu Zeit erwähnen muß, drücke ich mich vage aus, ziehe ich es vor, von »den Meinen« oder »meinen Angehörigen« zu sprechen, wie es die Männer dieses Landes häufig aufgrund extremer Schamhaftigkeit tun.

Nur gestern habe ich, wie mir scheint, die unsichtbare Grenze zwischen ›glauben lassen‹ und ›glauben machen‹ überschritten, und ich hege diesbezüglich Schuldgefühle.

Als wir uns Tarsus näherten, der Heimat des Apostels Paulus, teilte Maimun mir mit, daß er in der Stadt einen ihm teuren Vetter habe, bei dem er zu übernachten gedächte anstatt gemeinsam mit den übrigen Reisenden in der Karawanserei, und daß es für ihn eine Ehre wäre, wenn wir die Nacht unter dem gleichen Dach verbringen würden, ›meine Gattin‹ und ich sowie meine Neffen und mein Diener.

Ich hätte die Einladung ablehnen oder mich zumindest mehrmals bitten lassen müssen. Doch ich antwortete sogleich, daß es kein größeres Vergnügen für mich gebe. Sollte Maimun über meine sofortige Zusage erstaunt gewesen sein, ließ er es sich jedenfalls nicht anmerken, behauptete im Gegenteil, erfreut über diese Freundschaftsbezeugung zu sein.

Und am Abend begaben wir uns nach der Ankunft der Karawane allesamt zu jenem Vetter, mit Namen Eleazar, einem Mann mittleren Alters und von großem Wohlstand. Sein Haus, das über zwei Stockwerke verfügt und in einem Garten mit Maulbeerbäumen und Olivenbäumen steht, zeugt davon. Wenn ich recht verstanden habe, betreibt er Öl- und Seifenhandel, aber wir haben nicht über unsere Geschäfte gesprochen, sondern über zurückliegende Dinge. Der Mann wurde nicht müde, Gedichte zum Ruhme seiner Geburtsstadt Mossul vorzutragen. Er erinnerte sich mit Tränen in den Augen an ihre Gassen, ihre Brunnen, ihre malerische Bevölkerung und seine eigenen Jungenstreiche. Anscheinend war er untröstlich darüber, daß er sie hatte verlassen müssen, um sich hier in Tarsus niederzulassen, wo er vom Großvater seiner Frau ein florierendes Geschäft übernehmen mußte.

Während das Essen zubereitet wurde, rief er seine Tochter und bat sie, mir und Marta unser Zimmer zu zeigen. Daraufhin entspann sich eine etwas unschickliche Szene, die wiederzugeben jedoch meine Pflicht ist.

Ich hatte bemerkt, daß meine Neffen, vor allem Habib, auf der Lauer lagen, seit ich ihnen von Maimuns Einladung erzählt hatte, und mehr noch, seit wir das Haus betreten hatten. Denn es war auf den ersten Blick zu erkennen, daß dies kein Ort war, an dem man uns zum Schlafen zu fünft oder zu sechst in einem Zimmer zusammenpferchen würde. Als Eleazar seine Tochter bat, »unseren Gast und seine Gattin« zu ihrem Zimmer zu führen, wurde Habib unruhig, und ich hatte den Eindruck, er könne sich dazu hinreißen lassen, etwas Unpassendes zu sagen. Hätte er es getan? Ich weiß es nicht. Aber in dem Augenblick hatte ich das Gefühl, und um dem Skandal vorzubeugen, kam ich ihm zuvor und fragte unseren Gastgeber, ob ich ihn kurz unter vier Augen sprechen könnte. Habib lächelte daraufhin beruhigt – denn er ging gewiß davon aus, daß sein Onkel Baldassare wieder Vernunft angenommen und sich gewiß einen Vorwand habe einfallen lassen, um nicht noch eine weitere ›peinliche‹

Nacht zu verbringen. Gott verzeih mir, aber dies war mitnichten meine Absicht.

Als ich mit unserem Gastgeber im Garten stand, sagte ich zu ihm: »Maimun ist mir wie ein Bruder geworden und Ihr, sein Vetter, den er so sehr liebt, wie ein Freund. Jedoch ist es mir unangenehm, aufs Geratewohl mit vier weiteren Personen hier einzufallen …«

»Seid gewiß, Euer Besuch bereitet meinem Herzen Freude, und die schönste Art, mich Eurer Freundschaft zu versichern, ist, wenn Ihr Euch wohl fühlt unter meinem Dach, als wäret Ihr in Eurem eigenen Haus.«

Während er diese Worte sprach, maß er mich mit seinem Blick, ein wenig verwirrt, fragte er sich doch gewiß, warum ich es für nötig befunden hatte, ihn herauszubitten, nur um ihm etwas derart Selbstverständliches zu sagen, was völlig im Einklang mit den gängigen Höflichkeitsfloskeln war. Vielleicht dachte er, ich hätte einen anderen Grund, einen, den man nicht äußern konnte, wahrscheinlich im Zusammenhang mit seiner Religion, um nicht bei ihm übernachten zu wollen, und vielleicht erwartete er, daß ich darauf bestand, sein Angebot auszuschlagen. Aber ich beeilte mich, sein Angebot anzunehmen und ihm für seine Gastfreundschaft zu danken. Und wir kehrten Arm in Arm in seinen Wohnraum zurück, beide ein ernstes Lächeln auf den Lippen.

Die Tochter unseres Gastgebers war in die Küche zurückgekehrt. In der Zwischenzeit hatten die Dienstboten erfrischende Getränke und Trockenfrüchte serviert. Eleazar bat sie, alles stehenzulassen, um meinen Neffen ihr Zimmer im oberen Stockwerk zu zeigen. Wenige Minuten später kam seine Tochter allein zurück, und er bat sie erneut, »meine Gattin« und mich in unser Zimmer zu führen.

So geschah es. Anschließend aßen wir zu Abend, woraufhin sich alle schlafen legten. Alle außer mir. Ich gab vor, mir im Freien noch ein wenig die Füße vertreten zu wollen, sonst könne ich keinen Schlaf finden, und Maimun begleitete mich, ebenso sein Vetter. Ich wollte nicht, daß meine Neffen sahen, wie Marta und ich gemeinsam unser Schlafzimmer aufsuchten.

Dabei drängte es mich, bald bei ihr zu sein, und wenige Minuten später ging ich zu ihr.

»Als du dich mit unserem Gastgeber zurückgezogen hattest, glaubte ich, daß du ihn über uns beide aufklären würdest …«

Ich sah sie an, während sie sprach, um herauszufinden, ob sie damit einem Vorwurf oder einer Erleichterung Ausdruck verleihen wollte.

»Wir hätten ihn wahrscheinlich gekränkt, wenn wir seine Einladung abgelehnt hätten«, antwortete ich. »Du bist nicht allzu verärgert, hoffe ich …«

»Ich fange an, mich daran zu gewöhnen«, erwiderte sie.

Und nichts in ihrer Stimme oder in ihrem Gesicht zeigte das leiseste Unbehagen. Noch ein Gefühl der Peinlichkeit.

»Dann laß uns schlafen!«

Während ich diese Worte sprach, legte ich den Arm um ihre Schulter, als wollten wir zu einem Spaziergang aufbrechen.

In gewisser Weise gleichen meine Nächte mit ihr einem Spaziergang unter Bäumen mit einem jungen Mädchen; man erzittert, sobald die Hände einander streifen. Nebeneinander auf dem Bett zu liegen machte uns schüchtern, zuvorkommend, besonnen. Ist es nicht besonders schwer, in dieser Situation einen Kuß zu erhalten?

Was für eine seltsame Art, ihr den Hof zu machen! Bei unserem zweiten Beisammensein hatte ich ihre Hand in meine genommen und war im Dunkeln errötet. Bei unserem nunmehr dritten Beisammensein legte ich meinen Arm um ihre Schulter. Und errötete erneut.

Sie hob den Kopf, öffnete ihr Haar und breitete die schwarze Pracht über meinen bloßen Arm. Dann schlief sie ohne ein weiteres Wort ein.

Gern würde ich mehr von diesem sich ankündigenden Vergnügen kosten. Nicht etwa, daß ich Wert darauf lege, es weiterhin so keusch zu halten. Aber ich bin dieser zwiespältigen Nähe nicht überdrüssig, dieses zunehmenden Einverständnisses, dieses Drangs nach verliebtem Taumel, kurz dieses Wegs, den wir gemeinsam beschreiten, insgeheim glücklich und jedesmal vorgebend, daß einzig die Vorsehung uns zueinanderführt. Dieses Spiel beglückt mich, ich bin mir nicht mehr sicher, ob ich mir wünsche, die andere Seite der Berge zu erreichen.

Ein gefährliches Spiel, ich weiß. Jeden Augenblick kann uns das Feuer einschließen. Aber wie weit weg war in dieser Nacht das Ende der Welt!

Am 22. September

Was habe ich bloß Verwerfliches getan? Worin unterscheidet sich die vergangene Nacht in Tarsus von den Nächten, die wir im Dorf des Schneiders zugebracht haben? Die Meinen freilich benehmen sich mir gegenüber, als hätte ich etwas Unmögliches getan! Allesamt weichen sie meinem Blick aus. Meine beiden Neffen, die in meiner Gegenwart nur noch leise flüstern, als gebe es mich nicht länger. Und sogar Hatem, der zwar stets geschäftig um mich ist, wie jeder Diener um seinen Herrn, aber dessen Gebaren, dessen Gesichtsausdruck, dessen Benehmen etwas Gestelztes, etwas zu Diensteifriges anhaftet, worin ich einen stummen Vorwurf lese. Auch Marta scheint meine Gesellschaft zu fliehen, als fürchte sie, als meine Verbündete zu gelten.

Verbündete wovon, Herr im Himmel? Was anderes habe ich getan, als meine Rolle zu spielen in dieser Komödie, welche von denen selbst geschrieben wurde, die mich anklagen? Was hätte ich tun sollen? Allen Reisegefährten, allen voran dem Karawanenführer, kundzutun, daß diese Frau nicht die meine ist, auf daß sie verbannt und beleidigt würde? Oder sollte ich Abbas, dem Schneider, und dann Maimun und seinem Vetter sagen, daß Marta wohl meine Frau ist, ich aber nicht an ihrer Seite schlafen möchte, auf daß sich alle hinter meinem Rücken tausend Fragen stellen? Ich habe getan, was ein ehrenvoller Mann sich schuldig ist, ›die Witwe‹ beschützen, ohne sie dabei auszunutzen. Ist es ein Verbrechen, wenn ich in dieser skurrilen Situation Stärkung finde und eine leise Freude? Das könnte ich ihnen entgegenhalten, wenn ich mich zu rechtfertigen suchte, aber ich werde überhaupt nichts zu ihnen sagen. Das Blut der Embriaci, das in meinen Adern fließt, befiehlt mir, zu schweigen. Es genügt mir zu wissen, daß ich unschuldig bin und meine zärtliche Hand rein geblieben ist.

Unschuldig ist vielleicht nicht das richtige Wort. Ohne den Bengeln recht geben zu wollen, die mir zu schaffen machen, bin ich es mir schuldig, diesen geheimen Seiten anzuvertrauen, daß ich die Unannehmlichkeiten, die mir entstanden sind, auch ein wenig gesucht habe. Ich habe den Schein ausgenutzt, und jetzt nutzt der Schein mich aus. Das ist die Wahrheit. Anstatt in Gegenwart meiner Neffen ein vorbildliches Verhalten an den Tag zu legen, habe ich mich in ein Spiel verwickeln lassen, getrieben von der Lust, der Langeweile, der Aufregung der Reise, der Eitelkeit – ich weiß es nicht! Getrieben auch, wie mir scheinen will, vom Geist der Zeit, vom Geist dieses Jahrs des Tieres. Wenn man das Gefühl hat, die Welt wird aus den Angeln gehoben, läuft etwas aus dem Ruder, die Menschen verfallen in extreme Gottergebenheit oder in extreme Ausschweifungen. Was meine Person betrifft, so bin ich, Gott sei Dank, noch nicht bei derlei Exzessen angelangt, aber mir scheint, ich verliere nach und nach das Gefühl für den nötigen Anstand und die Achtbarkeit. Liegt nicht in meinem Verhalten Marta gegenüber ein klein wenig Unvernunft, die von Mal zu Mal größer wird und die es mich als etwas Selbstverständliches ansehen läßt, im gleichen Bett zu ruhen wie jemand, den ich als meine Frau ausgebe, womit ich die Großzügigkeit unseres Gastgebers sowie die seines Vetters mißbrauche, wo noch dazu vier weitere Personen unter dem gleichen Dach schlafen, die von meinen Lügen wissen? Wie lange kann ich diesen Weg der Verdammnis noch gehen?

Und wie werde ich mein Leben in Gibelet wiederaufnehmen können, wenn die ganze Geschichte bekannt geworden ist?

Das bin leibhaftig ich! Es ist jetzt eine Viertelstunde her, daß ich angefangen habe zu schreiben, und schon bin ich im Begriff, denen recht zu geben, die mein Verhalten mißbilligen. Aber es sind ja nichts als Aufzeichnungen, ineinander verschlungene Buchstaben, die kein Mensch je lesen wird.

Neben mir steht eine dicke Kerze. Ich mag den Geruch von Wachs, er scheint mir dem Nachdenken so förderlich wie den Geständnissen. Ich hocke auf dem Boden, den Rücken an die Wand gelehnt, mein Heft auf den Knien. Durch das Fenster hinter mir, das von einem Vorhang verdeckt ist, in den mitunter der Wind fährt, höre ich das Wiehern der Pferde auf dem Hof und bisweilen das Gelächter der betrunkenen Soldaten. Wir befinden uns in der ersten Karawanserei, in den Ausläufern des Taurus, auf dem Weg nach Konia, das wir, so alles gutgeht, in etwa acht Tagen erreichen werden. Die Meinen vor mir, kreuz und quer liegend, schlafen oder versuchen Schlaf zu finden. Wenn ich den Blick so über sie schweifen lasse, kann ich ihnen nicht länger böse sein, weder den Söhnen meiner Schwester, die mir wie meine eigenen Söhne sind, noch meinem Diener, der mir ergeben dient, auch wenn es bisweilen vorkommt, daß er mir auf seine Weise Vorwürfe macht, noch dieser Fremden, die mir zunehmend weniger fremd ist.

Am Morgen des heutigen Dienstag war ich in ganz anderer Stimmung. Ich hatte meine Neffen gescholten, ›die Witwe‹ vernachlässigt, Hatem zwanzig unnötige Besorgungen aufgetragen und sie allein gelassen, um friedlich an der Seite Maimuns zu reiten, der mich als einziger nicht anders betrachtete als am Vortag – zumindest war dies mein Eindruck, nachdem sich die Karawane in Bewegung gesetzt hatte.

Als wir Tarsus verließen, deutete ein Reisender vor uns auf eine Ruine in der Nähe eines alten Brunnens und behauptete, dort sei der Apostel Paulus geboren. Maimun flüsterte mir zu, daß er starke Zweifel daran hege, wenn man bedenke, daß der Apostel aus einer reichen Familie kam, dem Stamm der Benjamins, die eine Weberei für Zelttuch aus Ziegenhaar in ihrem Besitz hatte.

»Das Haus seiner Familie muß so groß gewesen sein wie das meines Vetters Eleazar.«

Als ich mich verwundert zeigte über seine umfangreichen Kenntnisse in einer Religion, die nicht die seine war, gab er sich bescheiden.

»Ich habe bloß ein paar Bücher gelesen, um mein Wissen zu erweitern.«

Auch ich hatte aus beruflichen Gründen wie auch aus natürlicher Neugier ein paar Bücher über verschiedene heutige Religionen sowie über die antiken Glaubensvorstellungen der Römer und Griechen gelesen. Und es kam so weit, daß wir anfingen, ihre jeweiligen Vorzüge zusammenzutragen, wobei wir uns beide davor hüteten, die Religion des anderen in irgendeiner Weise anzutasten.

Allein, als ich im Verlaufe der Unterhaltung äußerte, eins der schönsten Gebote des Christentums laute: »Liebe deinen Nächsten wie dich selbst«, bemerkte ich, wie Maimun zögerte. Als ich ihn ermutigte, mir im Namen unserer Freundschaft und auch im Namen unserer beiderseitigen Zweifel zu sagen, was er im tiefsten Herzen denke, gestand er mir: »Dieses Gebot scheint auf den ersten Blick unanfechtbar, und im übrigen fand es sich schon, bevor es von Jesus wiederaufgenommen wurde, in ähnlichen Worten im neunzehnten Kapitel des Leviticus, Vers achtzehn. Nichtsdestoweniger begegne ich ihm mit einer gewissen Zurückhaltung …«

»Was hältst du ihm vor?«

»Beim Anblick dessen, was die meisten Menschen aus ihrem Leben machen, was sie aus ihrer Verstandeskraft machen, hege ich nicht den Wunsch, von ihnen geliebt zu werden, wie sie sich selbst lieben.«

Ich wollte ihm antworten, aber er hob die Hand.

»Warte, es gibt noch etwas, was in meinen Augen viel beunruhigender ist. Man wird bestimmte Menschen nie davon abhalten können, dieses Gebot mehr mit Überheblichkeit als mit Großzügigkeit zu deuten: Was gut für dich ist, ist auch gut für die anderen. Wenn du im Besitz der Wahrheit bist, mußt du die verirrten Schafe auf den rechten Weg zurückführen, mit allen Mitteln … Das war der Ursprung der Zwangstaufen, die meine Vorväter einst in Toledo über sich ergehen lassen mußten. Diesen Satz habe ich, wenn du so willst, häufiger aus dem Mund des Wolfs als aus dem der Schafe gehört, und deshalb mißtraue ich ihm, verzeih mir …«

»Deine Worte überraschen mich … Ich weiß noch nicht, ob ich dir recht geben soll oder nicht, ich muß darüber nachdenken … Ich war immer der Ansicht, daß dies einer der schönsten Aussprüche ist …«

»Wenn du den schönsten Ausspruch aller Religionen suchst, das schönste Gebot, das je den Mund eines Menschen verlassen hat, dann ist es nicht dieses, sondern ein anderes, das ebenso von Jesus stammt. Er hat es nicht den Schriften entnommen, er hat dabei allein auf sein Herz gehört.«

»Welches?« Ich wartete. Maimun brachte sein Reittier für einen Augenblick zum Stehen, um dem Ausspruch etwas Feierliches zu verleihen:

»Wer unter euch ohne Sünde ist, der werfe den ersten Stein!«

Am 23. September

War dieser gestern von Maimun zitierte Ausspruch eine Anspielung auf Marta? Die ganze Nacht über habe ich mir diese Frage gestellt. In seinem Blick lag kein Vorwurf, aber vielleicht eine versteckte Einladung, zu reden. Weshalb sollte ich übrigens weiterhin schweigen, da mich der Ausspruch Christi in den Augen meines Freundes von den wenigen Sünden, die ich begangen haben konnte, sowie von meinem bewußten Verschweigen freisprach?

Ich habe daher beschlossen, ihm alles zu erzählen, alles, morgen in der Frühe: Wer Marta ist, warum sie sich in unserer Gesellschaft befindet, welche Beziehung wir zueinander hatten und welche nicht. Nach der ein wenig grotesken Episode im Hause Eleazars war es allmählich an der Zeit, nichts mehr zu verheimlichen, sonst würde unsere Freundschaft darunter leiden. Überdies werde ich in dieser Angelegenheit, die von Mal zu Mal komplizierter wird, den Rat eines besonnenen und verständnisvollen Freundes benötigen.

Mit Ratschlägen hat er mich heute kaum bedacht, obwohl ich eindringlich darum gebeten habe, es sei denn, daß ich nichts ändern solle an dem, was ich seit Beginn der Reise tue und sage. Jedoch hat er mir versprochen, eingehender über die Sache nachzudenken und mir mitzuteilen, wie ich den sich bereits ankündigenden Problemen begegnen könnte.

Was mich sehr freut, ist, daß er mir wegen meiner Verheimlichungen, meiner Halbwahrheiten nicht böse ist, im Gegenteil, das Ganze scheint ihn zu amüsieren. Er grüßt Marta jetzt mit größerer Achtung, wie mir scheinen will, ja, fast mit heimlicher Bewunderung.

Es ist wahr, durch ihre Handlungsweise beweist sie Mut. Ich denke unentwegt an mich, meine Verlegenheit, meine Selbstachtung, obschon ich nicht mehr zu fürchten habe als etwas gehässigen oder neiderfüllten Klatsch. Sie hingegen kann bei diesem Spiel alles verlieren, sogar ihr Leben. Ich zweifle nicht einen Augenblick daran, daß ihr Schwager, hätte er sie zu Beginn der Reise gefunden, ihr, ohne mit der Wimper zu zucken, die Kehle durchgeschnitten hätte, um dann voller Stolz zu den Seinen zurückzukehren. An dem Tag, an dem Marta nach Gibelet zurückkehren sollte, und sei es auch mit dem erhofften Papier, würde sie sich der gleichen Gefahr ausgesetzt sehen.

Werde ich an jenem Tag den Mut haben, sie zu beschützen?

Am 25. September 1665

Als ich Marta heute morgen abseits unserer Gruppe sah, einsam, nachdenklich, melancholisch auf ihrem Reittier, beschloß ich, zu ihr aufzuschließen und neben ihr zu reiten, wie ich es bereits vor wenigen Tagen getan hatte. Allein, dieses Mal wollte ich weniger von meinen Ängsten und Hoffnungen erzählen, als vielmehr sie befragen und ihr zuhören. Zunächst wich sie aus und antwortete mir mit Gegenfragen. Aber ich ließ nicht locker und sagte, sie solle mir lieber erzählen, wie ihr Leben in den letzten Jahren verlaufen sei und was sie bewogen habe, die gleiche Reise anzutreten wie wir.

Obschon ich auf eine Litanei an Klagen gefaßt gewesen war, hatte ich nicht vorhergesehen, daß das Interesse, das ich ihrem Unglück entgegenbrachte, in dieser Frau einen Damm brechen könnte, aus dem sich soviel Wut ergießen würde, eine Wut, die ich hinter ihrem liebevollen Lächeln nicht vermutet hatte.

»Die Leute erzählen mir unentwegt vom Ende der Welt«, sagte sie, »und glauben, mir damit Angst einzujagen. Für mich war das Ende der Welt an dem Tag gekommen, an dem mich der Mann, den ich geliebt habe, betrogen hat, nachdem er mich dazu gebracht hatte, meinen Vater zu betrügen. Seitdem scheint für mich die Sonne nicht mehr, und es wäre mir gleich, wenn sie vollends erlöschen würde. Und diese Sintflut, die man vorhersagt, jagt mir auch keinen Schrecken mehr ein, alle Männer und Frauen werden dann gleich sein in ihrem Unglück. Ihresgleichen und meinesgleichen in ihrem Unglück. Wenn sie nur käme, die Sintflut, ob aus Feuer oder Wasser! Ich müßte nicht länger durch die Welt ziehen und um ein Stück Papier betteln, das mir erlaubt zu leben, ein verfluchter Firman von ganz oben, der mir bestätigt, daß ich von neuem jemanden lieben und mich mit einem Mann zusammentun kann! Ich müßte nicht länger laufen, oder aber alle würden in alle Richtungen laufen! Ja, alle! Die Richter, die Janitscharen, die Bischöfe und sogar der Sultan!

Alle würden sie laufen wie Katzen, die von einem Sommerfeuer im trockenen Gras überrascht werden! Ach, wenn es mir vom Himmel vergönnt wäre, das zu sehen!

Die Leute haben Angst vor dem Erscheinen des Tieres. Ich habe keine Angst. Das Tier? Es war schon immer da, dicht neben mir, jeden Tag habe ich seinen verächtlichen Blick gespürt, in meinem Haus, in der Straße und sogar unter dem Dach der Kirche. Jeden Tag habe ich seinen Biß gespürt! Es hat mein Leben unaufhaltsam verschlungen.«

Und noch lange fuhr Marta in diesem Ton fort. Ich habe ihre Worte wiedergegeben, wie ich sie in Erinnerung behalten habe, wohl nicht Wort für Wort, aber so gut als möglich. Bei mir dachte ich: Gott, was du gelitten hast, Frau, seit dieser Zeit, die noch nicht lange zurückliegt, als du noch das schelmische und sorglose Mädchen meines Barbiers warst!

Ich ritt näher an sie heran, um sanft meine Hand auf die ihre zu legen. Daraufhin verstummte sie, warf mir einen kurzen Blick voller Dankbarkeit zu und hüllte ihr Gesicht in einen Schleier, um zu weinen.

Den Rest des Tages habe ich nur noch an ihre Worte gedacht und bin ihr mit Blicken gefolgt. Anders als früher empfinde ich für sie heute eine große väterliche Zuneigung. Ich möchte sie glücklich sehen, doch würde ich es nicht wagen, ihr das Glück zu versprechen. Allenfalls würde ich ihr geloben, ihr nie ein Leid zuzufügen.

Fragt sich, ob ich mich ihr, um ihr weiteres Leid zu ersparen, eher nähern oder von ihr fernhalten sollte …

Am 26. September

Heute endlich habe ich Maimun von den Gründen erzählt, die mich bewogen haben, diese Reise zu unternehmen, wobei ich ihn gebeten habe, mich mit der Aufrichtigkeit eines Freundes wissen zu lassen, welche Gefühle meine Worte bei ihm auslösten. Ich habe nichts im verborgenen gelassen, weder den Pilger aus Moskau noch das Buch von Mazandarani, noch die Zahl des Tieres, noch die überspannten Gedanken Bumehs, noch den Tod des alten Idriss. Ich gebrauchte das Auge eines Juweliers, an falschem Glanz geschult und fähig, das Wahre zu erkennen. Jedoch hat er meine Fragen mit Gegenfragen erwidert und meine Ängste um seine eigenen beschwert. Oder zumindest um die seiner Angehörigen …

Zunächst hatte er mir schweigend zugehört. Obgleich nichts von dem, was ich sagte, ihn zu überraschen schien, wurde er bei jedem meiner Worte ein wenig nachdenklicher und schien nahezu bedrückt. Als ich fertig war, nahm er meine Hände in seine.

»Du hast zu mir gesprochen wie zu einem Bruder. Jetzt ist es an mir, dir mein Herz auszuschütten. Die Gründe für meine Reise unterscheiden sich nicht sehr von denen, die du mir genannt hast. Auch ich habe mich der verfluchten Gerüchte wegen auf den Weg gemacht. Widerwillig zwar, die Leichtgläubigkeit verfluchend, den Aberglauben, die Kalenderberechnungen und die angeblichen ›Zeichen‹, und doch bin ich aufgebrochen, ich konnte nicht anders, sonst wäre mein Vater gestorben. Wir sind beide, du wie ich, Opfer des Unverstandes unserer Familien …«

Als eifriger Leser von heiligen Texten ist der Vater von Maimun seit vielen Jahren davon überzeugt, daß das Ende der Welt bevorsteht. Seiner Ansicht nach steht im Sohar, dem Buch der Kabbalisten, daß sich im Jahre 5408 diejenigen, die im Staube ruhen, erheben werden. Nun entspricht dieses Jahr des jüdischen Kalenders aber dem Jahr 1648 unserer Zeitrechnung.

»Das war vor siebzehn Jahren, doch die Auferstehung hat nicht stattgefunden. Aller Gebete, aller Fastenzeiten, aller Entbehrungen zum Trotz, die mein Vater uns aufgenötigt hat, meiner Mutter, meinen Schwestern wie auch mir, und die wir damals voller Inbrunst erduldet haben, ist nichts geschehen.

Seitdem habe ich alle meine Illusionen verloren. Ich gehe in die Synagoge, wenn es nötig ist, um mich den Meinen verbunden zu fühlen, ich lache mit ihnen, wenn gelacht werden muß, ich weine, wenn geweint werden muß, um mich nicht unempfänglich für ihre Freuden und ihr Unglück zu zeigen. Aber ich warte auf nichts und niemanden mehr. Im Gegensatz zu meinem Vater, der nicht weiser geworden ist. Es ist für ihn ausgeschlossen, einzugestehen, daß das vom Sohar vorhergesagte Jahr nur ein ganz gewöhnliches Jahr war. Er ist davon überzeugt, daß in jenem Jahr etwas vorgefallen ist, von dem wir nicht erfahren haben, das aber alsbald offenbart werden wird, uns wie dem ganzen Universum.

Seitdem sucht mein Vater nach Zeichen, vor allem nach solchen zu dem Jahr der enttäuschten Erwartung 1648. Tatsächlich haben sich in jenem Jahr schwerwiegende Dinge ereignet – aber hat es je ein Jahr ohne schwerwiegende Ereignisse gegeben? Der Krieg, der dreißig Jahre gewährt hatte, war zu Ende gegangen, nach Jahrzehnten des Tötens ist Frieden geschlossen worden. Mußte man darin nicht den Beginn einer neuen Zeit erkennen? Im gleichen Jahr hat die blutige Verfolgung polnischer und ukrainischer Juden begonnen, angeführt von einem Kosakenführer, und sie dauert bis zum heutigen Tage fort. ›Früher‹, sagt mein Vater, ›gab es zwischen einem Unglück und dem nächsten immer eine Zeit der Ruhe. Seit diesem verfluchten Jahr aber folgt ein Unglück dem anderen wie die Perlen an der Gebetsschnur, noch nie haben wir eine solche Folge von Katastrophen erlebt. Ist das nicht ein Zeichen?‹

Irgendwann habe ich verärgert zu ihm gesagt: ›Vater, ich habe immer geglaubt, daß jenes Jahr das Jahr der Auferstehung sei, daß es unseren Leiden ein Ende bereiten wird und wir es mit Freude und Hoffnung erwarten sollten!‹ Er hat mir geantwortet: ›Die Schmerzen sind die Schmerzen der Niederkunft, und das Blut ist das Blut, das mit der Entbindung einhergeht!‹

So ist mein Vater seit siebzehn Jahren immerzu auf der Suche nach Zeichen. Nicht immer mit der gleichen Inbrunst. Es vergingen bisweilen Monate, ohne daß er es ein einziges Mal erwähnte, dann geschah etwas, ein Unglück in der Familie oder die Pest oder die Hungersnot oder der Besuch einer hohen Persönlichkeit, und schon beschäftigte ihn die Angelegenheit wieder. Obwohl seine Gesundheit schwer angegriffen ist, erwähnte er die Auferstehung in den letzten Jahren nur noch als eine ferne Hoffnung. Aber seit wenigen Monaten kann er nicht mehr still sitzen. Die Gerüchte, die bei den Christen über das bevorstehende Ende der Zeiten zu hören sind, haben ihn völlig durcheinandergebracht. Nicht enden wollende Auseinandersetzungen spielen sich in unserer Gemeinde ab über das, was geschehen wird und was nicht geschehen wird, über das, was zu befürchten steht oder herbeigesehnt wird. Jedesmal, wenn ein Rabbiner von Damas, Jerusalem, Tiberia, Ägypten, Gaza oder Smyrna durch Aleppo kommt, schart man sich um ihn, um ihn fieberhaft nach dem, was er weiß, und nach seinen Weissagungen zu fragen.

Und kürzlich nun, vor wenigen Wochen, hat sich mein Vater, der es leid ist, so viele widersprüchliche Meinungen zu hören, in den Kopf gesetzt, nach Konstantinopel zu gehen, um einen sehr alten Hakim zu fragen, der wie wir aus Toledo stammt. In den Augen meines Vaters ist er der einzige, der die Wahrheit weiß. ›Sagt er mir, die Stunde sei gekommen, werde ich alles aufgeben und mich in Demut üben, sagt er mir, die Stunde sei noch nicht gekommen, werde ich mein alltägliches Leben wieder aufnehmen.‹

Da es nicht in Frage kommt, daß er sich mit seinen über siebzig Jahren, er kann sich ja kaum auf den Beinen halten, auf den Weg macht, habe ich beschlossen, daß ich den Rabbiner in Konstantinopel aufsuchen werde, beladen mit all den Fragen, die mein Vater zu stellen wünscht, um mit den Antworten zurückzukehren.

Und das ist der Grund, weshalb ich mich wie du in dieser Karawane befinde, nur dieser unsinnigen Gerüchte wegen, über die wir beide doch im tiefsten Innern nur lachen können, über sie und über die Leichtgläubigkeit des Menschen.«

Maimun ist äußerst wohlwollend, wenn er seine Haltung mit der meinen gleichsetzt. Sie ähneln sich nur dem Anschein nach. Er hat sich aus Treue zu seinem Vater auf den Weg gemacht und ohne seine Überzeugungen zu ändern, während ich mich von der Torheit um mich herum habe anstecken lassen. Doch davon habe ich ihm nichts erzählt. Weshalb sollte ich mich in den Augen eines Mannes herabwürdigen, den ich verehre? Und weshalb sollte ich auf dem bestehen, was uns unterscheidet, da er doch alles tut, das hervorzuheben, was uns verbindet?

Am 27. September

Die heutige Reisestrecke sollte weniger beschwerlich sein als die vorhergehenden. Nach vier Tagen des Anstiegs auf den Bergpfaden des Taurus, mit oftmals engen und gefährlichen Wegstellen, haben wir das Hochland Anatoliens erreicht. Und nach ein paar schäbigen Karawansereien, die von Janitscharen und alten Haudegen belagert waren, deren Aufgabe es sein sollte, uns vor Wegelagerern zu schützen, deren Anwesenheit uns aber weniger beruhigte als vielmehr zwang, uns in unseren Quartieren einzuschließen, hatten wir das Glück, in einer ordentlichen Herberge unterzukommen, die nur von reisenden Händlern besucht wird.

Unsere Freude wurde jedoch getrübt, als uns der Wirt von Gerüchten aus Konia berichtete, denen zufolge die Stadt von der Pest heimgesucht sei und deshalb die Tore für alle Reisenden geschlossen seien.

So beunruhigend diese Gerüchte auch sind, haben sie doch den Vorzug, mich den Meinen näherzubringen, die sich nun um mich scharten und wissen wollten, was ich zu tun gedenke. Ein paar Reisende hatten bereits in aller Frühe beschlossen kehrtzumachen, ohne weiter zu warten. Wir, die wir aus Gibelet kommen und schon mehr als die Hälfte des Weges hinter uns haben, können nicht gleich beim ersten Schrecken aufgeben.

Der Karawanenführer schlägt vor, sich noch ein Stück weiter

zu wagen, selbst auf die Gefahr hin, die Route zu ändern, sollten die Umstände es erzwingen. Diesem Menschen mißtraue ich heute wie schon am ersten Tag, aber seine Haltung in dieser Angelegenheit scheint mir vernünftig. Vorwärts also, und möge Gott uns gnädig sein!

Am 28. September

Heute habe ich Maimun gegenüber gewisse Äußerungen gemacht, die er sehr klug fand, was mich bewegt, sie nun schriftlich niederzulegen.

Die Menschen teilten sich heute in zwei Gruppen, sagte er, in diejenigen, die davon überzeugt sind, daß das Ende der Welt direkt bevorsteht, und diejenigen, die dem skeptisch gegenüberstehen – wobei er und ich zu letzteren gehörten. Ich entgegnete ihm, daß sich meiner Ansicht nach die Menschen auch in diejenigen teilten, die das Ende der Welt fürchteten, und diejenigen, die es herbeisehnten, sprachen doch die ersten im Zusammenhang damit von Sintflut und Unheil, während die anderen von Auferstehung und Erlösung redeten.

Bei diesen Worten hatte ich nicht nur den Vater meines Freundes und die Ungeduldigen von Aleppo im Sinn, sondern auch Marta.

Sodann fragte sich Maimun, ob die Menschheit zu Zeiten Noahs ebenfalls gespalten gewesen war, in diejenigen, die die Sintflut freudig begrüßten, und diejenigen, die sie als Gefahr ansahen.

Woraufhin wir laut zu lachen anfingen, so laut, daß unsere Maultiere scheuten.

Am 29. September

Hin und wieder lese ich wahllos ein paar Verse in dem Büchlein Abul-Alas, das mir ein alter Buchhändler aus Maarrat vor drei oder vier Wochen in die Hände gedrückt hat. Heute habe ich diese entdeckt:

Die Menschen wünschen, ein Imam möge sich erheben
Und das Wort ergreifen vor einer stummen Menge
Trügerische Illusion: Es gibt keinen anderen Imam
als die Vernunft
Sie allein führt uns Tag und Nacht

Unverzüglich las ich sie Maimun vor, und wir lächelten uns schweigend und einvernehmlich zu.

Ein Christ und ein Jude, die von einem blinden, arabischen Dichter auf dem Weg des Zweifels angeführt werden? Und doch war in den erloschenen Augen des Dichters mehr Licht als am Himmel Anatoliens.

In der Nähe von Konia, am 30. September

Die Gerüchte über die Pest hatten sich leider als wahr erwiesen. Unsere Karawane mußte die Stadt umgehen und ihre Zelte im Westen, in den Gärten von Meram, aufschlagen. Hier herrscht großes Gewimmel, denn zahlreiche Familien sind vor der Epidemie aus Konia an diesen Ort mit seiner gesunden Luft inmitten der Brunnen geflüchtet.

Wir kamen gegen Mittag an, und den Umständen zum Trotz herrschte hier, fast hätte ich gesagt »Feststimmung«, nein, keine Feststimmung, sondern eine ausgelassene, gottergebene Ausflugsstimmung. Überall lassen Sirup- und Aprikosensaftverkäufer die Gläser klingen, die sie im Brunnen gereinigt haben, überall finden sich Auslagen, dampfende Speisen, die Groß und Klein anlocken, ansprechen und anziehen. Doch kann ich meinen Blick nicht von der nahe gelegenen Stadt abwenden, deren Befestigungstürme ich erkenne und deren Kuppeln und Minarette ich erahnen kann. Dort steigt ein anderer Dampf auf, der alles mit einem Schleier überzieht, alles verdunkelt. Der Geruch dringt nicht bis zu uns herüber, Gott sei Dank, aber wir alle riechen ihn mit den Nasen unserer Seele, und er läßt unser Blut gefrieren. Die Pest, der Dampf des Todes. Ich lege die Feder beiseite, um mich zu bekreuzigen. Dann fahre ich mit meinem Bericht fort.

Maimun, der sich während der Mahlzeit zu den Meinen gesetzt hat, hat sich lange mit meinen Neffen unterhalten und auch ein wenig mit Marta. Bei der Atmosphäre, die um uns herrschte, konnten wir nicht umhin, über das Ende der Zeiten zu sprechen, und ich hatte Gelegenheit festzustellen, daß Bumeh bestens über die Vorhersagen des Sohar hinsichtlich des jüdischen Jahrs 5408 informiert war, das unserem Jahr 1648 entsprach.

»Im Jahre 408 des sechsten Jahrtausends«, rezitierte er aus dem Kopf, »werden sich die, die im Staube ruhen, erheben. Man nennt sie die Söhne des Heth.«

»Wer sind die Söhne des Heth?« fragte Habib, dem es immerzu Vergnügen bereitete, angesichts der Gelehrtheit seines Bruders seine eigene Unwissenheit zur Schau zu stellen.

»In der Bibel ist dies der Name, mit dem man üblicherweise die Hethiter bezeichnet. Was jedoch hier von großer Wichtigkeit ist, ist nicht die Bedeutung des Wortes Heth, sondern dessen Zahlenwert, der sich im Hebräischen nun einmal auf 408 beläuft.«

Zahlenwert! Wie mich dieser Ausdruck jedesmal reizt, wenn ich ihn höre! Anstatt den Sinn der Worte zu begreifen, machen sich meine Zeitgenossen daran, den Wert der Buchstaben zu berechnen. Sie drehen und wenden sie, wie es ihnen beliebt, addieren, subtrahieren, dividieren und multiplizieren und erhalten zuletzt immer die eine Zahl, die sie erstaunt, beruhigt oder mit Schrecken erfüllt. Auf diese Weise zerfasern die Gedanken der Menschen, auf diese Weise wird ihr Verstand geschwächt und verliert sich in abergläubischen Vorstellungen!

Ich denke nicht, daß Maimun diesen Albernheiten Glauben schenkt, aber die meisten seiner Glaubensbrüder glauben daran, und die meisten meines Glaubens und die meisten Muslime, mit denen ich mich in der letzten Zeit unterhalten habe. Sogar Gelehrte und Weise, anscheinend vernünftige Menschen, rühmen sich damit, Kenntnisse in dieser dürftigen Lehre zu besitzen, dieser Lehre der Armen im Geiste.

Meine Worte sind um so heftiger auf diesen Seiten, als ich am Tage, während der Diskussion, nichts gesagt und nur eine ungläubige Miene gezeigt habe, als ich das Wort ›Zahlenwert‹ hörte. Aber ich hütete mich davor, den Fortgang der Diskussion zu unterbrechen. So ist es meine Art. So ist es seit meiner Kindheit immer meine Art gewesen. Wenn sich um mich herum eine Diskussion entspinnt, bin ich neugierig darauf, zu erfahren, wohin sie führt, wer seinen Fehler eingesteht, was die einzelnen auf die Argumente der anderen ins Feld führen – oder wie sie der Antwort ausweichen. Ich beobachte, ich freue mich über das Gelernte, ich halte in mir die Reaktionen der einen und der anderen fest, ohne jedoch den unwiderstehlichen Drang zu verspüren, meinen Standpunkt laut zu bekunden.

Und heute mittag, wenngleich gewisse Bemerkungen in mir einen stummen Protest hervorriefen, interessierten oder überraschten mich doch andere Dinge, die gesagt wurden. Als Bumeh mich beispielsweise darauf aufmerksam machte, daß genau im Jahr 1648 in Moskau *Das Buch des einen Glaubens, des wahren und orthodoxen* herausgegeben wurde, in dem ohne jede Doppeldeutigkeit das Jahr des Tieres erwähnt wird. War es nicht dieses Buch, das den Pilger Jewdokim bewogen hat, sich auf den Weg zu machen, mir in Gibelet einen Besuch abzustatten, dem ein Strom von verängstigten Kunden folgen sollte? Es war also dieses Jahr, in dem das Tier, wenn man so sagen will, in mein Leben eingetreten ist. Maimuns Vater hatte erzählt, daß sich im Jahr 1648 etwas zugetragen haben mußte, dessen Ausmaß sich noch nicht übersehen lasse. Ja, ich will es gern zugeben, vielleicht ist in diesem Jahr wahrhaftig etwas in Gang gekommen. Für die Juden, für die Moskowiter, und auch für mich und die Meinen.

»Aber warum mußte man im Jahr 1648 ein Ereignis ankündigen, das erst 1666 eintreffen sollte? Hier liegt ein Mysterium vor, dessen Sinn sich mir entzieht!«

»Auch ich verstehe das nicht«, pflichtete Maimun mir bei.

»Für mich gibt es da kein Mysterium«, sagte Bumeh mit aufreizender Gelassenheit.

Alle Blicke hefteten sich daraufhin an seine Lippen. Er ließ sich Zeit, bevor er in selbstgefälligem Ton erklärte.

»Zwischen 1648 und 1666 liegen achtzehn Jahre.«

Er schwieg.

»Na und?« fragte Habib und kaute demonstrativ auf einem Stück Aprikosenbrot.

»Achtzehn, verstehst du? Sechs und sechs und sechs. Die drei letzten Schritte zur Apokalypse.«

Es folgte eine tiefe Stille. Ich hatte plötzlich das Gefühl, daß der Pestgeruch näher kam, daß er uns einhüllte. Am nachdenklichsten war Maimun, als hätte Bumeh soeben ein uraltes Rätsel für ihn gelöst. Hatem eilte geschäftig um uns herum und fragte sich, was in uns gefahren war, denn er hatte nur Bruchstücke des Gesprächs aufgeschnappt.

Ich war es, der das Schweigen brach:

»Warte, Bumeh! Das ist dummes Geschwätz. Dir brauche ich nicht zu sagen, daß man zur Zeit Christi und der Evangelisten nicht sechs und sechs und sechs geschrieben hat, wie man es heute auf arabisch tut, man schrieb in römischen Zahlen. Und deine drei Sechsen ergeben keinerlei Sinn.«

»Und kannst du mir sagen, wie man sechshundertsechsundsechzig zur Zeit der Römer geschrieben hat?«

»Das weißt du genau. So.«

Ich nahm ein herumliegendes Stöckchen und zeichnete DCLXVI in den Sand.

Maimun und Habib beugten sich über die Zahl, die ich geschrieben hatte. Bumeh rührte sich nicht vom Fleck, er sah nicht einmal hin, sondern fragte bloß, ob mir an dieser Zahl nichts Besonderes auffiele. Nein, sagte ich, ich wüßte nicht, was.

»Merkst du nicht, daß alle römischen Ziffern in der richtigen Reihenfolge und jeweils nur einmal vorhanden sind?«

»Nicht alle«, antwortete ich etwas voreilig. »Es fehlt …«

»Nur zu, weiter so, du bist auf der richtigen Spur. Es fehlt eine Zahl am Anfang. Das M, schreib es auf! Jetzt haben wir also MDCLXVI. Eintausendsechshundertsechsundsechzig. Die Zahlen sind jetzt vollständig. Die Jahre sind vollständig. Es wird keins mehr dazukommen.«

Dann streckte er die Hand aus und wischte die Zahlen aus, wobei er eine Formel vor sich hinmurmelte.

Verflucht! Verflucht seien die Zahlen und diejenigen, die sie achten!

Am 3. Oktober

Seit wir die Gegend um Konia verlassen haben, reden die Reisenden nicht mehr von der Pest, sondern von einer seltsamen Geschichte, die der Karawanenführer selbst in Umlauf gebracht hat und die ich bislang nicht für würdig befunden habe, hier erwähnt zu werden. Wenn ich jetzt auf sie hinweise, dann nur, weil sie einen beispielhaften Ausgang genommen hat.

Der Mann behauptete, eine Karawane habe sich vor Jahren auf dem Weg nach Konstantinopel verlaufen und irre seitdem in größter Verzweiflung über die Straßen Anatoliens als Opfer einer Verwünschung. Von Zeit zu Zeit begegne sie einer anderen Karawane, und ihre verirrten Teilnehmer fragten nach dem Weg oder stellten die ungewöhnlichsten Fragen. Wer immer ihnen antwortete, und sei es nur mit einem Wort, ziehe seinerseits die Verwünschung auf sich und müsse mit ihnen bis zum Ende der Zeiten umherirren.

Warum wurde die Karawane verwünscht? Es heißt, die Reisenden hätten ihren Angehörigen erzählt, sie würden sich auf die Pilgerreise nach Mekka begeben, obschon sie in Wahrheit nach Konstantinopel aufgebrochen sind. Der Himmel habe sie sodann dazu verdammt, ewig umherzuirren, ohne je ihr Ziel zu erreichen.

Unser Mann berichtete, er sei der Geisterkarawane schon zweimal begegnet, ihren Täuschungsversuchen indes nicht ins Netz gegangen. Die verirrten Reisenden konnten sich noch so sehr um ihn bemühen, ihm zulächeln, ihn am Ärmel zupfen, ihn für sich einzunehmen suchen, er habe getan, als ob er sie nicht sehe, und auf diese Weise sei es ihm gelungen, den Bann abzuwenden und seine Reise fortzusetzen.

Woran man die Geisterkarawane erkennen könne? fragten unsere ängstlichsten Kameraden. Es gebe keine Möglichkeit, antwortete er, sie ähnele in allem einer gewöhnlichen Karawane, ihre Teilnehmer sähen aus wie alle Reisenden, und das sei der Grund dafür, weshalb sich so viele verzaubern ließen.

Bei der Erzählung des Karawanenführers zuckten einige von uns mit den Schultern, andere wirkten erschrocken und blickten unablässig in die Ferne, um sich zu vergewissern, daß keine verdächtige Karawane am Horizont zu erkennen war.

Ich gehöre natürlich zu jenen, die diesem Geschwätz keine Bedeutung beimessen. Der Beweis dafür ist, daß ich es in den drei Tagen, in denen die Gerüchte vom Kopf der Karawane bis zu ihrem Schwanz und dann wiederum vom Schwanz bis zu ihrem Kopf vorgedrungen waren, nicht für wert erachtet habe, jene einfältige Geschichte des Karawanenführers diesen Seiten anzuvertrauen.

Aber heute um die Mittagszeit haben wir eine Karawane getroffen.

Wir hatten an einem Bach haltgemacht, um zu essen. Knechte und Diener waren aufgebrochen, um Reisig einzusammeln und ein Feuer zu entfachen, als auf einer nahe gelegenen Erhebung eine Karawane auftauchte. In wenigen Minuten war sie bei uns. Da machte plötzlich ein Gerücht die Runde: »Das sind sie, das ist die Geisterkarawane.« Wir waren allesamt wie gelähmt, als habe sich ein Schatten über unsere Stirn gelegt, und wir unterhielten uns nur noch flüsternd, die Augen auf die Herannahenden gerichtet.

Diese näherten sich in unseren Augen allzu rasch in einer Wolke aus Staub und Dunst.

Als sie uns erreichten, saßen sie ab und kamen auf uns zu, erfreut, wie es schien, ihresgleichen vorzufinden und einen Ort der Erfrischung. Sie näherten sich mit freundlichem Lächeln, gaben sich alle Mühe, uns zu begrüßen, zunächst auf arabisch, dann auf türkisch, persisch und armenisch. Wir fühlten uns unwohl, aber keiner rührte sich, nicht einer stand auf, nicht einer antwortete auf den Gruß, der an ihn gerichtet war. »Warum redet ihr nicht mit uns?« fragten sie schließlich. »Haben wir euch in irgendeiner Weise ungewollt gekränkt?« Niemand gab einen Laut von sich.

Schon wendeten die anderen sich empört ab und schickten sich an, davonzugehen, als unser Karawanenführer unversehens in schallendes Gelächter ausbrach, woraufhin der andere Karawanenführer noch lauter lachte.

»Verflucht seist du«, sagte letzterer und ging mit ausgebreiteten Armen auf ihn zu. »Du hast ihnen deine Geschichte von der Geisterkarawane aufgebunden. Und alle haben angebissen!«

Überall standen jetzt Leute auf, umarmten sich, luden sich gegenseitig ein und baten um Verzeihung.

Heute abend ist von nichts anderem die Rede, und jeder Reisende behauptet, er habe nie an die Geschichte geglaubt. Dennoch waren alle, als sich die Teilnehmer der anderen Karawane näherten, bleich geworden, und kein Mensch hatte gewagt, das Wort an sie zu richten.

Am 4. Oktober

Heute hat man mir wieder von einem Vorfall berichtet, aber bei diesem war mir nicht zum Lachen zumute.

Um die Mittagszeit kam ein Mann zu mir, zeternd und wild gestikulierend. Er behauptete, mein Neffe habe sich seiner Tochter zu sehr genähert, und er drohte damit, die Angelegenheit blutig zu regeln. Hatem und Maimun versuchten, ihn zur Vernunft zu bringen, und auch der Karawanenführer schritt ein und hielt ihn zurück, obschon er sich gewiß insgeheim freute, mich in solcher Verlegenheit zu sehen.

Mit den Augen suchte ich nach Habib, aber er war verschwunden. Für mich kam diese Flucht einem Schuldgeständnis gleich, und ich verfluchte ihn dafür, daß er mich in diese Situation gebracht hatte.

Der Mann brüllte in der Zwischenzeit nur noch ärger und sprach davon, dem Schuldigen die Kehle durchzuschneiden und sein Blut vor der ganzen Karawane zu vergießen, damit ein jeder erfuhr, wie man die befleckte Ehre reinwusch.

Die Schar um uns wuchs stetig an. Anders als beim kürzlichen Streit mit dem Karawanenführer trug ich den Kopf dieses Mal weniger hoch und hatte auch nicht den Wunsch, als Sieger hervorzugehen. Ich wollte nur, daß das Ärgernis ein Ende nahm und ich die Reise bis zum Ende fortsetzen konnte, ohne das Leben der Meinen in Gefahr zu bringen.

So habe ich mich schließlich dazu herabgelassen, auf diesen Mann zuzugehen, ihm den Arm zu tätscheln, ihm zuzulächeln, ihm zu versprechen, daß er Genugtuung erlangen und daß seine Ehre aus dieser Angelegenheit so rein wie eine Sultani hervorgehen werde. Jenes Goldstück ist keineswegs, dies sei nebenbei erwähnt, ein Muster reinen Metalls, wenn man bedenkt, daß es ständig verändert wird, in dem Maße, wie der osmanische Schatz abnimmt … Abgesehen davon hatte ich diesen Vergleich nicht zufällig gewählt, ich wollte, daß der Mann das Wort Gold hört und versteht, daß ich bereit bin, den Preis seiner Ehre zu zahlen. Er zeterte noch einige Augenblicke, weniger laut jetzt, als gebe er nur das Echo seines früheren Gezeters von sich.

Ich zog ihn daraufhin am Arm ein wenig beiseite. Nachdem wir uns ein Stück entfernt hatten, brachte ich noch einmal meine Entschuldigungen vor und erklärte ihm ausdrücklich, daß ich bereit sei, ihn zu entschädigen.

Während ich so den demütigenden Handel einleitete, zog Hatem mich am Ärmel und flehte mich an, mich nicht zum Narren halten zu lassen. Bei seinem Anblick stimmte der Mann sein Gejammer wieder an, und ich mußte meinem Diener befehlen, mich die Angelegenheit auf meine Weise regeln zu lassen.

Und ich habe bezahlt. Ein Goldstück, versehen mit dem feierlichen Versprechen, meinen Neffen streng zu bestrafen und ihn daran zu hindern, in Zukunft um besagte Tochter herumzuschleichen.

Erst am Abend war Habib wieder aufgetaucht. Hatem war an seiner Seite, desgleichen ein weiterer Reisender, den ich schon früher mit ihnen zusammen gesehen hatte. Alle drei versicherten mir, daß ich Opfer einer Gaunerei geworden sei. Ihrer Ansicht nach war der Mann, dem ich eine Goldmünze gegeben hatte, kein untröstlicher Vater, und die junge Frau an seiner Seite keineswegs seine Tochter, sondern eine Dirne, was der ganzen Karawane bekannt sei.

Habib behauptete, er habe dieses Mädchen nie aufgesucht, und damit belügt er mich – ich frage mich sogar, ob Hatem ihn nicht begleitet hat. Aber was den Rest angeht, glaube ich, daß sie die Wahrheit sagen. Ich habe dennoch beiden zwei ordentliche Ohrfeigen gegeben.

So existiert also in dieser Karawane ein umherziehendes Freudenhaus, das mein eigener Neffe besucht – ohne daß ich es gemerkt hätte! Nach all diesen Jahren im Handel bin ich unfähig, einen Kuppler von einem untröstlichen Vater zu unterscheiden! Was nützt es mir, daß ich das Universum erforsche, wenn ich nicht einmal sehe, was vor meinen Augen passiert? Wie ich darunter leide, nicht aus härterem Holz geschnitzt zu sein!

Am 5. Oktober

Der gestrige Vorfall hat mich mehr mitgenommen, als ich zunächst geglaubt hatte.

Ich fühle mich geschwächt und erschöpft und benommen, meine Augen sind ständig feucht, und meine Glieder schmerzen. Vielleicht hat mich die Reitkrankheit wieder erfaßt … Ich leide bei jedem Schritt, und die Reise lastet auf mir. Ich bereue es, sie unternommen zu haben.

Die Meinen versuchen mich zu trösten, mich zur Besinnung zu rufen, aber ihre Worte wie ihre Gesten verlieren sich in einem zunehmend dichter werdenden Nebel. Auch diese Zeilen trüben sich vor meinen Augen, und meine Finger werden schwach.

Herr!

In Skutari, am Freitag, dem 30. Oktober 1665

Seit vierundzwanzig Tagen habe ich keine einzige Zeile geschrieben. Es hat nicht viel gefehlt, und ich wäre gestorben. Heute, am Abend vor der Überquerung des Bosporus, kurz bevor wir Konstantinopel erreichen, greife ich in einem Gasthaus in Skutari erneut zur Feder.

Kurz nach der Etappe von Konia habe ich die ersten Symptome des Übels gespürt. Ein Schwindelgefühl, das ich zunächst den Anstrengungen der Reise zugeschrieben habe, sodann den Unannehmlichkeiten, die das ungehörige Benehmen meines Neffen mir bereitet hat, sowie meiner eigenen Leichtgläubigkeit. Meine Beschwerden blieben aber noch erträglich, und ich erzählte meinen Gefährten nichts davon, ebensowenig wie diesen Seiten. Bis zu jenem Abend, an dem ich mich plötzlich außerstande sah, eine Feder zu halten, und ich mich zweimal von der Gruppe zurückziehen mußte, um mich zu übergeben.

Meine Angehörigen und ein paar andere Reisende waren herbeigekommen und murmelten, ich weiß nicht was für kluge Dinge über meinen Zustand, als der Karawanenführer mit drei seiner Handlanger zu mir kam. Er kam zu dem Schluß, daß ich von nichts weniger als der Pest befallen sei, daß ich sie mir gewiß in der Umgebung von Konia zugezogen hätte und daß man mich dringend von der Karawane absondern müsse. Ich müßte von nun an ganz am Ende reiten und mehr als sechshundert Schritte hinter dem letzten in der Karawane zurückbleiben.

Sollte ich genesen, würde er mich wieder aufnehmen, wäre ich gezwungen, einen Halt einzulegen, würde er mein Schicksal in die Hände Gottes legen und nicht auf mich warten.

Marta protestierte, desgleichen meine Neffen, mein Diener und auch Maimun sowie ein paar Reisende um uns herum, aber ich mußte mich fügen. Ich selbst sagte während der ganzen Auseinandersetzung, die mehr als eine halbe Stunde dauerte, nicht ein Wort. Ich hatte das Gefühl, gleich wieder krank zu werden, würde ich nur den Mund aufmachen. Also hüllte ich mich in das Gewand des verletzten Stolzes, während ich insgeheim alle genuesischen Beleidigungen herunterbetete und dem Karawanenführer wünschte, er möge aufgespießt werden!

Meine Quarantäne dauerte vier ganze Tage bis zu unserer Ankunft in Afiun-Karahissar, der schwarzen Zitadelle des Opiums, einem Ort mit beunruhigendem Namen, der tatsächlich von der düsteren Silhouette einer antiken Zitadelle beherrscht wird. Sobald wir im Chan der Reisenden einquartiert waren, suchte mich der Karawanenführer auf, um mir mitzuteilen, daß er sich geirrt habe, daß ich offenkundig nicht an der Pest erkrankt sei, er habe beobachtet, daß ich genesen sei, und ich könne mich von morgen an wieder in den Zug einreihen. Meine Neffen suchten daraufhin einen Streit loszubrechen, aber ich hieß sie schweigen. Ich dulde es nicht, wenn man jemanden verurteilt, der Besserung gelobt. Die Worte, die er verdient hat, hätte man ihm vorher sagen müssen. Ich antwortete dem Mann infolgedessen höflich und nahm seine Einladung zur Rückkehr in die Karawane an.

Was ich ihm nicht sagte, übrigens ebensowenig meinen Angehörigen, war, daß ich mich trotz des äußerlichen Scheins keineswegs gesund fühlte. Ich verspürte im tiefsten Innern meines Körpers ein mattes Fieber, das wie eine winterliche Feuersglut unentwegt Hitze spendete, und ich war erstaunt, daß niemand um mich herum die Röte in meinem Gesicht bemerkte.

Die darauffolgende Nacht war für mich die wahre Hölle. Ich zitterte und war unruhig und rang nach Luft, meine Kleider wie auch meine Laken waren schweißnaß. Im Stimmengewirr und den Echos, die zu meinem geschwächten Kopf vordrangen, hörte ich ›die Witwe‹ an meiner Bettstatt murmeln: »Er wird morgen nicht weiterreisen. Wenn er sich in seinem Zustand auf den Weg macht, wird er Listana nicht lebend erreichen.«

Listana war im Dialekt der Leute von Gibelet einer der zahlreichen Namen für Stambul oder Istambul, Byzanz, das Tor, Konstantanîe …

Und tatsächlich machte ich am anderen Morgen keinerlei Anstalten, aufzustehen. Zweifellos hatte ich meine Kräfte im Lauf der letzten Tage erschöpft, der Körper bedurfte nun der Ruhe, um sich zu erholen.

Doch ich war noch nicht genesen, bei weitem nicht. Was ich in den drei folgenden Tagen durchgemacht habe, ist mir nur schemenhaft in Erinnerung geblieben. Mir scheint, daß ich den Tod gestreift habe, daß bestimmte Gelenke bis heute versteift sind, so wie es einst bei dem auferstandenen Lazarus gewesen sein muß. Ich habe beim Kampf gegen die Krankheit ein paar Pfund Gewicht verloren, man könnte fast sagen, Fleisch gegeben, so wie man einem Raubtier ein paar Fleischbrocken hinwirft, um es zu besänftigen. Ich kann noch nicht, ohne zu stammeln, darüber reden und habe sicher auch einige Versteifungen in meiner Seele davongetragen. Die Worte kommen mir nur schwer über die Lippen.

Was mir dennoch von dieser aufgezwungenen Pause in Afiun-Karahissar in Erinnerung bleiben wird, ist weder das Leid noch das Elend. Ich war von der Karawane verlassen, vom Tod begehrt. Doch jedesmal, wenn ich die Augen aufschlug, sah ich Marta an meiner Seite knien, die mich mit unterdrückter Beunruhigung anlächelte. Und wenn ich meine Augen wieder schloß, ruhte meine linke Hand in ihren beiden Händen, eine ihrer Hände unter meiner, Handfläche gegen Handfläche gedrückt, die andere darüber, die bisweilen langsam über meinen Handrücken glitt in einer tröstenden Liebkosung von unendlicher Geduld.

Sie hat keinen Heilkundigen und auch keinen Apotheker zu Hilfe gerufen, diese hätten mich womöglich noch sicherer als das Fieber zu Tode gebracht. Marta hat mich allein durch ihre Gegenwart gepflegt, mit ein paar Schlucken frischen Wassers und ihren beiden Händen, die mich daran hinderten zu gehen. Ich bin nicht gegangen. Drei Tage lang, wie ich schon sagte, strich der Tod um mich herum, ich schien bereits seine Beute, doch dann am vierten Tag, ermüdet oder mitleidig, hat er sich entfernt.

Ich möchte nicht den Eindruck erwecken, meine Neffen oder mein Diener hätten mich im Stich gelassen. Hatem war nie weit, und die beiden jungen Leute kamen zwischen zwei Ausflügen in der Stadt zurück, um sich nach meinem Zustand zu erkundigen, besorgt und reumütig, eine beständigere Hingabe wäre ihrem Alter nicht angemessen. Gott bewahre, ich mache ihnen keine Vorwürfe, außer, daß sie mich zu dieser Expedition überredet haben. Doch gilt meine Dankbarkeit vor allem Marta. Nein, Dankbarkeit ist nicht das richtige Wort. Es wäre von meiner Seite der Gipfel des Undanks, wenn ich mich damit begnügen würde, von Dankbarkeit zu sprechen. Was an Tränen bezahlt wurde, ist nicht mit Salzwasser aufzuwiegen.

Noch kann ich nicht ermessen, in welchem Maße mich diese Etappe angestrengt hat. Für jedes Geschöpf ist das Ende der Welt zunächst sein eigenes Ende, und das meine erschien mir plötzlich greifbar nah. Anstatt auf das schicksalhafte Jahr zu warten, war ich auf dem Weg gewesen, aus der Welt zu scheiden, als zwei Hände mich zurückhielten. Zwei Hände, ein Gesicht, ein Herz, eines, das ich zur Liebe und Rebellion fähig wußte, nicht jedoch zu einer derart großen und umfassenden Zärtlichkeit. Seit der Zeit, da wir uns aufgrund eines Mißverständnisses im gleichen Bett befunden hatten, dem Scheine nach als Mann und Frau, sagte ich mir, daß ich eines Nachts, dank der unabwendbaren Logik der Sinne, dahin käme, die Begierde in Leidenschaft umzumünzen, um die Sache zu einem Ende zu bringen, bereit, sie am nächsten Morgen zu bereuen. Zur Zeit ist

Marta weitaus mehr meine Frau in der Wirklichkeit als dem Scheine nach, und sollte ich mich eines Tages an sie binden, dann weder aus Spaß noch im Rausch, noch aufgrund einer Sinnesverwirrung, sondern in dem warmherzigsten und offiziellsten Akt aller Akte. Gleich, ob sie an jenem Tag von dem Schwur entbunden sein wird, der sie einst an diesen Schurken von Ehemann gebunden hat.

Ich rede von »jenem Tag«, denn der Tag ist noch nicht gekommen. Ich bin davon überzeugt, daß sie es ebenso wünscht wie ich, doch hat sich die Gelegenheit noch nicht ergeben. Wären wir auf dem Weg nach Tarsus und würden wir die nächste Nacht im Hause von Maimuns Vetter verbringen, würden sich unsere Körper vereinigen, wie unsere Seelen von nun an vereinigt sein werden. Doch was nützt es, nach hinten zu schauen, ich bin hier, vor den Toren Konstantinopels, lebendig, und Marta ist nicht weit. Die Liebe ernährt sich von Geduld ebenso wie von Begierde, ist nicht das die Lektion, die sie mich in Afiun-Karahissar gelehrt hat?

Erst nach acht Tagen machten wir uns wieder auf den Weg und schlossen uns einer Karawane an, die aus Damaskus kam und in der sich, welch seltsamer Zufall, zwei Personen befanden, die ich kannte, ein Parfümhersteller und ein Priester. Wir machten in Kiutahia einen Tag Rast und einen weiteren in Ismid, um heute am frühen Nachmittag Skutari zu erreichen. Einige unserer Mitreisenden hatten beschlossen, geradewegs zum Schiff zu eilen. Ich hingegen zog es vor, meine Kräfte zu schonen, mir Zeit für einen erholsamen Mittagsschlaf zu nehmen, um gemächlich am morgigen Samstag das letzte Stück der Reise anzutreten. Seit Aleppo wären wir dann vierundfünfzig Tage unterwegs, anstelle der vorgesehenen vierzig, und neunundsechzig seit Gibelet. Wenn nur Marmontel noch nicht nach Frankreich zurückgekehrt war und den *Hundertsten Namen* mitgenommen hatte!

Konstantinopel, am 31. Oktober 1665

Heute hat Marta aufgehört, ›meine Frau‹ zu sein. Der Schein weicht nun der Wirklichkeit und wartet darauf, daß sich die Wirklichkeit eines Tages dem Schein anpaßt.

Nicht, daß ich nach schmerzlicher Überlegung beschlossen hätte, der seit zwei Monaten anhaltenden Verwirrung, die mir bei jeder Reiseetappe ein wenig vertrauter wurde, ein Ende zu setzen, aber die Dinge haben sich heute so entwickelt, daß es nötig gewesen wäre, alle Welt unverfroren zu betrügen, um den Schein aufrechtzuerhalten.

Nachdem wir die Meerenge in einem Gedränge von Mensch und Tier überquert hatten, daß ich bereits glaubte, das Schiff würde untergehen, hatte ich mich auf die Suche nach einem Gasthaus begeben, das von einem Genuesen mit Namen Barinelli betrieben wurde, bei dem sich mein Vater und ich während unseres Besuches in Konstantinopel vor vierundzwanzig Jahren einquartiert hatten. Der Mann ist mittlerweile verstorben, und das Haus dient nicht länger als Herberge, aber es ist noch immer im Besitz derselben Familie, und einer der Enkel des alten Wirtes lebt noch heute dort mit einer einzigen Dienerin, die ich kurz von weitem gesehen hatte.

Als ich mich dem jungen Barinelli vorstellte und meinen Namen nannte, stimmte er ein bewegendes Loblied auf meine ruhmreichen Vorfahren Embriaci an und bestand darauf, daß wir bei ihm logierten. Sodann fragte er mich, wer die ehrwürdigen Personen wären, die mich begleiteten. Ich antwortete, ohne lange zu zögern, daß es sich um meine beiden Neffen handelte, meinen Diener, der sich draußen um die Tiere kümmerte, sowie um eine achtbare Dame aus Gibelet, eine Witwe, die gewisser administrativer Formalitäten wegen nach Konstantinopel gekommen sei und die Reise unter unserem Schutz gemacht habe.

Ich will nicht leugnen, daß ich eine leichte Beklemmung verspürte. Aber es stand für mich außer Frage, eine andere Antwort zu geben. Der Reiseweg schmückt sich bisweilen mit Geschichten, wie sich der Schlaf mit Träumen schmückt, man muß es nur verstehen, bei seiner Ankunft wieder die Augen zu öffnen.

Für mich heißt das Aufwachen Konstantinopel. Am morgigen Sonntag schon werde ich in meinem Prunkgewand in der Botschaft des Königs von Frankreich vorstellig werden, genauer gesagt in der Kirche der Botschaft, auf der Suche nach dem Chevalier de Marmontel. Ich hoffe, ihn nicht allzu verärgert anzutreffen, weil ich ihm das Buch von Mazandarani so teuer verkauft habe. Sollte es nötig sein, würde ich ihm einen beträchtlichen Preisnachlaß gewähren im Tausch gegen die Erlaubnis, das Buch zu kopieren. Gewiß werde ich meine ganze Geschicklichkeit als Genuese, als Kuriositätenhändler und als Levantiner aufbieten müssen, um ihn zu überzeugen.

Ich werde ihn allein aufsuchen, in meine Neffen setze ich nicht das nötige Vertrauen. Ein aufbrausendes Wort oder im Gegenteil ein zu unterwürfiges, eine ungeduldige Geste, und diese stolze Persönlichkeit wäre für immer verärgert.

Am 1. November

Herr, wo soll ich mit meiner heutigen Schilderung beginnen?

Am Anfang? Als ich aus dem Schlaf fuhr, um mich sogleich in die Vorstadt Pera zu begeben, wo ich der Messe in der Botschaft beiwohnen wollte …

Oder am Ende? Unsere ganze Reise von Gibelet nach Konstantinopel war vergeblich gewesen …

In der Kirche hatte sich eine düster dreinblickende Menschenmenge versammelt. Damen in Schwarz und bedrücktes Geflüster. Vergeblich suchte ich mit den Augen unter den Anwesenden den Chevalier de Marmontel oder ein anderes bekanntes Gesicht. Da ich erst zu Beginn der Messe im Eilschritt eingetroffen war, hatte ich kaum die Zeit gefunden, mich zu bekreuzigen, hatte dann in einer der hinteren Reihen Platz genommen.

Als ich die hier herrschende traurige Stimmung bemerkte, wagte ich zwei oder drei fragende Blicke in Richtung des Mannes, der mir am nächsten saß, aber er ignorierte beharrlich und pietätvoll meine Anwesenheit. Die Stimmung konnte nicht allein auf den heutigen Tag Allerheiligen zurückzuführen sein, es war ganz offensichtlich kürzlich zu einem Trauerfall gekommen, dem Tod eines wichtigen Menschen, und ich mußte mich auf Vermutungen beschränken. Ich wußte, daß der frühere Botschafter, Monsieur de la Haye, seit Jahren schwer krank war. Nach fünf Monaten der Einkerkerung im Schloß der Sieben Türme, auf Geheiß des Sultans, war er so geschwächt gewesen, daß das Gerücht über seinen vermeintlichen Tod bereits mehrfach die Runde gemacht hat. Er muß es sein, dachte ich, und da der neue Botschafter kein anderer war als sein Sohn, war die Bestürzung, die ich allenthalben sah, in keiner Weise überraschend.

Als der Zelebrant, ein Kapuzinermönch, seine Grabrede begann und die Persönlichkeit eines ehrwürdigen Geschlechts als ergebenen Diener des großen Königs und Vertrauensmann, in heiklen Missionen bewandert, pries, und als er in verschleierten Worten die Gefahren anführte, denen diejenigen sich aussetzten, die ihre hohen Aufgaben in heidnischen Ländern ausführten, hatte ich keinerlei Zweifel mehr. Die Beziehungen zwischen Frankreich und der Hohen Pforte waren so gespannt wie noch nie, so daß der vor vier Jahren bereits ernannte neue Botschafter noch immer nicht wagte, seine Funktionen aufzunehmen, aus Angst, die gleichen Demütigungen zu erfahren wie sein Vater.

Jedes Wort der Predigt bestärkte mich in meiner Vermutung. Bis zu dem Augenblick, wo endlich am Ende eines langen Satzes der Name des Verschiedenen ausgesprochen wurde.

Ich zuckte so sehr zusammen, daß sich alle Anwesenden zu mir umwandten, ein Gemurmel durch die Versammlung der Gläubigen ging und der Prediger ein paar Sekunden lang innehielt, sich räusperte und reckte, um zu sehen, ob der so sehr Betrübte nicht ein naher Verwandter des verstorbenen Chevalier war.

Marmontel!

War ich nicht ebendeshalb in diese Kirche gekommen, um ihn nach der Messe zu sprechen, und nun erfuhr ich von seinem Tod!

Nachdem ich zwei lange Monate unterwegs gewesen war, Syrien, Kilikien, den Taurus und das Hochland Anatoliens durchquert und beinahe mein Leben gelassen hatte, in der einzigen Hoffnung, ihn zu finden und von ihm für wenige Tage das Buch *Der Hundertste Name* auszuleihen. Um jetzt zu erfahren, daß sie beide das Zeitliche gesegnet hatten, ja, der Mann und das Buch, verschwunden, im Meer versunken!

Im Anschluß an die Messe suchte ich sogleich den Kapuzinermönch auf, der mir seinen Namen nannte, Thomas de Paris, und sich in Gesellschaft eines berühmten französischen Händlers befand, des Sieur Roboly. Ich klärte sie über die Gründe meiner Bestürzung auf und erzählte ihnen, daß der Chevalier wiederholt in meinen bescheidenen Laden gekommen sei, um im Auftrag Seiner Majestät ein paar Besorgungen zu machen. Sie schöpften daraus eine für mich, wie mir scheinen will, schmeichelhafte Hochachtung und fragten mich mit einer gewissen Beunruhigung nach dem Besuch des Chevaliers in Gibelet im August und nach den Worten, die er anläßlich seiner letzten Reise und eventuell beunruhigender Vorahnungen, die er gehegt haben könnte, zu mir gesagt habe.

Pater Thomas legte unendlich große Zurückhaltung an den Tag, im Gegensatz zu Sieur Roboly, der sich beeilte, mir mitzuteilen, daß der Schiffbruch des Chevaliers seiner Ansicht nach keineswegs irgendwelchen Unbilden der Witterung zuzuschreiben sei, wie die Obrigkeit behauptete, sondern einem Piratenangriff, wenn man bedenke, wie ruhig das Meer vor Smyrna war, als das Unglück geschah. Schon schickte er sich an, mir anzuvertrauen, daß er nicht glaube, besagte Piraten hätten in eigener

Sache gehandelt, als ihm der Geistliche mit einem Stirnrunzeln Schweigen gebot. »Darüber ist uns nichts bekannt!« verkündete er. »Möge Gottes Wille geschehen, und möge jeder vom Himmel den Lohn bekommen, der ihm zusteht!«

Selbstredend ist es müßig, über die wahren Ursachen des Unglücks zu spekulieren und noch mehr über die Machenschaften der Behörden des Sultans. Für mich war dies jedenfalls nicht länger von Bedeutung. Der Mann, den ich sehen wollte, sowie das Buch, von dem ich gehofft hatte, ich könnte es zurückkaufen oder ausleihen, ruhten von nun an im Reiche Neptuns, im Schoße der Ägäis oder vielleicht schon in den Eingeweiden ihrer Fische.

Ich muß zugeben, daß ich mich, nachdem ich Selbstmitleid für mein Schicksal empfunden und darüber geklagt hatte, daß ich so viele Mühen umsonst auf mich genommen hatte, zu fragen begann, welchen Sinn dieses Ereignis haben konnte und welche Lehren ich daraus ziehen sollte. Nach dem Tode des alten Idriss, nach Marmontels Verschwinden und dem des *Hundertsten Namens,* sollte ich da nicht dem Buch entsagen, der Vernunft folgen und nach Gibelet zurückkehren?

Diese Meinung wird von unserem Zeichendeuter nicht geteilt. Nach Ansicht meines Neffen Bumeh hat uns der Himmel zweifellos eine Lektion erteilen wollen – den Gesandten des Königs von Frankreich ertrinken zu lassen, um einen genuesischen Händler am Ohr zu ziehen, was für eine Logik! nun denn! – der Himmel wollte uns also bestrafen, vor allem mich, dafür, daß ich das Büchlein aus der Hand gegeben hatte, als es in meinem Besitz war. Aber es ging nicht darum, mich zum Aufgeben zu bewegen, ganz im Gegenteil. Wir mußten unsere Bemühungen verdoppeln, zu weiteren Leiden bereit sein, weiteren Enttäuschungen, damit wir uns die Belohnung von oben erneut verdienten: das heilbringende Buch.

Was war seiner Ansicht nach zu tun? Weitersuchen. Gab es denn nicht in Konstantinopel die größten und ältesten Buchhandlungen der Welt? Man müßte sie eine nach der anderen aufsuchen, in ihren Regalen stöbern, in ihren Lagern, um schließlich fündig zu werden.

In diesem Punkt – und nur in diesem einen! – gebe ich ihm recht. Wenn es einen Ort gibt, an dem man ein Exemplar – ob echt oder falsch – des *Hundertsten Namens* finden konnte, dann nur hier in Konstantinopel.

Dieses Argument hatte indes kein großes Gewicht bei meiner Entscheidung, nicht sofort nach Gibelet zurückzukehren. Nachdem ich diese unerwartete Nachricht verwunden hatte, habe ich mich davon überzeugen lassen, daß es zu nichts nütze wäre, sich der Niedergeschlagenheit zu ergeben, geschweige denn von neuem – und inmitten der kalten Jahreszeit! – die Widerwärtigkeiten einer Reise auf uns zu nehmen, zumal ich noch nicht gänzlich genesen war. Warten wir noch, sagte ich mir, plündern wir die Läden der Buchhändler und der Kollegen Kuriositätenhändler und lassen wir Marta die Zeit, ihre Angelegenheit zu regeln, dann werden wir sehen.

Möglicherweise verleihen wir dieser Reise, wenn wir sie um einige Wochen verlängern, einen Sinn. Das sagte ich mir, bevor ich dieses Kapitel als erledigt betrachtete, und ich weiß genau, daß es eine List ist, um meine Angst zum Schweigen zu bringen und über meine Bestürzung hinwegzutäuschen.

Am 3. November

Ich denke unentwegt an den bedauernswerten Marmontel, und letzte Nacht habe ich ihn zum zweiten Mal in Folge im Traum gesehen! Wie sehr ich es bedaure, daß wir uns bei seinem letzten Besuch nicht im besten Einvernehmen getrennt haben. Als ich ihm fünfzehnhundert Majdin als Preis für das Buch von Mazandarani abverlangt habe, hat er gewiß im stillen die Gier des Genuesen verflucht. Wie hätte er ahnen können, daß ich lediglich Skrupel hatte, mich von einem Büchlein zu trennen, das mir ein armer Mann geschenkt hatte? Meine Absichten waren edel, doch das konnte er nicht wissen. Und nie mehr werde ich meinen Ruf in seinen Augen wiederherstellen können.

Möge die Zeit meine Gewissensbisse abklingen lassen!

Am Nachmittag erhielt ich in meinem Zimmer Besuch von meinem freundlichen Wirt, dem Signor Barinelli. Er hatte zunächst vorsichtig die Tür geöffnet, um sich zu vergewissern, daß ich keinen Mittagsschlaf mehr hielt. Auf ein Zeichen hin trat er verlegen ein und gab mir zu verstehen, daß er sich in Anbetracht dessen, was ihm zu Ohren gekommen war, nach meinem Befinden erkundigen wollte. Sodann setzte er sich auf die Stuhlkante, die Augen niedergeschlagen, als wolle er mir sein Beileid bekunden. Anschließend trat seine Dienerin ein und blieb stehen, bis ich sie nachdrücklich bat, sich doch zu setzen. Er sprach mir nach Genueser Art aufrichtige Worte des Beileids aus, während sie verständnislos schwieg und sich damit begnügte, ihrem Herrn zu lauschen, ihm zugewandt, als wäre seine Stimme in ihren Ohren die reinste Musik. Ich hingegen, obschon ich vorgab, seine Worte über die Wege der Vorsehung zu würdigen, fand viel mehr Trost beim Anblick der beiden.

Die beiden rührten mich. Ich habe auf diesen Seiten noch nicht davon erzählt, da ich allzuviel über Marmontel zu sagen hatte, aber seitdem wir hier sind, rede ich oftmals halblaut mit den Meinen darüber, vor allem mit Marta, und wir machen freundliche Scherze über sie.

Ihre Geschichte ist seltsam. Ich werde mich bemühen, sie so wiederzugeben, wie ich sie erfahren habe, vielleicht wird sie mich ein paar Augenblicke von meinen derzeitigen Sorgen ablenken.

Vergangenes Frühjahr kam Barinelli auf dem Weg zu den Goldschmieden am Sklavenmarkt vorbei, den man hier Esir Bazari nennt. Ein Händler, der eine junge Frau an der Hand hielt, sprach ihn an und pries die Vorzüge dieser Frau. Der Genuese erwiderte ihm, er habe nicht die Absicht, eine Sklavin zu kaufen, doch der andere beharrte und sagte: »Du brauchst sie nicht zu kaufen, wenn du nicht willst, aber sieh sie dir doch wenigstens an!«

Um es schnell hinter sich zu bringen, warf Barinelli einen Blick auf das Mädchen, entschlossen, sogleich weiterzugehen. Doch als sich ihre Augen trafen, hatte er, wie er sagt, »das Gefühl, einer gefangenen Schwester zu begegnen«. Er versuchte, sie nach ihrer Herkunft zu fragen, doch sie verstand weder sein Türkisch noch sein Italienisch. Der Händler erklärte ihm sogleich, daß sie eine Sprache spreche, die kein Mensch hier verstehe. Er fügte hinzu, daß sie noch einen weiteren kleinen Makel habe, ein leichtes Hinken, ausgelöst von einer Verletzung am Oberschenkel. Er hob ihr Kleid, um die Narbe vorzuzeigen, aber Barinelli schlug es sofort mit fester Hand herunter und sagte, er nehme sie so, wie sie sei, und ohne mehr sehen zu müssen.

Anschließend kehrte er mit der Sklavin nach Hause zurück, die ihm nur sagen konnte, daß sie Liva hieß. Kurioserweise heißt Barinelli mit Vornamen Livio.

Seitdem leben sie gemeinsam die rührendste Liebesgeschichte. Sie halten sich unablässig bei der Hand und werfen sich zärtliche Blicke zu. In Livios Augen ist sie nicht seine Sklavin, sondern seine Prinzessin und angebetete Frau. Wie oft habe ich gesehen, daß er ihre Hand zu seinen Lippen führt, sie zu küssen, ihr einen Stuhl hinrückt, damit sie sich setzen kann, oder ihr zärtlich übers Haar streicht, über ihre Stirn, und unsere Blicke dabei vergißt. Alle Eheleute der Welt und alle Verliebten wären voller Eifersucht auf diese beiden.

Liva hat Schlitzaugen und hervorstehende Backenknochen, jedoch helles, nahezu blondes Haar. Sie könnte gut aus einem Volksstamm der Steppe kommen. Ich halte sie für eine Nachfahrin der Mongolen, aber eines Mongolen, der zuvor eine ›Sabinerin‹ aus Moskau entführt hatte. Sie selbst hat nie erklären können, wo sie herkam, noch wie sie gefangengenommen wurde. Ihr Geliebter versichert mir, daß sie mittlerweile alles versteht, was er ihr sagt. Wenn man sieht, wie er es ihr sagt, nimmt es mich nicht wunder, daß sie alles versteht. Schließlich wird sie auch Italienisch lernen, es sei denn, Barinelli würde sich anschicken, die Sprache der Steppe zu erlernen.

Habe ich schon gesagt, daß sie schwanger ist? Ihr Livio hat ihr jetzt untersagt, die Treppen hinauf- oder hinunterzugehen, ohne daß er an ihrer Seite ist, um sie zu stützen.

Beim nochmaligen Durchlesen stelle ich fest, daß ich Liva »seine Dienerin« genannt habe. Ich habe mir vorgenommen, niemals etwas auszustreichen von dem, was ich geschrieben habe, aber ich muß mich korrigieren. Ich wollte sie nicht ›Sklavin‹ nennen und habe davor gezögert, sie als Konkubine oder Geliebte zu bezeichnen. Nach allem, was ich soeben erzählt habe, scheint es mir klar, daß sie schlicht ›seine Frau‹ genannt werden müßte. Für Barinelli ist sie seine Gattin, er behandelt sie weitaus besser, als viele Ehefrauen behandelt werden, und morgen wird sie die Mutter seiner Kinder sein.

Am 4. November

Die Meinen haben sich heute morgen in die Stadt begeben, ein jeder auf der Suche nach den ihn bedrohenden Schatten.

Bumeh hat sich zu den Läden der Buchhändler aufgemacht, man hat ihm vage von einem großen Büchersammler erzählt, der, wie es heißt, im Besitz eines Exemplars des *Hundertsten Namens* sei. Mehr konnte er nicht herausfinden.

Habib war zusammen mit seinem Bruder aufgebrochen, beide hatten das Goldene Horn mit demselben Schiff überquert, sind jedoch zu unterschiedlichen Zeiten zurückgekommen; ich bezweifle, daß sie lange Zeit Seite an Seite unterwegs gewesen sind.

Marta hatte sich zum Palast des Sultans aufgemacht, um herauszufinden, ob nicht ein Mann mit dem Namen ihres Gatten in den letzten zwei Jahren als Pirat gehängt worden war. Hatem, der gut Türkisch spricht und sich besser als wir alle in Geheimdingen zurechtfindet, hatte sie begleitet. Obschon sie bislang nichts hatten ausrichten können, haben sie doch ein paar wertvolle Hinweise über die Vorgehensweise in solcherlei Fällen erhalten und werden es morgen noch einmal versuchen.

Was mich betrifft, so habe ich noch einmal dem Pater Thomas in der Kirche von Pera einen Besuch abgestattet. Bei unserer ersten Begegnung vergangenen Sonntag hatte ich nicht die Gelegenheit – und im übrigen auch nicht den Wunsch –, ihm zu offenbaren, weshalb das Ableben Marmontels mich in diesem Maße berührte. Ich hatte angedeutet, daß mir der Chevalier ein paar wertvolle Gegenstände abgekauft hatte, über die wir in Konstantinopel noch einmal sprechen wollten. Dieses Mal erzählte ich ihm wie einem Beichtvater die wahren Gründe für meine Bestürzung. Er faßte mich daraufhin beim Handgelenk und hielt es ein paar Sekunden lang fest, damit ich nicht weitersprach, während er leise meditierte und betete. Dann sagte er: »Für einen Christen gibt es keine andere Möglichkeit, sich an den Schöpfer zu wenden, als im Gebet. Man verhält sich bescheiden und unterwürfig, man teilt Ihm mit, ob man zu klagen oder zu warten wünscht, und man schließt mit ›Amen, Sein Wille geschehe‹. Der Hochmütige hingegen sucht in den Büchern der Magier nach Formeln, die es ihm, wie er meint, gestatten, dem Willen des Herrn eine andere Richtung zu geben oder ihn abzuwenden, stellt sich die Vorsehung wie ein Boot vor, das er als armer Sterblicher nach Belieben steuern könne. Gott ist kein Boot, Er ist Herr über alle Boote und Meere und den ruhigen Himmel und die Stürme, Er läßt sich nicht mit Zauberformeln beherrschen, Er läßt sich weder in Worte noch in Zahlen sperren, Er ist das Unfaßbare und Unvorhersehbare. Unglück komme über all jene, die Ihn zähmen wollen!

Ihr behauptet, das Buch, das Marmontel erstanden hat, verfüge über außergewöhnliche Macht …«

»Nein, ehrwürdiger Vater«, stellte ich richtig, »ich habe euch nur die Dummheiten geschildert, die man sich erzählt. Würde ich selbst an die Macht dieses Buches glauben, hätte ich mich nicht von ihm getrennt.«

»Nun, mein Sohn, Ihr habt gut daran getan, Euch von ihm zu trennen, denn Ihr, der Ihr mit der Vorsehung gereist seid, seid hier in Konstantinopel, während der Chevalier, der in seinem Gepäck den vermeintlichen Heilbringer trug, niemals angekommen ist! Gott sei ihm gnädig!«

Wenn ich bei Pater Thomas Einzelheiten über den Untergang in Erfahrung bringen wollte, habe ich nichts Neues erfahren. Habe ich jedoch Trost gesucht, so hat er mir diesen in reichem Maße zuteil werden lassen, und als ich die Kirche verließ, war mein Schritt beschwingter und meine schwermütige Stimmung der letzten Tage verflogen.

Vor allem seine letzte Bemerkung hinsichtlich der Reise hatte mir – weshalb sollte ich lügen – ein Gefühl des Trostes gegeben. Und so äußerte ich am Abend, nachdem Bumeh zurückgekehrt war und über unsere Chancen, eine neue Kopie des *Hundertsten Namens* zu erhalten, spekuliert hatte, seufzend und indem ich mich unverfroren als Urheber dieser klugen Bemerkung ausgab, dies: »Ich weiß nicht, ob wir uns mit dem Buch auf den Heimweg machen werden, aber ich bin froh, daß wir nicht mit ihm hierhergereist sind.«

»Und weshalb?«

»Weil der Chevalier, der mit diesem Buch gereist ist …«

Marta lächelte, Hatems Augen funkelten, und Habib konnte sich ein Lachen nicht verkneifen, wobei er seinem Bruder eine Hand auf die Schulter legte, die dieser verächtlich von sich abschüttelte, um mich beleidigt anzusehen und zu antworten:

»Unser Onkel bildet sich ein, *Der Hundertste Name* sei eine heilige wundertätige Reliquie. Ich habe ihm nie begreiflich machen können, daß nicht der Gegenstand selbst seinen Besitzer retten kann, sondern das Wort, das sich in seinem Innern verbirgt. Das Buch, das Idriss besaß, war nur die Kopie einer Kopie. Und wir, zu welchem Zweck sind wir in diese Stadt gekommen? Von dem Chevalier das Buch zu leihen, so er eingewilligt hätte, um es abermals zu kopieren! Es ist nicht der Gegenstand selbst, den wir suchen, sondern das geheime Wort.«

»Welches Wort?« fragte Marta voller Unschuld.

»Der Name Gottes.«

»Du willst sagen: Allah?«

Um ihr zu antworten, nahm Bumeh seinen gelehrtesten, seinen schulmeisterlichsten Ton an.

»Allah ist lediglich die Zusammenziehung von ›al-ilah‹, was nichts anderes heißt als ›der Gott‹. Es handelt sich hierbei also nicht um einen Namen, sondern lediglich um eine Bezeichnung. So, als würdest du sagen: ›der Sultan‹. Aber der Sultan hat auch einen Namen, er heißt Muhammad oder Murad oder Ibrahim oder Osman. Wie der Papst, den man Heiliger Vater nennt, der aber ebenfalls einen eigenen Namen hat.«

»Weil die Päpste und Sultane sterben«, sagte ich, »und ersetzt werden. Wären sie unsterblich, würden sie stets die gleichen bleiben, und man bräuchte sie nicht länger mit einem Namen oder einer Zahl zu bezeichnen, es würde genügen, ›der Papst‹ zu sagen, ›der Sultan‹ …«

»Du hast nicht unrecht. Weil Gott nicht stirbt und nie von einem anderen ersetzt wird, brauchen wir Ihn nicht anders zu nennen. Was nicht heißt, daß Er nicht einen anderen Namen hat, einen ganz persönlichen Namen. Diesen vertraut Er jedoch nicht der Allgemeinheit der Sterblichen an, sondern nur denjenigen, die es verdienen, ihn zu kennen. Diese sind die wahren Auserwählten, und sie brauchen den Namen Gottes nur auszusprechen, um allen Gefahren auszuweichen und jegliches Unheil abzuwenden. Ihr werdet mir entgegenhalten, daß es, wenn Gott Seinen Namen nur denen offenbart, die Er auserwählt hat, nicht genügen würde, im Besitz von Mazandaranis Buch zu sein, um dieses Privileg zu genießen. Zweifellos. Der unglückliche Idriss ist sein ganzes Leben lang im Besitz dieses Buches gewesen, und es ist gut möglich, daß er den Namen nicht erfahren hat. Um würdig zu sein, den Namen des Allerhöchsten zu erfahren, muß man eine außergewöhnliche Frömmigkeit unter Beweis stellen oder ein Wissen ohnegleichen oder eine andere Eigenschaft, die die übrigen Sterblichen nicht besitzen. Doch kommt es auch vor, daß Gott einen Menschen ins Herz schließt, den äußerlich nichts von den anderen zu unterscheiden scheint. Er schickt ihm Zeichen, vertraut ihm Aufgaben an, offenbart ihm Geheimnisse und verwandelt sein eintöniges Leben in ein überwältigendes Heldenstück. Man darf sich nicht fragen, warum genau jene Person auserwählt wurde und eine andere nicht, Jener, der mit einem Blick die Vergangenheit und die Zukunft überschaut, bedarf unserer heutigen Betrachtungen nicht.«

Glaubt sich mein Neffe wirklich vom Himmel auserwählt? Dieses Gefühl überkam mich bei seiner Rede. Hinter dem noch kindlichen Gesicht dieses hellen Jüngelchens existiert eine bebende Kraft, die mich beunruhigt. Werde ich diesen Jungen seiner Mutter zu gegebener Zeit zurückbringen können? Oder wird er mich weitertreiben, wie er uns alle bis hierher getrieben hat?

Nein, nicht alle! Was ich schreibe, ist nicht wahr! Marta ist aus eigenem Antrieb gekommen, Habib aus Ritterlichkeit oder Galanterie, und Hatem ist lediglich seinem Herrn nach Konstantinopel gefolgt, wie er mir überallhin gefolgt wäre. Ich allein habe den inständigen Aufforderungen Bumehs nachgegeben, und es ist an mir, ihm Einhalt zu gebieten. Und dennoch tue ich nichts. Ich höre ihm wohlwollend zu, obschon ich weiß, daß seine Vernunft Unverstand ist und sein Glaube Gottlosigkeit.

Vielleicht sollte ich ihm gegenüber anders auftreten, ihm widersprechen, ihn unterbrechen, ihn verspotten, ihn, mit anderen Worten, so behandeln, wie ein Onkel seinen jungen Neffen behandelt, anstatt seiner Person und seiner vermeintlichen Gelehrtheit soviel Achtung entgegenzubringen. Die Wahrheit ist, daß ich ihm gegenüber eine gewisse Angst verspüre, vielleicht sogar eine wahre Furcht, die es zunächst zu überwinden gilt.

Ob Gesandter des Himmels oder Botschafter aus dem Reich der Finsternis, noch ist er Neffe, und ich werde ihn dazu bringen, sich wie ein solcher zu verhalten!

Am 5. November

Auf Martas Wunsch habe ich sie zum Palast des Sultans begleitet. Auf Wunsch meines Dieners, der fand, meine Gegenwart erschwere seine Aufgabe, bin ich sogleich wieder gegangen. Ich hatte mich mit meinen schönsten Gewändern geschmückt, um Achtung zu erwerben, habe aber nur Gier und Habsucht geerntet.

Mit über hundert anderen Bittstellern waren wir zum ersten Hof des Palastes vorgedrungen, allesamt gleich stumm, als befänden wir uns an einem Ort des Gebets. Doch es ist der Schrecken, den die Nähe desjenigen bewirkt, der über Leben und Tod entscheidet. Niemals zuvor hatte ich einen solchen Ort aufgesucht, und ich hatte es eilig, mich von dieser Menge zu entfernen, die mit leiser Stimme, beunruhigt und langsam über den Sand des Platzes schlurfte und Traurigkeit und Angst ausstrahlte.

Hatem wollte in der Waffenkammer einen Gerichtsschreiber treffen, der ihm gegen eine geringe Summe bestimmte Auskünfte in Aussicht gestellt hatte. Am Tor dieses Gebäudes angekommen, das früher die Kirche der heiligen Irene war, bat mich mein Diener, draußen zu warten, aus Angst, der Beamte würde bei meinem Anblick seine Forderungen erhöhen. Aber es war zu spät. Unglücklicherweise kam der Mann genau in jenem Augenblick heraus, um etwas zu erledigen, und er versäumte es nicht, mich von oben bis unten zu mustern. Als er wenige Augenblicke später auf seinen Posten zurückkehrte, waren seine Forderungen um ein Fünfzehnfaches gestiegen. Man verlangt nicht von einem wohlhabenden Genuesen, was man von einem syrischen Dorfbewohner in Begleitung einer armen Witwe verlangt. Aus den zehn Asper sind hundertfünfzig geworden, und die Auskünfte waren überdies unvollständig, denn, anstatt alles zu offenbaren, was er wußte, behielt der Mann das Wichtigste zurück, in der Hoffnung, einen weiteren Lohn zu erhalten. So ließ er uns wissen, daß in dem Register, das er eingesehen habe, der Name Sayyaf, Martas Mann, nicht unter den Verurteilten zu finden sei, aber daß es ein zweites Register gebe, zu dem er noch nicht Zugang erlangt habe. Man mußte zahlen und dankbar sein, obwohl man völlig im ungewissen blieb.

Hatem beabsichtigte, »unter der Kuppel«, jenseits der Pforte der Glückseligkeit, noch eine weitere Person aufzusuchen. Er flehte mich an, ihn nicht zu begleiten, und ich begab mich, mehr belustigt als beleidigt, zu einem Kaffeehändler, der uns bei unserer Ankunft aufgefallen war, um dort auf sie zu warten. Diese Gänge drückten auf mein Gemüt, und ich hätte sie nie gemacht, wenn nicht Marta darauf bestanden hätte. Von nun an werde ich mich dieser Bürde entziehen und wünsche ihnen raschen Erfolg bei geringen Ausgaben.

Nach einer Stunde kamen sie zurück. Der Beamte, den Hatem sehen wollte, hat ihn für kommenden Donnerstag einbestellt. Er ist ebenfalls Gerichtsschreiber, aber an der Pforte der Gerechtigkeit, wo er unzählige Bittgesuche erhält, die er an die maßgebliche Stelle weiterreicht. Als Preis für das verabredete Treffen hat er ein Silberstück genommen. Wäre ich gekommen, hätte er ein Goldstück gefordert.

Am 6. November, ein Freitag

Heute kam es, wie es kommen mußte. Nicht in der Nacht, im Bett auf dem Umweg über eine heimliche Umarmung, sondern am hellichten Vormittag, während es auf den Gassen draußen von Menschen wimmelte. Wir befanden uns beide, sie und ich, im Obergeschoß des Hauses von Signor Barinelli, hinter den Jalousien, um wie zwei untätige Frauen das Kommen und Gehen der Leute aus Galata zu beobachten. Der Freitag ist hier der Tag des Gebets und für einige der Tag des Spazierengehens, Feierns oder Ausruhens. Unsere Gefährten waren – jeder für sich – losgezogen, und auch unser Wirt war ausgegangen. Wir hatten die Tür ins Schloß fallen hören und dann gesehen, wie er sich vorsichtig durch die Gasse unter uns bewegte, wie er um jede Unebenheit einen Bogen machte, mit seiner schwangeren und hinkenden Schönen, die sich an seinen Arm geklammert hatte, plötzlich strauchelte und um ein Haar gefallen wäre, weil sie die Augen mehr auf ihren Mann gerichtet hatte, als zu schauen, wohin sie trat. Er konnte sie gerade noch auffangen, machte ihr leise Vorwürfe, strich ihr beschützend mit der Hand über die Stirn und zog mit dem Finger eine imaginäre Linie von ihren Augen bis zu den Füßen. Sie nickte mit dem Kopf, um zu zeigen, daß sie verstanden hatte, und sie setzten ihren Weg noch langsamer fort.

Während wir sie beobachteten, begannen Marta und ich, im Hinblick auf ihre Probleme, eifersüchtig zu lächeln. Da berührten sich unsere Hände und schlossen sich sodann umeinander, wie die Hände der beiden. Unsere Blicke trafen sich, und wie in einem Spiel, bei dem sich keiner als erster abwenden mochte, verharrten wir lange Zeit, jeder im Spiegel des anderen. Die Szene hätte lächerlich oder kindisch wirken können, wäre nicht binnen kurzer Zeit eine Träne über Martas linke Wange gelaufen, eine Träne, die um so mehr überraschte, als das Lächeln auf ihrem Gesicht noch nicht erloschen war. Ich erhob mich daraufhin, lief um den niedrigen Tisch, auf dem unsere noch dampfenden Kaffeetassen standen, um mich hinter sie zu stellen, meine Arme auf ihre Schultern und auf ihre Brust zu senken und sie sanft an mich zu drücken.

Sie neigte ihren Kopf nach hinten, öffnete die Lippen und schloß die Augen. Im gleichen Augenblick seufzte sie wie erleichtert auf. Ich küßte sie auf die Stirn, sanft auf die Lider, auf den einen Mundwinkel, auf den anderen und näherte mich dabei schüchtern ihrem Mund, den ich indes nicht ganz bedeckte, sondern mit meinen bebenden Lippen streichelte, die unablässig »Marta« sagten und dann alle italienischen und arabischen Wörter für ›mein Herz‹, ›meine Geliebte‹, ›meine Freundin‹, ›meine Tochter‹ und ›ich will dich‹.

Und plötzlich fanden wir uns ineinander verschlungen. In dem Haus blieb weiterhin alles still, und die Welt draußen rückte in immer weitere Ferne.

Dreimal hatten wir Seite an Seite geschlafen, doch ich hatte ihren Körper noch nicht berührt, ebensowenig wie sie meinen. Im Dorf des Schneiders Abbas hatte ich die ganze Nacht ihre Hand gehalten, aus Trotz, und in Tarsus hatte sie ihre schwarze Haarpracht über meinen Arm gebreitet. Zwei lange Monate voller Befangenheit und Andeutungen, gelegentlich mit Angst verbunden und mit der Hoffnung auf diesen Augenblick. Habe ich schon berichtet, wie hübsch die Tochter des Barbiers war? Sie ist es immer noch, und sie hat nicht an Frische verloren, was sie an Zärtlichkeit gewonnen hat. An Zärtlichkeit und Gier, müßte ich sagen. Keine Umarmung gleicht der nächsten. Ihre Umarmung, die früher sowohl wild als auch flüchtig, dreist und sorglos gewesen ist, habe ich nicht gekannt, aber wenn man sich die Frau und ihre Arme genau anschaut, kann man sich die Umarmung vorstellen. Heute ist sie, ja, gleichermaßen erregt wie zärtlich, ihre Arme umschlingen einen, als schwämme man seinem Heil entgegen, sie atmet, als wäre sie lange Zeit mit dem Kopf unter Wasser gewesen.

»Woran denkst du?« fragte ich sie, kaum, daß wir unseren Atem und unsere Gelassenheit wiedergefunden hatten.

»An unseren Wirt und seine Dienerin, alles sollte sie trennen, und dennoch scheinen sie die glücklichsten Menschen der Welt zu sein.«

»Auch wir könnten die glücklichsten Menschen sein.«

»Vielleicht!« sagte sie mit einem Seufzer und schaute zur Seite.

»Wieso nur ›vielleicht‹?«

Sie neigte sich über mich, als wollte sie in meinen Augen und Gedanken lesen, dann lächelte sie und küßte mich zwischen die Brauen.

»Sag nichts mehr. Komm näher!«

Sie legte sich von neuem auf den Rücken und zog mich heftig an sich. Und ich, der ich schwer wie ein Büffel bin, hatte an ihrem Busen das Gefühl, leicht wie ein Säugling zu sein.

»Komm noch näher!«

Ihr Körper ist mir wie meine Heimat vertraut, Hügel und Schluchten, schattige Pfade und Weideland, Land, so groß und üppig und plötzlich doch so schmal; ich preßte sie an mich, fest an mich, ihre Fingernägel krallten sich in meinen Rücken, ritzten in meine Haut runde Zeichen.

Keuchend murmelte ich erneut in meiner Sprache »Ich will dich!«, und sie entgegnete mir in ihrer: »Mein Geliebter!«, und wiederholte fast schluchzend: »Geliebter!« Und ich nannte sie »Meine Frau!«.

Aber noch ist sie die Frau eines anderen, verflucht sei er!

Am 8. November 1665

Ich hatte mir geschworen, nie wieder in den Palast zurückzukehren und Hatem nach Belieben verfahren zu lassen. Heute habe ich jedoch beschlossen, sie, Marta und ihn, zum Haupttor zu begleiten, um den ganzen Vormittag im Café auf sie zu warten. Wenn meine Gegenwart schon keinerlei Einfluß auf die unternommenen Schritte hat, so hat sie dennoch eine neue Bedeutung erhalten. Daß sie das Papier bekommt, welches sie zu einer freien Frau macht, ist für mich nicht mehr nur ein nebensächliches Ziel, das zu dem wahren Anliegen meiner Reise hinzukommt, nämlich der Verfolgung Marmontels und des *Hundertsten Namens.* Der Chevalier ist nicht mehr am Leben, das Buch Mazandaranis kommt mir heute wie ein Trugbild vor, dem ich nie hätte nachjagen sollen. Während Marta ganz und gar gegenwärtig ist, und nicht mehr als Eindringling, sondern als die meine, mehr als alles andere, wie könnte ich sie ihrem Schicksal in dem Wirrwarr der osmanischen Behörden überlassen? Ich kann mir nicht vorstellen, ohne sie ruhigen Herzens in mein

Land zurückzukommen. Sie hingegen wird nie nach Gibelet zurückkehren und den Gaunern ihrer Schwiegerfamilie die Stirn bieten können ohne ein Papier des Sultans, das aus ihr eine freie Frau macht. Am Tag nach ihrer Rückkehr wird man ihr die Kehle durchschneiden. Ihr Schicksal ist von nun an mit meinem verknüpft. Und da ich ein Mann von Ehre bin, so ist auch mein Schicksal unweigerlich mit ihrem verknüpft.

Jetzt rede ich, als handele es sich um eine Pflicht. Aber es ist nicht nur eine Pflicht, sondern etwas, das ich gar nicht abwehren will. Ich habe mich nicht durch Zufall oder einer plötzlichen Eingebung folgend mit Marta vereint. Dieser Wunsch war lange in mir gereift; ich habe die Weisheit der Zeit handeln lassen, um sodann eines Tages, an diesem gesegneten heiligen Freitag, aufzustehen, sie in die Arme zu schließen und ihr zu sagen, daß ich sie von ganzem Herzen haben möchte, und sie hat sich hingegeben. Was wäre ich für ein Mensch, wenn ich sie im Stich ließe? Mit welchem Recht würde ich einen derart ehrwürdigen Namen tragen, wenn sich der Sohn eines Gastwirtes wie Barinelli anständiger benähme als ich?

Da ich genau weiß, welche Haltung die Situation erfordert, weshalb sollte ich mit mir hadern, weshalb mit mir Zwiesprache halten, als suchte ich mich zu überreden? Weil die Entscheidung, die ich im Begriff bin zu treffen, mich viel weiter treibt, als ich zunächst hatte gehen wollen. Wenn Marta nicht erhält, wofür sie hierhergekommen ist, wenn man sich weigert, ihr schriftlich zu bestätigen, daß ihr Mann verstorben ist, wird sie nie in unser Land zurückkehren können, und somit auch ich nicht. Was würde ich dann tun? Wäre ich bereit, mich um dieser Frau willen von allem zu trennen, was ich besitze, alles, was meine Vorväter erbaut haben, aufzugeben, um durch die Welt zu irren?

Bei diesen Gedanken überkommt mich ein Schwindelgefühl, und es wäre klüger, wie mir scheint, abzuwarten, was die Tage mit sich bringen.

Hatem und Marta kehrten um die Mittagszeit erschöpft und verzweifelt aus dem Palast zurück. Sie hatten jeden Asper, den sie in der Tasche hatten, hergeben und weitere versprechen müssen, ohne etwas dafür bekommen zu haben.

Der Gerichtsschreiber des Waffenlagers hatte ihnen eingangs versichert, daß er das zweite Register der Verurteilten eingesehen habe und zog ihnen ein paar schöne Münzen aus der Tasche, bevor er sagte, daß der Name Sayyaf darin nicht vorgekommen sei. Nicht jedoch, ohne halblaut hinzuzufügen, daß er von der Existenz eines dritten Registers gehört habe, das den schlimmsten Verbrechen vorbehalten war und das er unmöglich einsehen könne, bevor er nicht zwei sehr hohen Persönlichkeiten etwas in die Hand gedrückt habe. Dafür verlangte er eine Anzahlung von hundertsechzig Aspern, gab sich aber großherzig mit den hundertachtundvierzig zufrieden, die seine Besucher noch bei sich trugen, und drohte ihnen, sie nie wieder zu empfangen, sollten sie sich das nächste Mal erneut so wenig vorausschauend zeigen.

Am 9. November 1665

Was heute vorgefallen ist, macht es ratsam, daß wir diese Stadt auf dem schnellsten Wege verlassen, und auch Marta fleht mich an, dies zu tun. Aber wohin sollten wir gehen? Ohne diesen verfluchten Firman, dieses offizielle Dokument, würde sie nicht nach Gibelet zurückkehren können, und nur hier, in Konstantinopel, kann sie es erhalten.

Wir hatten uns wie gestern zum Palast des Sultans begeben, um die weiteren nötigen Schritte zu unternehmen, und wie gestern hatte ich im Café Platz genommen, während mein Diener und ›die Witwe‹, ganz in Schwarz gekleidet, inmitten einer Menge von Bittstellern in den ersten Hof vordrangen, den sogenannten ›Hof der Janitscharen‹. Ich fand mich damit ab, wie gestern drei oder vier Stunden zu warten, eine Aussicht, die mich beim Anblick des Wirtes, der mir den warmherzigsten Empfang bereitete, kaum betrübte. Er ist Grieche, stammt aus Kreta und wird nicht müde, mir zu versichern, wie sehr er sich freut, einen Genuesen zu empfangen, damit wir zusammen schlecht über die Venezianer reden können. Mir haben sie nie etwas zuleide getan, doch hat mein Vater stets gesagt, daß man sich vor ihnen in acht nehmen müsse, und ich bin es ihm schuldig, seinen Standpunkt zu vertreten. Dem Besitzer des Cafés haben sie hinlänglich Anlaß geboten, ihnen übel gesinnt zu sein. Er sagt es nicht deutlich, aber ich glaube, verstanden zu haben, dank verschiedener Anspielungen, daß einer von ihnen seine Mutter verführt hat, um sie anschließend sitzenzulassen, daß sie aus Kummer und Gram darüber verstorben sei und daß er selbst voller Haß auf sein eigenes Blut erzogen wurde. Er spricht ein Griechisch, das mit italienischen und türkischen Worten durchsetzt ist, und es gelingt uns, lange Unterhaltungen zu führen, unterbrochen von den Bestellungen der Kunden, größtenteils jungen Janitscharen, die ihren Kaffee auf dem Rücken ihrer Reittiere hinunterstürzen und anschließend die leere Tasse in die Luft werfen, worauf unser Mann sich anstrengt, sie, begleitet von Gelächter, wieder aufzufangen. In ihrer Gegenwart gibt er vor, sich zu amüsieren, aber sobald sie sich entfernt haben, kreuzt er die Finger und murmelt einen griechischen Fluch.

Heute haben wir uns nicht lange unterhalten. Nach einer halben Stunde kamen Hatem und Marta bleich und zitternd zurück. Ich hieß sie sich setzen und viel frisches Wasser trinken, bevor sie mir von ihrem Mißerfolg erzählen konnten.

Sie hatten bereits den ersten Hof durchquert und befanden sich auf dem Weg in den zweiten, um sich von neuem ›unter die Kuppel‹ zu begeben, da erblickten sie nahe der Pforte der Glückseligkeit, welche die beiden Höfe voneinander trennt, einen ungewöhnlichen Menschenauflauf. Auf einem Stein ein abgetrennter Kopf. Marta wandte sich ab, aber Hatem trat beherzt näher.

»Sieh nur«, sagte er zu ihr, »erkennst du ihn?«

Da zwang sie sich hinzuschauen. Es war der Gerichtsschreiber vom Turm der Gerechtigkeit, eben derjenige, den sie vergangenen Donnerstag ›unter der Kuppel‹ aufgesucht hatten und der sie für nächsten Donnerstag bestellt hatte! Sie hätten gern gewußt, wofür er diese Strafe erhalten hatte, aber sie wagten nicht zu fragen und bahnten sich einen Weg zum Ausgang, wobei sie sich gegenseitig stützten und ihr Gesicht verbargen, aus Angst, ihre Bestürzung könne als Zeichen einer Komplizenschaft mit dem Hingerichteten gedeutet werden!

»Nie wieder setze ich meinen Fuß in diesen Palast«, sagte Marta, als wir uns auf dem Schiff befanden, das uns nach Galata brachte.

Ich unterließ es, ihr zu widersprechen, um sie nicht noch mehr zu betrüben, doch sie mußte es sich schließlich beschaffen, dieses verfluchte Papier!

Am 10. November

Um ihr das Bild des abgetrennten Kopfes aus der Erinnerung zu vertreiben, führte ich Marta durch die ganze Stadt. Maimun hatte mir, als wir mit der Karawane Afiun-Karahissar verließen, die Adresse eines seiner Vettern hinterlassen, bei dem er zu wohnen gedachte. Ich hielt den Augenblick für gekommen, um mich nach seinem Befinden zu erkundigen. Ich hatte einige Mühe, das Haus zu finden, das sich auch in Galata befand, nur wenige Straßen von unserer Unterkunft entfernt. Ich klopfte an die Tür. Nach einiger Zeit öffnete ein Mann und stellte uns vier oder fünf Fragen, bevor er uns hereinbat. Als er sich am Ende dazu durchrang, uns zu verabschieden, und ein paar kühle Höflichkeitsfloskeln sprach, hatte ich bei mir bereits geschworen, keinen Fuß mehr über seine Schwelle zu setzen. Der Mann beharrte noch ein wenig darauf, daß wir erneut seine Gäste sein sollten, aber für mich war es beschlossene Sache. Von ihm erfuhr ich nur, daß Maimun nicht lange in Konstantinopel geblieben war und daß er sich bald wieder auf den Weg gemacht hatte, ohne indes zu sagen, wohin – es sei denn, der Vetter befand mich nicht für würdig, dies zu wissen. Ich hinterließ für alle Fälle meine Adresse, will sagen die von Barinelli, falls mein Freund vor unserer Abreise zurückkäme, damit ich nicht selbst zu diesem wenig gastfreundlichen Mann zurückkehren mußte, um mich zu erkundigen.

Sodann überquerten wir das Goldene Horn, um uns in die Stadt zu begeben, wo Marta auf mein Drängen hin zwei schöne Stoffe kaufte, der eine schwarz mit silbernen Nadelstreifen, der andere aus Rohseide mit hellblauen Sternen. »Du hast mir die Nacht und den beginnenden Tag geschenkt«, sagte sie zu mir. Und wenn wir nicht unter vielen Menschen gewesen wären, hätte ich sie in meine Arme geschlossen.

Auf dem neuen Gewürzmarkt habe ich einen Genuesen getroffen, der sich vor wenigen Monaten hier niedergelassen hat und bereits jetzt eine der schönsten Parfümerien in ganz Konstantinopel besitzt. Ich habe noch nie einen Fuß in die Stadt meiner Väter gesetzt, dennoch kann ich nicht umhin, Stolz zu empfinden, wenn ich auf einen geachteten, kühnen und erfolgreichen Landsmann stoße. Ich bat ihn, für Marta das edelste Parfüm zusammenzustellen, das eine Frau je benutzt hat. Ich gab ihm zu verstehen, daß sie meine Frau sei oder zumindest meine Verlobte, ohne es indes ausdrücklich zu sagen. Der Mann zog sich in das Hinterzimmer seines Ladens zurück und kam mit einem herrlichen dunkelgrünen Fläschchen zurück, das bauchig war wie ein Pascha vor dem Mittagsschlaf. Es duftete nach Aloe, Veilchen, Opium und zwei Sorten Amber.

Als ich den Genuesen fragte, was ich ihm schuldig sei, gab er vor, nichts dafür haben zu wollen, doch dies war reine kaufmännische Höflichkeit. So flüsterte er mir bald einen Preis ins Ohr, den ich für vollkommen übersteigert gehalten hätte, hätte ich nicht Martas Augen gesehen, die über das Geschenk in Entzücken gerieten.

Ist es nicht Eitelkeit meinerseits, die Rolle des großzügigen Verlobten anzunehmen, der immerzu und mit siegessicherer Geste den Geldbeutel öffnet und seine Bestellungen aufgibt, noch bevor er nach dem Preis gefragt hat? Was soll's, ich bin glücklich, sie ist glücklich, und ich schäme mich meiner Eitelkeit nicht!

Auf dem Rückweg gingen wir zu einer Näherin aus Galata, damit sie bei Marta Maß nehmen konnte, anschließend noch zu einem Schuhmacher, der im Eingang seines Ladens elegante Halbschühchen ausstellte. Marta protestierte jedesmal und ließ mich dann gewähren, da sie mich unnachgiebig wußte. Zwar bin ich nicht ihr Ehemann vor dem Gesetz, doch bin ich es mehr schon als der andere und nehme alle mit dieser Stellung einhergehenden Pflichten auf mich, als seien sie Privilegien. Es kommt dem Mann zu, die Frau zu kleiden, die er entblößt, und sie zu parfümieren, die er umarmt. So wie es ihm unter Einsatz seines Lebens zukommt, die Schritte zu verteidigen, die ihnen nachfolgen.

Schon begann ich, wie ein verliebter Page zu reden. Es ist an der Zeit, die Feder für heute abend beiseite zu legen und die frische Tinte, die noch funkelt, trocken zu blasen …

Am 14. November

Seit vier Tagen bedränge ich Marta, daß sie ihre Ängste überwindet und sich von neuem zum Palast aufmacht, aber erst heute willigte sie ein. Wir brachen also zusammen auf, Hatem eingeschlossen, überquerten den Meeresarm und schützten uns mit einem Sonnenschirm vor einem Regenschauer. Um sie abzulenken, erzählte ich ihr in heiterem Ton von diesem und jenem, machte sie auf die schönen Häuser und den seltsamen Aufzug der Vorübergehenden aufmerksam, und wir zwinkerten uns zu, um nicht zu früh aufzulachen. Bis zu dem Augenblick, als wir den Mauergürtel des Palastes erreichten. Sie machte ein düsteres Gesicht, und es gelang mir nicht mehr, sie aufzuheitern.

Ich kehrte, wie gewöhnlich, bei meinem Cafébesitzer aus Kreta ein, und die ›Witwe‹ begab sich zum Haupttor, wobei sie sich bei jedem Schritt umdrehte und mir Abschiedsblicke zuwarf, als sollten wir uns nie wiedersehen. Blicke, die mir das Herz zerrissen, aber sie benötigt nun einmal diesen verteufelten Firman, damit wir frei wären, uns zu lieben! Ich gab mich also standhafter, als ich es war, und ermutigte sie, tapfer weiterzugehen und das Tor zu passieren. Dazu war sie jedoch nicht fähig. Bei jedem Schritt zitterte sie mehr und verlangsamte den Schritt. Der brave Hatem konnte sie noch so sehr stützen und ihr mit leiser Stimme zureden, ihre Beine trugen sie nicht länger. Er mußte schließlich aufgeben und sie zu mir zurückbringen, sie nahezu hinter sich herziehen. Tränenüberströmt, völlig gebrochen und sich zwischen zwei Schluchzern entschuldigend, daß sie sich so schwach zeigte.

»Sobald ich mich dem Tor nähere, habe ich das Gefühl, den abgeschlagenen Kopf zu sehen. Und die Kehle ist mir wie zugeschnürt.«

Ich tröstete sie, so gut ich konnte. Hatem fragte mich, ob er dennoch gehen sollte. Nach reiflicher Überlegung bat ich ihn, sich nur zu dem Gerichtsschreiber des Waffenlagers zu begeben, um ihn zu fragen, was er in jenem dritten Register gefunden habe, und sogleich wieder zurückzukehren. Was er befolgte. Und die Antwort des Beamten lautete, wie ich bereits befürchtet hatte: »Im dritten Register ist nichts verzeichnet. Aber ich habe erfahren, daß es ein viertes Register gibt …« Für seine Mühe forderte er weitere zwei Piaster. Unser Unglück ist für dieses jämmerliche Geschöpf zu einer regelmäßigen Einnahmequelle geworden.

Wir zogen so entmutigt, so niedergeschlagen von dannen, daß wir außerstande waren, auf dem Rückweg drei Worte zu wechseln.

Was tun? Möge die Nacht meine Ängste ersticken. So es mir denn gelänge, Schlaf zu finden …

Am 15. November

Da die Nacht keinerlei Lösung für mein Problem gebracht hatte, wollte ich in der Religion Linderung für meine Ängste suchen. Doch das bereue ich bereits. Man kann nicht aufs Geratewohl zu einem Gläubigen werden, wie man auch nicht aufs Geratewohl ein Ungläubiger werden kann. Sogar der Allerhöchste wird meine Stimmungsschwankungen allmählich leid sein. Nachdem ich an diesem Sonntagmorgen in der Kirche von Pera war, fragte ich Pater Thomas im Anschluß an die Messe, ob er mir die Beichte abnehmen könne. Da er annahm, daß die Angelegenheit dringlich sei, entschuldigte er sich bei den zahlreichen Gläubigen, die sich um ihn geschart hatten, um mich zum Beichtstuhl zu führen und mir zuzuhören, wie ich ihm – nur allzu linkisch! – von Marta und mir erzählte. Bevor er mir die Absolution erteilte, nahm er mir das Versprechen ab, mich ›dieser Person‹ nicht eher wieder zu nähern, als bis sie meine Frau geworden sei. Bei all seinen Vorhaltungen spendete er mir auch Trost. Ich werde mich an seine tröstenden Worte erinnern, gleichwohl bin ich nicht sicher, ob ich mein Versprechen halten kann.

Zu Beginn des Gottesdienstes hatte ich keinesfalls die Absicht gehabt, zur Beichte zu gehen. Ich kniete im Halbdunkel, unter mächtigen Spitzbögen, in einer Wolke aus Weihrauch, und meine Ängste plagten mich unentwegt, als mich der Wunsch dazu überkam. Ich glaube im Grunde, daß ich weit weniger von einer Anwandlung an Frömmigkeit getrieben war als vielmehr von Trauer. Meine Neffen, mein Diener und Marta, die mich allesamt in die Kirche begleitet hatten, mußten lange auf mich warten. Hätte ich ein wenig überlegt, hätte ich meine Beichte verschoben, um sie allein ablegen zu können. Ich gehe selten zur Beichte, in Gibelet ist dies allseits bekannt. Um mir das Wohlwollen des Priesters zu sichern, vermache ich ihm von Zeit zu Zeit ein altes Gebetbuch, und er gibt vor zu glauben, daß ich wenig sündige. So kommt mein Verhalten von heute nahezu einer öffentlichen Beichte gleich, das konnte ich im Hinausgehen der Haltung der Meinen entnehmen. Hatems fragende Augen, die meiner Neffen, die mich bald tadelten, bald mieden, und Martas, vor allem, die schrien: »Verräter!« Meiner Kenntnis nach hat sie die Beichte nicht abgelegt.

Zu Hause angekommen, schien es mir unumgänglich, sie feierlich um mich zu versammeln, um ihnen zu verkünden, daß ich die Absicht hatte, Marta zu heiraten, sobald sie von ihrer ersten Ehe entbunden wäre, und daß ich mit dem Kapuzinermönch darüber gesprochen hatte. Ohne es recht glauben zu wollen, fügte ich hinzu, daß, sollte ihre Witwenschaft durch Zufall in den kommenden Tagen bestätigt werden, wir dort heiraten würden, in Konstantinopel.

»Ihr seid für mich wie meine Kinder, und ich will, daß ihr Marta liebt und achtet wie eure eigene Mutter.«

Hatem küßte mir die Hand, sodann die meiner zukünftigen Frau. Habib umarmte uns nacheinander mit einem Nachdruck, der Balsam auf meiner Wunde war. Marta drückte ihn lange Zeit an sich, und dieses Mal, das schwöre ich, empfand ich keinerlei Eifersucht. Ich bin davon überzeugt, daß sie einander noch nie so nahe gewesen sind. Bumeh hingegen umarmte uns auf seine flüchtige und geheimnisvolle Art. Er schien in Gedanken versunken, von deren Inhalt wir nie erfahren würden. Vielleicht dachte er, daß diese unvorhergesehene Wendung nur mehr ein weiteres Zeichen sei, eine dieser zahllosen Verirrungen der Seele, die dem Ende der Zeiten vorausgehen.

Am heutigen Abend, während ich diese Zeilen schreibe, allein in meinem Zimmer, werde ich von Gewissensbissen geplagt. Könnte ich diesen Tag noch einmal durchleben, würde ich ihn anders verbringen. Weder Beichte noch feierliche Verkündigung. Doch, sei's drum! Was geschehen ist, ist geschehen! Sein eigenes Leben betrachtet man niemals von der Höhe eines Berges!

Am 16. November

Beim Aufwachen sind meine Gewissensbisse wieder da. Um sie zu beruhigen, rede ich mir ein, daß mich die Beichte von einer Last befreit hat, unter der ich gelitten habe. Was nicht wahr ist. Der fleischliche Akt hat erst in dem Augenblick auf meinen Schultern gelastet, als ich in der Kirche kniete, und zu keinem Zeitpunkt davor. Vorher nannte ich, was am Freitag vorgefallen ist, nicht Sünde. Und jetzt mache ich mir Vorwürfe, daß ich es so genannt habe. Wenn ich glaubte, mich durch die Beichte von einer Last zu befreien, so habe ich mich im Gegenteil noch schwerer beladen.

Die Fragen, die mich überdies ängstigen, sind geblieben: Wohin sollen wir gehen? Wohin soll ich die Meinen führen? Was Marta raten? Ja, was tun?

Hatem kam heute zu mir, um mir mitzuteilen, daß in seinen Augen die beste Lösung darin bestünde, sich von einem beliebigen Staatsdiener gegen eine entsprechende Summe eine gefälschte Urkunde ausstellen zu lassen, in der bestätigt wird, daß Martas Mann hingerichtet worden ist. Ich habe diesen Vorschlag nicht so entrüstet von mir gewiesen, wie es sich für einen angesehenen Mann geziemt hätte, ich habe auf dieser Welt schon allzu viele graue Haare bekommen, als daß ich noch an die Reinheit, die Gerechtigkeit oder an die Unschuld glaube, ich neige offen gestanden sogar weitaus mehr dazu, eine gefälschte Urkunde zu achten, die Freiheit verspricht, als eine echte, die knechtet. Dennoch habe ich mich nach reiflicher Überlegung dagegen entschieden; mir schien die Lösung nicht sehr vernünftig. Nach Gibelet zurückkehren, um auf der Grundlage eines Papiers, das ich gefälscht weiß, in der Kirche zu heiraten? Den Rest meines Lebens in der Angst zu verbringen, daß plötzlich meine Tür aufginge und der Mann hereinspazierte, den ich vorzeitig beerdigt hatte, um an der Seite seiner Frau zu leben? Nein, dazu kann ich mich nicht durchringen!

Am 17. November

Am heutigen Dienstag habe ich mich, um mich von meinen Ängsten abzulenken, meinem liebsten Vergnügen hingegeben: allein durch die Straßen der Stadt zu streifen und alles andere um mich herum einen ganzen Tag lang auf dem Büchermarkt zu vergessen. Als ich jedoch in der Nähe der Suleimanije-Moschee vor einem Händler, der mich fragte, was ich suche, arglos den Namen Mazandarani erwähnte, runzelte er die Stirn, machte mir ein Zeichen, die Stimme zu senken, vergewisserte sich, daß niemand außer ihm mich gehört hatte, bat mich sodann herein und befahl seinem Sohn, den Raum zu verlassen, damit wir ohne Zeugen sprechen konnten.

Auch als wir allein waren, sprach er nur sehr leise, so daß es meine größte Aufmerksamkeit beanspruchte, ihn zu verstehen. Er behauptete, die höchsten Autoritäten hätten kürzlich Wind von gewissen Weissagungen zum Tag des Jüngsten Gerichts bekommen, der angeblich dicht bevorstünde. Ein Astrologe habe dem Großwesir mitgeteilt, daß bald alle Tische umgedreht würden, alle Mahlzeiten abgeräumt, daß die größten Turbane mit den dazugehörigen Köpfen auf dem Boden rollen würden und daß alle Paläste über ihren Bewohnern einstürzen würden. Aus Angst, diese Gerüchte könnten Panik oder Aufstände auslösen, sei der Befehl ergangen, alle Bücher zu vernichten, die das bevorstehende Ende der Zeiten verkündeten. Wer immer sie kopiert, verkauft, anpreist oder kommentiert, muß mit den strengsten Strafen rechnen. Das Ganze geschieht unter dem Siegel der Verschwiegenheit, versicherte mir der arme Mann, der mir den geschlossenen Laden seines Nachbarn zeigte, welcher festgenommen und gefoltert worden sei, und dessen eigene Brüder es nicht wagten, sich nach seinem Schicksal zu erkundigen.

Ich bin diesem Kollegen unendlich dankbar, daß er mich vor der Gefahr gewarnt hat und mir trotz meiner Herkunft auf diese Weise Vertrauen geschenkt hat. Vielleicht hat er indes gerade wegen meiner Herkunft Vertrauen gefaßt. Wenn ihn die Obrigkeit prüfen oder ausspionieren wollte, hätte sie ihm bestimmt keinen Genuesen geschickt, oder?

Was ich heute erfahren habe, wirft ein anderes Licht auf das, was mir in Aleppo widerfahren ist, und läßt mich die ungewöhnliche Reaktion der Buchhändler aus Tripolis, als ich den *Hundertsten Namen* vor ihnen erwähnt habe, besser verstehen.

Ich werde zurückhaltender vorgehen müssen, vorsichtiger, vor allem sollte ich es fortan unterlassen, die Buchhandlungen mit dem Titel dieses Buchs auf den Lippen aufzusuchen. Sollte ich, ja, das sage ich mir heute, aber ich bin nicht sicher, ob ich diese Haltung lange beibehalten kann. Denn obschon mich die Worte dieses rechtschaffenen Mannes zur Vorsicht gemahnen, haben sie auch zur Folge, meine Neugierde für dieses verfluchte Buch anzufachen, das nicht aufhört, mich zu verhöhnen.

Am 18. November

Auch heute war ich bei den Buchhändlern bis zum Einbruch der Nacht. Habe nachgeschaut, beobachtet, gestöbert, ohne mich jedoch nach dem *Hundertsten Namen* zu erkundigen.

Ich habe verschiedenes eingekauft, allen voran ein seltenes Werk, das ich seit langem suche, *Die Kenntnis okkulter Alphabete*, das Ibn-Wahchiya zugeschrieben wird. Es enthält ein knappes Dutzend unterschiedlicher Texte, die von Uneingeweihten unmöglich zu entziffern sind. Wäre ich früher darauf gestoßen, hätte ich mich womöglich für dieses Tagebuch davon inspirieren lassen. Aber es ist zu spät, ich habe meine Gewohnheiten bereits angenommen, habe meine eigene Verkleidung, ich werde nichts mehr ändern.

Geschrieben am Freitag, dem 27. November 1665

Grundlos habe ich eine Woche voller Alpträume hinter mich gebracht, und noch sitzt mir die Angst in den Knochen. Aber ich weigere mich, von hier wegzugehen. Ich weigere mich, mich geschlagen zu geben, als ausgenommener und gedemütigter Mann zu gehen.

Ich bleibe nicht länger in Konstantinopel, als nötig sein wird, aber ich werde auch nicht eher gehen, als bis ich entschädigt worden bin für das, was ich erlitten habe.

Am Donnerstag, dem 19., als Bumeh mir völlig überspannt verkündete, er habe jetzt endlich den Namen des Sammlers ausfindig gemacht, der ein Exemplar des *Hundertsten Namens* besitze, hat meine Prüfung begonnen. Zwar hatte ich meinem Neffen untersagt, nach dem Buch zu suchen, aber vielleicht habe ich es nicht mit dem erforderlichen Nachdruck getan. Und wenngleich ich ihm an jenem Tag Vorwürfe machte, konnte ich nicht umhin, ihn sogleich zu fragen, was er in Erfahrung gebracht hat.

Jener Sammler war mir nicht unbekannt, ein ehrenwerter Mann aus der Walachei, ein Woiwode mit Namen Mircea, der in seinem Palast eine der ansehnlichsten Bibliotheken des ganzen Reiches beherbergte und der meinem Vater gar einst einen Gesandten geschickt hat mit dem Auftrag, ihm ein Psalmenbuch auf Pergament, herrlich koloriert und mit Ikonen illustriert, abzukaufen. Wenn ich bei ihm vorstellig würde, würde er sich gewiß an diesen Kauf erinnern und mir vielleicht sagen, ob er ein Exemplar von Mazandaranis Buch besitzt, überlegte ich.

Wir suchten den Woiwoden am späten Nachmittag auf, zu einer Stunde, in der sich die Menschen vom Mittagsschlaf erheben. Bumeh und ich allein, nach genuesischer Art gekleidet, und nicht, ohne daß ich meinem Neffen das Versprechen abgerungen hatte, mir die Führung des Gesprächs zu überlassen. Ich wollte unseren Gastgeber nicht verärgern, indem ich ihn gleich zu Beginn zu einem Werk von zweifelhafter Authentizität und ebenso zweifelhaftem Inhalt befragte. Ich mußte die Sache auf einem Umweg angehen.

Prunkvoll inmitten von türkischen Häusern führt die Residenz des Woiwoden der Walachei ein wenig zu Unrecht die Bezeichnung Palast. Zweifellos verdankt sie diese mehr dem Titel ihres Eigentümers als ihrer Architektur. Man könnte meinen, es sei eine Schuhmacherwerkstatt, um ein Zwölffaches vergrößert, oder zwölf Schuhmacherläden, vom gleichen Käufer erstanden und miteinander verbunden, unten mit einer fensterlosen oder nahezu fensterlosen Mauer und im Obergeschoß mit Holzerkern und braunen Jalousien. Aber alle nennen sie Palast, so daß sogar der Wirrwarr der sie umgebenden Gäßchen diesen Namen trägt. Ich habe von einem Schuhmacher gesprochen, weil es sich um ein Viertel von Schuhmachern handelt, ein Viertel von Ledermachern und berühmten Buchbindern, deren regelmäßigster Besucher, wie ich annehme, unser Sammler sein wird.

Wir wurden an der Tür von einem Gefolgsmann aus der Walachei empfangen, der ein Gewand aus grüner Seide trug, welches kaum den Säbel und eine Pistole verbarg, und sobald wir unsere Namen und Referenzen genannt hatten, wurden wir, ohne daß wir den Grund unseres Besuches nennen mußten, in eine kleine Kammer geführt, deren Wände völlig mit Büchern bedeckt waren, auch oberhalb der einzigen Tür. Ich hatte gesagt: »Baldassare Embriaco, Händler für Kuriositäten und alte Bücher, und mein Neffe Jaber.« Ich hatte mir schon gedacht, daß mein Beruf ein unfehlbarer ›Sesam, öffne dich‹ sein würde.

Der Woiwode trat wenig später zu uns, begleitet von einem weiteren Gefolgsmann, der wie der erste gekleidet war und dessen Hand auf dem Knauf seines Säbels ruhte. Nachdem er uns in Augenschein genommen hatte, gab ihm sein Herr ein Zeichen, sich zu entfernen, und setzte sich uns gegenüber auf einen Diwan. Eine Dienerin brachte sogleich Kaffee und Sirup für jeden, stellte alles auf einem niedrigen Tischchen ab und schloß die Tür hinter sich, als sie das Zimmer verließ.

Ausgesucht höflich fragte unser Gastgeber zunächst nach den

Beschwerlichkeiten der Reise, nannte sich geehrt durch unseren Besuch, ohne uns nach den Gründen dafür zu fragen. Ein Mann von hohem Alter, annähernd siebzigjährig wohl, schlank, mit ausgemergeltem Gesicht, das von einem weißen Bart verziert war. Er war weniger reich gekleidet als seine Männer, trug nur ein langes, besticktes, weißes Hemd, das über einer Hose aus dem gleichen Stoff flatterte. Er sprach Italienisch und erklärte uns, daß er im Verlauf seiner unzähligen Jahre im Exil auch einige Zeit in Florenz verbracht habe, am Hofe des Großherzogs Ferdinand, den er verlassen mußte, weil man ihn zwingen wollte, zum Katholizismus überzutreten. Ausführlich pries er die edle Gesinnung der Medici sowie ihre Großherzigkeit, bevor er ihre derzeitige Schwäche bedauerte. In ihrer Nähe hat er seine Liebe zu schönen Dinge entdeckt und sich entschlossen, sein Glück eher mit dem Ankauf von alten Büchern zu machen als mit fürstlichen Intrigen.

»Aber nicht wenige Leute, in der Walachei wie in Wien, verdächtigen mich nach wie vor des Komplotts und glauben, meine Bücher seien rein zur Ablenkung gedacht. Obwohl doch diese Wesen aus Leder Tag und Nacht mein Denken heimsuchen. Die Existenz eines Buches aufzuspüren, es von einem Land zum nächsten zu verfolgen, es schließlich einzukreisen, zu erwerben, zu besitzen, mich mit ihm zurückzuziehen, um ihm seine Geheimnisse zu entlocken und ihm anschließend in meinem Haus einen würdevollen Platz zuzuweisen, das sind meine einzigen Schlachten, meine einzigen Eroberungen, und nichts ist für mich angenehmer, als in dieser Kammer mit Kennern zu plaudern.«

Nach solcherlei einnehmender Vorrede fühlte ich mich in der Lage, ihn mit angemessenen Worten über den Grund meines Besuches in Kenntnis zu setzen.

»Ich teile die Leidenschaft Eurer Herrlichkeit, jedoch mit weniger Verdiensten, da ich aus kaufmännischen Erwägungen das tue, was Ihr aus Liebe zu den Dingen tut. Suche ich ein Buch, so in den meisten Fällen deshalb, weil ich es jemandem verkaufen möchte, der seine Bestellung bei mir in Auftrag gegeben hat. Einzig die Reise nach Konstantinopel hat andere Beweggründe, Beweggründe, die für mich nicht üblich sind und die ich ungern jenen kundtue, die mich befragen. Doch vor Euch, der Ihr mir einen Empfang bereitet habt, welcher eher Eures Ranges würdig ist als meines, vor Euch, der Ihr ein wahrer Sammler seid und ein Gelehrter, werde ich keine Ausflüchte suchen.«

Und tatsächlich schickte ich mich an zu erzählen, wie ich es nicht vorgehabt hatte, ohne List und Umschweife, von den Prophezeiungen hinsichtlich des bevorstehenden Erscheinens des Tieres im Jahr 1666, vom Buch Mazandaranis, von den Umständen, unter denen der alte Idriss es mir anvertraut hatte, wie ich es an Marmontel weitergegeben hatte und was dem Chevalier auf dem Meer widerfahren war.

Beim letzten Punkt nickte der Woiwode mit dem Kopf und gab so zu verstehen, daß er von dem Vorfall gehört hatte. Bezüglich des Rests zeigte er keinerlei Reaktion, als er indes das Wort ergriff, sagte er, er habe von den unterschiedlichen Vorhersagen zu dem kommenden Jahr gehört, und führte das russische Buch des Glaubens an, dessen Erwähnung ich mir im Bemühen um eine knappe Darstellung versagt hatte.

»Ich besitze ein Exemplar des Buches, das mir der Patriarch Nikon, den ich in meiner Jugend in Nischni-Nowgorod kennengelernt habe, persönlich geschickt hat. Ein verwirrendes Buch, wie ich zugeben will. Was das Buch *Der Hundertste Name* betrifft, so hat man mir zwar vor sieben oder acht Jahren ein Exemplar davon verkauft, aber ich habe ihm nie größere Bedeutung beigemessen. Der Verkäufer selbst hat mir gestanden, daß es sich sehr wahrscheinlich um eine Fälschung handelt. Ich habe es nur aus Neugierde erworben, denn es ist eins dieser Bücher, von denen die Sammler bei ihren Treffen gern sprechen. Wie von jenen Fabeltieren, von denen die Jäger beim Festmahl erzählen. Ich habe es aus reiner Eitelkeit behalten, das gebe ich zu, ohne je den Versuch gemacht zu haben, mich hineinzuvertiefen.

Da ich im übrigen sehr geringe Kenntnisse des Arabischen habe, wäre ich unfähig gewesen, es ohne die Hilfe eines Vermittlers zu lesen.«

»Habt Ihr Euch davon getrennt?« fragte ich und suchte zu vermeiden, daß sich meine Aufregung in meinen Worten verriet.

»Nein, ich trenne mich nie von einem Buch. Es ist lange her, daß mein Blick darauf gefallen ist, aber es muß irgendwo hier sein, vielleicht im zweiten Stockwerk bei den anderen arabischen Büchern ...«

In dem Augenblick kam mir ein Gedanke. Ich war gerade im Begriff, ihn angemessen darzulegen, als mir mein Neffe, der sich über meine Anweisungen hinwegsetzte, zuvorkam.

»Wenn Ihr es wünscht, kann ich Euch das Buch ins Italienische oder Griechische übersetzen.«

Ich warf ihm sogleich einen mißbilligenden Blick zu. Nicht, daß sein Vorschlag abwegig war, ich hatte selbst erwogen, etwas in der Art vorzuschlagen, aber sein Einwurf hatte etwas Abruptes, was sich von unserer bisherigen Unterhaltung unterschied. Ich fürchtete, unser Gastgeber würde sich widersetzen, und sah in seinen Augen, wie er mit der Antwort zögerte. Ich war beunruhigt. Ich persönlich hätte die Sache anders angefaßt.

Der Woiwode bedachte Bumeh mit einem gönnerhaften Lächeln.

»Ich danke Euch für Euer Angebot. Ich kenne jedoch einen griechischen Mönch, der perfekt Arabisch liest und der die nötige Geduld besäße, dieses Buch zu übersetzen und in die schönste Reinschrift zu bringen. Ein Mann meines Alters. Die Jungen sind zu ungeduldig für eine solche Arbeit. Wenn Ihr jedoch wünscht, das Buch des *Hundertsten Namens* zu überfliegen und ein paar Zeilen davon zu kopieren, kann ich es Euch bringen, vorausgesetzt, daß es diese Kammer nicht verläßt.«

»Wir wären Euch dafür sehr dankbar.«

Er erhob sich, verließ das Zimmer und schloß die Tür hinter sich.

»Du hättest besser daran getan, zu schweigen, wie du es mir versprochen hattest«, rügte ich meinen Neffen. »Schon als du den Mund aufgemacht hast, hat er die Unterhaltung abgekürzt. Und er wird uns Beschränkungen auferlegen ...«

»Aber er wird uns das Buch bringen, und das ist es, was zählt. Dafür haben wir diese Reise schließlich unternommen.«

»Was werden wir in der kurzen Zeit schon lesen können?«

»Wir können zumindest überprüfen, ob es dem Buch ähnelt, das wir einmal besessen haben. Und außerdem weiß ich sehr genau, wonach ich in erster Linie darin suche.«

So waren wir im Begriff, uns zu streiten, als wir Schreie von draußen hörten, sowie das Geräusch rennender Menschen. Bumeh erhob sich, um nachzusehen, was vorfiel, aber ich herrschte ihn an.

»Bleib sitzen! Und vergiß nicht, daß du dich im Haus eines Fürsten befindest!«

Die Schreie entfernten sich, kamen indes nach einer Minute wieder näher, begleitet von heftigen Schlägen, die die Mauern unseres Zimmers erzittern ließen. Ein beunruhigender Geruch verbreitete sich. Ich konnte mich nicht länger beherrschen und öffnete die Tür, um jetzt meinerseits loszubrüllen. Die Wände und Teppiche standen in Flammen, dichter Rauch erfüllte das Haus. Männer und Frauen eilten mit Eimern voller Wasser herbei und schrien wild durcheinander. Auf dem Weg nach draußen drehte ich mich zu Bumeh um und fand ihn noch immer an seinem Platz.

»Bleiben wir sitzen«, sagte er höhnisch, »wir befinden uns im Haus eines Fürsten.«

So ein Flegel! Ich versetzte ihm eine heftige Ohrfeige für seine Worte und für vieles mehr, was ich bislang für mich behalten hatte. Schon drang der Rauch in das Zimmer, und wir fingen an zu husten. Wir eilten zum Ausgang und mußten durch insgesamt drei Feuerwände.

Und als wir auf die Straße traten, am Leben, jedoch mit zahlreichen kleinen Verbrennungen im Gesicht und an den Händen, blieb uns kaum Zeit, Atem zu schöpfen, denn wir gerieten in eine weitaus größere Gefahr. Aufgrund eines Mißverständnisses, das uns beinahe das Leben kostete.

Aus dem Viertel hatten sich bereits Hunderte versammelt, dem Brand zuzusehen, als der Wachposten, der uns bei unserer Ankunft die Tür geöffnet hatte, mit der Hand auf uns zeigte. Eine Geste, mit der er seinem Herrn oder einer anderen Wache andeuten wollte, daß wir nicht mehr im Haus waren, sondern daß wir uns hatten retten können. Aber die Gaffer deuteten die Handbewegung völlig anders. Sie schlossen daraus, daß wir die Verursacher dieses Brandes waren und daß der Wachposten auf die Schuldigen zeigte, und plötzlich fingen sie an, Steine auf uns zu werfen. Wir mußten davonrennen, um den Geschossen zu entgehen, was nur zu bestätigen schien, daß wir die Brandstifter waren und daß wir zu fliehen versuchten, nachdem wir unsere Tat ausgeführt hatten. Nun machten sie sich daran, uns zu verfolgen, mit Stöcken, Messern und Schuhmacherscheren bewaffnet, und es war ausgeschlossen, daß wir stehenblieben, um sie zur Vernunft zu bringen. Aber je mehr wir rannten, um so verängstigter wirkten wir und um so wütender und größer wurde die Menge. Mittlerweile war uns das ganze Viertel auf den Fersen. Wir konnten nicht weit kommen. In Kürze würden sie uns einholen. Ich hatte das Gefühl, ihren Atem im Nacken zu spüren.

Plötzlich tauchten vor mir zwei Janitscharen auf. Unter normalen Umständen hätte ich mich beim bloßen Anblick ihrer Mützen mit dem langen herabfallenden Federschmuck in die erste Gasse rechts oder links gestürzt, um ihnen auszuweichen. Aber jetzt schickte sie uns der Himmel. Sie standen vor einem Schuhmacherladen und hatten sich verdutzt der Ursache dieses Tumults zugewandt, beide mit der Hand auf dem Knauf ihres Säbels. Ich rief: »Amân! Amân!«, was soviel heißt wie »Gerettet!« und warf mich in die Arme des einen, wie sich ein Kind in die Arme der Mutter wirft. Mit einem kurzen Blick vergewisserte ich mich, daß mein Neffe es mir gleichtat. Die Soldaten warfen sich fragende Blicke zu, zogen uns sodann entschieden hinter sich und riefen ihrerseits der Meute zu: »Amân!«

Unsere Verfolger hielten abrupt inne, als wären sie gegen eine Glaswand gerannt. Mit Ausnahme eines einzelnen, eines jungen Mannes, der wie ein Dämon brüllte und der, wenn ich darüber nachdenke, ein Schwachsinniger sein mußte. Anstatt wie die anderen stehenzubleiben, machte er in seinem Überschwang weiter und warf die Arme nach vorn, um nach dem Hemd Bumehs zu fassen. Dann war ein Zischen zu hören. Ich hatte nicht einmal gesehen, wie mein Janitschar den Säbel zog und zuschlug. Ich sah nur, wie er den Säbel auf dem Rücken des Unglücklichen abwischte, der zu seinen Füßen lag. Er war am Hals getroffen worden, so tief, daß sich der Kopf vom Körper gelöst hatte wie ein abgehackter Ast. Er konnte nicht einmal mehr einen letzten Seufzer ausstoßen. Nichts als das dumpfe Geräusch des leblosen Körpers beim Aufprall. Lange Zeit verharrte ich so, den Blick auf der Wunde, aus der schwarzes Blut quoll, wie aus einer unterirdischen Quelle, die einige Zeit brauchte, bevor sie versiegte. Als ich endlich meinen Blick abwenden konnte, hatte sich die Menge aufgelöst. Übrig waren nur noch drei Männer in der Mitte der Straße, die am ganzen Leib zitterten. Die Janitscharen hatten ihnen befohlen zu bleiben, damit sie ihnen erzählten, was vorgefallen war. Sie zeigten hinter sich auf die Flammen und dann auf meinen Neffen und mich. Ich sagte sofort, daß wir keine Schuld daran hatten, daß wir rechtschaffene Buchhändler waren, die geschäftlich beim Woiwoden der Walachei gewesen waren, und daß wir den Beweis dafür erbringen konnten.

»Seid ihr sicher, daß sie die Übeltäter sind?« fragte der ältere der Janitscharen.

Die drei Männer aus dem Viertel zögerten mit der Antwort, aus Angst, ihren eigenen Kopf aufs Spiel zu setzen. Schließlich sagte einer von ihnen:

»Es heißt, diese Fremden haben den Palast in Brand gesteckt. Als wir ihnen Fragen stellen wollten, sind sie geflohen, wie nur Schuldige fliehen.«

Ich hätte gern geantwortet, aber die Janitscharen hießen mich schweigen und befahlen Bumeh und mir, vor ihnen herzugehen.

Von Zeit zu Zeit sah ich mich um. Die Menge hatte sich wieder versammelt und folgte uns in gebührendem Abstand. Und weiter hinten konnte man die lodernden Flammen und den Tumult der Retter erahnen. Mein Neffe indes lief ganz ruhig, ohne mir auch nur einen einzigen Blick der Furcht oder des Einvernehmens zuzuwerfen. Ich bin davon überzeugt, daß jener große Geist mit völlig anderen Dingen beschäftigt war als mit den gemeinen Ängsten eines Sterblichen, der zu Unrecht eines Verbrechens bezichtigt und von zwei Janitscharen durch die Gassen Konstantinopels geführt wird, einem unbekannten Schicksal entgegen.

Unsere Eskorte führte uns zum Haus einer anscheinend wichtigen Persönlichkeit mit Namen Morched Agha. Ich hatte diesen Namen noch nie gehört, aber er gab mir zu verstehen, daß er kürzlich Befehlshaber der Janitscharen geworden war und daß er dank dieses Titels in Damaskus ein hohes Amt bekleidete. Er wandte sich im übrigen auf arabisch an uns, einem Arabisch, das er ganz offenkundig erst in hohem Alter erlernt hatte und das einen starken türkischen Akzent hatte.

Was mir als erstes an ihm auffiel, waren seine Zähne. Sie waren so dünn, so abgewetzt, daß sie wie eine Reihe schwarzer Nadeln wirkten. Ihr Anblick wirkte widerlich, er selbst indes schien darüber weder Scham noch Verlegenheit zu empfinden. Er entblößte sie bei jedem Lächeln, und er lächelte unentwegt. Seine sonstige Erscheinung war jedoch die eines respektablen Mannes, ein wenig beleibt wie ich, graue Haare unter einer weißen, mit einer silbernen Borte eingefaßten, fleckenlosen Mütze, gepflegter Bart, freundliches Benehmen.

Sobald wir ihm vorgestellt worden waren, hieß er uns willkommen und sagte zu uns, wir hätten großes Glück, daß uns die Janitscharen zu ihm geführt hätten und nicht zu einem Richter oder in den Turm der Gefangenen.

»Diese jungen Leute sind wie meine Kinder, sie schenken mir Vertrauen, sie wissen, daß ich ein Mann der Gerechtigkeit und des Mitgefühls bin. Ich habe Freunde an hoher Stelle, an sehr hoher Stelle, wenn Ihr mich recht versteht, und noch nie habe ich meine Beziehungen mißbraucht, um einen Unschuldigen zu verurteilen. Hingegen habe ich bereits bei manch einem Schuldigen Gnade walten lassen, dem es gelungen war, mein Mitleid zu erregen.«

»Ich kann Euch schwören, daß wir unschuldig sind, das Ganze ist ein reiner Irrtum. Ich kann es Euch erklären.«

Er hörte mir aufmerksam zu und nickte mehrmals mitfühlend mit dem Kopf. Sodann beruhigte er mich: »Ihr scheint ein ehrenhafter Mann zu sein, und Ihr sollt wissen, daß ich Euch ein Freund und Beschützer bin.«

Wir befanden uns in einem weiträumigen Saal, der einzig mit Teppichen, Wandbehängen und Kissen ausgestattet war. Um uns herum, neben Morched Agha und unseren beiden Janitscharen, standen ein halbes Dutzend bewaffneter Männer, die mir sogleich wie ehemalige Soldaten vorkamen. Draußen kam es plötzlich zu einem Tumult, eine Wache ging hinaus, kam sodann zurück und flüsterte unserem Gastgeber etwas ins Ohr, worauf dieser mit einem Mal sehr besorgt wirkte.

»Das Feuer breitet sich anscheinend aus. Man zählt die Opfer nicht mehr.«

Er wandte sich an einen der Janitscharen.

»Haben die Leute des Viertels gesehen, wie ihr unsere Freunde hierhergeführt habt?«

»Ja, ein paar Männer sind uns mit Abstand gefolgt.«

Morched Agha zeigte sich immer sorgenvoller.

»Wir müssen die Nacht über auf der Hut sein. Keiner von euch wird schlafen. Und wenn man euch fragt, wo unsere Freunde sind, so sagt ihr, daß ihr sie ins Gefängnis gebracht habt, auf daß sie verurteilt werden.«

Er zwinkerte uns zu, entblößte seine schwarzen Nadelzähne und sagte in beruhigendem Tonfall: »Habt keine Angst, vertraut mir, diese Bettler werden nicht wieder Hand an euch legen.«

Sodann machte er einem seiner Männer ein Zeichen, auf daß sie ein paar Pistazien zum Knabbern brachten. Die beiden Janitscharen zogen sich in diesem Augenblick zurück.

An dieser Stelle muß ich meinen Bericht für heute abend unterbrechen. Der Tag ist kräftezehrend gewesen, und meine Feder liegt mir schon schwer in der Hand. Ich werde im Morgengrauen weiterschreiben.

Geschrieben am Samstag, dem 28.

Später brachte man uns zu essen und zeigte uns sodann ein Zimmer im Haus, in dem wir die Nacht verbringen konnten, mein Neffe und ich allein. Doch der Schlaf wollte die ganze Nacht nicht über mich kommen, und bei Tagesanbruch hatte ich noch immer keinen Schlaf gefunden, als sich Morched Agha über mich beugte und mich schüttelte.

»Ihr müßt sofort aufstehen.«

Ich setzte mich auf.

»Was ist passiert?«

»Die Menge hat sich draußen versammelt. Es scheint, als sei das halbe Viertel abgebrannt und als habe es Hunderte von Toten gegeben. Ich habe den Leuten beim Grab meines Vaters geschworen, daß ihr nicht hier seid. Wenn sie mich weiter bedrängen, werde ich ein paar von ihnen hereinlassen müssen, damit sie sich überzeugen können. Ihr müßt euch verstecken. Folgt mir!«

Er führte mich und meinen Neffen zu einem Schrank im Flur und öffnete dessen Tür mit einem Schlüssel.

»Ein paar Stufen führen nach unten. Paßt auf, es gibt kein Licht. Geht langsam hinunter und stützt euch an der Wand. Unten befindet sich ein kleiner Raum. Ich werde zu euch kommen, sobald ich kann.«

Wir hörten, wie er die Schranktür schloß und den Schlüssel zweimal im Schloß drehte.

Unten angekommen, tasteten wir uns an einen Ort, wo wir uns hinsetzen könnten, aber der Boden war schmutzig, und es gab weder einen Stuhl noch einen Schemel. Mir blieb nichts anderes übrig, als mich an die Wand zu lehnen und zu beten, daß unser Gastgeber uns nicht allzulange in diesem Loch lassen möge.

»Wenn sich dieser Mann nicht unser angenommen hätte, befänden wir uns jetzt in den Tiefen eines Verlieses«, kam es plötzlich von Bumeh, der seit Stunden kein Wort gesagt hatte.

Im Dunkeln konnte ich nicht sehen, ob er lächelte.

»Das ist der richtige Augenblick, zu spotten«, anwortete ich ihm. »Dir wäre es vielleicht lieber, Morched Agha würde uns der aufgebrachten Menge zum Fraß vorwerfen? Oder er lieferte uns einem Richter aus, der es eilig hätte, uns zu verurteilen, um das Volk zu beruhigen? Sei nicht so undankbar! Und trage nicht diesen Hochmut zur Schau! Vergiß nicht, daß du es warst, der mich gestern zu diesem Woiwoden geführt hat, und daß du es ebenfalls warst, der mich dazu gedrängt hat, diese Reise zu unternehmen! Niemals hätten wir Gibelet verlassen dürfen!«

Ich hatte nicht auf arabisch zu ihm gesprochen, sondern auf genuesisch, wie ich es jedesmal tat, wenn ich mich den Feindseligkeiten des Orients ausgesetzt fühlte.

Ständig war ich nahe daran, während die Stunden und die Tage vergingen und wir noch immer in unserem Verlies bleiben mußten, angefangen hatte, mit mir selbst Gespräche zu führen, die sich nicht allzusehr von denen Bumehs unterschieden, welche ich als Spott abgetan und als Undankbarkeit bezeichnet hatte. In manchen Augenblicken zumindest, denn in anderen dankte ich meinem guten Stern, der mir Morched Agha geschickt hatte. Ich schwankte ständig zwischen zwei Gefühlsregungen. Mal sah ich in diesem Mann den wahrhaft auserwählten ergrauten Weisen, der sich unseres Schicksals und unseres Wohlergehens annahm und sich jedesmal entschuldigte, wenn er uns, ohne es zu wollen, Unannehmlichkeiten bereitete, mal sah ich in ihm nur den schwarzen Schlund eines Raubfisches. Wenn mir die Zeit lang wurde und mir die Gefahren, die uns bedrohten, in weiter Ferne schienen, kam es vor, daß ich mich fragte, ob es nicht widersinnig war, im Haus eines Unbekannten eingesperrt zu sein, der weder als Beamter mit der öffentlichen Ordnung betraut noch unser Freund war. Warum tat er das für uns? Warum legte er sich mit den Leuten der Umgebung an und auch mit den Gerichtsbehörden, denen er uns gleich am ersten Tag hätte ausliefern müssen? Dann öffnete er wieder die Tür zu unserem Verlies, rief uns zu sich, holte uns in sein Haus, üblicherweise in der Nacht, und ließ uns an seiner Mahlzeit und der seiner Männer teilnehmen, setzte uns auf die Ehrenplätze und servierte uns die besten Huhn- oder Lammstücke, bevor er uns erklärte, wie es um unsere Sache stand.

Leider, leider, sagte er zu uns, kommt die Todesgefahr immer näher. »Die Leute aus dem Viertel überwachen unablässig meine Tür, überzeugt davon, daß ihr euch immer noch bei mir versteckt. In der ganzen Stadt sucht man die Urheber dieses Feuers. Die Behörde hat eine abschreckende Bestrafung in Aussicht gestellt ...« Würden wir gefaßt, könnten wir nicht einmal auf ein gerechtes Urteil hoffen. Wir würden am gleichen Tag noch gepfählt und auf dem Platz zur Schau gestellt. Solange wir bei unserem Wohltäter versteckt blieben, hätten wir nichts zu befürchten, aber wir konnten hier nicht ewig bleiben. Alle Geheimnisse kommen irgendwann ans Tageslicht. Im übrigen hatte der Richter seinen Gerichtsschreiber geschickt, um das Haus zu inspizieren. Er hatte gewiß seine Vermutungen.

Heute schreibe ich diese Zeilen mit einer Hand, die nicht mehr zittert. Aber neun Tage und neun Nächte lang habe ich einen Alptraum durchlebt, ohne daß die Gegenwart meines finsteren Neffen meine Not gemildert hätte.

Gestern nahm die Sache ein Ende. Nachdem er mich hatte fürchten lassen, daß der Richter zu jeder Zeit eine ordnungsgemäße Durchsuchung anordnen könnte und daß es immer gefährlicher wurde, mich hier zu beherbergen, überbrachte mir mein Gastgeber endlich eine gute Nachricht.

»Heute morgen hat mich der Richter vorgeladen. Ich habe ihn aufgesucht und bereits mein letztes Gebet gesprochen. Als er mir sodann eröffnete, er wisse genau, daß ihr euch bei mir versteckt, die Janitscharen hätten es ihm gestanden, habe ich mich ihm zu Füßen geworfen und wollte ihn anflehen, mich am Leben zu lassen. Daraufhin hieß er mich aufstehen, da ich die Verteidigung von zwei Unschuldigen übernommen hätte, denn er selbst ist überzeugt von eurer Unschuld. Wenn die Gemüter nicht so erhitzt wären, hätte er euch sofort befohlen, hocherhobenen Hauptes ins Freie zu treten. Doch bevor ihr das Haus verlaßt, bräuchtet ihr noch einen Geleitbrief. Nur euer Ehren, habe ich zu ihm gesagt, könnte euch ein solches Dokument ausstellen. Darüber müsse er nachdenken, gab er mir zur Antwort und bat mich, ihn heute nachmittag erneut aufzusuchen. Was sagst du dazu?«

Ich erwiderte, ich sei sehr erfreut, dies sei die tröstlichste aller Neuigkeiten.

»Wir werden dem Richter ein Geschenk machen müssen, das einer solchen Gunstbezeugung würdig ist.«

»Aber gewiß. Welche Summe sollten wir ihm anbieten?«

»Darüber solltest du sorgfältig nachdenken, dieser Kadi ist eine angesehene Persönlichkeit. Er ist stolz, und er wird nicht gern verhandeln. Er wird sich anschauen, was wir ihm anbieten. Befindet er es für ausreichend, wird er es nehmen und uns den Geleitbrief ausstellen. Befindet er es für nicht ausreichend, wird er es mir ins Gesicht schleudern, und wir werden alle drei, du, dein Neffe und ich, auf immer verschwinden!«

Er strich sich langsam mit der Hand über den Hals, erst von der einen Seite, dann von der anderen, und ich tat es ihm instinktiv gleich.

Wieviel Geld sollte ich anbieten, um mein Leben zu retten? Wie lautete die Antwort auf eine solche Frage? Gab es eine Zahl, jenseits deren ich es vorziehen würde, mein Leben zu lassen sowie das meines Neffen?

»Bei mir trage ich nur vier Piaster und sechzig Asper. Ich weiß, daß das nicht reicht …«

»Viereinhalb Piaster ist das, was meinen Männern zusteht, zum Dank dafür, daß sie uns diese zehn Tage lang beschützt haben.«

»Das hatte ich bereits vorgesehen. Ebenso wollte ich dir, unserem Gastgeber, unserem Wohltäter, sobald ich in mein Haus zurückgekehrt bin, das prächtigste aller Geschenke machen.«

»Denk nicht an mich, ich möchte nichts. Du bist hier in meinem Hause, Tag und Nacht, ohne daß ich dich um deinen Beutel erleichtert habe. Ich setze nicht mein Leben aufs Spiel, um mit einem Geschenk belohnt zu werden. Ich habe euch bei mir aufgenommen, dich und deinen Neffen, weil ich vom ersten Augenblick an davon überzeugt war, daß ihr unschuldig seid. Aus keinem anderen Grund. Und ich werde nicht eher ruhig schlafen, bis ich euch in Sicherheit weiß. Für den Richter hingegen werden wir das passende Geschenk finden müssen, und wehe uns, wenn wir unser Geschenk falsch bemessen.«

»Auf welche Weise könnten wir sein Dokument vergüten?«

»Er hat einen Bruder, einen wohlhabenden und angesehenen Kaufmann. Du stellst auf ihn eine Schuldverschreibung aus, die besagt, daß er dir Waren in Höhe einer bestimmten Summe geliefert hat, und du versprichst, die Schuld binnen einer Woche zu begleichen. Wenn du das Geld nicht bei dir hast, kannst du es dir leihen.«

»Vorausgesetzt, man wird es mir leihen …«

»Höre, mein Freund! Höre den Rat eines Mannes mit schon weißem Haar! Zunächst solltest du dich aus dieser mißlichen Lage befreien und dabei den Kopf zwischen den Schultern behalten. Später kannst du an die Verleiher denken. Wir sollten keine Zeit mehr verlieren, ich werde mich dransetzen, um das Dokument zu verfassen. Man bringe mir etwas zu schreiben!«

Er erkundigte sich nach meinem vollen Namen, meinem eigentlichen Wohnsitz, meiner Adresse in dieser Stadt, meiner Religion, meiner Herkunft, meinem genauen Beruf und bemühte sich, alles mit sicherer Hand in Schönschrift zu bringen. Eine Zeile ließ er dennoch frei.

»Wieviel soll ich aufschreiben?«

Ich zögerte.

»Was schlägst du vor?«

»Ich kann dir nicht helfen. Ich weiß nicht, auf wieviel sich dein Vermögen beläuft.«

Auf wieviel sich mein Vermögen beläuft? Vielleicht, wenn man alles zählte, was es zu zählen gab, auf zweihundertfünfzigtausend Majdin, das sind umgerechnet insgesamt dreitausend Piaster … Aber war das die richtige Frage? Sollte man nicht lieber fragen, welchen Betrag der Richter üblicherweise zu sehen bekam, wenn er dergleichen Gunst erwies?

Jedesmal, wenn mir eine Zahl in den Sinn kam, schnürte es mir die Kehle zu. Und wenn der Richter ablehnte? Konnte ich nicht noch einen Piaster hinzufügen? Oder drei? Oder zwölf?

»Wieviel?«

»Fünfzig Piaster!«

Unser Mann war nicht recht zufrieden.

»Ich werde einhundertfünfzig aufschreiben!«

Er setzte zum Schreiben an, und ich protestierte nicht. Dann bat er zwei seiner Männer, als Zeugen zu unterschreiben, desgleichen mich und meinen Neffen.

»Und jetzt betet zu Gott, daß alles gutgeht, sonst sind wir des Todes.«

Gestern in den ersten Morgenstunden, als die Straßen noch wenig belebt waren und nachdem seine Männer sich vergewissert hatten, daß uns niemand auflauerte, verließen wir das Haus Morched Aghas. Wir waren im Besitz eines dürftigen Geleitbriefes, kraft dessen es uns gestattet war, durch das ganze Reich zu reisen, ohne daß uns jemand daran hindern konnte. Unten auf der Seite stand eine Unterschrift, von der nur ein einziges Wort zu entziffern war: »Kadi«.

Wir hielten uns dicht an den Hauswänden, bis wir unser Haus in Galata erreichten, schmutzig, beraubt, wenn nicht

Bettlern gleich, so doch gleich Reisenden, die nach mehreren aufeinanderfolgenden Etappen entkräftet und auf ihrem Weg mehr als einmal dem Tod begegnet waren. Trotz unseres Geleitbriefes fürchteten wir, von einer Patrouille kontrolliert zu werden, und mehr noch, plötzlich den Männern dieses vom Unheil heimgesuchten Viertels gegenüberzustehen.

Erst als wir in unserem Haus ankamen, erfuhren wir die Wahrheit: Bereits am Tage nach dem Brand waren wir von jedem Verdacht freigesprochen worden. Obschon er gelitten hatte und vom Verlust seines Hauses sowie seiner Bücher sehr mitgenommen war, hatte der ehrenhafte Woiwode die Leute seines Viertels versammelt, um ihnen mitzuteilen, daß sie uns zu Unrecht verdächtigt hatten. Das Feuer war von der Glut einer Wasserpfeife ausgelöst worden, die eine Dienerin auf den Wollteppich hatte fallen lassen. Einige seiner Gefolgsleute hatten mehr oder weniger leichte Verbrennungen davongetragen, aber kein Mensch war ums Leben gekommen, mit Ausnahme des unbesonnenen jungen Mannes, der vor unseren Augen von den Janitscharen niedergestreckt worden war.

Aus Sorge über unser Verschwinden waren Marta, Habib und Hatem am nächsten Tag vorstellig geworden, um sich zu erkundigen, und man hatte sie selbstredend an Morched Agda verwiesen, der ihnen bestätigte, daß er uns für eine Nacht beherbergt hatte, um uns vor der Menge zu retten, und daß wir sogleich wieder aufgebrochen seien. Vielleicht, sagte er, hätten wir es vorgezogen, die Stadt für einige Zeit zu verlassen, aus Angst, ergriffen zu werden. Die Meinen bedankten sich aufs wärmste bei unserem Wohltäter, woraufhin er versprach, sie auf dem laufenden zu halten, sobald er von uns hörte, denn, sagte er, eine große Freundschaft sei zwischen uns entstanden. Während dieser höflichen Unterhaltung darbten Bumeh und ich in dem Verlies unter ihren Füßen, im Glauben, unser Kerkermeister mühe sich ab, um uns den Fängen der Meute zu entziehen.

»Dafür wird er mir büßen«, sagte ich, »so wahr ich Embriaco

heiße! Er wird mir das Geld zurückgeben, und er wird in dem Versteck dahinsiechen, es sei denn, er würde gepfählt.«

Keiner der Meinen dachte daran, mir zu widersprechen, aber als ich allein mit meinem Diener war, flehte er mich an: »Herr, es wäre besser, auf die Verfolgung dieses Mannes zu verzichten.«

»Davon kann keine Rede sein. Und wenn ich bis zum Großwesir müßte!«

»Wenn ein Bandenführer aus den niederen Vierteln Euch Euren Beutel entzogen hat und Euch eine Schuldverschreibung von einhundertfünfzig Piaster entlockt, damit Ihr wieder freikommt, was glaubt Ihr, müßt Ihr im Vorzimmer des Großwesirs entrichten, um Genugtuung zu bekommen?«

Ich antwortete: »Ich werde bezahlen, was von mir verlangt wird, aber ich will diesen Mann gepfählt sehen!«

Hatem widersprach mir nicht mehr. Er wischte den Tisch vor mir ab, nahm eine leere Tasse und ging mit gesenktem Blick hinaus. Er weiß, daß man mich in meiner Selbstachtung nicht kränken darf. Aber er weiß auch, daß jedes Wort, das man zu mir sagt, in meinem Kopf eine Furche zieht, ganz gleich, wie die Antwort im ersten Augenblick ausfällt.

Heute morgen bin ich nicht mehr in der gleichen Stimmung wie gestern. Ich denke nicht mehr daran, mich zu rächen, bevor ich diese Stadt verlasse. Ich will weggehen und die Meinen mitnehmen. Und ich verzichte auf dieses verfluchte Buch. Es kommt mir vor, als würde ein Unglück geschehen, sobald ich mich ihm nur näherte. Zuerst der alte Idriss, dann Marmontel, jetzt der Brand. Dieses Buch bringt uns nicht das Heil, sondern das Unheil. Tod, Schiffbruch, Feuer. Das alles will ich nicht mehr, ich gehe weg.

Auch Marta bittet mich inständig, die Stadt unverzüglich zu verlassen. In den Palast wird sie keinen Fuß mehr setzen. Sie ist davon überzeugt, daß alle weiteren Versuche zu nichts führen würden. Sie möchte jetzt nach Smyrna – hat man ihr nicht einst erzählt, daß ihr Mann sich in dieser Gegend niedergelassen hat?

Sie ist davon überzeugt, daß sie dort das Papier erhalten wird, das ihr die Freiheit wiedergibt. Nun gut, ich werde sie nach Smyrna bringen. Wenn sie dort findet, was sie sucht, werden wir gemeinsam nach Gibelet zurückkehren, wo ich sie heiraten werde und sie in meinem Haus wohnen wird. Noch möchte ich es ihr nicht versprechen, zu viele Hindernisse trennen uns noch von einer solchen Zukunft, aber es gefällt mir, dem Gedanken nachzuhängen, daß das kommende Jahr, das man für das Jahr des Tieres und das Jahr Tausender geweissagter Unglücke hält, für mich das Jahr der Hochzeit sein wird. Nicht das Ende der Zeiten, sondern ein neuer Anfang.

Heft 2
Die Stimme Sabbatais

Im Hafen, am Sonntag, dem 29. November 1665

In meinem Schreibheft waren viele Seiten leer geblieben, dennoch beginne ich mit diesen Zeilen ein neues Heft, das ich soeben am Hafen gekauft habe. Das erste besitze ich nicht mehr. Sollte ich es nach allem, was ich seit August darin festgehalten habe, nicht mehr wiedersehen, so würde mir, wie mir scheint, die Lust am Schreiben vergehen und ein wenig auch die am Leben. Trotzdem ist es nicht verloren, ich war nur mehr gezwungen, es im Hause Barinelli zurückzulassen, als ich heute früh in aller Eile aufgebrochen bin, und ich bin zuversichtlich, es wiederzubekommen, möglichst heute noch, so Gott will. Hatem hat sich auf den Weg gemacht, um es zu holen und das eine oder andere zu erledigen. Ich vertraue seinem Geschick …

Zunächst will ich jedoch noch einmal auf die Zwischenfälle dieses langen Tages zurückkommen, an dem ich nicht wenige Kränkungen über mich ergehen lassen mußte. Mit manchen hatte ich gerechnet, mit anderen nicht.

Heute morgen also, als ich mich gerade mit den Meinen zur Kirche von Pera begeben wollte, traf ein türkischer Würdenträger mit seinem Gefolge bei mir ein. Ohne abzusitzen, schickte er einen seiner Männer nach mir. Die Bewohner des Viertels grüßten ihn allesamt mit großer Hochachtung, und einige von ihnen nahmen den Hut ab, bevor sie sich eiligst in die nächste Gasse verdrückten.

Nachdem ich mich vorgestellt hatte, grüßte er mich auf arabisch von seinem angeschirrten Reittier herab, und ich erwiderte den Gruß. Er sprach zu mir, als wären wir alte Bekannte, und nannte mich seinen Freund und Bruder. Seine zusammengekniffenen Augen indes sagten etwas völlig anderes. Er lud mich ein, ihm einmal die Ehre eines Besuches zu erweisen, und ich antwortete ihm höflich, die Ehre sei ganz auf meiner Seite, wobei ich mich fragte, wer dieser Mensch sein konnte und was er von mir wollte. Er deutete daraufhin auf einen seiner Männer und sagte, daß er jenen am kommenden Donnerstag zu mir schicken würde, damit er mich zu ihm geleite. Mißtrauisch, nach allem, was mir in den letzten Tagen widerfahren war, verspürte ich keineswegs den Wunsch, mich auf diese Weise in das Haus eines Unbekannten zu begeben, und ich entgegnete ihm, daß ich die Stadt wegen einer dringlichen Angelegenheit leider vor Donnerstag verlassen müsse, daß ich seiner großzügigen Einladung aber gern bei einem künftigen Besuch in dieser segensreichen Stadt folgen würde. Bei mir sagte ich: So bald nicht!

Da zog der Mann unvermittelt dasjenige Schriftstück aus der Tasche, das mein Kerkermeister mich in betrügerischer Absicht zu unterschreiben gezwungen hatte. Er rollte es auseinander, behauptete, sein Name sei darauf erwähnt, und gab sich verblüfft, daß ich an Aufbruch dächte, ohne meine Schuld beglichen zu haben. Das ist also der Bruder des Richters, überlegte ich. Doch konnte er auch jeder beliebige mächtige Mann sein, der mit meinem Kerkermeister gemeinsame Sache machte, und dieser hatte die Schuldverschreibung auf seinen Namen ausgestellt, indem er vorgab, den Bruder des Richters zu nennen. Gewiß existierte jener Richter einzig in den ausgetüftelten Geschichten des Morched Agha. »Aha, Ihr seid der Bruder des Richters«, sagte ich, um Zeit zum Nachdenken zu gewinnen und um denen, die uns lauschten, zu bedeuten, daß ich nicht genau wußte, wen ich vor mir hatte.

Daraufhin schlug er einen scharfen Ton mir gegenüber an:

»Ich bin der Bruder von wem immer es mir paßt. Jedenfalls nicht der eines genuesischen Hundes! Wann willst du mir geben, was mir zusteht?«

Mit den Höflichkeiten war es offensichtlich vorbei.

»Gestattet Ihr mir, einen Blick auf das Schriftstück zu werfen?«

»Du weißt sehr wohl, was darauf steht!« antwortete er und gab sich ungeduldig.

Dennoch hielt er es mir hin, ohne es loszulassen, und ich näherte mich, um zu lesen.

»Diese Geldsumme«, sagte ich, »ist erst in vier Tagen fällig.«

»Donnerstag, kommenden Donnerstag. Du wirst dich mit der ganzen Summe bei mir einfinden, und nicht mit einem Asper weniger. Und solltest du versuchen, dich davonzumachen, werde ich dafür sorgen, daß du den Rest deines Lebens im Gefängnis verbringst. Meine Leute werden dich von nun an Tag und Nacht überwachen. Wo wolltest du gerade hin?«

»Es ist Sonntag, und ich war auf dem Weg zur Kirche.«

»Das ist gut, geh nur in die Kirche! Bete für dein Leben! Bete für deine Seele! Und spute dich vor allem, einen guten Geldverleiher zu finden!«

Er befahl zwei seiner Männer, vor dem Haus Wache zu stehen, und machte sich mit seinem restlichen Gefolge auf den Weg, mich weit weniger höflich grüßend als bei seiner Ankunft.

»Was machen wir jetzt?« fragte Marta.

Ich dachte nur einen Augenblick nach.

»Genau das, was wir vorhatten, bevor dieser Mann eintraf. Wir gehen zur heiligen Messe.«

In der Kirche bete ich nicht viel. Wenn ich hingehe, dann, um mich von dem Singsang, dem Weihrauch, den Bildern, den Figuren, den Gewölben, den Fenstern, den Vergoldungen einlullen und mich in unendlich langen Überlegungen treiben zu lassen, die eher Träumereien sind, weltliche Träumereien, bisweilen gar ein wenig ausschweifend.

Mit Beten habe ich, daran erinnere ich mich genau, im Alter von dreizehn Jahren aufgehört. Mein Eifer hatte an jenem Tag nachgelassen, an dem ich aufgehört habe, an Wunder zu glauben. Ich sollte erzählen, unter welchen Umständen es dazu kam, und das werde ich auch, jedoch zu einem späteren Zeitpunkt. Zu viele Dinge sind heute geschehen, über die ich mir Gedanken mache, und mir ist nicht nach langen Abschweifungen zumute. Ich wollte einzig darauf hinweisen, daß ich heute gebetet und den Himmel um ein Wunder angefleht habe. Ich hoffte vertrauensvoll darauf, und ich hatte sogar – Gott möge mir verzeihen! –

das Gefühl, es mir verdient zu haben. Ich bin stets ein ehrlicher Kaufmann gewesen, mehr als das, ein rechtschaffener Mann. Wie oft habe ich nicht einem armen Geschöpf die Hand zur Hilfe gereicht, das Er – möge Er mir abermals verzeihen! – im Stich gelassen hatte! Niemals habe ich mir Hab und Gut der Schwächeren unrechtmäßig angeeignet, noch diejenigen gedemütigt, die von mir abhängig waren für ihren Lebensunterhalt. Weshalb läßt Er es zu, daß man so über mich herfällt, daß man mich ruiniert, daß man meine Freiheit und mein Leben bedroht?

Als ich in der Kirche von Pera stand, starrte ich ohne Scham auf das Bild des Schöpfers über dem Altar, wie er gleich dem antiken Zeus inmitten von goldenen Strahlen thronte, und bat Ihn um ein Wunder. Jetzt, da ich diese Zeilen schreibe, weiß ich noch nicht, ob das Wunder geschehen ist. Ich werde es nicht vor morgen wissen, nicht vor Tagesanbruch. Dennoch habe ich bereits, wie mir scheint, ein erstes Zeichen erhalten.

Ich hatte mit halbem Ohr der Predigt des Paters Thomas gelauscht, welche der Adventszeit gewidmet war und den Opfern, die wir zu bringen hatten, um dem Himmel dafür zu danken, daß er uns den Messias geschickt hat. Bis zu jenem Augenblick, wo er mit seinen letzten Worten die Gläubigen aufrief, ein inbrünstiges Gebet denen in der Zuhörerschaft zu widmen, die morgen in See stechen würden, auf daß ihre Reise ohne Gefahren verliefe und sich die Naturgewalten dank der Güte des Allmächtigen nicht entfesselten. Die Blicke richteten sich auf einen Adligen in der allerersten Reihe, der unterm Arm eine Kapitänsmütze trug und dem Priester durch eine leichte Verbeugung seine Dankbarkeit ausdrückte.

Im gleichen Augenblick kam mir die Lösung, die ich suchte, in den Sinn: sofort aufbrechen, ohne noch einmal ins Haus des Sieur Barinelli zurückzukehren, unverzüglich an Bord gehen, in See stechen und die Nacht auf dem Schiff verbringen, um meinen Verfolgern schnellstens zu entkommen. Traurige Zeiten sind es, wenn der Unschuldige keinen anderen Ausweg als die

Flucht kennt. Hatem hat recht. Sollte ich den Fehler begehen, mich erneut an die Obrigkeit zu wenden, setze ich mein Leben und mein Geld aufs Spiel. Diese Schurken scheinen sich ihrer Sache so sicher, sie würden nicht so einherstolzieren, wenn sie keine Verbündeten in höheren Kreisen hätten. Ich, der Ausländer, »der Gottlose«, »der genuesische Hund«, würde niemals vor ihnen Gerechtigkeit erfahren. Sollte ich aufbegehren, würde ich mein eigenes Leben sowie das meiner Angehörigen in Gefahr bringen.

Nachdem ich die Kirche verlassen hatte, wandte ich mich an den Kapitän des Schiffes, namens Beauvoisin, und fragte ihn, ob er nicht zufällig beabsichtige, einen Hafen in der Nähe von Smyrna anzulaufen. Um ehrlich zu sein, in der Gemütsverfassung, in die mich mein Verfolger heute morgen versetzt hatte, war ich bereit, überallhin zu gehen. Indes, ich hätte meinen Gesprächspartner verschreckt, hätte ich ihn spüren lassen, daß meine Reise eine Flucht war. Ich war erfreut zu erfahren, daß das Schiff in der Tat Smyrna anlaufen würde, um dort Fracht zu laden und außerdem den Sieur Roboly, den französischen Händler, den ich in Gesellschaft des Paters Thomas kennengelernt hatte und der vorübergehend die Funktion des Gesandten ausübte, von Bord gehen zu lassen. Wir einigten uns auf einen Preis für Überfahrt sowie Verpflegung von zehn französischen Talern, die dreihundertfünfzig Majdin entsprachen, zahlbar zur Hälfte beim Auslaufen, zur Hälfte bei der Ankunft. Der Kapitän legte mir nahe, nicht zu spät zur Abfahrt zu erscheinen, die bei Tagesanbruch erfolgen sollte, und ich erwiderte ihm, daß wir kein Risiko eingehen und deshalb schon heute abend an Bord gehen wollten.

Was wir auch taten. Ich habe die Maultiere verkauft, die uns noch geblieben waren, und Hatem zu Barinelli geschickt, damit er ihm unsere überstürzte Abreise erklärt und mir mein Heft und ein paar andere Dinge bringt. Sodann bin ich mit Marta und meinen beiden Neffen an Bord gegangen, wo wir uns noch jetzt befinden. Mein Diener ist noch nicht zurück. Ich erwarte ihn jeden Augenblick. Er wollte sich bei unserem Wirt durch eine Hintertür einschleichen, um die Wachposten unseres Verfolgers zu umgehen. Ich vertraue auf seine Geschicklichkeit, aber ich bin nicht ohne Sorge. Ich habe sehr leichte Kost zu mir genommen: Brot, Datteln, Trockenfrüchte. Dies scheint mir die wirksamste Art, der Seekrankheit zu entgehen.

Aber es ist nicht die Seekrankheit, die ich fürchte. Ich habe gewiß gut daran getan, sofort an Bord zu gehen und nicht mehr ins Haus von Barinelli zurückzukehren, dennoch werde ich das Gefühl nicht los, daß sich vor Stunden bereits gewisse Leute in dieser Stadt auf die Suche nach uns begeben haben. Wenn sie nur einen entsprechend langen Arm haben und überdies in der Hafengegend suchen, könnten wir wie Schurken gefaßt werden. Vielleicht hätte ich dem Kapitän die Gründe für meine Eile darlegen sollen, und sei es nur, damit er sich über unsere Anwesenheit auf dem Schiff zurückhaltend zeigt und zu antworten weiß, sollte es irgendwelchen zweifelhaften Personen in den Sinn kommen, uns hier zu suchen. Ich habe jedoch nicht gewagt, ihn über mein Unglück zu unterrichten, aus Angst, er würde uns nicht mitnehmen.

Die Nacht wird lang werden. Bis wir morgen in der Frühe den Hafen verlassen haben, schreckt mich jedes Geräusch auf. Herr, wie habe ich nur so abweichen können: vom Stand des ehrlichen und angesehenen Kaufmanns in den des Verfemten, ohne je das geringste Verbrechen begangen zu haben?

In diesem Zusammenhang habe ich mich, als ich vor der Kirche mit dem Kapitän Beauvoisin sprach, sagen hören, daß ich mit meinem Diener, meinen Neffen und »meiner Frau« reise. Ja, obgleich ich diesem Betrug seit meiner Ankunft in Konstantinopel ein Ende gesetzt hatte, bringe ich am Tag vor meiner Abreise erneut das Falschgeld in Umlauf, wenn man so sagen will. Und auf gänzlich unbesonnene Weise: Die Leute, in deren Begleitung ich fortan reisen werde, sind nicht die unbekannten Karawanenteilnehmer aus Aleppo, unter ihnen befinden sich Adlige, die meinen Namen kennen und mit denen ich möglicherweise eines Tages zu tun haben werde.

Schon kann der Kapitän Pater Thomas gegenüber erwähnt haben, daß er sich bereit erklärt habe, mich und meine Frau mitzunehmen. Ich kann mir das Gesicht des Geistlichen sehr wohl vorstellen. Gebunden an die Schweigepflicht des Beichtvaters, konnte er die Sache nicht richtigstellen, aber ich kann erahnen, was er gedacht hat.

Was treibt mich dazu, so zu handeln? Einfachere Gemüter würden sagen, es sei bekanntlich die Liebe, die einen um den Verstand bringt. Gewiß, aber es ist nicht nur die Liebe. Es ist auch das Herannahen des schicksalhaften Jahres, dieses Gefühl, daß unsere Handlungen keinerlei Folgen haben werden, daß der Lauf der Dinge unterbrochen werde, daß die Zeit der Strafe nicht mehr komme, daß Gut und Böse, Annehmliches und Unannehmliches sich bald vermischen werden in der gleichen Sintflut und daß die Jäger im gleichen Augenblick sterben werden wie die Gejagten.

Aber es ist Zeit, daß ich das Heft schließe … Das Warten und die Angst haben mich heute abend schreiben lassen, was ich geschrieben habe. Morgen werde ich womöglich etwas ganz anderes schreiben.

Am Montag, dem 30. November 1665

Wenn ich geglaubt hatte, der Morgen würde mir Linderung verschaffen, so bin ich enttäuscht worden, und es fällt mir schwer, vor meinen Gefährten meine Angst zu verbergen.

Der gestrige Tag ist mit Warten verstrichen, und ich hatte Mühe zu erklären, wieso ich an Bord bleibe, wo doch alle anderen Passagiere und Mannschaftsmitglieder den Halt nutzten, um den Markt zu überschwemmen. Die einzige Erklärung, die ich gefunden habe, ist die, daß ich während meines Aufenthaltes mehr Ausgaben hatte als vorgesehen, infolgedessen knapp bei Kasse war und meinen Neffen und ›meiner Frau‹ nicht die Gelegenheit verschaffen wollte, noch mehr Geld auszugeben.

Der Grund für unsere Verspätung ist, daß der Kapitän in der Nacht erfahren hat, der Gesandte Frankreichs, Monsieur de la Haye, sei endlich in Konstantinopel eingetroffen, um die Amtsgeschäfte aufzunehmen, fünf Jahre, nachdem er zur Nachfolge seines Vaters ernannt worden war. Für alle Franzosen dieser Gegend ein großes Ereignis, von dem man sich erhofft, daß es die guten Beziehungen zwischen der Krone Frankreichs und der des Großherrn wiederherstellen würde. Man spricht davon, die Staatsverträge, die Franz I. und der große Selim im vergangenen Jahrhundert unterzeichnet haben, zu erneuern. Unser Kapitän, der Schiffseigner sowie der Sieur Roboly hatten Wert darauf gelegt, bei dem Gesandten vorzusprechen, um ihn willkommen zu heißen und ihm ihre Hochachtung zu bezeugen.

Heute abend meinte ich gehört zu haben, daß der Gesandte aufgrund gewisser Komplikationen noch nicht den Fuß an Land gesetzt hatte, daß die Unterhandlungen mit den Regierungsbehörden des Sultans noch nicht abgeschlossen sind und daß sein Schiff, »Der große Cäsar«, in der Hafeneinfahrt vor Anker lag. Was befürchten läßt, daß wir frühestens morgen abend aufbrechen werden oder sogar erst übermorgen.

Kann es sein, daß unsere Verfolger nicht irgendwann auf den Gedanken kommen, uns im Hafen zu suchen? Unser Glück ist, daß sie uns auf dem Rückweg nach Gibelet auf dem Landweg glauben und daß sie uns eher in der Nähe von Skutari suchen oder auf der Straße nach Ismid.

Es ist ebenfalls denkbar, daß diese Einäugigen mir nur etwas vorgespielt haben, um mich einzuschüchtern und mich zur Zahlung zu zwingen, daß sie indes ebenso wie ich die Schwierigkeiten fürchten, die bei einem Zwischenfall mit ausländischen Staatsangehörigen im Hafen auf sie zukämen, die von den Gesandten und Konsuln gewiß beschützt würden.

Hatem ist wohlbehalten, jedoch mit leeren Händen zurückgekehrt. Er hat nicht zu Barinelli vordringen können, das Haus war vorn wie hinten überwacht. Er hat es nur mit knapper Not geschafft, unserem Gastgeber eine Nachricht zu überbringen und ihn darum zu bitten, unsere Habseligkeiten gut aufzubewahren, bis wir sie wieder abholen könnten.

Ich leide darunter, daß ich mein Heft nicht mehr bei mir habe, und fühle mich wie ein Flegel, der seine intime Schreiberei entblößt sieht. Wird der Schleier, mit dem ich sie bedecke, sie schützen können? Ich sollte nicht allzuviel daran denken noch mich aufregen oder Schuldgefühle hegen. Es ist besser, dem Himmel, meinem guten Stern und vor allem Barinelli zu vertrauen, dem gegenüber ich die größte Zuneigung hege und den ich zu einer solch unredlichen Tat nicht für fähig halten will.

Auf See, am 1. Dezember 1665

Beim Aufwachen die tröstlichste aller Überraschungen: Wir befanden uns nicht mehr im Hafen. Ich hatte eine Nacht mit Übelkeit und Schlaflosigkeit verbracht und erst bei Tagesanbruch Schlaf gefunden, um sodann am hellichten Vormittag mitten auf dem Marmarameer zu erwachen.

Der Grund für die Abreise: Der Sieur Roboly hatte schließlich seine Reise verschoben, um einige Zeit bei dem Gesandten zu verbringen und ihn über die Dinge in Kenntnis zu setzen , die sich während seiner Abwesenheit ereignet hatten, in der Zeit, seitdem er die Vertretung übernommen hatte. So fand unser Schiffseigner es für unnütz, länger zu warten, da er selbst keinerlei Veranlassung hatte, Monsieur de la Haye seine Hochachtung zu bezeugen, was er nur in Begleitung des Sieur Roboly getan hätte.

Sobald ich bemerkte, daß wir abgelegt hatten, ließ meine Übelkeit nach, obschon sie gewöhnlich schlimmer wird, je weiter wir uns vom Hafen entfernen.

Wenn der Wind günstig steht und das Meer ruhig bleibt, werden wir, wie mir gesagt wurde, in weniger als einer Woche

Smyrna erreichen. Aber es ist Dezember, und es wäre höchst verwunderlich, wenn das Meer spiegelglatt bliebe.

Da ich mich jetzt in einer heitereren Gemütsverfassung befinde, werde ich, wie versprochen, erzählen, welcher Vorfall mich dazu bewogen hat, von der Religion abzurücken und vor allem an Wundern zu zweifeln.

Ich sagte, ich hätte im Alter von dreizehn Jahren aufgehört, daran zu glauben. Bis zu jenem Zeitpunkt sah man mich stets auf Knien, einen Rosenkranz in der Hand, inmitten schwarzgekleideter Frauen, und ich wußte die Tugenden aller Heiligen auswendig. Mehr als einmal habe ich die Kapelle von Ephräm aufgesucht, eine bescheidene Zelle, in Stein gehauen, wo einst ein sehr frommer Einsiedler gehaust hat, dessen unzählige Wundertaten noch heute in Gibelet gepriesen werden.

Im Alter von dreizehn Jahren also, bei der Rückkehr von einer Pilgerreise, in meinen Ohren noch eine Litanei von Wundertaten, mußte ich einfach meinem Vater die Geschichte des Lahmen erzählen, der wieder zu Fuß den Berg hinuntergehen konnte, und der Verrückten aus dem Dorf Ibrin, die in jenem Augenblick ihren Verstand wiederfand, als ihre Stirn den kalten Stein berührte, auf dem der Heilige gehaust hatte. Ich war betrübt darüber, wie kühl mein Vater allen Glaubensdingen gegenüberstand, vor allem, nachdem eine fromme Frau aus Gibelet mir anvertraut hatte, daß meine Mutter so früh gestorben war – ich war vier Jahre alt und sie kaum zwanzig –, weil an ihrem Krankenbett nicht mit der nötigen Inbrunst gebetet worden sei. Dies nahm ich meinem Vater übel und wollte ihn auf den rechten Weg zurückführen.

Er lauschte meinen erbaulichen Geschichten und zeigte weder Zweifel noch Erstaunen. Sein Gesicht war undurchdringlich, und er schüttelte nur den Kopf. Als ich ausgeredet hatte, erhob er sich, klopfte mir leicht auf die Schulter und ging in sein Zimmer, um ein Buch zu holen, das ich mehr als einmal in seinen Händen gesehen hatte.

Er legte es neben die Lampe auf den Tisch und begann mir auf griechisch verschiedene Geschichten vorzulesen, die allesamt von Wunderheilungen berichteten. Er unterließ es, hinzuzufügen, welcher Heilige die Wunder vollbracht hatte, damit ich es, wie er sagte, erraten könne. Das Spiel gefiel mir. Ich fühlte mich hinlänglich in der Lage, den Stil der Wundertäter zu erkennen. Der heilige Arsenius vielleicht? Oder Bartholomäus? Oder Simeon, der Stylit? Oder womöglich Proserpina? Ich würde es erraten!

Die faszinierendste Erzählung, die mich sogar ein Halleluja ausstoßen ließ, erzählte von einem Mann, dessen Lunge von einem Pfeil durchbohrt worden war, der nun feststeckte. Nachdem er eine Nacht bei dem Heiligen verbracht hatte, träumte er davon, daß dieser ihn berührt habe, und am nächsten Morgen war er geheilt. Seine rechte Hand war geschlossen, und als er sie öffnete, fand er darin das Ende des Pfeils, der in seinem Körper gesteckt hatte. Die Geschichte mit dem Pfeil ließ mich glauben, daß es sich um den heiligen Sebastian handeln könnte. Nein, sagte mein Vater. Ich bat ihn, mich erneut raten zu lassen. Aber er wollte das Spiel nicht länger mitspielen und verkündete mir kurz, daß der Wunderheiler Äskulap sei. Ja, Äskulap, der griechische Gott der Medizin, in seinem Heiligtum Epidauros, das über Jahrhunderte hinweg unzählige Pilger aufgesucht hatten. Das Buch, in dem sich diese Geschichten befanden, war das berühmte *Periegesis oder die Beschreibung Griechenlands*, geschrieben von Pausanias im zweiten Jahrhundert unserer Zeitrechnung.

Als mir mein Vater enthüllte, worum es sich handelte, wurde ich bis in die Tiefen meines Glaubens erschüttert.

»Das sind doch Lügen, nicht wahr?«

»Ich weiß es nicht. Vielleicht sind es Lügen. Aber die Leute haben so fest daran geglaubt, daß sie Jahr für Jahr zurückkehrten und im Tempel des Äskulap Heilung suchten.«

»Diese Götzen können doch keine Wunder vollbringen!«

»Gewiß. Du mußt recht haben.«

»Und du, glaubst du daran?«

»Ich habe nicht die geringste Ahnung.«

Er erhob sich und stellte Pausanias' Buch dahin zurück, wo er es hergeholt hatte.

Seit diesem Tag habe ich mich nicht wieder auf Pilgerreise zur Kapelle von Ephräm begeben, auch habe ich kaum noch gebetet, ohne indes ein wahrhaft Ungläubiger geworden zu sein. Heute betrachte ich alles, was betet und kniet, mit dem gleichen Blick wie mein Vater, nüchtern, distanziert, weder respektvoll noch verächtlich, bisweilen beunruhigt, aber frei von jeglicher Selbstgewißheit. Und ich will gern glauben, daß der Schöpfer von all seinen Geschöpfen jene vorzieht, die es verstanden haben, frei zu werden. Ist ein Vater nicht zufrieden, wenn er sieht, wie seine Söhne den Kinderschuhen entwachsen, um Männer zu werden, auch wenn die ihnen gewachsenen Krallen ihn ein wenig kratzen? Weshalb sollte Gott als Vater weniger wohlwollend sein?

Auf See, am Mittwoch, dem 2. Dezember

Wir haben die Dardanellen passiert und segeln nun gen Süden. Das Meer ist ruhig, und ich spaziere über die Brücke, Marta am Arm, die wie eine Dame aus Frankreich aussieht. Die Seeleute betrachten sie flüchtig, gerade so lange, um mich spüren zu lassen, in welchem Maße sie mich beneiden, und dennoch verhalten sie sich so respektvoll, daß ich Stolz über ihre Haltung empfinde, ohne eifersüchtig zu werden.

Tag für Tag habe ich mich mehr an ihre Gegenwart gewöhnt, so daß ich sie kaum noch »die Witwe« nenne, als sei dieser Spitzname ihrer nicht länger würdig. Dennoch ist es das Ziel unserer Reise nach Smyrna, den Beweis für ihr Witwentum zu erhalten. Sie ist überzeugt davon, Genugtuung zu erlangen; ich hingegen bin skeptischer. Ich fürchte, daß wir einmal mehr in die Hände käuflicher Staatsdiener geraten, die uns, Piaster um Piaster, alles Geld, das uns noch bleibt, aus der Tasche ziehen. In diesem Fall wäre es besser, auf Hatems Rat zu hören und eine gefälschte Sterbeurkunde zu erwerben. Ich mag diese Lösung noch immer nicht, aber ich schließe sie als letzten Ausweg nicht aus, sollten alle anderen, ehrlichen Wege versagen. Es ist jedenfalls unmöglich, daß ich ohne die Frau, die ich liebe, nach Gibelet zurückkehre, und es ist offensichtlich, daß wir nicht gemeinsam in unser Land zurückkehren können ohne ein Schriftstück, ob echt oder gefälscht, das uns gestattet, unter dem gleichen Dach zu leben.

Vielleicht habe ich es auf diesen Seiten noch nicht klar genug gesagt, ich bin verliebter, als ich es je in meiner Jugend war. Nicht daß ich alte Wunden wieder aufreißen wollte, die tief sind und trotz der verstrichenen Jahre noch nicht ganz verheilt – ich möchte nur sagen, daß meine erste Ehe mir aufgezwungen war, während die, die ich mit Marta anstrebe, eine Ehe der Liebe sein wird. Mit neunzehn Jahren eine Vernunftehe und mit vierzig eine Liebesheirat? So ist mein Leben nun einmal verlaufen, ich will nicht klagen, zu sehr verehre ich ihn, über den ich klagen müßte, und kann ihm nicht vorwerfen, daß er den Wunsch hatte, mich mit einer Genuesin zu verheiraten. Denn meine Vorfahren haben immerzu Frauen aus Genua geheiratet, um Sprache, Sitten und die Bindung an die Heimat zu bewahren. Darin hatte mein Vater nicht unrecht, und ich hätte ihn ohnehin unter keinen Umständen verstimmen wollen. Unser Unglück war, daß wir auf Elvira verfielen.

Sie war die Tochter eines genuesischen Kaufmanns aus Zypern, sie war sechzehn, und ihr Vater war wie meiner der Überzeugung, es sei ihre Bestimmung, meine Frau zu werden. Ich war im Grunde der einzige junge Genuese in diesem Teil der Welt, und unsere Verbindung schien der Ordnung der Dinge zu entsprechen. Doch hatte sich Elvira selbst schon einem jungen Mann aus Zypern versprochen, einem Griechen, den sie über alles liebte und von dem ihre Eltern sie mit allen Mitteln abbringen wollten. In mir sah sie vom ersten Tag an einen Verfolger oder zumindest einen Verbündeten ihrer Verfolger, obschon ich ebenso zu der Heirat gezwungen wurde wie sie. Folgsamer, argloser, neugierig auf die Freuden, die man mir als die höchsten pries, belustigt über das Ritual der Festlichkeiten, doch den gleichen väterlichen Befehlen gehorchend.

Zu stolz, um sich zu unterwerfen, zu verliebt in den anderen, um mich anzuhören oder anzusehen oder anzulächeln, war Elvira für mich ein trauriger Lebensabschnitt, der einzig durch ihren verfrühten Tod verkürzt wurde. Ich wage kaum zu sagen, daß ich darüber Erleichterung verspürte. Nichts, was mit ihr zusammenhing, weckt bei mir Erleichterung, Frieden oder Freude. Das ganze Mißgeschick hat in mir nur eine hartnäckige Voreingenommenheit gegen die Ehe und ihre Zeremonien hinterlassen, und gegen Frauen im allgemeinen. Mit zwanzig war ich Witwer geworden, und ich hatte mich damit abgefunden, es zu bleiben. Wäre ich dem Gebet mehr zugeneigt gewesen, so wäre ich in ein Kloster gegangen. Allein die Umstände dieser Reise haben mein verwurzeltes Mißtrauen wieder in Frage gestellt. Doch auch wenn ich die Gesten der Gläubigen nachzuahmen verstehe, so bleibe ich doch, auch auf diesem Gebiet, ein Mensch, der an allem zweifelt …

Wie betrüblich es ist, mir diese alte Geschichte in Erinnerung zu rufen! Wann immer ich daran denke, gibt es mir einen Stich ins Herz. Die Zeit hat daran nichts geändert, oder nur wenig …

Am Sonntag, dem 6. Dezember

Seit drei Tagen Sturm, Nebel, Donnergrollen, windgepeitschte Regengüsse, Übelkeit, Schwindel. Meine Beine versagen mir den Dienst wie die eines Betrunkenen. Ich suche Halt an den Holzwänden, an den vorüberziehenden Gespenstern. Ich stolpere über einen Eimer, zwei fremde Arme stellen mich wieder auf die Füße, im nächsten Augenblick falle ich am gleichen Ort erneut. Warum bin ich nicht zu Hause geblieben, in der Beschaulichkeit meines Ladens, friedlich Zahlenreihen in meine Kaufmannsbücher schreibend? Welcher Irrsinn hat mich zu dieser Reise bewogen? Welcher Irrsinn vor allem hat mir eingegeben, mich auf das Meer zu wagen?

Nicht, weil er von der verbotenen Frucht gekostet hat, hat der Mensch den Schöpfer verärgert, sondern indem er sich aufs Meer wagte! Wie anmaßend von ihm, sich so mit Schiff und Ladung in die brodelnde Unermeßlichkeit zu stürzen, seinen Weg über den Abgrund zu nehmen und mit dem Ende der Ruderblätter den Rücken der verborgenen Ungeheuer zu kratzen, Behemoth, Rahab, Leviathan, Abaddon, Schlangen, Tiere, Drachen! Hierin liegt der unersättliche Hochmut des Menschen, seine Sünde, die sich fortwährend, allen Strafen zum Trotz, wiederholt.

Eines Tages, sagt die Apokalypse, lange nach dem Ende der Welt, wenn das Böse endlich besiegt sein wird, wird das Meer nicht länger flüssig sein, es wird nur mehr ein gläserner Kontinent sein, den man trockenen Fußes überqueren kann. Keine Stürme mehr, keine Ertrinkenden, keine Übelkeit. Nichts als ein riesiger blauer Kristall.

Unterdessen bleibt das Meer Meer. Am heutigen Sonntag erleben wir einen Augenblick der Ruhe. Ich habe mir saubere Kleider übergezogen und konnte diese wenigen Zeilen schreiben. Doch ein schwarzer Schleier verhüllt erneut die Sonne, die Stunden vermischen sich, und auf unserer stolzen Karake werden Seeleute wie Passagiere gleichermaßen unruhig.

Gestern im schlimmsten Sturm kam Marta zu mir, um sich an mich zu schmiegen. Ihr Kopf auf meiner Brust und ihre Hüfte an meine gepreßt. Die Angst war zu einer Verbündeten geworden, einer Freundin, und der Nebel ein liebenswürdiger Wirt. Wir hielten uns gegenseitig fest, begehrten uns, vereinigten unsere Lippen, und die Leute rannten um uns herum, ohne uns zu bemerken.

Am Dienstag, dem 8.

Nachdem es am Sonntag kurz aufgeklart hatte, befinden wir uns wieder inmitten des Unwetters. Ich weiß nicht, ob Unwetter das richtige Wort ist, diese Erscheinung ist derart seltsam ... Der Kapitän erzählt mir, daß er in seinen sechsundzwanzig Jahren der Seefahrt auf allen Meeren bisher nichts Vergleichbares erlebt hat. Jedenfalls nicht in der Ägäis. Diese Art klebrigen Nebels, der festhängt und den der Wind nicht vertreibt. Die Luft hat sich verdichtet und aschgrau gefärbt.

Unser Schiff wird unentwegt geschüttelt, gestoßen, geschaukelt, doch es kommt nicht voran. Als wäre es auf einer Gabel aufgespießt. Ich habe plötzlich das Gefühl, nirgendwo zu sein und nirgendwohin zu gelangen. Die Menschen um mich herum bekreuzigen sich unentwegt, und ihre Lippen bewegen sich. Ich sollte keine Angst haben, aber ich fürchte mich wie ein Kind in einem Holzhaus bei Nacht, wenn die letzte Kerze erloschen ist und die Planken knarren. Mit den Augen suche ich Marta. Sie sitzt da mit dem Rücken zum Meer und wartet darauf, daß ich aufhöre zu schreiben. Mich drängt es danach, mein Schreibzeug wegzuräumen, um ihre Hand zu ergreifen und sie lange in der meinen zu halten wie in jener Nacht im Dorf des Schneiders, wo wir im gleichen Bett geschlafen haben. Damals war sie noch ein Eindringling auf meiner Reise, jetzt ist sie mir ein Kompaß. Die Liebe ist stets ein Eindringen. Der Zufall wird zu Fleisch, die Leidenschaft zu Vernunft.

Der Nebel verdichtet sich noch mehr, und in meinen Schläfen pulsiert das Blut.

Am Mittwoch, dem 9.

Es ist Mittag, und es herrscht Dämmerlicht, aber das Meer wirft uns nicht mehr hin und her. Auf dem Schiff ist alles friedlich, die Menschen müssen sich nicht mehr anschreien, wenn sie sich etwas sagen wollen, sie sprechen mit leiser und furchtsamer Stimme, als befänden sie sich in der Nähe eines Königs. Sturmvögel fliegen tief über unseren Köpfen, mit schwarzem Gefieder, ich kenne ihre Namen nicht, und sie stoßen widerwärtige Schreie aus.

Ich habe Marta beim Weinen überrascht. Sie wollte mir den Grund nicht nennen und gab vor, es sei lediglich aufgrund der Erschöpfung und der Ängste der Reise. Als ich nicht nachließ, gestand sie schließlich:

»Seit wir den Hafen verlassen haben, sagt mir etwas, daß wir nie in Smyrna ankommen werden.«

Eine Vorahnung? Das Echo ihrer Angst und all ihres Unglücks?

Ich brachte sie rasch zum Schweigen, legte sofort meine Hand auf ihren Mund, als könnte ich ihre Worte im nachhinein daran hindern, zu den Ohren des Himmels vorzudringen. Ich habe sie angefleht, nie wieder einen solchen Satz auf einem Schiff auszusprechen. Ich hätte sie nicht zum Sprechen bringen sollen. Doch – Herr! – wie hätte ich ahnen können, daß sie in diesem Maße von Aberglauben frei war? Ich weiß nicht, ob ich sie dafür bewundern oder ob ich darüber erschreckt sein soll.

Hatem und Habib flüstern unentwegt miteinander, bald ernst, bald belustigt, und verstummen, sobald ich an ihnen vorbeikomme.

Bumeh hingegen ist von morgens bis abends auf der Brücke, in unergründliches Nachdenken vertieft. Schweigsam, in Gedanken versunken, auf den Lippen dieses milde Lächeln, das kein Lächeln ist. Sein Flaumbart ist noch immer spärlich, während sich sein jüngerer Bruder schon seit drei Jahren rasiert. Vielleicht sieht er nicht genug nach den Frauen. Er sieht im übrigen nach nichts, weder nach Männern, Pferden noch nach Äußerlichkeiten. Er kennt nur das Leder der Bücher. Mehrmals ist er direkt an mir vorbeigegangen, ohne mich zu sehen.

Doch am Abend kam er, um mir ein Rätsel aufzugeben:

»Kennst du die sieben Kirchen der Apokalypse?«

»Ich habe ihre Namen schon gelesen, da wären Ephesus und Philadelphia und Pergamon, glaube ich, und Sardes und Thyatira …«

»Das ist sie, Thyatira, die hatte ich vergessen.«

»Warte, das sind erst fünf!«

Doch ohne zu warten, begann mein Neffe zu zitieren, als spreche er nur zu sich: »Ich bin Johannes, euer Bruder. Gemeinsam leiden wir, gemeinsam hoffen wir geduldig auf das Reich, verbunden durch Jesus. Ich bin gerade auf der Insel Patmos, um Gottes Wort zu verkünden und von Jesus Zeugnis abzulegen. Am Sonntag kam der Heilige Geist über mich, und ich hörte hinter mir eine Stimme, laut wie eine Trompete, die sagte: Schreibe alles, was du siehst, in eine Buchrolle und schicke sie an die sieben Gemeinden: nach Ephesus, Smyrna, Pergamon, Thyatira, Sardes, Philadelphia und Laodizea.«

Herr! Wie konnte ich Smyrna vergessen?

Am Freitag, dem 11.

Martas Vorahnung hat sich nicht bewahrheitet, wir haben Smyrna erreicht.

Da ich wieder festen Boden unter den Füßen habe, kann ich endlich wieder schreiben, ohne daß meine Hand zittert: Auch ich hatte während der ganzen Überfahrt die gleiche Empfindung wie sie. Mehr noch als eine Empfindung, eine schreckliche Gewißheit. Und meine Eingeweide zogen sich zusammen, was ich vor den anderen mutig zu verbergen suchte. Jawohl, ich hatte das Gefühl, mich auf meine letzte Reise begeben zu haben. Vielleicht ist es ja nach allem meine letzte Reise, doch war sie nicht vor Smyrna zu Ende. Ich fragte mich nur, wie das Ende sein würde. Zu Beginn, als der Sturm losbrach, hatte ich mir eingeredet, daß wir ertrinken würden, sodann, je mehr sich das Meer und der Himmel beruhigten und gleichzeitig immer düsterer wurden, wurden meine Ängste unklarer, weniger deutlich. Ich hatte nicht mehr die gewöhnlichen Ängste aller Schiffsreisenden, ich suchte nicht den Horizont nach Piraten, Gewittern oder bekannten Ungeheuern ab, ich fürchtete nicht das Feuer, die Epidemie, nicht Strömungen oder über Bord zu gehen. Es gab keinen Horizont mehr. Nichts als diese fortwährende Dämmerung, nichts als diesen klebrigen Nebel, diese tiefe Wolke des Weltuntergangs.

Ich bin davon überzeugt, daß alle Reisegefährten meine Empfindung geteilt haben. Ich erriet es an ihren Blicken, den Blicken ungläubig Verdammter, und an ihrem Gemurmel. Ich habe ebenfalls gesehen, mit welcher Hast sie das Schiff verlassen haben.

Gottlob befinden wir uns jetzt auf dem Boden von Smyrna. Wohl herrscht noch Dämmerung, aber die Dämmerung zu ihrer rechtmäßigen Zeit. Seit wir in die Bucht gesegelt sind, hat sich der Himmel aufgehellt. Morgen werden wir die Sonne sehen.

In Smyrna, am Samstag, dem 12. Dezember 1665

Wir haben in einem Kapuzinerkloster übernachtet, und ich habe von einem Schiffsuntergang geträumt. Solange ich auf dem Meer gewesen war, hatte ich meine Tage in Angst verbracht, doch nach dem Einschlafen träumte ich mich auf festem Boden, in meinem Haus in Gibelet.

Die Geistlichen haben uns höflich, jedoch ohne große Eilfertigkeit, aufgenommen. Ich hatte mich indes auf Pater Thomas de Paris berufen, etwas zu Unrecht, wie ich gestehe. Gleichwohl, wenn ich ihn um ein Empfehlungsschreiben gebeten hätte, hätte er es mir ausgestellt. Doch die Ereignisse haben sich so sehr überstürzt, daß ich ihn nicht einmal über meine bevorstehende Abreise unterrichten konnte. Ich wollte nicht, daß meine Verfolger in Konstantinopel, sollten sie die Kirche aufsuchen, von ihm erfahren würden, wohin ich aufgebrochen war. Gewiß hätte ich ihn bitten können, nichts zu sagen, doch dann hätte ich ihm erklären müssen, weshalb ich verfolgt wurde, und ihn zum Lügen verleiten, damit er mich beschützte … Kurz, ich bin ohne Empfehlung gekommen und habe vorgegeben, im Besitz einer solchen zu sein. Ich habe Pater Thomas sogar »meinen Beichtvater« genannt, eine Bezeichnung, die mitnichten unwahr ist, obschon ein wenig mißbräuchlich und prahlerisch.

Doch das ist es nicht, wovon ich heute vor allem erzählen möchte. Ich wollte die Reihenfolge in meinen Notizen einhalten und zunächst von der vergangenen Nacht und von meinem Traum erzählen, bevor ich zum Wesentlichen komme, zu den seltsamen Dingen, die sich in dieser Stadt ereignen und die mir von allen Seiten zugetragen werden. Meine Quellen sind zahlreich. Die wichtigste davon ist ein sehr alter Kapuzinermönch, der Pater Jean-Baptiste aus Douai, der seit zwanzig Jahren in der Levante lebt und davor fünfzehn Jahre in Genua verbracht hat, wonach er eine gewisse Sehnsucht verspürt und das er verehrt, als wäre er dort geboren. Er fühlt sich geschmeichelt, daß er mit einem Nachkömmling der ruhmreichen Embriaci plaudern darf, und öffnet mir sein Herz, als kennte er mich seit seiner Kindheit. Doch ich stütze mich in meinem Bericht auf weitere Fremde, die ich heute kennengelernt habe, sowie auf die Leute aus diesem Land.

Es wird allseits behauptet, daß sich ein Mann dieser Stadt, ein Jude mit Namen Sabbatai oder Shabtai oder auch Shabethai, als Messias ausgibt und daß er das Ende der Welt für 1666 vorausgesagt hat, mit genauem Datum im Monat Juni, wie ich glaube. Am seltsamsten ist, daß die Mehrzahl der Bewohner Smyrnas, auch die Christen und Türken und sogar diejenigen, die sich über ihn lustig machen, davon überzeugt zu sein scheinen, daß seine Vorhersage eintreten wird. Bis hin zu Pater Jean-Baptiste in Person, der die Meinung vertritt, das Auftauchen falscher Messiasse sei gerade ein Zeichen für das unmittelbar bevorstehende Ende der Zeiten.

Mir wird erzählt, daß die Juden nicht länger arbeiten wollen, daß sie ihre Tage im Gebet verbringen und mit rituellem Fasten. Ihre Läden sind geschlossen, und die Reisenden haben große Mühe, einen Geldwechsler zu finden. Ich habe dies weder heute noch gestern abend überprüfen können, da sie ihren Sabbat haben, aber ich werde es morgen sehen, an unserem Tag des Herrn, der nicht der Tag des Herrn der Juden ist und auch nicht der der Türken. Ich werde ihr Viertel aufsuchen, das am Hang des Hügels liegt, hin zu dem alten Schloß, während die Fremden, die hier vor allem Engländer und Holländer sind, am Wasser wohnen, beiderseits der Straße, welche sich am Hafen entlangzieht. So werde ich mit eigenen Augen sehen können, ob man mir die Wahrheit erzählt hat.

Am 13. Dezember 65

Die Juden sprechen von einem Wunder, und für mich, der ich stets in einem osmanischen Land gelebt habe, ist es eins: Ihr angeblicher Messias ist wohlbehalten und unversehrt, ich habe ihn mit eigenen Augen auf die Straße treten sehen und aus vollem Halse singen hören! Heute morgen freilich hatten ihn alle totgesagt.

Er war zum Kadi vorgeladen worden, der in Smyrna das Gesetz vertritt und dessen Aufgabe es ist, mit größter Strenge vorzugehen, sobald die öffentliche Ordnung bedroht ist. Nun ist das, was sich in Smyrna ereignet, für die Obrigkeiten mehr als eine Bedrohung, es ist eine unerhörte Herausforderung, um nicht zu sagen eine Beleidigung. Kein Mensch arbeitet mehr. Nicht nur die Juden. In dieser Stadt, die zu jener mit den meisten fremden Kaufleuten gehört, ist nichts mehr zu kaufen oder zu verkaufen. Die Lastträger am Hafen wollen die Ware nicht länger aus- oder einladen, die Kaufläden und Handwerksstätten sind geschlossen, und die Menschen versammeln sich auf den Plätzen, um über das Ende der Zeiten und die Zerstörung der Reiche zu reden. Es heißt, Abordnungen kommen aus aller Herren Länder, um sich jenem Sabbatai vor die Füße zu werfen, den seine Anhänger nicht allein Messias nennen, sondern auch König der Könige.

Ich rede von ›seinen Anhängern‹ und nicht von ›den Juden‹, denn diese sind zutiefst gespalten. Die meisten glauben, daß er sehr wohl der Erwartete, von den Propheten Angekündigte ist, einige Rabbiner indes sehen in ihm einen Betrüger, einen Kirchenschänder, da er es sich herausnimmt, den Namen Gottes laut und deutlich auszusprechen, was den Juden untersagt ist. Seine Anhänger behaupten, daß einem Messias nichts versagt sein kann und daß diese Gesetzesübertretung gerade das Zeichen dafür ist, daß jener Sabbatai nicht ein Gläubiger wie alle anderen ist. Der Streit zwischen diesen beiden Gruppen dauert bereits seit Monaten an, wie es scheint, ohne daß die Angelegenheit über ihre Gemeinde hinaus bekannt wurde. Doch vor wenigen Tagen hat die Auseinandersetzung eine neue Wendung genommen. Auf der Straße ist es zu öffentlichen Auseinandersetzungen gekommen, Juden haben anderen Juden vorgeworfen, Ungläubige zu sein, im Beisein von Christen und Türken, die nicht begriffen, worum es ging.

Und gestern ist es in einer großen Synagoge, die hier die portugiesische Synagoge genannt wird, zur Stunde des Gebets zu einem schwerwiegenden Zwischenfall gekommen. Die Gegner Sabbatais hatten sich in der Synagoge versammelt und wollten ihm den Einlaß verwehren. Doch er kam, umgeben von seinen Anhängern, und fing an, mit der Axt die Tür des Gebäudes einzuschlagen. Aufgrund dieses Zwischenfalls hat der Kadi beschlossen, ihn vorzuladen. Ich habe diese Sache heute morgen zu früher Stunde von Pater Jean-Baptiste erfahren, der sich für diese Ereignisse besonders interessiert. Er war es auch, der mich ermutigt hat, vor der Residenz des Kadis zu warten, um Sabbatais Ankunft beizuwohnen und ihn sodann über das Gesehene zu informieren. Ich habe mich nicht lange bitten lassen, meine Neugier wird von Tag zu Tag größer, und ich empfinde es nahezu als ein besonderes Vorrecht, auf diese Weise Zeuge derart wichtiger Umwälzungen zu werden. Ein Vorrecht, aber auch –

weshalb fürchte ich weiterhin dieses Wort? – ein Zeichen. Ja, ein Zeichen. Wie sollte ich das, was geschieht, anders nennen? Ich habe Gibelet wegen der Gerüchte über das Jahr des Tieres verlassen und wurde unterwegs unvermittelt von einer Frau eingeholt, der man stets von Smyrna erzählt hat, weil an ebenjenem Ort ihr Ehemann zuletzt gesehen worden sein soll! Aus Liebe zu ihr befinde ich mich in dieser Stadt, und jetzt stelle ich fest, daß hier und jetzt das Ende der Welt verkündet wird. Uns trennen nur noch wenige Tage vom Jahr 1666, und ich bin im Begriff, meine Zweifel zu verlieren wie andere ihren Glauben. Aufgrund eines falschen Messias, wird man mich fragen? Nein, aufgrund dessen, was ich heute gesehen habe und was ich mit meinem Verstand nicht mehr zu fassen vermag.

Die Residenz des Kadis läßt sich kaum mit dem Palast in Konstantinopel vergleichen, doch ist er von weitem das imposanteste Bauwerk in ganz Smyrna. Drei Etagen mit zierlichen Arkaden, ein Portal, durch das man mit gesenktem Haupt eintritt, und ein weiträumiger Garten, in dem die Pferde der Wachposten weiden. Denn der Kadi ist nicht allein Richter, er ist auch stellvertretender Statthalter. Und wie der Sultan Gottes Schatten auf Erden ist, so ist der Kadi der Schatten des Sultans in der Stadt. Sein Amt ist es, die Untertanen in Furcht zu halten, seien es Türken, Armenier, Juden oder Griechen, seien es Fremde. Es vergeht nicht eine Woche, in der nicht ein Mann gemartert, gehängt, gepfählt, enthauptet oder, so es sich um eine Person von hohem Rang handelt und die Pforte entsprechend entschieden hat, respektvoll erdrosselt wird. Und so halten sich die Leute niemals lange neben der Residenz des Kadi auf.

Und heute morgen, während sich die Gaffer in Scharen in der Umgebung herumtrieben, hatten sie sich doch in den Gäßchen des Viertels verstreut, lauernd und bereit, sich beim ersten Alarm davonzumachen, unter ihnen zahlreiche Juden mit roten Kappen, die sich eifrig und leise unterhielten, aber auch zahlreiche fremde Kaufleute, die wie ich gekommen waren, um der Szene beizuwohnen.

Plötzlich lautes Geschrei. »Da ist er!« sagte Hatem und zeigte auf einen Mann mit rotem Bart, der in einen langen Mantel gekleidet war und eine Kopfbedeckung trug, die mit Edelsteinen verziert war. Ihm auf dem Fuß folgten rund fünfzehn seiner Anhänger, während ihm wohl hundert weitere Menschen in einigem Abstand hinterhergingen. Er lief gemäßigten, aber entschlossenen Schrittes, wie es sich für einen Würdenträger geziemt, und fing plötzlich an, laut zu singen und dabei die Arme zu schwenken, als wolle er der Menge eine Ansprache halten. Ein paar seiner Gefolgsleute begannen gleich zu singen, aber ihre Stimmen waren zu leise, man hörte nur seine. Weitere Juden um uns herum lächelten zufrieden, während sie gleichzeitig die kleine Gruppe von Janitscharen im Auge behielten, die Wache standen. Sabbatai ging dicht an ihnen vorbei, ohne sie zu beachten und weiterhin lauthals seine Gesänge anstimmend. Ich war davon überzeugt, daß sie ihn ergreifen, ihn mißhandeln würden, doch sie begnügten sich mit einem breiten, belustigten Grinsen, als wollten sie sagen: »Wir werden sehen, aus welcher Kehle du singen wirst, sobald der Kadi die Strafe verhängt hat!«

Das Warten zog sich hin. Viele Juden beteten und bewegten dabei den Oberkörper vor und zurück, einige weinten sogar. Was die europäischen Kaufleute betraf, so zeigten sich einige besorgt, andere blickten belustigt oder verächtlich, jeder nach seiner Art. Sogar innerhalb unserer kleinen Gruppe waren nicht alle einer Meinung. Bumeh strahlte förmlich, stolz darauf, mitzuerleben, daß die Wendung der Ereignisse von nun an seine Vorhersagen für das kommende Jahr bestätigten. Als hätte er sich mit seinem Scharfsinn das Recht auf eine bevorzugte Behandlung in der Stunde der Apokalypse erworben! Sein Bruder hatte indessen den falschen Messias und die Apokalypse völlig vergessen und war einzig damit beschäftigt, zu einem jüdischen Mädchen hinüberzuschielen, das wenige Schritte von uns entfernt unbekümmert an einer Mauer lehnte und sich über seinen Fuß beugte, von dem es den Schuh abgestreift hatte. Von Zeit zu Zeit wirft sie meinem Neffen einen Blick zu und lächelt, wobei sie ihre untere Gesichtshälfte bedeckt. Ein Mann vor ihr, der ihr Ehemann oder auch ihr Vater sein könnte, dreht sich bisweilen um, die Stirn in Falten gelegt, als ahne er etwas, ohne indes etwas zu sehen. Nur Hatem folgt wie ich den galanten Bemühungen, von denen alle Beteiligten bereits im Vorfeld wissen, daß sie zu nichts führen werden, doch es scheint das Herz sich bisweilen von seinen eigenen Wünschen zu nähren und sich gar zu leeren, wenn es diese befriedigt.

Marta hingegen empfand für den Mann, der zu seiner Verurteilung schritt, viel Mitleid, sie drehte sich zu mir, um sich zu erkundigen, ob ihr Ehemann nicht vor den gleichen Richter von Smyrna und in das gleiche Gebäude geführt worden war, bevor er gehängt wurde. Leise fügte sie hinzu: »Gott sei ihm gnädig!« Während sie wie auch ich bei sich denken mußte: ›Wenn wir nur den Beweis dafür erlangen!‹

Plötzlich weiteres Geschrei: Der Verurteilte ist zurück! Und nicht verurteilt, er ist als freier Mann herausgekommen, gefolgt von den Seinen, und als diejenigen, die auf ihn warteten, ihn sahen, wie er lächelte und Zeichen gab, fingen sie an zu schreien: »Die rechte Hand des Ewigen hat seine Macht zerschlagen!« Sabbatai antwortete ihnen mit ähnlichen Worten und fing dann wieder an zu singen, wie bei seiner Ankunft, doch dieses Mal wagten weit mehr Stimmen, einzufallen, ohne indes seine zu übertönen. Denn er schrie sich die Lunge aus dem Leib, und sein Gesicht war hochrot gefärbt.

Die Janitscharen, die Wache hielten, wußten nichts zu sagen. In normalen Zeiten wären sie längst mit erhobenem Säbel eingeschritten. Doch dieser Mann kam als freier Mann vom Richter zurück, wie sollten sie ihn festnehmen? Sie würden sich selbst des Ungehorsams schuldig machen. Sie entschieden sich daher, nicht einzugreifen, und beschlossen sogar, auf Anordnung ihres Befehlshabers, in den Schutz des Palastgartens zurückzukehren. Dieser Rückzug wirkte sich sogleich auf die Menge aus. Auf hebräisch oder auf spanisch fing man an zu schreien: »Es lebe der König Sabbatai!« Sodann setzte man sich in Bewegung, zog gemeinsam ins jüdische Viertel und sang dabei lauter und immer lauter. Seitdem ist die ganze Stadt in Aufruhr.

Ein Wunder, habe ich gesagt? Ja, ein Wunder, wie sonst sollte ich die Sache nennen? In diesem Land sind Köpfe gerollt für dreißigmal geringere Vergehen als dieses, welches ich heute gesehen habe! Bis nach Einbruch der Nacht Menschengruppen, die in alle Richtungen ziehen und die Bewohner aller Glaubensrichtungen bald zur Freude, bald zur Buße und zum Fasten aufrufen! Unter Verkündung der Ankunft neuer Zeiten, denen der Auferstehung. Sie nennen das kommende Jahr nicht das ›Jahr des Tieres‹, sondern das »Jubeljahr«. Aus welchem Grund? Ich weiß es nicht. Deutlich scheint hingegen, daß sie glücklich sind zu erleben, wie die Zeiten zu Ende gehen, die ihnen, wie sie sagen, nichts als Demütigungen, Verfolgungen und Leid gebracht haben. Aber wie wird die Zukunft aussehen? Die Zeit nach dem Ende der Welt? Müssen wir zunächst allesamt durch eine Katastrophe ums Leben kommen, damit die Auferstehung erfolgen kann? Oder wird sie nur der Anfang einer neuen Ära sein, eines neuen Königreiches, des Reiches Gottes auf Erden, nachdem alle menschlichen Herrschaftsformen Jahrhundert über Jahrhundert ihre Ungerechtigkeit und ihre Verderbtheit unter Beweis gestellt haben?

Heute abend in Smyrna hat jedermann das Gefühl, daß dieses Königreich vor den Toren steht und daß alle anderen, darunter das des Sultans, hinweggefegt würden. Ist das der Grund, weshalb der Kadi Sabbatai in Freiheit ziehen ließ? Strebt er danach, den Herrscher von morgen zu schonen, wie es die hohen Würdenträger so häufig tun, wenn sie spüren, daß der Wind dreht? Ein englischer Kaufmann hat mir heute im einvernehmlichen Ton erzählt, daß die Juden dem Richter eine größere Summe gezahlt haben, damit er ›ihren König‹ unversehrt ziehen läßt. Es fällt mir schwer, dies zu glauben. Erführe die Hohe Pforte von dem, was heute in Smyrna vorgefallen ist, würde der Kopf des Kadis rollen! Kein besonnener Mann würde ein solches Risiko auf sich nehmen! Soll ich eher glauben, was mir ein jüdischer Kaufmann erzählt hat, der gerade aus Ancona angekommen ist, nämlich daß der türkische Richter in der Gegenwart Sabbatais von einem wundersamen Licht geblendet wurde und am ganzen Körper zu zittern anfing, nachdem er ihn zunächst, ohne sich zu erheben, empfangen und sich in herablassendem Ton an ihn gewandt hatte, daß er ihn dann aber zum Ausgang begleitete, ihm huldigte und ihn schließlich anflehte, ihm sein anfängliches Verhalten nachzusehen. Auch das zu glauben, fällt mir schwer. Ich bin verwirrt, und nichts von dem, was ich höre, findet meine Zustimmung.

Vielleicht sehe ich morgen klarer.

Am Montag, dem 14. Dezember 1665

Auch heute bin ich versucht, von einem Wunder zu sprechen, doch ich möchte das Wort nicht allzusehr abnutzen, indem ich es in seiner gewöhnlichen Bedeutung verwende. Deshalb spreche ich lieber von etwas Unerwartetem, etwas Unvorhergesehenem oder einer glücklichen Fügung: Ich habe in den Straßen von Smyrna den Mann getroffen, mit dem ich mich nur allzugern unterhalte.

Ich hatte vergangene Nacht wenig geschlafen. Das Vorgefallene verwirrt mich im höchsten Maße, ich bin unentwegt damit beschäftigt, mich um die eigene Achse zu drehen, in meinem Kopf wie in meinem Bett, und frage mich, was ich glauben soll, wem ich glauben soll und wie ich mich auf die angekündigten Umwälzungen vorbereiten kann.

Ich erinnere mich, wie ich am Vorabend meiner Abreise geschrieben habe, daß mein Verstand drohe, irre zu werden. Wie zum Teufel sollte er nicht irre werden? Indes, ich gebe mir alle Mühe, die Fäden des Rätsels gelassen zu entwirren, so gelassen, wie es mir möglich ist. Doch ich kann mich nicht länger Tag und Nacht in den Kerker der Vernunft einsperren, die Augen verschließen, die Ohren zuhalten und mir immer wieder vorsagen, daß das alles nicht wahr ist, daß sich die ganze Welt irrt und daß die Zeichen erst zu Zeichen werden, wenn man auf sie lauert.

Seit meinem Aufbruch aus Gibelet und bis zum Ende meines Aufenthaltes in Konstantinopel ist mir, das will ich gern zugeben, nichts Außergewöhnliches zugestoßen, nichts, was sich nicht durch die unvorhergesehenen Ereignisse des Lebens erklären ließe. Der Tod Marmontels nach dem Tode des alten Idriss? Im ersten Augenblick hat mich das Ableben der beiden erschüttert, aber es liegt in der Natur der Dinge, daß ein alter Mann stirbt und ein Schiff untergeht. Das gleiche gilt für den Brand im Palast des edlen Sammlers aus der Walachei. In einer großen Stadt, in der so viele Gebäude aus Holz sind, sind derlei Brände keine Seltenheit. Es ist wahr, daß jeder einzelne dieser Fälle mit dem Buch Mazandaranis im Zusammenhang stand. In normalen Zeiten hätte mich dies aufmerken lassen, hätte mich ein wenig beunruhigt. Ich hätte jedoch ein paar den Umständen entsprechende Lebensweisheiten geäußert und wäre sodann wieder meiner Beschäftigung als Kaufmann nachgegangen.

Es geschah im Laufe meiner Seereise, daß die Vernunft ins Wanken geriet, das sage ich in aller Klarsicht. Und in aller Klarsicht erkenne ich auch, daß sich kein einziger nennenswerter Zwischenfall ereignet hat, der dies rechtfertigen würde. Nichts als Eindrücke der undeutlichsten Art: diese Tage der unnatürlichen Düsternis, dieser Sturm, unversehens losgebrochen und genauso unversehens wieder zur Ruhe gekommen, und all diese Leute, die sich schweigend in dem Nebel bewegten, als seien sie nur mehr noch umherirrende Seelen.

Dann habe ich den Fuß auf den Boden von Smyrna gesetzt, unsicheren Schrittes, doch in der Hoffnung, langsam meine Sinne wiederzuerlangen und in dieser Stadt, in der sich so viele Kaufleute aus Europa gern aufhalten, wieder zu dem genuesischen Kaufmann zu werden, der ich bin, der ich immer gewesen bin.

Doch leider lassen mir die Dinge, die sich seit meiner Ankunft ereignen, kaum die Freiheit, mich wieder zu fassen. Ich kann nicht länger von unvorhergesehenen Umständen sprechen und so tun, als sei es am Ende dieser Reise, die von der Angst vor dem kommenden Jahr ausgelöst wurde, reiner Zufall, der mich zu ebenjenem Ort geführt hat, an dem das Ende der Zeiten verkündet würde. Ich hatte doch, als ich Gibelet verließ, keinesfalls die Absicht, mich nach Smyrna zu begeben! Wegen einer Frau, die nicht auf dieser Reise dabeisein sollte, mußte ich die Route ändern. Als wäre es Martas Aufgabe, mich dahin zu bringen, wo mein Schicksal auf mich wartet, dahin, wo plötzlich alle unerwarteten Ereignisse dieser Reise einen Sinn erhielten.

Im Augenblick scheint jedes einzelne Ereignis, das mich hierher geführt hat, wenn nicht ein Zeichen, so doch zumindest ein Markstein zu sein auf dem gewundenen Pfad, den die Vorsehung für mich vorgezeichnet hat und dem ich von Etappe zu Etappe gefolgt bin im Glauben daran, ich sei mein eigener Führer. Muß ich weiter so tun, als träfe ich die Entscheidungen selbst? Muß ich, im Namen der Vernunft und der Willensfreiheit, vorgeben, es sei mein Wille, der mich nach Smyrna geführt hat, und es sei der Zufall, der mich genau zu jenem Zeitpunkt von Bord gehen ließ, als man das Ende der Zeiten verkündete? Würde ich dann nicht gerade das Klarsicht nennen, was lediglich Verblendung war? Diese Frage habe ich mir bereits gestellt, doch mir scheint, als müsse ich sie mir noch mehr als einmal stellen, ohne auf eine Antwort hoffen zu dürfen …

Weshalb sage ich all dies, weshalb bespreche ich dies mit mir selbst? Gewiß weil der Freund, den ich heute wiedergefunden habe, die Worte zu mir gesprochen hat, die ich selbst vor wenigen Monaten noch zu mir gesprochen hätte, und weil ich mich schämte, ihm von Angesicht zu Angesicht zu widersprechen und dabei die Schwäche meines Verstandes preiszugeben.

Doch bevor ich das Treffen ausführlicher beschreibe, sollte ich vielleicht von den Ereignissen dieses Tages berichten.

Wie gestern und wie vorgestern haben die meisten Leute in Smyrna kaum gearbeitet. Seit dem frühen Morgen ging das

Gerücht, Sabbatai habe verkündet, der kommende Montag sei ein weiterer Sabbat, der wie die anderen befolgt werden müsse. Man hat mir nicht sagen können, ob er nur von diesem Montag sprach oder von allen künftigen Montagen. Ein englischer Kaufmann, dem ich auf der Straße begegnete, machte mich darauf aufmerksam, daß zwischen dem Freitag der Türken, dem Samstag der Juden, unserem Sonntag und dem neuen Montag des Sabbatai die Wochen mit voller Arbeit sehr kurz seien. Zur Stunde jedenfalls, wie ich bereits gesagt habe, denkt kein Mensch an Arbeit, mit Ausnahme der Süßwarenhändler, für die diese unerwarteten Festtage einen Glücksfall darstellen. Die Menschen sind ständig unterwegs, nicht allein die Juden, doch vor allem sie, denn sie ziehen von Fest zu Fest, von Prozession zu Prozession und diskutieren voller Inbrunst.

Als ich am Nachmittag in der Nähe der portugiesischen Synagoge spazierenging, erlebte ich auf einem kleinen Platz eine seltsame Szene mit. Eine Menschenmenge hatte sich um eine junge Frau geschart, die vor der Tür eines Hauses zusammengesunken war und von Krämpfen geschüttelt wurde. Sie stieß abgehackte Sätze hervor, von denen ich nichts verstehen konnte, außer hier und da ein Wort, »der Ewige«, »die Gefangenen«, »Dein Reich«, doch die Leute schienen aufmerksam auf jeden Atemzug zu lauschen, und einer der Umstehenden hinter mir erklärte dem neben ihm Stehenden kurz: »Das ist die Tochter von Eliakim Haber. Sie liefert uns Prophezeiungen. Sie sieht den König Sabbatai auf einem Thron.« Ich ging weiter, noch während das junge Mädchen seine Prophezeiungen von sich gab. Ich fühlte mich so unwohl, als hätte ich mich in das Haus eines Sterbenden eingeschlichen, ohne zur Familie zu gehören oder zu den Nachbarn. Gleichwohl könnte man glauben, daß mich das Schicksal andernorts erwartete. Als ich den Platz verließ, drängte ich mich entschlossen durch eine Reihe von Gäßchen, als wüßte ich ganz genau, wohin ich gehen und mit wem ich mich treffen wollte.

Ich gelangte auf eine breitere Straße, in der Leute zusammengeströmt waren und allesamt in die gleiche Richtung sahen. Eine Gruppe Menschen näherte sich. An deren Spitze Sabbatai, den ich somit binnen zwei Tagen zum zweiten Mal sah. Auch dieses Mal sang er mit lauter Stimme. Nicht etwa einen Psalm oder ein Gebet, auch kein Halleluja, sondern seltsamerweise ein Liebeslied, eine alte spanische Weise: »Ich habe Meliselda gesehen, die Tochter des Königs, freudestrahlend und schön.« Das Antlitz des Mannes war rot, ebenso sein Bart, und sein Blick glänzte wie der eines verliebten jungen Mannes.

Aus allen Häusern der Straße hatten die Leute ihre kostbarsten Teppiche geholt, um sie vor seinen Füßen auf die Straße zu breiten, so daß er nicht ein einziges Mal auf Sand oder Kies treten mußte. Auch wenn wir Dezember haben, erleben wir weder große Kälte noch Regen, vielmehr eine leicht verschleierte Sonne, die die Stadt und ihre Einwohner in frühlingshafte Helligkeit taucht. Die Szene, der ich beiwohnte, hätte sich nicht im Regen abspielen können. Die Teppiche wären schmutzgetränkt gewesen, und das spanische Liebeslied hätte nur zu Tränen und nostalgischen Gedanken gerührt. Statt dessen geht das Ende der Welt an diesem milden Wintertag nicht mit Traurigkeit oder Bedauern einher. Einen Augenblick lang kam mir das Ende der Welt wie der Anfang eines ewigen Festes vor. Ja, ich begann mich bereits zu fragen, ob ich, der Eindringling – doch es hatte heute im Judenviertel weit mehr Eindringlinge gegeben als mich – nicht unrecht gehabt hatte, das Herannahen des schicksalhaften Jahres zu fürchten. Ich überlegte ebenfalls, daß diese Zeit, die unter das Zeichen der Angst zu stellen ich mir zur Gewohnheit gemacht hatte, mich die Liebe hat kennenlernen lassen und daß sie mich intensiver leben ließ als zu jeder anderen Zeit. Ich möchte fast meinen, daß ich mich heute jünger fühlte als mit zwanzig Jahren, und schien überzeugt, daß diese Jugend endlos fortbestehen würde, als ein Freund auf mich zukam, der mich erneut aus der Apokalypse riß.

Maimun. Verflucht sei er, gesegnet sei er.

Letzter Verbündeter meines sich auflösenden Verstandes, Totengräber meiner Illusionen.

Wir fielen einander in die Arme. Ich glücklich darüber, meinen besten jüdischen Freund in die Arme zu schließen, und er glücklich, alle Juden dieser Welt zu fliehen, um sich in die Arme eines »lieben Menschen« zu flüchten.

Er ging ganz am Ende des Zugs, geistesabwesend und bedrückt. Als er mich erblickte, verließ er, ohne zu zögern, den Zug und zerrte mich mit sich.

»Verlassen wir dieses Viertel! Ich muß mit dir reden!«

Wir eilten den Abhang hinunter zur großen Küstenstraße, an der die ausländischen Kaufleute wohnten.

»Es gibt einen französischen Koch, der sich nahe beim Zoll niedergelassen hat«, sagte Maimun zu mir, »laß uns bei ihm essen und seinen Wein trinken.«

Unterwegs fing er an, mir sein Unglück zu erzählen. Sein Vater hatte, von einem plötzlichen Eifer übermannt, beschlossen, für fast nichts sein ganzes Hab und Gut zu verkaufen, um sich nach Smyrna aufzumachen.

»Verzeih mir, Baldassare, mein Freund, es gibt Dinge, die ich dir während unserer langen Gespräche vorenthalten habe. Sie waren noch geheim, und ich wollte das Vertrauen der Meinen nicht mißbrauchen. Unterdessen ist zu unserem Leidwesen alles ans Tageslicht gekommen. Du hattest, bevor du nach Smyrna kamst, noch nie den Namen Sabbatai Tsevi gehört. Es sei denn, in Konstantinopel ...«

»Nein«, gab ich zu, »nicht einmal dort. Erst seit ich mich in Smyrna befinde.«

»Ich hingegen habe ihn vergangenen Sommer kennengelernt, in Aleppo. Er hat dort mehrere Wochen verbracht, und mein Vater hat ihn sogar zu uns nach Hause eingeladen. Er war ganz anders als der heutige Sabbatai. Zurückhaltend, bescheiden im Gespräch, nannte er sich weder König noch Messias und stolzierte auch noch nicht singend durch die Straßen. Aus diesem Grunde hat sein Besuch in Aleppo außerhalb unserer Gemeinde keineswegs für Aufruhr gesorgt. Doch bei uns löste er eine Debatte aus, die noch heute fortgesetzt wird, da aus der Umgebung

Sabbatais bereits verlautete, er sei der erwartete Messias, ein Prophet aus Gaza, ein gewisser Nathan Aschkenasi habe ihn als solchen erkannt, und er würde sich in Kürze offenbaren. Die Leuten waren geteilter Meinung und sind es noch heute. Aus Ägypten haben wir drei Briefe erhalten, die bestätigten, daß dieser Mann zweifelsfrei der Messias sei, während aus Jerusalem einer der angesehensten Hakims geschrieben hat, daß der Mann ein Hochstapler und Betrüger sei und daß man sich vor seinen Worten und all seinen Handlungen in acht nehmen sollte. Alle Familien waren geteilter Meinung, unsere mehr als jede andere. Mein Vater hat, seit man ihm zum ersten Mal von Sabbatai erzählt hat, nur noch für dessen Thronbesteigung gelebt. Während ich, sein einziger Sohn, Fleisch aus seinem Fleisch, nicht einen einzigen Augenblick an ihn geglaubt habe. Das Ganze wird ein übles Ende nehmen. Unsere Leute, die seit Jahrhunderten in Zurückhaltung leben, in Mäßigung, ohne die Stimme zu erheben, fangen plötzlich an, laut herauszuschreien, daß ihr König bald die ganze Welt regieren wird, daß der osmanische Sultan vor ihm niederknien wird, um ihm seinen eigenen Thron anzubieten. Ja, laut äußern sie derart unsinnige Dinge, ohne auch nur einen Augenblick daran zu denken, daß die Wut des Sultans über sie hereinbrechen könnte. Hör auf, den Sultan zu fürchten, sagt mein Vater, der sein Leben lang den Schatten des geringsten Staatsdieners fürchtete, den die Hohe Pforte geschickt hat. Weshalb den Sultan fürchten? Seine Herrschaft ist abgelaufen, die Zeit der Auferstehung wird bald beginnen!

Mein Vater wollte um jeden Preis nach Konstantinopel reisen, wie ich es dir erzählt habe, doch ich bin es, der an seiner Statt gereist ist, aus Angst, er würde die Strapazen der Reise nicht überstehen. Er hatte versprochen, auf mich zu warten, und ich hatte versprochen, mit den Ansichten der größten Hakims, die von uns allen geachtet wurden, zurückzukehren.

Ich habe mein Versprechen gehalten, nicht so mein Vater. Seit meiner Ankunft in der Hauptstadt habe ich die gelehrtesten Männer einen nach dem anderen aufgesucht und sorgfältig jedes einzelne ihrer Worte schriftlich festgehalten. Doch mein Vater war zu ungeduldig, er hat nicht auf mich gewartet. Eines Tages habe ich erfahren, daß er Aleppo mit zwei Rabbinern und einigen weiteren angesehenen Persönlichkeiten verlassen hat. Ihre Karawane ist zwei Wochen nach der unsrigen bei Tarsus vorbeigekommen und dann der Küstenstraße bis Smyrna gefolgt.

Bevor er das Haus verließ, hat er alles zu Geld gemacht, was wir besaßen. ›Warum hast du das getan?‹ habe ich ihn gefragt. Er hat mir geantwortet: ›Was nützen uns noch ein paar Edelsteine in Aleppo, wenn die Zeit der Auferstehung bereits begonnen hat?‹ – ›Und wenn dieser Mann nicht der Messias ist? Und wenn die Zeit der Auferstehung noch nicht gekommen ist?‹ Mein Vater antwortete mir darauf: ›Wenn du meine Freude nicht teilen willst, bist du nicht mehr mein Sohn!‹

Ja, er hat alles verkauft, anschließend hat er Sabbatai das Geld zu Füßen gelegt, welcher ihn zum Zeichen seiner Dankbarkeit zum König ernannt hat! Ja, Baldassare, mein Vater ist zum König ernannt worden, wir müssen seine Thronbesteigung feiern. Ich bin nicht länger der Sohn Isaaks, des Goldschmiedes, sondern der Sohn des Königs Asa! Du solltest mich ehren«, sagte Maimun zu mir und nahm darauf einen tüchtigen Schluck französischen Weins.

Ich war ein wenig betreten und wußte nicht, wie sehr ich in seinen beißenden Spott einstimmen sollte.

»Vielleicht sollte ich hinzufügen«, fuhr mein Freund fort, »daß Sabbatai heute nicht weniger als sieben und gestern etwa zehn Könige ernannt hat. Keine Stadt hat je zur gleichen Zeit so viele Könige empfangen!«

Wenn sie so dargelegt werden, wirken die seltsamen Ereignisse, denen ich beigewohnt habe, in der Tat wie trostlose Possen. Sollte ich Maimuns Worten Glauben schenken? Hätte ich ihm im Gegenteil widersprechen sollen, ihm erklären, weshalb ich selbst ins Wanken geraten war, ich, der ich seit langer Zeit nicht mehr an Wunder glaube und der ich lange Zeit im stillen diejenigen verachtet habe, die daran glaubten.

Nein, ich habe nicht mit ihm gestritten, ich habe ihm nicht die Stirn geboten. Ich hätte mich geschämt, einzugestehen, daß ich selbst, der ich keineswegs Jude war und nicht auf das wartete, worauf sie warteten, durch so viele unerklärliche Fügungen, so viele Zeichen in Verwirrung geraten bin. Ich würde mich schämen, in seinen Augen die Enttäuschung, die Verachtung zu lesen für diesen ›geistig Armen‹, der ich geworden war. Da ich andererseits nicht das Gegenteil behaupten will von dem, was ich denke, habe ich mich damit begnügt, ihm zuzuhören.

Ich wünsche mir, daß er recht behält. Von ganzem Herzen hoffe ich, daß das Jahr 1666 ein gewöhnliches Jahr sein wird, mit gewöhnlichen Freuden, gewöhnlichem Leid, und daß ich es mit all den Meinen von Neujahr bis Silvester erleben werde, wie ich es bereits rund vierzig Jahre erlebt habe. Indes, es will mir nicht gelingen, mich zu überzeugen. Keines dieser Jahre hatte sich auf diese Weise angekündigt. Keinem einzigen war eine solche Häufung von Zeichen vorausgegangen. Je näher es rückt, desto mehr löst sich das Gewebe der Welt auf, als sollten seine Fäden zu einem neuen Stoff dienen.

Verzeih mir, Maimun, mein vernünftiger Freund, wenn ich es bin, der auf Abwege gerät, wie ich dir verzeihe, wenn du es bist, der sich irrt. Verzeih mir auch, daß ich vorgegeben habe, dir zuzustimmen, während wir in jenem französischen Lokal getafelt haben, um dir in dieser Nacht auf diesen Seiten und ohne deine Kenntnis zu antworten. Was sollte ich anderes tun? Die Worte, die wir laut äußern, hinterlassen Spuren in den Herzen, diejenigen, die wir aufschreiben, vergraben sich selbst und erkalten unter einem Deckel aus totem Leder. Vor allem die meinen, die kein Mensch lesen wird.

Am 15. Dezember 1665

Es sind von diesem Jahr nur noch siebzehn Tage übrig, und über Smyrna fegt der Gerüchtewind vom Zollhaus im Hafen bis zur alten Zitadelle. Manche Gerüchte sind alarmierend: Der Sultan persönlich habe angeordnet, daß Sabbatai in Ketten gelegt und gut bewacht nach Konstantinopel verbracht werden soll. Doch am Abend war der angebliche Messias noch immer zu Hause, von den Seinen verehrt, und er habe, wie gesagt wird, sieben weitere Könige ernannt, darunter einen Bettler aus der Stadt mit Namen Abraham der Rote. Andere Gerüchte sprechen von einer mysteriösen Persönlichkeit, die an der Tür einer Synagoge erschienen sein soll, von einem Greis mit langem, seidigem Bart, den kein Mensch je gesehen hatte. Nach seiner Person befragt, habe er angegeben, er sei der Prophet Elias, und habe die Juden aufgerufen, sich um Sabbatai zu scharen.

Dieser hat noch, laut Maimun, zahlreiche Verleumder unter den Rabbinern und auch unter den reichen Kaufleuten der Gemeinde, doch sie wagen es nicht, ihn öffentlich anzugreifen, und ziehen es vor, sich zu Hause einzuschließen, aus Furcht, von der Menge als Ungläubige beschimpft zu werden. Manche von ihnen hätten Smyrna sogar verlassen und seien auf dem Weg nach Maghnisa.

Heute mittag habe ich Maimun eingeladen, bei dem gleichen französischen Koch zu speisen. Gestern abend hatte er alles bezahlt. Angesichts der Tatsache, daß sein Vater sein ganzes Vermögen verhökert hat, muß er sich in Bedrängnis befinden oder es in Kürze sein, doch wollte ich es ihn nicht spüren lassen, um ihn nicht zu kränken, und hatte die Einladung angenommen. In dieser Speisewirtschaft wird die beste Küche des ganzen Reiches geboten, und ich bin erfreut, sie kennengelernt zu haben. Es gibt noch zwei weitere französische Speisewirte in dieser Stadt, die sich vor langer Zeit hier niedergelassen haben, doch dieser hat den größten Zulauf. Er scheut sich nicht, seinen Wein zu preisen, und die Türken scheuen sich nicht, ihn zu trinken. Im Gegenzug meidet er es, Schinken aufzutischen, und behauptet voller Schläue, daß er selbst ihn wenig schätzt. Ich bereue es nicht, an seine Tafel zurückgekehrt zu sein, und werde, solange ich in Smyrna bin, immer wieder hier einkehren.

Ich habe nur nicht gut daran getan, meine Entdeckung dem Pater Jean-Baptiste kundzutun, der mir vorwarf, meinen Fuß unter das Dach eines Hugenotten zu setzen und ketzerischen Wein zu trinken. Doch wir waren nicht allein, als er diese lächerlichen Worte sprach, und ich habe ihn im Verdacht, dies gesagt zu haben, damit alle Anwesenden es hörten. Er hat lange genug in der Levante gelebt, um zu wissen, daß ein guter Wein keine andere Farbe hat als dieser, und auch keinen anderen Geist.

Am 16. Dezember

Heute mittag habe ich Marta zu Sieur Moineau Ezechiel eingeladen – so heißt der Hugenotte, der die Speisewirtschaft führt. Ich weiß nicht, ob sie die Küche zu schätzen wußte, doch meine Einladung wußte sie zu schätzen, und um ein Haar hätte sie dem Wein ein wenig zu sehr zugesprochen. Ich habe sie auf halbem Wege zwischen Ausgelassenheit und Trunkenheit zurückgehalten.

Zurück im Kloster haben wir uns zur Stunde der Mittagsruhe allein wiedergefunden. Wir konnten es kaum erwarten, uns aneinanderzuschmiegen, und ohne jegliche Vorsicht sind wir dem Bedürfnis nachgekommen. Ich hatte die Ohren fortwährend gespitzt, aus Furcht, meine Neffen könnten uns überraschen oder einer der Kapuzinermönche. Von meinem Diener befürchtete ich nichts, er weiß, wann es sich schickt, nicht hinzusehen und nicht hinzuhören. Die Unruhe hat unser Glück kaum geschmälert, ganz im Gegenteil. Mir schien, als fordere jede Sekunde ihren Anteil an dem Vergnügen stärker ein als die vorangegangene, als laufe sie Gefahr, die letzte zu sein, so daß unsere Vereinigung immer heftiger, leidenschaftlicher, stürmischer, keuchender wurde. Unsere Körper spürten den warmen Wein, und wir versprachen uns Jahre des Glücks, ob die Erde nun fortbestehe oder zugrunde gehe.

Wir waren ermattet, lange bevor wer immer kommen konnte. Sie schlummerte ein wenig. Auch ich hätte es gern getan, aber das wäre zuviel der Unachtsamkeit gewesen. Vorsichtig habe ich ihr Kleid in Ordnung gebracht und habe sie sodann sittsam bis zum Hals mit einer Decke bedeckt, bevor ich diese wenigen Zeilen niederschrieb.

Meine Neffen kehrten erst mitten in der Nacht zurück. Und Pater Jean-Baptiste, der gestern Gäste hatte und gewiß den ganzen Tag in ihrer Gesellschaft verbracht hat, habe ich nicht zu Gesicht bekommen. Möge es ihnen guttun! Sie haben sicher einen ganzen Sack von neuen Gerüchten aufgelesen. Ich hingegen lediglich den Tau des Weins von dem entzückenden Mund einer Frau. Wenn uns doch die Welt jeden Tag so in Ruhe lassen könnte, wie sie es heute getan hat! Wenn wir leben und uns im Halbdunkel lieben könnten, Tag für Tag, und dabei alle Prophezeiungen vergessen! Und uns mit ketzerischem Wein und verbotener Liebe betrinken!

Herr! Du allein kannst machen, daß Dein Wille nicht geschehe!

Am 17. Dezember

Heute habe ich das Kapuzinerkloster verlassen, um mich im Haus eines englischen Kaufmanns einzuquartieren, den ich vorher noch nie getroffen hatte. Noch eins dieser unerhörten Dinge, die mir zustoßen, als wollten sie mich daran hindern, zu vergessen, daß wir nicht in normalen Zeiten leben. Hier bin ich jetzt in diesem fremden Haus, als wäre es mein eigenes, und beschreibe heute abend meine Seiten auf einem Sekretär aus Kirschbaumholz, glänzend von neuem roten Lack, im Schein eines Leuchters aus massivem Silber. Marta erwartet mich. Sie hat hier ihr eigenes Zimmer, das direkt zu meinem führt, und bei ihr im Bett und nirgendwo sonst werde ich heute nacht schlafen, desgleichen die künftigen Nächte.

Alles ist so schnell vor sich gegangen, als wäre die ganze Angelegenheit zuvor von der Vorsehung im Detail ausgehandelt worden und als dürften wir uns hier auf Erden nur bewegen, um sie mit einem Händedruck zu besiegeln. Der Ort der Vereinigung war selbstverständlich die Tafel des hugenottischen Speisewirts, die ich von nun an täglich aufsuche, und bisweilen sogar mehrmals täglich. Heute morgen ging ich kurz dorthin, um einen Kelch Wein zu trinken und ein paar Oliven zu essen, bevor ich später im Kloster eine Mahlzeit einnehmen wollte. Zwei Männer saßen bei Tisch, denen der Wirt mich vorstellte. Der eine war Engländer, der andere Holländer, doch schienen sie gut befreundet, obschon sich ihre Nationen, wie man weiß, nicht gut vertragen. Ich hatte Gelegenheit, dem Sieur Moineau zu erzählen, welche Tätigkeit ich ausübte, und es stellte sich heraus, daß auch der Engländer, der Cornelius Wheeler hieß, Kuriositätenhändler war. Der andere, der Holländer, war protestantischer Pastor. Sein Name lautet Coenen – ein Mann von hoher Statur, sehr hager, mit kahlem und knochigem Kopf gleich dem berühmter Greise.

Ich erfuhr alsbald, daß mein Kollege sich anschickte, Smyrna später am Tag zu verlassen, um nach England zu reisen, sein Schiff lag bereits am Kai. Die Entscheidung zum Aufbruch war in aller Eile gefallen, aus familiären Gründen, die mir nicht näher erläutert wurden, so daß keinerlei Vorkehrungen für das Haus getroffen werden konnten. Wir saßen seit knapp einer Stunde zusammen, ich plauderte galant mit dem Pastor über die Vergangenheit der Embriaci, über Gibelet, Sabbatai und die aktuellen Ereignisse, während Wheeler nicht viel sagte und kaum zuzuhören schien, worüber wir uns unterhielten, so sehr war er mit seinen Sorgen beschäftigt. Da tauchte er unversehens wieder aus seiner Erstarrung auf, um mich geradeheraus zu fragen, ob ich einwilligen würde, mich für einige Zeit bei ihm einzuquartieren.

»Für den Fall, daß in Kürze das Chaos regieren wird«, sagte er mit einer gewissen Emphase, »würde ich gern sicher sein wollen, daß ein ehrenwerter Mann über mein Haus wacht.«

Da ich nicht allzu überhastet einwilligen wollte, teilte ich ihm mit, daß ich mich in Smyrna nur für kurze Zeit aufzuhalten gedachte, um eine dringliche Angelegenheit zu erledigen, und daß auch ich von heute auf morgen mein Bündel schnüren könnte. Zweifellos hatte ich nicht mit dem nötigen Nachdruck widersprochen, denn er unterließ es, auf meinen Einwand zu antworten, und fragte nur, ob ich so frei wäre, mit ihm und dem Pastor ein paar Schritte zu tun, damit er mir »meine neue Bleibe« zeigen könnte.

Ich habe bereits darauf hingewiesen, wie ich glaube, daß sich durch das Viertel der Fremden nur eine einzige Straße zieht, die am Strand entlangführt. Es reihen sich von einem Ende zum anderen und auf beiden Straßenseiten Läden, Weinlager, Handwerksstätten, etwa hundert Häuser, einige Speisewirtschaften mit gutem Ruf und vier Kirchen, darunter die der Kapuziner, aneinander. Die Wohnhäuser, die zum Meer gehen, sind begehrter als die zum Berg hin, zur alten Zitadelle und zu den Vierteln mit den Einwohnern dieses Landes, den Türken, Griechen, Armeniern oder Juden. Wheelers Haus ist weder das größte noch das sicherste, denn es liegt am Ende der Straße und das Meer klopft sozusagen an die Tür. Selbst wenn es wie heute ruhig ist, ist sein Rauschen zu hören. Bei hohem Seegang muß es ohrenbetäubend sein.

Das Schönste an diesem Haus ist das geräumige Zimmer, in dem ich mich zur Zeit befinde, um das herum die Schlafzimmer angeordnet sind und das von zahlreichen Statuen, Figuren, den Resten antiker Säulen und Mosaiken geschmückt wird, das Ganze von Wheeler höchstselbst aufgespürt, der seine eigenen Ausgrabungen durchführt und mit den Gegenständen großen Handel treibt.

Was ich um mich herum beobachte und was mir den Eindruck vermittelt, in einem griechischen Tempel oder einer antiken Villa zu wohnen, ist gewiß nur der Abfall des Abfalls, nichts als gesprungene, zerbrochene, unvollständige Stücke oder solche, die in drei- oder vierfacher Ausfertigung existierten. Die schönsten Funde haben zweifelsohne den Weg nach London genommen, wo mein Gastgeber sie für teures Geld verkauft hat. Es sei ihm gegönnt! Aus Erfahrung weiß ich, daß die Leute von hier diese alten Skulpturen nicht kaufen wollen. Diejenigen, die hinlänglich begütert sind, finden daran keinen Gefallen, und die meisten Türken empfinden Verachtung für sie, wenn sie sich nicht gar dazu hinreißen lassen, sie unter dem Vorwand der Frömmigkeit zu verunstalten.

Als er heute an Bord ging, und obschon es sich um einen überstürzten Aufbruch handelte, hatte Wheeler eine große Anzahl Kisten dabei, deren größte und schwerste, wie er mir persönlich anvertraute, einen herrlichen Sarkophag, geschmückt mit Basreliefs, enthielt, der in Philadelphia entdeckt worden war. Nachdem ich seine Einladung angenommen hatte, konnte ich es auf keinen Fall zulassen, daß er sich allein in Gesellschaft des Pastors zum Hafen begab. Zu seinem großen Glück, denn am Kai angelangt, erfuhren wir, daß sich die Hafenarbeiter weigerten, die Ware an Bord zu bringen, welchen Preis man ihnen auch bot. Aus welchem Grund? Ich habe ihn nicht erfahren, doch ihre Halsstarrigkeit fügt sich offenkundig in die allgemeine Stimmung, die geprägt ist von verwirrten Geistern, einem ausschweifenden Lebenswandel, der allgemeinen Gereiztheit sowie der Aussicht auf Straflosigkeit. Ich rief nach Hatem und meinen beiden Neffen, und mit Hilfe von vierzehn Armen – wenn man die des Pastors und die von Wheelers Diener mitzählte – konnten die Kisten verladen werden. Allein der Sarkophag widerstand unseren Kräften, und man mußte die Matrosen dingen, damit sie ihrerseits Hand anlegten und mit Seilen die Kiste an Bord hievten.

Nachdem ich den Kapuzinern für ihre Aufnahme gedankt hatte und für die Reparatur ihrer Kirche, deren Mauern beim letzten Erdbeben gelitten hatten, wie man mir sagte, eine großzügige Spende hinterlassen hatte, bin ich mit den Meinen hier eingezogen.

Wheeler hat uns in seinem Haus eine junge Dienerin mit ausweichendem Blick zurückgelassen, die, wie er mir sagte, erst seit kurzer Zeit in seinem Dienst war und die er im Verdacht hatte, Geschirr und Lebensmittel zu stehlen. Vielleicht auch Geld und Kleider, er wußte es nicht. Wenn mich je der Wunsch überkäme, sie hinauszuwerfen, sollte ich nicht zögern. Warum hat er es nicht selbst getan? Ich habe ihn nicht gefragt. Auch habe ich sie noch nicht viel gesehen, nur zweimal, als sie auf nackten Füßen, mit gesenktem Kopf und in einen rot und schwarz karierten Umhang gehüllt, durch das Haus gegangen ist.

Wir haben die Zimmer aufgeteilt. Es gibt ihrer sechs, wenn man das der Dienerin nicht zählt, das auf dem Dach liegt und über eine einfache Leiter erreicht werden kann. Hatem hat das Zimmer übernommen, das ansonsten von dem Diener meines Gastgebers bewohnt wird. Meine Neffen haben jeweils ihr eigenes Zimmer, desgleichen Marta und ich, gewissermaßen um den Schein zu wahren, doch ich habe mitnichten die Absicht, in großer Entfernung von ihr zu schlafen.

Ich werde jetzt zu ihr gehen und nicht länger warten.

Am 18. Dezember

Verbleibt im Hause Wheelers noch ein sechstes Zimmer, das ich heute morgen Maimun angeboten habe.

Seit seiner Ankunft in Smyrna wohnt er mit seinem Vater bei einem gewissen Isaak Laniado, der selbst aus Aleppo stammt, eifriger Anhänger Sabbatais ist und direkter Nachbar der Familie des besagten Messias, was meinen Freund zu ständiger Verstellung zwingt. Er hatte sich mir anvertraut und sich laut seufzend gefragt, ob er noch einen weiteren langen Sabbat in ihrer Gesellschaft ertragen würde.

Dennoch hat er meine Einladung abgelehnt. »Wenn unsere Nächsten sich verirren, müssen wir bei ihnen bleiben«, hatte er zu mir gesagt. Ich habe nicht weiter darauf bestanden.

In der Stadt herrscht weiterhin Chaos. Die Angst vor dem Gesetz verliert sich, als wäre das kommende Königreich eins der Barmherzigkeit und der Vergebung und keineswegs der Befehle. Doch diese Zeit der Straflosigkeit entfesselt keineswegs die Leidenschaften, noch führt sie zu Aufständen, Blutvergießen oder Plünderungen. Der Wolf streicht um das Lamm, ohne es verschlingen zu wollen, wie es in der Schrift heißt. Heute abend sind etwa zwanzig Juden, Männer und Frauen, in einer Prozession von ihrem Viertel zum Hafen gezogen und haben »Meliselda, Tochter des Königs!« gesungen und ihre Fackeln in die Luft gereckt. Damit haben sie sowohl ihre eigenen Gesetze mißachtet, die ihnen untersagen, an einem Freitagabend Licht anzuzünden, sowie die Gesetze des Landes, die allein fremden Kaufleuten das Recht zugestehen, nachts mit einer Fackel den Weg zu beleuchten. Als sie nicht weit von unserem Haus waren, stießen sie auf einen Trupp Janitscharen, die im Gleichschritt ihrem Offizier folgten. Die Gesänge wurden einen Augenblick leiser, um darauf noch beherzter wiederaufgenommen zu werden, jede Gruppe hatte ihren Weg fortgesetzt, ohne die anderen zu beachten.

Wie lange wird dieser Rausch noch andauern? Einen Tag? Drei Tage? Vierzig? Diejenigen, die an Sabbatai glauben, behaupten: Jahrhunderte. Bald wird eine neue Ära beginnen, sagen sie, die durch nichts mehr aufgehalten werden kann. Die Auferstehung, hat sie erst angefangen, wird durch nichts mehr zu bremsen sein. Der Auferstehung wird nicht der Tod folgen. Was ein Ende nehmen wird, sind Demütigungen, Erniedrigungen, Gefangenschaft, Exil und Vertreibung.

Und ich, wo stehe ich bei alledem, was sollte ich mir wünschen? Maimun wirft seinem Vater vor, alles zurückgelassen zu haben, um seinem König Messias zu folgen. Ist das, was ich getan habe, nicht noch schlimmer? Habe ich nicht meine Stadt, meinen Laden, mein friedliches Leben aufgrund der Gerüchte über die Apokalypse verlassen und obendrein noch ohne die Hoffnung auf ewiges Seelenheil?

Diese Menschen, diese Verirrten, die die Nacht des Sabbat hindurch ihre Fackeln emporrecken, bin ich nicht ebenso verrückt wie sie, den Gesetzen der Religion zu trotzen wie denen des Fürsten, indem ich mich unter Mitwisserschaft der Meinen in das Bett einer Frau lege, die nicht die meine ist und vielleicht sogar noch die eines anderen? Wie lange werde ich noch in dieser Lüge leben können? Und vor allem: Wie lange werde ich noch ungestraft davonkommen?

Wenngleich mich die Angst vor Strafe befällt, hält sie mich doch kaum von meinen Wünschen ab. Der Blick Gottes beunruhigt mich weniger als der der Menschen. Letzte Nacht habe ich Marta zum ersten Mal in meine Arme geschlossen, ohne dabei auf Fenster und Türen achten zu müssen, ohne daß meine Ohren auf jedes Geräusch von Schritten horchten. Ich habe sie langsam ausgezogen, habe langsam die Schleifen gelöst, die Knöpfe geöffnet, alle Stoffe gelockert und auf die Erde gleiten lassen, bevor ich die Kerze ausblies. Mit einem Arm bedeckte sie ihre Augen, nichts als ihre Augen. Ich habe sie bei der Hand gefaßt und zum Bett geführt, wo ich sie niedergelegt habe, um mich sodann neben ihr auszustrecken. Ihr Körper duftete nach dem Parfüm, das wir gemeinsam bei dem Genuesen in Konstantinopel gekauft hatten. Ich habe ihr zugeflüstert, daß ich sie liebe und daß ich sie immer lieben werde. Noch während sie im Ohr den Hauch meiner Worte spürte, hatte sie mich umschlungen und mich an ihren willigen Körper gezogen, Worte der Freude, der Eile, der Zustimmung, der Gelöstheit ausstoßend.

Ich umarmte sie mit dem Ungestüm eines Geliebten und dem Behagen eines Ehemanns. Hätte ich sie genauso lieben können, wenn um uns herum, in dieser Stadt und auf der Welt, nicht diese Atmosphäre der Trunkenheit geherrscht hätte?

Am 19. Dezember

Der holländische Pastor hat mir am frühen Morgen einen Besuch abgestattet und vorgegeben, er wolle sich lediglich vergewissern, daß ich mich im Hause seines Freundes wohl fühlte. Als ich ihm in einem gewissen Überschwang antwortete, daß ich in ihm bereits wohnte, als wäre es das meine, erachtete er es für notwendig, mir entgegenzuhalten, ich solle doch niemals vergessen, daß es mir nicht gehöre. Eine belanglose Bemerkung, die mich dennoch kränkte, so daß ich ihm kühl entgegnete, ich hätte lediglich meiner Dankbarkeit Ausdruck verleihen wollen, ich hätte mich in diesem Haus nur niedergelassen, um einen Dienst zu erweisen, denn ich hätte mich im Kapuzinerkloster durchaus wohl gefühlt und könnte jederzeit dahin zurückkehren. Ich dachte, er würde nun seinen Hut nehmen und gehen oder mich auffordern, mit meiner ganzen Sippe ein gleiches zu tun, doch nach einem Augenblick des Zauderns brach er in Lachen aus, entschuldigte sich, hüstelte, schob ein Mißverständnis vor, daß er seiner geringen Kenntnis des Italienischen anlastete – obschon er es ebensogut sprach wie ich! –, kurz, sein Verhalten änderte sich in dem Maße, daß ich ihm, als er sich fünf Minuten später erhob, die Hand auf den Arm legte und ihn bat, nicht zu gehen, sondern als Freund auf den Kaffee zu warten, den »meine Gemahlin« uns bereitete.

Nach diesem ein wenig ungeschickten Vorspiel führten wir die Unterhaltung in einem völlig anderen Ton fort, und es dauerte nicht lange, da stellte ich fest, daß ich es mit einem gelehrten und weisen Menschen zu tun hatte. So erfuhr ich von ihm, daß die Gerüchte über die verlorenen Stämme Israels, die in Persien Einzug gehalten und eine unermeßlich große Armee zusammengestellt hätten, seit Monaten in verschiedenen Städten Europas die Runde machten. Es wird behauptet, daß sie sich Arabiens bemächtigt und die osmanischen Truppen niedergeschlagen hätten und sogar bis nach Marokko vorgedrungen seien. Dieses Jahr hätte es die Karawane in Tunis unterlassen, nach Mekka zu ziehen, aus Furcht, ihnen unterwegs zu begegnen. Laut Coenen, der diesen Gerüchten nicht im mindesten Glauben schenkt, seien diese zunächst in Wien ausgestreut worden, das von den Truppen des Sultans belagert ist, danach in Venedig, das seit dreißig Jahren gegen die Hohe Pforte Krieg führt und Mut aus der Vorstellung schöpft, daß die unverhofften Verbündeten sich anschickten, die Muselmanen von der Flanke zu fassen.

Der Pastor erzählt, daß die Reisenden, die in Smyrna haltmachen, ihm jeden Monat Briefe mit diesem Wortlaut aus Holland, Frankreich, Schweden und vor allem aus England bringen, wo sehr viele Menschen alle außergewöhnlichen Ereignisse beobachten, die das Ende der Zeiten und die zweite Ankunft Christi ankündigen könnten. In dieser Hinsicht kann das, was in dieser Stadt geschieht, ihre Ungeduld nur noch mehr steigern.

Als ich ihm sagte, daß ich selbst diesen Entwicklungen mit großer Neugierde folgte, daß ich bereits zweimal die Gelegenheit hatte, besagten Messias mit eigenen Augen zu sehen, daß diese Phänomene mich ganz bestimmt verwirrten, doch daß ein Jude unter meinen Freunden sich seinerseits sehr skeptisch zeigte, äußerte Coenen nachdrücklich den Wunsch, ihn kennenzulernen. Ich versprach, Maimun seine Einladung sobald als möglich zu überbringen.

Bei der Erwähnung der Dinge, die mich im Verlauf der letzten Tage am meisten verwirrt hatten, nannte ich den in meinen Augen unerklärlichen Vorfall, daß der Kadi Sabbatai vergangenen Sonntag als freien Mann habe ziehen lassen und daß seitens der Obrigkeit keinerlei Maßnahmen ergriffen worden waren, die Freudenausbrüche zu unterbinden und die Leute wieder zur Arbeit zu bewegen. Der Pastor entgegnete, er habe aus glaubwürdiger Quelle erfahren, daß der Richter seitens einiger reicher jüdischer Kaufleute, die Sabbatai treu ergeben sind, eine beträchtliche Summe erhalten habe, damit er letzterem kein Haar krümmt.

»Mir ist bestens bekannt, wie bestechlich osmanische Würdenträger sein können und wie sehr sie von ihrer Gier gelenkt werden. Doch im vorliegenden Falle macht sich das Chaos breit. Sobald die hiesigen Vorfälle in Konstantinopel bekannt werden, werden Köpfe rollen. Glaubt Ihr, der Kadi sei bereit, seinen Kopf für ein paar Goldstücke aufs Spiel zu setzen?«

»Mein junger Freund, man begreift nichts vom Lauf der Welt, wenn man davon ausgeht, daß die Menschen stets weise handeln. Der Unverstand ist das böse Prinzip der Geschichte.«

Er fügte hinzu, daß, wenn der Kadi Sabbatai frei ziehen ließ, dies in seinen Augen nicht allein darauf zurückzuführen sei, daß er bestochen worden war, sondern auch, daß er davon ausging, dieser Mann, der Psalmen singend bei ihm Einzug gehalten hatte, sei ein Verrückter und vielleicht für seine eigene Stadt gefährlich, jedoch keineswegs für die Macht des Sultans. Dies habe dem Pastor ein Janitschar erzählt, der für den Schutz der holländischen Kaufleute abgestellt worden sei. Und womöglich ist es das, was der Kadi den Janitscharen ins Ohr geflüstert hat, um seine Nachsicht zu entschuldigen.

In völlig anderer Sache fiel mir heute auf, daß mein Neffe Bumeh sich den Bart und die Haare hat wachsen lassen. Ich hätte es nicht bemerkt, hätte er sich nicht in ein wallendes weißes Hemd gekleidet, das ihn an gewisse Derwische erinnern ließ. Er hält sich den ganzen Tag vom Hause fern, und wenn er abends zurückkehrt, spricht er kaum. Vielleicht sollte ich ihn fragen, weshalb er sich so herausputzt.

Am 20. Dezember

Maimun hat in meinem Haus Zuflucht gesucht. Ich habe ihn mit offenen Armen empfangen und in dem letzten noch leeren Zimmer untergebracht, das ich ohnehin für ihn vorgesehen hatte. Bislang hatte er meine Einladung abgelehnt, doch ein

Vorfall am heutigen Vormittag ließ ihn seine Meinung ändern. Er ist noch jetzt darüber erzürnt.

Sein Vater hatte ihn gebeten, ihn zu Sabbatai zu begleiten. Es war nicht das erste Mal, daß er mitging, doch bisher hatte er es immer einrichten können, daß er sich ein wenig abseits hielt, hinten in der Menge der Gläubigen unterging und von weitem die Treuebekenntnisse und Freudenausbrüche verfolgte. Dieses Mal forderte sein Vater, der frischgebackene ›König‹, daß er sich ihrem Wohltäter näherte, um sich segnen zu lassen. Mein Freund gehorchte, trat mit niedergeschlagenen Augen näher, küßte flüchtig die Hand des ›Messias‹ und trat sodann einen Schritt zurück, um den Platz für andere freizugeben. Doch Sabbatai hielt ihn am Ärmel zurück, hieß ihn die Augen öffnen und stellte ihm in freundlichem Ton zwei oder drei Fragen. Doch dann erhob er plötzlich die Stimme und bat ihn sowie seinen Vater und zwei Rabbiner aus Aleppo, in deren Begleitung sie waren, den unaussprechlichen Namen Gottes auszusprechen. Die anderen kamen der Aufforderung sogleich nach, Maimun indes, der doch der am wenigsten gottesfürchtige von ihnen war, zögerte. Es widerfuhr ihm bisweilen, daß er den Geboten der Religion nicht wörtlich folgte und die Gebete in der Synagoge ohne Inbrunst aufsagte, als sei es seinem Herzen gleichgültig, was seine Lippen glaubten. Doch sich dadurch zu einem solchen Gesetzesverstoß hinreißen zu lassen, nein! Er hütete sich also davor, den Namen auszusprechen, in der Annahme, Sabbatai würde sich damit zufriedengeben, daß ihm die drei anderen gehorchten. Das hieß, ihn nicht kennen. Der vorgebliche Messias hielt Maimun weiterhin am Ärmel zurück und schickte sich an, der Versammlung zu erklären, daß in diesen neuen Zeiten das ehemals Verbotene nun erlaubt sei, und daß diejenigen, die an den Beginn einer neuen Ära glaubten, den Verstoß nicht fürchten dürften, und daß diejenigen, die ihm vertrauten, wissen müßten, daß er niemals etwas von ihnen verlangen würde, was nicht im Einklang mit dem wahren Willen des Allerhöchsten sei, vor allem, wenn es Seinem offenkundigen Willen zuwiderzulaufen schien.

In diesem Augenblick waren alle Augen auf meinen Freund gerichtet, darunter auch die seines eigenen Vaters, und sie hießen ihn, doch Vertrauen in »unseren König Messias« zu haben und zu tun, was er verlangte.

»Ich hätte nie geglaubt«, sagte Maimun zu mir, »daß ich den Tag erleben sollte, an dem mich mein Vater, der mich zur Achtung unserer Glaubensgebote erzogen hat, bitten würde, auf die schlimmste Weise gegen diese zu verstoßen. Wenn so etwas geschehen kann, wenn sich die Gottesfurcht auf diese Weise mit der Gottlosigkeit vermischen kann, dann heißt das, daß das Ende der Zeiten tatsächlich nahe sein muß.«

Er verlor sich melancholisch in seine Betrachtungen. Ich mußte ihn schütteln, damit er den Faden seiner Geschichte wiederaufnahm.

»Und was hast du getan?«

»Ich sagte zu Sabbatai, was er von mir verlange, sei etwas wahrhaft Schwerwiegendes, und ich müsse zunächst ein paar Gebete sprechen, um seiner Forderung nachkommen zu können. Dann habe ich mich ohne seine Erlaubnis zurückgezogen. Und sobald ich die Menge hinter mir gelassen hatte, habe ich mich unverzüglich hierher begeben.«

Er schwor mir, daß er, solange »dieser Irrsinn« nicht sein Ende gefunden habe, keinen Fuß mehr in das jüdische Viertel setzen würde. Ich billigte sein Verhalten und äußerte meine Freude darüber, ihn unter meinem Dach aufzunehmen.

Anschließend erzählte ich ihm vom Besuch des holländischen Pastors und dessen Wunsch, ihn zu treffen. Maimun lehnte nicht ab, bat jedoch darum, ihn erst in einigen Tagen kennenzulernen, da er zur Stunde nicht den Drang verspüre, einem Fremden von dem Vorgefallenen zu berichten.

»Meine Sinne sind noch immer erregt, ich treibe in der Verwirrung, und ich möchte nichts sagen, was ich morgen bereits bereuen könnte.«

Am Montag, dem 21. Dezember 1665

Es gäbe also in einem osmanischen Land rechtschaffene Staatsdiener? Noch wage ich nicht, dies zu behaupten, und doch ist es unpassend, mir diese Frage überhaupt zu stellen!

Seit wenigen Tagen dringt Marta darauf, hier die gleichen Schritte zu unternehmen wie in Konstantinopel, in der Hoffnung, sie würden sich als weniger erfolglos erweisen. Und so habe ich den Gerichtsschreiber des Gefängnisses von Smyrna aufgesucht, einen gewissen Abdellatif, von dem mir gesagt wurde, daß er über alle verhängten Urteile in diesem Teil Kleinasiens und der ägäischen Inseln Buch führe. Der Mann ließ mich meine Anfrage vorbringen, machte sich Notizen, bat um genauere Angaben und teilte mir mit, er bräuchte eine Woche für seine Nachforschungen, bevor er mir eine zufriedenstellende Antwort erteilen könne. Was in mir selbstredend die unangenehme Erinnerung an jenen Gerichtsschreiber der Waffenkammer im Palast des Sultans wachrief, der uns einen Betrag nach dem anderen aus der Tasche gezogen hatte unter dem Vorwand, verschiedene Register zu studieren. Aber ich war entschlossen, ohne großes Murren zu zahlen, und sei es nur, um Marta zu zeigen, daß ich kein Opfer scheute. Wie es der Brauch will, fragte ich folglich den Mann, »wieviel es zur Entschädigung seiner Informanten bedürfe«. Ich hatte bereits die Hand am Geldbeutel. Er gab mir mit einer deutlichen Geste zu verstehen, daß ich sie zurücknehmen konnte.

»Weshalb sollten Euer Gnaden zahlen, wo Ihr noch nichts erhalten habt?«

Aus Furcht, ihn zu reizen, wenn ich darauf bestand, zog ich mich zurück, versprach, in einer Woche wiederzukommen, und bat den Allmächtigen, ihn seinen Verdiensten entsprechend zu entlohnen, eine Formel, die einen rechtschaffenen Mann nicht kränken konnte.

Marta und Hatem, die draußen im Schatten eines Nußbaums

auf mich warteten, habe ich die Szene geschildert, Wort für Wort, wie ich es soeben getan habe. Marta zeigte sich zuversichtlich: Vielleicht würde sich der Himmel ihrer nun endlich annehmen. Mein Diener hingegen blieb eher skeptisch. Für ihn ist die Nachsicht der Mächtigen stets die Ankündigung eines größeren Unheils.

Wir werden sehen. In normalen Zeiten hätte ich mich seiner Meinung angeschlossen, doch heute bin ich nicht ohne Hoffnung. Es geschehen so viele unerhörte Dinge. Ein fremdartiger Wind fegt durch die Welt ... Nichts dürfte mich mehr überraschen, nichts.

Am 23. Dezember 1665

Ich zittere und stammele.

Werde ich imstande sein, die Ereignisse zu schildern, als seien sie einem anderen widerfahren, ohne bei jeder Zeile in lautes Geschrei auszubrechen und ständig ›Wunder‹ zu schreien?

Vielleicht hätte ich warten sollen, bis sich die Aufregungen in meinem Innern, auf dem Boden meiner Seele, gelegt hätten wie der Satz in einer Kaffeetasse. Vielleicht hätte ich zwei Tage verstreichen lassen sollen, eine Woche. Doch wenn die Vorfälle dieses Tages dann abgekühlt wären, hätten sich neue ereignet, brennende ...

Halte ich mich lieber, solange ich es noch kann, an das, was ich mir vorgenommen habe. Die Mühen des Tages täglich niederschreiben. Ein Protokoll, ein Datum. Die Seiten wenden, ohne das Geschriebene noch einmal durchzulesen, damit sie für künftiges Staunen und Wundern bereit sind. Bis zu dem Tag, an dem sie weiß bleiben werden – dem Ende, meinem eigenen Ende oder dem der Welt.

Doch kehren wir lieber zum Anfang zurück ...

Heute nachmittag also, nachdem ich die Vorbehalte Maimuns hatte überwinden können, begab ich mich gemeinsam mit ihm zum Haus des Pastors Coenen, der uns mit offenen Armen empfing, uns zum Kaffee köstliches türkisches Zuckergebäck servierte und sodann von Sabbatai zu reden begann, mit gemäßigten Worten und aus den Augenwinkeln heraus die Reaktionen meines Freundes verfolgend. Er gab zunächst Worte des Lobpreises wieder, die aus dem Munde des sogenannten Messias stammten und Jesu galten, dessen Seele, wie er sagte, untrennbar mit der seinen verbunden sei. »Ich werde dafür sorgen, daß er künftig seinen Platz unter den Propheten einnimmt«, soll er vor Zeugen gesagt haben. Maimun bestätigte, daß Sabbatai von Jesus nur in ehrerbietigen und liebevollen Worten gesprochen habe und daß er häufig betrübt über die Leiden sprach, die ihm zugefügt worden waren.

Der Pastor zeigte sich über diese Worte gleichermaßen erstaunt wie erfreut und bedauerte, daß Sabbatai nicht die gleiche Weisheit bewies, wenn er von Frauen sprach.

»Ist es nicht so, daß er versprochen hat, sie ihren Ehegatten ebenbürtig zu machen und sie vom Fluche Evas zu erlösen? Das wurde mir aus glaubwürdiger Quelle zugetragen. Wollte man ihm Glauben schenken, sollten die Frauen künftig leben, wie es ihnen beliebt, ohne einem Mann gehorchen zu müssen.«

Auf seinen fragenden Blick hin und ohne große Eilfertigkeit stimmte Maimun dem Gesagten zu.

Der Pastor fuhr fort: »Sabbatai soll gar gesagt haben, daß Frauen und Männer nicht mehr getrennt werden dürften, weder in den Häusern noch in den Synagogen, und daß in seinem Reich, das er morgen errichten will, jeder gehen könne, mit wem es ihm beliebt, ohne Einschränkung und ohne jegliche Scham.«

»Dergleichen habe ich nie gehört«, sagte Maimun mit fester Stimme, »auch keine ähnlichen Worte.« Und er wandte mir einen Blick zu, der besagen sollte: Baldassare, mein Freund, weshalb hast du mich in diese Räuberhöhle geführt?

Darauf erhob ich mich brüsk.

»Schöne Dinge habt Ihr in Eurem Haus. Gestattet Ihr dem Kaufmann, der ich bin, einen Blick darauf zu werfen?«

»Selbstverständlich, seht Euch um!«

Ich hoffte, mein Freund würde sich gleichfalls erheben und aus dem Vorwand, den ich vorgebracht hatte, Nutzen ziehen, um von einem solchermaßen peinlichen Thema loszukommen und dem ein Ende zu bereiten, was zu einem Verhör auszuarten drohte. Doch er verharrte auf seinem Platz aus Angst, unseren Gastgeber zu kränken. Es stimmt, wären wir beide zugleich aufgesprungen, wäre die Flucht offensichtlich gewesen und zu unschicklich. Die Unterhaltung setzte sich also ohne mich fort, der ich jedoch auf jedes Wort achtete und Möbel, Bücher und Nippsachen mit leerem Blick in Augenschein nahm.

Hinter mir teilte Maimun Coenen mit, daß die meisten Rabbiner nicht an Sabbatai glaubten, daß sie jedoch nicht wagten, sich deutlich zu äußern, denn der Pöbel oder Mob sei ihm hörig. Wer sich weigerte, ihn als König Messias anzuerkennen, mußte sich verstecken oder sogar die Stadt verlassen, aus Angst, auf der Straße angegriffen zu werden.

»Ist es wahr, daß Sabbatai gesagt haben soll, er begebe sich in wenigen Tagen nach Konstantinopel, um dort von der Krone des Sultans Besitz zu ergreifen und sich statt seiner auf den Thron zu setzen?«

Maimun wirkte über dieses Ansinnen entsetzt, er erhob die Stimme: »Haben die Dinge, die ich Euch erzähle, in Euren Augen den geringsten Wert?«

»Selbstverständlich«, antwortete der Pastor ein wenig verwundert. »Ihr seid von allen rechtschaffenen Männern, die ich befragt habe, der genaueste, der weiseste und der scharfsinnigste …«

»Dann vertraut mir, wenn ich Euch sage, daß Sabbatai zu keinem Zeitpunkt solcherlei Absichten geäußert hat.«

»Dennoch ist derjenige, der mir von diesen Worten berichtet hat, einer seiner Anhänger.«

Er senkte die Stimme und nannte einen Namen, den ich nicht hören konnte. Ich hörte lediglich, wie Maimun sich erregte: »Dieser Rabbi ist ein Verrückter! Alle, die solches reden, sind verrückt! Ob es sich nun um Anhänger Sabbatais handelt, die schon annehmen, die Welt gehöre ihnen, oder um seine Gegner, die ihren Untergang wollen um jeden Preis. Wenn morgen derart dummes Geschwätz dem Sultan zu Ohren käme, würden alle Juden niedergemetzelt, desgleichen alle Einwohner Smyrnas!«

Coenen gab ihm recht, bevor er zu einem anderen Thema überging: »Ist es wahr, daß aus Ägypten ein Brief gekommen ist …«

Ich habe das Ende des Satzes nicht mehr gehört. Mein Blick war erstarrt. Vor mir, auf einem niedrigen Bord, zur Hälfte hinter einem runden Tisch aus Zeeland verborgen, stand eine Figur. Eine Figur, die ich kannte! Meine Figur! Meine Figur der zwei Liebenden, wundersam erhalten! Ich bückte mich und kauerte mich sodann nieder, um sie liebevoll zu berühren und sie von allen Seiten anzuschauen. Kein Zweifel war möglich! Die beiden kegelförmigen Köpfe, von einem goldenen Blatt bedeckt, der seltsame Rost, der die beiden Hände vereinigt hatte, um sie über den Tod hinaus zusammenzuschweißen … Nirgendwo auf der Welt gibt es diesen Gegenstand noch einmal!

Ich wartete einige Sekunden, schluckte zwei- oder dreimal, damit meine Stimme mich nicht verriet.

»Ehrwürden, wie seid Ihr zu dieser Figur gekommen?«

»Ach, die Figur? Wheeler hat sie mir geschenkt.«

»Hat er Euch gesagt, ob er sie selbst ausgegraben hat?« fragte ich unschuldig.

»Nein. Ich war zu Besuch bei ihm, als ein Mann an seine Tür klopfte, um ihm ein paar Gegenstände zu verkaufen, die er auf einem Karren mit sich führte. Cornelius hat ihm fast alles abgekauft, und als ich mich interessiert an diesen Votivfiguren zeigte, die wahrscheinlich aus einem antiken Tempel stammen, bestand er darauf, sie mir als Geschenk zu vermachen. Ihr, der Ihr ein großer Kuriositätenhändler seid, für Euch müssen derlei Gegenstände etwas Alltägliches sein.«

»Ich bekomme in der Tat gelegentlich welche zu Gesicht, doch dieser hier unterscheidet sich von allen anderen.«

»Ihr müßt ein Auge für diese Gegenstände haben, mehr als ich. Was ist an diesem das Besondere?«

Der Pastor wirkte nicht allzu interessiert an dem, was ich erzählte. Er hörte mir zu und stellte mit der sich geziemenden Höflichkeit Fragen, um nicht gleichgültig zu wirken. Er sagte sich gewiß, daß ich die normalen Reaktionen eines begeisterten Händlers zeigte, und wartete darauf, daß ich meine Entdeckungsrunde schweigend fortsetzte, damit er zu dem einzigen Thema zurückfinden könne, das ihn heute interessierte: Sabbatai. Daher trat ich auf ihn zu und hielt ›die beiden Liebenden‹ vorsichtig in den Händen.

»Was diese Figur auszeichnet, ist, wie Ihr seht, daß sie aus zwei Figuren besteht, die der Rost zufällig vereint hat. Es handelt sich hierbei um ein seltenes Phänomen, und ich würde diesen Gegenstand unter Tausenden erkennen. Aus diesem Grunde kann ich Euch versichern, daß sich die Figur, die ich in den Händen halte, vor vier Monaten in meinem eigenen Laden in Gibelet befunden hat. Ich hatte sie dem Chevalier de Marmontel, dem Gesandten des französischen Königs, kostenlos vermacht, da er mir für teures Geld ein seltenes Buch abgekauft hatte. Er hatte in Tripolis mit diesem Gegenstand ein Schiff bestiegen. Bevor er Konstantinopel erreichte, ist er mit dem Schiff untergegangen. Und jetzt finde ich meine Figur auf Eurem Bord.«

Coenen erhob sich, er war bleich geworden, als hätte ich ihn des Diebstahls oder des Mordes bezichtigt.

»Ich hatte Cornelius Wheeler vor jenen Banditen gewarnt, die sich als Bettler verkleiden und an die Tür kommen, um wertvolle Gegenstände zu veräußern. Alles Missetäter ohne Glauben und Moral. Und jetzt habe ich das Gefühl, mich zu einem Verbündeten ihrer Verbrechen gemacht zu haben und zu einem Hehler. Mein Haus ist befleckt! Gott strafe dich, Wheeler!«

Ich bemühte mich, ihn zu beruhigen, weder er noch der Engländer hatten sich etwas vorzuwerfen, da sie von der Herkunft der Waren nichts wußten. Sogleich fragte ich vorsichtig nach, was der Verkäufer neben den ›Liebenden‹ noch befördert hatte. Natürlich wollte ich wissen, ob *Der Hundertste Name* ebenfalls überlebt hatte. War das Buch nicht auf dem gleichen Schiff gewesen, im gleichen Gepäck? Ein Buch ist, wie ich weiß, sterblicher als eine Figur aus Metall, und die Seeräuber, die das Schiff versenkt und die Menschen niedergemetzelt hatten, um sich die beförderten Reichtümer einzuverleiben, können durchaus die Figuren mit dem Goldüberzug aufbewahrt und ein Buch über Bord geworfen haben.

»Cornelius hat dem Mann allerhand Dinge abgekauft.«

»Auch Bücher?«

»Ein Buch, ja.«

Hatte ich solch eine klare Antwort erwartet?

»Ein Buch in arabischer Sprache, von dem er entzückt schien.«

In der Anwesenheit des Verkäufers, erzählte Coenen, hatte sein Freund nicht den Anschein vermittelt, ihm größere Bedeutung beizumessen. Doch sobald der Mann verschwunden war, erfreut darüber, so viele Waren verkauft zu haben, konnte sich der Engländer nicht länger zurückhalten. Er drehte und wendete das Buch in seinen Händen und las immer wieder die erste Seite.

»Er wirkte so glücklich über seine Anschaffung, daß er mir, als ich ihn nach dem Alter der Figuren fragte, diese sofort überließ. Trotz meines Einspruchs wollte er nichts davon hören und befahl seinem Diener, das Geschenk einzupacken und es bei mir vorbeizubringen.«

»Hat er Euch nichts zu dem Buch selbst gesagt?«

»Wenig. Nur daß es sich um ein seltenes Buch handelt und daß zahlreiche seiner Kunden seit Jahren danach fragten, in der Annahme, es würde ihnen umfassende Macht und göttlichen Schutz verleihen. Ein Talisman in gewisser Weise. Ich erinnere mich, daß ich ihm geantwortet habe, ein wahrer Gläubiger benötige derlei Schliche nicht, und um die Gunst des Himmels zu erwerben, genüge es, Gutes zu tun und die Gebete zu sprechen, die unser Erlöser uns gelehrt hat. Wheeler pflichtete mir bei, er versicherte mir, daß er selbst dieses dumme Geschwätz nicht glaubte, doch daß er als Kaufmann froh sei, einen derart begehrten Gegenstand erworben zu haben, den er zu einem guten Preis verkaufen könne.«

Nach diesen Worten stimmte Coenen sein Wehklagen wieder an und fragte sich, ob ihm der Himmel verzeihen könnte, in einem Moment der Nachlässigkeit ein Geschenk angenommen zu haben, dessen zweifelhafte Herkunft er geahnt habe. Was mich betrifft, so fand ich mich – und finde mich in diesem Augenblick noch immer – in einem Dilemma, das ich überwunden geglaubt hatte. Wenn das Buch *Der Hundertste Name* nicht verschollen war, müßte ich dann nicht seine Spuren weiterverfolgen? Das Buch ist eine Sirene, wer ihrem Gesang gelauscht hat, kann ihn nicht mehr vergessen. Ich habe mehr als ihrem Gesang gelauscht, ich habe die Sirene in meinen Händen gehalten, ich habe sie liebkost, ich habe sie einen kurzen Augenblick lang besessen, bevor sie mir entglitt und auf dem Ozean verschwand. Sie war untergegangen, und ich hatte sie für immer auf dem Meeresgrund geglaubt, doch eine Sirene ertrinkt nicht im Meer. Kaum hatte ich angefangen, sie zu vergessen, da taucht sie unversehens wieder auf, dicht neben mir, um mir ein Zeichen zu geben, um mich an meine Pflichten als verhexter Verehrer zu gemahnen.

»Wo befindet sich dieses Buch im Augenblick?«

»Wheeler hat mir nie wieder davon erzählt. Ich weiß nicht, ob er es mit nach England genommen oder in seinem Haus in Smyrna zurückgelassen hat.«

In Smyrna? In seinem Haus? Will heißen, in meinem?

Wer wollte mir vorwerfen, daß ich beim Schreiben dieser Zeilen zittere und ins Stammeln gerate.

Am 24. Dezember

Nichts von dem, was ich heute getan habe, kommt einem strafbaren Verbrechen gleich, zweifellos jedoch einem Mißbrauch der Gastfreundschaft. Ein Haus, das man mir anvertraut hat, in dieser Weise von oben bis unten zu durchsuchen, als handele es sich um die Höhle eines Hehlers! Möge mein Engländer mir verzeihen, ich mußte es tun, ich mußte versuchen, das Buch wiederzufinden, das mich bewogen hat, diese Reise zu unternehmen. Ohne große Zuversicht im übrigen. Es hätte mich sehr überrascht, wenn mein Kollege, der um die Bedeutung dieses Werkes wußte, es hier zurückgelassen hätte. Ich ging nicht so weit, anzunehmen, er habe wegen des *Hundertsten Namens* so unvermittelt beschlossen, abzureisen und sein Haus sowie sein Hab und Gut einem Fremden zu überlassen, der ich für ihn bin. Doch kann ich diese Möglichkeit nicht von vornherein ausschließen.

Coenen hat mir erzählt, Cornelius Wheeler gehöre einer Buchhändlerfamilie an, die seit langer Zeit einen Laden auf dem alten St. Paul's Market in London besitzt. Ich habe diesen Markt noch nie besucht, und auch nicht diese Stadt, doch wer wie ich mit alten Büchern Handel treibt, auf den wirken diese Orte vertraut. Ebenso wie manchen Buchhändlern und Sammlern in London oder Oxford der Name des Hauses Embriaco in Gibelet vertraut sein mußte – zumindest gefalle ich mir darin, dies zu glauben. Als verbinde ein unsichtbarer Faden über die Meere hinweg all diejenigen, die sich für die gleichen Dinge begeistern. Meine Händlerseele sagt mir, daß die Welt ein wesentlich herzlicherer Ort wäre, wenn die Fäden zahlreicher würden und das Gewebe immer stärker und enger.

Zur Stunde jedoch erfreut mich der Gedanke keineswegs, daß jemand am anderen Ende der Welt danach trachtet, dasselbe Buch zu besitzen wie ich, und auch nicht, daß das Buch nun auf einem Schiff unterwegs nach England ist. Wird es untergehen wie das des unglücklichen Marmontel? Ich wünsche es nicht, Gott ist mein Zeuge. Ich hätte mir nur gewünscht, daß sich das Buch aufgrund eines unerklärlichen Zaubers noch in diesem Haus befände. Ich habe es nicht gefunden, und obschon ich nicht sagen kann, daß ich in allen Ecken und Winkeln gesucht habe, bin ich davon überzeugt, daß ich es nicht finden werde.

Die Meinen haben sich alle an der Jagd nach dem Schatz beteiligt, mit Ausnahme von Bumeh, der den ganzen Tag abwesend war. Er ist in letzter Zeit selten zu Hause, doch habe ich mich heute davor gehütet, es ihm vorzuwerfen. Ich bin sehr froh, daß er nicht weiß, daß wir nach dem Buch Mazandaranis gesucht haben, noch wo sich jener Gegenstand zur Zeit befindet, den er mehr als wir alle begehrt. Er wäre imstande, uns auf der Suche danach bis nach England zu schleppen! Ich habe mir im übrigen von allen im Hause versprechen lassen, ihm kein Sterbenswörtchen zu verraten. Ich habe ihnen sogar die schlimmsten Strafen angedroht, falls sie dem nicht Folge leisten.

Am Nachmittag, als wir alle im Wohnraum saßen, vor Enttäuschung so erschöpft wie vor Müdigkeit, sagte Habib: »Nun ja, wir haben unser Weihnachtsgeschenk nicht bekommen!« Wir lachten, und ich dachte, daß es am Vorabend von Christi Geburt tatsächlich ein schönes Geschenk für uns alle gewesen wäre.

Wir lachten noch, als es an die Tür klopfte. Es war der Diener Coenens, der uns, eingehüllt in eine purpurfarbene Schärpe, die Figur der zwei Liebenden überbrachte. »Nach dem, was ich gestern erfahren habe, konnte ich sie nicht länger unter meinem Dach behalten«, stand in dem Begleitschreiben.

Es war, wie ich vermute, mitnichten die Absicht des Pastors gewesen, uns ein Weihnachtsgeschenk zu machen, doch als ein solches ist uns sein Päckchen erschienen. Nichts, mit Ausnahme des *Hundertsten Namens,* hätte mir mehr Freude bereiten können.

Doch mußte ich die Figur sogleich wieder verstecken und noch einmal allen das Versprechen abnehmen, Stillschweigen zu bewahren, sonst hätte mein Neffe bei ihrem Anblick alles erraten.

Wie lange konnte ich ihm die Wahrheit noch vorenthalten? Sollte ich nicht vielmehr lernen, nein zu sagen? Das hätte ich tun sollen, als er mich zum ersten Mal bat, diese Reise zu unternehmen, anstatt mich auf diesen glatten Abhang zu begeben, auf dem mich nichts zurückhalten konnte. Es sei denn vielleicht die Datenwende. In einer Woche ist das Jahr …

Am 27. Dezember

Ein wenig ruhmreicher Zwischenfall hat sich soeben ereignet. Ich lege ihn schriftlich in diesem Heft nieder, in dem einzigen Bestreben, mich zu beruhigen, anschließend werde ich nie wieder davon erzählen.

Ich hatte mich früh in mein Zimmer zurückgezogen, um mich um ein paar Gelddinge zu kümmern, und war irgendwann wieder aufgestanden, um nachzusehen, ob Bumeh bereits zurückgekehrt sei, da sein Fernbleiben in letzter Zeit allzusehr überhandgenommen hatte und beunruhigend war angesichts seiner geistigen Verfassung und der dieser Stadt.

Als ich ihn nicht in seinem Zimmer fand und dachte, daß er wegen eines nächtlichen Bedürfnisses in den Garten gegangen sein könnte, trat ich meinerseits ins Freie, um mir die Beine zu vertreten. Die Nacht war mild, erstaunlich mild für eine Dezembernacht, man mußte die Ohren spitzen, um die doch nahen Wellen zu hören.

Plötzlich ein seltsames Geräusch, eine Art Röcheln oder ein unterdrückter Schrei. Er kam vom Dach, wo sich das Zimmer der Dienerin befindet. Ich ging geräuschlos näher und stieg langsam die Leiter hinauf. Das Röcheln dauerte an.

Ich frage: »Wer ist da?« Niemand antwortet, und die Geräusche hören auf. Ich rufe die Dienerin bei ihrem Namen: »Nasme! Nasme!« Und höre sodann die Stimme Habibs : »Ich bin's, Onkel. Alles in Ordnung. Du kannst dich wieder hinlegen!«

Mich wieder hinlegen? Hätte er etwas anderes gesagt, hätte ich vielleicht Verständnis gezeigt und vielleicht ein Auge zugedrückt, da mein eigenes Verhalten in letzter Zeit nicht untadelig war. Doch so mit mir zu reden, wie mit einem Trottel oder einem Schwachsinnigen?

Wie ein Verrückter stürze ich in das Zimmer. Es ist winzig

und sehr dunkel, doch ich ahne die beiden Umrisse und kann sie allmählich unterscheiden. »Mir wolltest du sagen, daß ich mich wieder hinlegen soll …« Ich fluche wie ein genuesischer Lastträger und verpasse ihm eine ordentliche Ohrfeige. Der Flegel! Was die Dienerin betrifft, lasse ich ihr Zeit bis morgen, um ihre Sachen zu packen und das Haus zu verlassen.

Jetzt, da sich meine Wut ein wenig gelegt hat, sage ich mir, daß eher mein Neffe eine Strafe verdient hätte als die Unglückliche. Ich weiß bestens, was für ein Verführer er sein kann. Doch man straft nie, wie man sollte, sondern immer, wie man kann. Die Dienerin davonzujagen und meinen Neffen zu schelten, ist ungerecht. Doch was sollte ich tun? Der Dienerin eine Ohrfeige verpassen und meinen Neffen davonjagen?

Zu viele Dinge geschehen in meinem Haus, die nicht geschähen, würde ich mich anders benehmen. Ich leide beim Schreiben dieser Worte, doch würde ich gewiß noch mehr leiden, wenn ich sie nicht niederschriebe. Hätte ich mir nicht gestattet, nach meinem Belieben mit einer Frau zu leben, die nicht die meine ist, hätte ich mir nicht so viele Freiheiten gegenüber den Gesetzen des Himmels und der der Menschen herausgenommen, hätte sich mein Neffe nicht so benommen, wie er es getan hat, dann hätte ich nicht mit aller Strenge vorgehen müssen.

Was ich soeben niedergeschrieben habe, ist wahr. Doch Tatsache ist, daß weder Marta noch ich diese Gesetze umgehen müßten, wären sie nicht so grausam. Weshalb sollte ich mich in einer Welt, in der alles der Willkür unterworfen ist, als einziger schuldig fühlen, wenn ich gegen Gesetze verstieß? Und weshalb sollte ich als einziger Schuldgefühle empfinden?

Ich werde lernen müssen, eines Tags bedenkenlos ungerecht zu sein.

Am Montag, dem 28. Dezember 1665

Heute bin ich zurückgekehrt, um den osmanischen Beamten, Abdellatif, den Gerichtsschreiber des Gefängnisses zu Smyrna, aufzusuchen, und mir scheint, ich habe mich nicht geirrt, als ich ihn rechtschaffen genannt habe. Er ist es noch mehr, als ich zu glauben gewagt hätte. Mögen die kommenden Tage mir nicht das Gegenteil beweisen!

Ich hatte ihn in Begleitung Martas und Hatems sowie eines ausreichend gefüllten Beutels aufgesucht, um den üblichen Forderungen entsprechen zu können. Er empfing mich höflich in einem dunklen Büro, das er mit drei weiteren Beamten teilte, die zur gleichen Zeit ihre eigenen ›Kunden‹ empfingen. Während er mir bedeutete, mich über seine Schulter zu beugen, sagte er mir leise, daß er in allen verfügbaren Registern nachgesehen habe, ohne etwas über den Mann zu finden, der uns interessierte. Ich dankte ihm für seine Mühe und fragte ihn, indem ich meinen Beutel berührte, wieviel ihn seine Nachforschungen gekostet hätten. Er antwortete mir, indem er plötzlich die Stimme erhob: »Das macht zweihundert Asper!« Ich fand die Summe beträchtlich, ohne daß sie indes überzogen oder unerwartet war. Ich hatte jedenfalls nicht die Absicht zu feilschen und drückte ihm die Münzen in die offene Hand. Er dankte mir mit den üblichen Worten und erhob sich, um mich nach draußen zu begleiten, was mich nicht wenig überraschte. Weshalb sollte dieser Mann, der mich empfangen hatte, ohne sich zu erheben und ohne mir einen Platz anzubieten, jetzt aufstehen und mich am Arm nehmen, als wäre ich ein langjähriger Freund oder ein Wohltäter?

Sobald wir draußen waren, öffnete er meine Hand, ließ alle Münzen hineinfallen, die ich ihm gegeben hatte, schloß meine Finger darum und sagte: »Ihr schuldet mir dieses Geld nicht, ich habe nur ein Register durchsehen müssen, was zu der Arbeit gehört, für die ich bereits entlohnt werde. Gott schütze Euch und lasse Euch finden, was Ihr sucht.«

Ich war erstaunt und fragte mich, ob es sich um wahre Schuldgefühle handelte oder um eine weitere osmanische Finte, die darauf zielte, noch mehr Geld zu erhalten, und ob ich beharren oder mit einem einfachen Wort des Dankes meines Weges ziehen sollte, wie er mir befahl. Doch Marta und Hatem, die das seltsame Gebaren beobachtet hatten, schickten sich an, lauthals Lobeshymnen anzustimmen, als wären sie Zeuge eines Wunders geworden.

»Gesegnet seist du! Der beste aller Menschen! Der beste Diener des Sultans unseres Herrn! Möge der Allerhöchste über dich und deine Angehörigen wachen!«

»Das reicht!« brüllte der Mann. »Hättet ihr meinen Untergang verflucht? Geht, auf daß ich euch nie wiedersehe!«

Wir entfernten uns und nahmen unsere Fragen mit.

Am 29. Dezember 1665

Der flehentlichen Bitte dieses Mannes zum Trotz bin ich heute erneut zu ihm gegangen. Ganz allein, dieses Mal. Ich mußte verstehen, weshalb er sich so aufgeführt hatte. Ich wußte nicht, wie er mich empfangen würde, und ich hatte auf dem ganzen Weg, der vom Viertel der ausländischen Kaufleute zur Zitadelle führte, die Vorahnung, seinen Platz leer vorzufinden. Gewöhnlich erinnert man sich seiner Vorahnungen nur, wenn man sie bestätigt findet. Im vorliegenden Fall hat sich die Vorahnung als trügerisch erwiesen, Abdellatif war da. Eine Frau mittleren Alters redete auf ihn ein, und er machte mir Zeichen, einen Augenblick zu warten, bis er mit ihr fertig sei. Als sie ging, schrieb er eilig ein paar Worte in sein Heft, erhob sich sodann und zog mich nach draußen.

»Wenn Ihr gekommen seid, um mir die zweihundert Asper zurückzugeben, habt Ihr Euch umsonst bemüht.«

»Nein«, sagte ich zu ihm, »ich bin nur gekommen, Euch für Euer Wohlwollen zu danken. Gestern haben meine Freunde sogleich angefangen, laut zu schreien, und ich habe Euch meine Dankbarkeit nicht aussprechen können. Ich spreche seit Monaten auf Behörden vor, und jedesmal bin ich schimpfend von dannen gezogen, verzeiht mir. Dank Eurer bin ich, dem Himmel und der Pforte dankend, zufrieden von hier weggegangen, obschon ich meinem Ziel nicht sehr viel näher gekommen bin. Es geschieht selten in unseren Tagen, daß man einem rechtschaffenen Mann begegnet. Ich kann verstehen, daß meine Freunde in dieser Weise reagiert haben, doch Eure Bescheidenheit hat unter ihrem Überschwang gelitten, und Ihr habt sie zum Schweigen gebracht.«

Ich hatte die Frage noch nicht deutlich vorgebracht, die ich auf den Lippen hatte. Der Mann lächelte, seufzte, legte die Hand auf meine Schulter.

»Seid gewiß, es ist nicht aus Bescheidenheit, daß ich Eure Freunde schweigen hieß, sondern aus Weisheit und Vorsicht.«

Er hielt einen Augenblick inne, schien nach Worten zu suchen. Dann schaute er um sich her, wie um sich zu vergewissern, daß ihn niemand beobachtete.

»An einem Ort, an dem die meisten unsauberes Geld entgegennehmen, erscheint derjenige, der sich dem nicht anschließt, den anderen als Bedrohung, als möglicher Verräter, und man setzt alles daran, ihn loszuwerden. Man hat sich im übrigen nicht gescheut, mir dies zu sagen: Wenn du deinen Kopf zwischen den Schultern behalten willst, dann tu das gleiche wie wir, du solltest dich weder besser noch schlechter zeigen. Da ich nicht den Wunsch habe zu sterben, jedoch auch nicht den Wunsch, mich zu beflecken oder zu verdammen, ziehe ich es vor, zu handeln, wie ich es mit Euch getan habe. Im Innern des Gebäudes lasse ich mich kaufen, draußen kaufe ich mich frei.«

Eine seltsame Epoche, die unsere, wo das Gute gezwungen ist, sich hinter den zerschlissenen Kleidern des Bösen zu verbergen!

Vielleicht ist es an der Zeit, daß die Zeiten ein Ende haben …

Am 30. Dezember 1665

Heute morgen ist Sabbatai nach Konstantinopel aufgebrochen, ohne daß bekannt ist, welches Schicksal ihn dort erwartet. In Begleitung dreier Rabbiner, einem aus Aleppo, einem aus Jerusalem und einem aus Polen, hat er, wie man mir erzählt hat, eine türkische Barke bestiegen. Dabei waren noch drei weitere Personen, darunter der Vater Maimuns. Mein Freund hatte sich ihnen anschließen wollen, um bei seinem Vater zu bleiben, doch der sogenannte Messias hat es ihm verwehrt.

Das Meer scheint bewegt, und schwarze Wolken verhängen den Horizont, aber alle Männer sind an Bord gegangen, als würde die Anwesenheit ihres Meisters an ihrer Seite jeglichen Sturm und Seegang verhindern.

Noch vor ihrer Abreise waren viele Gerüchte in Umlauf gekommen, die mir von Maimun stets aus der Oberstadt zugetragen wurden, damit ich an seinen Sorgen und seiner Bestürzung teilhaben konnte. Die Anhänger Sabbatais behaupten, er begebe sich nach Konstantinopel, um dort den Sultan zu treffen und ihn darüber in Kenntnis zu setzen, daß die neuen Zeiten angebrochen seien, die der Erlösung und der Befreiung, und ihm zu befehlen, sich ihnen widerstandslos unterzuordnen. Sie fügen hinzu, daß der Allerhöchste anläßlich dieser Begegnung Seinen Willen durch ein aufsehenerregendes Wunder anzeigen würde, so daß sich der in Angst und Schrecken versetzte Sultan nur noch auf die Knie werfen und demjenigen, der an seiner Statt zum Schatten Gottes auf Erden geworden ist, seine Krone überreichen kann.

Die Gegner Sabbatais behaupten im Gegenteil, daß er mitnichten als Eroberer losgezogen ist, sondern auf Aufforderung der osmanischen Obrigkeit selbst, repräsentiert durch den Kadi, der ihm befohlen hatte, Smyrna in drei Tagen zu verlassen und nach Konstantinopel zu gehen, wo er bei seiner Ankunft festgenommen würde. Diese Behauptung ist in der Tat einleuchtend, sie scheint die einzige einleuchtende Annahme zu sein. Welcher Mann, der im Besitz seiner Sinne ist, könnte fürwahr an diese wundersame Begegnung glauben, in deren Anschluß der mächtigste Monarch der Welt dem rothaarigen Sänger seine Krone zu Füßen legen würde? Nein, ich glaube nicht daran, und Maimun noch weniger. Doch heute abend nehmen die meisten Menschen im jüdischen Viertel die Sache für gegeben. Diejenigen, die Zweifel hegen, verbergen sie und geben vor, sich bereits auf die Festlichkeiten vorzubereiten.

Auch Bumeh scheint zu glauben, die Welt sei im Begriff, einzustürzen. Das Gegenteil hätte mich verwundert. Sobald es zwei Wege gibt, entscheidet sich mein Neffe für den dümmsten. Ja, dumm, ich bleibe dabei, doch stets imstande, zu argumentieren und uns zum Nachdenken anzuregen, wenn nicht gar uns aus der Fassung zu bringen.

»Wenn die Obrigkeit«, wie er sagt, »beabsichtigt, Sabbatai festzunehmen, sobald er den Fuß an Land setzt, weshalb ihn dann auf dem Schiff frei ziehen lassen, das er selbst gewählt hat, anstatt ihn mit einer richtigen Eskorte direkt ins Gefängnis zu begleiten? Wie sollten sie sicher wissen, an welcher Stelle er an Land gehen würde?«

»Was willst du uns sagen, Bumeh? Daß sich der Sultan ohne jegliche Umstände unterwerfen wird, sobald dieser Mann es ihm befiehlt? Offenkundig hast auch du den Verstand verloren.«

»Die Vernunft hat nur mehr einen Tag zu leben. Das neue Jahr wird beginnen, die neue Ära wird beginnen, was vernünftig schien, wird bald lächerlich scheinen, was unvernünftig schien, wird sich als Selbstverständlichkeit aufdrängen. Diejenigen, die bis zum letzten Augenblick gewartet haben, um die Augen zu öffnen, werden beim ersten Lichtstrahl erblinden.«

Habib lachte hämisch los, und ich zuckte die Schultern und drehte mich zu Maimun, um seine Zustimmung zu suchen. Doch mein Freund war wie abwesend. Er dachte zweifellos an seinen Vater, an seinen alten kranken und verirrten Vater, er sah ihn vor sich, wie er die türkische Barke bestieg, ohne eine Geste des Abschieds, ohne einen Blick, und er fragte sich, ob er sich nicht auf dem direkten Weg zu Demütigung und Tod befände. Er wußte nicht länger, was glauben, und vor allem nicht, was wünschen. Vielmehr, er wußte es, doch er fand darin keinen Trost.

Ich habe, seit wir zusammen wohnen, hinlänglich mit ihm diskutiert, um genau zu wissen, wie sich seine Not darstellt. Sollte sein Vater recht behalten, sollte Sabbatai der König Messias sein, sollte sich das erwartete Wunder ereignen, sollte der Sultan auf die Knie sinken und anerkennen, daß die alten Zeiten zu Ende, daß die Königreiche dieser Welt von nun an überwunden und die Mächtigen nicht länger mächtig waren, die Arroganten nicht länger arrogant und die Demütigen nicht länger gedemütigt würden, wenn dieser ganze verrückte Traum, dank des himmlischen Willens, Wirklichkeit werden würde, wie sollte Maimun nicht vor Freude darüber weinen? Doch das wird nicht geschehen, wiederholte er mir. Sabbatai flößte ihm kein Vertrauen ein, keine innere Sammlung, keine Erwartung, keine Freude.

»Wir befinden uns noch weit von dem erhofften Amsterdam«, sagte er zu mir. Lachend, um nicht zu weinen.

Am 31. Dezember 1665

Herr, der letzte Tag!

Seit heute morgen drehe ich mich im Kreis, kann nicht essen, nicht reden, nicht nachdenken. Ich brüte über den Gründen für meine Furcht, und sie gehen mir unentwegt durch den Kopf. Ob man nun an Sabbatai glaubt oder nicht, läßt er dennoch keinen Zweifel daran, daß sein Auftauchen in ebenjenem Augenblick, am Vorabend des schicksalhaften Jahres, in dieser Stadt, die vom Apostel Johannes als eine der sieben Gemeinden genannt ist, die in erster Linie im Zusammenhang mit der Botschaft der Apokalypse stehen, nicht allein einer Fülle von Zufällen zuzuschreiben ist. Auch, was mir im Verlauf der letzten Monate widerfahren ist, läßt sich nicht ohne das Herannahen der neuen Zeiten erklären, seien es die des Tieres oder die der Erlösung, und mit den Zeichen, die von ihnen künden. Muß ich sie noch einmal aufzählen?

Während die Meinen Mittagsschlaf hielten, hatte ich mich an den Tisch gesetzt, um aufzuschreiben, welche Gedanken dieser Tag in mir wachruft. Ich hatte beabsichtigt, ein ganzes Testament zu verfassen, habe es sodann bei diesen wenigen Zeilen belassen, die in eine Frage mündeten, hatte meine Hand lange Zeit in der Luft gehalten, ohne mich dazu entschließen zu können, mit der Aufzählung der Zeichen, die die letzten Monate meines Lebens und das der Meinen geprägt haben, noch einmal zu beginnen. Schließlich hatte ich mein Schreibzeug beiseite geräumt und mich gefragt, ob ich noch einmal Gelegenheit haben würde, meine Feder in die Tinte zu tauchen. Ich war ausgegangen und durch die fast menschenleeren Straßen gelaufen, sodann am Strand entlang, der gleichermaßen verlassen dalag, doch wo mich das Geräusch der Wellen zu beruhigen vermochte, indem es mich betäubte.

Zurück im Haus, legte ich mich für wenige Minuten aufs Bett, vielmehr saß ich, da mein Kopf auf den aufeinandergestapelten Kopfkissen ruhte. War dann in bester Stimmung wieder aufgestanden, entschlossen, meinen letzten Tag – so es tatsächlich der letzte sein sollte – nicht in einem Zustand der Schwermut oder der Angst verstreichen zu lassen.

Ich hatte mir vorgenommen, meine gesamte Familie zum Abendessen in die französische Speisewirtschaft auszuführen. Doch Maimun entschuldigte sich, er wolle ins jüdische Viertel, um einen Rabbi zu treffen, der aus Konstantinopel gekommen war und ihn vielleicht in Kenntnis setzen könnte über das, was Sabbatai und die Seinen dort erwartete. Bumeh sagte, er wolle sich in seinem Zimmer einschließen und bis zum Morgengrauen meditieren, wie jeder von uns es tun sollte. Und Habib, noch in Trauer oder gekränkt, wollte ebenfalls nicht ausgehen. Ohne mich entmutigen zu lassen, überredete ich Marta, mich zu begleiten, und sie sagte nicht nein. Sie zeigte sich sogar erfreut, als würde sie der heutige Tag nicht im geringsten beeindrucken.

Ich bat den Sieur Moineau, uns das Beste aufzutischen, was er zu bieten hatte, das Gericht, auf das er als Koch besonders stolz war, zusammen mit dem besten Wein, der in seinem Lager ruhte. Als wäre dies unsere letzte Mahlzeit, dachte ich, ohne es indes zu sagen und ohne, daß mich diese Aussicht über die Maßen beeinträchtigte. Ich glaube, daß ich mich damit abgefunden habe.

Als wir zurückkamen und alle Welt zu schlafen schien, begab ich mich in Martas Zimmer und verriegelte von innen die Tür. Dann schworen wir uns, eng aneinander geschmiegt, bis zum Morgen zu schlafen, – oder zumindest, überlegte ich, halb belustigt, halb entsetzt, bis das Ereignis am frühen Morgen im Jahr des Tieres eintreten würde. Allein, nach unserer Umarmung schlief Marta ein, während ich keinen Schlaf finden konnte. Ich drückte sie lange Zeit an mich, eine Stunde vielleicht, schob sie sodann ganz sanft zur Seite, erhob mich, zog mich an und ging mein Schreibzeug holen.

Ich nahm mir erneut vor, eine Bilanz der letzten Monate zu ziehen, die Zeichen aufzuzählen, in der Hoffnung, ihre Aneinanderreihung auf dem Papier würde mir unversehens den verborgenen Sinn der Dinge enthüllen. Doch zum zweiten Mal für heute habe ich es aufgegeben. Ich habe mich damit begnügt, meine alltäglichen Unternehmungen am heutigen Nachmittag und Abend niederzuschreiben, und jetzt werde ich nichts mehr schreiben.

Wie spät mag es sein? Ich weiß es nicht. Ich werde mich vorsichtig neben Marta legen und darauf achten, daß ich sie nicht aufwecke, und hoffen, daß meine Gedanken zur Ruhe kommen und ich einschlafen kann.

Am Freitag, dem 1. Januar 1666

Das Jahr des Tieres hat begonnen, es ist ein Morgen wie jeder andere. Das gleiche Licht hinter den Fensterläden, die gleichen Geräusche draußen. Und in der Nachbarschaft habe ich einen Hahn krähen hören.

Bumeh läßt sich aber nicht aus der Fassung bringen. Er habe nie gesagt, behauptet er, daß sich die Welt von heute auf morgen auflösen würde. Das ist wahr, doch gestern verhielt er sich so, als sollten die Pforten der Hölle in Kürze geöffnet werden. Er täte gut daran, diese verächtliche Haltung abzulegen und zuzugeben, daß er nicht mehr weiß als wir alle. Doch das käme ihm nicht in den Sinn. Er fährt weiterhin fort, auf seine Weise Prophezeiungen auszusprechen.

»Die neuen Zeiten werden sich in ihrem eigenen Rhythmus einstellen«, verkündet mein Neffe, das Orakel.

Das könnte einen Tag dauern oder eine Woche oder einen Monat oder gar ein ganzes Jahr – gewiß ist nur, beteuert er, daß der Anstoß gegeben ist, daß die Verwandlung der Welt begonnen hat und daß alles vor dem Ende des Jahres 1666 besiegelt sein wird. Er und sein Bruder behaupten heute, sie hätten niemals Angst gehabt, nur ich, ihr Onkel, sei in Angst und Schrecken versetzt gewesen. Wohingegen sie gestern, von morgens bis abends, schwer atmeten und sich im Kreis drehten mit dem Blick eines gestellten Beutetiers.

Maimun, der den gestrigen Abend und den heutigen Tag im jüdischen Viertel zugebracht hat, berichtet, daß die Gemeinde in Konstantinopel in diesen letzten Wochen gespannt auf die Nachrichten lauschte, die sie aus Smyrna erreichten, und daß sie allesamt, ob arm, ob reich, gebildet oder ungebildet, fromm oder durchtrieben, alle mit Ausnahme einiger weniger Weiser mit übergroßer Hoffnung die Ankunft Sabbatais erwarteten. Die Häuser und Straßen werden geputzt und wie für eine Hochzeit geschmückt. Und wie in Smyrna und anscheinend an vielen anderen Orten auch geht das Gerücht, der Sultan wolle dem König Messias seinen Turban und seinen Stirnreif zu Füßen legen im Tausch gegen sein Leben und einen Platz in dem künftigen Königreich, dem Reich Gottes auf Erden.

Sonntag, der 3. Januar 1666

In der Klosterkirche der Kapuziner zieht der Prediger über diejenigen her, die das Ende der Welt verkünden, die die Zahlen deuten und die sich verführen lassen. Er versichert, das neue Jahr sei ein Jahr wie jedes andere auch, und macht sich über den Messias aus Smyrna lustig. Die Gläubigen lächeln über seine spöttischen Bemerkungen, doch bekreuzigen sie sich erschreckt, wann immer das Tier oder die Apokalypse erwähnt wird.

Am 4. Januar

Heute um die Mittagszeit hat sich ein Zwischenfall ereignet, den ich verschuldet habe und der die schlimmsten Folgen hätte nach sich ziehen können. Doch habe ich, Gott sei Dank, die nötige Geistesgegenwart besessen, das Boot wieder flottzumachen, das bereits zu kentern drohte.

Ich war mit Marta und Hatem spazierengegangen, und wir waren dabei in die Nähe der neuen Moschee gekommen, wo es zahlreiche Buchhändler gab. Als ich ihre Bücherstapel sah, überkam mich ein plötzlicher Drang, sie nach dem *Hundertsten Namen* zu fragen. Meine Mißgeschicke in Tripolis und in Konstantinopel hätten mich zur Vorsicht mahnen sollen, doch mein Wunsch, dieses Buch zu besitzen, war so stark, daß ich mir mit festem Vorsatz die besten Gründe an die Hand gab, um meine Vorsicht ablegen zu können. Bei der derzeit in Smyrna herrschenden Atmosphäre und nachdem sich die große Aufregung nach Sabbatais Abreise ein wenig gelegt hatte, überlegte ich, daß gewisse Dinge, die für einige Zeit verdächtig oder verboten gewesen waren, jetzt vielleicht wieder geduldet würden. Ich redete mir überdies ein, daß meine Befürchtungen durchaus überzogen und gewiß völlig unberechtigt seien.

Mittlerweile weiß ich, das dem nicht so ist. Kaum hatte ich den Namen Mazandarani sowie den Titel des Buches ausgesprochen, da wichen mir die meisten mit ihren Blicken aus, andere wurden mißtrauisch und wieder andere regelrecht bedrohlich. Näheres erfuhr ich nicht, und nichts wurde gegen mich unternommen. Letztendlich verblieb alles in einer dumpfen, nicht nachweisbaren und nicht faßbaren Ahnung. Nichtsdestotrotz bin ich zu der Gewißheit gelangt, daß die Obrigkeit die Buchhändler vor diesem Buch gewarnt haben mußte und vor allen, die auf der Suche danach sind. In Smyrna wie in Konstantinopel, in Tripolis und in Aleppo sowie in allen Städten des Reiches.

Aus Angst, dem Vorwurf ausgesetzt zu werden, irgendeiner geheimen Bruderschaft anzugehören, die danach trachtet, die Herrschaft des Sultans zu stürzen, wechselte ich sogleich das Thema und gab mich einer detaillierten und eigenwilligen Beschreibung des Bucheinbandes hin, »so, wie man ihn mir beschrieben hat«, und gab zu verstehen, daß hierin mein ganzes Interesse als Kaufmann lag, der ich nun einmal war. Ich bezweifle, daß mein unvermittelter Themenwechsel meine Gesprächspartner täuschen konnte. Dennoch, ein geschickter Kaufmann eilte davon, um mir aus seinem Lager ein Buch zu holen, dessen Einband dem von mir beschriebenen ein wenig ähnelte – ganz aus damasziertem Holz, der Titel in Perlmuttintarsien gearbeitet mit feinen Scharnieren wie von einer Schatulle. Bereits einmal hatte sich in meinem Laden ein Buch befunden, das in dieser sehr ungewöhnlichen Weise eingebunden war, doch handelte es sich keinesfalls um *Der Hundertste Name* …

Das Buch, das der Händler mir heute gebracht hat, erzählt von dem türkischen Dichter Yunus Emre, der im 8. Jahrhundert der Hedschra und im 14. Jahrhundert unserer Zeitrechnung gestorben ist. Ich habe nur ein wenig darin geblättert, um festzustellen, daß es sich nicht um eine reine Gedichtsammlung handelte, sondern um eine Mischung aus Gedichten, Kommentaren und biographischen Anekdoten. Ich habe vor allem den Einband inspiziert und mehrfach mit meinen Fingern darüber gestrichen, um zu überprüfen, ob er korrekt damasziert war und ohne jegliche Unebenheit. Und natürlich habe ich es gekauft. Bei den vielen Umstehenden, die mich beobachteten, war es undenkbar, daß ich meine Worte Lügen strafte. Der Buchhändler, der es mir für sechs Piaster verkaufte, hat ein gutes Geschäft gemacht. Doch ich auch. Für sechs Piaster habe ich etwas gelernt, das nicht mit Gold aufzuwiegen ist: Nie wieder werde ich in einem osmanischen Land von dem Buch *Der Hundertste Name* reden!

Am Dienstag, dem 5. Januar 1666

Gestern abend, kurz vor dem Einschlafen, habe ich ein paar Abschnitte in dem Buch gelesen, das ich gekauft hatte. Ich hatte gelegentlich schon den Namen Yunus Emre gehört, bisher jedoch noch nichts von ihm gelesen. Seit mehr als zehn Jahren lese ich Dichter aus aller Welt und lerne ihre Verse bisweilen auswendig, doch nie habe ich dergleichen gefunden. Ich wage nicht zu behaupten, daß es sich um das Größte handelt, aber für mich ist es das Außergewöhnlichste.

Eine Fliege ließ einen Adler erzittern
Und ließ ihn beißen in den Staub
Das ist die reine Wahrheit
Den Staub hab ich selbst gesehen.

Der Fisch bestieg eine Pappel
Um Teer mit Essig zu speisen
Der Storch kam mit einem Eselchen nieder
Welche Sprache wird jenes sprechen?

Obschon ich beim Aufwachen froh war, dieses Buch entdeckt zu haben, hatte mir die Nacht geraten, es nicht zu behalten, sondern lieber einem Mann zu vermachen, der es verdient hat und seine Sprache mehr zu schätzen weiß als ich – Abdellatif, dem rechtschaffenen Gerichtsschreiber. Ich stand in seiner Schuld, ohne jedoch zu wissen, in welcher Weise ich sie am besten begleichen könnte. Weder mit einem Schmuckstück noch mit einem wertvollen Stoff, den er seinen Prinzipien gemäß gewiß abgelehnt hätte, noch mit einem kolorierten Koran, den ein Muselman ungern aus der Hand eines Genuesen entgegennehmen würde. Nichts ist besser, überlegte ich, als eine angenehme Lektüre, ein weltliches Buch, das er von Zeit zu Zeit mit Freude in die Hand nehmen und das ihn an meine Dankbarkeit erinnern würde.

Am Morgen brach ich also zur Zitadelle auf, mein Geschenk unter dem Arm. Der Mann wirkte zunächst verwundert. Ich spürte sogar ein gewisses Mißtrauen, als fürchte er, daß ich dafür einen Dienst fordere, der ihm ein schlechtes Gewissen bescheren könnte. Er musterte mich lange, so daß ich bereits anfing, meine Geste zu bereuen. Doch dann entspannte sich sein Gesicht, er umarmte mich, nannte mich seinen Freund und rief einen freundlichen Mann, der nahe der Tür saß, damit er uns Kaffee brachte.

Als ich mich nach einigen Minuten erhob, begleitete er mich nach draußen und hielt mich dabei am Arm. Er war noch ganz ergriffen von meiner Geste, auf die er nicht gefaßt gewesen war. Bevor ich mich verabschiedete, fragte er mich zum ersten Mal, wo ich normalerweise lebte, wo ich in Smyrna wohnte und aus welchem Grund ich mich für das Schicksal von Martas Mann interessierte. Ich erklärte ihm ohne Umschweife, daß jener Mensch sie vor Jahren verlassen hatte, daß sie nie wieder von ihm gehört hatte und aus diesem Grunde nicht wüßte, ob sie noch verheiratet sei oder nicht. Abdellatif zeigte sich um so betrübter, als er nichts habe ausrichten können, um diese Ungewißheit auszuräumen.

Auf dem Rückweg fing ich an, über den Vorschlag nachzudenken, den Hatem mir vor einigen Wochen unterbreitet hatte, nämlich für Marta ein gefälschtes Schriftstück ausstellen zu lassen, das den Tod ihres Mannes bestätigte. Sollte ich eines Tages auf derlei Mittel zurückgreifen wollen, so könnte ich diesen neuen Freund, diesen so aufrechten Mann, niemals um Hilfe bitten.

Bis jetzt hatte ich weniger gefährliche Wege nehmen wollen. Doch wie lange werden wir uns noch gedulden müssen? Wie viele Gerichtsschreiber, wie viele Richter, wie viele Janitscharen würde ich noch befragen und bestechen müssen, ohne je einen Erfolg zu erzielen? Es sind nicht die Ausgaben, die mich beunruhigen, Gott hat mich ausreichend mit Geld gesegnet, doch bald müssen wir nach Gibelet zurückkehren, wir dürfen die Rückreise nicht mehr allzulange hinauszögern und sollten dann im Besitz eines beliebigen Schriftstücks sein, das ›der Witwe‹ ihre Freiheit zurückzugeben vermochte. Es ist ausgeschlossen, daß sie sich erneut ihrer Schwiegerfamilie ausliefert!

Als ich ›zu Hause‹ ankam – noch schwirrte mir der Kopf – und die Meinen auf mich warteten, um sich an den Tisch zu setzen, war ich einen Augenblick lang versucht, jeden einzelnen zu fragen, ob nicht der Zeitpunkt gekommen war, in unser Land zurückzukehren. Doch ließ ich meinen Blick umherwandern und zwang mich sogleich zu schweigen. Rechts von mir saß Maimun, links Marta. Wenn ich ihr vorschlüge, in unser Land zurückzukehren, käme es ihr so vor, als würde ich sie im Stich lassen, schlimmer noch, als würde ich sie mit gebundenen Händen ihren Verfolgern ausliefern. Und ihm, der zur Zeit in meinem Haus wohnte, wie sollte ich ihm sagen, daß es Zeit sei, Smyrna zu verlassen? Es sähe so aus, als wäre ich es müde, ihn zu beherbergen, als wollte ich ihn verjagen.

Ich überlegte gerade, daß es gut gewesen war, all das nicht zur Sprache zu bringen, und daß ich es bis zu meinem letzten Tag bereut hätte, hätte ich, ohne nachzudenken, den Mund geöffnet, da drehte sich Bumeh zu mir und sagte plötzlich: »Wir sollten nach London reisen, denn dort befindet sich das Buch, das wir suchen.«

Ich zuckte zusammen. Aus zwei Gründen. Einmal wegen des Blickes, den mein Neffe mir dabei zugeworfen hatte – als habe er die Frage gehört, die ich soeben hinuntergeschluckt hatte, und als gebe er darauf die Antwort. Es ist nur ein Eindruck, ich weiß, ein falscher Eindruck, ein unsinniger Eindruck. Nichts dürfte diesem Schwärmer ermöglichen, meine Gedanken zu erraten! Dennoch lag in seinem Blick und im Ton seiner Stimme eine Mischung aus Gewißheit und Ironie, welche mich in Verlegenheit versetzte. Der zweite Grund für meine Überraschung war, daß ich allen das Versprechen abgenommen hatte, Bumeh nichts von der wiedergefundenen Figur zu erzählen und davon, daß Wheeler womöglich im Besitz des Buches von Mazandarani war. Wer hat das Geheimnis verraten? Habib natürlich. Ich sah ihn an, und er erwiderte meinen Blick, sah mir direkt in die Augen, dreist und trotzig. Ich hätte es mir denken können. Nach dem, was sich am Tag nach Weihnachten ereignet hat, der Ohrfeige, die er erhalten hatte, der vertriebenen Dienerin, hätte ich mir denken können, daß er sich rächt!

Ich wandte mich an Bumeh und erwiderte gereizt, daß ich keinesfalls die Absicht hatte, seinen Ratschlägen von neuem zu folgen, und daß, sollte ich Smyrna verlassen, es mit dem Ziel wäre, nach Gibelet zurückzukehren und nirgendwo sonst hinzureisen. »Weder nach London, nach Venedig, nach Peru, nach China noch in das Land der Bulgaren«, brüllte ich.

Niemand am Tisch wagte, mir zu widersprechen. Alle, auch Habib, senkten den Blick als Zeichen der Unterwerfung. Aber ich irrte mich, wenn ich glaubte, die Diskussion sei beendet. Jetzt, da er weiß, wo sich das Buch befindet, wird Bumeh mich bedrängen, wie er es bestens beherrscht.

Am 7. Januar

Es hat den ganzen Tag geregnet, kalte, feine Tropfen, die wie Nadeln stachen. Ich habe keinen Fuß vor die Tür gesetzt und mich nicht allzuweit vom Kohlenbecken entfernt. Ich spüre einen Schmerz in der Brust, aufgrund der Kälte vielleicht, welcher jedoch allmählich nachgelassen hat, nachdem ich mich aufgewärmt hatte. Ich habe niemandem davon erzählt, nicht einmal Marta. Weshalb sollte ich sie beunruhigen?

Seit Dienstag haben wir kein Wort mehr über unsere Rückreise verloren, auch nicht über unser nächstes Ziel, doch heute abend hat Bumeh das Thema wieder zur Sprache gebracht. Um zu sagen, daß es unsinnig sei, wenn wir schon diese lange Reise unternommen hatten, um das Buch *Der Hundertste Name* zu finden, nach Gibelet zurückzukehren, ohne es erhalten zu haben, und den Rest dieses unheilvollen Jahres Trübsal blasend und zitternd zu verbringen. Um ein Haar hätte ich ihm im gleichen Ton geantwortet wie vorgestern, doch die Stimmung war gelöst und kaum geeignet für gebieterische Worte, so zog ich es vor, den einen oder anderen zu fragen, wie er am liebsten vorgehen würde.

Ich fing an bei Maimun, der sich zunächst weigerte, sich in eine Angelegenheit einzumischen, die unsere Familie betraf, doch der, als ich darauf beharrte, meine Neffen höflich bat, meinem Alter und meinem Urteil zu vertrauen. Hätte ein respektvoller Gast anders antworten können? Dennoch erhielt er seitens Bumeh folgende Antwort: »Es kommt vor, daß sich der Sohn in einer Familie weiser benimmt als der Vater!« Maimun war einen Augenblick lang sprachlos, bevor er in schallendes Gelächter ausbrach. Er klopfte meinem Neffen gar auf die Schulter, als wolle er ihm zu verstehen geben, daß er die Anspielung verstanden habe, daß er seine Schlagfertigkeit schätzte und ihm nicht böse war. Und er sagte den ganzen Abend lang kein Wort mehr.

Ich meinerseits profitierte von dem Wortwechsel und dem sich anschließenden Gelächter, um mich nicht erneut einer Diskussion mit meinem Neffen zum Thema England auszusetzen. Zumal ich von neuem jenen Schmerz in meiner Brust verspürte und mich auf keinen Fall aufregen wollte. Auch Marta hielt sich mit ihrer Meinung zurück. Doch als Habib seinem Bruder entgegnete: »Wenn es etwas zu finden gibt, dann hier in Smyrna. Ich wüßte nicht zu sagen, warum, doch ich fühle es. Wir müssen nur Geduld haben!«, pflichtete sie ihm mit einem strahlenden Lächeln und einem »Gott schütze dich, du hast alles gesagt, was es zu sagen gibt!« bei.

Ich hingegen, der ich von Tag zu Tag ein wenig skeptischer wurde, sagte mir, daß sich Habibs Einstellung wie immer mit dem Herzen erklären ließ. Heute ist er den ganzen Tag weggewesen, und gestern auch. Er schmollte nicht mehr, also scheint er wieder einem Mädchen hinterherzulaufen.

Am 8. Januar

Was ich heute erfahren habe, wird die Richtung des von mir eingeschlagenen Kurses im Leben ändern. Manche werden sagen, daß das Leben häufig aufgrund eines Ereignisses wieder auf den Kurs zurückgeführt wird, der ihm von jeher bestimmt war. Gewiß …

Ich habe noch keinem Menschen davon erzählt, vor allem nicht Marta, die das größte Interesse daran haben sollte. Selbstverständlich werde ich es ihr irgendwann erzählen, jedoch nicht, ohne lange und alleine darüber nachgedacht zu haben, ohne mich von wem auch immer beeinflussen zu lassen, und entschlossen, den Weg einzuschlagen, dem es zu folgen galt.

Als ich heute nachmittag nach der Mittagsruhe aufstand, kam Hatem zu mir und sagte, ein Junge wünsche mich zu sehen. Er überreichte mir ein Schreiben des Gerichtsschreibers Abdellatif, der anfragte, ob ich ihm die Ehre eines Besuches in seinem Zuhause erwiese, zu dem sein Sohn mir den Weg zeigen würde.

Er wohnt nicht weit von der Zitadelle in einem weniger bescheidenen Haus, als ich vermutet hatte, das er jedoch, wie ich verstanden zu haben glaube, mit drei seiner Brüder und ihren Familien teilt. Es herrschte dort ein reges Treiben von Kindern, die sich prügelten, von Frauen mit nackten Füßen, die ihnen folgten, und Männern, die die Stimme erhoben, um sich Gehorsam zu verschaffen.

Sobald die Höflichkeiten ausgetauscht waren, führte mich Abdellatif in ein ruhigeres Zimmer im oberen Stockwerk und hieß mich, neben ihm auf dem Boden Platz zu nehmen.

»Ich glaube zu wissen, wo sich der Mann befindet, den Ihr sucht.«

Eine seiner Nichten brachte uns kühle Getränke. Er wartete, bis sie das Zimmer wieder verlassen und die Tür hinter sich geschlossen hatte, bevor er fortfuhr.

Er teilte mir nun mit, daß besagter Sayyaf vor fünf oder sechs Jahren wegen eines kleinen Diebstahls wahrhaftig in Smyrna festgenommen worden war, daß er jedoch nur ein Jahr im Gefängnis geblieben war. Anschließend soll er sich auf den Inseln niedergelassen haben, auf Chios, wo es ihm gelungen war, mit Hilfe Gott weiß welchen Schleichhandels zu Geld zu kommen.

»Wenn er sich nicht weiter sorgt, so liegt es daran, daß er einen gewissen Schutz genießt ... Es scheint gar, als fürchteten ihn die Bewohner der Insel.«

Mein Freund schwieg einen Augenblick, als wolle er Atem schöpfen.

»Ich habe ein wenig gezögert, bevor ich Euch kommen ließ, denn es ist mir nicht gestattet, einem genuesischen Kaufmann derlei Auskünfte zu erteilen. Doch würde ich mir Vorwürfe machen, wenn ich einen rechtschaffenen Mann seine Zeit und sein Geld vergeuden ließe auf der Suche nach einem Gauner.«

Ich gab ihm mit allen arabischen und türkischen Floskeln, die mir auf die Lippen kamen, meine Dankbarkeit zu verstehen, umarmte ihn lange und küßte ihn auf den Bart wie einen Bruder. Dann verabschiedete ich mich, ohne ihn auch nur im entferntesten wissen zu lassen, welche Bestürzung er bei mir ausgelöst hatte.

Was sollte ich jetzt tun? Und was sollte Marta tun? Sie hatte diese Reise mit dem einzigen Ziel unternommen, den Beweis für den Tod ihres Mannes zu erhalten. Nun ist das Gegenteil eingetroffen. Der Mann ist durch und durch lebendig und sie nicht länger Witwe. Können wir weiterhin unter dem gleichen Dach wohnen? Werden wir niemals gemeinsam nach Gibelet zurückkehren können? Mir wird bei alledem ganz schwindlig.

Vor kaum zwei Stunden bin ich von Abdellatif zurückgekommen und habe den Meinen gegenüber, die mich besorgt erwarteten, behauptet, er habe mir eine alte, goldene Wasserkanne zeigen wollen, die seine Familie besaß. Marta schien mir nicht zu glauben, doch ich bin noch nicht bereit, ihr die Wahrheit zu erzählen. Ich werde es morgen tun, ganz gewiß, spätestens übermorgen. Sie würde mich zweifellos fragen, was zu tun sei, und ich fühle mich zur Stunde außerstande, ihr darauf zu antworten. Wenn sie nun meint, sich nach Chios zu begeben, sollte ich sie davon abbringen? Und wenn sie es sich in den Kopf setzen würde, sollte ich sie dann begleiten?

Ich wünschte mir, Maimun wäre heute abend hier, ich hätte ihn nach seiner Meinung gefragt, wie ich es in Tarsus und bei vielen anderen Gelegenheiten getan habe. Doch er hat dem Rabbi aus Konstantinopel zugesagt, mit ihm den Sabbat zu verbringen, und wird nicht vor Samstag oder in der Nacht auf Sonntag zurückkommen.

Auch Hatem ist ein Mann mit guten Ratschlägen und gesundem Menschenverstand. Ich sehe, wie er sich im Nachbarzimmer zu schaffen macht, während er darauf wartet, daß ich zu schreiben aufhöre, um mit mir reden zu können. Doch er ist mein Diener, und ich bin sein Herr, und es widerstrebt mir, vor ihm unentschlossen oder gar ratlos aufzutreten.

Am 9. Januar

Endlich habe ich Marta die Wahrheit erzählt, früher als vorgesehen.

Wir waren gestern abend zu Bett gegangen, und ich hatte sie in die Arme genommen. Als sie sich mit dem Kopf, der Brust und den Beinen an mich schmiegte, hatte mich plötzlich das Gefühl übermannt, daß ich sie mißbrauchte. Daher richtete ich mich auf, lehnte mich an die Wand, bat sie, sich ebenfalls aufzusetzen, und nahm ihre Hände voller Herzlichkeit in meine.

»Ich habe beim Gerichtsschreiber heute etwas erfahren, das ich dir erst mitteilen wollte, wenn wir beide allein wären.«

Ich zwang mich, einen möglichst unbefangenen Ton anzunehmen, keinen, der Gutes verheißt, und keinen, der mit schlechten Nachrichten daherkommt. Es schickte sich nicht, wie mir scheint, mit reumütiger Stimme zu verkünden, daß ein gewisser Mann nicht tot sei. Ein Mann, den sie gewiß gelernt hat zu verabscheuen, der jedoch dadurch nicht weniger ihr Gatte war, ihre große Liebe, und sie weit vor mir in die Arme geschlossen hatte.

Marta zeigte sich weder überrascht noch erfreut, enttäuscht oder verwirrt. Sie saß einfach starr da. Starr wie eine Salzsäule. Stumm. Kaum atmend. Ihre Hände lagen noch immer in meinen, jedoch nur, weil sie sie vergessen hatte.

Ich verharrte meinerseits reglos und stumm. Sah sie an. Bis sie, ohne jedoch aus ihrer Erstarrung aufgetaucht zu sein, sagte: »Was soll ich ihm sagen?«

Statt ihr auf diese Frage, die keine war, zu antworten, riet ich ihr, eine Nacht verstreichen zu lassen und erst dann eine Entscheidung zu treffen. Sie schien mich nicht zu hören, drehte mir den Rücken zu und sagte nichts mehr bis zum nächsten Morgen.

Als ich erwachte, lag sie nicht mehr im Bett. Einen Augenblick lang war ich besorgt, doch sobald ich das Schlafzimmer verließ, sah ich sie im Wohnraum, wie sie die Türklinken putzte und die Regale abstaubte. Manche Menschen finden, wenn sie von Angst ergriffen werden, nicht mehr die Kraft, sich aufrecht zu halten, andere hingegen rühren und verausgaben sich, bis sie völlig entkräftet sind. Letzte Nacht hatte ich geglaubt, Marta gehöre der ersten Art an. Offensichtlich hatte ich mich geirrt. Ihre Erstarrung war nur vorübergehend gewesen.

Hat sie ihre Entscheidung bereits getroffen? Während ich diese Zeilen schreibe, bin ich noch ungewiß. Ich habe ihr die Frage nicht gestellt, aus Angst, sie fühle sich an das gebunden, was sie mir gestern nacht gesagt hatte. Doch wäre sie wahrhaftig entschlossen gewesen, aufzubrechen, hätte sie bereits angefangen, ihre Sachen zu packen. Noch scheint sie zu überlegen.

Ich dränge sie nicht, ich lasse sie zögern.

Am 10. Januar

Wie waren sie schön gewesen, unsere ersten Nächte, als wir uns noch nebeneinanderlegten und vorgaben, den Launen der Vorsehung zu gehorchen; sie gab vor, zu mir zu gehören, und ich tat so, als würde ich ihr glauben. Jetzt, da wir uns lieben, spielen wir nicht mehr, und die Laken sind ein Ort der Traurigkeit.

Wenn ich mich ernüchtert zeige, dann, weil Martas Entscheidung gefallen ist und ich kein Argument finde, sie davon abzubringen. Was sollte ich ihr sagen? Daß die Entscheidung falsch ist, ihren Mann aufzusuchen, der doch ganz in der Nähe haust, wo sie diese Reise einzig unternommen hat, um diese Angelegenheit zu regeln und alle Zweifel auszuräumen? Zugleich bin ich davon überzeugt, daß ihre Begegnung zu nichts Gutem führen kann. Wenn dieser Mann befand, seine Rechte an seiner Ehefrau geltend zu machen, kann sich ihm kein Mensch entgegenstellen, sie nicht, und ich schon gar nicht.

»Was willst du ihm sagen?«

»Ich werde ihn fragen, wieso er gegangen ist, wieso er mir nicht mehr geschrieben hat und ob er beabsichtigt, in unser Land zurückzukehren.«

»Und wenn er dich zwingen sollte, bei ihm zu bleiben?«

»Wenn er so großen Wert auf mich legte, hätte er mich nicht verlassen.«

Diese Antwort besagt gar nichts! Ich zuckte die Schultern, rückte bis an den Rand des Bettes, drehte ihr den Rücken zu und schwieg.

Sein Wille geschehe! Ich wiederhole unentwegt: Sein Wille geschehe! Doch ich bete darum, daß Sein Wille nicht so grausam ausfällt, wie es bisweilen der Fall ist.

Am 13. Januar

Ich laufe durch die Straßen und über den Strand, gelegentlich allein, häufig in Gesellschaft Maimuns. Wir plaudern über dies und jenes, über Sabbatai, den Papst, Amsterdam, Genua, Venedig und die Osmanen – über alles außer über sie. Doch sobald wir wieder zu Hause sind, vergesse ich unsere schönen Worte und schreibe nichts auf. Seit drei Tagen habe ich keine Zeile mehr geschrieben. Um ein Reisetagebuch zu führen, bedarf es vielfältiger Interessen, doch ich habe nur noch eins. Ich bereite mich innerlich darauf vor, Marta zu verlieren.

Seit sie mir ihre Entscheidung mitgeteilt hat, ihren Mann aufzusuchen, hat sie kein weiteres Wort mehr gesagt. Sie hat kein Datum erwähnt und keine Reisevorbereitungen getroffen. Wenn sie nun aber doch unentschlossen ist? Damit sie sich nicht gedrängt fühlt, stelle ich ihr keine Fragen. Ich erzähle ihr bisweilen von ihrem Vater, von Gibelet und von lustigen Begebenheiten, wie unserer unverhofften Begegnung am Schlagbaum von Tripolis oder unserer Nacht beim Schneider Abbas, Gott möge ihn beschützen!

In der Nacht nehme ich sie nicht mehr in die Arme. Nicht

daß sie in meinen Augen wieder die Frau eines anderen ist, aber ich will nicht, daß sie sich schuldig fühlt. Ich hatte sogar daran gedacht, nicht länger in ihrem Zimmer zu schlafen, sondern wieder in meinem, das ich in letzter Zeit wenig benutzt habe. Einen Tag lang habe ich hin und her überlegt, habe jedoch meine Meinung geändert. Ich hätte einen unverzeihlichen Fehler begangen. Meine Geste wäre nicht die eines galanten, opferbereiten Geliebten gewesen, der seine Geliebte nicht in Verlegenheit bringen will, sondern eine Flucht, ein Im-Stich-Lassen. Marta hätte darin eine Aufforderung gesehen, auf dem schnellsten Wege in ihr »Heim« zurückzukehren.

Ich schlafe also weiterhin neben ihr. Ich küsse sie auf die Stirn und halte bisweilen ihre Hand, ohne mich ihr allzusehr zu nähern. Ich begehre sie mehr denn je, doch ich werde nichts tun, was sie abschrecken könnte. Daß sie ihren Mann zu sprechen wünscht, um ihm Fragen zu stellen, die ihr seit Jahren durch den Kopf gehen, kann ich verstehen. Nichts jedoch zwingt sie dazu, sofort aufzubrechen. Ihr Mann hat sich vor Jahren in Chios niedergelassen, er wird nicht morgen wieder gehen. Noch übermorgen. Noch in einer Woche. Noch in einem Monat. Nein, nichts drängt. Wir können noch ein paar Brotkrumen von der Tafel auflesen, bevor abgedeckt wird.

Am 17. Januar

Marta hatte den Abend in ihrem Zimmer verbracht, weinend und immer nur weinend. Ich war mehrmals zu ihr gegangen, um ihr über die Stirn, die Haare und die Hände zu streichen. Sie hat nichts zu mir gesagt, mir nicht zugelächelt, hat sich meiner Zärtlichkeit aber auch nicht entzogen.

Als wir zu Bett gingen, weinte sie noch immer. Ich fühlte mich hilflos. Um nicht stumm neben ihr zu liegen, sagte ich ein paar belanglose Worte, die sie nicht zu trösten vermochten – »Es wird bald alles in Ordnung kommen, du wirst sehen!« –, was sonst sollte ich sagen?

Da drehte sie sich unvermittelt zu mir um und schleuderte mir in gleichermaßen wütendem wie bemitleidenswertem Ton entgegen: »Du fragst mich nicht, was mit mir ist?«

Nein, ich hatte keinerlei Veranlassung, sie das zu fragen. Ich wußte genau, weshalb sie weinte, zumindest glaubte ich, es zu wissen.

»Ich bin über der Zeit«, verkündete sie mir.

Ihre Wangen waren wachsbleich und ihre Augen aufgerissen vor Schreck.

Ich brauchte viele Sekunden, um zu verstehen, was sie mir damit sagen wollte.

»Du bist schwanger?«

Mein Gesicht war gewiß so leichenblaß wie ihres.

»Ich glaube es. Ich bin schon eine Woche über der Zeit.«

»Nach einer Woche kann man noch nicht sicher sein.«

Sie legte die Hand auf ihren flachen Bauch.

»Ich bin ganz sicher. Das Kind ist da.«

»Dabei hattest du mir gesagt, daß du nicht schwanger werden könntest?«

»Das hat man mir stets erzählt.«

Sie hörte auf zu weinen, blieb aber wie benommen liegen, die Hand noch immer auf dem Bauch, tastend und fühlend. Mit meinem Taschentuch wischte ich ihr die Augen trocken, setzte mich sodann ganz dicht neben sie auf den Bettrand und faßte sie bei der Schulter.

Obwohl ich alles tat, sie zu trösten, fühlte ich mich nicht weniger hilflos als sie. Und auch nicht weniger schuldig. Wir hatten alle Gebote Gottes und die der Menschen übertreten, indem wir wie Mann und Frau zusammengelebt haben, in der Überzeugung, unsere Liebe würde ohne Folgen bleiben. Aufgrund von Martas unterstellter Unfruchtbarkeit, die uns wie ein Fluch hätte vorkommen müssen und die uns statt dessen wie ein Geschenk des Himmels vorkam, ein Versprechen der Straflosigkeit.

Das Versprechen wurde nicht gehalten, das Kind ist da.

Das Kind. Mein Kind. Unser Kind.

Ich, der ich davon träume, einen Erben zu bekommen. Und jetzt schenkt mir der Himmel einen, empfangen im Schoße der Frau, die ich liebe!

Und Marta, die so sehr unter ihrer vermeintlichen Unfruchtbarkeit gelitten hat, trägt jetzt ein Kind, empfangen, nicht im Bett des Schurken, mit dem sie sich in ihrer Jugend eingelassen hat, sondern unter dem Dach eines rechtschaffenen Mannes, der sie liebt und den sie liebt!

Wir müßten beide, der eine wie die andere, die größte aller Freuden empfinden, es sollte dies der schönste Augenblick in unserem Leben sein, nicht wahr? Aber das ist es nicht, was die Welt uns auferlegt. Wir sind dazu gezwungen, das Kind als Fluch zu empfinden, als Bestrafung. Wir müssen es in Trauer empfangen und uns in die glückliche Zeit der Unfruchtbarkeit zurücksehnen.

Ist dies die Welt, dann gehe zugrunde! sage ich. Möge sie von einer Sintflut oder einer Feuersbrunst hinweggefegt werden oder vom Atem des Tieres, es ist gleich, ob sie zerstört, verschlungen oder hinweggerafft wird!

Als Marta letzten Sommer an meiner Seite durch die Berge Anatoliens ritt und mir erzählte, daß sie das Ende der Welt nicht fürchtete, sondern im Gegenteil darauf wartete, es herbeisehnte, habe ich ihre Wut nicht begreifen können. Jetzt verstehe ich sie, teile sie gar.

Doch sie ist es, die schwach wird.

»Ich muß so rasch wie möglich zu meinem Mann auf die Insel.«

»Damit er glaubt, das Kind sei von ihm?«

Sie nickte und fuhr mir mit bedauerndem Gesichtsausdruck über die Stirn und das Gesicht.

»Aber das Kind ist von mir!«

»Würdest du wünschen, daß man es Bastard schimpft?«

»Und du, würdest du wünschen, daß man es ›Sohn eines Gauners‹ nennt?«

»Du weißt sehr wohl, daß es so sein muß. Daran können wir nichts ändern!«

Ich, der ich Marta dafür bewundert hatte, wie sie gegen ihr Schicksal aufbegehrt hat, konnte meine Enttäuschung nicht verbergen.

»Es heißt, das Kind, das eine Frau trägt, verleiht der Mutter Mut, doch dich macht das Kind unter deinem Herzen ängstlich.«

Sie löste sich von mir.

»Mir fehlt es an Mut, sagst du? Ich werde mich in die Hände eines Mannes begeben, der mich nicht mehr liebt, der mich kränken und mich schlagen und bis ans Ende meines Lebens einsperren wird. All das, um zu vermeiden, daß mein Kind morgen Bastard geschimpft wird. Diese Mutter nennst du ängstlich?«

Vielleicht hätte ich ihr keine Vorwürfe machen sollen, doch ich meine jedes Wort, das ich gesagt habe. Sie hält mir entgegen, daß sie sich opfern wolle. Das Selbstopfer geht im gleichen Maße auf Mut zurück wie auf Feigheit. Der reine Mut hieße, der Welt zu trotzen, sich gegen ihre Angriffe Schritt für Schritt zu wehren und aufrecht zu sterben. Sich den Schlägen auszusetzen, ist bestenfalls eine ehrenwerte Flucht.

Weshalb sollte ich hinnehmen, daß sich die Frau, dic ich zu lieben begonnen habe, davonmacht, um mit einem Übeltäter zusammenzuleben, und das Kind mitnimmt, das wir zusammen empfangen haben, das sie nicht mehr zu bekommen glaubte und das ich ihr geschenkt habe? Weshalb? Weil ein betrunkener Pfarrer ihr irgendwann einmal in Gibelet die Hand auf den Kopf gelegt und ein paar rituelle Sätze gestammelt hat?

Verflucht seien die Gesetze der Menschen, ihr Getue, ihre Meßgewänder und ihre Zeremonien!

Am Montag, dem 18. Januar 1666

Maimun, dem ich mich soeben anvertraut habe, gibt Marta recht, nicht mir. Er hört meine Argumente an, ohne sie zu verstehen, und hat nur eine Antwort auf den Lippen: »So ist die Welt!«

Er sagt, es sei Dummheit, ihr zu verwehren, das Kind im Hause ihres Ehemanns auszutragen und damit niederzukommen, sie könne vor Angst und Scham zugrunde gehen. Jeder weitere Tag wird sie nur mehr in Aufregung versetzen, sagt er, ich sollte sie nicht länger zurückhalten.

Um meinen Kummer zu mildern, gibt er sich zuversichtlich, daß sie in nicht allzulanger Zeit zu mir zurückkehren wird. »Oft schickt der Himmel das Unheil denen, die es nicht verdienen, zuweilen jedoch auch den anderen«, verspricht er mir und kneift die Augen zusammen, wie um hinter die Dinge zu blicken. Er will damit sagen, daß Martas Ehemann das Schicksal ereilen könnte, das Betrügern zusteht, daß die Wirklichkeit die Gerüchte einholt und daß die künftige Mutter meines Kindes als Witwe zurückkäme … Das weiß ich. Alles kann geschehen, gewiß, aber ist es nicht ein Jammer, auf den Tod des Rivalen zu warten, den Himmel Tag für Tag anzuflehen, Er möge ihn ertrinken oder hinrichten lassen? Ein Mann, der jünger ist als ich obendrein! Nein, so stelle ich mir mein weiteres Leben nicht vor.

Ich argumentiere, ich wehre mich, wohl wissend, daß die Schlacht im voraus bereits verloren ist. Da Marta es nicht wagen wird, ihren Bauch unter meinem Dach rund werden zu lassen, da sie nur noch daran denkt, ihren Fehltritt im Bett eines Ehemannes zu verbergen, den sie verabscheut, wird es mir nicht möglich sein, sie gegen ihren Willen zurückzuhalten. Ihre Tränen trocknen nicht mehr, sie scheint von Stunde zu Stunde magerer zu werden und dahinzusiechen.

Worauf kann ich noch hoffen? Daß sie, sobald sie ihren Mann getroffen hat, aus irgendeinem Grunde beschließt, nicht bei ihm zu bleiben, oder daß er sie gar selbst verjagt. Oder aber ich könnte ihm eine gewisse Summe anbieten, damit er die Heirat für nichtig erklären läßt und behauptet, sie habe nie stattgefunden. Der Mann ist empfänglich für Geld. Wenn ich es mich etwas kosten lasse, werden wir gemeinsam wieder von ihm weggehen, Marta, unser Kind und ich.

Hier spinne ich mir ein ganzes Märchen zusammen! Weil ich mir Gründe bewahren muß, um weiterzuleben, und seien sie noch so abwegig. Sich selbst zu belügen ist bisweilen die einzige Brücke über alles Unheil ...

Am 19. Januar

Heute nacht hat Marta mir verkündet, daß sie sich morgen auf den Weg nach Chios machen wird. Ich habe ihr angeboten, sie zu begleiten, und sogleich versprochen, mich keinesfalls zwischen sie und ihren Mann zu stellen, mich damit zu begnügen, durch die Gegend zu streifen, damit sie sich notfalls an mich wenden kann. Sie hat eingewilligt, nicht ohne mich zweimal schwören zu lassen, daß ich nichts unternähme, worum sie mich nicht ausdrücklich bitten würde, und sie erklärte mir, daß ihr Mann ihr auf der Stelle die Kehle durchschneiden würde, wenn er nur die leiseste Vermutung hätte, was zwischen uns beiden gewesen ist.

Es gibt zwei Möglichkeiten, von Smyrna aus auf die Insel zu gelangen. Über die Straße bis zum äußersten Ende der Halbinsel, woraufhin man nur noch die Meerenge überqueren muß, kaum mehr als eine Stunde in einer Barke, um die Stadt zu erreichen, die Chios heißt. Oder aber auf dem Seeweg, von einem Hafen zum anderen. Zu dieser Lösung hat Hatem mir geraten, der sich auf Martas Geheiß hin umfassend erkundigt hat. Man mußte mit einer Tagesreise rechnen, wenn der Wind günstig stand, und mit zwei Tagen, wenn nicht.

Mein Diener wird uns begleiten, ich hatte sogar überlegt, meine Neffen mitzunehmen. Hatte ich meiner Schwester Plaisance nicht versprochen, mich niemals von ihnen zu trennen? Doch nachdem ich das Für und Wider abgewogen hatte, zog ich es vor, sie in Smyrna zurückzulassen. In Chios haben wir eine heikle Angelegenheit zu regeln, und ich fürchte, daß der eine oder der andere von beiden eine Ungeschicklichkeit begehen könnte. Vielleicht hätte ich meine Meinung geändert, wenn sie darauf bestanden hätten, uns zu begleiten. Doch keiner von ihnen hat danach verlangt, was mich ein wenig beunruhigt, das muß ich zugeben, und mich besorgt stimmt. Ich habe Maimun gebeten, bis zu meiner Rückkehr wie ein Vater über sie zu wachen.

Wie lange würde ich auf der Insel bleiben? Ich weiß es nicht. Ein paar Tage? Zwei oder drei Wochen? Wir werden sehen. Wird Marta mit mir zurückkehren? Noch hoffe ich es. In ihrer Gesellschaft wieder in ›unser‹ Haus in Smyrna zurückzukehren, erscheint mir schon jetzt als die schönste aller Aussichten, wo ich mich in ebendiesem Augenblick noch darin befinde und seine Wände, seine Türen, seine Teppiche und seine Möbel betrachten kann, während ich diese Zeilen schreibe.

Maimun hat mir gesagt, daß er nach meiner Rückkehr zu einer sehr langen Reise aufbrechen würde, die ihn nach Rom, nach Paris, nach Amsterdam natürlich und an andere Orte führen wird. Er verspricht, mir davon zu erzählen, wenn ich den Kopf wieder frei habe, um ihm zuzuhören. Aber wäre mein Kopf bei meiner Rückkehr aus Chios wirklich freier?

Er wünscht, daß ich ihn auf seiner Reise begleite. Ich werde sehen. Im Augenblick zehrt das geringste Vorhaben an meinen Kräften. Meine Träume sind schnell umrissen: in Martas Gesellschaft nach Chios reisen, in ihrer Gesellschaft zurückkehren.

Am 22. Januar

Nähert man sich Chios mit dem Schiff und sieht, wie sich das Ufer allmählich abzeichnet, sieht die Berge im Hintergrund und in der Nähe des Meeres die unzähligen Windmühlen, sollte einem Reisenden leichter ums Herz werden, gleich einer langsamen Belohnung. Die Insel läßt nach sich schmachten wie ein gelobtes Land, wie das Vorzimmer des Himmels. Doch der unfreiwillige Reisende, der ich bin, wartet allein auf den Augenblick der Abreise.

Während der ganzen Überfahrt war Marta schweigsam, und sie vermied es sorgfältig, mir in die Augen zu schauen. Während mir Hatem, der mich aufzuheitern suchte, eine Geschichte erzählte, die er vorgestern im Hafen von Smyrna gehört hatte und nach der es in Chios, im Innern der Insel, ein Kloster gebe, in dem ausgesprochen seltsame Nonnen lebten. Wie in einigen Klostern würden Reisende dort aufgenommen, doch völlig anders als üblich, denn im Laufe der Nacht kämen die heiligen Frauen, wie behauptet wird, um sich neben sie zu legen und sie mit Aufmerksamkeiten zu überhäufen, die weit über die geforderte Nächstenliebe hinausgingen.

Ich habe schnell und schroff die Illusionen meines Dieners zunichte gemacht, indem ich ihm versicherte, daß ich über andere Orte ähnliche Geschichten gelesen und gehört hatte. Doch als ich sah, daß er mir glaubte, daß der Glanz in seinen Augen erloschen war, habe ich es ein wenig bedauert, seinen Traum auf diese Weise zerstört zu haben. Gewiß hätte ich mich weitaus liebenswürdiger gezeigt, wäre ich noch im Besitz meiner Fröhlichkeit.

Auf der Insel Chios, am 23. Januar 1666

Seit unserer Ankunft verbringt Hatem seine Zeit in den Läden, den Tavernen und den Gassen des alten Hafens und fragt die Leute nach dem Mann, den wir suchen. Seltsamerweise scheint keiner ihn zu kennen.

Hatte Abdellatif mich getäuscht? Ich weiß nicht, weshalb er dies hätte tun sollen. War er selbst von seinen Gewährsmännern betrogen worden? Letztere haben sich vielleicht nur in der Insel geirrt, haben Chios mit Patmos verwechselt oder mit Samos oder der Stadt Kastro, die auch Mytilene heißt.

Jedenfalls mißfällt mir die Wendung, die die Ereignisse nehmen, keineswegs. Noch ein paar Tage der Nachforschungen, und wir werden nach Smyrna zurückkehren. Marta wird protestieren, wird weinen, aber sie wird sich zu guter Letzt fügen.

Und sie wird mir an dem Tag um den Hals fallen, an dem ich ihr, und sei es für teures Geld – ginge ein Drittel meines Vermögens dafür hin! –, einen Firman reichte, der bezeugte, daß ihr Mann tot war. Sodann würden wir heiraten, und sollte der Himmel nicht allzu hart mit den Liebenden ins Gericht gehen, würde der ehemalige Gatte so freundlich sein, seinen Fuß nie wieder nach Gibelet zu setzen.

In unseren alten Tagen, umgeben von unseren Kindern und Kindeskindern, würden wir uns mit Grauen an diese Reise nach Chios erinnern und dem Himmel danken, daß sie so erfolglos verlaufen war.

Am 24. Januar

Wie lieblich hätte ich die Insel gefunden, wenn ich unter anderen Umständen hierhergekommen wäre! Alles hier erfreut mein Herz, wenn ich für einen Augenblick vergesse, was mich hergeführt hat. Die Häuser sind schön, die Straßen sauber und gut gepflastert, die Frauen bewegen sich voller Eleganz, und ihre

Augen lächeln den Fremden zu. Hier ruft alles in mir die vergangene Pracht Genuas wach, die Zitadelle ist genuesisch, die Kleider sind genuesisch, ebenso alle schönen Erinnerungsstücke. Sogar die Griechen drücken mich, wenn sie meinen Namen hören und meine Herkunft entdecken, an ihr Herz und verfluchen Venedig. Ich weiß, daß sie auch die Türken verfluchen, doch niemals laut. Seit die Genuesen vor hundert Jahren abgezogen sind, hat diese Insel keine teilnahmsvolle Herrschaft mehr gekannt; die Leute, die ich in den vergangenen Tagen hier kennengelernt habe, bestätigen es allesamt, jeder auf seine Weise.

Heute morgen habe ich Marta mit zur Messe genommen. Ein weiteres Mal – möge es nicht das letzte Mal gewesen sein! – hat sie die Schwelle der Kirche an meinem Arm überschritten, ich hocherhobenen Hauptes, doch jämmerlich ums Herz. Wir befanden uns in der Kirche Sankt Antonius, die den Jesuitenpatern gehört. Hier läuten die Kirchenglocken wie in christlichen Ländern, und Prozessionen werden an Festtagen in den Straßen veranstaltet, mit Rauchmänteln, Baldachinen, Laternen und dem Gold des Heiligen Sakraments. Es war der König von Frankreich, der einst vom Großtürken das Zugeständnis erwirkt hatte, den lateinischen Kult auf diese Weise in aller Öffentlichkeit praktizieren zu dürfen, und die Hohe Pforte achtet dieses Vorrecht noch heute. Auch an diesem ganz gewöhnlichen Sonntag sind die wohlhabendsten Familien in einem langen Zug zur Messe gezogen. Neben mir flüsterten die Leute eher stolz als neidisch die berühmten Namen Giustiniani, Burghesi, Castelli. Ich glaubte in Italien zu sein, wären da nicht zwei Schritte von der Kirche entfernt, deutlich sichtbar auf einer Anhöhe, zwei Janitschare, die Wache standen.

Im Anschluß an die Messe hat sich Marta lange mit einem Priester unterhalten. Ich habe draußen auf sie gewartet, doch als sie herauskam, habe ich ihr keine Fragen gestellt und sie hat mir von sich aus nichts erzählt. Vielleicht hat sie nur gebeichtet. Man betrachtet diejenigen, die die Beichte ablegen, mit seltsamem Blick, wenn man selbst die Sünde ist.

Am 25. Januar

Hatem gibt sich noch immer alle Mühe, unseren Mann zu finden, Marta fleht ihn an, jeden Stein umzudrehen, während ich zu allen Heiligen bete, damit er nichts findet.

Am Abend erzählt mir mein Diener, daß er womöglich eine Spur hat. In einer Taverne im griechischen Viertel kam ein Seemann auf ihn zu und sagte, er kenne Sayyaf, der, wollte man ihm glauben, nicht in der Stadt Chios lebte, sondern weiter im Süden, in der Nähe eines Dorfes mit Namen Katarraktis, an der Straße, die zum Kap Mastiko führte. Der Mann forderte eine Goldsultani, wenn er uns zu dem Ort führte. Die Summe schien mir übertrieben, doch ich stimmte zu. Ich wollte nicht, daß Marta mir später vorwarf, ich hätte nicht alles getan, um ihr Genüge zu tun. Sie behauptet jetzt, sich ihrer Schwangerschaft gewiß zu sein, und möchte ihren Mann sobald als möglich finden, wie auch immer das Leben sein würde, das sie neben ihm führen würde. »Danach wird Gott über unser Leben verfügen, wie es Ihm beliebt!«

Also habe ich eingewilligt, jenem Vermittler, einem gewissen Drago, die geforderte Summe zu zahlen, und habe Hatem gebeten, ihn am nächsten Tag zu uns zu bringen, damit ich ihn mit eigenen Augen sehen, hören und mustern konnte.

Im tiefsten Innern hoffte ich noch, daß es sich um einen schlichten Schwindler handelte, der sich damit begnügen würde, sein Geldstück in die Tasche zu stecken, bevor er verschwand, wie er gekommen war. Es ist gewiß das erste Mal, daß der Kaufmann, der ich bin, den Himmel anfleht, er möge bestohlen werden, belogen und getäuscht!

In der Nacht wollte ich Marta in die Arme schließen für das vielleicht allerletzte Mal, doch sie stieß mich weinend zurück und richtete nicht ein einziges Wort an mich. Vielleicht möchte sie mich daran gewöhnen, daß ich sie nicht länger in meiner Nähe haben werde, und sich daran gewöhnen, daß sie nicht mehr in meinem Arm schläft.

Unsere Trennung hat bereits angefangen.

Am 26. Januar

Im Augenblick möchte ich schreiben, ich sei der glücklichste überseeische Mann aus Genua, wie dereinst mein Vater zu sagen pflegte. Doch das wäre verfrüht. Ich würde lediglich sagen, daß ich große Hoffnungen hege, ja, große, große Hoffnungen, Marta zurückzubekommen, sie zurück nach Smyrna zu bringen, sodann in mein Haus in Gibelet, wo unser Kind zur Welt käme. Gebe der Himmel, daß mein Überschwang mich nicht so rasch verläßt, wie er mich heimgesucht hat!

Wenn ich derart heiter wirke, dann, weil der Mann, der uns zu Martas Ehemann führen soll, heute mit vortrefflichen Neuigkeiten zu uns gekommen ist. Ich, der ich gewünscht hatte, er möge sich in der Natur verlaufen, bereue nicht länger, ihn kennengelernt, mit ihm gesprochen und ihm zugehört zu haben. Ach, ich mache mir keine falschen Hoffnungen über diesen Kerl, diese Ratte aus der übelsten Taverne, und ich bin gewiß, daß alles, was er mir erzählt hat, einzig in dem Bestreben geschah, sich noch ein zweites Goldstück zu erschwindeln, zweifellos ausgelöst von der Leichtigkeit, mit der ich das erste Mal meinen Beutel geöffnet habe.

Doch ich komme jetzt zu den Dingen, über die ich mich so sehr freue: Jener Drago hat mir berichtet, daß Sayyaf im vergangenen Jahr wieder geheiratet hat und daß er bald Vater eines Kindes sei. Seine neue Frau sei die Tochter eines reichen und mächtigen Mannes dieser Insel, der gewiß nicht weiß, daß sein

Schwiegersohn bereits verheiratet ist. Ich nehme an, die Schwiegereltern werden an diesem Gauner eines Tages ganz andere verborgene Seiten entdecken und die Verbindung zutiefst bereuen, doch – Gott möge mir verzeihen! – ich würde nicht danach trachten, ihnen die Augen zu öffnen. Möge jeder für seine eigenen Fehler zahlen, jeder sein eigenes Kreuz tragen, ich breche bereits fast unter der Last meines eigenen zusammen. Möge man mich von dieser Last befreien, und ich werde diese Insel verlassen, ohne mich noch einmal umzusehen.

Wenn mich diese Neuigkeiten in dem Maße erfreuen, dann, weil sie das Benehmen von Martas Ehemann völlig verändern könnten. Anstatt sie zurückhaben zu wollen, wie es der Fall hätte sein können, wenn er nicht verheiratet wäre, müßte Sayyaf in ihrer Ankunft auf der Insel eine Bedrohung seiner neuen Existenz sehen, die er sich aufgebaut hatte. Drago, der ihn gut kennt, ist überzeugt davon, daß er bereit wäre, sich auf jedwede Vereinbarung einzulassen, um seine Situation zu wahren. Er würde sogar soweit gehen, vor Zeugen ein Schriftstück zu unterzeichnen, das bestätigt, daß seine erste Heirat niemals geschlossen worden war und deshalb für nichtig erklärt werden kann. Sollten die Dinge so verlaufen, wäre Marta bald frei! Frei, wieder zu heiraten, frei, mich zum Mann zu nehmen, frei, ihrem Kind den Namen seines Vaters zu geben.

Noch ist es nicht soweit, ich weiß. Noch hat der Mann ›der Witwe‹ nichts unterschrieben und nichts versprochen. Doch was Drago sagt, zeugt von gesundem Menschenverstand. Ich habe große Hoffnung, jawohl, und Marta wagt inmitten von Tränen, Übelkeit und Gebeten ein Lächeln.

Am 27. Januar

Morgen wird uns Drago zu Sayyaf führen. Ich sage »uns«, denn dies ist mein innigster Wunsch, doch Marta zieht es vor, allein zu gehen. Sie behauptet, viel leichter das Gewünschte zu erhalten, wenn sie mit ihrem Mann unter vier Augen spricht. Sie fürchtet, daß er sich sträubt, wenn er sie in Begleitung von Männern sieht und ihre Beziehung zu mir ahnt. Sie hat gewiß nicht unrecht, doch kann ich nicht umhin, von der Vorstellung beunruhigt zu sein, daß sie sich – und sei es nur für einige Stunden – diesem Gauner ausliefert.

Schließlich haben wir uns auf einen Kompromiß geeinigt, der mir vernünftig scheint: Wir legen den Weg bis zum Dorf Kataraktis gemeinsam zurück. Dort gibt es, wie man mir gesagt hat, ein kleines griechisches Kloster, in dem viele Reisende haltmachen, das guten Wein aus Phyta hat sowie die besten Speisen, und den Vorteil, nur wenige Schritte vom Haus unseres Mannes entfernt zu liegen. Wir werden uns dort wohl fühlen, während wir auf Martas Rückkehr warten.

Am 28. Januar

Hier sind wir nun im Kloster, und ich vertiefe mich ins Schreiben, damit mir die Zeit weniger lang vorkommt. Ich tauche die Spitze meiner Feder in die Tinte, wie andere seufzen, protestieren oder beten. Dann schreibe ich auf dem Blatt weitläufige Dinge, wie ich mich in meiner Jugend mit weit ausholenden Schritten vorwärtsbewegt habe.

Marta ist seit über einer Stunde weg. Ich habe gesehen, wie sie in eine kleine Gasse eingebogen ist. Mein Herz hat gezittert, ich habe meinen Atem angehalten, ihren Namen geflüstert, doch sie hat sich nicht umgedreht. Festen Schrittes lief sie weiter, wie Verurteilte, die sich in ihr Schicksal ergeben. Drago, der vor ihr ging, zeigte auf eine Tür. Sie verschwand dahinter, die Tür wurde wieder geschlossen. Ich konnte das Haus des Gauners nicht ganz sehen, es lag hinter einem Zaun und hohen Bäumen versteckt.

Ein Mönch kam vorbei und wollte mir zu essen bringen, doch ich möchte lieber Martas Rückkehr abwarten, um die Mahlzeit mit ihr gemeinsam einzunehmen. Ohnehin ist meine Kehle wie zugeschnürt, mein Magen zusammengezogen, ich könnte keinen Bissen hinunterbringen, bis sie nicht wieder bei mir ist. Ich sitze wie auf glühenden Kohlen. Ich halte mir unentwegt vor, daß ich sie daran hätte hindern müssen, zu diesem Mann zu gehen, notfalls mit Gewalt. Allerdings konnte ich sie auch nicht einsperren. Gebe der Himmel, daß sich meine Bedenken zerstreuen, daß sie wohlbehalten zurückkehrt, wenn nicht, wäre ich für den Rest meines Lebens von Schuldgefühlen geplagt.

Wie lange ist sie schon weg? Mein Geist ist so betäubt, daß ich mich außerstande fühle, eine Minute von einer Stunde zu unterscheiden. Normalerweise bin ich ein geduldiger Mensch. Wie alle Kuriositätenhändler warte ich mitunter wochenlang auf einen reichen Kunden, der versprochen hat, zurückzukommen, und der nicht kommen wird. Doch heute habe ich keine Geduld. Die Zeit wird mir lang, seit sie weggegangen ist, sie, die ein Kind in sich trägt.

In Begleitung Hatems habe ich mich zu einem Spaziergang aufgemacht, trotz des feinen Regens, der mittlerweile eingesetzt hat. Wir sind in die Gasse eingebogen und bis vor die Tür von Sayyafs Haus gegangen. Wir hörten keinen Laut und sahen hinter Kiefernzweigen nichts als gelbliche Fetzen der Hauswand. Es handelt sich um eine Sackgasse, und wir kehrten schließlich um.

Ich wollte am liebsten an die Tür klopfen, aber ich hatte Marta geschworen, nichts dergleichen zu unternehmen und sie das Problem auf ihre Weise regeln zu lassen. Ich werde keinen Verrat an ihr begehen.

Es fängt schon an zu dämmern, doch Marta ist noch nicht zurück, und auch Drago habe ich noch nicht gesehen. Noch immer möchte ich nichts essen, erst, wenn Marta wieder bei mir ist. Ich lese die letzten Zeilen, die ich geschrieben habe: »Ich werde keinen Verrat an ihr begehen«, und ich frage mich, ob ich

eher Verrat an ihr begehen würde, wenn ich einschritt oder wenn ich es unterließ.
Die Nacht bricht herein, und ich habe schließlich einen Teller Suppe gegessen, in die man für mich Rotwein gegossen hatte. Ein paar tüchtige Schlucke Wein, die der Suppe die Farbe von Roter Bete verliehen und einen Geschmack nach gefälschtem Sirup, damit sich meine Ängste legen, meine Finger nicht mehr zittern und ich aufhöre, auf den Boden zu stampfen. Man leistet mir Gesellschaft, pflegt mich, versorgt mich, als wäre ich schwerkrank oder ein trauernder Witwer.

Ich bin jener Witwer, der nie verheiratet gewesen ist. Ich bin der unbekannte Vater. Ich bin der betrogene Liebhaber. Aus Feigheit und Angst habe ich die Nacht abgewartet, doch bei Tagesanbruch wird mein genuesisches Blut wieder in mir fließen, bei Tagesanbruch werde ich aufbegehren.

Die Sonne geht auf, ich habe nicht geschlafen, und noch ist Marta nicht zurück. Dennoch halte ich an mich, bewahre einen klaren Kopf. Ich bin nicht so wütend, wie ich es sein müßte. Habe ich mich schon in das gefügt, was kommen wird? Um so besser, wenn die anderen dies glauben, ich hingegen weiß, wozu ich fähig bin, wenn es darum geht, sie zu finden.

Hatem hat die ganze Nacht über mich gewacht, aus Angst, ich würde eine Dummheit begehen. Erst als ich die Kerze angezündet, mein Schreibzeug ausgerollt, das Tintenfaß aufgestellt, meine Blätter glattgestrichen, sodann ein paar Worte geschrieben hatte, sah ich, wie der Kopf meines Dieners nach hinten fiel, sein Mund dabei offenstand.

Die anderen um mich herum schlafen allesamt, doch wo schläft Marta? Wo immer sie sich befindet, im Bett eines Mannes oder in einem Verlies, ich bin sicher, daß sie noch kein Auge zugetan hat und daß sie in dieser Minute an mich denkt, wie ich an sie denke.

Ihr Gesicht geht mir nicht aus dem Sinn, es ist mir gegenwärtig, als sähe ich sie im Schein dieser Kerze. Aber ich sehe nichts anderes. Es gelingt mir nicht, mir den Ort vorzustellen, an dem sie sich befinden könnte, die Leute, die sie umgeben, die Kleider, die sie trägt oder nicht mehr trägt. Ich spreche von Bett, von Verlies, wie ich von Peitsche, von Ochsenziemer, von Ohrfeigen und von Schwellungen im Gesicht sprechen könnte.

Meine grausigen Vorstellungen gehen noch weit darüber hinaus. Denn es fällt mir ein, daß ihr Gauner von einem Mann, um seine neue Ehe nicht in Gefahr zu bringen, daran denken könnte, sie verschwinden zu lassen. Der Gedanke war mir bereits gestern gekommen, doch hatte ich ihn wieder beiseite geschoben. Es gibt zu viele Zeugen, und Sayyaf weiß das genau. Ich, Hatem, Drago und sogar die Mönche, die Marta bei unserer Ankunft gesehen haben, bevor wir sie zu jener Tür führen ließen. Wenn ich von neuem Angst habe, dann, weil die Nächte ohne Schlaf die Angst schüren. Und auch, weil ich mir nicht vorstellen kann, wo Marta die Nacht verbracht hat.

Im Grunde ist alles möglich, alles. Auch herzliche Wiedersehensfreude zwischen den beiden Eheleuten, die sich plötzlich an ihre frühere Liebe erinnerten und sich um so stürmischer umarmten, als sie sich gegenseitig einiges zu verzeihen hatten. Ihrer Verfassung wegen konnte sich Marta keinen tröstlicheren Ausgang wünschen als den, in der ersten Nacht genommen zu werden. Wenn sie sodann ein wenig mit den Zeiten schummelte, könnte sie Sayyaf glauben machen, das Kind sei von ihm.

Blieben noch die neue Frau und die Schwiegereltern. Deren Anwesenheit läßt dieses harmonische Fest undenkbar scheinen. Für Marta wäre dies zu bedauern, für mich selbst womöglich ein Grund zur Freude. Nein, ich kann mich nicht freuen, denn ich denke an die äußersten Dinge, zu denen dieser Mann imstande wäre. In dieser verfluchten Angelegenheit kann mich nichts mehr erfreuen, nichts mehr trösten. Vor allem nicht zu so früher, zu so später Stunde, in der mein müder Kopf alles schwarz malt. Im übrigen malt er nicht einmal, er schmiert.

Jetzt komme ich ans Ende der Seite, und ich täte gut daran, dies zu nutzen, um mich für ein paar Augenblicke hinzulegen und die Tinte trocknen zu lassen.

Heft 3
Ein Himmel ohne Sterne

Genua, am 3. April 1666

Fünf Monate lang habe ich täglich oder nahezu täglich über die Ereignisse meiner Reise berichtet und halte nun nichts mehr in Händen von alledem, was ich geschrieben habe. Das erste Heft ist bei Barinelli in Konstantinopel geblieben, das zweite im Kloster von Chios. Ich hatte es bei Tagesanbruch in meinem Zimmer gelassen, noch auf der letzten Seite aufgeschlagen, damit die Tinte trocknen kann. Ich hatte mir vorgenommen, vor dem Abend zurückzukehren und niederzuschreiben, was sich im Laufe dieses entscheidenden Tages ereignet hatte. Ich bin nicht mehr zurückgekehrt.

Entscheidend ist dieser Tag gewesen, ach je, viel mehr als erwartet und auf eine ganz andere Art, als ich gedacht hatte. Ich bin getrennt von all meinen Lieben und krank. Gott sei Dank hat mich das Schicksal, das mich mit der einen Hand fallengelassen hat, mit der anderen wieder aufgefangen. Entblößt, ja, aber wie ein Neugeborenes an der Brust seiner Mutter. Meiner wiedergefundenen Mutter. Meinem Mutter-Boden. Meinem Mutter-Fluß.

Genua, meiner Mutter-Stadt.

Seit ich hier bin, nehme ich mir jeden Tag vor, zu schreiben und von meiner Reise zu erzählen, um über meine Gefühle zu sprechen, die unentwegt zwischen Entmutigung und Überschwang schwanken. Wenn ich bis zum heutigen Tage nichts mehr geschrieben habe, dann liegt dies vor allem am Verlust meiner Hefte. Ich weiß sehr wohl, daß meine Worte eines Tages im Vergessen enden werden, unser ganzes Leben ist dem Vergessen geweiht, doch wir brauchen zumindest den Anschein von Dauer, eine Illusion von Dauerhaftigkeit, um Dinge in Angriff nehmen zu können. Wie könnte ich diese Seiten schreiben, mich zudem bemühen, die Ereignisse und Gefühle mit den treffendsten Worten auszudrücken, wenn ich nicht in zehn Jahren, in zwanzig Jahren hierher zurückkommen könnte, um das vorzufinden, was mein Leben war? Und doch, ich schreibe, schreibe noch immer und werde weiterschreiben. Die Ehre der Sterblichen liegt wahrscheinlich in ihrer Unbeständigkeit.

Doch zurück zu meiner Geschichte. An jenem Morgen in Chios, nach einer Nacht des Wartens, hatte ich beschlossen, Marta zu suchen, was immer es mich kosten sollte. Während ich dies schreibe, kommt es mir vor, als spräche ich von einem früheren Leben, da ich seit der Trennung von der Frau, die ich liebe, auf ein vermeintliches Jenseits zutreibe. Ich stelle mir vor, daß sich ihr Bauch bereits ein wenig wölbt, und ich frage mich, ob ich das Kind, das von meinem Samen stammt, eines Tages zu Gesicht bekommen werde. Doch ich sollte das Klagen lassen, sollte mich zusammennehmen, mich wieder fangen. Wenn ich schreibe, will ich doch im Grunde meine Schwermut vertreiben, anstatt sie zu verstärken, und unbeschwert erzählen, wie ich es mir vorgenommen hatte.

Nachdem ich also eine knappe Stunde in der Klosterherberge der Mönche von Katarraktis eingenickt war, bin ich aufgeschreckt, entschlossen, Martas Ehemann aufzusuchen. Hatem, der es unterließ, mich umzustimmen, blieb keine andere Wahl, als mir zu folgen.

Ich klopfte an die Tür, ein Wächter öffnete uns. Ein Riese mit rasiertem Kopf, buschigem Vollbart, der nach unserem Anliegen fragte, uns jedoch nicht hereinbat. Er hatte uns, ohne irgendein höfliches Wort, ohne ein Lächeln, in einem Piratengriechisch angesprochen und klopfte mit den Fingern auf den Knauf eines Krummdolches. Wenige Schritte hinter ihm zwei weitere Wüteriche derselben Art, von weniger imposanter Gestalt, aber mit ebenso grimmigen Gesichtern. Ich schäumte innerlich vor Wut, während mein Diener den Gleichmut eines Untergebenen wahrte. Ganz Lächeln, ganz Salamaleikum, mehr als für mein Empfinden bei derartigen Rüpeln angebracht war, erklärte er ihnen, daß wir aus Gibelet kamen, dem Land ihres Herrn, und daß dieser gewiß erfreut wäre, von unserer Durchreise zu erfahren.

»Er ist nicht da!«

Schon wollte der Mann die Tür schließen, doch Hatem ließ sich nicht entmutigen.

»Wenn er fort ist, könnten wir vielleicht seine Gattin begrüßen, welche unsere Verwandte ist ...«

»Wenn er fort ist, empfängt seine Frau niemanden!«

Dieses Mal schloß sich die Tür, wir hatten gerade noch Zeit, unsere Köpfe, Füße und Finger zurückzuziehen.

Das Benehmen eines Schakals, aber nach den Buchstaben des Gesetzes war ich es, der ehrliche Kaufmann, der unrecht hatte, während der Taugenichts und seine Schergen im Recht waren. Marta hat diesen Mann geheiratet, und da er nicht die Freundlichkeit besessen hatte, sie zur Witwe zu machen, bleibt sie seine Frau. Nichts gestattet mir, sie ihm zu nehmen, ja nicht einmal sie wiederzusehen, wenn er es nicht wünscht. Ich hätte niemals zulassen dürfen, daß sie sich ihm auf diese Weise ausliefert und sich unter seine Fuchtel begibt. Wohl kann ich mir einreden, daß sie aus freien Stücken gehandelt hat und daß ich keinen Grund hatte, sie daran zu hindern, meine Schuldgefühle werden dadurch nicht zum Schweigen gebracht. Aber auch wenn ich mich geirrt habe und dafür büßen muß, füge ich mich nicht einfach in mein Schicksal. Für meinen Fehler zahlen, ja, doch zu einem angemessenen Preis! Es war nie die Rede davon gewesen, Marta bei diesem Mann verkommen zu lassen. Ich hatte sie in diese mißliche Lage gebracht, nun mußte ich einen Weg finden, sie dort wieder herauszuholen.

Einen Weg finden, aber welchen? Voller Nebel war mein Kopf und durch eine schlaflose oder nahezu schlaflose Nacht schwerfällig geworden, ich sah nur eine wunde Stelle bei meinem Feind: seine zweite Ehe. Das war mein allererster Gedanke. Sayyaf fürchten zu lassen, daß sein mächtiger und reicher

Schwiegervater auf dieser Insel die Wahrheit erfahren könnte, und ihn so dazu zu bringen, daß er einwilligt …

Ich könnte Seiten füllen, wie ich mir den Verlauf der Dinge gewünscht hatte und wie alles tatsächlich verlaufen ist, doch noch bin ich zu geschwächt und fürchte, wieder schwermütig zu werden. Daher kürze ich ab und beschränke mich darauf, in wenigen Worten zu schildern, was sich an jenem verzweifelten Tag ereignet hat.

Als wir nach unserem kurzen Ausflug in die Herberge zurückkehrten, sahen wir von weitem das grüne Hemd des besagten Drago, der im Schatten einer Mauer auf uns zu warten schien. Doch als Hatem ihm ein Zeichen gab, er möge näher kommen, wendete er sich ab und nahm Reißaus, so schnell er konnte. Wir waren von seinem Verhalten dermaßen überrascht, daß wir nicht einmal versuchten, ihm nachzusetzen. Ohnehin hätten wir ihn im Labyrinth der Gassen dieses Dorfes niemals gefunden.

Mit einem Schlag war mir alles klar: Es hat niemals eine zweite Frau gegeben, auch keinen Schwiegervater von hohem Rang, Martas Mann hatte uns die ganze Zeit getäuscht. Als er erfuhr, daß wir ihn suchten, hatte er einen seiner Gewährsleute zu uns geschickt, jenen Drago, um uns zu ködern. Indem er uns vorgegaukelt hatte, wir hätten ein leichtes Spiel, hatte er unser Mißtrauen ausgeräumt. Ich hatte Marta ziehen lassen, in der Überzeugung, sie würde Sayyaf ohne große Verhandlungen dazu bringen, die Ehe für nicht vollzogen zu erklären und sie deshalb auch nicht anzuerkennen.

Einer der Mönche in unserer Herberge, den wir über unser Vorhaben bis jetzt nichts hatten wissen lassen, um nicht zuviel Aufhebens zu machen, brach in schallendes Gelächter aus: Sein Nachbar aus Gibelet lebte bekanntlich mit einem liederlichen Frauenzimmer zusammen, welches er im Hafen von Kandia aufgelesen hatte und welches mitnichten, aber auch mitnichten die Tochter eines angesehenen Mannes von Chios war.

Was konnte ich noch tun? Ich erinnere mich, wie ich den Rest dieses verfluchten Tages und einen Teil der Nacht damit verbrachte, nichts zu tun und nichts zu essen, und wie ich die ganze Zeit über vorgab, irgendwo im letzten Winkel meines genuesischen Kaufmannsgehirns einen letzten denkbaren Ausweg aus diesem Unglück zu suchen, dabei jedoch vor Ungeduld verging und mich unentwegt einen Dummkopf schalt.

In den frühen Morgenstunden kam mein Diener, um mir in gleichermaßen bekümmertem wie bestimmtem Ton zu sagen, es sei nun an der Zeit, anzuerkennen, daß wir hier nichts mehr ausrichten könnten und daß jedes weitere Vorgehen unsere und Martas Lage nur mehr peinlicher und gefährlicher machen würde.

Ohne auch nur die Augen zu öffnen, erwiderte ich: »Hatem, habe ich dich bis zum heutigen Tag je geschlagen?«

»Mein Herr ist immer viel zu gut zu mir gewesen!«

»Wenn du es wagst, mir noch einmal zu raten, daß ich Marta verlassen und von hier fortgehen soll, werde ich dich so lange schlagen, bis du vergißt, daß ich jemals gut zu dir gewesen bin!«

»Dann wäre es am besten, mein Herr schlüge mich sofort, denn solange er nicht aufhört, die Vorsehung herauszufordern, werde ich nicht aufgeben, ihn zu warnen.«

»Geh fort! Verschwinde aus meinen Augen!«

Bisweilen bringt die Wut gute Einfälle hervor. Während ich Hatem schweigen hieß, ihn bedrohte, ihn fortjagte, kam mir ein zündender Gedanke. Er sollte alsbald die schlimmsten Ahnungen meines Dieners bestätigen, doch in jenem Augenblick erschien er mir großartig.

Mein Vorhaben bestand darin, den Befehlshaber der Janitscharen aufzusuchen, um ihm mitzuteilen, daß ich gewisse Bedenken hegte. Die Frau dieses Mannes ist meine Base, würde ich behaupten, und ich habe von Gerüchten gehört, sie sei von ihm erwürgt worden. Damit ging ich sehr weit, ich weiß, aber von Mord zu sprechen, war der einzige Weg, die Behörden zum Eingreifen zu bringen. Überdies waren meine Schreckensvorstellungen nicht vorgetäuscht. Ich fürchtete wahrhaftig, Marta sei ein Unglück zugestoßen. Warum sonst, sagte ich mir, hätten sie uns daran gehindert, das Haus zu betreten?

Der Offizier hörte meine Ausführungen an, die um so dramatischer wirkten, als ich sie in einer Mischung aus schlechtem Griechisch und schlechtem Türkisch vorbrachte, hie und da mit italienischen und arabischen Worten gespickt.

Als ich von Mord sprach, fragte er mich, ob es sich um Gerüchte handelte oder ob ich meiner Sache sicher sei. Ich sagte, ich sei ihrer sicher, sonst wäre ich nicht gekommen, ihn in dieser Angelegenheit zu behelligen. Er fragte mich alsbald, ob ich dies bei meinem Leben schwören würde. Ich erschrak natürlich. Doch ich war entschlossen, nicht aufzugeben. Anstatt auf seine verfängliche Frage zu antworten, öffnete ich meinen Beutel und zog drei schöne Münzen heraus, die ich vor ihm auf den Tisch legte. Er nahm sie mit geübtem Griff an sich, setzte seine federgeschmückte Mütze auf und befahl zweien seiner Männer, ihn zu begleiten.

»Darf ich mitkommen?«

Ich hatte nicht ohne zu zögern gefragt. Auf der einen Seite verspürte ich nicht den Wunsch, Sayyaf zu zeigen, wie sehr ich am Schicksal dieser Frau interessiert war, aus Angst, er könne entdecken, was zwischen ihr und mir gewesen ist, doch auf der anderen Seite kannte der Offizier Marta nicht, und man hätte ihm jede beliebige Frau zeigen und behaupten können, es sei die seine und es ginge ihr gut. Und sie selbst würde nichts zu sagen wagen, wenn sie mich nicht sah.

»Ich darf Euch nicht mitnehmen, ich könnte Unannehmlichkeiten bekommen, wenn es bekannt würde.«

Er hatte nicht nein gesagt, und auf seine Lippen hatte sich ein bedeutungsvolles Lächeln gelegt, während er auf die Stelle des Tisches schielte, wo ich die entscheidenden Münzen hingelegt hatte. Ich öffnete meinen Beutel für eine weitere Gabe, die ich ihm dieses Mal gleich in die Hand drückte. Vor den Augen seiner Männer, die jedoch keineswegs überrascht oder verwirrt schienen.

Der Trupp setzte sich in Bewegung, drei Soldaten und ich. Unterwegs erblickte ich Hatem hinter einer Mauer, der mir Zeichen machte, doch ich tat so, als ob ich ihn nicht bemerkte. Als wir an der Herberge der Mönche vorbeikamen, glaubte ich an einem Fenster zwei der Mönche sowie ihre alte Dienerin zu sehen, die der Anblick zu belustigen schien.

Mit Amtsgewalt drangen wir in das Haus von Martas Ehemann ein. Der Offizier hatte an die Tür getrommelt und einen Befehl gebrüllt, der kahlköpfige Riese hatte ihm aufgemacht und war dann, ohne etwas zu sagen, zur Seite getreten, um ihn vorbeizulassen. Kurze Zeit später eilte Sayyaf beflissen lächelnd herbei, als seien seine teuersten Freunde gekommen, um ihm einen unangemeldeten Besuch abzustatten. Er fragte uns nicht nach unserem Anliegen, er hatte nur Worte des Willkommens im Mund. Zunächst für den Türken, sodann für mich. Er gab sich erfreut, mich wiederzusehen, nannte mich Freund und Vetter und Bruder und ließ sich nicht anmerken, welche Wut er für mich empfinden könnte.

Seit ich ihn zuletzt in der Heimat gesehen hatte, war er dick geworden, ohne indes würdevoller zu wirken, ein dickes, bärtiges Schwein in Pantoffeln, niemals hätte ich hinter seinem glänzenden Fett, hinter seinen Stoffen und seinem Gold den Taugenichts wiedererkannt, der barfuß durch die Gassen von Gibelet gesprungen war.

Aus Höflichkeit, aber auch aus taktischen Gründen gab ich mich erfreut über seinen Empfang, entzog mich seinen Umarmungen nicht und sprach ihn sogar ausdrücklich mit »mein Vetter« an, was mir die Gelegenheit gab, sobald wir uns im Wohnraum niedergelassen hatten, mich nach »unserer Base, seiner Gattin, Marta chanum« zu erkundigen. Ich war bemüht gewesen, mich auf türkisch zu äußern, damit dem Offizier nichts von unserer Unterhaltung entging. Sayyaf entgegnete, es gehe ihr trotz der Strapazen der Reise gut, und er erklärte dem Offizier, daß sie als treue Frau Meere und Berge überwunden hatte, um dem Manne, den der Himmel ihr geschenkt hatte, zu folgen.

»Ich hoffe«, sagte ich, »sie ist nicht zu müde, um ihren Vetter zu begrüßen.«

Der Gatte schien einen Augenblick betreten. In seinen Augen las ich, daß er sich einer verabscheuungswürdigen Tat schuldig gemacht hatte. Und als er sagte: »Wenn sie sich besser fühlt, wird sie aufstehen, um Euch zu begrüßen. Gestern abend war sie außerstande, den Kopf zu heben«, war ich zutiefst davon überzeugt, daß ihr ein Unglück geschehen war. Aus Wut, aus Sorge und aus Verzweiflung sprang ich von meinem Platz auf, bereit, diesen Verbrecher an der Gurgel zu packen. Einzig die Anwesenheit des Gesetzesvertreters ließ mich davon Abstand nehmen. Ich hielt also meine Hände zurück, nicht jedoch meine Worte, mit denen ich diese Person und ihre Sippschaft mit allem überschüttete, was ich seit langem auf dem Herzen hatte. Ich nannte ihn bei allen Namen, die er verdiente, Taugenichts und Übeltäter, Räuber und Pirat, Wegelagerer, Halsabschneider, untreuer Ehegatte, unwürdiger Ehemann, der es nicht einmal verdient hatte, die Schuhe der Frau abzustauben, die sich ihm hingegeben hatte, und wünschte ihm, auf einem Pfahl zu sterben.

Der Mann ließ mich ausreden. Er antwortete nicht, verteidigte seine Unschuld nicht. Allein, als ich mich mehr und mehr ereiferte, sah ich ihn einem seiner Schergen ein Zeichen geben, worauf dieser sich entfernte. In jenem Augenblick maß ich dem keine Aufmerksamkeit bei und setzte meine Schmähungen mit noch lauterer Stimme und alle Sprachen vermischend fort, bis mir der Offizier verärgert zu schweigen befahl. Er wartete, bis ich ihm gehorchte und mich wieder setzte, um den anderen aufzufordern:

»Wo ist deine Frau, ich will sie sehen. Geh sie holen!«

»Hier ist sie schon.«

Und Marta trat ein, gefolgt von dem Schergen, der sich entfernt hatte. Erst in dem Augenblick begriff ich, daß ihr Mann einmal mehr sein Spiel mit mir getrieben hatte. Er legte Wert darauf, daß sie sich im richtigen Augenblick zeigte, was heißt, nicht bevor ich mich in Mißkredit gebracht und gründlich verraten hatte.

Von allen Fehlern, die ich begangen habe, bereue ich diesen am meisten. Ich werde ihn, wie ich glaube, mein ganzes Leben lang bereuen. Um ehrlich zu sein, weiß ich nicht, wie sehr ich mich, sie, unsere Liebe und unsere heimliche Geschichte habe verraten können. Ich weiß nicht mehr, was alles ich in meiner Wut gesagt haben könnte. Ich war überzeugt davon, dieser Schurke habe sie umgebracht, alles in seinem Verhalten schien darauf hinzudeuten, und ich hörte selbst die Worte nicht mehr, die aus meinem Munde kamen. Er hingegen hörte sie sehr wohl, sanft und hochmütig, wie ein Richter den Geständnissen einer Ehebrecherin lauscht.

Marta, verzeih mir alles Böse, was ich dir angetan habe! Ich selbst werde es mir nie verzeihen. Ich sehe dich vor mir, die Augen niedergeschlagen, du wagst es nicht, deinen Mann anzusehen und auch nicht den Mann, der dein Liebhaber gewesen ist. Bekümmert, abwesend, ergeben, aufopfernd. Du denkst nur noch, wie ich glaube, an das Kind, das du in dir trägst, wünschst allein, daß diese Verstellung bald ein Ende findet und dein Mann dich so schnell als möglich wieder in sein Bett nimmt, damit du ihn in ein paar Monaten davon überzeugen kannst, daß diese Schwangerschaft von ihm kommt. Ich war in deinem Leben nur ein Augenblick des Unheils, ein Augenblick der Illusion, der Täuschung und der Scham, aber bei Gott, Frau, ich habe dich geliebt, und ich werde dich bis zu meinem letzten Tag lieben. Und ich werde weder in dieser noch in einer anderen Welt Ruhe finden, bis ich die Fehler, die ich begangen habe, wiedergutgemacht habe. Damals in jenem Haus, jener Fallgrube, in die ich als Rächer gekommen war, um mich im Gewand des Schuldigen wiederzufinden, hätte ich meine Behauptungen gern widerrufen, um zu vermeiden, daß du, Marta, für mein Gerede bezahlen mußt. Doch ich habe geschwiegen, aus Angst, der Versuch, dich zu entlasten, würde dich nur noch stärker belasten. Verstört und nachtwandlerisch habe ich mich erhoben und bin ohne ein Wort an dich, ohne einen Abschiedsblick gegangen.

Auf meinem Rückweg ins Kloster sah ich von fern das Minarett des türkischen Viertels, und mir kam der Gedanke, mich dorthin zu begeben, rasch die Stufen zu erklimmen und mich von dort in die Tiefe zu stürzen. Doch der Tod kommt nicht in einer plötzlichen Anwandlung, und ich, der ich weder Soldat noch Schlächter bin, habe mich nie an den Gedanken gewöhnen können zu sterben, habe diesen Mut nie aufgebracht und habe Angst. Angst vor dem unbekannten Tod, Angst vor der Angst in dem Augenblick, in dem ich springen müßte, Angst auch vor dem Schmerz, wenn mein Kopf auf dem Boden auftrifft und meine Knochen brechen. Auch hätte ich nicht gewünscht, daß meine Angehörigen gedemütigt würden, während Sayyaf feiern, trinken und tanzen konnte und Marta nötigte, in die Hände zu klatschen.

Nein, ich werde mich nicht umbringen, murmelte ich. Mein Leben ist noch nicht zu Ende, aber meine Reise wird zu Ende sein. Das Buch *Der Hundertste Name* ist verloren, Marta ist verloren, ich habe keinen Grund mehr und auch nicht die Kraft, weiter durch die Welt zu reisen, ich werde meine Neffen in Smyrna aufsuchen, um sodann, ohne mich weiter aufzuhalten, nach Hause zurückzukehren, in meinen lieben Kuriositätenladen in Gibelet, und dort geduldig abzuwarten, bis das verfluchte Jahr vorbei ist.

Meinem Diener, der mich vor der Herberge empfing, teilte ich sogleich meine Absichten mit und bat ihn, sich vor Ablauf des Tages zur Abreise bereitzuhalten. Wir würden die Nacht in der Stadt Chios verbringen und gleich morgen früh nach Smyrna aufbrechen. Sobald wir uns von Maimun, dem Pastor Coenen und einigen anderen verabschiedet hätten, würden wir auf dem ersten Schiff, das nach Tripolis segelt, an Bord gehen.

Hatem hätte sich eigentlich erfreut zeigen müssen, statt dessen sah ich, wie sich auf seinem Gesicht die Zeichen größten Schreckens abzeichneten. Ich hatte nicht die Zeit, ihn nach dem Grund zu fragen, da ertönte eine Stimme hinter mir: »Du, Genuese!«

Ich drehte mich um und erblickte den Offizier mit seinen Männern. Er gab mir Zeichen, näher zu kommen. Ich trat auf ihn zu.

»Auf die Knie vor mir!«

Hier? Mitten auf der Straße? Vor allen Leuten, die sich schon hinter den Mäuerchen, den Fenstern, den Baumstämmen versammelten, um nur nichts von dem Schauspiel zu versäumen?

»Deinetwegen habe ich mein Gesicht verloren, du genuesischer Hund, und jetzt ist es an mir, dich zu erniedrigen! Du hast mich angelogen, hast mich und meine Männer hereingelegt!«

»Ich schwöre Euch, daß ich von allem, was ich Euch gesagt habe, überzeugt war!«

»Schweig! Du und die Deinen, ihr glaubt noch immer, euch alles erlauben zu können; ihr seid überzeugt davon, daß euch nichts geschehen kann, weil euer Konsul euch im letzten Augenblick zu Hilfe eilt. Dieses Mal nicht! Aus meinen Händen wird dich kein Konsul retten! Wann endlich werdet ihr begreifen, daß diese Insel nicht mehr eure ist und daß sie von nun an und für immer dem Sultan, unserem Herrn, gehören wird? Zieh deine Schuhe aus, leg sie auf deine Schultern und folge mir!«

Von beiden Seiten der Straße war das Gelächter der Habenichtse zu hören. Und als sich unser elender Trupp in Gang setzte, breitete sich eine Feststimmung aus, an der sich alle außer Hatem zu erfreuen schienen, allen voran die Janitscharen. Anzüglichkeiten, schrilles Geschrei und noch mehr Gelächter. Um mich zu trösten, sagte ich mir, daß ich mich glücklich schätzen konnte, nicht in den Straßen Gibelets erniedrigt zu werden, sondern an jenem Ort, an dem mich keiner kannte und an dem es mir erspart bleiben würde, je wieder den Blicken dieser Leute zu begegnen.

Bei unserer Ankunft an der Wache band man mir mit einem dünnen Strick die Hände auf den Rücken und ließ mich sodann in eine Art Grube steigen, die nicht sehr tief in den Boden reichte und so eng war, daß es nicht nötig gewesen wäre, mich festzubinden, wenn man verhindern wollte, daß ich mich bewege.

Nach einer Stunde oder zwei kamen sie, um mich zu holen, lösten den Strick an meinen Händen und führten mich zu dem Offizier, der besänftigt schien und noch immer erfreut über den Streich, den er mir gespielt hatte. Und mir sogleich einen Handel vorschlug.

»Ich bin unschlüssig, was ich mit dir machen soll. Ich müßte dich wegen Verleumdung verurteilen lassen. Peitsche, Gefängnis und noch weit Schlimmeres, wenn man den Ehebruch bedenkt.«

Er schwieg. Und ich meinerseits hütete mich davor zu antworten, meine Unschuldsbezeugungen hätten niemanden überzeugt, nicht einmal meine eigene Schwester. Der falschen Mordanschuldigung hatte ich mich schuldig gemacht, ebenso des Ehebruchs. Doch der Mann hatte mir gesagt, daß er zwischen zwei Vorgehensweisen schwankte. Ich ließ ihn fortfahren.

»Ich könnte mich auch erweichen lassen, könnte die Augen vor allem, was du getan hast, verschließen und mich damit begnügen, dich in dein Land auszuweisen …«

»Ich würde mich erkenntlich zeigen.«

Mit »mich erkenntlich zeigen« meinte ich vielmehr »ihn überzeugen«. Der Offizier war käuflich, doch ich mußte mich so verhalten, als wäre ich die Ware, deren Preis es festzusetzen galt. Ich will nicht leugnen, daß ich wieder Mut faßte, als wir dieses Stadium erreichten. Im Angesicht des Gesetzes, des Menschen oder des Himmels fühle ich mich hilflos, aber wenn es darum geht, einen Preis zu bestimmen, so finde ich meine Worte wieder. Gott hat mich reich gemacht in einer Welt der Ungerechtigkeit, ich erwecke die Gier der Mächtigen, doch ich verfüge auch über das, was sie befriedigt.

Wir einigten uns auf einen Preis. Ich weiß nicht, ob ›einigen‹ das richtige Wort ist. Im Grunde bat mich der Beamte schlicht und einfach, meinen Beutel auf den Tisch zu legen, was ich ohne zu murren tat, und ihm darauf die Hand hinzustrecken, wie es die Händler tun, um einen Handel zu besiegeln. Er zögerte einen Augenblick und schlug dann mit hochmütigem Gesichtsausdruck ein. Woraufhin er den Saal verließ, in den seine Männer eintraten, um mich von neuem festzubinden und zurück in den Kerker zu bringen.

Bei Tagesanbruch, ich hatte noch immer keinen Schlaf gefunden, verbanden sie mir die Augen, wickelten mich in ein Stück Jute wie in ein Leichentuch und legten mich auf einen Schubkarren, den sie auf holprigen Wegen zu einem Ort schoben, an dem man mich unsanft auf die Erde kippte. Ich vermutete, daß ich mich am Strand befand, denn der Boden war nicht hart und das Rauschen der Wellen war zu hören. Sodann wurde ich auf den Rücken eines Mannes geladen und zu einem Schiff gebracht, als wäre ich ein Koffer oder ein zusammengeschnürter Ballen.

Genua, den 4. April

Jetzt will ich den Faden meiner Geschichte wiederaufnehmen, während ich auf der Terrasse im Haus eines Freundes sitze, den Frühlingsduft einatme, den sanften Geräuschen der Stadt lausche und jener honigsüßen Sprache, die die Sprache meines Blutes ist. Und dennoch muß ich inmitten dieses Paradieses weinen beim Gedanken an jene, die dort drüben weilt, eine Gefangene mit dickem Bauch, die sich schuldig gemacht hat, weil sie frei sein wollte und mich geliebt hat.

Erst als ich auf dem Schiff war, habe ich meinen Bestimmungsort erfahren. Ich war in den Schiffsladeraum geschleppt worden, und der Kapitän hatte die Anweisung erhalten, mir die Augenbinde so lange nicht abzunehmen, bis die Küste von Chios am Horizont verschwunden war, eine Anweisung, die er peinlichst genau befolgte, beinahe jedenfalls. Als er mich auf die Brücke steigen ließ, konnte man die Bergkämme noch erahnen. Die Matrosen zeigten mir in der Ferne gar die Umrisse eines Kastells, das, wie man mir sagte, Polienu oder Apolienu hieß. Auf alle Fälle waren wir weit von Katarraktis entfernt und auf dem Weg nach Westen.

Die Art und Weise, wie ich von den Behörden verstoßen worden war, verschaffte mir eigenartigerweise das Vertrauen des Kapitäns, eines Kalabresen von etwa sechzig Jahren, mit Namen Domenico, mit langem weißen Haar und mager wie ein herrenloser Hund, stets einen Fluch auf den Lippen – »Bei meinen Ahnen« – und immerzu seinen Matrosen androhend, er werde sie hängen oder den Fischen zum Fraß vorwerfen, der jedoch Zuneigung für mich empfand und mir von seinen Beutezügen erzählte.

Sein Schiff – eine Schonerbrigg – heißt ›Charybdos‹. Wenn er in Katarraktis, dessen Bucht nur von Fischerbooten befahren wird, vor Anker gegangen war, dann weil er einen sehr einträglichen Schmuggel betrieb. Ich erfaßte sofort, daß es sich um Mastix handelte, welcher nur in Chios und nirgends sonst auf der Welt gewonnen wird und welchen die türkischen Behörden ausschließlich dem Harem des Sultans vorbehalten, wo es unter den adligen Damen Mode ist, ihn von morgens bis abends zu kauen, um weiße Zähne und einen duftenden Atem zu erhalten. Die Bauern der Insel, die diesen wertvollen Baum, den Mastixbaum, anpflanzen – welcher der Pistazie von Aleppo zum Verwechseln ähnlich sieht –, sind verpflichtet, den Behörden das Mastixharz gegen einen festgesetzten Preis zu liefern. Diejenigen, die einen Überschuß haben, versuchen, Mastix zu ihrem eigenen Vorteil zu verkaufen, was sie viele Jahre Gefängnis oder Galeere kosten kann und manchmal gar den Tod. Doch trotz der angedrohten Strafen ist die Verlockung des Gewinns stärker, und der

Schmuggel blüht dort, wo häufig Zöllner und andere Vertreter des Gesetzes beteiligt sind.

Der Kapitän Domenico brüstet sich damit, der geschickteste und waghalsigste der Schwarzhändler zu sein. Im Verlauf der letzten zehn Jahre ist er, wie er mir geschworen hat, nicht weniger als dreißig Mal an die Küste der Insel gekommen, um die verbotene Ware zu laden, und niemals erwischt worden. Er versicherte mir, daß die Janitscharen Nutznießer seiner Freigebigkeit waren, was mich kaum überraschte angesichts der Art und Weise, wie ich verstoßen worden war.

Für den Kalabresen ist es nicht nur ein Broterwerb, sondern ein Akt der Kühnheit, gar ein Akt der Gottesfurcht, den Sultan in seinem eigenen Reich derart an der Nase herumzuführen und ihm die Leckereien zu entreißen, die er für seine Lieblinge ausersehen hat. Während unserer langen Wachen auf dem Meer erzählte er mir jedes seiner Abenteuer in allen Einzelheiten, vor allem jene, bei denen er beinahe gefaßt worden wäre, über die er mehr lachte als über die anderen, und er trank den Schnaps in großen Schlucken, um sich daran zu erinnern, daß er Angst gehabt hatte. Seine Art zu trinken belustigte mich. Er setzte die Lippen an den Hals eines Beutels aus Ziegenbockleder, den er immer bei sich trug, hob ihn sehr hoch und verharrte einen langen Augenblick, den Mund nach oben, als hielte er eine Oboe und wollte sie spielen.

Wenn er zuweilen von der vielfältigen List der Bauern sprach, sich den osmanischen Gesetzen zu entziehen, konnte ich von dem Kapitän allerhand Dinge lernen. Andere Male lernte ich nichts. Ich entsinne mich nicht mehr, ob ich schon gesagt habe, daß sich unsere Familie, bevor sie nach Gibelet kam, in Chios niedergelassen hatte und ebenjenen Handel mit Mastix betrieb. Dieser Handel hatte zu Zeiten meines Ururgroßvaters ein Ende gefunden, aber die Erinnerung daran ist geblieben. Die Embriaci vergessen nichts und halten niemals mit ihren Ansichten hinterm Berg. Kriegerische Heldentaten oder Handel, Ruhm oder Unglück, das Leben der Generationen legt sich um das der

Ahnen wie die Jahresringe um den Stamm einer Eiche. Im Herbst sterben die Blätter, und mitunter brechen die Äste, ohne daß die Eiche aufhört, sie selbst zu sein. Mein Großvater erzählte mir von Mastix, wie er mir von den Kreuzfahrten erzählte, er erklärte mir, wie man das wertvolle Harz erntete, indem man die Rinde des Mastixbaumes einschnitt, wobei er, der diesen Baum nie gesehen hatte, mir die Handgriffe vorführte, die sein Großvater ihn gelehrt hatte.

Doch ich komme auf den Kapitän zurück und den gefährlichen Handel, den er betreibt, um zu erzählen, daß die Frauen aus Genua seine besten Kundinnen sind. Nicht daß sie sich mehr um ihren Atem oder ihre weißen Zähne sorgen als die Venezianerinnen, die Pisanerinnen oder die Pariserinnen. Nur, Chios ist lange Zeit genuesisch gewesen, Gewohnheiten haben sich gefestigt. Und obwohl die Osmanen die Insel vor hundert Jahren erobert haben, haben unsere Frauen niemals auf ihren Mastix verzichten wollen. Auch ihre Männer nicht, für die es Ehrensache ist, sich die unverzichtbare Ware zu verschaffen, als handele es sich um eine Rache am Schicksal und am Sultan, der es verkörpert. Sollte es ein Akt des Stolzes geworden sein, den Oberkiefer nach unten und den Unterkiefer nach oben zu bewegen? Angesichts des Preises, den die Frauen für Mastix zahlen, ist diese Mundbewegung besser geeignet, ihre gesellschaftliche Stellung kundzutun als der teuerste Schmuck.

Wie undankbar ich mich zeige mit meinem Spott! Ist es nicht diesen Damen und ihrem teuren Mastix zu verdanken, daß ich mich in diesem Augenblick auf der Terrasse in Genua befinde, anstatt in einem osmanischen Verlies zu darben? Kaut, meine Damen, kaut!

Der Kapitän hatte auf den griechischen Inseln nicht anlegen wollen, aus Angst, die osmanischen Zöllner könnten an Bord kommen. Er nahm direkten Kurs auf Kalabrien und steuerte eine kleine Bucht in der Nähe von Catanzaro, seiner Geburtsstadt, an, wo er sich geschworen hatte, wie er mir sagte, seinem Namensheiligen jedes Mal eine Opfergabe darzubringen, wenn er unversehrt aus der Levante zurückkehrte. Ich begleitete ihn in die Kirche San Domenico, hatte ich doch mehr Gründe zu beten als er. In einem kalten und schlecht erleuchteten Raum kniend, umgeben von Weihrauchgeruch, flüsterte ich ohne große Überzeugung einen wenig kostspieligen Eid: Sollte ich Marta mit dem Kind, das sie in sich trägt, zurückbekommen können, so werde ich dieses Domenico nennen, falls es ein Junge wird, und Domenica, falls es ein Mädchen werden sollte.

Nach diesem Halt legten wir auf unserer Reise den italienischen Stiefel hinauf, noch dreimal an, um uns vor Unwettern zu schützen, aber auch um uns mit Wasser, Wein und Lebensmitteln zu versorgen, bevor wir Genua erreichten.

Am 5. April

Ich hatte mir immer vorgestellt, daß ich eines Tages im Angesicht Genuas weinen würde, doch die Umstände der Wiedersehensfreude sollten nicht die sein, die ich mir gewünscht hatte. In dieser Stadt habe ich, man könnte fast sagen, lange vor meiner Geburt das Licht der Welt erblickt, und sie nie gesehen zu haben, hatte sie meinem Herzen noch teurer gemacht, als wenn ich sie verlassen hätte, und ich mußte sie noch mehr lieben, damit sie mir vergibt.

Niemand ist Genua so verbunden wie die Genuesen des Orients. Niemand weiß die Stadt so zu lieben wie sie. Wenn sie auch fällt, wir sehen sie aufrecht, wenn sie häßlich wird, sehen wir ihre Schönheit; wenn sie zugrunde geht und verhöhnt wird, sehen wir sie in all ihrer Blüte und Erhabenheit. Von ihrem Reich ist nichts geblieben, nichts außer Korsika und jenem mageren Küstenstaat, in dem jede Gegend der anderen den Rücken kehrt, in dem jede Familie der nächsten die Pest wünscht, in dem alle den katholischen König verfluchen, während sie sich im Vorzimmer seiner Vertreter drängeln. Hingegen glänzen am Himmel der Exilgenuesen noch die Namen Kaffa, Tana, Jalta, Mavokastro, Famagusta, Tenedos, Phokia, Pera und Galata, Samothraki und Kassandreia, Lesbos, Lemnos, Samos, Ikaria wie auch Chios und Gibelet – so viele Sterne, so viele erleuchtete Bahnen!

Mein Vater hat immer gesagt, unser Vaterland sei nicht das Genua von heute, sondern das ewige Genua. Doch fügte er sogleich hinzu, daß ich im Namen des ewigen Genuas gehalten sei, das heutige zärtlich zu lieben, so geschwächt es auch sei, daß ich die Stadt gar um so mehr lieben müßte, je größer ihr Elend ist, gleich einer Mutter, die nunmehr gelähmt ist. Er beschwor mich vor allem, unserer Stadt nicht zu zürnen, sollte sie mich, wenn ich sie zum ersten Mal besuchte, nicht erkennen. Ich war noch sehr jung und verstand nicht recht, was er mir sagen wollte. Wie sollte Genua mich erkennen oder mich nicht erkennen? Aber in dem Augenblick, als ich die Stadt im Morgengrauen meines letzten Tages auf See in der Ferne erblickte, mit ihren Hügeln, den hohen Kirchturmspitzen, den spitzen Hausdächern, den schmalen Fenstern und vor allem den mit Zinnen versehenen, eckigen oder runden Türmen, von denen ich wußte, daß noch einer den Namen meiner Familie trug, mußte ich einfach denken, daß auch die Stadt Genua mich ansah, und ich fragte mich also, ob sie mich erkannte.

Kapitän Domenico hatte mich nicht erkannt. Als ich meinen Namen nannte, zeigte er keinerlei Reaktion. Offensichtlich hatte er noch nie von den Embriaci gehört, weder von ihrer Rolle bei den Kreuzzügen noch von ihrem Lehen in Gibelet. Wenn er mir sein Vertrauen geschenkt und mir sogar von seiner Schmuggelei erzählt hat, dann, weil ich Genuese bin und aus Chios verjagt wurde, wo ich gewiß nie wieder einen Fuß hinsetzen würde, wie er sich wohl sagte. Ganz anders verhielt sich sein genuesischer Kompagnon, Signor Gregorio Mangiavacca, der gekommen war, um die Ware in Empfang zu nehmen, ein Riese mit rotem Bart, in gelben und grünen Kleidern und dem Federschmuck eines Papageien der Inseln, der, als er meinen Namen hörte, eine Geste machte, die ich nie wieder vergessen werde. Eine eindringliche Geste, über die ich fast gelächelt hätte, die mich jedoch vor Ergriffenheit weinen ließ.

Noch jetzt zittern meine Hände und meine Augen werden feucht, wenn ich an diese Szene zurückdenke.

Wir hatten kaum angelegt, als der Händler mit zwei Zöllnern an Bord kam, ich hatte mich ihm vorgestellt, »Baldassare Embriaco, aus Gibelet«, und wollte ihm gerade erklären, unter welchen Umständen ich auf dieses Schiff gekommen war, als er mich unterbrach, mich an den Schultern faßte und mich schüttelte, als suche er Streit.

»Baldassare Embriaco … Sohn von wem?«

»Sohn von Tommaso Embriaco.«

»Tommaso Embriaco, Sohn von wem?«

»Sohn von Bartolomeo Embriaco«, sagte ich leise, aus Angst, laut loszulachen.

»Sohn von Bartolomeo Embriaco, Sohn von Ugo, Sohn von Bartolomeo, Sohn von Ansaldo, Sohn von Pietro, Sohn von …«

Und er zählte aus dem Gedächtnis meine ganze Ahnenreihe auf, bis zur neunten Generation, wozu ich selbst nicht imstande gewesen wäre.

»Woher kennt Ihr meine Vorfahren?«

Statt einer Antwort ergriff der Mann meinen Arm und fragte: »Werdet Ihr mir die Ehre erweisen, unter meinem Dach zu wohnen?«

Da ich keinen Ort hatte, den ich hätte aufsuchen können, und auch nicht die kleinste Münze bei mir trug, sei sie nun genuesisch oder osmanisch, konnte ich in dieser Einladung nur das Werk der Vorsehung erkennen. Auch unterließ ich es, ihm mit den üblichen Höflichkeitsformeln »ich möchte nicht …«, »ich sollte nicht …«, »ich schäme mich, Euch Umstände zu bereiten …« zu kommen. Es war offensichtlich, daß ich im Wohnsitz von Signor Gregorio willkommen war, ich hatte gar das seltsame Gefühl, daß er seit Urzeiten an diesem Kai im Hafen von Genua auf meine Rückkehr wartete.

Er rief zwei seiner Männer, stellte mich ihnen vor, wobei er den Namen Embriaci mit der gleichen Eindringlichkeit aussprach. Sie zogen ehrfürchtig ihren Hut und verbeugten sich tief. Sodann richteten sie sich auf und baten mich, ihnen gütigst mein Gepäck zu zeigen, damit sie sich darum kümmern konnten. Kapitän Domenico, der der Szene von Beginn an beigewohnt hatte, stolz darauf, eine solchermaßen ehrwürdige Persönlichkeit befördert zu haben, aber ein wenig verwirrt, weil er selbst nicht reagiert hatte, als ich meinen Namen nannte, erklärte leise, daß ich keinerlei Gepäck bei mir führte, weil ich manu militari von den osmanischen Janitscharen verstoßen worden war.

Die Episode auf seine Weise deutend, war Signor Gregorio ganz Bewunderung für meine Adern, in denen ihm zufolge nur das alleredelste Blut floß. Er ließ seine Männer – und alle, die sich im Umkreis von zweihundert Schritten von uns befanden – wissen, daß ich jener Held war, der die Gesetze des ungläubigen Sultans herausgefordert und die schweren Tore seiner Kerker überwunden hatte. Helden wie ich kreuzten die Meere nicht mit dem Gepäck eines gewöhnlichen Kuriositätenhändlers!

Rührender Gregorio, ich schäme mich ein bißchen, seine Inbrunst auf diese Weise zu belächeln. Dieser Mann ist ganz Erinnerung, ganz Ergebenheit, und es wäre mir schmerzhaft, ihm Kummer zu bereiten. Er hat mich in sein Haus aufgenommen, als wäre es meines, als verdanke er meinen Vorfahren alles, was er besitzt und was aus ihm geworden ist, obschon dem natürlich nicht so ist. Die Wahrheit ist, daß die Mangiavacca seinerzeit Teil des Stammes waren, dem meine Vorfahren vorstanden. Eine verbündete Familie, mit guten Kunden, traditionell die ergebenste von allen. Doch dann hatte sich das Schicksal der Embriaci gewendet – mein Vater und mein Großvater sprachen nur mehr von »l'albergo«, als handele es sich um ein gemeinsames, großzügiges Anwesen. Verarmt, in alle Winde verstreut, von Kriegen, Schiffbrüchen, der Pest heimgesucht, ihrer Herkunft beraubt, verloren die Meinen in Konkurrenz mit neueren Geschlechtern allmählich an Einfluß, ihre Stimme wurde nicht mehr gehört, ihr Name nicht mehr verehrt, und alle Familien, die ihnen als Kunden ergeben waren, wandten sich ab, um anderen Machthabern zu folgen, allen voran den Doria. Nicht alle, darauf besteht mein Gastgeber, da die Mangiavacca die Erinnerung an die glückliche Ära seit Generationen vom Vater an den Sohn weitergeben.

Heute ist Signor Gregorio einer der reichsten Männer Genuas. Zum Teil dank des aus Chios importierten Mastix, er ist der einzige in der gesamten Christenwelt, der es verkauft. Ihm gehört der Palast, in dem ich mich in diesem Augenblick befinde, in der Nähe der Kirche Santa Maddalena, auf der Anhöhe, die den Hafen überragt. Und noch ein weiterer, ein größerer, wie es scheint, am Ufer des Flusses Varenna, wo seine Frau und seine drei Töchter leben. Die Schiffe, die er mietet, befahren alle Meere, die ganz nahen wie die gefährlichsten, bis zur Küste Malabars und bis nach Amerika. Er verdankt sein Vermögen keineswegs den Embriaci, doch er hält die Erinnerung an meine Vorfahren hoch, als wären sie noch immer seine Wohltäter. Ich frage mich, ob er mit diesem Verhalten nicht einer Art Aberglauben folgt, um nicht den Schutz des Himmels einzubüßen, sollte er sich von der Vergangenheit abkehren.

Wie dem auch sei, das Blatt hat sich gewendet, und nun ist er es, der uns mit seinen Wohltaten überhäuft. Ich bin in diese Stadt gekommen gleich dem verlorenen Sohn, ruiniert, arm und verzweifelt, und er hat mich empfangen wie ein Vater und ließ das fette Kalb schlachten. Ich wohne in seinem Haus, als wäre es meins, ich spaziere in seinem Garten, ich sitze auf seiner schattigen Terrasse, ich trinke seinen Wein, ich befehle seinen Dienern, und ich tauche meine Federn in seine Tinte. Und doch wirft er mir vor, ich verhielte mich wie ein Fremder, weil er mich gestern dabei beobachtet hat, wie ich mich einer schon reifen Rose genähert und ihren Duft eingeatmet habe, ohne sie zu pflücken. Ich mußte ihm schwören, daß ich sie auch in meinem eigenen Garten in Gibelet nicht gepflückt hätte.

Die Gastfreundschaft Gregorios hat meine Verzweiflung zwar besänftigt, aber nicht ganz vertrieben. Und seit jener verfluchten Nacht im Kerker der Janitscharen in Chios vergeht kein Tag, an dem ich nicht aufs neue diesen Schmerz in meiner Brust verspüre, den ich schon in Smyrna gefühlt hatte. Es ist dies jedoch von allen meinen Leiden das leichteste, welches mich nur dann beunruhigt, wenn es mich erfaßt, sowie es mich losläßt, vergesse ich es. Wohingegen der Schmerz, der Marta heißt, niemals, weder Tag noch Nacht, von mir weicht.

Sie, die diese Reise unternommen hatte, um den Beweis zu erhalten, der ihr die Freiheit wiedergäbe, war fortan eine Gefangene. Sie hatte sich unter meinen Schutz begeben, und ich habe sie nicht beschützt.

Und meine Schwester Plaisance, die mir ihre beiden Söhne gegen das Versprechen anvertraut hatte, daß ich mich nie von ihnen entfernen würde, hatte ich sie nicht verraten?

Und Hatem, mein mir ergebener Diener, hatte ich nicht auch ihn in gewisser Weise im Stich gelassen? Es ist wahr, daß ich mich um ihn am wenigsten sorge, stelle ich ihn mir doch manchmal vor wie jene flinken Fische, die noch im Netz der Fischer die Kraft finden, aus dem Schiff zu entwischen und ins Meer zu springen. Ich vertraue ihm, und seine Anwesenheit in Chios ist eher beruhigend. Wenn er für Marta nichts mehr tun kann, wird er nach Smyrna zurückkehren, um dort mit meinen Neffen auf mich zu warten oder um sie nach Gibelet zurückzubringen.

Marta hingegen, mit dem Kind in ihrem Bauch, wird nie entfliehen können!

Am 6. April

Heute habe ich den ganzen Tag damit zugebracht zu schreiben, jedoch nicht in dieses neue Heft, sondern einen langen Brief an meine Schwester Plaisance und einen kürzeren an meine Neffen und Maimun, für den Fall, daß sie sich noch in Smyrna befinden. Noch weiß ich nicht, wie ich diese Briefe ihren Empfängern zukommen lassen kann, aber Genua ist eine Stadt, in die unentwegt Kaufleute und Reisende kommen, und ich werde mit Hilfe Gregorios einen Weg finden.

Meine Schwester habe ich gebeten, mir so bald als möglich zu schreiben, um mich über das Los ihrer Söhne und Hatem zu unterrichten. Ich habe ihr ein wenig von meinen Mißgeschicken erzählt, ohne das Gewicht zu sehr auf das zu legen, was mit Marta zu tun hat. Hingegen habe ich eine gute Hälfte der Seiten der Stadt Genua gewidmet, meiner Ankunft, dem Empfang meines Gastgebers und allem, was er zum Ruhm der Unseren gesagt hat.

Meinen Neffen habe ich dringend geraten, so bald als möglich nach Gibelet zurückzukehren, so sie es nicht bereits getan haben.

Bei allen habe ich darauf gedrungen, daß sie mir ausführliche Briefe schreiben. Aber werde ich noch hier sein, wenn ihre Antworten eintreffen?

Am 7. April

Seit zehn Tagen bin ich in Genua, und es ist das erste Mal, daß ich durch die Stadt streife. Bis jetzt hatte ich den Palast meines Gastgebers und den Garten, der ihn umgibt, nicht verlassen. Entkräftet, bisweilen bettlägerig, habe ich mich mit großer Überwindung von einem Stuhl zum nächsten, von einer Bank zur anderen geschleppt. Erst als ich mich mit großer Überwindung wieder dem Schreiben gewidmet habe, habe ich von neuem angefangen zu leben. Die Worte sind wieder zu Worten geworden und die Rosen zu Rosen.

Signor Mangiavacca, der sich am ersten Tag auf dem Schiff so überschwenglich gezeigt hatte, hat sich in der Folge als feinfühliger Gastgeber erwiesen. Wohl ahnend, daß ich nach allem, was ich durchgemacht hatte, Erholung brauchte, hatte er sich davor gehütet, mich zu bedrängen. Als er heute spürte, daß ich wieder auf der Höhe war, schlug er mir zum ersten Mal vor, ihn zum Hafen zu begleiten, den er jeden Tag aufsuchte, um seinen Geschäften nachzugehen. Er bat seinen Kutscher, an der Piazza San Marco vorbeizufahren, wo sich der Palazzo Doria befindet, sodann an dem hohen, eckigen Turm der Embriaci vorbei, bevor er die Küstenstraße zum Kai nahm, wo wir von einer Schar von Dienern erwartet wurden. Als er sich verabschiedete, um sich um seine Geschäfte zu kümmern, befahl er seinem Kutscher, mich nach Hause zu bringen und an ein paar Orten vorbeizufahren, die er ihm aufzählte. Insbesondere in der Via Balbi, die noch die Pracht des einstigen Genuas erahnen ließ. Vor jedem Bauwerk oder Denkmal drehte sich der Kutscher zu mir um, um mich zu unterhalten und mir zu erklären, was es zu sehen gab. Er hat das gleiche Lächeln wie sein Herr und spricht mit der gleichen Begeisterung von unseren vergangenen, ruhmreichen Zeiten.

Ich nickte mit dem Kopf, lächelte ihn an, und auf gewisse Weise beneide ich ihn. Ich beneide ihn, und ich beneide seinen Herrn, weil sie auf diese ganze Landschaft voller Stolz blicken. Während ich nur Sehnsucht empfinde. Wie gerne hätte ich in jener Zeit in Genua gelebt, als die Stadt die glanzvollste aller Städte war und mein Geschlecht das glanzvollste von allen. Ich bin untröstlich, daß ich erst heute auf die Welt gekommen bin. Wie alt die Zeit geworden ist, mein Gott! Wie diese Erde verblüht ist! Ich habe das Gefühl, in der Abenddämmerung der Zeiten geboren zu sein, außerstande, mir vorzustellen, wie die Mittagssonne einst war.

Am 8. April

Heute habe ich mir von meinem Gastgeber dreihundert Pfund bares Geld geliehen. Er wollte nicht, daß ich ihm einen Schuldschein ausstelle, aber ich habe es dennoch getan, datiert und ordnungsgemäß unterschrieben. Wenn die Zahlung fällig ist, werden wir uns noch streiten müssen, damit er das Geld annimmt. Dies wird im April 1667 sein, das Jahr des Tieres wird vorbei sein, es wird uns dann bereits möglich gewesen sein, zu überprüfen, ob die furchterregenden Vorhersagen eingetroffen sind. Was wird aus unseren Schulden werden? Ja, was wird aus den Schulden, wenn die Welt mit ihren Menschen und Reichtümern untergegangen ist? Werden sie einfach vergessen? Oder werden sie in Rechnung gestellt, wenn über jeden zum letzten Mal bestimmt wird? Werden die schlechten Zahler bestraft? Werden diejenigen, die bei Fälligkeit zahlen, leichter ins Paradies kommen? Wird über die schlechten Zahler, die die Fastenzeit einhalten, mit größerer Milde gerichtet als über die guten Zahler, die sie nicht einhalten? Das sind fürwahr die Sorgen eines Kaufmanns, wird man mir sagen! Gewiß, gewiß. Aber ich habe doch das Recht, mir diese Fragen zu stellen, schließlich geht es um mein Schicksal. Wird es mir in den Augen des Himmels Gnade bescheren, daß ich mein Leben lang ein ehrlicher Kaufmann gewesen bin? Werde ich strenger gerichtet als ein anderer, der seine Kunden und Teilhaber zwar ständig betrogen, jedoch niemals die Frau seines Nächsten begehrt hat?

Möge der Allerhöchste mir vergeben, wenn ich solche Dinge sage: Ich bedaure meine Fehler und mein unbesonnenes Handeln, jedoch mitnichten meine Sünden. Nicht, daß ich mir Marta genommen habe, quält mich, sondern daß ich sie verloren habe.

Wie bin ich abgekommen von dem, was ich sagen wollte! Ich hatte angefangen, von meiner Schuld zu sprechen, als mich eine Reihe von Gedanken zu Marta geführt hat und zu meinen brennenden Gewissensbissen. Das Vergessen ist eine Gnade, die mir nicht zuteil werden wird und um die ich im übrigen auch nicht bitte. Ich bitte um Wiedergutmachung, ich sinne unentwegt über die Vergeltung nach, die ich eines Tages üben will. Ich denke immer wieder über den beklagenswerten Vorfall nach, dessentwegen ich aus Chios verstoßen wurde, und ich versuche darüber nachzudenken, wie ich hätte handeln müssen, wie ich die Finten und Schurkenstreiche hätte vereiteln können. Gleich einem Admiral am Tag nach einer Niederlage verschiebe ich unentwegt in meinem Kopf Schiffe, Geschwader und Kanonenboote, um zu der Aufstellung zu gelangen, die meinen Sieg ermöglicht hätte.

Über meine Absichten werde ich heute nichts mehr sagen, außer daß sie noch in mir sind und mich am Leben erhalten.

Am späten Vormittag habe ich die Anweisung zur Piazza Banchi gebracht, um sie bei den Brüdern Baliani einzulösen, für die Gregorio nur Worte des Lobes hatte. Ich habe ein Konto eröffnet und fast die gesamte Summe darauf gelassen, habe nur zwanzig Gulden entnommen, um ein paar kleine Besorgungen zu machen und Trinkgelder an die Dienstboten meines Gastgebers zu verteilen, die mir so guten Herzens dienen.

Als ich zu Fuß nach Hause zurückkehrte, hatte ich das eigenartige Gefühl, ein neues Leben zu beginnen. In einem anderen Land, umgeben von Leuten, die ich vor diesen letzten Tagen noch nie gesehen hatte. Und in meiner Tasche neue Münzen. Doch es ist ein Leben auf Kredit, in dem ich über alles verfüge, ohne daß mir etwas gehört.

Am 9. April

Es war mir unverständlich, warum Gregorios Familie nicht bei ihm lebte. Daß er zwei Paläste besitzt, drei oder vier, verwundert mich kaum, es ist dies eine alte Sitte der begütertsten Genuesen. Doch daß er getrennt von seiner Frau lebt, machte mich neugierig. Soeben hat er mir den Grund genannt, nicht ohne ein wenig verlegen zu stottern, auch wenn er nicht zu den Leuten gehört, die leicht erröten. Seine Frau, sagte er, die mit Vornamen Orietina heißt und sehr fromm ist, zieht sich jedes Jahr während der Fastenzeit von ihm zurück, aus Angst, durch ihre Nähe würde das Keuschheitsgebot gebrochen.

Ich habe ihn im Verdacht, es dennoch zu brechen, da er zuweilen von gewissen Besuchen am Tag oder in der Nacht mit einem funkelnden Blick zurückkommt, der nicht trügt. Er leugnet die Dinge auch nicht. »Enthaltsamkeit entspricht nicht meinem Naturell, aber es ist besser, die Sünde geschieht nicht unter dem Dach dieses glücklichen Hauses.«

Ich kann es nur bewundern, wie die strengen Gebote des Glaubens hier beachtet werden, da ich selbst wohl vorgebe, die Gebote nicht zu beachten, an der Schwelle zu größeren Verstößen jedoch stets zaudere.

Am 10. April

Man hat mir heute erstaunliche Neuigkeiten über Sabbatai und seinen Aufenthalt in Konstantinopel zugetragen. Sie erscheinen wie ein Märchen, aber ich, für meinen Teil, glaube sie gern.

Meine Quelle ist ein Geistlicher aus Lerici, der die letzten beiden Jahre in einem Kloster in Galata verbracht hat, ein naher Vetter meines Gastgebers, der ihn zum Abendessen geladen hat, um ihn mir vorzustellen und mich seinen Bericht hören zu lassen. »Der ehrwürdige Bruder Egidio, der heiligste, der gelehrteste von allen ...«, ereiferte sich Gregorio. An ›Brüdern‹, ›Patern‹, ›Priestern‹ habe ich allerlei kennengelernt, bald Heilige und oft auch Gauner, bald Quellen des Wissens und oft bodenlose Unwissenheit; seit langem lerne ich es, sie nur zu verehren, wenn es gerechtfertigt ist. Ich habe jenem also gelauscht und ihn beobachtet, habe ihn unvoreingenommen ausgefragt, und schließlich hat er mein Vertrauen gewonnen. Er erzählt nichts, was er nicht mit eigenen Augen gesehen hat oder was ihm nicht von zuverlässigen Zeugen bestätigt worden ist. Im Januar hatte er sich in Konstantinopel aufgehalten, wo die gesamte Bevölkerung in Unruhe war, nicht nur die Juden, auch die Türken und die verschiedenen Christen, die Fremden und die osmanischen Untertanen, die allesamt auf die wundersamsten Ereignisse warteten.

Der Bericht des Bruders Egidio ließe sich wie folgt zusammenfassen. Als Sabbatai das Marmarameer erreichte, an Bord der türkischen Barke, mit der er aus Smyrna kam, wurde er, noch bevor er hatte anlegen können, von den Türken ergriffen, und die Menschen aus seinem Volk, die sich versammelt hatten, um ihm zuzujubeln, waren betrübt, zu sehen, wie er von zwei Offizieren gleich einem Verbrecher ergriffen wurde. Doch er selbst schien nicht im mindesten davon berührt und rief den Wehklagenden zu, nur keine Furcht zu haben, denn bald würden ihre Ohren zu hören bekommen, was sie niemals zuvor gehört hatten.

Seine Worte flößten jenen, die zauderten, wieder Vertrauen ein. Sie vergaßen, was ihre Augen sahen, um sich allein an ihre Hoffnung zu klammern, die um so abwegiger schien, als sich der Großwesir persönlich um diese ernste Angelegenheit kümmern wollte. Man hatte ihm zugetragen, was sich die Getreuen Sabbatais erzählten, nämlich daß jener mit dem Ziel nach Konstantinopel gekommen war, sich zum König ausrufen zu lassen, und daß gar der Sultan sich ihm zu Füßen werfen würde. Auch hatte man ihm berichtet, daß die Juden nicht mehr arbeiteten, daß die Geldwechsler an allen Tagen den Sabbat feierten und daß der Handel im Reich dadurch beträchtlichen Schaden nahm. Es bestand kein Zweifel daran, daß der Großwesir in Abwesenheit seines Herrschers, der sich in Andrianopel aufhielt, die unerbittlichsten Maßnahmen ergreifen würde und daß der Kopf des selbsternannten Messias rasch von seinem Rumpf getrennt und auf einem hohen Sockel ausgestellt würde, damit kein Mensch es je wieder wagen würde, die osmanische Dynastie herauszufordern, und damit das öffentliche Leben wieder seinen Lauf nehmen konnte.

Aber in Konstantinopel geschah, was bereits in Smyrna geschehen war und wovon ich Zeuge geworden bin. Als er dem zweitmächtigsten Mann im Reich vorgeführt wurde, wurde Sabbatai nicht mit Ohrfeigen empfangen, und auch nicht mit Ermahnungen oder der Androhung einer Strafe. Verstehe, wer will, der Großwesir bereitete ihm einen freundlichen Empfang, bat die Wächter, seine Fesseln zu lösen, hieß ihn, sich zu setzen, sprach geduldig mit ihm über dieses und jenes, und einige schwören, gar gesehen zu haben, wie sie miteinander lachten und sich gegenseitig »mein ehrwürdiger Freund« nannten.

Als der Augenblick gekommen war, die Strafe zu verkünden, war es weder der Tod noch die Peitsche, sondern eine solchermaßen leichte Strafe, daß sie einer Huldigung gleichkam: Sabbatai wird gegenwärtig in einer Zitadelle gefangengehalten, in der man ihm gestattet, seine Getreuen von morgens bis abends zu empfangen, mit ihnen zu beten und zu singen, Predigten und Fürbitten an sie zu richten, ohne daß die Wächter in irgendeiner Weise einschreiten. Noch unglaublicher als dies, sagt Bruder Egidio: Der falsche Messias bittet die Soldaten bisweilen, ihn ans Meer zu führen, damit er seine rituelle Reinigung vornehmen kann, und sie gehorchen ihm, als stünden sie ihm zu Diensten, bringen ihn dorthin, wo er hingebracht werden möchte, und warten, bis er fertig ist, um ihn zurückzugeleiten. Der Großwesir hat ihm gar täglich fünfzig Asper zugestanden, die ihm im Gefängnis ausgezahlt würden, damit es ihm an nichts fehle.

Was gibt es da noch zu sagen? Ist dies nicht ein wahrhaftiges Wunder, das sich dem gewöhnlichen Verstand entzieht? Würde nicht jedes vernunftbegabte Wesen eine solche Geschichte anzweifeln? Ich selbst hätte gewiß die Leichtgläubigkeit der Menschen gescholten, hätte ich nicht im Dezember in Smyrna vergleichbare Ereignisse erlebt. Wohl handelt es sich dieses Mal um den Großwesir und nicht um einen Provinzkadi, und das macht die Begebenheit nur um so unglaublicher. Doch es ist das gleiche Wunder, daran ist nicht zu zweifeln.

Wie ich heute abend in der Stille meines Zimmers im Schein einer Lampe schreibe, denke ich an Maimun und frage mich, wie er wohl reagiert hätte, hätte er diesen Bericht gehört. Hätte er seinem Vater schließlich recht gegeben, es ihm gleichgetan und sich all jenen angeschlossen, die sich ›Gläubige‹ nennen und die anderen Juden ›Ungläubige‹? Nein, ich glaube nicht. Er hält sich mehr an die Vernunft, für ihn ersetzt ein Wunder niemals ein gutes Argument. Hätte er heute abend unter uns geweilt, so glaube ich, er hätte den Mund verzogen und den Blick abgewendet, wie ich es ihn mehr als einmal habe tun sehen, wenn ihm die Unterhaltung der anderen unangenehm wurde.

Von ganzem Herzen wünsche ich mir, daß er recht behält und ich unrecht! Mögen sich alle diese Wunder doch als Lügen erweisen! All diese Zeichen als Täuschung! Möge dieses Jahr ein Jahr wie alle anderen sein, weder das Ende vergangener Zeiten noch der Beginn einer unbekannten Epoche! Möge der Himmel seine vernünftigen Geschöpfe nicht verwirren! Gebe Gott, daß die Vernunft über den Aberglauben siegt!

Bisweilen frage ich mich, was der Schöpfer wohl von alledem hält, was die Menschen so sagen. Ich wüßte zu gern, auf wessen Seite er steht. Auf der Seite derer, die der Welt ein jähes Ende vorhersagen, oder auf der Seite der anderen, die ihr noch einen langen Weg prophezeien? Auf der Seite derer, die sich auf die Vernunft stützen, oder auf der Seite derer, die sie mißachten und mit Füßen treten?

Bevor ich das Heft jetzt schließe, möchte ich unter dem heutigen Datum noch anmerken, daß ich Bruder Egidio meine beiden Briefe mitgegeben habe. Er kehrt bald in den Orient zurück und hat mir versprochen, sie den Empfängern zu überbringen, wenn nicht eigenhändig, so doch zumindest durch einen anderen Geistlichen.

Am 11. April

Gregorio, mein Gastgeber, mein Wohltäter, hat wahrhaftig im Sinn, mich mit seiner Tochter zu verheiraten?

Es handelt sich um seine Älteste, sie ist dreizehn Jahre und heißt Giacominetta. Als wir heute abend durch seinen Garten spazierten, erzählte er mir von ihr und sagte, sie sei eine Schönheit und ihre Seele sei noch reiner als ihr Antlitz. Um sodann plötzlich hinzuzufügen, daß ich, sollte ich um ihre Hand anhalten wollen, gut daran täte, nicht allzulange zu warten wegen der vielen Anträge, die ihm bald ins Haus stünden. Er lachte laut, doch ich kann unterscheiden, was ein Lachen ist und was nicht. Ich bin sicher, daß er lange darüber nachgedacht hat und daß er als geschickter Geschäftsmann schon einen Plan im Kopf hat. Ich bin nicht der junge und schöne Bräutigam, von dem junge Mädchen träumen, und auch mein Vermögen kann sich nicht im geringsten mit seinem messen. Aber ich heiße Embriaco, und ich zweifle nicht daran, daß er entzückt wäre, seiner Tochter einen solchen Familiennamen zu verschaffen. Ich vermute sogar, daß dies für ihn der Gipfel eines mühsamen Aufstiegs wäre.

Auch mir hätte eine solche Verbindung zusagen können, gäbe es nicht Marta und das Kind in ihrem Bauch!

Wollte ich folglich aus Treue zu einer Frau, von der das Leben mich bereits getrennt hat und die vor Gott und den Menschen die Frau eines anderen bleibt, nicht mehr ans Heiraten denken?

In diesem Licht wirkt meine Haltung unvernünftig, ich weiß, doch ich weiß auch, daß sie von Herzen kommt und daß es unvernünftig wäre, dagegen anzugehen.

Am 12. April

Gregorio hat sich den ganzen Tag über düster, niedergedrückt und gegen seine Gewohnheit wenig gesprächig gezeigt, so daß ich bereits fürchtete, ihn durch meine geringe Begeisterung gekränkt zu haben, mit der ich ihm gestern, als er mir von seiner Tochter erzählte, geantwortet hatte. Doch das war es nicht. Eine gänzlich andere Sache beunruhigte ihn, Gerüchte, die aus Marseille kamen, denen zufolge sich eine gewaltige Schlacht zwischen der französischen und holländischen Flotte auf der einen Seite und der englischen Flotte auf der anderen Seite anbahnte.

Als ich in Genua ankam, hatte ich erfahren, daß der König

von Frankreich England im Januar den Krieg erklärt hatte, obschon wider Willen, wie man sagte, um in aller Form die Klauseln eines Paktes einzuhalten, und niemand hier schien zu glauben, daß er bis zum Äußersten gehen würde. Jetzt sind die Vorzeichen ganz andere, man spricht von einem richtigen Krieg, man spricht von unzähligen Kriegsschiffen, die Richtung Nordsee segeln und Tausende von Soldaten transportieren, und niemand ist besorgter als Gregorio. Er glaubt, sieben oder acht Schiffe in jener Gegend zu haben, manche bereits jenseits von Lissabon, auf dem Weg nach Brügge, Antwerpen, Amsterdam und London, die allesamt angehalten oder zerstört werden könnten. Heute abend hat er sich mir anvertraut, und ich habe gesehen, wie er auf ein Blatt Papier Namen und Zahlen kritzelte, im gleichen Maße niedergeschmettert, wie er unter anderen Umständen überschwenglich sein konnte.

Später am Abend hat er mich, ohne den Blick zu heben, gefragt: »Glaubst du, der Himmel will mich strafen, weil ich die Fastenzeit nicht einhalte?«

»Willst du sagen, daß der König von Frankreich seine Flotte gegen England gerichtet hat, weil Signor Gregorio Mangiavacca die Fastenzeit nicht eingehalten hat? Ich bin davon überzeugt, daß sich die größten Geschichtsschreiber dieser schwerwiegenden Frage bald widmen werden.«

Einen Augenblick schien er verdutzt, bevor er in schallendes Gelächter ausbrach.

»Ihr Embriaci seid nie von großer Frömmigkeit gewesen, doch der Himmel läßt euch nicht im Stich!«

Erheitert war mein Gastgeber wohl, doch keineswegs getröstet. Da der Verlust seiner Schiffe und ihrer Ladung, so es dazu käme, heißen würde, sein guter Stern habe ihn verlassen.

Am 13. April

Die Gerüchte vermischen sich mit den Neuigkeiten, der Kriegslärm vermischt sich mit dem Getöse der mit Ungeduld erwarteten Apokalypse. Genua ist mit Geschäften überhäuft, dämmert aber wie zu Zeiten der Pest ohne Freude dahin. Vor den Toren der Stadt wartet der Frühling auf das Ende der Fastenzeit. Noch gibt es nur wenige Blumen, die Nächte sind feuchtkalt, und das Lachen ist unterdrückt. Ist es meine eigene Furcht, die ich im Spiegel der Welt betrachte? Ist es die Furcht der Welt, die sich in meinen Augen spiegelt?

Gregorio hat mir erneut von seiner Tochter erzählt. Um zu sagen, daß derjenige, der sie heiraten wird, für ihn mehr sein werde als ein Schwiegersohn, nämlich ein richtiger Sohn. Der Sohn, den der Himmel ihm nicht schenken wollte. Ohnehin wäre dieser Sohn, wenn er ihn bekommen hätte, seinen Schwestern nur an Muskeln und Waghalsigkeit überlegen gewesen. Denn was die Klugheit und den bedächtigen Mut betrifft, läßt Giacominetta nichts vermissen, ganz zu schweigen von ihrer töchterlichen Zärtlichkeit und Gottesfurcht. Im Grunde finde er sich mit dem Urteil der Vorsehung ab, unter der Voraussetzung, daß das Fehlen eines Sohnes an dem Tag wiedergutgemacht wird, an dem seine Töchter heiraten.

Ich habe ihm aufmerksam zugehört, wie ein Freund ihm nur zuhören kann, habe bei jeder Pause meine guten Wünsche vorgebracht, ohne etwas zu sagen, womit ich mich binden könnte, aber auch ohne etwas zu sagen, das auf Zurückhaltung oder Befangenheit hätte schließen können. Obwohl er nicht versucht hat, mehr über meine Absichten zu erfahren, zweifle ich nicht daran, daß er immer wieder darauf zurückkommen wird, bis es mir lästig werden könnte.

Sollte ich erwägen zu fliehen?

Diese Frage zu stellen ist unfreundlich und undankbar, ich

weiß. Dieser Mann ist mein Wohltäter, er ist in einer Zeit des schlimmsten Schicksalsschlages in mein Leben getreten, hat es mir erträglicher gemacht, hat die Erniedrigung in Tapferkeit und das Exil in Rückkehr verwandelt. Sollte ich auch nur im geringsten an die Zeichen der Vorsehung glauben, so ist Gregorio eins davon. Der Himmel hat ihn mir geschickt, um mich vor den Klauen der Welt und allem voran vor meinen eigenen Verirrungen zu schützen. Ja, das ist es, was er versucht, und ebendas ist es, was ich ihm vorwerfe. Er möchte mich von einem Weg und einer Suche ohne Ziel abbringen. Im Grunde schlägt er mir vor, mein ruiniertes Leben zu beenden, um ein neues zu beginnen. Ein neues Haus, eine arglose Frau, ein wiedergefundenes Land, in dem ich nie mehr der Fremde, der Ungläubige wäre … Es ist dies das klügste und großzügigste Angebot, das man einem Mann machen kann. Ich sollte in die nächstbeste Kirche eilen, um niederzuknien und meinen Dank auszusprechen. Und meinem Vater, dessen Seele niemals weit ist, zuzuflüstern, daß ich schließlich doch noch eine Genuesin heiraten werde, wie er es immer von mir gewünscht hat. Statt dessen begehre ich auf, fühle mich bedrängt, verlegen, denke an Flucht. Um wohin zu gehen? Um einem Übeltäter seine rechtmäßige Frau streitig zu machen?

Doch ich liebe nur sie!

Mögen der Himmel, Gregorio und mein Vater mir verzeihen, ich liebe nur sie!

Marta … Neben sie würde ich mich jetzt gerne legen, sie an mich drücken, sie trösten und langsam über ihren Bauch streicheln, der mein Kind in sich trägt.

Am 15. April

Mein Gastgeber bedrängt mich jeden Tag ein wenig mehr, und dieser Aufenthalt bei ihm, der unter einem guten Stern begonnen hat, lastet zur Zeit auf mir.

Die Neuigkeiten aus dem Norden waren heute schlecht, und

Gregorio fing an zu jammern. Man hat ihm erzählt, daß die Engländer Schiffe angehalten haben, die die Häfen Hollands ansteuerten oder verließen, und daß die Holländer ihrerseits, ebenso wie die Franzosen, alle Schiffe anhielten, die die Häfen Englands anliefen. »Wenn das alles wahr ist, wird mein gesamter Reichtum verschlungen. Ich hätte niemals so viele Geschäfte gleichzeitig machen dürfen. Das werde ich mir nie verzeihen, denn man hatte mich vor der Kriegsgefahr gewarnt, doch ich hatte nichts davon wissen wollen!«

Wenn er schon der Gerüchte wegen weint, wird er nicht mehr genügend Tränen haben, wenn die schlechten Nachrichten sich als zutreffend erweisen, sage ich zu ihm. Das ist meine Art zu trösten und sie hat ihm ein kurzes Lächeln und eine liebenswerte und bewundernde Bemerkung über den Gleichmut der Embriaci entlockt.

Doch er stimmte sofort sein Klagelied wieder an. »Wenn ich ruiniert wäre, vollständig ruiniert, würdest du dann nicht mehr um Giacominettas Hand anhalten?«

Dieses Mal ging er zu weit. Ich weiß nicht, ob seine Furcht ihn so weit gehen ließ oder ob er seine Not nutzte, um mir ein Versprechen abzuringen. Jedenfalls redete er so, als wäre meine Verbindung mit seiner Tochter zwischen uns beschlossene Sache, so daß jedes Zaudern meinerseits einem Rückzug gleichkäme, und das im schlimmsten Augenblick, als wolle ich das Schiff aus Angst vor seinem Untergang verlassen. Ich war erzürnt. Ja, in mir schäumte es. Aber was tun? Ich wohne unter seinem Dach, ich bin in mehr als einer Hinsicht sein Schuldner, und er erleidet einen Schicksalsschlag, wie könnte ich ihn demütigen? Hinzu kommt, daß es keine Gefälligkeit ist, um die er mich bittet, es ist ein Geschenk, das er mir machen will, oder glaubt, es mir zu machen; und die geringe Begeisterung, die ich bis jetzt gezeigt habe, ist nahezu eine Kränkung.

Ich antwortete also, um ihn ein wenig zu trösten und ohne mich zu kompromittieren: »Ich bin überzeugt, daß in drei Tagen beruhigende Neuigkeiten eintreffen werden, die diese düsteren Gedanken vertreiben.«

Meine Äußerung als Ausweichmanöver deutend, hielt er es für angebracht, tief seufzend, folgende, in meinen Augen unangemessene Betrachtung anzustellen: »Ich frage mich, wie viele Freunde ich noch hätte, wenn ich ruiniert wäre …«

Ich erwiderte folglich, ebenfalls seufzend: »Möchtest du denn, daß ich den Himmel bitte, er möge mir eine Gelegenheit verschaffen, dir meine Dankbarkeit zu beweisen?«

Er dachte nur wenige Augenblicke nach.

»Das brauchst du nicht«, sagte er mit einem kleinen, um Entschuldigung bittenden Hüsteln.

Dann faßte er mich am Arm und zog mich mit in den Garten, wo wir von neuem anfingen, uns wie Freunde zu unterhalten.

Doch mein Ärger ist nicht verflogen, und ich überlege, daß es an der Zeit ist, an Abschied zu denken. Doch wohin soll ich gehen? Nach Smyrna für den Fall, daß die Meinen noch dort sind? Nein, eher nach Gibelet. Es sei denn, ich könnte mit Hilfe des Gerichtsschreibers Abdellatif in Smyrna vielleicht etwas für Marta erreichen. Mitunter denke ich daran, und dann kommen mir verschiedene Einfälle …

Ich wiege mich in Illusionen, gewiß. In mir drin weiß ich, daß es zu spät ist, um sie zu retten. Aber ist es nicht auch zu früh, um aufzugeben?

Am 17. April

Heute morgen habe ich mich nach Schiffen erkundigt, die nach Smyrna segeln. Eines habe ich gefunden, das in zehn Tagen den Anker lichten wird, am Dienstag nach Ostern. Der Zeitpunkt kommt mir gelegen. So könnte ich kurz Gregorios Frau und seine Töchter kennenlernen, ohne allzulange bei der versammelten Familie zu verweilen.

Meinem Gastgeber habe ich noch nichts davon gesagt. Ich werde es morgen tun, oder übermorgen. Es hat keine Eile, aber es wäre unhöflich, bis zum Vorabend meiner ›Fahnenflucht‹ zu warten …

Am 18. April

Am heutigen Palmsonntag, an dem man bereits, ohne es zuzugeben, das herannahende Ende der Fastenzeit feiert, zeigte sich mein Gastgeber ein wenig beruhigter über das Los seiner Schiffe und ihrer Ladung. Nicht daß er Neues darüber gehört hätte, aber er ist in besserer Stimmung aufgewacht.

Die Gelegenheit war günstig, ich ergriff sie sogleich. Bevor ich ihm meine Abreise ankündigte, erzählte ich ihm in allen Einzelheiten von den Umständen meiner Reise, die ich bis jetzt verschwiegen oder verschleiert hatte. Man muß sagen, daß das, was mir zugestoßen ist, nur den Vertrautesten meiner Vertrauten enthüllt werden kann. Doch man muß ebenfalls sagen, daß er jedes Mal, wenn wir zusammen waren, die Unterhaltung führte und ihre Führung nicht aus der Hand gab. Ich wußte alles über ihn, über seine Vorfahren und meine, über seine Frau und seine Töchter, über seine Geschäfte. Er plauderte bald im fröhlichen Ton, bald auch betrübt, doch nie hielt er inne, so daß ich, wenn er mir eine Frage stellte, kaum Zeit fand, meinen Satz zu beginnen, da ergriff er schon wieder das Wort. Ich versuchte auch nicht, ihn zu unterbrechen, und noch weniger, mich darüber zu beschweren. Ich bin nie besonders gesprächig gewesen. Ich habe es stets vorgezogen, zuzuhören und nachzudenken, vielmehr es vorzugeben, denn, um ehrlich zu sein, träume ich öfter, als daß ich nachdenke.

Heute jedoch habe ich mit meinen und seinen Gewohnheiten gebrochen. Mit viel List habe ich seine Unterbrechungen zu verhindern gewußt und ihm alles erzählt oder zumindest alles Wesentliche und einen guten Teil auch des Überflüssigen. Über das Buch *Der Hundertste Name*, den Chevalier de Marmontel und seinen Schiffbruch; meine Neffen und ihre Schwächen; Marta, die falsche Witwe; das Kind, das sie erwartet – ja, auch davon mußte ich erzählen –, ebenso wie über meine beschämenden Abenteuer in Anatolien, Konstantinopel, auf See, in Smyrna und in Chios. Bis zu meinen derzeitigen Schuldgefühlen und meinem letzten Funken Hoffnung.

Je mehr ich mit meinem Bericht vorankam, desto bedrückter schien mein Gastgeber, ohne daß ich aber wissen konnte, ob es meine Mißgeschicke waren, die ihn derart berührten, oder die sich daraus ergebenden Folgen für sein Vorhaben. Denn in diesem Punkt sah er klar. Noch hatte ich ihm nicht gesagt, daß ich zu gehen beabsichtigte, ich hatte nur die Gründe dargelegt, warum ich nicht imstande war, seine Tochter zu heiraten oder mich für immer in Genua niederzulassen, als er mich lakonisch fragte:

»Wann verläßt du uns?«

Ohne verärgert oder unhöflich zu sein, nein, er verjagte mich nicht. Wenn ich daran auch nur den leisesten Zweifel gehabt hätte, hätte ich sein Haus auf der Stelle verlassen. Nein, seine Frage war eine einfache Feststellung, traurig, bitter und betrübt.

Ich murmelte unbestimmt »in ein paar Tagen« und wollte sogleich mit Dankesworten und meiner Schuld ihm gegenüber fortfahren. Doch er klopfte mir nur auf die Schulter und ging davon, um allein in seinem Garten spazierenzugehen.

Bin ich mehr erleichtert als beschämt? Bin ich mehr beschämt als erleichtert?

Am 19. April

Der Tag bricht an, und ich habe noch kein Auge zugetan. Die ganze lange Nacht hindurch habe ich mich mit unnützen Gedanken gequält, die mich erschöpft haben, ohne mich weiterzubringen: Ich hätte ihm lieber dieses sagen sollen als jenes oder lieber jenes als dieses. Und dann die Schmach, ihn verletzt zu haben. Ich habe bereits sein Beharren, sein geschicktes Taktieren vergessen und denke nur noch an meine eigenen Schuldgefühle.

Habe ich ihn wahrhaftig hintergangen? Ich hatte ihm schließlich nichts versprochen. Doch es war ihm gelungen, mir einzureden, ich erwiese mich ihm gegenüber als undankbar.

Ich denke so sehr an Gregorios Reaktion, an die Erinnerung, die er an mich haben wird, daß ich vergesse, mir die einzigen Fragen zu stellen, die für mich zählen: Habe ich die richtige Entscheidung getroffen? Ist es richtig zu gehen und das neue Leben auszuschlagen, das er mir angeboten hat? Was werde ich in Smyrna tun? Welchem Trugbild werde ich nachjagen? Wie kann ich glauben, daß ich Marta zurückgewinnen könnte, mein Kind zurückgewinnen könnte? Wenn ich nicht dem Abgrund entgegengehe, so gehe ich auf eine senkrecht aufragende Klippe zu, an der mein Weg enden wird.

Heute leide ich darunter, meinen Gastgeber gekränkt zu haben. Morgen werde ich darüber weinen, ihm nicht gefolgt zu sein.

Am 20. April

Ich bin von einem Mitteilungsdrang befallen wie ein junges Mädchen von ihrer ersten Liebe. Ich, der ich gewöhnlich still bin, als schweigsam gelte und mit Zurückhaltung rede und mich nur diesen Seiten anvertraue, habe bereits zweimal mein Leben erzählt, am Sonntag meinem Gastgeber, um mich in seinen Augen zu rechtfertigen, und heute einem völlig Fremden.

Ich war heute morgen mit dem festen Vorsatz aufgestanden, Gregorio ein prunkvolles Geschenk zu machen, das ihn die Bitternis zwischen uns vergessen ließ und es uns erlaubte, uns als Freunde zu trennen. Noch hatte ich keine klare Vorstellung von dem Geschenk, doch ich hatte in einer Gasse beim Hafen einen großen Kuriositätenladen entdeckt, den ich ›als Kollege‹ besuchen wollte, überzeugt, dort den geeigneten Gegenstand zu finden – vielleicht eine große und schöne antike Statue, die im Garten des Hauses Mangiavacca aufgestellt würde und ihm eine bleibende Erinnerung an meinen Aufenthalt sein würde.

Der Laden kam mir auf Anhieb bekannt vor. Die Anordnung der Waren ist ungefähr die gleiche wie bei mir: Auf den Regalen liegen die alten Bücher, ganz oben stehen die ausgestopften Vögel, in den Ecken am Boden große angeschlagene Gefäße, bei denen man sich nicht entschließen kann, sie wegzuwerfen, und die man Jahr um Jahr behält, wohl wissend, daß kein Mensch sie kaufen wird ... Der Herr im Laden ähnelt mir ebenfalls, ein Genuese in den Vierzigern, kahl und ein wenig beleibt.

Ich stellte mich vor, und seine Begrüßung war von übergroßer Herzlichkeit. Er hatte von mir gehört – nicht nur von den Embriaci, sondern von mir persönlich, da manche seiner Kunden bereits durch Gibelet gekommen waren. Bevor ich sagen konnte, was ich suchte, lud er mich ein, in einem schattigen und frischen kleinen Hof Platz zu nehmen, befahl einer Dienerin, eisgekühlten Scherbet zu servieren, und setzte sich mir gegenüber. Auch seine Familie, sagte er mir, hatte lange in verschiedenen Städten jenseits des Meeres gelebt. Aber sie war vor siebzig Jahren in die Heimat zurückgekehrt, und er selbst hatte Genua nie verlassen.

Als ich ihm erzählte, daß ich kürzlich in Aleppo, Konstantinopel, Smyrna und Chios gewesen bin, wurde er traurig und sagte, daß er mich beneide, dort »überall« gewesen zu sein, während er selbst jeden Tag von den entferntesten Zielen träumte, ohne jemals den Mut aufgebracht zu haben, sich auf den Weg zu machen.

»Zweimal am Tag gehe ich zum Hafen, beobachte die Schiffe, die wegfahren oder ankommen, spreche mit den Matrosen, mit den Schiffseignern, gehe mit ihnen in die Tavernen, um sie die Namen der Städte aussprechen zu hören, in denen sie angelegt haben. Alle kennen sie mich, und sie reden bestimmt hinter meinem Rücken, daß ich verrückt bin. Es stimmt, daß es mich trunken macht, die fremdländischen Namen zu hören, aber ich bin niemals klug genug gewesen, von hier wegzugehen.«

»Verrückt genug, möchtet Ihr sagen!«

»Nein, ich meine ›nicht klug genug‹. Denn unter allen Bestandteilen, die wahre Klugheit ausmachen, vergißt man nur allzuoft einen gehörigen Schuß Verrücktheit.«

Während er sprach, hatte er Tränen in den Augen, also sagte ich zu ihm: »Ihr wärt gern an meiner Statt gewesen und ich gern an Eurer.«

Ich hatte dies gesagt, um seine Reuegefühle zu lindern, doch – bei allen Heiligen! – ich dachte es, denke es noch immer. Ich hätte gerne in jenem Augenblick in meinem Laden gesessen, ein kühles Getränk in der Hand, hätte diese Reise niemals unternommen, niemals die Frau kennengelernt, die ich in ihr Unglück gestürzt habe und sie mich in meines, hätte niemals von *Der Hundertste Name* gehört.

»Wie das?« fragte er, um mich dazu aufzufordern, von meinen Reisen zu berichten. Und ich fing an zu erzählen. Von dem, was mich auf die Straße geführt hatte, von meinen kurzen Freuden, meinen Mißgeschicken, meiner Reue. Ich habe lediglich meinen Zwist mit Gregorio ausgelassen und mich damit begnügt zu sagen, daß er mich bei meiner Ankunft großzügig empfangen hatte und daß ich großen Wert darauf legte, mich ihm vor meiner Abreise mit einem Geschenk erkenntlich zu zeigen, das seiner Großzügigkeit würdig ist …

An diesem Punkt unserer Unterhaltung hätte mein Kollege – ich habe noch nicht gesagt, daß er Melchione Baldi hieß – als guter Kaufmann nachfragen müssen, welches Geschenk ich im Sinn hatte. Doch es sah so aus, als gefiele ihm unsere Unterhaltung, denn er kam auf meine Reisen zurück, stellte mir verschiedene Fragen über das, was ich an diesem oder an jenem Ort gesehen hatte, und befragte mich sodann zu dem Buch von Mazandarani, von dem er noch nie gehört hatte. Nachdem er mir Zeit für meine Ausführungen gelassen hatte, fragte er mich, wohin ich jetzt gehen wollte.

»Ich weiß noch nicht, ob ich geradewegs nach Gibelet zurückkehren oder einen Halt in Smyrna einlegen sollte.«

»Habt Ihr mir nicht gesagt, daß sich das Buch, welches Euch zu dieser Reise veranlaßt hat, jetzt in London befindet?«

»Ist dies ein Grund, ihm bis dahin zu folgen?«

»O nein! Mit welchem Recht könnte ich, der ich mit beiden Füßen fest im Boden verankert bin, Euch raten, eine solche Reise zu unternehmen? Solltet Ihr Euch jedoch entscheiden, dorthin zu fahren, dann kommt auf der Rückreise bei mir vorbei, um mir zu erzählen, was Ihr gesehen habt!«

Daraufhin erhoben wir uns, um uns in einem zweiten Hof auf der anderen Seite des Ladens einige antike, aber auch neue Statuen anzuschauen. Eine davon, die bei Ravenna entdeckt worden war, schien mir in den Garten meines Gastgebers zu passen. Sie stellt Bacchus dar oder auch einen Kaiser beim Festschmaus, der in der Hand, umgeben von allen Früchten der Erde, einen Becher hält. Wenn ich nichts finde, was mir besser gefällt, werde ich sie nehmen.

Auf dem Heimweg zu Gregorio ging ich leichten Schrittes und nahm mir vor, noch einmal bei diesem überaus freundlichen Kollegen vorbeizugehen. Wegen der Statue mußte ich ohnehin noch einmal zu ihm.

Sollte ich sie ihm schenken, wie sie war, oder sollte ich sie auf einen Sockel stellen lassen? Dies mußte ich Baldi fragen, der weiß, wie es üblich ist.

Am 21. April

Gregorio hatte mich versprechen lassen, daß ich nicht abreisen würde, ohne ihm ein paar Tage im voraus Bescheid zu geben. Ich wollte den Grund dafür wissen, doch er tat geheimnisvoll.

Er fragte mich daraufhin, ob ich mich schon auf ein Ziel festgelegt hätte. Ich antwortete ihm, daß ich noch zwischen Gibelet und Smyrna schwankte und daß ich mich bisweilen fragte, ob ich nicht nach London gehen sollte.

Er zeigte sich über diesen neuen Einfall überrascht, doch kam er nach einigen Minuten wieder darauf zurück und sagte, dies sei vielleicht keine schlechte Idee. Ich erwiderte, es sei eine Idee unter vielen, und ich hätte noch keinen Entschluß gefaßt. Woraufhin er entgegnete, daß ich vor allem nichts überstürzen sollte und daß er der glücklichste Mann der Welt wäre, sollte sich mein Zaudern noch »bis Weihnachten« hinziehen.

Wackerer Gregorio, ich glaube gern, daß er jedes Wort, das er mir sagt, aufrichtig meint.

Ich glaube auch, daß ich jene friedliche Zeit vermissen werde, an dem Tag, an dem ich Genua verlasse. Dennoch muß ich wieder aufbrechen, und das lange vor Weihnachten.

Am 22. April

Heute sind Gregorios Frau und seine drei Töchter eingetroffen, nachdem sie auf ihrem Weg sieben Kirchen besucht hatten, wie es die Tradition an Gründonnerstag verlangt. Signora Orietina ist schmächtig und hager und ganz in Schwarz gekleidet. Ich weiß nicht, ob dies an der Fastenzeit liegt, doch mir scheint, für sie ist das ganze Jahr über Fastenzeit.

Eigentlich sollte sie erst am Samstag zurückkehren, am Tag vor Ostern, doch sie hatte sich entschieden, der Ungezügeltheit ihres Gatten zwei Tage früher zu trotzen. Wäre ich ihr Mann, Gott bewahre, sie bräuchte meine Leidenschaft beileibe nicht zu fürchten, weder während der Fastenzeit noch in der übrigen Zeit.

Weshalb ich so ungnädig von ihr spreche? Weil sie mir im Augenblick ihrer Ankunft, als ich mich mit ihrem Mann und den Dienstboten versammelt hatte, um sie willkommen zu heißen, einen Blick zugeworfen hat, der ausdrückte, daß ich bei ihr keineswegs willkommen sei und daß ich niemals ihre Schwelle hätte übertreten dürfen.

Hält sie mich für den Mitschuldigen an Gregorios Ausschweifungen? Oder hat sie im Gegenteil von seinen Plänen für mich und ihre Tochter erfahren und sucht mir ihr Mißfallen auf diese Weise zu zeigen, oder gar ihren Verdruß über meine geringe Begeisterung? Auf jeden Fall fühle ich mich seit ihrer Ankunft als Fremder in diesem Haus. Ich hatte sogar im Sinn, auf der Stelle abzureisen, doch habe ich mich zurückgehalten. Ich wollte dem, der mich wie einen Bruder aufgenommen hat, keine Schmach antun. Ich tat so, als glaubte ich, das Verhalten seiner Frau sei auf ihre Müdigkeit, die Fastenzeit und die Qualen zurückzuführen, die Unser Herrgott in dieser Woche auf sich genommen hatte und die Freudenausbrüche untersagten. Fest steht, ich werde hier nicht länger bleiben. Heute abend bin ich bereits dem Abendessen ferngeblieben und habe einen Besuch bei einem Kollegen vorgeschützt.

Was jene berühmte Giacominetta betraf, die ihr Vater mir so sehr gepriesen hat, so habe ich sie noch nicht gesehen. Sie war in ihr Zimmer geeilt, ohne einen Menschen zu begrüßen; ich habe den Verdacht, daß ihre Mutter sie vorsätzlich versteckt hält.

Es ist an der Zeit, ja, höchste Zeit, daß ich abreise.

Ich verbringe die quälendste Nacht, obwohl ich an nichts leide. An nichts? Doch, ich leide darunter, in diesem Haus nicht mehr willkommen zu sein. Ich habe Mühe, einzuschlafen, als würde mir der Schlaf geraubt oder von meinen Gastgebern nur zugeteilt. Die Grimasse auf dem Gesicht von Gregorios Gattin hat sich im Laufe der Nacht nur mehr verstärkt und ist noch häßlicher geworden. Ich kann hier nicht länger wohnen. Nicht bis Weihnachten, ja nicht einmal bis Ostern, das bereits in zwei Tagen ist. Ja nicht einmal bis morgen. Ich werde eine höfliche Nachricht zurücklassen und mich auf Zehenspitzen davonschleichen. Ich werde in einer Herberge in der Nähe des Hafens schlafen, und sobald ein Schiff ausläuft, werde ich an Bord gehen.

Mit Ziel Orient oder London? Ich zögere noch immer. Sollte ich zunächst das Buch wiederfinden? Oder sollte ich es vergessen und vielmehr versuchen, Marta zu retten – doch mit welchen Mitteln? Oder sollte ich alle meine verrückten Pläne vergessen und zu den Meinen nach Gibelet zurückkehren? Ich zaudere mehr denn je.

Am 23. April, Karfreitag

Ich befinde mich in meinem neuen Zimmer in der Herberge, die man hier ›Croce di Malta‹ nennt. Von meinem Fenster aus sehe ich das Hafenbecken und unzählige Schiffe mit eingezogenem Segel. Vielleicht liegt vor meinen Augen schon das Schiff, das mich mitnehmen wird. Noch bin ich in Genua und habe es doch bereits verlassen. Gewiß ist das der Grund, weshalb es mir jetzt schon fehlt und ich meine Sehnsucht als Exilgenuese wieder verspüre.

Ich habe meine Drohung also ausgeführt und bin Gregorios Haus entflohen, trotz der Unwägbarkeiten, die sich mir im letzten Augenblick in den Weg gestellt haben. Morgens, in aller Frühe, habe ich mein weniges Gepäck zusammengesucht, habe eine kurze Nachricht hinterlassen, in der ich Gregorio für seine Gastfreundschaft dankte, eine Nachricht, in der ich jegliche Mißgunst oder gar Doppeldeutigkeit vermieden habe, mit nichts als Worten der Dankbarkeit und der Freundschaft. Nicht einmal das Versprechen, ihm die dreihundert Pfund, die ich ihm schulde, zurückzuzahlen, dies hätte ihn gekränkt. Ich hatte den Brief gut sichtbar hingelegt und mit ein paar Münzen für die Dienstboten beschwert. Ich hatte das Zimmer in Ordnung gebracht, als hätte ich es nie bewohnt, und bin gegangen.

Draußen fing es an, hell zu werden, doch das Haus blieb dunkel und still. Wenn die Dienerschaft schon aufgestanden war, hütete sie sich davor, Geräusche zu machen. Das Zimmer, in dem ich schlief, befand sich im oberen Stockwerk, am Ende einer Holztreppe, die ich vorsichtig heruntersteigen wollte, aus Angst, sie würde zu sehr knarren.

Ich stand noch auf der obersten Stufe und hielt mich am Geländer, um im Dunkeln nicht zu stolpern, als plötzlich ein Licht auftauchte. Ich weiß nicht, woher es kam, aber es war das eines jungen Mädchens, das niemand anderes als Giacominetta sein konnte. Sie trug einen zweiarmigen Leuchter, der auf einen

Schlag die Treppenstufen wie auch ihr eigenes Gesicht beleuchtete. Sie lächelte. Ein belustigtes, ein verschwörerisches Lächeln. Es war ausgeschlossen, den Rückzug anzutreten. Sie hatte gesehen, wie ich mein Gepäck trug, und es blieb mir keine andere Wahl, als weiterzugehen. Ich lächelte zurück und blinzelte ihr zu, wie um mein Geheimnis mit ihr zu teilen. Sie war so strahlend schön, wie ihre Mutter glanzlos war, und ich konnte nicht umhin, mich zu fragen, ob die Tochter von Natur aus anders war, ob sie den Frohsinn ihres Vaters geerbt hatte oder ob allein das Alter das unterschiedliche Aussehen der beiden erklärte.

Unten angekommen, nickte ich ihr wortlos zu und ging weiter zur Tür, die ich öffnete und sodann leise hinter mir schloß. Sie war mir mit dem Licht gefolgt, hatte indes nichts gesagt, nichts gefragt und nicht versucht, mich zurückzuhalten. Ich folgte dem Weg bis zum Gartentor, welches der Gärtner mir öffnete. Ich drückte ihm eine Münze in die Hand und entfernte mich.

Aus Angst, Gregorio könne, nachdem er von seiner Tochter benachrichtigt worden war, versuchen, mich einzuholen, nahm ich die dunkelsten Gassen und begab mich mit schnellen Schritten geradewegs zum Hafen, hin zu besagter Herberge, deren Schild ich letzte Woche entdeckt hatte.

Nach der Niederschrift dieser Zeilen werde ich den Vorhang im Zimmer herunterlassen, meine Schuhe ausziehen und mich in dieses Bett legen. Zu schlafen, wenn auch nur einige Minuten, würde mir guttun. In diesem Zimmer liegt ein Geruch nach getrocknetem Lavendel, und die Bettlaken wirken sauber.

Es war Mittag, ich hatte gut zwei oder drei Stunden geschlafen, als ich von einem Höllenlärm geweckt wurde. Es war Gregorio, der an meine Tür hämmerte. Er hatte, sagte er mir, sämtliche Herbergen Genuas abgesucht, um mich zu finden. Er weinte. Ihm zufolge hatte ich ihn verraten, zutiefst verletzt und gedemütigt. Seit dreiunddreißig Generationen seien die Mangiavacca den Embriaci verbunden, wie die Hand mit dem Arm verbunden ist, und in einem Augenblick der Verärgerung habe ich die Nerven, Venen und Knochen mit einem einzigen Hieb durchtrennt. Ich bat ihn, sich zu beruhigen und Platz zu nehmen, sagte, es liege keinerlei Verrat vor, keine Amputation oder dergleichen, nicht einmal Verbitterung. Anfänglich unterließ ich es, ihm meine wahren Empfindungen zu schildern, die Wahrheit will verdient sein, und mit diesem Verhalten verdiente er sie nicht. Ich gab also vor, ich hätte ihn mit seiner Familie allein lassen wollen und ihn im besten Andenken verlassen. Das ist nicht wahr, sagte er, es sei die Kälte seiner Frau, die mich bewogen habe zu gehen. Als ich es müde geworden war, dies abzustreiten, gab ich schließlich zu, daß dem so war, daß mich die Haltung seiner Frau nicht ermutigt hätte, länger zu bleiben. Daraufhin setzte er sich auf das Bett und weinte, wie ich noch nie einen Mann habe weinen sehen.

»So ist sie zu allen meinen Freunden«, sagte er schließlich, »doch es ist nur äußerer Schein. Wenn du sie erst besser kennst …«

Immer wieder bedrängte er mich, zurückzukehren. Doch ich hielt stand. Nach einem solchen Weggang konnte ich keineswegs gesenkten Hauptes in den Schoß der Familie zurückkehren; ich hätte mich in aller Augen lächerlich gemacht. Ich versprach nur, das Ostermahl an ihrem Tisch einzunehmen, und das ist ein ehrenwerter Kompromiß.

Am 24. April, Ostersamstag

Heute habe ich erneut Melchione Baldi aufgesucht, um ihm meine Entscheidung für die Bacchusfigur mitzuteilen und ihn zu fragen, ob er sie bei Gregorio abgeben lassen könnte. Er lud mich ein, Platz zu nehmen, doch in seinem Laden befand sich eine Dame von hohem Rang – eine Signora Fieschi, glaube ich – mit großem Gefolge. Ich zog es deshalb vor, mich zu entfernen, mit dem Versprechen, zu einem späteren Zeitpunkt wiederzukommen, und hinterließ meinem Kollegen den Namen meiner Herberge, die sich zwei Schritte von ihm entfernt befand, sollte er mir einen Besuch abstatten wollen.

Ich hätte mir gewünscht, das Geschenk würde meinen Gastgebern morgen am späten Nachmittag geliefert werden im Anschluß an das Ostermahl, das ich in ihrer Gesellschaft verbringen würde. Doch Baldi weiß nicht sicher, ob er Ostersonntag Laufburschen auftreiben kann, und hat mich gebeten, mich bis Montag zu gedulden.

Am 25. April, Ostersonntag

Im Glauben, meinen Wünschen zuvorzukommen, hat mich Melchione Baldi heute in Scham und Verlegenheit gebracht.

Hatte ich ihn nicht gebeten, meinen Gastgebern die Statue am späten Sonntagnachmittag zu liefern? Ich hoffte, sie würden auf diese Weise das Geschenk, mit dem ich ihnen meine Dankbarkeit ausdrücken wollte, in einem Augenblick erhalten, in dem ich ihren Wohnsitz nach dem gemeinsamen Ostermahl bereits verlassen hatte. Da die Lieferung an einem solchem Tag nicht möglich schien, hatte ich überlegt, daß meine Geste ebenso am nächsten Tag erfolgen könnte und sie dann gar noch taktvoller wäre. Der Höflichkeit kommt eine gewisse zeitliche Verzögerung zugute.

Doch Baldi wollte keineswegs das Risiko eingehen, mich zu enttäuschen. Daher setzte er alles daran, vier junge Träger aufzutreiben, die gerade in dem Augenblick an die Tür meiner Gastgeber klopften, als wir noch allesamt bei Tisch saßen. Alle sprangen auf und rannten durcheinander, es entstand eine solche Aufregung, ein solches Gewühl … Ich wußte nicht, unter welchem Tischtuch mein Gesicht verbergen, insbesondere als die Träger, die allesamt unerfahren und vielleicht ein wenig betrunken waren, im Garten eine steinerne Bank umwarfen, die in zwei Teile zerbrach, und über die Blumenbeete trampelten wie eine Horde Wildschweine.

Welche Schmach!

Gregorio wurde rot vor unterdrückter Wut, seine Frau spöttelte, und ihre Töchter lachten. Was eine elegante Geste hätte sein sollen, war zu einer lärmenden Posse geraten!

Dieser Tag hatte mir bereits einige andere Überraschungen beschert.

Sobald ich gegen Mittag – und vielleicht zum letzten Mal – über die Schwelle des Hauses Mangiavacca getreten war, hatte Gregorio mich wie einen Bruder begrüßt, mich am Arm genommen und in sein Studierzimmer geführt, wo wir uns unterhielten und darauf warteten, daß sich seine Frau und seine Töchter fertig machten. Er fragte mich, ob ich hinsichtlich meiner Abreise eine Entscheidung getroffen hätte, und ich antwortete, daß ich noch immer entschlossen sei, in den folgenden Tagen abzureisen, und daß ich noch immer zur Rückkehr nach Gibelet neigte, obwohl ich noch unschlüssig über mein Ziel war.

Er wiederholte erneut, daß meine Abreise ihn schmerzte, daß ich stets willkommen bei ihm sei und daß er, sollte ich mich dennoch dazu durchringen, in Genua zu bleiben, dafür sorgen würde, daß ich diesen Schritt niemals bereuen würde. Sodann fragte er mich, ob ich es nunmehr ausschloß, nach London zu reisen. Ich erwiderte, daß ich es keineswegs ausschließen würde, daß indes die Vernunft es mir gebot, trotz der Faszination, die das Buch *Der Hundertste Name* auf mich ausübte, in den Orient zurückzukehren, um meine Geschäfte, die ich schon allzulange Zeit vernachlässigt hatte, wiederaufzunehmen und mich zu vergewissern, daß meine Schwester ihre Kinder wohlbehalten zurückbekommen hatte.

Gregorio, der mir nur mehr mit halbem Ohr zuzuhören schien, begann unterdessen die Städte zu rühmen, durch die ich kommen würde, wenn ich das Schiff nach England nähme, wie Nizza oder Marseille, Agde, Barcelona, Valencia und vor allem Lissabon.

Danach fragte er mich, während seine Hand schwer auf meiner Schulter lastete: »Für den Fall, daß du deine Meinung änderst, könntest du mir einen Dienst erweisen?«

Ich antwortete ihm in aller Aufrichtigkeit, daß mir nichts größere Freude bereiten würde, als ihm nach allem, was er für mich getan hatte, ein wenig von meiner moralischen Schuld zurückzuzahlen. Er erklärte mir sodann, daß die Lage, die in der letzten Zeit durch den Seekrieg zwischen England und den Niederlanden entstanden war, seine Geschäfte ein wenig durcheinandergebracht hatte und daß er seinem Bevollmächtigten in Lissabon, einem gewissen Cristoforo Gabbiano, eine wichtige Nachricht zukommen lassen müsse. Er holte aus seinem Schreibtisch einen bereits fertig geschriebenen und mit seinem Siegel versehenen Brief hervor.

»Nimm ihn«, sagte er, »und bewahre ihn sorgfältig auf. Solltest du dich für den Seeweg nach London entscheiden, wirst du zwangsläufig nach Lissabon kommen. Und dann wäre ich dir unendlich dankbar, wenn du Gabbiano diesen Brief persönlich überreichen könntest. Damit würdest du mir einen unermeßlichen Dienst erweisen! Solltest du dich hingegen für ein anderes Ziel entscheiden und nicht die Zeit finden, mir diesen Brief zurückzugeben, so versprich mir, daß du ihn verbrennst, ohne ihn vorher zu öffnen!«

Ich versprach es.

Eine andere, eher angenehme Überraschung wurde mir zuteil, als Gregorio seine älteste Tochter aufforderte, mir, kurz bevor wir uns zu Tisch begaben, den Garten zu zeigen. Diese wenigen Minuten bestätigten meinen besten Eindruck von diesem jungen Mädchen. Unentwegt lächelnd und voller Anmut lief sie durch den Garten und wußte den Namen einer jeden Blume. Ich lauschte ihren Worten und sagte mir, wäre mein Leben anders verlaufen, hätte ich Marta nicht kennengelernt, hätte ich nicht jenseits des Meeres mein Haus, meinen Laden und meine Schwester, so hätte ich mit der Tochter Gregorios glücklich werden können … Doch es ist zu spät, und ich wünsche ihr, ohne mich glücklich zu werden.

Ich weiß nicht, ob ich, um die Aufzählung der unergiebigen Zwischenfälle jenes Ostertages abzuschließen, noch erwähnen sollte, daß die Frau meines Freundes, die sittsame Signora Orietina, mich heute mit einem Lächeln und einem Ausdruck der Freude begrüßt hat. Gewiß, weil sie mich kurz vorm Abschied glaubt und weiß, daß ich nicht wiederkommen werde.

Am Montag, dem 26. April 1666

Ich saß in meinem Zimmer am Fenster, den Blick in die Ferne gerichtet, als unvermittelt die Tür aufging. Ich drehte mich um. In der Türöffnung stand ein noch ganz junger Matrose, der mich, nach Luft schnappend und ohne den Griff loszulassen, fragte, ob ich nach London reisen wollte. Benommen von dem, was mir in jenem Augenblick wie ein Wink des Schicksals erschien, antwortete ich mit Ja. Er bat mich, mich zu beeilen, weil man alsbald ablegen wollte. Ich raffte schnell mein spärliches Gepäck zu zwei Bündeln zusammen, die er unter seinen Armen gleich Engelsflügeln davontrug. Der Junge hatte lange blonde Haare, die von einer Mütze zusammengehalten wurden. Ich folgte ihm die Treppe hinunter und hielt nur kurz inne, um der Frau des Wirtes einige Münzen und ein Abschiedswort zuzuwerfen.

Anschließend liefen wir durch die Gassen zum Kai und bis zum Anlegesteg, den ich völlig abgehetzt bestieg. »Ah, da seid Ihr endlich«, warf mir der Kapitän zu, »wir wollten schon ohne Euch losfahren.« Ich war zu sehr außer Atem, um ihm auch nur die geringste Frage zu stellen, allein meine Augen wurden vor Erstaunen kugelrund, was jedoch kein Mensch bemerkte.

Ich schreibe diese Zeilen an Bord der ›Sanctus Dionisius‹. Ja, ich befinde mich bereits auf See.

Nachdem ich, ohne es mir vorgenommen zu haben, nach Genua gelangt war, verließ ich die Stadt einen Monat später auf die gleiche oder nahezu gleiche Weise. Ich war noch im Begriff, die Nachteile und Vorteile einer schnellen Rückkehr nach Gibelet und die einer Reise nach Smyrna oder Chios oder gar einen anderen Umweg gegeneinander abzuwägen, da war mein Weg bereits ohne mein Wissen von der Vorsehung bestimmt worden. Auf einer Kiste kauernd, um wieder Atem zu schöpfen, fragte ich mich unentwegt, ob wahrhaftig ich es war, den man erwartet hatte. War es nicht ein ganz anderer Reisender gewesen, den der junge Matrose in der Herberge ›Croce di Malta‹ hätte abholen sollen? Ich stand also auf und suchte den Kai in seiner vollen Länge ab, in der Erwartung, einen Mann zu sehen, der schreiend und mit den Armen fuchtelnd herbeikam. Doch kein Mensch eilte herbei. Es waren nur ein paar gebeugte Träger, bedächtige Zöllner, Diener, Gaffer und Sonntagsspaziergänger zu sehen.

Unter den letzteren erblickte ich ein vertrautes Gesicht. Baldi. Melchione Baldi. Den ich gestern bei Gregorio hundertmal verflucht hatte. An eine Wand gelehnt, winkte er mir zu. Sein Gesicht glänzte vor Schweiß und vor Genugtuung. Er hatte mir wohl erzählt, daß er seine Sonntage, Feiertage und alle seine Mußestunden am Hafen verbrachte und zusah, wie die Schiffe ein- und ausliefen, und daß er die Matrosen zum Erzählen bewog. Kaufmann und Träumer, ›Dieb‹ oder vielmehr ›Hehler anderer Leute Reisen‹ … Nachdem er mich gestern in solch große Verlegenheit gebracht hatte, hätte ich ihn lieber mit Vorwürfen überhäuft als mit einem Lächeln bedacht, und ich war versucht, den Blick abzuwenden, um seinem nicht zu begegnen. Aber ein solches Verhalten wäre schäbig gewesen, da ich doch gerade im Begriff war, Genua für immer zu verlassen. Der Mann glaubte, mir einen Gefallen zu tun, und er muß zur Stunde noch immer glauben, daß mit der Bacchusfigur alles bestens verlaufen ist und ich ihm dankbar bin. Meinen Widerwillen überwindend winkte ich ihm als Zeichen der Freundschaft zu, herzlich und eifrig, als hätte ich ihn erst jetzt in der Ferne erkannt. Er geriet in Eifer, bewegte sich mit all seinen Gliedern hin und her, offensichtlich überglücklich über diese letzte Begegnung. Auch ich – und das ist ein Zug, den ich mir gar oft vorgeworfen habe – war erleichtert über diese stumme Versöhnung.

Langsam entfernte sich das Schiff vom Kai. Baldi winkte mir noch immer mit einem weißen Taschentuch zu, und auch ich winkte ihm bisweilen mit der Hand. Gleichzeitig sah ich mich um und versuchte noch immer zu verstehen, durch welches Wunder ich mich auf diesem Schiff befand. Ich war und bin auch in dem Augenblick, in dem ich diese Zeilen schreibe, weder traurig noch froh. Nur neugierig.

Vielleicht sollte ich diese Seite mit einem »Sein Wille geschehe!« beschließen, da er ohnehin geschehen wird …

Auf See, am 27. April

Gestern habe ich von Vorsehung gesprochen, weil ich gesehen habe, wie die Dichter und großen Seefahrer davon geschrieben haben. Doch ich mache mir nichts vor. Abgesehen davon, daß wir allesamt – mächtig oder schwach, geschickt oder einfältig – blinde Werkzeuge der Vorsehung sind, hat sie mit dieser Reise nichts zu tun! Ich weiß genau, welche Hand meinen Weg vorgezeichnet hat, welche Hand mich zur See, nach Westen, nach London geführt hat.

Im Augenblick selbst hatte ich es vor Atemlosigkeit, vor Überrumpelung und im Hafengewimmel nicht begriffen. Heute morgen jedoch ist mir alles klargeworden. Wenn ich das Wort »alles« gebrauche, so übertreibe ich nur ein wenig. Ich weiß, wer mich gedrängt hat, ich ahne, mit welcher Geschicklichkeit Gregorio mir die Vorstellung, nach England zu reisen, schmackhaft gemacht hat, doch ich erkenne noch nicht sein Kalkül. Ich nehme an, daß er noch immer versucht, mich mit seiner Tochter zu verheiraten, und daß er zu verhindern suchte, daß ich nach Gibelet zurückkehre, von wo ich gewiß niemals wiederkommen würde. Diese monatelange Reise auf die andere Seite der Welt verleiht ihm vielleicht ein wenig das Gefühl, mich noch immer in seinem Einflußbereich zu halten.

Doch ich zürne Gregorio nicht, und auch niemandem sonst. Kein Mensch hat mich gezwungen zu gehen. Es hätte genügt, zu dem blonden Boten nein zu sagen, und ich befände mich noch in Genua oder auf dem Weg zum Orient. Doch ich bin gerannt, um dieses Schiff zu erreichen!

Wenn Gregorio schuldig ist, gehöre ich zu seinen Helfershelfern, ebenso wie die Vorsehung, das Jahr des Tieres und der *Der Hundertste Name*.

Auf See, am 28. April

Nachdem ich gestern abend die letzten Zeilen geschrieben hatte, sah ich auf der Brücke den blonden Matrosen, den man mir geschickt hatte, um mich in der Herberge abzuholen. Ich machte ihm Zeichen, sich zu nähern, in der Absicht, ihm zwei oder drei der mich bedrängenden Fragen zu stellen. Doch ich erblickte in seinen Augen eine kindliche Angst und begnügte mich damit, ihm ohne ein Wort ein Geldstück in die Hand zu drücken.

Das Meer ist ruhig seit unserer Abreise, dennoch habe ich nicht verhindern können, daß ich seekrank wurde. Man könnte meinen, es sei mehr meine Verstimmung, die mir zusetzt, als die Wellen.

Im Augenblick dreht sich nichts in meinem Kopf, auch nicht in meinen Eingeweiden. Doch ich wage nicht, mich längere Zeit über meine Seiten zu beugen. Der Geruch der Tinte, den ich für gewöhnlich nicht rieche, ist mir heute unangenehm.

Ich muß aufhören.

Am 3. Mai

Am heutigen Montagmorgen, als ich zum ersten Mal seit einer Woche etwas festeren Fußes auf der Brücke spazierenging, kam der Schiffsarzt, um mich zu fragen, ob ich nicht der zukünftige Schwiegersohn des Signor Gregorio Mangiavacca sei. Belustigt von dieser eher irreführenden und augenblicklich verfrühten Beschreibung erwiderte ich, daß ich in der Tat zu seinen Freunden gehörte, jedoch keineswegs zu seiner Verwandtschaft, und erkundigte mich, auf welche Weise er erfahren hatte, daß wir uns kannten. Er zeigte sich plötzlich verlegen, als ob er bereute, mir dies gesagt zu haben, und verschwand alsbald unter dem Vorwand, der Kapitän habe nach ihm geschickt.

Dieser Zwischenfall hat mir gezeigt, daß wohl allerhand hinter meinem Rücken geflüstert wird. Vielleicht lacht man sogar auf meine Kosten beim Essen. Ich sollte mich darüber ärgern, aber ich sage: Was soll's! Sollen sie sich doch lustig machen! Es kostet nichts, den rechtschaffenen und beleibten Kuriositätenhändler Baldassare Embriaco zu verspotten. Während man die Peitsche riskieren würde, wollte man sich über den Kapitän lustig machen. Dennoch, Gott weiß, daß er den Spott verdienen würde, und mehr als das.

Man urteile selbst: Statt der gewohnten Strecke zu folgen und in Nizza und Marseille anzulegen, oder wenigstens in einem der beiden Häfen, hat er sich entschieden, auf geradem Kurs nach Valencia zu steuern, unter dem Vorwand, der Nordostwind bringe uns in fünf Tagen dorthin. Doch der Wind zeigte sich launisch. Nachdem er uns auf das offene Meer getrieben hatte, ist er abgeflaut. Sodann hat er jede Nacht die Richtung gewechselt. So oft, daß wir am achten Tag der Reise noch immer nirgendwo sind! Wir sehen weder die spanische noch die französische Küste, auch nicht Korsika, Sardinien oder die Balearen. Wo sind wir im Augenblick? Ein Rätsel! Der Kapitän gibt vor, es zu wissen, und niemand an Bord wagt, ihm zu widersprechen. Wir werden sehen. Manche Reisenden haben keine Lebensmittel mehr, und die meisten kein Wasser. Noch haben wir uns nicht in unser Unheil gesteuert, aber wir sind auf dem besten Wege dahin. Also die Segel gehißt!

Am 5. Mai

Wenn zwei Menschen an Bord der ›Sanctus Dionisius‹ die Köpfe zusammenstecken und leise miteinander flüstern, dann reden sie über den Kapitän. Manche sehen sich bedeutungsvoll an, andere trauen sich jetzt zu lachen. Doch wie lange noch werden wir über seine Leichtfertigkeit nur lachen und flüstern?

Was mich angeht, so bin ich wiederhergestellt, ich laufe herum, esse reichlich, unterhalte mich mit dem einen oder anderen und schaue bereits auf diejenigen herab, die noch seekrank sind.

Für meine Mahlzeiten habe ich nichts anderes vorgesehen als das, was an Bord angeboten wird. Ich bedaure es, keinen Koch verpflichtet zu haben, keine Vorkehrungen getroffen zu haben, doch alles ist so schnell gegangen! Ich bedaure vor allem, Hatem nicht mehr zu haben. Wenn ihm nur kein Unglück zugestoßen ist und er sich wohlbehalten in Gibelet befindet …

… wohin, dies sei nebenbei gesagt, ich selbst hätte aufbrechen sollen. Heute denke ich so. Als ich noch nicht in die entgegengesetzte Richtung gesegelt bin, dachte ich es nicht. So ist es. Ich zucke mit den Schultern. Ich will nicht jammern. Im Angesicht des Meeres trällere ich ein genuesisches Lied. Zwischen zwei Fügungen des Schicksals vermerke ich in meinem Heft meine große Unentschlossenheit … Ja, so ist es, ich füge mich. Ohnehin endet alles unter der Erde, welche Rolle spielt da der Weg! Und weshalb sollte ich eher Abkürzungen nehmen als Umwege?

Am 6. Mai

»Ein guter Kapitän verwandelt den Atlantik ins Mittelmeer, ein schlechter Kapitän verwandelt das Mittelmeer in den Atlantik« – hat heute einer der Passagiere auf dem Schiff, ein Venezianer, laut zu sagen gewagt. Er hatte nicht zu mir gesprochen, sondern zu allen, die sich an der Reling aufhielten. Obschon ich es vermieden habe, mit ihm zu sprechen, so habe ich mir doch seine Äußerung eingeprägt und mir vorgenommen, sie auf diesen Seiten festzuhalten.

Es stimmt, daß wir alle das Gefühl haben, inmitten der Unendlichkeit des Meeres verloren zu sein und daß wir bange auf den Augenblick warten, in dem jemand ausruft: »Land in Sicht!« Obgleich wir uns in den bekanntesten Gewässern befinden und in der besten Jahreszeit.

Den letzten Gerüchten zufolge müßten wir morgen abend in Barcelona oder Valencia anlegen. Hätte man uns gesagt »in Marseille« oder »in Aigues-Mortes«, »in Mahón« oder »in Algier«, wir hätten es geglaubt, so sehr haben wir alle unsere Orientierung verloren.

Irgendwo im Mittelmeer, am 7. Mai 1666

Heute habe ich mit dem Kapitän ein paar Worte gewechselt. Er ist vierzig Jahre alt und heißt Centurione, und ich kann unumwunden und in aller Deutlichkeit sagen, daß er verrückt ist!

Ich sage nicht »verrückt« im Sinne von kühn oder unvorsichtig oder launisch oder überspannt … Ich sage »verrückt« im Sinne von verrückt. Er glaubt sich von fliegenden Dämonen verfolgt und hofft, ihnen zu entrinnen, indem er verschlungenen Wegen folgt!

Hätte mir ein Passagier derlei erzählt oder ein Matrose oder

der Schiffsarzt oder der Zimmermann, ich wäre zum Kapitän geeilt, damit er ihn in Ketten lege und im nächsten Hafen an Land bringe. Doch was tun, wenn der Kapitän selbst verrückt ist?

Wäre er wenigstens ein Besessener, ein Tobsüchtiger, ein Wüterich, ein offensichtlicher Verrückter, wir hätten uns zusammengeschlossen, um ihn zu zähmen, wir hätten am nächsten Hafen die Wache verständigt.

Aber nichts von alledem! Der Mann ist ein ganz friedlicher Verrückter, er bewegt sich würdevoll, unterhält sich, scherzt und verteilt Befehle mit der Sicherheit eines Kapitäns.

Bis heute habe ich fast kein Wort mit ihm geredet. Nur zwei Worte in Genua, als ich an Bord geeilt war und er mir gesagt hatte, daß das Schiff um ein Haar ohne mich ausgelaufen wäre. Heute morgen indes, als er über die Brücke schlenderte, kam er ganz dicht an mir vorbei. Ich grüßte ihn höflich, und seine ersten Worte waren von ganz gewöhnlicher Art. Wie es sich für Genuesen geziemt, die sich gegenseitig achten, erzählten wir zunächst von unseren Familien, und er hatte vernünftige Worte gefunden, um den Ruf der Embriaci und die Vergangenheit Genuas zu beschwören.

Ich hatte bereits angefangen zu glauben, daß all der Spott, der über ihn verbreitet wurde, ungerechtfertigt war, als ein Vogel ganz dicht über unsere Köpfe flog. Sein Schrei machte uns auf ihn aufmerksam, und ich stellte fest, daß mein Gesprächspartner besorgt war.

»Was ist das für ein Vogel?« fragte ich. »Eine Möwe? Eine Seeschwalbe? Ein Sturmvogel?«

Der Kapitän antwortete, sichtlich nervös: »Ein Dämon!«

Zunächst glaubte ich, es wäre dies eine Art, den Vogel zu verwünschen, in Abwendung des Unheils, das dieser anrichten könnte. Sodann fragte ich mich, ob es nicht eine Vogelart gab, die von den Seeleuten so genannt wurde.

Während der Mann immer erregter fortfuhr: »Sie verfolgen mich! Wohin ich gehe, sie finden mich! Sie werden mich nie in Frieden lassen!«

Ein Flügelschlag hatte genügt, daß er ins Delirium verfiel.

»Seit Jahren verfolgen sie mich, auf allen Meeren …«

Er sprach nicht länger zu mir, ich war für ihn nur mehr Zeuge bei seinen düsteren Gesprächen mit sich selbst oder den Dämonen.

Nach wenigen Sekunden ließ er mich stehen und murmelte, er würde Befehle erteilen, den Kurs zu ändern, um unsere Verfolger zu verwirren.

Herr im Himmel, wohin wird dieser Mann uns führen?

Ich habe beschlossen, niemandem von dem Vorfall zu berichten, zumindest nicht im Augenblick. Wem sollte ich ihn im übrigen berichten? Und wozu? Um einen Aufstand anzuzetteln? Um Angst auf dem Schiff zu verbreiten, Argwohn, Aufruhr oder die Verantwortung für ein mögliches Blutvergießen zu übernehmen? Die Angelegenheit ist viel zu ernst. Und obschon mein Schweigen nicht die mutigste Lösung ist, kommt es mir doch so vor, als müsse ich abwarten, beobachten, nachdenken und wachsam bleiben.

Zum Glück habe ich dieses Heft, dem ich die Dinge anvertrauen kann, über die ich schweigen muß.

Am 8. Mai

Heute morgen habe ich mich mit dem venezianischen Passagier unterhalten. Er heißt Girolamo Durrazzi. Das Gespräch war kurz, aber höflich. Wenn mein verstorbener Vater diese Zeilen lesen könnte, hätte ich geschrieben: »Das Gespräch war höflich, aber kurz …«

Unter uns befindet sich auch ein Perser, dem die Leute auf dem Schiff insgeheim den Beinamen ›der Prinz‹ verliehen haben. Ich weiß nicht, ob er ein Prinz ist, doch hat er die Gangart eines solchen, und zwei beleibte Männer begleiten ihn stets, sehen sich ständig nach rechts und nach links und überallhin um, als fürchteten sie um sein Leben. Er trägt einen kurzen Bart und einen schwarzen Turban, der so winzig ist, so flach, daß man meinen könnte, es handele sich lediglich um ein seidenes Band. Er spricht mit niemandem, auch nicht mit seinen beiden Wächtern, läuft nur über das Schiff, starrt vor sich hin und bleibt bisweilen stehen, um zum Horizont zu schauen oder zum Himmel.

Am Sonntag, dem 9. Mai 1666

Endlich haben wir Anker gesetzt. Zwar nicht in Barcelona und auch nicht in Valencia, sondern auf der Insel Menorca, auf den Balearen, genauer im Hafen von Mahón. Beim erneuten Durchlesen meiner letzten Seiten stelle ich fest, daß es sich in der Tat um eins der zahllosen, von den Gerüchten genannten Zielen handelt. Ein wenig ist es so, als wäre der Name auf einem Würfel eingeritzt gewesen, den die Vorsehung für uns geworfen hätte.

Sollte ich nicht lieber, anstatt inmitten des größten Irrsinns noch ein Zeichen von Stimmigkeit zu suchen, dieses verrückte Schiff verlassen? Ich sollte mir sagen: Sollen sie ohne mich zugrunde gehen! Der Kapitän, der Schiffsarzt, der Venezianer und der persische ›Prinz‹! Und doch, ich verlasse das Schiff nicht, rette mich nicht. Ist das Überleben dieser Fremden für mich von Bedeutung? Oder ist nicht mein eigenes Überleben am wichtigsten? Übergroßer Mut oder übergroße Fügung? Ich weiß es nicht, indes, ich bleibe.

Im letzten Augenblick, beim Anblick des Gewühls um die Schiffe, habe ich sogar beschlossen, den Fuß überhaupt nicht an Land zu setzen, sondern den blonden Matrosen zu rufen und ihm ein paar Besorgungen aufzutragen. Sein Vorname ist Maurizio, und er hat das Gefühl, er schulde mir etwas, seit er mir jenen Streich gespielt hat. Im Grunde zürne ich ihm nicht mehr. Der Anblick seiner blonden Haare bietet mir sogar einen gewissen Trost – doch es ist besser, wenn er dies nicht weiß.

Ich hatte eine Liste verfaßt mit all meinen Wünschen. Zu seiner Beschämung begriff ich, daß er niemals lesen gelernt hatte. Ich ließ ihn die Liste also auswendig lernen und gab ihm reichlich Geld mit auf den Weg. Bei seiner Rückkehr schenkte ich ihm den Rest, worüber er äußerst glücklich war. Ich glaube, daß er sich von nun an täglich danach erkundigen wird, ob ich etwas brauche, und mir zu Diensten sein wird. Er kann mir Hatem nicht ersetzen, aber er scheint wie dieser gleichermaßen pfiffig und ehrlich. Was kann man mehr von einem Diener verlangen?

Eines Tages werde ich Maurizio den Namen der Person entlocken, die ihn geschickt hat, mich in der Herberge ›Croce di Malta‹ zu holen. Ist es wirklich nötig, wo ich bereits ganz genau weiß, was er mir sagen wird? Ja, bei längerem Nachdenken ist es nötig. Ich will es mit eigenen Ohren hören, daß Gregorio Mangiavacca ihn dafür bezahlt hat, damit er mich an jenem Tag holt und auf das Boot scheucht, das mich im Augenblick nach England bringt! Nach England oder Gott weiß wohin …

Allerdings habe ich es keineswegs eilig. Wir werden noch Wochen gemeinsam auf diesem Schiff verbringen, und ich brauche mich nur zu gedulden und es geschickt anzustellen, dann wird dieser Junge alles gestehen.

Am 11. Mai

Niemals hätte ich geglaubt, daß ich mich mit einem Venezianer anfreunden könnte!

Wohl ist es so, daß sich, wenn zwei Kaufleute sich im Verlauf einer Reise kennenlernen, ein längeres Gespräch entspinnt. Doch mit ihm sind die Dinge anders verlaufen, wir haben von den ersten Worten an so viele Gemeinsamkeiten festgestellt, daß ich alsbald alle Vorurteile vergaß, die mein Vater mir eingeschärft hatte.

Der Kontakt zwischen uns wurde erleichtert durch den Umstand, daß Girolamo Durrazzi, obschon in Venedig geboren, seit seiner Kindheit unter verschiedenen Himmeln im Orient gelebt hat. Zunächst auf Kreta, das wir Candia nennen, sodann in Zarizyn, an der Wolga. Und seit kurzem in Moskau selbst, wo er großes Ansehen zu genießen scheint. Er lebt in der Vorstadt der Ausländer, die, wie er mir sagt, zu einer Stadt innerhalb der Stadt wird. Man findet dort französische Speisewirtschaften, Wiener Feinbäckereien, italienische oder polnische Maler, dänische oder schottische Soldaten und selbstredend Kaufleute und Abenteurer jedweder Herkunft. Man hat gar vor den Toren der Stadt ein Feld angelegt, auf dem sich zwei Mannschaften mit Spielern gegenüberstehen, den Fuß am Ball, wie es in England üblich ist. Der Graf von Carlisle, Gesandter des Königs Karl, wohnt diesen Spielen mitunter persönlich bei.

Gestern abend hat mich mein venezianischer Freund in seinem Quartier zum Essen eingeladen. (Noch immer zögere ich verlegen lächelnd, wenn ich »mein venezianischer Freund« schreibe, und werde wohl auch weiterhin zögern, doch eines Tages werde ich mich daran gewöhnen!) Er wird von einem Koch, einem Diener und einem weiteren Burschen begleitet. So hätte auch ich mich ausstatten sollen, anstatt mich allein an Bord zu begeben, wie ein Vagabund, ein Verbannter!

Während des Essens hat er mir die Gründe genannt, die ihn nach London führten. Er hat den Auftrag, englische Handwerker anzuwerben, die sich in Moskau ansiedeln wollen. Strenggenommen handelt er nicht im Auftrag des Zaren Alexis, doch er genießt dessen Schutz und Wohlwollen. Alle geschickten Männer werden willkommen sein, welchen Beruf sie auch haben, vorausgesetzt, sie geben sich nicht dem Bekehrungseifer hin. Der Herrscher, ein weiser Mann, wünscht nicht, daß seine Stadt ein Schlupfwinkel für Fanatiker wird, für Anhänger der christlichen Republik, von denen es, wie es heißt, in England viele gibt, die sich jedoch seit der Rückkehr König Karls vor sechs Jahren verstecken oder auswandern.

Girolamo hat versucht, mich zu überreden, ich möge mich

doch auch in Moskau niederlassen. Er hat mir das Leben in der ›Vorstadt der Ausländer‹ verlockend beschrieben. Ich hatte mit einem »vielleicht« geantwortet, aus Höflichkeit, aber auch, damit er mit seiner Schilderung fortfuhr, doch sein Vorschlag reizt mich kaum. Ich bin jetzt vierzig Jahre, ich bin zu alt, um ein neues Leben in einem Land zu beginnen, dessen Sprache und Sitten ich nicht kenne. Ich habe bereits zwei Vaterländer, Genua und Gibelet, und sollte ich das eine verlassen, dann nur, um mich in dem anderen anzusiedeln.

Überdies bin ich es gewohnt, das Meer vor mir zu haben, es würde mir fehlen, sollte ich es eines Tages zurücklassen. Zwar fühle ich mich auf einem Schiff nicht wohl, ich ziehe es vor, mit beiden Beinen auf festem Grund zu stehen. Aber eben in der Nähe des Meeres! Ich brauche seinen salzigen Geruch. Ich brauche seine Wellen, die immerzu anbranden und zurückfluten! Ich bin es gewöhnt, daß sich mein Blick in der Unermeßlichkeit des Meeres verliert!

Ich begreife wohl, daß man auch mit einer anderen Unermeßlichkeit zufrieden sein kann, mit der des Sandes in der Wüste, der der verschneiten Ebenen, nicht jedoch, wenn man das Licht der Welt erblickt hat, wo ich es erblickt habe, und wenn einem genuesisches Blut durch die Adern fließt.

Doch ich kann auch diejenigen verstehen, die ihr Land und ihre Familie verlassen und gar einen neuen Namen annehmen, um in einem Land ohne Grenzen ein neues Leben zu beginnen. Sei es in Amerika oder in Moskau. Haben meine Vorfahren es nicht ebenso gemacht? Meine Vorfahren, aber auch alle Vorfahren aller Menschen? Alle Städte wurden von Menschen gegründet und bevölkert, die von anderswo kamen, ebenso alle Dörfer; die Erde hat sich aufgrund aufeinanderfolgender Völkerwanderungen gefüllt. Wäre mein Herz noch wankelmütig und wären meine Beine noch leicht, ich hätte vielleicht dem Meer meiner Heimat den Rücken gekehrt, um in jene ›Vorstadt der Ausländer‹ zu ziehen, deren Name allein mich lockt.

Am 13. Mai

Ist es wahr, daß der König von Frankreich den Plan hat, die Gebiete des osmanischen Sultans zu überfallen und daß er sogar von seinen Ministern einen detaillierten Angriffsplan hat ausarbeiten lassen? Girolamo versichert es mir und führt als Beweis verschiedene Zeugenaussagen an, an denen zu zweifeln ich keinerlei Veranlassung habe. Er behauptet gar, der König habe sich mit dem Schah von Persien verständigt, damit jener, ein großer Feind des Sultans, zu einer vereinbarten Zeit für Unruhen sorgt, um die türkischen Armeen in Georgien, Armenien und Aserbaidschan zu binden. In dieser Zeit würde König Ludwig mit Hilfe der Venezianer Kreta, die ägäischen Inseln, die Meerengen und vielleicht gar das Heilige Land einnehmen.

Obwohl mir die Dinge keineswegs unmöglich scheinen, wundert es mich doch, daß mein Venezianer so offen zu einem Mann darüber spricht, den er vor kurzer Zeit erst kennengelernt hat. Er ist sehr redselig, gewiß, aber es wäre nicht recht von mir, es ihm vorzuhalten, wo ich doch durch ihn viele Dinge erfahre und wo der einzige Grund für seine Offenheit seine Freundschaft zu mir und sein Vertrauen in mich ist.

Ich habe die ganze Nacht über die Pläne des Königs von Frankreich nachgedacht und kann mich nicht sehr darüber freuen. Sollte er diesen Krieg gegen den Sultan gewinnen und seine Macht auf Dauer auf den Inseln, in den Meerengen und in der gesamten Levante behaupten können, so hätte ich gewiß keinen Grund zur Klage. Sollte er sich jedoch mit den Venezianern in ein riskantes Abenteuer stürzen, dem keine Zukunft beschieden wäre, so wäre mir und meinesgleichen, ja allen Kaufleuten Europas, die sich in den Seehäfen der Levante niedergelassen hatten, die Rache des Sultans gewiß. Je mehr ich darüber nachdenke, um so mehr bin ich davon überzeugt, daß ein solcher Krieg von Beginn an für mich und meine Familie eine Katastrophe wäre. Gebe der Himmel, daß es nie dazu kommen wird!

Ich habe eben noch einmal die letzten Zeilen gelesen und auch die davor, und ich frage mich plötzlich, ob es nicht gefährlich ist, derlei Dinge aufzuschreiben und Wünsche dieser Art auszusprechen. Wohl schreibe ich in meinem eigenen Kauderwelsch, das kein Mensch außer mir entziffern kann, doch dies gilt nur für meine persönlichen Aufzeichnungen, die ich auf diese Weise vor möglichen Schnüfflern verberge. Sollte sich die Obrigkeit eines Tages einmischen, würde es sich ein beliebiger Wali, ein Pascha oder Kadi in den Kopf setzen, meine Niederschriften aufzuspüren und mir mit Pfählung drohen oder mich der Folter aussetzen, damit ich meinen Schriftschlüssel preisgäbe, wie könnte ich ihm die Stirn bieten? Ich würde ihm meinen Geheimkode verraten, und er könnte in der Folge lesen, daß ich nichts dagegen hätte, wenn sich der König von Frankreich die Levante untertan machte.

Vielleicht sollte ich diese Seite am Tag meiner Rückkehr in den Orient zerreißen und es künftig vermeiden, von dergleichen zu sprechen. Ich lege hiermit größte Vorsicht an den Tag, denn kein Wali und auch kein Pascha würden je in meinen Notizen schnüffeln. Doch wer sich in meiner Lage befindet, wer seit so vielen Generationen in einem fremden Land lebt, der Willkür einer beliebigen Kränkung, einer beliebigen Verleumdung jederzeit ausgesetzt, dem wird die Vorsicht nicht nur zur Haltung, sondern zur Natur.

Am 14. Mai

Heute habe ich ein paar Worte mit dem Perser gewechselt, der den Beinamen ›Prinz‹ erhalten hat. Ich weiß noch immer nicht, ob er Prinz oder Kaufmann ist, er hat es mir nicht gesagt.

Er spazierte wie gewöhnlich an Deck, und ich lief ihm dabei über den Weg. Er lächelte mir zu, worin ich eine Aufforderung sah, ihn anzusprechen. Als ich einen Schritt auf ihn zumachte, wurden seine Wächter unruhig, doch mit einer Geste befahl er ihnen, sich zurückzuhalten, und grüßte mich mit einer leichten Verbeugung. Ich sprach alsdann auf arabisch Worte der Begrüßung, und er antwortete mir in gleicher Weise.

Abgesehen von den üblichen Formeln, die jeder Muslim kennt, sprach der Mann mit Mühe Arabisch. Dennoch konnten wir uns miteinander bekannt machen, und wir konnten bei der Gelegenheit gar eine kleine Unterhaltung führen, wie ich meine. Er hat mir erzählt, daß er Ali Esfahani heiße und als Geschäftsmann reise. Doch ich bezweifle, daß dies sein richtiger Name ist. Ali ist bei ihnen der gängigste Vorname, und Isfahan ist ihre Hauptstadt. Um ehrlich zu sein, hat jener ›Prinz‹ nicht viel über sich verraten. Doch sind wir jetzt miteinander bekannt und werden uns bei Gelegenheit wieder sprechen.

Was Girolamo betrifft, meinen venezianischen Freund, so hört er nicht auf, mir Moskau und den Zaren Alexis, für den er große Hochachtung empfindet, in den höchsten Tönen zu loben. Er beschreibt ihn als einen Herrscher, der sich um das Schicksal seiner Untertanen kümmert und den Wunsch hat, Kaufleute, Handwerker und Gelehrte in sein Reich zu holen. Doch nicht alle in Rußland stehen Ausländern so wohlwollend gegenüber. Während sich der Zar über das, was in seiner Hauptstadt geschieht, die bislang nichts als ein großes trostloses Dorf war, erfreut zeigt, während er gerne den Malern Modell steht, sich über die letzten Extravaganzen auf dem laufenden hält und wünscht, wie der König von Frankreich eine eigene Schauspieltruppe ins Leben zu rufen, so gibt es in Moskau selbst, vor allem aber im übrigen Land, Tausende von mürrischen Popen, die in den Neuerungen das Zeichen des Antichrist zu erkennen glauben. Was sich in der Vorstadt der Ausländer ereignet, ist in ihren Augen nichts als Ausschweifung, Verderbtheit, Gottlosigkeit und Gotteslästerung, alles Zeichen, die von der bevorstehenden Herrschaft des Tieres künden.

In diesem Zusammenhang hat mir Girolamo einen der aufschlußreichsten Zwischenfälle berichtet. Eine Theatertruppe von Neapolitanern hatte sich im vergangenen Sommer nach Moskau aufgemacht, um bei einem Vetter des Zaren aufzutreten. Es waren Schauspieler, Musikanten, Jongleure, Bauchredner … Während der Aufführung gab ein Mann namens Percivale Grasso eine sehr beeindruckende Darbietung: Eine Marionettenpuppe mit dem Kopf eines Wolfes, welche zunächst auf der Erde lag, hatte sich erhoben, sodann angefangen zu reden, zu singen, zu tänzeln und schließlich zu tanzen, ohne daß man zu irgendeinem Zeitpunkt die Hand des Mannes gesehen hätte, der sie von einem Schemel herunter, welcher durch eine Wand verborgen war, steuerte. Sie hatte alle Zuschauer in ihren Bann gezogen, als plötzlich ein Pope aufsprang und zu schreien begann, es sei der Satan selbst, den man da vor sich habe. Er führte Worte der Apokalypse an, die da lauteten: »Und es wurde ihm Macht gegeben, Geist zu verleihen dem Bild des Tieres, damit das Bild des Tieres reden könne.« Er zog aus einer Tasche einen Stein und warf ihn auf die Bühne. Ein paar weitere Personen, die mit ihm gekommen waren, taten es ihm nach. Dann stießen sie Verwünschungen gegen die Neapolitaner aus, gegen die Ausländer und gegen alle, die sich solcherlei Dingen in irgendeiner Weise anschlossen, die sie für Satanswerk und Gotteslästerung hielten. Und sie schrien von dem bevorstehenden Ende der Zeiten sowie vom Jüngsten Gericht. Die Zuschauer flohen einer nach dem andern. Nicht einmal der Vetter des Zaren wagte es, sich diesen Wütenden entgegenzustellen. Und die Theatertruppe mußte Moskau vor Tagesanbruch verlassen.

Während mir mein Freund all das schilderte und nicht eine Einzelheit ausließ, erinnerte ich mich wieder an den Besucher, der vor vielen Jahren nach Gibelet gekommen war und ein Buch mitgebracht hatte, welches für das Jahr 1666 das Ende der Welt ankündigte. Er hieß Jewdokim. Ich erzählte Girolamo von ihm. Der Name sagte ihm nichts, doch er kannte sehr wohl *Das Buch des einen Glaubens, des wahrhaftigen und orthodoxen*, und es vergeht kein Tag, ohne daß man ihm nicht diese Weissagung in Erinnerung ruft. Er selbst nimmt sie nicht weiter ernst, spricht von großer Dummheit, Unwissenheit und Aberglauben, was mich sehr tröstet. Doch er fügt hinzu, daß drüben in Moskau die meisten Leute fest daran glauben. Manche gehen gar soweit, ein genaues Datum zu nennen. Sie behaupten, sich auf ich weiß nicht welche Berechnungen stützend, daß die Welt nicht über den heiligen Simeon hinaus bestehen würde, welcher auf den 1. September fällt, der für sie der erste Tag des neuen Jahres ist.

Am 15. Mai 1666

Ich glaube, heute habe ich das Vertrauen des ›Prinzen‹ von Isfahan gewonnen, oder sollte ich eher sagen, sein Interesse geweckt.

Wir waren uns beim Spaziergang an Deck begegnet und hatten ein paar Schritte gemeinsam zurückgelegt, während derer ich ihm verschiedene Städte aufgezählt habe, die ich in den letzten Monaten besucht hatte. Bei allen Namen hatte er höflich mit dem Kopf genickt, doch als ich Smyrna erwähnte, sah ich eine Veränderung in seinem Blick. Damit ich ihm noch ein wenig mehr erzählte, wiederholte er in vielsagendem Ton »Izmir, Izmir«, das ist der türkische Name der Stadt.

Ich habe ihm erzählt, daß ich vierzig Tage dort verbracht habe und daß ich mit meinen eigenen Augen und gar zweimal den Juden gesehen habe, der sich als Messias ausgibt. Mein Gesprächspartner faßte mich am Arm, nannte mich seinen ehrwürdigen Freund und vertraute mir an, daß man ihm sehr Widersprüchliches über jenen »Sabbatai Levi« berichtet habe.

Ich verbesserte ihn: »Der Name, wie ihn die Juden aussprechen, lautet eher Sabbatai Zevi oder Tsevi.«

Er dankte mir für meinen Hinweis und bat mich, ihm zu erzählen, was genau ich gesehen hatte, damit er bei allem, was man ihm über die Person erzählt hat, zwischen dem Weißen und dem Schwarzen unterscheiden könnte.

Ich erzählte ihm einige Dinge und versprach ihm noch mehr.

Am 16. Mai

Gestern habe ich von dem Vertrauen des ›Prinzen‹ gesprochen, das ich erworben hatte, um sodann meine Meinung zu ändern und eher von seiner Neugierde zu reden, die ich geweckt hatte. Es war richtig gewesen, diese Unterscheidung zu treffen, doch heute kann ich das Wort ›Vertrauen‹ wiederaufnehmen. Denn, wo der Mann gestern nur mich reden ließ, so hat er heute selbst das Wort geführt.

Er hat mir nicht wirklich Vertrauliches berichtet – weshalb sollte er im übrigen auch? Doch aus einem Munde, ich will sagen, von einer Persönlichkeit, die sich in fremden Ländern befindet und offensichtlich von einem Geheimnis umgeben ist, ist das wenige, was er mir erzählt hat, ein Zeichen großer Achtung und ein Zeichen des Vertrauens.

Er hat mir erzählt, daß er keineswegs in geschäftlichen Dingen unterwegs ist, im gewöhnlichen Sinn des Wortes, sondern, um die Welt zu beobachten und sich einen Überblick zu verschaffen über die seltsamen Dinge, die sich ereignen. Ich bin überzeugt davon, ohne daß er es mir gesagt hat, daß es sich um eine sehr hochstehende Persönlichkeit handelt, vielleicht gar den eigenen Bruder des Schahs oder einen Vetter.

Ich hatte erwogen, ihn Girolamo vorzustellen. Doch mein venezianischer Freund ist ein wenig zungenfertig, der andere könnte darüber erschrecken und sich, anstatt sich wie eine Rose langsam zu öffnen, plötzlich wieder verschließen.

Ich werde sie folglich getrennt aufsuchen, es sei denn, sie begegneten sich gegenseitig, ohne mein Zutun.

Am 17. Mai

Der Prinz hat mich heute in seinen ›Palast‹ eingeladen. Das Wort ist nicht übertrieben, wenn man es in Beziehung zu den Verhältnissen auf dem Schiff setzt. Danach schlafen die Matrosen in einer Scheune, ich in einer Hütte, Girolamo und sein Gefolge in einem Haus und Ali Esfahani, der eine ganze Zimmerflucht belegt und sie nach persischer Art mit Teppichen und Kissen ausgelegt hat, wohnt wie in einem Palast. Er zählt zu seinen Leuten einen Haushofmeister, einen Übersetzer, einen Koch und seinen Küchenjungen, einen Ankleider sowie vier weitere Männer für alles, zusätzlich zu den beiden Wächtern, die er »meine Raubtiere« nennt.

Der Übersetzer ist ein französischer Geistlicher aus Toulouse, der sich Pater Ange nennt. Seine Gegenwart in Alis Umgebung hat mich nicht wenig erstaunt, um so mehr noch, als beide sich auf persisch miteinander unterhalten. Ich habe nicht mehr darüber erfahren, denn der Mann hatte sich zurückgezogen, sobald sein Herr ihm mitgeteilt hatte, daß wir uns auf arabisch verständigen könnten.

Während des Abends erzählte mir mein Gastgeber eine sehr seltsame Geschichte, nach der in jeder Nacht, seit Beginn dieses Jahres, vom Himmel mehrere Sterne verschwänden. Es würde genügen, behauptet er, das Himmelsgewölbe in der Dunkelheit zu beobachten und dabei Stellen zu fixieren, wo sich viele Sterne zeigten, um festzustellen, daß einige von ihnen erloschen, ohne je wieder aufzuleuchten. Er scheint davon überzeugt, daß sich der Himmel im Lauf des Jahres nach und nach leeren wird, bis er vollkommen schwarz ist.

Um dies nachzuprüfen, habe ich mich die halbe Nacht hindurch auf die Brücke gesetzt, die Augen nach oben gerichtet und den Himmel beobachtet. Ich habe versucht, bestimmte Stellen im Blick zu behalten, doch jedesmal verschwammen sie mir vor den Augen. Nach einer Stunde wurde mir kalt, und ich legte mich schlafen, ohne daß ich mich von der Richtigkeit seiner Worte hätte vergewissern können.

Am 18. Mai

Ich habe meinem venezianischen Freund die Geschichte von den Sternen erzählt, worauf dieser, noch bevor ich fertig war, in schallendes Gelächter ausbrach. Und zum Glück habe ich ihm nicht erzählt, von wem ich diese Geschichte hatte. Zum Glück war ich so klug, diese beiden Reisenden nicht miteinander bekannt zu machen.

Obwohl er sich weiterhin über die Gerüchte vom Ende der Welt lustig machte, erfuhr ich von Girolamo Dinge, die mich auf jeden Fall sorgenvoll stimmten. Ich empfinde in seiner Gegenwart das gleiche Unbehagen, das ich unlängst im Gespräch mit Maimun empfunden habe: Einerseits möchte ich gern seine Gelassenheit teilen, seine Verachtung für jeglichen Aberglauben, was mich dazu führt, ihm nachdrücklich beizupflichten, andererseits kann ich nicht verhindern, daß sich diese abergläubischen Vorstellungen, auch die abwegigsten unter ihnen, in meinem Kopf festsetzen. »Und wenn diese Leute recht haben?«, »Und wenn ihre Vorhersagen sich bewahrheiten?«, »Und wenn die Welt tatsächlich kaum vier Monate von ihrem Untergang entfernt ist?« – solche Fragen schwirren mir durch den Kopf, gegen meinen Willen, und obwohl ich von ihrer Dummheit überzeugt bin, kann ich sie nicht vertreiben. Was mich betrübt und beschämt, doppelt beschämt. Beschämt, weil ich die Ängste der Unwissenden teile und weil ich meinem Freund gegenüber eine derart verschlagene Haltung annehme; ihm zustimmend beipflichte, während ich ihm von ganzem Herzen widerspreche.

Gestern habe ich dies wieder empfunden, als mir Girolamo von gewissen Moskowitern berichtete, die man die Capitonen nennt und die sich nach dem Tod sehnen, wie es heißt, »weil sie davon überzeugt sind, daß Jesus Christus bald wieder auf die

Erde herabsteigen wird, um sein Reich zu errichten, und daß er lieber von denen umgeben sein will, die mit ihm kommen, in seinem Gefolge, als inmitten einer Vielzahl von Sündern zu sein, die seinen Zorn über sich ergehen lassen müssen. Diese Leute leben unbehelligt von der Obrigkeit in kleinen verstreuten Gruppen in dem Riesenland. Sie glauben, die ganze Welt wird zur Zeit vom Antichrist regiert, die gesamte Erde ist von Verdammten bevölkert, sogar Moskau und sogar seine Kirche, deren Gebete und Riten sie nicht länger anerkennen. Ihr Führer empfiehlt ihnen den Hungertod, da sie sich auf diese Weise nicht des Selbstmordes schuldig machten. Doch andere fühlen, daß die Zeit drängt, und scheuen sich nicht, die Gesetze Gottes auf die schlimmste Weise zu übertreten. Es vergeht keine Woche, ohne daß nicht von irgendeiner Region in diesem riesigen Land die erschreckendsten Geschichten erzählt werden. Größere und kleinere Menschengruppen versammeln sich in einer Kirche oder gar in einer gewöhnlichen Scheune, verbarrikadieren die Türen und legen Feuer, opfern sich so mit ganzen Familien inmitten des Gebets und dem Geschrei der Kinder.«

Diese Bilder verfolgen mich, seit Girolamo mir davon erzählt hat. Ich denke Tag und Nacht daran und frage mich unentwegt, ob es denkbar ist, daß diese Leute umsonst sterben. Kann man sich wahrhaftig so sehr täuschen und sein Leben auf derart grausame Weise opfern, nur weil man in seiner Urteilskraft fehlgeleitet ist? Ich empfinde nur Achtung für die Betreffenden, doch mein venezianischer Freund teilt diese Meinung nicht. Er vergleicht sie mit Tieren und nennt ihr Verhalten gleichermaßen dumm wie verbrecherisch und gottlos. Im höchsten Fall empfindet er ein wenig Mitleid für sie, doch jenes Mitleid, welches die Kruste der Verachtung ist. Und als ich ihm gestehe, daß ich seine Haltung grausam finde, hält er mir entgegen, daß er niemals so grausam gegen sie wäre, wie sie es zu sich selbst sind, zu ihren Frauen und ihren Kindern.

Am 19. Mai

Obgleich es mir schwierig vorkommt, das Erlöschen der Sterne zu überprüfen, so zeigt die Geschichte meines persischen Freundes doch zweifellos, daß er wie ich an allem Interesse zeigt, was über dieses verfluchte Jahr gesagt wird.

Nein, nicht wie ich, sondern mehr als ich. Ich bin weiterhin gespalten zwischen meiner Liebe, meinen Geschäften, meinen alltäglichen Träumen, meinen gewöhnlichen Sorgen und muß mich täglich zwingen, meine Apathie zu überwinden, damit ich nicht aufhöre, das Buch *Der Hundertste Name* zu suchen. Nur gelegentlich denke ich an die Apokalypse, ich glaube an die Dinge, ohne allzusehr daran zu glauben. Der Skeptiker, zu dem mein Vater mich erzogen hat, bewahrt mich davor, von den Exzessen des Glaubens erfaßt zu werden – oder sollte ich sagen, daß er mir jegliche Beständigkeit vereitelt, sei es bei der Wahrung des Verstandes oder auf der Suche nach Schimären.

Doch um auf meinen ›Prinzen‹ zurückzukommen, so hat er mir heute die Weissagungen aufgesagt, die er über das laufende Jahr gezählt hat. Da sie von allen Teilen der Erde stammen, sind sie äußerst zahlreich. Einige waren mir bekannt, andere nicht oder nur teilweise. Er weiß weit mehr als ich, doch auch ich weiß Dinge, von denen er nichts weiß.

Es gibt vor allem natürlich die Weissagungen der Moskowiter und der Juden. Die der Sektierer aus Aleppo und der englischen Fanatiker. Und dann die erst kürzlich bekannt gewordenen eines gewissen portugiesischen Jesuiten. Schließlich die – in seinen Augen die beunruhigendsten – der vier größten Astrologen Persiens, die sich für gewöhnlich niemals einig waren und um die Gunst ihrer Herrscher buhlten und die allesamt mit einer Stimme bestätigt hätten, daß in diesem Jahr die Menschen Gott bei seinem hebräischen Namen nennen würden, wie Noah es getan hat, und daß Dinge geschehen würden, die sich seit Noah nicht mehr ereignet hätten.

»Wird eine neue Sintflut die Welt überschwemmen?« fragte ich.

»Ja, doch dieses Mal eine Sintflut aus Feuer!«

Die Art und Weise, wie mein neuer Freund diesen letzten Satz ausgesprochen hat, erinnerte mich an meinen Neffen Bumeh. Dieser triumphierende Ton, um die schlimmsten Katastrophen zu verkünden! Als habe der Schöpfer ihnen, indem er sich ihnen anvertraut hat, insgeheim Straffreiheit versprochen.

Am 20. Mai

Ich habe in der Nacht erneut an die Worte der persischen Astrologen gedacht. Nicht so sehr an die Drohung vor einer neuen Sintflut, die man in allen Weissagungen über das Ende der Welt antrifft, sondern vielmehr an die Anspielung auf den Namen Gottes und insbesondere seinen hebräischen Namen. Ich nehme an, dieser ist das heilige Tetragramm, das kein Mensch aussprechen darf – wenn ich die Bibel recht verstanden habe –, mit Ausnahme des Hohepriesters, ein einziges Mal im Jahr, am Versöhnungstag im Allerheiligsten. Was mußte geschehen, wenn auf Geheiß Sabbatais Tausende auf der ganzen Welt den unaussprechlichen Namen laut auszusprechen begannen? Wäre der Himmel darüber nicht erzürnt, in dem Maße, daß er die Erde und die, die sie bevölkern, vernichtet?

Esfahani, mit dem ich mich heute lange unterhalten habe, sieht die Dinge keineswegs in gleicher Weise. Wenn der unaussprechliche Name von den Menschen ausgesprochen wird, dann ist es für ihn nicht, um sich den Plänen Gottes zu widersetzen, sondern im Gegenteil, um ihre Erfüllung voranzutreiben, um das Ende der Zeiten voranzutreiben, um die Erlösung voranzutreiben. Und mir scheint, daß es ihn keinesfalls stört, daß der sogenannte Messias aus Smyrna diesen weltumspannenden Verstoß empfiehlt.

Ich fragte ihn alsdann, ob seiner Ansicht nach jenes Tetragramm, welches Moses offenbart worden war, nicht das gleiche sein konnte wie der hundertste Name Allahs, den gewisse Exegeten des Koran suchten. Meine Frage gefiel ihm so sehr, daß er mir seine rechte Hand auf die Schulter legte, um mit mir zusammen ein paar Schritte zu machen, ja, mich fast vorwärtsschob, und diese vertraute Geste ließ mich erröten.

»Es ist ein Vergnügen«, sagte er mit einer gewissen Erregung in der Stimme, »es ist ein Vergnügen, in der Gesellschaft eines Gelehrten zu reisen.«

Ich hütete mich wohl davor, ihn über seinen Irrtum aufzuklären, obschon ein Gelehrter in meinen Augen ein Mann war, der auf eine solche Frage antworten konnte, und nicht einer, der sie stellte.

»Kommt! Folgt mir!«

Er führte mich in ein winziges Zimmer, das er »meine geheime Kammer« nannte. Ich nehme an, daß dieser Ort, bevor jener Mensch das Schiff betreten hatte, niemals einen Namen getragen hatte, weder ›Kammer‹ noch ›Zimmer‹ noch ›Hütte‹, sondern nur ein unbestimmter Ort war, an dem man ein paar aufgeschlitzte Taschen abstellen konnte. Doch die Trennwände aus Holz sind jetzt mit Wandbehängen bespannt, der Boden ist mit einem kleinen Teppich von geeigneter Größe bedeckt, die Luft ist weihrauchgetränkt. Wir setzten uns auf zwei dicken Kissen einander gegenüber. An der Decke hing eine Öllampe. Man brachte uns Kaffee und Backwerk, welches auf die Truhe zu meiner Linken gestellt wurde. Auf der anderen Seite befand sich eine große unregelmäßige Öffnung, die den Blick auf den blauen Horizont freigab. Ich hatte das süße Gefühl, in das Zimmer meiner Kindheit in Gibelet im Angesicht des Meers zurückgekehrt zu sein.

»Hat Gott einen verborgenen hundertsten Namen, der sich zu den neunundneunzig bekannten fügt? Wenn dem so ist, wie lautet er? Ist es ein hebräischer Name? Ein syrischer? Ein arabischer? Wie sollte man ihn erkennen, wenn man ihm in einem Buch begegnen würde oder ihn hörte? Wem war er bekannt?

Und welche Macht verlieh der Name jenen, die ihn kannten?«

Mein Freund hatte die Fragen ohne Eile nacheinander gestellt. Er schaute mich mitunter an, doch meist war sein Blick dem Meer zugewandt. Ich studierte also in aller Ruhe sein Adlerprofil und seine geschminkten Augenbrauen.

»Seit dem Anbeginn des Islam streiten die Weisen über eine Verszeile des Koran, die dreimal in ähnlichem Wortlaut vorkommt und verschieden gedeutet wird.« Esfahani zitierte sie und sprach alle Silben sorgfältig aus: »fa sabbih bismi rabbika-l-azîm«, was in unsere Sprache übersetzt werden könnte mit: »Ehre den Namen deines Herrn, welcher der Größte ist.«

Die Mehrdeutigkeit rührt daher, daß sich bei der Anordnung des arabischen Satzes das Epitheton »l-azîm«, »der Größte«, sowohl auf den Herrn als auch auf seinen Namen beziehen konnte. Im ersten Falle wäre dieser Vers nur eine ziemlich gewöhnlich Ermahnung, den Namen des Herrn zu ehren. Ist jedoch die zweite Deutung die richtige, könnte der Vers verstanden werden, als wolle er sagen: »Ehre deinen Herr mit seinem größten Namen«, was vermuten ließe, daß es unter den verschiedenen Namen Gottes einen höchsten, einen erhabeneren Namen gebe als alle anderen, dessen Anrufung besondere Kräfte verleihe.

»Der Streit dauert seit mehreren Jahrhunderten an, da die Verfechter einer jeden Deutung im Koran oder in den verschiedenen Äußerungen, die dem Propheten zugeschrieben werden, etwas zu finden meinen, was ihre These stützt und die der anderen entkräftet, als von einem Gelehrten aus Bagdad, bekannt unter dem Namen Mazandarani, ein neues Argument, ein schlagkräftiges Argument vorgebracht wurde. Ich will nicht sagen, daß er alle Welt überzeugt hat, die Leute beharren auch heute noch auf ihren unterschiedlichen Positionen, um so mehr, als dieser Mann nicht ganz unbescholten war; man behauptete, er betreibe Alchimie, schreibe in magischen Schriften und pflege verschiedene okkulte Wissenschaften. Doch hatte er zahlreiche Jünger, und sein Haus war niemals leer, heißt es.

Auch hat sein Argument die Gewißheit ins Wanken gebracht und den Appetit der Gelehrten wie den der Laien geweckt.«

›Dem Prinzen‹ zufolge ließe sich das Argument Mazandaranis wie folgt zusammenfassen: Wenn der betreffende Vers auf zweierlei Weise verstanden werden kann, dann, weil Gott – welcher für die Muselmanen der Autor des Koran ist – diese Zweideutigkeit gewünscht hat.

»Tatsächlich«, beharrte Esfahani, ohne indes deutlich zu verstehen zu geben, daß er diese Ansicht teilte, »wenn Gott entschieden hat, diese Formulierung zu wählen und keine andere, und er sie dreimal wiederholt hat in nahezu identischem Wortlaut, so kann es wahrhaftig nicht aus Irrtum oder Ungeschicklichkeit, noch aus Nachlässigkeit oder Unkenntnis der Sprache geschehen sein – diese Hypothesen sind undenkbar, wenn es sich um Ihn handelt. Wenn Er so gesprochen hat, dann, weil Er es so wollte!

Nachdem er auf diese Weise gewissermaßen den Zweifel in Gewißheit und die Dunkelheit in Klarheit verwandelt hatte, fragte sich Mazandarani: Wieso hat Gott diese Zweideutigkeit gewollt? Warum hat Er Seinen Geschöpfen nicht klar gesagt, daß es den höchsten Namen nicht gibt? Und er hat geantwortet: Wenn der Schöpfer beschlossen hat, sich hinsichtlich des höchsten Namens uneindeutig auszudrücken, dann ganz offensichtlich nicht, um uns zu täuschen oder in die Irre zu führen – derlei Absichten von Seiner Hand sind, wie schon gesagt, undenkbar. Er hat uns nicht glauben lassen wollen, daß der höchste Name existiert, wenn es ihn nicht gibt! Folglich muß es den höchsten Namen wirklich geben, und wenn der Allerhöchste ihn uns nicht ausdrücklich nennt, dann weil Seine unendliche Weisheit Ihm auferlegt, den Weg nur den Menschen zu zeigen, die ihn verdienen. Bei der Lektüre des genannten Verses – Ehre den Namen deines Herrn, welcher der Größte ist – ebenso wie bei der Lektüre zahlreicher anderer Koranverse werden die meisten davon überzeugt sein, verstanden zu haben, was es zu verstehen gibt, und nur die Auserwählten, die Eingeweihten können sich durch die heimliche Tür schleichen, die Er ihnen geöffnet hat.

Nachdem er hinlänglich erklärt hatte und ohne auch nur den Schatten eines Zweifels zu hinterlassen, daß der hundertste Name existiert und daß Gott uns nicht verbietet, nach ihm zu suchen, hat Mazandarani seinen Jüngern versprochen, in einem Buch aufzuschreiben, wie der Name nicht lautet und wie er lautet.«

»Und hat er dieses Buch geschrieben?« fragte ich ein wenig beschämt.

»Auch in diesem Punkt gehen die Meinungen auseinander. Manche behaupten, er habe es niemals geschrieben, andere sagen, daß er es geschrieben hat und daß es den Titel trägt *Das Buch des Hundertsten Namens* oder *Abhandlung über den Hundertsten Namen* oder *Die Enthüllung des verborgenen Namens.*«

»In meinem Laden habe ich ein Buch gesehen, das diesen Titel trug, aber ich habe nie erfahren, ob es aus der Feder Mazandaranis stammte.« – Das war wohl das, was ich mit dem besten Gewissen sagen konnte, ohne allzu großen Verrat an mir zu begehen.

»Habt Ihr es noch?«

»Nein. Noch bevor ich es lesen konnte, hat ein Gesandter des französischen Königs darum gebeten, und ich habe es ihm gegeben.«

»An Eurer Stelle hätte ich das Buch nicht weggegeben, nicht, ohne es vorher gelesen zu haben. Doch grämt Euch nicht, es war gewiß eine Fälschung ...«

Ich denke, ziemlich wortgetreu die Äußerungen Esfahanis wiedergegeben zu haben, zumindest das Wesentliche, denn wir haben uns drei lange Stunden miteinander unterhalten.

Er hat sehr offen mit mir gesprochen, glaube ich, und ich beabsichtige, bei unseren nächsten Begegnungen mit der gleichen Aufrichtigkeit zu ihm zu sprechen. Nicht ohne ihn weiter zu befragen, denn er weiß, dessen bin ich gewiß, unendlich viel mehr, als er mir erzählt hat.

Am 21. Mai

Welch trostloser Tag.

Sosehr mir der gestrige Tag Freude und Kenntnisse beschert hat, so sehr beschert mir dieser Enttäuschungen und Anlaß zur Verärgerung.

Beim Aufwachen bereits war mir ein wenig übel. Eine Rückkehr der Seekrankheit, hervorgerufen durch die Schiffsbewegungen, vielleicht hatte ich aber auch am Vorabend den persischen Leckereien mit Pinien, Pistazien, Kichererbsen und Kardamom zu sehr zugesprochen.

Da ich mich nicht allzu wohl fühlte und auch keinerlei Appetit verspürte, beschloß ich, den Tag über in meinem engen Quartier zu bleiben, Diät zu halten und zu lesen.

Gerne hätte ich die Unterhaltung mit ›dem Prinzen‹ fortgesetzt, aber ich war nicht in der Verfassung, mich irgend jemandem zu zeigen. Um mich zu trösten, sagte ich mir, daß es vielleicht besser wäre, ich würde mich weniger aufdringlich, weniger neugierig zeigen, damit es nicht so aussah, als wollte ich ihm die Würmer aus der Nase ziehen.

Als ich am frühen Nachmittag, zur Stunde der allgemeinen Mittagsruhe, beschloß, einen Spaziergang zu machen, war die Brücke tatsächlich menschenleer. Doch plötzlich erblickte ich wenige Schritte vor mir den Kapitän, der an der Reling lehnte und in seine Gedanken vertieft schien. Obwohl ich keinerlei Drang verspürte, mit ihm zu reden, wollte ich auch nicht den Eindruck erwecken, ihn zu fliehen. Folglich setzte ich meinen Spaziergang im gleichen Tempo fort und grüßte ihn höflich, als ich auf gleicher Höhe mit ihm war. Er grüßte zurück, jedoch mit geistesabwesendem Blick. Um die Stille nicht allzulange auszudehnen, fragte ich ihn, wann und in welchem Hafen wir anlegen würden.

Es war dies, wie mir schien, die gewöhnlichste Frage, die ein Passagier einem Kapitän stellen kann. Doch besagter Centurione wandte sich mir mit mißtrauischem Gesichtsausdruck zu.

»Wieso diese Frage? Was sucht Ihr herauszufinden?«

Warum, zum Teufel, möchte ein Reisender wissen, wohin das Schiff fährt, auf dem er sich befindet? Aber ich behielt mein Lächeln auf den Lippen und erklärte ihm, mich nahezu entschuldigend:

»Es ist nur, daß ich bei unserem letzten Halt nicht ausreichend Lebensmittel gekauft habe, gewisse Dinge gehen mir allmählich aus ...«

»Das war ein Fehler! Ein Reisender muß stets vorausschauend handeln.«

Um ein Haar wäre er handgreiflich geworden. Ich nahm alles zusammen, was mir an Geduld und Höflichkeit noch blieb, murmelte einen Abschiedsgruß und zog mich zurück.

Eine Stunde später schickte er mir über Maurizio eine Suppe.

Auch wenn ich bei guter Gesundheit gewesen wäre, hätte ich sie nicht angerührt. Um so weniger heute, wo mein Magen empfindlich war.

Während ich dem jungen Matrosen auftrug, ihm meinen Dank zu übermitteln, ließ ich über den Kapitän ein paar sarkastische Bemerkungen fallen, die deutlich zu hören waren. Doch Maurizio tat so, als habe er nichts gehört, und mir blieb nichts anderes übrig, als so zu tun, als hätte ich nichts gesagt.

So ist mein Tag verlaufen, und jetzt sitze ich vor dieser Seite, meine Feder in der Hand und mit Tränen in den Augen. Plötzlich vermisse ich alles. Den festen Boden unter den Füßen, Gibelet, Smyrna, Genua, Marta und Gregorio.

Trostlos dieser Tag, trostlos.

Am 24. Mai

Im Hafen von Tanger, welches sich jenseits von Gibraltar und den Säulen des Herkules befindet und seit kurzem zur Krone Englands gehört – was ich bis heute morgen nicht wußte, wie ich zugeben muß, haben wir den Anker gesetzt. Wohl hat es zwei Jahrhunderte lang zu Portugal gehört, welches Tanger mit starker Hand erobert hatte, doch als die Infantin Catarina de Bragança vor vier oder fünf Jahren mit König Karl vermählt wurde, hatte sie als Mitgift zwei Ländereien mit in die Ehe gebracht, diese hier und Bombay in Indien. Es heißt, daß es den englischen Offizieren, die hierher geschickt worden waren, nicht gefiel und daß sie sich abfällig über das in ihren Augen wertlose Geschenk äußerten.

Dennoch erschien mir die Stadt sehr gepflegt, ihre Hauptstraßen sind breit und gerade und gesäumt von solide gebauten Häusern. Auch habe ich Orangen- und Zitronenfelder gesehen, die einen Duft ausstrahlen, der zu Kopfe steigt. Hier herrscht eine liebliche Atmosphäre, die von der Nähe zum Mittelmeer, zum Atlantik, zur Wüste, die nicht weit ist, und zum Atlasgebirge herrührt. Kein anderer Landstrich, wie mir scheint, liegt in gleicher Weise an der Kreuzung jener vier verschiedenen Landschaften. In meinen Augen handelt es sich hier um ein Stück Land, das zu besitzen sich jeder König glücklich schätzen würde. Bei meinem Spaziergang bin ich einem alten portugiesischen Bürger begegnet, der in dieser Stadt geboren ist und sich geweigert hat, sie mit den Soldaten seines Königs zu verlassen. Er heißt Sebastião Magalhães. (War er vielleicht gar ein Nachfahre des berühmten Seefahrers? Nein, dies hätte er mir gewiß erzählt …) Er ist es, der mir berichtet hat, was man sich hier zuflüstert, und er zeigte sich überzeugt, daß der Spott der englischen Offiziere einzig daher rührte, daß die Gemahlin des Herrschers ›Papistin‹ war. Manche behaupten gar, der Papst selbst habe die Hochzeit unter der Hand begünstigt, um England in den Schoß der Kirche zurückzuholen.

Will man indes meinem Gesprächspartner Glauben schenken, erklärt sich die Verbindung anders: Portugal führt einen dauernden Krieg gegen Spanien, welches seinerseits nicht davor zurückschreckt, es zurückzuerobern, und Portugal sucht sich mit den Feinden seines Feindes zu verbünden.

Ich hatte mir vorgenommen, meine beiden Freunde, den persischen und den venezianischen, bei unserem ersten Halt fürstlich einzuladen, da ich nicht die Möglichkeit besaß, sie an Bord zu bewirten. Ich überlegte, mich nach den besten Speisewirtschaften dieses Ortes zu erkundigen, und als mir das Glück beschieden war, Sebastião Magalhães kennenzulernen, bat ich ihn um Rat. Er erwiderte sogleich, daß ich bei ihm herzlich willkommen wäre. Ich dankte ihm dafür und erklärte ihm ehrlich, daß ich mehrere Einladungen zu geben hätte und daß ich in Verlegenheit wäre, wenn ich wieder an Bord ginge, ohne die Schuld meinen Freunden gegenüber beglichen zu haben. Doch er wollte nichts davon hören.

»Hättet Ihr Euren Bruder in dieser Stadt, hättet Ihr sie nicht mit an seine Tafel geladen? Betrachtet die Situation als solche, und seid gewiß, daß wir uns in meiner Bibliothek weit besser unter Freunden unterhalten können als in irgendeiner Taverne am Hafen.«

Am 25. Mai

Gestern abend konnte ich die Feder nicht mehr aufnehmen. Bei der Rückkehr von Magalhães war es dunkel gewesen, und ich hatte zuviel gegessen und getrunken, um mich zum Schreiben hinzusetzen.

Unser Gastgeber hatte gar darauf beharrt, daß wir die Nacht bei ihm verbrachten, was nach so vielen Nächten auf schaukelnden Betten eine verlockende Aussicht war. Doch ich fürchtete, der Kapitän könne beschließen, vor Tagesanbruch aufzubrechen, und zog es vor, mich zu verabschieden.

Inzwischen ist Mittagszeit, und unser Schiff liegt noch immer am Kai. Alles wirkt so friedlich um uns herum. Mir scheint, wir sind mitnichten dabei, abzulegen.

Der gestrige Abend war sehr angenehm verlaufen, doch hatte es zwischen uns keine gemeinsame Sprache gegeben, was unserer

Zusammenkunft einen Teil ihres Reizes genommen hat. Selbstverständlich hatte Pater Ange seinen Herrn begleitet, um ihm als Übersetzer zu dienen, doch er war seiner Aufgabe nur sehr unzureichend nachgekommen. Bald speiste er gerade, bald hatte er nicht hingehört und bat darum, daß das Gesagte wiederholt wurde, und bald übersetzte er in zwei Worten eine lange Ausführung, sei es, daß er sich nicht alles hatte merken können, sei es, daß ihm gewisse Dinge, die gesagt wurden, nicht paßten.

So wollte sich zu einem bestimmten Zeitpunkt Esfahani, der großes Interesse für Moskau gezeigt hatte und für alles, was der Venezianer von seinen Leuten und ihren Sitten berichtet hatte, über die religiösen Unterschiede erkundigen, die zwischen den Orthodoxen und den Katholiken bestanden. Girolamo erzählte alles, was der Patriarch von Moskau dem Papst vorwarf. Pater Ange mißfiel es jedoch, derlei Dinge zu wiederholen, und als Durrazzi gar sagte, daß es den Moskowitern wie den Engländern beliebte, den Heiligen Vater »Antichrist« zu nennen, färbte sich das Gesicht des Paters hochrot, er warf sein Messer auf den Tisch und herrschte den Venezianer mit bebenden Lippen an: »Ihr tätet gut daran, das Persische zu erlernen, um diese Dinge selbst sagen zu können, ich ziehe es vor, weder meinen Mund noch das Ohr des Prinzen zu besudeln.«

Die Wut hatte Pater Ange französisch sprechen lassen, doch alle Anwesenden, gleich welcher Sprache, hatten das Wort ›Prinz‹ verstanden. Der Geistliche konnte sich noch so sehr bemühen, seine Worte zurückzunehmen, das Unglück war geschehen. Ich weiß nicht, ob derjenige einen ähnlichen Vorfall im Geiste hatte, der einst von »traduttore, traditore«, »Übersetzer, Verräter« gesprochen hat.

So weiß ich nach einem Monat auf See endlich, daß Esfahani wirklich ein Prinz ist. Bevor wir in London an Land gehen, werde ich vielleicht wissen, wer genau er ist und aus welchem Grund er diese Reise macht.

Gestern abend bei Tisch, als wir einmal mehr von der Abtretung Tangers durch die Portugiesen sprachen, neigte er sich zu mir und bat mich, ihn irgendwann über die gegenseitigen Vorlieben und Feindschaften zwischen den verschiedenen christlichen Nationen aufzuklären. Ich versprach, ihm das wenige zu erzählen, was ich wußte. Und als eine Art Vorwort erklärte ich ihm, halb scherzend, daß, wolle man auch nur das Geringste begreifen von dem, was um uns herum geschah, so müsse man sich vor Augen halten, daß die Engländer die Spanier verabscheuten, die Spanier die Engländer, daß die Holländer beide verabscheuten und die Franzosen schließlich alle drei …

Plötzlich rief mir Girolamo, der Gott weiß woher verstanden hatte, was ich leise und auf arabisch von mir gegeben hatte, zu: »Sage ihm auch, daß die Einwohner Sienas die Florentiner verfluchen, und die Genuesen die Türken den Venezianern vorziehen …«

Ich übersetzte folgsam, bevor ich mit heuchlerischem Nachdruck protestierte.

»Der Beweis dafür, daß wir keinerlei Ressentiments gegenüber Venedig hegen, ist doch der, daß wir beide, du und ich, uns wie Freunde unterhalten.«

»Jetzt, ja, jetzt unterhalten wir uns wie Freunde. Doch zu Beginn hast du dich jedesmal, wenn du mich gegrüßt hast, umgesehen, um dich zu vergewissern, daß kein anderer Genuese dich beobachtet.«

Ich leugnete erneut. Doch vielleicht hat er nicht unrecht. Nur, daß ich mich weniger umsah, als vielmehr zum Himmel blickte, wo sich meine Vorfahren, Gott sei ihrer Seele gnädig, angeblich befinden.

Ich habe »Seiner Hoheit« unseren Wortwechsel übersetzt, aber ich weiß nicht, ob er ihn verstanden hat. Doch wahrscheinlich hat er ihn verstanden. Gibt es nicht in der Gegend von Persien auch Genuas, Venedigs, Florenzes und Sienas, Schismatiker und Fanatiker sowie Königreiche und Völker, die sich bekriegen wie unsere Engländer, unsere Spanier und unsere Portugiesen?

Erst am Abend ist die ›Sanctus Dionisius‹ ausgelaufen. Wir hätten die letzte Nacht getrost in den gastlichen Betten verbringen können, die Magalhães uns angeboten hatte. Es wäre eine der erquickendsten Nächte gewesen! Doch es ist nicht recht, daß ich Tanger mit bedauernden Worten auf den Lippen verlasse, ich sollte vielmehr dem Himmel danken für diese unerwartete Begegnung, die diesen Halt erhellt hat. Ich hoffe, daß wir unserem Gastgeber soviel Glück beschert haben wie er uns, und daß unsere Gegenwart seine Schwermut ein wenig gemildert hat. Zu Zeiten der Portugiesen war er eine höchst geachtete Persönlichkeit gewesen. Seit die Engländer diesen Ort eingenommen haben, hat er das Gefühl, sein ganzes Ansehen eingebüßt zu haben. Doch was tun? sagte er zu mir. Er konnte schließlich nicht im Alter von über sechzig Jahren sein Haus und seine Ländereien zurücklassen und anderswo ein neues Leben anfangen. Um so weniger, als die Engländer keine Feinde waren, sondern Verbündete, und ihre Königin Catarina de Brangança hieß.

»Ich befinde mich jetzt im Exil, ohne mein Land verlassen zu haben.«

Das sind Worte, wie ein Genuese aus dem Ausland sie verstehen kann, nicht wahr?

Gesegnet seist du, Sebastião Magalhães, und möge Gott dir Geduld verleihen!

Am 26. Mai

Vielleicht hat die Verrücktheit des Kapitäns doch etwas in sich Stimmiges.

Will man Girolamo Glauben schenken, so hat Centurione sich entschieden, in Tanger anzulegen und alle Häfen der spanischen Küste zu meiden, weil er eine wichtige Ladung nach England befördert, von der er fürchtet, sie könne beschlagnahmt werden. Aus diesem Grunde hält er zur Zeit auf Lissabon zu und beabsichtigt keinerlei Halt mehr, weder in Cádiz noch in Sevilla.

Ich habe weder Durrazzi noch irgendeinem anderen Menschen den Vorfall mit den fliegenden Dämonen erzählt, doch will ich davon ausgehen, daß der Kapitän seine Verrücktheit vortäuscht, um seine herumirrende Fahrt zu vertuschen.

Obwohl ich es mir noch nicht einreden kann, würde ich gern glauben, es sei wahr. Ich ziehe es vor, zu wissen, daß das Schiff von einem teuflisch gerissenen Mann gesteuert wird als von einem Geisteskranken.

Heute hat Prinz Ali Girolamo und mich an seine Tafel geladen. Ich hatte damit gerechnet, daß Pater Ange uns Gesellschaft leisten würde, doch unser Gastgeber erklärte, daß sein Vermittler den Wunsch geäußert habe, den ganzen Tag zu fasten, zu schweigen und sich der Kontemplation zu widmen. Ich glaube vor allem, daß er keine gottlosen Äußerungen übersetzen wollte. So war ich es, dem es zufiel, das Italienische ins Arabische zu übertragen und das Arabische ins Italienische. Ich beherrsche die beiden Sprachen natürlich, und es fällt mir nicht schwer, von der einen in die andere zu wechseln, doch war ich noch nie zuvor gezwungen gewesen, eine ganze Mahlzeit hindurch jedes einzelne Wort zu übersetzen, und ich fand die Aufgabe sehr ermüdend. Ich konnte weder das Essen noch die Unterhaltung genießen.

Zusätzlich zu den Mühen, die mir die Übersetzung bereitete, sah ich mich der gleichen von Durrazzi ausgelösten Peinlichkeit ausgesetzt wie der Pater Ange.

Er gehört zu jenen Menschen, die außerstande sind, die Worte zurückzuhalten, die ihm auf den Lippen liegen. So konnte er sich nicht zurückhalten, von den Plänen des französischen Königs über den Krieg gegen den Sultan zu sprechen und davon, daß der Schah von Persien sich bereit erklärt habe, die Osmanen von hinten anzugreifen. Er wollte nun von unserem Gastgeber wissen, ob eine solche Absprache getroffen worden sei. Ich versuchte, meinen Freund davon abzubringen, eine derart heikle Frage zu stellen, doch er bestand darauf, auf eine Weise, die bereits an Unhöflichkeit grenzte, daß ich sie Wort für Wort übersetzte. Aus übergroßer Höflichkeit oder aus Schwäche kam ich seinem Wunsch nach, und wie ich befürchtet hatte, verweigerte der Prinz die Antwort. Schlimmer noch, er gab sich plötzlich sehr müde und schläfrig, und wir mußten sogleich die Tafel verlassen.

Ich habe das Gefühl, gedemütigt worden zu sein und mit einem Schlage zwei Freunde verloren zu haben.

Heute abend fragte ich mich, ob mein Vater nicht doch recht damit gehabt hatte, die Venezianer zu verabscheuen, sie arrogant und arglistig zu schimpfen und hinzuzufügen – vor allem, wenn er weitere italienische Besucher bei sich hatte –, daß sie sich dann am wenigsten versteckten, wenn sie ihre Masken trugen!

Am 27. Mai

Als ich heute morgen die Augen aufschlug, stand eines der ›Raubtiere‹ des Prinzen vor mir. Ich muß einen Schreckensschrei ausgestoßen haben, doch der Mann rührte sich nicht. Er wartete, bis ich mich aufgesetzt und mir die Augen gerieben hatte, um mir eine Nachricht von seinem Herrn hinzustrecken, der mich einlud, den Kaffee bei ihm einzunehmen.

Ich hatte gehofft, daß er mir noch einmal von dem *Hundertsten Namen* erzählen würde, doch ich begriff alsbald, daß er allein meinen womöglich gestern gewonnenen Eindruck vertreiben wollte, als er uns vor die Tür gesetzt hatte.

Indem er mich ohne Girolamo einlud, wollte er den Unterschied herausstellen.

Ich werde es künftig unterlassen, die beiden zusammenzubringen …

Am 1. Juni

Soeben erinnere ich mich wieder an die Weissagung Sabbatais, der zufolge die Zeit der Erlösung im Monat Juni ihren Anfang nehmen sollte, in den wir mit dem heutigen Tag eintreten. An welchem Tag im Juni? Ich weiß es nicht. Bruder Egidio hatte mir von dieser Weissagung berichtet, und ich glaube nicht, daß er das Datum näher benannt hat.

Ich habe die betreffende Seite noch einmal gelesen, die vom 10. April, und habe festgestellt, daß ich von der Weissagung nichts geschrieben habe. Dennoch erinnere ich mich, davon gehört zu haben. Vielleicht war es an einem anderen Tag.

Jetzt erinnere ich mich wieder, es war in Smyrna gewesen, kurz nach meiner Ankunft in jener Stadt. Ja, ich bin meiner Sache sicher, obschon ich sie nicht überprüfen kann, da ich mein Heft nicht mehr besitze …

Durrazzi hatte noch nicht davon gehört, daß uns das Ende der Welt im Juni bevorstehe. Er lacht darüber wie über den 1. September der erleuchteten Moskowiter.

»Für mich kommt das Ende der Welt, wenn ich ins Meer falle«, sagt er respektlos.

Einmal mehr frage ich mich, ob es sich um Weisheit handelt oder um Blindheit …

In Lissabon, am 3. Juni

Nach acht Tagen auf See ist die ›Sanctus Dionisius‹ heute mittag auf der Reede von Lissabon vor Anker gegangen. Und kaum waren wir angekommen, erlebte ich eine große Enttäuschung, die um ein Haar zu einer Katastrophe geworden wäre. Ich habe keinen Fehler begangen, es sei denn, nicht zu wissen, was andere bereits wußten. Doch es gibt keinen größeren Fehler als die Unwissenheit …

Kurz bevor wir an Land gingen und während ich mich gerade als erstes zu Senhor Cristoforo Gabbiano aufmachte, dem ich den Brief übergeben mußte, den Gregorio mir mitgegeben hatte, ließ Esfahani mir in seiner schönen Schrift eine Nachricht zukommen und bat mich, ihn in seinen Gemächern aufzusuchen. Er war wütend über Pater Ange, dem er fehlende Ehrerbietung ihm gegenüber, Engstirnigkeit und Undankbarkeit vorwarf. Wenig später sah ich den Geistlichen erzürnt mit seinen Sachen aus einer Kajüte kommen. Der Grund ihres Streits war, daß der Prinz einen portugiesischen Jesuiten aufsuchen wollte, von dem er mir im Verlauf der Reise bereits erzählt hatte, einen Pater Vieira, der gewisse Weissagungen im Zusammenhang mit dem Ende der Welt gemacht haben soll, und gewisse andere, die vom baldigen Zusammenbruch des Osmanischen Reiches künden. Seit er vor wenigen Monaten von der Existenz dieses Paters erfahren hatte, hatte sich der Perser vorgenommen, ihn unbedingt aufzusuchen, sollte er je nach Lissabon kommen, und ihn näher zu seinen Vorhersagen zu befragen, die ihn im höchsten Maße interessierten. Doch als er Pater Ange einlud, ihn bei diesem Besuch zu begleiten und ihm als Übersetzer zu dienen, begehrte der Geistliche auf, behauptete, jener Jesuit sei ein Ketzer, ein Gottloser, der aus Hochmut gesündigt habe, indem er vorgab, die Zukunft zu kennen, und weigerte sich, ihn zu sehen. Da der Prinz den Geistlichen nicht dazu bewegen konnte, seine Haltung zu ändern, hoffte er, ich könnte ihn ersetzen. Aus meiner Sicht sprach nichts dagegen, ganz im Gegenteil. Ich war ebenso begierig wie er, zu erfahren, was uns der Mann sagen konnte. Sowohl über das Ende der Zeiten wie auch über das Schicksal des Reiches in dem Land, wo ich lebte. Ich beeilte mich also einzuwilligen und nutzte die Freude, die ich Esfahani auf diese Weise gemacht hatte, um ihm das Versprechen abzunehmen, er möge dem Pater Ange nichts nachtragen, der es sich schuldig war, seinem Glauben zu gehorchen und den Gelübden, die er abgelegt hatte, und er möge in seiner Haltung eher den Beweis für eine strenge Pflichttreue sehen als den für einen Verrat.

Kaum waren wir an Land gegangen, liefen wir, der Prinz, seine ›Raubtiere‹ und ich auf eine große Kirche im Hafenviertel zu, vor der ich einem jungen Seminaristen begegnete, den ich fragte, ob er zufällig Pater Vieira kenne und ob er mir sagen könnte, wo sich dieser aufhielt. Sein Blick verdüsterte sich ein wenig, doch er forderte mich auf, ihm zum Pfarrhaus zu folgen. Was ich tat, während der Prinz und seine Männer draußen warteten.

Sobald ich eingetreten war, bat mich der Seminarist, Platz zu nehmen, und versprach, einen Superior zu suchen, der mir besser Auskunft geben könne. Er entfernte sich einige Minuten und kam zurück, um mir mitzuteilen, daß »der Vikar« bald käme. Ich wartete und wartete und fing an, ungeduldig zu werden, um so mehr als der Prinz noch immer auf der Straße stand. Irgendwann konnte ich nicht mehr an mich halten, ich stand auf und öffnete die Tür, durch die der junge Mann den Raum verlassen hatte. Da stand er, beobachtete mich durch einen Spalt und fuhr zusammen wie ein Verurteilter, als er mich erblickte.

»Vielleicht bin ich in einem Augenblick gekommen, der Euch nicht gelegen ist«, sagte ich höflich zu ihm. »Wenn Ihr wollt, komme ich morgen wieder. Unser Schiff ist soeben erst eingetroffen, und wir werden bis Sonntag in Lissabon bleiben.«

»Seid Ihr Freunde des Paters Vieira?«

»Nein, wir kennen ihn noch nicht, doch wir haben von seinen Schriften gehört.«

»Habt Ihr sie gelesen?«

»Leider nein, noch nicht.«

»Wißt Ihr, wo er sich im Augenblick aufhält?«

Ich fing an, mich über ihn zu ärgern, und sagte mir, daß ich gewiß auf einen geistig Armen getroffen war.

»Wenn ich wüßte, wo Pater Vieira sich aufhält, wäre ich nicht hergekommen, um nach ihm zu fragen!«

»Er befindet sich im Gefängnis, auf Befehl des Heiligen Offiziums!«

Mein Gesprächspartner begann, mir zu erklären, aus welchen

Gründen der Jesuit auf Befehl der Inquisition festgenommen worden war, doch ich gab vor, es eilig zu haben, verließ das Gebäude so schnell wie möglich und bat Esfahani und seine Männer, sich rasch zu entfernen, ohne sich umzusehen. Ich könnte nicht genau sagen, wovor ich eigentlich Angst hatte. Obschon davon überzeugt, daß man mir nichts vorwerfen konnte, verspürte ich alles andere als den Wunsch, bereits am Tag meiner Ankunft in dieser Stadt, vor einem Vikar, einem Bischof, einem Richter oder irgendeinem anderen Repräsentanten der Obrigkeit erscheinen zu müssen, und auf gar keinen Fall vor dem Heiligen Offizium!

Als ich Durrazzi nach unserer Rückkehr berichtete, was uns zugestoßen war, sagte er mir, er habe gewußt, daß die Inquisition Vieira verurteilt hatte und er sich seit vergangenem Jahr im Gefängnis befand.

»Du hättest mir sagen sollen, daß du diesen Priester treffen wolltest, dann hätte ich dich gewarnt. Wenn du mir gegenüber genauso gesprächig wärst wie ich dir gegenüber, hättest du dir diese Enttäuschung erspart!« wies er mich zurecht.

Sicher. Doch hätte ich womöglich tausend andere erlebt.

Des weiteren – und um einmal die guten Seiten der Reise anzuführen – habe ich mich heute abend nach den besten Speisewirtschaften in Lissabon erkundigt, um morgen abend meine Freunde zum Essen einladen zu können, was ich während unseres Aufenthaltes in Tanger nicht hatte erledigen können. Man hat mir eine Taverne mit sehr gutem Ruf empfohlen, in der man Fisch mit Gewürzen aus allen Teilen der Welt zubereitet. Ich hatte mir vorgenommen, den Perser und den Venezianer nicht mehr zusammenzuführen, doch im Augenblick weiß der Prinz zwischen Girolamo und mir zu unterscheiden, und ich muß meine Voreingenommenheit und meine Empfindlichkeit außer acht lassen. Es sind unserer nicht so viele auf dem Schiff, daß wir unter Edelmännern plaudern könnten!

Auf See, am 4. Juni 1666

Heute morgen habe ich zu früher Stunde Senhor Gabbiano aufgesucht, und dieser Besuch, der kurz, höflich und im Grunde nebensächlich hätte sein sollen, hat den Verlauf meiner Reise verändert – desgleichen den meiner Gefährten.

Ich habe seine Adresse ohne Schwierigkeiten gefunden, da sich seine Geschäftsräume in Hafennähe befinden. Er hat einen mailändischen Vater und eine portugiesische Mutter und lebt seit mehr als dreißig Jahren in Lissabon, wo er sich neben seinen eigenen Geschäften um die Interessen zahlreicher Händler jedweder Herkunft kümmert. Als Gregorio mir von ihm erzählt hat, hatte ich den Eindruck, er sei ein Vertreter, der in Gregorios Diensten steht, fast sein Diener. Doch womöglich hatte ich seine Worte falsch gedeutet. Der Mann scheint jedenfalls ein wohlhabender Reeder zu sein, und seine Geschäftsräume erstrecken sich über ein ganzes Gebäude von vier Stockwerken, in dem ständig etwa sechzig Personen eifrig arbeiten. Die Hitze war erdrückend, trotz der frühen Stunde, und Gabbiano ließ sich von einer Mulattin, die hinter ihm stand, Luft zufächeln. Und da dies offenkundig nicht ausreichte, bewegte er von Zeit zu Zeit die Seiten, die er las, um sein Gesicht zu erfrischen.

Obwohl er von fünf weiteren Besuchern bedrängt wurde, die alle gleichzeitig auf ihn einredeten, zeigte er eifriges Interesse bei der Erwähnung meines Namens und des Namens von Mangiavacca und riß den Brief unverzüglich auf, um ihn schweigend und stirnrunzelnd zu lesen. Er rief sogleich einen Sekretär herbei, flüsterte ihm mit ernsthafter Miene etwas ins Ohr und entschuldigte sich bei mir, daß er sich einen Augenblick um die anderen kümmern müßte. Der Untergebene entfernte sich für ein paar Minuten und kam sodann mit einer beträchtlichen Geldsumme zurück – nahezu zweitausend Gulden.

Als er die Überraschung auf meinem Gesicht sah, reichte Gabbiano mir den Brief, den ich bereits versiegelt erhalten hatte. Neben den üblichen Wendungen bat Gregorio ihn nur, meinen Händen die genannte Summe anzuvertrauen, die ich für ihn nach Genua bringen sollte.

Was führt mein vermeintlicher ›Schwiegervater‹ im Schilde? Will er mich zwingen, nach meinem Aufenthalt in London wieder bei ihm vorbeizukommen? Gewiß. Derlei Überlegungen sahen ihm ähnlich!

Ich versuchte, meinem Gegenüber zu erklären, daß ich zögerte, eine dermaßen große Summe bei mir zu tragen, um so mehr als ich keineswegs die Absicht hatte, nach Genua zurückzukehren. Doch er wollte davon nichts hören. Er schuldete Gregorio in der Tat diesen Betrag, und da dieser danach verlangte, war es keine Frage, ihm das Geld zu übergeben. Danach gab er mir zu verstehen, daß es mir freigestellt sei, nach Genua zurückzukehren oder andere Mittel und Wege zu finden, um das Geld seinem Adressaten zukommen zu lassen.

»Ich kenne auf dem Schiff keinen einzigen sicheren Ort …«

In aller Höflichkeit schenkte mir der Mann ein etwas nervöses Lächeln und deutete auf die vielen Leute um uns herum, die ungeduldig warteten, was heißen sollte, daß er zusätzlich zu seinen eigenen Problemen sich nicht auch noch mit meinen abgeben konnte!

Ich steckte den schweren Beutel in eine Tasche aus Segeltuch. Sodann erhob ich mich ergeben und besorgt und sagte zu ihm, als redete ich mit mir selbst: »Soll ich denn das ganze Geld bis nach London mitnehmen!«

Dieser letzte Pfeil, den ich blind abgeschossen hatte, traf ins Schwarze.

»Nach London, sagt Ihr? Nein, glaubt mir, das wäre dumm, geht nicht nach London! Ich habe soeben aus sicherer Quelle Nachricht erhalten, wonach mehrere Schiffe, die auf der Fahrt nach England waren, von den Holländern angehalten und durchsucht worden seien. Außerdem findet eine große Seeschlacht statt, auf Eurer Route. Es wäre verrückt, sich jetzt auf den Weg zu machen.«

»Der Kapitän will am Sonntag auslaufen, also übermorgen.«

»Das ist viel zu früh! Bestellt ihm von mir, daß er es lassen soll. Er würde sein Schiff in Gefahr bringen. Oder sagt ihm lieber, er soll mich unbedingt heute nachmittag aufsuchen, damit ich ihm die Lage schildere. Wie heißt Euer Kapitän?«

»Er heißt Centurione, glaube ich. Kapitän Centurione.«

Gabbianos Gesichtsausdruck ließ erkennen, daß er ihn nicht kannte. Es fehlte nicht viel und ich hätte ihn beiseite genommen und ihm von der Verrücktheit des Kapitäns erzählt, aber ich hatte das Gefühl, dies wäre ungeschickt. Die Umstehenden wurden ungeduldig und warfen mir gereizte Blicke zu. Was ich zu sagen hatte, war heikel, und wenn dieser Mann persönlich mit Centurione sprechen sollte, würde er zweifellos selbst erkennen, was ich ihm zu sagen wünschte.

Folglich eilte ich zum Schiff und begab mich direkt in das Quartier des Kapitäns. Er war allein, in Gedanken versunken oder im stummen Gespräch mit seinen Dämonen. Er bat mich höflich, ihm gegenüber Platz zu nehmen, und drehte mir mit der Langsamkeit eines großen Gelehrten den Kopf zu.

»Was ist passiert?«

Während ich ihm mitteilte, was ich erfahren hatte, schien er aufmerksam zu lauschen. Und nachdem ich ihm gesagt hatte, daß Senhor Gabbiano ihn persönlich zu sprechen wünschte, um ihn über die Umstände in Kenntnis zu setzen, die die Reise nach London gefährlich machten, wurden Centuriones Augen kugelrund. Er erhob sich, tätschelte mir die Schulter und bat mich, sitzen zu bleiben und auf ihn zu warten, denn er müsse sich kurz entfernen, um seinen Männern ein paar Befehle zu erteilen, bevor wir gemeinsam jenen Gabbiano aufsuchen könnten.

Kurze Zeit später, während ich noch auf ihn wartete, stürmte der Kapitän in sein Quartier, um mir zu versichern, daß er dabei sei, Vorkehrungen zu treffen, damit wir bald aufbrechen konnten. Ich war überzeugt davon, er wolle damit sagen, »damit wir, er und ich, zu Gabbiano aufbrechen konnten«. Ich hatte ihn falsch verstanden, oder aber er hat mich hereingelegt. Was er während seiner Abwesenheit veranlaßt hatte, war, seinen Männern zu befehlen, daß sie die Haltetaue losmachten und die Segel setzten, um Lissabon so bald als möglich zu verlassen.

Dieses Mal informierte er mich unmißverständlich: »Wir stechen in See!«

Wie ein Verrückter sprang ich auf. Doch der andere bat mich ruhig, wieder Platz zu nehmen, damit er mir die Wahrheit erklären könne.

»Ist Euch nichts aufgefallen bei dieser Person, die Ihr besucht habt?«

Mir waren allerhand Dinge aufgefallen, doch ich begriff nicht, worauf er anspielte. Und auch nicht, wieso er es sich herausnahm, eine solche Persönlichkeit »diese Person« zu nennen.

Daraufhin wiederholte der Kapitän: »Ist Euch nichts aufgefallen bei diesem Gabbiano?«

Es war die Art, wie er den Namen aussprach, die mich endlich begreifen ließ und mich in Angst und Schrecken versetzte. Wenn der Verrückte, den ich vor mir hatte, schon ins Delirium geriet, wenn eine einfache Möwe oder Seeschwalbe vorbeiflog, in welchen Irrsinn würde er erst verfallen, wenn er erfuhr, daß der Mann, der ihn bat, seine Reise zu verschieben, ausgerechnet Gabbiano[1] hieß. Ich kann mich glücklich schätzen, daß er in mir einen Freund sieht, der ihn über den Komplott unterrichtet, und nicht einen Dämon, der sich als genuesischer Reisender verkleidet hat. Und zum Glück lautet mein Namen Embriaco und nicht Marangone[2], wie ein Kaufmann aus Amalfi hieß, mit dem mein Vater früher zu tun hatte!

So hatten wir also Lissabon verlassen!

Mein erster Gedanke galt nicht mir oder meinen unglücklichen Gefährten, die wir mitten in die entfesselten Kanonen-

1 Das italienische Wort »gabbiano« bezeichnet gleichermaßen die Möwe wie die Seeschwalbe. (A.d.Ü.)

2 Kormoran. (A.d.Ü.)

boote segelten und den Tod riskierten oder die Gefangenschaft. Nein, mein erster Gedanke galt – seltsamerweise – den Unglücklichen, die wir in Lissabon zurückgelassen hatten. Ich fand es unverzeihlich, daß der Kapitän ihre Rückkehr nicht hatte abwarten wollen, obwohl ich wußte, daß ihnen diese ihm anzulastende Unachtsamkeit vielleicht das Leben rettete und ihnen das Unheil ersparen konnte, das uns unerbittlich heimsuchen würde.

Ich dachte zunächst natürlich an die beiden Freunde, die ich während der Reise gewonnen hatte, Durrazzi und Esfahani. Ich habe beide heute morgen losziehen sehen, zur gleichen Zeit wie ich, und ich konnte mich später vergewissern, daß sie leider nicht mehr an Bord gekommen waren. Sie hatten mir versprochen, am Abend meine Gäste zu sein, und ich hatte mir vorgenommen, sie auf eine Weise zu bewirten, die ihrem Rang und unserer Freundschaft würdig war und die ihnen unvergeßlich bleiben würde …

Doch all das war jetzt vorbei, unter der Führung eines Verrückten segele ich ins Unbekannte, und meine Freunde jammern vielleicht bereits am Kai, bei dem – für sie unerklärlichen – Anblick der auslaufenden ›Sanctus Dionisius‹.

Ich bin heute abend nicht der einzige an Bord, der ratlos ist. Die wenigen Passagiere sowie die verbliebene Mannschaft hatten das Gefühl, als Geiseln genommen worden zu sein, für die kein Mensch je Lösegeld zahlen würde. Geiseln des Kapitäns oder der Dämonen, die ihn verfolgten, Geiseln des Schicksals, künftige Kriegsopfer – wir alle haben das Gefühl, Händler wie Seeleute, reich wie arm, angesehen oder Diener, nur mehr noch ein Haufen Verlorener zu sein.

Auf See, am 7. Juni 1666

Statt der portugiesischen Küste folgend gen Norden zu segeln, bewegt sich die ›Sanctus Dionisius‹ seit drei Tagen nach Westen, direkt nach Westen, als wäre sie auf dem Weg in die Neue Welt.

Wir befinden uns zur Zeit inmitten der unermeßlichen Weite des Atlantiks, das Meer ist bewegt, und bei jedem Wellenstoß höre ich Geschrei.

Ich müßte in Angst und Schrecken sein, ich bin es nicht. Ich müßte mich aufregen, zum Kapitän laufen und dem Verrückten tausend Fragen stellen, doch ich sitze im Schneidersitz in meiner Kajüte auf einer viermal gefalteten Decke. Ich bin still wie die Lämmer, gefaßt wie ein sterbender Greis.

In diesem Augenblick fürchte ich weder den Untergang noch die Gefangenschaft, ich fürchte nur die Seekrankheit.

Am 8. Juni

Am Abend des vierten Tages änderte der Kapitän, der vielleicht glaubte, seine Dämonen hinlänglich in die Irre geführt zu haben, den Kurs und fuhr nach Norden.

Was mich betrifft, so will es mir nicht gelingen, mich von meinen Schwindelgefühlen und meiner Übelkeit zu befreien. Ich hüte die Kabine und bemühe mich, nicht allzuviel zu schreiben.

Heute abend hat mir Maurizio von der Mannschaftsverpflegung gebracht. Ich habe den Teller nicht angerührt.

Am 12. Juni

Am heutigen Tage, dem neunten auf unserer Fahrt nach London, lag die ›Sanctus Dionisius‹ drei Stunden lang reglos im Wasser – doch ich wäre nicht in der Lage, zu sagen, wo auf dem Ozean wir uns befanden und vor welcher Küste.

Wir hatten ein anderes genuesisches Schiff gesichtet, die ›Alegrancia‹, die uns Zeichen machte und einen Emissär schickte, der an Bord gehievt wurde. Sogleich machten Gerüchte die Runde, wonach eine erbitterte Schlacht zwischen Holländern und Engländern losgebrochen war, die die von uns vorgesehene Route gefährlich machte.

Der Emissär war nur wenige Minuten an Bord geblieben, im Quartier des Kapitäns. Woraufhin dieser sich für lange Zeit einschloß, allein und ohne seinen Männern Befehle zu erteilen, während unser Schiff mit eingezogenen Segeln an Ort und Stelle blieb und hin und her schaukelte. Gewiß dachte Centurione darüber nach, welche Entscheidung zu treffen war. Sollten wir umkehren? Sollten wir uns irgendwo verstecken und auf weitere Nachrichten warten oder die Route ändern, um das Kampfgeschehen zu umsegeln?

Maurizio zufolge, den ich heute abend befragt habe, haben wir unterdessen fast wieder den gleichen Kurs eingeschlagen und segeln nach Nordosten. Ich habe ihm deutlich gesagt, daß ich es vom Kapitän für unvernünftig hielt, solche Gefahren auf sich zu nehmen, doch der junge Matrose tat wieder so, als ob er mich nicht gehört habe. Auch dieses Mal sagte ich nichts weiter, wollte ich doch diesen jungen Burschen nicht mit solchen Sorgen belasten.

Am 22. Juni

Vergangene Nacht habe ich, an Schlaflosigkeit leidend und an einer Rückkehr der Seekrankheit, einen Spaziergang auf Deck unternommen und in weiter Ferne, rechter Hand, ein verdächtiges Licht bemerkt, das in meinen Augen wie ein brennendes Boot wirkte.

Am Morgen mußte ich feststellen, daß es außer mir niemand gesehen hatte. Ich war kurz davor, mich zu fragen, ob meine Augen mir nicht einen Streich gespielt hatten, als ich am Abend in weiter Ferne das Geräusch der Kanonen hörte. Dieses Mal ist das ganze Schiff in Aufruhr. Wir fahren geradewegs in das Schlachtfeld hinein, und kein Mensch denkt daran, den Kapitän zur Vernunft zu bringen oder ihm seine Autorität streitig zu machen.

Bin ich denn der einzige, der von seiner Verrücktheit weiß?

Am 23. Juni

Der Kriegslärm nimmt zu, vor uns und hinter uns, doch wir segeln unerschütterlich weiter, unserem Ziel – unserem Schicksal – entgegen.

Ich wäre sehr verwundert, wenn wir allesamt wohlbehalten London erreichten … Gott sei Dank bin ich weder Astrologe noch Hellseher und irre mich oft. Möge ich mich auch dieses Mal irren. Ich habe noch nie den Himmel angefleht, er möge mich vor Irrtum schützen, nur vor Unheil.

Ich würde mir wünschen, unsere Route wäre noch lang und reich an Irrwegen. Ja, ich würde noch lange leben und noch viele Fehler begehen und gar eine bestimmte Anzahl denkwürdiger Sünden …

Es ist die Angst, die mir diese Zeilen diktiert. Ich werde unverzüglich die Tinte trocknen und mein Heft beiseite räumen, um ruhig wie ein Mann dem Lärm des nahen Krieges zu lauschen.

Am Samstag, dem 26. Juni 1666

Noch bin ich frei, und doch bin ich ein Gefangener.

Heute morgen bei Tagesanbruch hat ein holländisches Kriegsschiff auf uns zugehalten und uns befohlen, die Segel einzuholen und die weiße Fahne zu hissen, was wir befolgt haben.

Soldaten sind an Bord gekommen, haben unser Schiff beschlagnahmt und segeln es jetzt, wie mir Maurizio sagt, in Richtung Amsterdam.

Welches Schicksal wird uns dort beschieden sein? Ich weiß es nicht.

Ich nehme an, daß die gesamte Ladung konfisziert wird, was mich gleichmütig läßt.

Ich nehme ebenfalls an, daß wir als Gefangene festgehalten werden und daß unser Hab und Gut einkassiert wird. Auf diese Weise werde ich die Summe einbüßen, die Gabbiano mir anvertraut hat, desgleichen mein eigenes Geld, desgleichen meine Schreibutensilien, desgleichen dieses Heft …

Das alles nimmt mir den Wunsch zu schreiben.

In Gefangenschaft, am 28. Juni 1666

Zwei Seeleute wurden heute von den Holländern ins Meer geworfen. Der eine war Engländer, der andere Sizilianer. Man hörte entsetztes Geschrei, und es kam zu einem großen Tumult. Ich war herbeigeeilt, doch als ich den Auflauf erblickte, die bewaffneten Soldaten, die mit den Armen fuchtelten und in ihrer Sprache brüllten, habe ich kehrtgemacht. Maurizio war es, der mir wenig später erzählte, was vorgefallen war. Er zitterte am ganzen Körper, und ich bemühte mich, ihn zu trösten, obgleich ich selbst alles andere als beruhigt war.

Bislang waren die Dinge ohne große Aufregung verlaufen. Wir hatten uns alle dieser Kursänderung nach Amsterdam gefügt, um so mehr, als wir davon überzeugt waren, daß das Verhalten des Kapitäns nicht straflos bis zum Ende möglich gewesen wäre. Doch das heutige Töten hat uns gezeigt, daß wir wahrhaftig Gefangene waren, daß wir es auf unbestimmte Zeit bleiben konnten und daß die Unvorsichtigeren unter uns – und die Unglücklichsten – das schlimmste Los erwarten konnten.

Unvorsichtigerweise hatte der englische Matrose, der gewiß ein wenig getrunken hatte, es für gut befunden, den Holländern zu sagen, daß ihre Flotte am Ende besiegt würde. Unglücklich das Schicksal des Sizilianers, der zufällig zugegen war und seinem Kameraden zu Hilfe eilte, als man diesen töten wollte.

In Gefangenschaft, am 29. Juni

Von nun an werde ich meine Kajüte nicht mehr verlassen, und ich bin nicht der einzige, der auf diese Weise reagiert. Maurizio erzählt mir, daß niemand mehr auf der Brücke ist, daß nur die Holländer sie betreten und daß die Mannschaft ihre Quartiere nur verläßt, um die Befehle auszuführen, die ihr erteilt werden. Der Kapitän hat jetzt einen holländischen Offizier an seiner Seite, der ihn überwacht und befehligt – doch darüber will ich nicht klagen.

Am 2. Juli

Nachdem ich letzte Nacht meine Kerze ausgeblasen hatte, war mir plötzlich kalt geworden, obwohl ich mich genauso zugedeckt hatte wie in den zwei Nächten zuvor und obwohl der Tag eher mild gewesen war. Vielleicht war es, mehr noch als die Kälte, die Angst ... In meinem Traum war ich von den Holländern ergriffen, über den Boden geschleift, sodann entkleidet und ausgepeitscht worden, bis ich blutete. Ich glaube, ich habe vor Schmerz geschrien und bin von diesem Schrei aufgewacht. Ich konnte nicht wieder einschlafen, obgleich ich versucht habe, wieder Schlaf zu finden. Doch mein Kopf war wie eine Frucht, die nicht reifen will, und meine Augen schlossen sich nicht wieder.

Am 4. Juli

Heute hat ein holländischer Soldat die Tür zu meiner Kajüte aufgestoßen, hat einen Blick in den Raum geworfen und ist sodann ohne ein Wort wieder gegangen. Eine Viertelstunde später hat einer seiner Kameraden das gleiche wiederholt, doch letzterer hat etwas gemurmelt, das wohl soviel wie »Guten Tag« hieß. Mir war es so vorgekommen, als suchten sie eher einen Menschen als einen Gegenstand.

Unser Bestimmungsort konnte nicht mehr weit sein, und ich frage mich unentwegt, wie ich mich verhalten soll, wenn wir dort ankommen. Was soll ich vor allem mit dem Geld machen, welches man mir in Lissabon anvertraut hat, mit meinem eigenen Geld und mit diesem Heft?

Offen gesagt, habe ich die Wahl zwischen zwei Möglichkeiten.

Entweder werde ich rücksichtsvoll wie ein fremder Kaufmann behandelt und erhalte vielleicht gar die Erlaubnis, die Vereinigten Niederlande zu betreten – in einem solchen Falle sollte ich meinen ›Schatz‹ bei mir tragen, sobald wir an Land gingen.

Oder die ›Sanctus Dionisius‹ wird wie eine Kriegsbeute behandelt, ihre Ladung wird beschlagnahmt und die Anwesenden an Bord, darunter ich, werden für einige Zeit gefangengenommen, bevor sie mit ihrem Schiff vertrieben werden – in diesem Fall hätte ich ein Interesse daran, meinen ›Schatz‹ in einem Versteck zurückzulassen und zum Himmel zu beten, daß kein Mensch ihn entdecken möge und daß ich ihn am Ende dieser Prüfung wiederfinde.

Nach zwei Stunden des Überlegens neige ich zur zweiten Einschätzung. Möge ich sie nicht bereuen!

Ich werde mein Heft und meine Schreibsachen jetzt in mein Versteck legen, in dem sich bereits das Geld von Gregorio befindet – hinter einer schlecht versiegelten Planke in der Wand. Ich werde dort auch die Hälfte des mir verbliebenen Geldes zurücklassen: Ich muß eine angemessene Summe bei mir tragen, sonst ahnt man meine List und wird mich zwingen, mein Versteck preiszugeben.

Ich bin ein wenig versucht, das Heft bei mir zu behalten. Geld wird gewonnen und geht verloren, doch diese Seiten sind das Fleisch meiner Tage und vor allem mein letzter Gefährte. Ich habe Bedenken, mich von ihnen zu trennen. Doch ich werde nicht umhinkönnen …

Am 14. August 1666

Seit vierzig Tagen habe ich keine Zeile mehr geschrieben. Ich war an Land gewesen, der Freiheit beraubt, und mein Heft auf See in seinem Versteck. Gott sei gelobt! Wir beide sind unversehrt und endlich wieder vereint.

Heute bin ich zu ergriffen, um zu schreiben. Morgen werde ich meine Freude zügeln können und erneut berichten.

Nein. Obwohl es mir schwerfällt, in meiner jetzigen Verfassung zu schreiben, fällt es mir noch schwerer, es nicht zu tun. Ich werde also unser Unglück schildern, das sich letztendlich zum Besten gewendet hat. Ohne mich allzusehr bei Einzelheiten aufzuhalten, eher so, wie man einen Bach überquert, indem man von einem Stein auf den nächsten springt.

Am Mittwoch, dem 8. Juli, lief die ›Sanctus Dionisius‹ im Hafen von Amsterdam ein, mit gesenktem Kopf gleich einem gefangenen Tier, welchem man eine Schlinge um den Hals gelegt hat, an dem man es zieht. Ich stand auf der Brücke, meine Segeltuchtasche über der Schulter, die Hände auf der Reling, die Augen auf die rosafarbenen Häuserwände gerichtet, die bräunlichen Dächer, die schwarzen Hüte am Kai – während meine Gedanken ganz woanders weilten.

Sobald wir angelegt hatten, befahl man uns – ohne Gewalt, aber auch ohne Hochachtung –, das Schiff zu verlassen und uns zu einem Gebäude am Ende des Kais zu begeben, wo wir eingesperrt wurden. Es war im Grunde kein richtiges Gefängnis, lediglich ein eingefriedetes überdachtes Stück Land mit Wachposten vor beiden Türen, die uns den Ausgang verwehrten. Wir wurden in zwei Gruppen geteilt oder gar in drei. In meiner Gruppe befanden sich die wenigen verbliebenen Passagiere und ein Teil der Mannschaft, doch weder Maurizio noch der Kapitän.

Am dritten Tag kam ein Würdenträger der Stadt, um die Örtlichkeiten zu inspizieren, und sprach bei meinem Anblick beruhigende Worte. Sein Gesicht hingegen blieb verschlossen, und er gab keine genauen Versprechen.

Eine Woche später sah ich den Kapitän, wie er sich, begleitet von verschiedenen Personen, die ich nicht kannte, näherte. Er rief die kräftigsten Matrosen beim Namen, und mir wurde klar, daß es darum ging, die Ladung von Bord zu holen. Man brachte die Seeleute am Ende des Tages in die ›Einfriedung‹ zurück, um sie am nächsten Tag erneut zu holen und ebenso am übernächsten.

Eine Frage brannte mir indes auf den Lippen: Hatte man bei der Räumung des Schiffs auch die Kajüten der Passagiere durchsucht? Lange Zeit überlegte ich, wie ich die Frage vorbringen konnte, um meine Neugierde zu befriedigen, ohne Verdacht zu erregen. Am Ende unterließ ich es. In meiner jetzigen Situation war Ungeduld der schlechteste Ratgeber.

Wie oft habe ich nicht an diesen langen Tagen des Bangens und des Wartens an Maimun gedacht, an alles, was er mir im Zusammenhang mit Amsterdam gesagt hatte, und an alles, was ich mir zur Gewohnheit gemacht hatte, darüber zu sagen. Trotz der großen Entfernung war diese Stadt für uns zum Ort eines gemeinsamen Traums geworden und zu einem Horizont der Hoffnung. Wir hatten uns bisweilen vorgenommen, sie gemeinsam aufzusuchen, um einige Zeit dort zu leben, und vielleicht befindet sich Maimun gar hier, wie er es vorhatte. Ich hingegen bedaure zur Zeit, meinen Fuß hierher gesetzt zu haben. Ich bedaure es, als Gefangener in ein freies Land gekommen zu sein. Ich bedaure es, in Amsterdam so viele Tage und Nächte verbracht zu haben, ohne etwas anderes gesehen zu haben als seine Mauern.

Zwei Wochen sollten noch vergehen, bevor wir wieder an Bord der ›Sanctus Dionisius‹ durften. Ohne daß man uns jedoch gestattet hätte, den Anker zu lichten. Wir waren noch immer unserer Freiheit beraubt, doch jetzt an Bord unseres Schiffes, auf dem zu jeder Stunde Soldatentrupps patrouillierten.

Um uns besser überwachen zu können, sperrte man uns allesamt in einen Teil des Schiffes. Meine frühere Kajüte befand sich auf der anderen Seite, und aus Vorsicht zwang ich mich, sie nicht aufzusuchen, um mein Geheimnis nicht zu verraten.

Auch als das Schiff endlich ablegte, hielt ich mich noch einige Zeit zurück, bevor ich mein altes Quartier erneut bezog, da ein Trupp holländischer Soldaten an Bord blieb, bis wir die Zuidersee verlassen hatten, welche eine Art Binnenmeer ist, durch das man die Nordsee erreicht.

Erst heute konnte ich feststellen, daß mein Schatz noch unberührt in seinem Versteck lag. Ich habe ihn dort gelassen und mich darauf beschränkt, mein Schreibzeug und dieses Heft mitzunehmen.

Am 15. August

Alle Matrosen an Bord betrinken sich, und auch ich habe ein wenig getrunken.

Seltsamerweise bin ich dieses Mal nicht seekrank geworden, als wir den Hafen verließen. Und angesichts der Mengen, die ich hinuntergestürzt habe, bewege ich mich doch mit sicheren Schritten auf Deck.

Von Maurizio, der ebenso leicht betrunken ist wie seine älteren Kameraden, habe ich erfahren, daß der Kapitän bei unserer Festnahme behauptet hätte, ein Drittel der Ladung sei für London bestimmt und zwei Drittel für einen Kaufmann in Amsterdam. Nach unserer Ankunft in der Stadt habe er den Mann rufen lassen, welcher ein guter Bekannter von ihm war. Da sich jener nicht in der Stadt befand, mußte man auf seine Rückkehr warten, woraufhin sich die Dinge sehr rasch gelöst hatten. Als er begriff, was vorgefallen war, und seinen Vorteil in der Sache erkannt hatte, hatte der Händler die Aussagen Centuriones bestätigt und die Ware an sich genommen. Die Obrigkeit hatte sich damit begnügt, das verbliebene Drittel einzukassieren, bevor sie Männer und Schiff wieder freigaben.

Verrückt – davon will ich nicht abrücken! –, doch offenkundig geschickt war unser Kapitän! Es sei denn, dieser Mann trägt in sich zwei Seelen übereinander, die sich jeweils gegenseitig verbargen.

Am 17. August

Maurizio zufolge hat unser Kapitän die Holländer ein weiteres Mal getäuscht, indem er sie glauben machte, er würde nach Genua aufbrechen, obwohl er zur Zeit direkt auf London zuhält!

Am 19. August

Wir segeln die Trichtermündung der Themse hinauf, und ich habe keinen Gefährten mehr an Bord – will sagen, keinen Menschen, mit dem ich eine Unterhaltung unter rechtschaffenen Männern führen könnte. Da ich nichts anderes zu tun habe, sollte ich schreiben, doch mein Kopf ist leer, und meine Hand will nicht warm werden.

London, ich erreiche die Stadt, von der ich nie geträumt habe.

Am Montag, dem 23. August 1666

Beim ersten Tageslicht haben wir die Landungsbrücke des Hafens von London erreicht, nachdem man uns in der Trichtermündung zunächst dreimal aufgehalten hatte, so sehr waren die Engländer nach ihren letzten Auseinandersetzungen mit den Holländern auf der Hut.

Kaum war ich angekommen, hatte ich meine wenigen Sachen in einer Herberge am Themse-Ufer, in der Nähe der Lagerhäuser, abgestellt, um mich auf die Suche nach Cornelius Wheeler zu machen. Von Pastor Coenen hatte ich erfahren, daß sich sein Laden in der Nähe der Saint Paul's Cathedral befand, und ich brauchte nur wenige andere Händler zu fragen, die mir den Weg wiesen.

Als ich beim Betreten des Ladens nach Mister Wheeler verlangte, führte mich der junge Angestellte ein Stockwerk höher, zu einem Greis mit hagerem und traurigem Gesicht, der, wie sich herausstellte, Cornelius' Vater war. Jener befand sich in Bristol, sagte er mir, und würde erst in zwei oder drei Wochen zurückkehren. Wenn ich jedoch eine Auskunft oder ein Buch suchte, würde er sich glücklich schätzen, mir behilflich sein zu können.

Ich hatte mich bereits vorgestellt, doch da mein Name ihm nichts zu sagen schien, erklärte ich ihm, ich sei jener Genuese, dem Cornelius sein Haus in Smyrna anvertraut habe.

»Ich hoffe, es ist kein Unglück geschehen«, erkundigte sich der alte Mann besorgt.

Nein, das Haus hat keinen Schaden erlitten, konnte ich ihn beruhigen, ich habe die Reise nicht unternommen, um ihm ein Unheil zu verkünden, ich bin in London wegen meiner eigenen Geschäfte. Ich erzählte ihm ein wenig von meinem Handel, der ihn nur interessieren konnte, da er dem seinen glich. Ich sprach von Büchern, die sich verkauften, und solchen, nach denen nicht mehr verlangt wird.

Irgendwann im Verlauf der Unterhaltung ließ ich ein Wort über das Buch *Der Hundertste Name* fallen und gab zu verstehen, daß ich sehr wohl wußte, daß Cornelius es von Smyrna mitgebracht hatte. Mein Gegenüber zuckte nicht merklich zusammen, doch ich vermeinte, in seinen Augen einen Schimmer von Neugier erkannt zu haben. Oder vielleicht von Mißtrauen.

»Ich kann Arabisch nicht lesen, leider. Was das Italienische, das Französische, das Lateinische und das Griechische angeht, so könnte ich Ihnen genau sagen, welche Bücher sich in unseren Regalen befinden. Doch für das Arabische und das Türkische müßtet Ihr Cornelius' Rückkehr abwarten.«

Hartnäckig beschrieb ich ihm das Aussehen des Buchs, seine Größe, seine goldene Prägung in Form von konzentrischen Rhomben auf einem Einband aus grünem Leder … Dies war der Augenblick, in dem der junge Diener, der dabeistand und uns zuhörte, es für zweckdienlich hielt, sich einzumischen.

»Könnte es nicht das Buch sein, daß der Chaplain erstanden hat?«

Der alte Wheeler durchbohrte ihn mit dem Blick, doch das Unglück, wenn ich so sagen darf, war geschehen. Es ließ sich nicht mehr verbergen.

»Es muß sich tatsächlich um dieses Buch handeln, wir haben es vor wenigen Tagen verkauft, aber seht Euch um, ich bin gewiß, Ihr findet, was Euch interessiert.«

Er bat den Angestellten, dieses und jenes Buch zu bringen, Bücher, von denen ich mir nicht einmal den Namen merken wollte. Es war ausgeschlossen, daß ich aufgab.

»Ich habe eine lange Reise unternommen, um dieses Buch zu finden, ich wäre Euch dankbar, wenn Ihr mir sagtet, wo ich den Chaplain finden kann, ich werde versuchen, es ihm abzukaufen.«

»Ich bitte vielmals um Verständnis, aber ich bin nicht gehalten, Euch zu sagen, wer mir was abgekauft hat, und schon gar nicht, Euch die Adresse meiner Kunden zu geben.«

»Wenn mir Euer Sohn hinlänglich vertraut hat, um mir sein Haus mit allem, was es enthält, zu überlassen …«

Ich brauchte nichts mehr zu sagen.

»Es ist in Ordnung, Jonas wird Euch zu ihm führen.«

Unterwegs überschüttete mich der Junge, gewiß von den wenigen englischen Worten in die Irre geführt, die er aus meinem Munde vernommen hatte, mit einer Flut an Vertraulichkeiten, die ich nicht verstand. Ich begnügte mich damit, zu nicken und das Gedränge in den Gassen zu betrachten. Ich hatte soeben von ihm erfahren, daß der Mann, den aufzusuchen wir uns anschickten, einst Militärgeistlicher in der Armee von Cromwell gewesen war. Jonas hatte mir seinen wahren Namen nicht sagen können, er schien nicht einmal meine Frage zu verstehen, er hatte nie einen anderen Namen gehört als Chaplain.

Angesichts des Umstandes, daß der Käufer meines Buches ein Mann der Kirche war, war ich davon überzeugt, daß wir auf dem Weg zu der nahe gelegenen Kathedrale, zu einer Kapelle oder einem Pfarrhaus waren. Wie groß war daher meine Überraschung, als der Diener vor der Tür einer Schenke haltmachte – ›Ale House‹ stand auf dem Schild. Als wir eintraten, musterten uns zwölf Augenpaare mit verschleiertem Blick. Es war dunkel wie zur Abenddämmerung, obwohl gerade Mittagszeit war. Die Gespräche hatten sich in Gemurmel verwandelt, deren einziger Gegenstand unbestreitbar meine Person war. Man dürfte an diesem Ort nicht allzu häufig genuesische Kleider sehen. Ich nickte zur Begrüßung mit dem Kopf, und Jonas fragte die Wirtin – eine große und füllige Person mit schillerndem Haar und recht offenem Dekolleté –, ob der Chaplain da sei. Sie wies mit dem Finger nach oben. Wir gingen einen Gang entlang, an dessen Ende sich eine Treppe befand, deren Stufen knarrten, und erreichten oben eine geschlossene Tür, an die mein Diener klopfte, bevor er den Knauf drehte und halblaut rief:

»Chaplain!«

Besagter Kaplan hatte in meinen Augen nichts von einem Mann der Kirche. Wenn ich »nichts« sage, so übertreibe ich. Ihm haftete zweifellos etwas Feierliches an. Allein seine stattliche Größe und auch der volle Bart erinnerten, wenn nicht an einen orthodoxen Popen, so doch an einen englischen Geistlichen. Eine Mitra, ein Meßgewand auf den Schultern, einen Bischofsstab in der Hand, und er hätte Bischof über seine Schäflein sein können. Doch strahlte er weder Frömmigkeit noch den Duft von Keuschheit, noch jedwede Form von Enthaltsamkeit aus, ganz im Gegenteil, er kam mir unversehens wie ein heidnischer Schlemmer vor. Auf dem niedrigen Tisch vor ihm standen drei Bierkrüge, zwei davon leer, einer zu drei Vierteln gefüllt. Er hatte gewiß soeben einen Schluck getrunken, da auf seinem Schnurrbart weiße Schaumreste zu erkennen waren.

Mit einem breiten Lächeln lud er uns ein, Platz zu nehmen. Doch Jonas entschuldigte sich, er müsse zurück zu seinem Herrn. Ich drückte ihm ein Geldstück in die Hand, und der Kaplan bat ihn, uns beim Hinausgehen zwei Pints zu bestellen. Alsbald brachte die Wirtin persönlich die beiden Biere herauf, sehr dienstbeflissen und respektvoll, und der Mann Gottes dankte ihr mit einem Schlag auf den Hintern, keinem diskreten Schlag, sondern einem so offensichtlichen Schlag, daß es schien, er sei nur gedacht, um bei mir Anstoß zu erregen. Ich versuchte nicht, meine Verlegenheit zu verbergen, ich glaube, sie wären beide gekränkt gewesen, hätte ich die Sache völlig normal gefunden.

Bevor sie gekommen war, hatte ich Zeit gehabt, mich vorzustellen und zu sagen, daß ich soeben in London eingetroffen sei. Ich machte mich auf englisch verständlich, wenn auch mit Mühe. Um mir weitere Mühen zu ersparen, antwortete mir der Mann auf Latein. Einem Gelehrtenlatein, das an diesem Ort seltsam fehl am Platze wirkte. Ich nehme gar an, er trachtete danach, Vergil oder einen anderen antiken Dichter nachzuahmen, als er zu mir sagte: »So habt Ihr ein Land verlassen, das von der Gunst bedacht war, um in eine Gegend zu kommen, die vom Fluch heimgesucht ist!«

»Das wenige, was ich bisher davon gesehen habe, vermittelt mir kaum diesen Eindruck. Ich bemerke seit meiner Ankunft eine gewisse Freiheit in den Sitten und einen unleugbar heiteren Umgang …«

»Das ist genau das, was ich sage, ein verfluchtes Land! Man muß sich hier oben einschließen und bereits am frühen Morgen trinken, um an seine Freiheit zu glauben. Wenn ein eifersüchtiger Nachbar behauptet, Ihr hättet Gotteslästerung begangen, werdet Ihr öffentlich ausgepeitscht. Und wenn es Euch für Euer Alter zu gut geht, werdet Ihr der Zauberei bezichtigt. Lieber befände ich mich in einem türkischen Gefängnis …«

»Das sagt Ihr nur, weil Ihr niemals den Kerker des Sultans kennengelernt habt!«

»Vielleicht«, gab er zu.

Nachdem die Wirtin gegangen war und trotz der Verlegenheit, die ich in diesem Augenblick empfunden hatte, hatte sich die Atmosphäre entspannt, und ich fühlte mich hinlänglich sicher, um dem Menschen ohne Umschweife die Gründe meines Besuches darzulegen. Sobald ich *Der Hundertste Name* erwähnt hatte, hellte sich sein Gesicht auf und seine Lippen begannen zu beben. In der Annahme, er wolle sich anschicken, mir etwas über das Buch zu erzählen, hielt ich inne, mit klopfendem Herzen, doch durch eine Bewegung mit dem hölzernen Bierkrug forderte er mich auf, fortzufahren, und lächelte um so mehr. Ich legte also die Karten auf den Tisch und offenbarte ihm, aus welchem Grund ich mich dafür interessierte. In diesem Punkt nahm ich ein Risiko auf mich. Sollte dieses Buch wahrhaftig den rettenden Namen enthalten, wie könnte ich diesen religiösen Menschen bitten, es mir zu überlassen? Und zu welchem Preis? Ein besserer Kaufmann hätte in gemäßigterem Ton von dem Buch und seinem Inhalt gesprochen, doch ich spürte instinktiv, daß es ungeschickt gewesen wäre, sich zu zieren. Ich, der ich das heilbringende Buch suche, wie könnte ich es vor den Augen Gottes durch Betrügerei erhalten? Werde ich jemals die Vorsehung überlisten?

Ich zwang mich folglich, dem Chaplain den Wert des Textes zu offenbaren. Ich berichtete ihm alles, was man sich unter Buchhändlern über das Werk erzählt, von den Zweifeln hinsichtlich seiner Echtheit bis zu den unterschiedlichen Spekulationen über seine angeblichen Kräfte.

»Und Ihr«, fragte er, »was meint Ihr selbst?«

Er hatte noch immer dasselbe Lächeln auf den Lippen, das ich nicht zu deuten vermochte und das ich ärgerlich zu finden begann. Doch ich zwang mich, mir nichts anmerken zu lassen.

»Meine Ansicht ist nie ganz klar gewesen. Bald sage ich mir, daß dieses Buch das Wertvollste auf der Welt ist, und am nächsten Tag schäme ich mich für meine Leichtgläubigkeit und meinen Aberglauben.«

Das Lächeln auf seinem Gesicht war erloschen. Er hob den Krug, streckte ihn mir mit einer anerkennenden Geste hin und leerte ihn in einem Zug. Mit dieser Geste wollte er, wie er behauptete, meine Aufrichtigkeit würdigen, die er nicht erwartet hatte.

»Ich hatte befürchtet, Ihr würdet mir irgendwelche Kaufmannsmärchen auftischen, vorgeben, daß Ihr dieses Buch für einen Sammler sucht oder daß es Euch von Eurem Vater auf dem Totenbett ans Herz gelegt worden sei. Ich weiß nicht, ob Ihr von Natur aus ehrlich seid oder aus großer Geschicklichkeit heraus. Ich kenne Euch nicht hinreichend, um dies zu beurteilen, doch Euer Auftreten gefällt mir.«

Er schwieg, umfaßte seinen leeren Krug, stellte ihn dann auf dem niedrigen Tisch ab und sagte unvermittelt: »Zieht diesen Vorhang hinter Euch zur Seite! Dort liegt das Buch!«

Ich war einen Augenblick wie benommen und fragte mich, ob ich recht verstanden hatte. Ich hatte mich so an alle Fallen, alle Enttäuschungen, an die plötzlichen Verwicklungen gewöhnt, daß mich der Umstand, jemanden sagen zu hören, das Buch sei da, völlig hilflos machte. Ich fragte mich gar, ob es nicht die Wirkung des Bieres sei, welches ich in einem Zug getrunken hatte, so durstig war ich gewesen.

Trotzdem erhob ich mich. Feierlich schob ich den dunklen und staubigen Vorhang beiseite, auf den er gezeigt hatte. Dort lag das Buch. *Der Hundertste Name.* Ich war darauf gefaßt gewesen, es in einer Schatulle vorzufinden, von zwei Kerzen umgeben oder auf einem Stehpult aufgeschlagen. Nichts dergleichen, es lag ganz einfach auf einem Regal inmitten von zwei weiteren Büchern sowie einigen Federn, zwei Tintenfässern, einem Stapel leerer Blätter, einem Nadelkissen und verschiedenen anderen Gegenständen. Zögernd nahm ich es in die Hand, schlug die Titelseite auf, vergewisserte mich, daß es genau dasjenige war, welches mir der alte Idriss vergangenes Jahr vermacht hatte und das ich für unwiderruflich vom Meer verschlungen gehalten hatte.

Überrascht? Ja, überrascht. Und zu Recht ein wenig berührt. Das alles grenzt an ein Wunder! Dies ist mein erster Tag in London, mein Fuß hat sich kaum an den festen Boden gewöhnt, und das Buch, dem ich seit einem Jahr nachjage, liegt in meinen Händen! Mein Gastgeber gewährte mir eine Zeit der Ergriffenheit. Er wartete, bis ich mich langsam wieder gesetzt hatte, das Buch an mein Herz gedrückt. Dann sagte er, ohne es allerdings als Frage zu formulieren:

»Das ist doch das Buch, das Ihr suchtet ...«

Ich bejahte. Um ehrlich zu sein, ich hatte nicht viel erkennen können, denn es war in diesem Zimmer nicht sehr hell. Doch ich hatte den Titel gesehen, und noch davor hatte ich das Buch am Einband erkannt. Ich verspürte nicht den Hauch eines Zweifels.

»Ich nehme an, Ihr lest perfekt Arabisch.«

Ich bejahte erneut.

»Dann will ich Euch einen Handel vorschlagen.«

Ich blickte auf und klammerte mich an den wiedergefundenen Schatz. Der Kaplan schien in tiefes Nachdenken versunken, und sein Kopf kam mir noch größer vor, noch imposanter, selbst wenn man von seinem Bart und seiner weißen Haarpracht absah.

»Ich will Euch einen Handel vorschlagen«, wiederholte er, wie um sich noch ein paar Sekunden des Nachdenkens zu sichern. »Ihr wollt dieses Buch, und ich will wissen, was darin geschrieben steht. Lest es mir vom Anfang bis zum Ende vor, anschließend könnt Ihr es mitnehmen.«

Auch dieses Mal antwortete ich mit Ja, ohne auch nur einen Augenblick zu zögern.

Wie gut ich daran getan hatte, nach London zu fahren! Hier hat mein guter Stern auf mich gewartet! Meine Hartnäckigkeit hat sich ausgezahlt! Die Dickköpfigkeit, die ich von meinen Vorfahren geerbt habe, hat mir genützt! Ich bin stolz, von ihrem Blut zu sein und mich ihrer würdig erwiesen zu haben!

In London, am Dienstag, dem 24. August 1666

Meine Aufgabe wird nicht einfach sein, ich weiß.

Ich werde eine bestimmte Anzahl von Sitzungen benötigen, um die etwa zweihundert Seiten zu lesen, um sie aus dem Arabischen ins Lateinische zu übertragen, und mehr noch, um sie sicher zu deuten, obwohl doch der Autor selbst nie hat genau sein wollen. Doch hatte ich in dem Vorschlag des Kaplans sogleich eine Chance gesehen, um nicht zu sagen ein Zeichen. Was er mir anbietet, ist nicht nur, daß ich das Buch Mazandaranis zurückerhalte, sondern auch, daß ich mich aufmerksam hineinvertiefe, wie ich es von selbst nie getan hätte. Das Buch Satz für Satz zu lesen, es Wort für Wort zu übersetzen, um es einem anspruchsvollen Leser verständlich zu machen, dies ist gewiß die einzige Möglichkeit, ein für allemal zu erfahren, ob diese Seiten eine große verborgene Wahrheit enthalten.

Je mehr ich darüber nachdenke, um so mehr erfüllt mich Verwunderung und Begeisterung zugleich. So hatte ich also dem Buch von Gibelet nach Konstantinopel, nach Genua und bis nach London, bis in diese Taverne, bis in den Schlupfwinkel dieses seltsamen Militärgeistlichen folgen müssen, um mich endlich der wichtigsten Aufgabe hingeben zu können. Ich habe fast den Eindruck, alles, was ich seit einem Jahr erlebt habe, sei nur mehr ein Vorspiel, eine Reihe von Proben, auf die der Schöpfer mich stellen wollte, bevor ich mich als würdig erweisen würde, Seinen geheimen Namen zu erfahren.

Im letzten Absatz habe ich geschrieben: »seit einem Jahr«. Diese Angabe ist keineswegs ungefähr, es ist auf den Tag genau ein Jahr her, seit ich meine Reise begonnen habe, denn es war am Montag, dem 24. August vergangenen Jahres, daß ich Gibelet verlassen habe. Den Text, den ich zu diesem Anlaß geschrieben hatte, habe ich nicht mehr in meinen Händen – ich hoffe, Barinelli hat ihn wiedergefunden und aufbewahrt und wird ihn mir eines Tages zukommen lassen können!

Doch ich schweife ab … Ich sagte gerade, daß, hätte ich die Seiten vor Augen, die ich zu Beginn meiner Reise verfaßt habe, so hätten sich wenige Übereinstimmungen gefunden zwischen meinem ursprünglichen Plan und dem tatsächlichen Weg, den ich einschlagen mußte. Ich hatte nicht beabsichtigt, über Konstantinopel hinaus, und auf keinen Fall war es meine Absicht gewesen, nach England zu reisen. Auch hatte ich nicht damit gerechnet, mich allein wiederzufinden, ohne die anderen, die mit mir gemeinsam aufgebrochen waren, und ohne zu wissen, was aus ihnen geworden ist. Im Lauf dieses Jahres hat sich alles um mich herum und in mir selbst verändert. Das einzige, was sich nicht verändert hat, ist der Wunsch, in mein Haus nach Gibelet zurückzukehren. Nein, bei genauerem Nachdenken bin ich mir nicht einmal in diesem sicher. Seit ich in Genua gewesen bin, geschieht es bisweilen, daß ich überlege, dorthin zurückzukehren. In gewisser Weise bin ich nämlich von dort aufgebrochen. Wenn nicht ich selbst, so doch meine Familie. Trotz der Niedergeschlagenheit, die mein ferner Vorfahre Bartolomeo empfunden hatte, als er sich in Genua wieder niederlassen wollte, will es mir scheinen, als sei dies der einzige Ort, an dem ein Embriaco sich zu Hause fühlen kann. In Gibelet wäre ich stets ein Ausländer … Dennoch ist es die Levante, in der meine Schwester lebt, in der meine Eltern bestattet sind, wo mein Haus ist, in der sich mein Laden befindet, welcher mir mein Wohlergehen sichert. Um ein Haar hätte ich geschrieben, daß dort auch die Frau lebt, die zu lieben ich begonnen habe. Mein Geist trübt sich, gewiß. Marta ist nicht mehr in Gibelet, ich weiß nicht, ob sie eines Tages dahin zurückkehren will, und auch weiß ich nicht, ob sie noch am Leben ist.

Vielleicht sollte ich heute abend die Feder beiseite legen …

Am 25. August

Nach dem Aufwachen nehme ich mein Heft nochmals zur Hand, um erneut über die Tage und den Kalender zu sprechen. Ich hatte gestern abend gerade anfangen wollen, darüber zu schreiben, als die Erwähnung Martas es mich vergessen ließ. Um zu sagen, daß es in London zu einer Verwirrung kommt, die ich vor meiner Ankunft nicht bedacht hatte. Wir schreiben heute den 25. August, doch für die Leute hier ist es erst der 15.! Aus Haß auf den Papst, den alle hier den ›Antichrist‹ nennen, haben sich die Engländer – wie die Moskowiter – geweigert, den gregorianischen Kalender zu übernehmen, der bei uns seit mehr als achtzig Jahren verwendet wird.

Ich hätte noch einiges in dieser Sache zu sagen, doch man erwartet mich in der Schenke. Dort werden unsere Sitzungen stattfinden, und dort werde ich von nun an wohnen. Ich habe versprochen, mein Gepäck gleich heute morgen bringen zu lassen.

Seit Montag hatten der Kaplan wie auch die Wirtin Bess mich wiederholt gebeten, in ihrer Herberge Quartier zu beziehen, um dauerndes Kommen und Gehen zu verhindern, das die Polizei verdächtig finden könnte. Zu Beginn hatte ich abgelehnt, wollte ich doch ein wenig Abstand zu diesen äußerst gastfreundlichen Leuten wahren, die ich noch nicht hinreichend kannte, um alle meine Tage und Nächte mit ihnen zu verbringen. Allein, gestern abend, als ich nach dem Essen in meine Herberge zurückkehrte, hatte ich das Gefühl, beobachtet zu werden. Mehr noch als ein Gefühl war es Gewißheit. Handelte es sich um Gauner? Waren es Beauftragte der Regierung? In beiden Fällen verspürte ich nicht den Wunsch, gleiches Abend für Abend zu erleben.

Ich weiß, daß es nicht sehr umsichtig ist, die Gesellschaft eines Mannes wie des Kaplans, der einst eine einflußreiche Persönlichkeit gewesen sein muß und dem die Obrigkeit noch immer mißtrauen wird, zu suchen. Dächte ich allein an meine Sicherheit, hätte ich tatsächlich den Abstand wahren sollen. Doch meine erste Sorge war nicht die Vorsicht, sonst wäre ich nicht auf der Suche nach dem *Hundertsten Namen* nach London gekommen, und auch von vielen anderen Dingen hätte ich Abstand genommen. Nein, meine Sorge gilt heute dem Buch, mit dem unterm Arm ich gern so bald als möglich abreisen möchte. Und nur in der Nähe dieses Mannes und indem ich meiner Verpflichtung ihm gegenüber nachkomme, werde ich dieses Ziel alsbald erreichen.

Nachdem ich ein Zimmer im obersten Stockwerk bezogen hatte, das über dem des Geistlichen lag und weit von dem Lärm der Wirtsstube entfernt, war Bess dreimal zu mir heraufgekommen, um sich zu vergewissern, daß es mir an nichts fehlte.

Die Leute hier sind von sehr angenehmem Umgang, liebenswert, großzügig, heiter und lieben gutes Essen. Mir scheint, der Aufenthalt hier wird sehr angenehm werden, doch habe ich nicht die Absicht, ihn auf ewig auszudehnen.

Am 26. August

Heute sollte ich zum ersten Mal laut aus dem *Hundertsten Namen* vorlesen. Doch ich mußte sehr bald aus einem seltsamen Grund, der mich beunruhigt und im höchsten Maße verwirrt, eine Pause einlegen.

Wir befanden uns zu viert im Zimmer des Kaplans, nachdem dieser zwei junge Leute eingeladen hatte, welche anscheinend seine Schüler waren und sich des Schreibens annehmen sollten. Einer von ihnen, ein gewisser Magnus, sollte die lateinische Übersetzung des Textes sorgfältig niederschreiben. Der andere, mit Vornamen Calvin, sollte die Kommentare notieren.

Ich schreibe »sollte«, denn die Dinge sind anders verlaufen als vorgesehen. Ich hatte damit begonnen, den vollständigen Titel zu übersetzen, *Die Enthüllung des verborgenen Namens des Herrn über alle Geschöpfe*, sodann den vollständigen Namen Mazandaranis, Abu-Maher Abbas, Sohn des Soundso, Sohn des Soundso, Sohn des Soundso … Doch kaum hatte ich die erste Seite gewendet, da verdunkelte sich das Zimmer, als hätte sich eine Rußwolke vor die Sonne geschoben und hielte ihre Strahlen davon ab, bis zu uns vorzudringen. Bis zu mir, sollte ich sagen, denn die anderen im Raum schienen nicht bemerkt zu haben, was geschehen war.

Im gleichen Augenblick stieß Bess die Tür auf, um uns unser Bier zu bringen, was mir eine kurze Unterbrechung gewährte. Doch sogleich richteten sich aller Augen wieder auf mich, und der Kaplan, durch mein Schweigen verwirrt, fragte mich, was mit mir los sei und weshalb ich die Lektüre nicht fortsetzte. Ich antwortete, ich hätte Kopfschmerzen bekommen, ich hätte den Eindruck, mein Kopf stecke in einem Schraubstock, der zusammengedrückt würde, und meine Augen seien dadurch getrübt. Er riet mir, mich auszuruhen, um die Lektüre am morgigen Tage fortzusetzen.

Sobald er dies gesagt hatte, schloß ich das Buch und hatte im gleichen Augenblick das Gefühl, ins Licht zurückgekehrt zu sein. Ich empfand große Erleichterung darüber, die ich sorgsam zu verbergen suchte, aus Angst, meine Gastgeber könnten mein Unwohlsein für vorgetäuscht halten.

Und in der Stunde, in der ich diese Zeilen schreibe, habe ich das Gefühl, diese Verfinsterung habe niemals stattgefunden, ich hätte sie lediglich geträumt. Doch ich bin ganz sicher, daß dem nicht so ist. Mir ist etwas widerfahren, von dem ich nicht weiß, was ich davon halten soll, noch wie ich es benennen soll – das ist der Grund, weshalb ich dem Kaplan die Wahrheit vorenthielt, als er mich fragte, warum ich schwieg. Etwas, dessen Wesen ich nicht zu fassen vermag, doch das mir einen Zwischenfall in Erinnerung ruft, der sich vor mehr als einem Jahr zugetragen hat und mir damals nicht weiter geheimnisvoll vorgekommen war. Ich war von dem alten Idriss mit dem Buch, das er mir überlassen hatte, zurückgekehrt und hatte es in meinem Laden durchgeblättert. Es war mir dabei so vorgekommen, als sei das Licht ausreichend, doch meine Augen haben nichts lesen können. Am Abend davor war es mir ebenso ergangen, und es hatte mich noch weniger überrascht, als ich mich in der Hütte des alten Idriss befand. Sie war sehr dunkel, doch nicht so sehr, um die Seiten des Buches völlig unleserlich zu machen, wo ich bereits ohne Probleme die Titelseite hatte lesen können, deren Buchstaben nicht wesentlich größer waren.

Es liegt hier ein Phänomen vor, das ich nicht zu erklären weiß, das mich beunruhigt und verwirrt und erschreckt.

Lag auf dem Text vielleicht ein Fluch?

War es vielleicht meine eigene Furcht, vor mir könnten sich die Buchstaben des höchsten Namens abzeichnen?

Ich frage mich, ob nicht alle, die bisher Zugang zu dem *Hundertsten Namen* erlangt hatten, das gleiche erlebt hatten, die gleiche Blindheit. Vielleicht unterliegt der Text einem schützenden Zauber, einem verknoteten Amulett, einem Talisman – was weiß ich?

Wäre dies der Fall, so würde ich nie bis ans Ende gehen wollen. Es sei denn, der Fluch würde auf die eine oder andere Weise aufgehoben, »der Knoten gelöst«.

Doch die Existenz eines solchen Knotens, eines solchen Fluchs, ist sie nicht für sich genommen schon der Beweis, daß es sich hier mitnichten um ein Buch wie alle anderen handelt, und daß es tatsächlich die wertvollsten, die unsäglichsten, die gefürchtetsten, die verbotensten Wahrheiten enthält?

Am 27. August 1666

Gestern abend, während ich bei Tageslicht, das hier erst sehr spät verdämmert, mein Reisetagebuch schrieb, trat zu meiner Überraschung Bess ins Zimmer. Die Tür hatte ein wenig offengestanden, sie hatte angeklopft und dann mit der gleichen Bewegung die Tür aufgestoßen. Ich legte mein Heft unter das Bett, ohne den Eindruck zu vermitteln, ich hätte etwas zu verbergen, und nahm mir vor, weiterzuschreiben, sobald sie gegangen war. Doch sie ist lange geblieben, und am Ende ihres Besuchs hatte ich nicht mehr im Kopf, was ich gerade hatte schreiben wollen.

Sie zeigte sich über meinen Kopfschmerz beunruhigt, von dem sie mich, wie sie sagte, befreien wollte. Sie sprach davon, mir in den Schultern oder im Nacken »einen Knoten zu lösen«, und dieses Wort weckte meine Neugierde. Sie bat mich, mich auf einen niedrigen Stuhl zu setzen, während sie hinter mir stand und mir mit ihren Fingern und ihren Handflächen geduldig das Fleisch und die Knochen knetete. Da ich den Schmerz, den ich vorgab, nicht verspürte, sondern ein tückisches Leiden, über das ich nicht reden konnte, vermochte ich die Wirkung ihrer Methode nicht zu beurteilen. Ihr Eifer war dennoch rührend, und um sie nicht zu kränken, sagte ich ihr, daß ich mich wie neugeboren fühlte. Sie schlug daraufhin vor, mich zu massieren, während ich in die Lektüre vertieft war. Ich beeilte mich, ihr Angebot abzulehnen. Und sobald sie das Zimmer verlassen hatte, ertappte ich mich dabei, wie ich vor mich hin lächelte. Ich stellte mir vor, wie ich in Anwesenheit des Kaplans und seiner beiden Schüler las und übersetzte, während mir eine brave Frau Schultern, Rücken und Nacken mit ihren heilenden Händen traktierte. Die Stille des Publikums würde darunter leiden, stellte ich mir vor …

Abgesehen davon mußte ich ein Mittel gegen meine Unpäßlichkeit finden, ohne das meine Lektüre unterbrochen werden mußte. Heute war es zu einer Art kurzer Erleuchtung gekommen, die mir gestattet hatte, einige Zeilen der Darstellung Mazandaranis zu lesen, bevor die Verfinsterung von neuem eintrat. Ich näherte mich ein wenig dem Fenster und hatte das Gefühl, die Seiten wären dadurch lesbarer geworden, doch dies war nicht von langer Dauer, das Licht wurde sogleich wieder schwächer, und bald konnte ich nichts mehr erkennen. Meine Augen und ich waren eingetaucht in dichte Finsternis. Der Kaplan und seine Schüler zeigten sich enttäuscht und gereizt, doch sie machten mir keine Vorwürfe und willigten ein, die Lektüre auf den nächsten Tag zu verschieben.

Im Augenblick habe ich die Gewißheit, daß eine große Kraft diesen Text vor begierigen Blicken schützt. Auch ich war davon betroffen. Ich bin kein Heiliger, ich bin nicht besser als andere, und säße ich auf dem Platz des Allerhöchsten, so würde ich gewiß nicht einem Menschen wie mir das wertvollste Geheimnis enthüllen! Ich, Baldassare Embriaco, Kuriositätenhändler, im Grunde meines Herzens ehrlich, jedoch ohne große Gottesfurcht, ohne jegliche Heiligkeit, ohne Leiden, ohne Opfer, nicht einmal Armut, weshalb zum Teufel sollte ich ein Vorrecht haben, von Gott in den Kreis der Mitwisser Seines höchsten Namens gewählt zu werden? Weshalb sollte Er mich auf diese Weise in Seinen engsten Kreis aufnehmen, nach Noah, Abraham, Moses oder Hiob? Es bedürfte großen Hochmuts und großer Verblendung, wollte ich mir auch nur einen Augenblick lang einbilden, Gott könne in mir ein außergewöhnliches Wesen erkennen. Manche seiner Geschöpfe zeichnen sich aus durch ihre Schönheit, durch ihre Klugheit, durch ihre Frömmigkeit, durch ihre Ergebenheit, durch ihre Veranlagung, von der Er sich rühmen könnte, wenn ich so sagen darf, der Urheber zu sein. Daß Er mich geschaffen hat, darüber kann Er sich weder rühmen noch beklagen. Wenn Er mich von der Höhe Seines Thrones aus betrachtet, dann weniger mit Verachtung als vielmehr mit Gleichgültigkeit …

Und dennoch befinde ich mich in London, bin auf der Suche nach diesem Buch durch die halbe Welt gereist und habe es wider Erwarten gefunden! Ist es verrückt, all der Worte zum Trotz, die ich soeben gesagt habe, zu denken, daß mir der Allerhöchste mit seinen Blicken folgt und mich auf gewisse Wege lenkt, die ich ohne Ihn nie gefunden hätte? Jeden Tag trage ich in meinen Händen das Buch *Der Hundertste Name*, habe Licht in ein paar seiner Seiten gebracht, gehe Schritt für Schritt in seinem Labyrinth voran. Allein diese seltsame Blindheit verzögert meine Fortschritte. Aber vielleicht handelt es sich nur um ein Hindernis von vielen, um eine Prüfung von vielen, die ich schließlich ablegen werde. Dank meiner Beharrlichkeit, meiner Dickköpfigkeit oder vielleicht auch dank des unergründlichen Willens des Herrn über alle Geschöpfe …

Am 28. August 1666

Heute war es erneut zu einer Erleuchtung gekommen, welche weniger kurz war als gestern. Mir scheint, meine Hartnäckigkeit trägt Früchte. Die ganze Zeit über lag auf dem Buch oder auf meinen Augen etwas wie ein Schleier, der jedoch die Worte nicht verdunkelte. Folglich konnte ich drei ganze Seiten lesen, bevor der Schatten sich verdichtete und die Zeilen dunkel verschwammen.

Auf diesen Seiten bemüht sich Mazandarani, die weitverbreitete Meinung zu widerlegen, wonach der höchste Name, sollte es ihn geben, von den Menschen nicht ausgesprochen werden dürfte, da man auf alle Wesen und Dinge, die man benennen konnte, einen gewissen Einfluß ausüben kann, wohingegen man über Gott ganz offensichtlich nicht herrschen kann. Um diesen Einwand zurückzuweisen, schickt sich der Autor an, den Islam mit dem Judentum zu vergleichen. Während die Religion Moses tatsächlich diejenigen straft, die den unaussprechlichen Namen in den Mund nehmen, und sich bemüht, Mittel und Wege zu finden, jede direkte Erwähnung des Schöpfers zu vermeiden, so zeichnet die Religion Mohammeds das gegenteilige Bestreben aus, denn sie ruft die Gläubigen auf, den Namen Gottes Tag und Nacht im Munde zu führen.

In der Tat, bestätigte ich dem Kaplan und seinen Schülern, verläuft in einem islamischen Land keine Unterhaltung, ohne daß nicht mindestens zehnmal der Name Allahs fällt, gibt es keine Verhandlungen, in denen die beiden Parteien nicht unentwegt bei Ihm, bei ›Wallah‹, ›Billah‹, ›Bismillah‹ schwören, keine

Begrüßungsformel und kein Abschiedsgruß, keine Drohung, keine Ermahnung, kein Ausruf des Überdrusses, in dem Er nicht ausdrücklich Erwähnung findet.

Diese Aufforderung, den Namen Gottes unentwegt zu wiederholen, beschränkt sich nicht allein auf Allah, sondern erstreckt sich auf die neunundneunzig Namen, die ihm zugeordnet sind, sowie auf den hundertsten für diejenigen, welche ihn kennen. Mazandarani führt im übrigen den Vers an, welcher der Ursprung aller Streitgespräche über den höchsten Namen ist – »Ehre den Namen des Herrn, welcher der Größte ist« – und weist darauf hin, daß sich der Koran nicht allein darauf beschränkt, uns darüber in Kenntnis zu setzen, daß es einen »höchsten« Namen gibt, sondern daß er uns regelrecht dazu aufruft, Gott durch diesen Namen zu ehren …

Bei der Lektüre dieses Abschnitts erinnerte ich mich an die Worte, die Prinz Ali Esfahani auf See gesprochen hatte, und ich sagte mir, daß er entgegen seiner Behauptung, davon bin ich überzeugt, bereits Gelegenheit gehabt hatte, das Buch Mazandaranis zu lesen. Ich fragte mich daraufhin, ob er beim Durchblättern nicht die gleiche vorübergehende Blindheit erlebt hatte wie ich. Und in ebenjenem Augenblick, als mir diese Frage in den Sinn kam, kehrte die Verfinsterung zurück und hinderte mich daran, die Lektüre fortzusetzen … Ich nahm meinen Kopf in die Hände, schützte einen starken Kopfschmerz vor, und meine Freunde fingen an, mich zu bedauern, mich zu beruhigen und mir verschiedene Heilmittel zu empfehlen. Das wirkungsvollste, erzählte mir Magnus, der bisweilen von derlei Schmerz heimgesucht wird, bestünde darin, mich mit völliger Dunkelheit zu umgeben … mit völliger Dunkelheit. Ach, wenn er wüßte!

Obschon die Sitzung kurz gewesen ist, sind meine Freunde heute weniger enttäuscht. Ich habe ihnen vorgelesen, ich habe ihnen übersetzt, ich habe ihnen Erläuterungen gegeben, und wenn ich das gleiche Tag für Tag tun konnte, wäre dieses Buch bald nicht länger ein Geheimnis für sie – und auch nicht für mich.

Morgen werden wir die Lektüre nicht fortsetzen, sondern am Montag. Wenn ich nur unter den gleichen Umständen ›zelebrieren‹ könnte wie heute. Ich verlange nicht vom Himmel, daß er mir ein für allemal den Schleier von den Augen nimmt, ich bitte ihn nur, ihn jeden Tag ein wenig mehr zu lüften. Ist das zuviel verlangt?

Sonntag, der 29. August

Heute zu früher Stunde sind alle zur Messe gegangen, deren Besuch hier so verpflichtend ist, daß die Widerspenstigen, die von ihren Nachbarn wiederholt angeschwärzt werden, mit Gefängnisstrafen rechnen müssen, bisweilen mit der Peitsche oder verschiedenen anderen Schikanen. Ich selbst, als Fremder und »Papist«, bin davon befreit. Doch täte ich gut daran, meinen Kopf als Gottloser nicht allzu stolz in den Straßen zur Schau zu tragen. Folglich bin ich in meinem Zimmer geblieben, um mich, geschützt vor den Blicken anderer, zu erholen, zu lesen und zu schreiben. Zu selten habe ich die Gelegenheit, faul zu sein, als daß ich sie nicht schätzen würde.

Mein Zimmer gleicht einem Türmchen über der Stadt, das rechts auf ein paar Dächer und links auf die Saint Paul's Cathedral blickt, welche aufgrund ihrer Ausmaße greifbar nahe wirkt. Der Platz um mein Bett ist sehr klein, doch es genügt, über ein paar Kisten zu steigen und sich zwischen Balken hindurchzuwinden, um in einen großräumigen Dachstuhl zu gelangen, in dem die Luft ganz frisch ist. Ich habe lange Zeit im Halbdunkel gesessen. Vielleicht gibt es hier Ratten und Wanzen, doch ich habe keine gesehen. Den ganzen Vormittag über war ich guter Laune gewesen, froh, daß man mich vergessen hatte, und ich wünschte, daß man mich noch lange, lange Zeit vergessen würde, und sollte ich bis zum Abend fasten.

Am 30. August

Wir hätten die Lektüre wiederaufnehmen sollen, doch der Chaplain ist heute morgen aufgebrochen, ohne mich darüber unterrichtet zu haben. Desgleichen seine jungen Schüler. Bess sagte mir, daß sie in drei oder vier Tagen zurück seien. Obwohl sie besorgt schien, hat sie sich mir nicht anvertraut.

Also ein weiterer Tag des Müßiggangs, worüber ich nicht klagen will. Nur, daß ich mich entschieden habe, nicht in meinem Zimmer auf der faulen Haut zu liegen, sondern vielmehr durch London zu spazieren.

Wie fremd ich mich in dieser Stadt fühle! Ich habe unentwegt das Gefühl, Blicke auf mich zu ziehen, Blicke, die nicht freundlich sind; nirgendwo sonst begegnet man Reisenden mit soviel Feindseligkeit. Liegt es an dem Krieg, der augenblicklich gegen die Holländer und Franzosen geführt wird? Liegt es an den ehemaligen inneren Streitereien, die den Bruder gegen den Bruder aufgebracht haben, den Sohn gegen den Vater, und die dauerhaft Bitterkeit und Mißtrauen in den Köpfen gesät haben? Liegt es an den religiösen Eiferern, die noch sehr zahlreich sind und die man zu ergreifen sucht, sobald sie erkannt werden? Vielleicht an allem zusammen, so daß die Feinde – ob nun tatsächlich vorhanden oder nur eingebildet – hier sehr zahlreich sind.

Ich hatte Lust, die Saint Paul's Cathedral zu besuchen, doch ich ließ davon ab, aus Angst, ein Kirchendiener könnte sich erregen und mich verraten. Jeder ›Papist‹ ist verdächtig, vor allem wenn er aus Italien kommt. Dies war im Verlauf des Spaziergangs zumindest mein Eindruck. Ich mußte stets mit mir ringen, um dieses Gefühl des Unbehagens zu überwinden, das mich auf Schritt und Tritt verfolgte.

Der einzige Ort, an dem ich mich sicher gefühlt hatte, war bei den Buchhändlern gewesen, die in der Nähe des Saint-Paul's-Friedhofes ihre Läden haben. Bei ihnen war ich nicht länger ein

Fremder, war ich nicht länger Papist, war ich nur noch Kollege und Kunde.

Ich bin schon immer überzeugt gewesen, und heute bin ich es noch mehr: Der Handel ist die einzige ehrwürdige Tätigkeit, und Kaufleute sind die einzigen zivilisierten Wesen. Es waren keinesfalls Kaufleute, die Jesus aus dem Tempel vertreiben mußte, sondern Soldaten und Priester!

Am 31. August

Ich hatte mich gerade darauf vorbereitet, nach draußen zu gehen, um erneut bei den Buchhändlern vorbeizuschauen, als Bess mich auf ein Bier einlud und wir in einer Ecke der Taverne Platz nahmen, als seien wir beide Gäste. Wiederholt war sie aufgestanden, um Getränke zu servieren oder mit den Stammgästen ein paar Worte zu wechseln. Doch im großen und ganzen war es ruhig gewesen, und die Lautstärke insgesamt genau richtig, nicht so leise, als daß wir hätten flüstern müssen, und auch nicht so laut, als daß wir uns die Lunge aus dem Hals hätten schreien müssen.

Einige Worte aus Bess' Mund waren mir entgangen, doch es kam mir so vor, als hätte ich alles verstanden, und auch sie hat alles begriffen. Auch als ich im Eifer des Gesprächs mehr italienische Wörter als englische in meinen Sätzen verwendete, nickte sie heftig mit dem Kopf, um mir zu bedeuten, daß sie verstanden hatte. Ich will es gern glauben. Denn jeder vernunftbegabte und gutwillige Mensch kann ein wenig Italienisch verstehen!

Wir haben jeder gut zwei oder drei Pints getrunken – sie womöglich gar ein wenig mehr. Doch es war nicht Trunkenheit gewesen, die uns getrieben hatte, noch Langeweile, oder die reine Neugierde oder der Wunsch zu schwätzen. Wir hatten beide das Bedürfnis, ein freundliches Ohr zu finden und eine freundliche Hand. Ich spreche voller Verwunderung, denn ich habe in meinem vierzigjährigen Leben soeben erst entdeckt, welche Erfüllung ein Mensch in ein paar Stunden in vertrauter und züchtiger Gesellschaft mit einer Fremden erfahren kann.

Dem Beginn unserer langen Unterhaltung war eine Art kindliches Spiel vorausgegangen. Wir saßen da, unsere Krüge in der Hand, mit denen wir angestoßen und uns zugeprostet hatten. Sie lachte, und ich fragte mich bereits, ob es noch etwas anderes gäbe, worüber wir uns unterhalten könnten, als sie aus der Tasche ihrer Schürze ein Taschenmesser zog, mit dem sie ein Viereck in das Holz ritzte.

»Das ist unser Tisch«, sagte sie.

Sie zeichnete einen kleinen Kreis auf meiner Seite und einen auf ihrer.

»Das bin ich, das bist du.«

Das hatte ich bereits erraten und wartete auf die Fortsetzung.

Sie streckte den Arm bis zum Tischende und ritzte hemmungslos eine gewundene Furche, die bis zu dem kleinen Kreis führte, der mich versinnbildlichte. Dann ritzte sie, ausgehend vom anderen Tischende, eine weitere Furche, welche noch stärker gewunden war und bei ihr endete.

»Ich bin von hier gekommen, und du von da. Heute sitzen wir am gleichen Tisch. Ich werde dir meinen Weg beschreiben und du mir deinen?«

Ich werde mich nie mehr ganz genau daran erinnern können, was Bess mir heute über sich erzählt hat, über London und England in den letzten Jahren – die Kriege, die Revolutionen, die Hinrichtungen, die Massaker, die Eiferer, die große Pest … Bevor ich ihr zugehört hatte, war ich in dem Glauben gewesen, einiges über England zu wissen. Ich weiß jetzt, daß ich gar nichts wußte.

Was von alledem sollte ich auf diesen Seiten aufschreiben? Zunächst das, was die Menschen betrifft, mit denen ich seit meiner Ankunft Umgang pflege. Und auch das, was mit dem Ziel meiner Reise zu tun hat, den Gerüchten und den Glaubensvorstellungen, die das Ende der Zeiten vorhersagen. Sonst nichts.

Was ich zu berichten gedenke, werde ich nicht heute abend aufschreiben. Mein Kopf ist plötzlich schwer, und ich fühle mich nicht länger imstande, die Worte und die Gedanken in der richtigen Reihenfolge zu Papier zu bringen. Ich werde zu Bett gehen und nicht warten, bis es Nacht wird. Morgen werde ich früh aufstehen und wieder schreiben, mit klarem Kopf.

Mittwoch, der 1. September 1666

Heute morgen bin ich aus dem Schlaf geschreckt. Ich erinnerte mich plötzlich an die Worte meines venezianischen Freundes auf der Schiffsreise von Genua, die ich in meinem Heft festgehalten hatte. Hatte er nicht gesagt, die Moskowiter erwarteten das Ende der Welt für den heutigen Tag, den ersten September, welcher für sie der erste Tag im neuen Jahr ist? Erst als ich mein Gesicht in kaltes Wasser getaucht hatte, fiel mir wieder ein, daß in Moskau wie in London heute Mittwoch, der 22. August, ist. Es war dies also nur ein falscher Alarm. Das Ende der Welt wird erst in zehn Tagen sein. Es bleibt mir noch die Zeit, es mir behaglich zu machen, mit Bess zu plaudern und die Buchhändler aufzusuchen.

Ich hoffe, ich werde die Dinge in zehn Tagen ebenso leicht nehmen!

Doch genug der Prahlerei, ich sollte unverzüglich aufschreiben, was ich von Bess erfahren habe, bevor ich es vergesse. Schon jetzt, nach einem Tag und einer Nacht, vermischen sich manche Sätze.

Sie hatte mir zunächst von der Pest erzählt. Ein sehr junger Mann war in die Wirtsstube gekommen, und sie hatte mit dem Kinn auf ihn gedeutet und mir dabei erzählt, daß er der letzte Überlebende seiner Familie sei. Und daß sie selbst diesen oder jenen Verwandten verloren habe. Wann war das gewesen? Vergangenen Sommer. Sie senkte die Stimme und beugte sich zu mir, um mir ins Ohr zu flüstern: »Noch heute sterben die Leute an der Pest, aber man riskiert einen Streit, wenn man es laut sagt.« Der König hatte gar Messen zelebrieren lassen, um dem Himmel für das Ende der Epidemie zu danken. Wer immer behauptete, sie sei nicht zu Ende, würde also den König und den Himmel der Lüge bezichtigen! Die Wahrheit jedoch ist die, daß die Pest noch immer in der Stadt wütet und daß sie Leben fordert. Etwa zwanzig Personen pro Woche, wenn es nicht zweioder gar dreimal zwanzig sind. Gewiß, das ist nicht viel, wenn man bedenkt, daß die Pest noch vor einem Jahr in London mehr als tausend Menschen täglich dahingerafft hat! Zu Beginn hatte man die Opfer in der Nacht begraben, um zu verhindern, daß die Bevölkerung in Angst und Schrecken versetzt wurde. Als sich die Dinge verschlimmert hatten, konnte man diese Vorsichtsmaßnahme nicht mehr ergreifen. Man hatte daraufhin angefangen, die Leichen tags wie nachts aufzusammeln. Karren fuhren durch die Straßen, auf die die Leute die Leichen ihrer Verwandten oder ihrer Kinder oder ihrer Nachbarn werfen konnten, als handele es sich um modrig gewordene Matratzen!

»Am Anfang hat man Angst um seine Nächsten«, sagte Bess, »doch im Laufe der Zeit, wenn die Leute sterben und sterben, hat man nur noch einen einzigen Gedanken im Kopf: seine Haut zu retten! Zu überleben! Und möge die ganze Welt zugrunde gehen! Ich habe weder meine Schwester beweint noch meine fünf Nichten und Neffen noch meinen Ehemann – Gott vergebe mir! Ich hatte keine Tränen mehr! Ich habe das Gefühl, durch diese Zeit mit verstörtem Blick getaumelt zu sein, gleich einer Schlafwandlerin. Mit nur einer einzigen Frage auf den Lippen, ob dies je ein Ende nehmen würde …«

Die Reichen und Mächtigen hatten die Stadt verlassen, angefangen vom König und den Kirchenoberen. Die Armen waren geblieben, da sie keinen Ort hatten, wo sie hätten hingehen können. Diejenigen, die durch die Gegend geirrt waren, waren Hungers gestorben. Doch hatte es auch ein paar edle Seelen gegeben, welche es sich in den Kopf gesetzt hatten, das Übel zu bekämpfen oder zumindest das Leid der anderen zu lindern. Ein paar Ärzte, ein paar Geistliche. Unser Chaplain gehörte dazu. Er hätte ebenfalls gehen können, erklärte sie mir. Er ist nicht mittellos, und einer seiner Brüder besitzt ein Haus in Oxford, der Stadt, die von allen Städten des Reiches am meisten verschont geblieben war. Er hatte nicht fliehen wollen. Er ist hiergeblieben und hat die Kranken besucht, um sie zu trösten. Er hat ihnen erzählt, die Welt sei im Begriff zu erlöschen und sie selbst gingen ein wenig früher als die anderen. In einiger Zeit, wenn sie im Paradiesgarten säßen, von den köstlichen Früchten Edens umgeben, würden sie den Rest der Menschheit kommen sehen, und dann sei es an ihnen, die anderen zu trösten.

»Ich habe ihn am Sterbebett meiner Schwester gesehen, er hielt ihr die Hand, und es gelang ihm, sie zu beruhigen und ihr gar ein glückliches Lächeln zu entlocken. Er verhielt sich allen gegenüber so, die er besuchte. Er setzte sich über die Ratschläge seiner Freunde hinweg und trotzte sogar der Quarantäne. Ihr hättet ihn sehen sollen in dieser Zeit des Elends, wie er durch die Straßen lief, als sich die Leute verkrochen, eine riesige weiße Gestalt, mit weißen Kleidern, langen weißen Haaren, seinem langen weißen Bart, man hätte meinen können, er sei Gottvater persönlich! Wenn die Leute an einem Haus ein rotes Kreuz sahen, bekreuzigten sie sich und machten einen Umweg, um das Haus zu meiden. Er ging direkt auf die Tür zu, Gott wird es ihm eines Tages vergelten ...«

Doch die Obrigkeit zeigte ihm gegenüber keinerlei Dankbarkeit für soviel Hingabe, und der Mob noch weniger. Ende letzten Sommers, als die Pest nachzulassen begann, wurde er von einem Hellebardier festgenommen, der ihn beschuldigte, der Verbreitung des Übels zu dienen, indem er die Pestkranken besuchte. Und als er acht Tage später wieder freigelassen wurde, fand er sein Haus bis auf die Grundmauern abgebrannt vor. Man hatte das Gerücht verbreitet, daß er einen Zaubertrank besäße, der ihm zu überleben erlaubte und den er anderen vorenthielte. Während seiner Festnahme war eine Schar von Bettlern in sein Haus eingedrungen, um den angeblichen Zaubertrank zu finden, sie verwüsteten alles, nahmen mit, was mitzunehmen war, steckten dann den Rest in Brand, einmal, um ihre Wut an ihm auszulassen, zum anderen, um ihr Verbrechen zu vertuschen.

Man wollte ihn zwingen, die Stadt zu verlassen, sagt Bess. Doch sie hat ihm Unterschlupf gewährt, aus Dankbarkeit, und darauf ist sie stolz. Warum verletzt und demütigt man ihn, den alten Mann? Wegen seines früheren Handelns. Sie hat mir lange davon erzählt, hat unzählige Namen genannt, von denen mir die Hälfte oder ein Drittel nicht bekannt waren. Folglich konnte ich mir nicht viel merken. Höchstens noch, daß der Chaplain, der Militärgeistlicher in der Armee Cromwells gewesen ist, anschließend mit letzterem in Streit geraten war und versucht hatte, eine Revolte gegen ihn anzuzetteln. Das ist übrigens der Grund, weshalb der Chaplain, als vor mittlerweile sechs Jahren die Monarchie wiederhergestellt wurde, die Würdenträger der Revolution verfolgt oder verbannt wurden und der Leichnam Cromwells gar wieder ausgegraben wurde, um aufgehängt und in der Öffentlichkeit verbrannt zu werden, ziemlich verschont geblieben ist. Doch ihm wurde keinesfalls verziehen, wie niemandem jemals völlig vergeben wird, der gegen die Monarchie aufbegehrt hat oder der bei der Hinrichtung König Karls, und sei es nur von weitem, die Hand im Spiel hatte. Der Chaplain gehört und wird – will man Bess' Worten Glauben schenken – bis zu seinem Tod und darüber hinaus zu diesen ungeliebten Leuten gehören.

Bevor ich meinen Bericht unterbreche, noch eine letzte Sache, die ich rasch erwähnen will, aus Angst, sie könnte mir sonst aus dem Gedächtnis kommen: Das Unheil Englands hat – ebenfalls, müßte ich sagen – 1648 begonnen. Dieses Datum gelangt mir unentwegt unter die Feder: das Ende des Großen Krieges, die Ankunft des jüdischen Jahrs der Auferstehung und der Anfang der großen Verfolgungen, von denen Maimun mir ausführlich berichtet hatte, die Herausgabe des russischen Buchs über den Glauben, das das Datum für das Ende der Welt auf dieses Jahr legt, und in England die Hinrichtung des Königs, ein Ereignis, dessen Fluch noch heute auf dem ganzen Land liegt und das sich nach dem hiesigen Kalender am Ende des Jahres 1648 zugetragen hat. Und auch für mich war jenes Jahr das Jahr des Besuchs von Jewdokim, des Pilgers aus Moskau, der den Anfang meines Unglücks bildete, und auch das Todesjahr meines Vaters, im Monat Juli …

Man könnte glauben, in diesem Jahr sei eine Tür aufgestoßen worden, eine unheilvolle Tür, durch die – der Welt und mir – nur Unheil widerfahren ist. Ich erinnere mich, wie Bumeh von den drei letzten Stufen gesprochen hat, von dreimal sechs Jahren, die vom Jahr des Prologs bis zum Jahr des Epilogs führen würden.

Mein Verstand erinnert mich daran, daß man durch die Aneinanderreihung von Zahlen alle möglichen Dinge heraufbeschwören kann, ohne sie zu beweisen. Und im Augenblick, zumindest heute abend, versuche ich, auf meinen Verstand zu hören.

Am 2. September

Vorgestern sprach ich im Zusammenhang mit meiner langen Unterhaltung mit Bess von einer vertrauten und keuschen Zusammenkunft. Seit letzter Nacht ist sie ein wenig vertrauter und weniger keusch.

Ich hatte den ganzen Tag über geschrieben und kam nur langsam voran. Bei dem Verfahren, das ich mir angewöhnt hatte, geht es nicht sehr schnell vorwärts. Ich schreibe in meiner Sprache, doch in arabischen Buchstaben und in dem mir eigenen Geheimkode, was viele Übersetzungen voraussetzt, bevor ein Wort niedergeschrieben wird. Wenn ich mich darüber hinaus an das zu erinnern versuche, was Bess mir auf englisch erzählt hat, erweist sich die ganze Übung als sehr ermüdend.

Dennoch komme ich voran, als Beweis mag der Text dienen, den ich gestern niedergeschrieben habe, am Vormittag begonnen und am Nachmittag beendet. Nicht, daß ich auf diesen Seiten alles festgehalten hätte, was ich hatte festhalten wollen, doch ich habe mein Gedächtnis um viele Dinge erleichtert, die sich sonst vielleicht zerstreut hätten.

Zweimal hat mir Bess zu essen und zu trinken gebracht und ist ein wenig geblieben, um mir dabei zuzusehen, wie ich diese geheimnisvollen Buchstaben von rechts nach links male. Ich verstecke mein Heft nicht mehr, wenn ich sie kommen höre, sie ist jetzt in alle meine Geheimnisse eingeweiht, und ich vertraue ihr. Nur lasse ich sie in dem Glauben, daß ich in gewöhnlichem Arabisch schreibe, niemals werde ich ihr – noch irgendeinem anderen Menschen! – offenbaren, daß ich eine chiffrierte Sprache verwende, die nur mir gehört.

Nachdem sich die Wirtsstube zur Zeit der Schließung geleert hatte, schlug Bess mir vor, gemeinsam zu Abend zu essen und miteinander zu plaudern wie am gestrigen Abend. Ich versprach, zu ihr nach unten zu kommen und mich an denselben Tisch zu setzen wie gestern, sobald ich den Absatz beendet hatte, den ich gerade schrieb.

Doch der Absatz zog sich hin, und ich wagte nicht, ihn zu unterbrechen oder mich abzukürzen, aus Angst, mich nach einer weiteren Unterhaltung nicht mehr an die Dinge zu erinnern, die ich zuvor gehört hatte. Ich vergaß mein Versprechen und schrieb und schrieb und dachte an nichts anderes mehr, so daß meine Wirtin die Zeit hatte, die Wirtsstube unten aufzuräumen und wieder nach oben zu kommen, ohne daß ich meine Feder beiseite gelegt hatte.

Weit davon entfernt, verärgert zu sein, ging sie auf Zehenspitzen hinaus, um wenige Minuten später mit einem Tablett zurückzukehren, das sie auf meinem Bett abstellte. Ich versprach ihr, Schluß zu machen und danach mit ihr zu Abend zu essen. Sie bedeutete mir, mich nicht zu überstürzen, und ging wieder hinaus.

Doch ich vertiefte mich sogleich wieder in meinen Bericht, vergaß von neuem die Frau und das Abendessen und war überzeugt davon, daß auch sie mich vergessen hatte. Doch als ich sie rief, trat sie sogleich ein, als hätte sie hinter der Tür gewartet. Sie trug noch immer das gleiche Lächeln auf den Lippen und ließ keinerlei Anzeichen von Ungeduld erkennen. Soviel Rücksichtnahme rührte und verwunderte mich. Ich dankte ihr dafür, und sie errötete. Sie, die bei einem kräftigen Schlag auf den Hintern nicht errötete, errötete bei einem Wort des Dankes!

Auf dem Tablett, das sie gebracht hatte, befanden sich getrocknetes Fleisch, in feine Scheiben geschnitten, ein Stück Käse, frisches Brot und jenes Bier, das sie »Butterbier« nannte, das jedoch vor allem äußerst würzig war. Ich fragte sie, ob sie nicht mit mir essen wolle, sie sagte jedoch, sie habe den ganzen Tag über immer wieder nebenbei einen Bissen genommen, während sie die Gäste bediente, was ihr zur Gewohnheit geworden war, und sie habe zur Stunde der Mahlzeit keinen Hunger. Sie hatte sich lediglich das gleiche Bier gezapft, damit wir zusammen anstoßen konnten. Nachdem sie mir zunächst beim Schreiben zugesehen hatte, sah sie mir jetzt beim Essen zu. Ein Blick, der in allem dem meiner Schwester Plaisance ähnelte und früher dem meiner Mutter, ein Blick, der den Esser und seine Nahrung von überall her umschließt, der jeden Bissen mit den Augen begleitete und einen wieder Kind werden läßt. Plötzlich fühlte ich mich zu Hause in dem Haus dieser Fremden. Ich mußte in dem Moment an Jesu Worte denken: »Ich bin hungrig gewesen, und du hast mir zu essen gegeben.« Ich war jedoch nicht vom Hungertod bedroht. Ich habe mein ganzes Leben lang eher unter Zügellosigkeit gelitten als unter Hungersnot. Doch es lag in dieser Art, wie die Frau mich verköstigte, etwas von einer mütterlichen Brust. In diesem Augenblick empfand ich für sie, für ihr Brot, ihr gebuttertes Bier, ihre Gegenwart, ihr aufmerksames Lächeln, ihre geduldige Haltung, ihre fleckige Schürze, ihre großen Rundungen eine grenzenlose Zuneigung.

Sie blieb stehen, mit nackten Füßen und an die Wand gelehnt, ihren Krug in der Hand. Ich erhob mich mit meinem Bier, um ihr zuzuprosten, faßte sie sodann zärtlich um die Schulter und dankte ihr erneut mit leiser Stimme, bevor ich einen leichten Kuß auf ihre Stirn drückte, zwischen ihre Brauen.

Als ich mich löste, sah ich, daß ihre Augen voller Tränen waren, daß ihre Lippen, obgleich sie lächelten, voller Erwartung bebten. Etwas linkisch nahm sie meine Finger in ihre mollige Hand und drückte sie fest. Ich zog sie daraufhin zu mir heran und strich ihr langsam über die Haare und das Kleid. Sie gab nach und schmiegte sich an mich wie unter einer Decke im Winter. Ich schloß sie in die Arme, ohne sie allzu fest an mich zu pressen, sie vielmehr liebkosend, als wollte ich mit den Fingerspitzen und meinen Händen die Grenzen ihres Körpers ertasten, die ihres zitternden Gesichts, ihrer Lider, welche zwei feuchte Augen verbargen, bis hin zu den Hüften.

Zwischen den beiden Besuchen in meinem Zimmer hatte sie das Kleid gewechselt, dasjenige, welches sie jetzt trug, war dunkelgrün mit moiriertem Glanz und einem Hauch von Seide. Ich war versucht, mich mit ihr auf das nahe Bett zu legen, aber ich zog es vor, stehen zu bleiben. Ich genoß den Rhythmus, der den Dingen innewohnt, und wollte ihn auf keinen Fall vorantreiben. Es war noch nicht Nacht geworden, draußen war es fast taghell, und wir hatten keine Veranlassung, unsere Freuden zu verkürzen, wie man in manchen Augenblicken gern seine Leiden verkürzen würde.

Und als sie sich auf das Bett werfen wollte, hielt ich sie zurück. Sie war überrascht, glaube ich, und stellte sich wohl Fragen, doch sie ließ mich den Tanz führen. Wenn sich die Liebenden zu früh hinlegen, geht ihnen die Hälfte der Wonnen verloren. Die erste Zeit der Liebe spielt sich im Stehen ab, wenn man sich aneinanderklammert und hin und her schaukelt, betäubt, blind, taumelnd. Ist es nicht besser, wenn der Spaziergang andauert, man sich ins Ohr flüstert, man sich im Stehen mit den Lippen berührt, man sich gegenseitig langsam im Stehen auszieht, man sich nach jedem abgelegten Kleidungsstück verliebt umarmt?

So verharrten wir lange Zeit, trieben durch das Zimmer, mit langsamem Geflüster, langsamen Liebkosungen. Meine Hände begannen sie auszuziehen, sie dann zu umfassen, und meine Lippen wählten geduldig auf ihrem bebenden Körper den Ort, wo sie den Nektar einsammelten, sich niederließen und weitersammelten, von den Lidern, die ihre Augen verschleierten, zu den Händen, die die Brüste verbargen, bis zu den nackten, breiten, weißen Hüften. Die Geliebte, ein Blumenbeet, und meine Finger und meine Lippen ein Bienenschwarm.

In Smyrna hatte ich an einem gewissen Mittwoch im Kapuzinerkloster einen Augenblick grenzenloser Lust gekannt, als Marta und ich uns geliebt hatten und dabei jeden Augenblick das Eintreten meiner Neffen oder Hatems oder eines Mönchs fürchteten. Hier in London hatte jener Mittwoch der Liebkosungen einen ebenso verführerischen Geschmack, doch auf umgekehrte Weise. Dort hatte die Eile und die Dringlichkeit jedem Augenblick großen Genuß verliehen, während hier die unbegrenzte Zeit jeder Geste einen Widerhall, eine Dauer, ein Echo gab, was ihn bereicherte und stärker machte. Dort waren wir gehetzte Tiere gewesen, gehetzt von den anderen und von dem Gefühl, dem Verbotenen zu trotzen. Hier nichts davon, die Stadt ignorierte uns, die Welt auch, und wir fühlten uns keinesfalls schuldig, wir lebten abseits von Gut und Böse, im Dämmerlicht des Verbotenen. Auch am Rande der Zeit. Die Sonne versank verschwörerisch langsam, und die helfende Nacht versprach, lang zu werden. Wir würden uns gegenseitig ermüden können, Tropfen für Tropfen, bis zum letzten Genuß.

Am 7. September

Der Kaplan und seine Schüler sind zurückgekehrt. Sie waren bereits im Haus, als ich aufstand. Er sagte nichts zu den Gründen seiner Abwesenheit, und ich fragte nicht danach. Nichts als ein Wort der Entschuldigung.

Ich kann es ebensogut zu Beginn dieser Seite sagen: Heute ist etwas in meiner Beziehung zu diesen Leuten in die Brüche gegangen. Ich bedaure es und leide darunter, indes, ich glaube nicht, daß ich den Vorfall hätte verhindern können.

Der Kaplan ist verstimmt und gereizt zurückgekehrt und legte sogleich große Ungeduld an den Tag.

»Wir müssen heute mit dem Text vorankommen, um zu seiner Substanz zu kommen, so er eine hat. Wir werden Tag und Nacht daran sitzen, und wer müde wird, der ist nicht von uns.«

Überrascht über diese Worte sowie über den Ton und die verschlossenen Gesichter, die mich umgaben, antwortete ich, daß ich alles in meiner Macht Stehende unternehmen würde, um an das Ende der Lektüre zu gelangen, wies jedoch auch darauf hin, daß die Leiden, die meine Lektüre verzögert hatten, nicht typisch für mich seien. Ich hatte geglaubt, hier und da zweifelnde Blicke zu erkennen, die ich nicht vermerkte, weil ich überzeugt davon war, im Unrecht zu sein. Nun, ich hatte nicht wirklich gelogen, da mich bei diesen Anflügen von Blindheit, welche die Lektüre verzögert haben, keine Schuld trifft. Doch hatte ich bezüglich der Symptome gelogen und bisweilen einen Kopfschmerz vorgetäuscht. Vielleicht hätte ich von Anfang an offen gestehen sollen, welches Übel mich befallen hatte, und sei es noch so rätselhaft. Jetzt ist es zu spät. Ich würde ihre schlimmsten Verdächtigungen bestätigen, gäbe ich zu, gelogen zu haben, und gäbe mich nun der Beschreibung jener ungewöhnlichen Symptome hin. Folglich beschloß ich, nichts zurückzunehmen und so gut es ging zu lesen.

Allein, an diesem Tag hatte sich der Himmel nicht zu meinem Verbündeten gemacht. Anstatt mir die Aufgabe ein wenig zu erleichtern, erschwerte er sie nur. Sobald ich das Buch geöffnet hatte, wurde ich von Dunkelheit umhüllt. Es war nicht nur das Buch, das mir verborgen war, das ganze Zimmer, die Leute, die Wände, der Tisch und sogar das Fenster hatten sich schwarz gefärbt wie Tinte.

Für einen Augenblick hatte ich gar die Befürchtung, mein

Augenlicht für immer verloren zu haben, und ich überlegte, daß der Himmel, nachdem er mir mehrere Warnungen geschickt hatte, die allesamt unbeachtet blieben, wohl beschlossen hatte, mir die Strafe aufzuerlegen, die mir zustand.

Rasch schloß ich das Buch und konnte im gleichen Augenblick wieder sehen. Nicht so viel, wie man um die Mittagszeit erwarten konnte, aber doch so viel wie am Abend, wenn das Zimmer von einem Leuchter erhellt wurde. Ein leichter Schleier hielt sich hartnäckig und hält sich noch zur Stunde, wo ich diese Zeilen schreibe. Man könnte meinen, es befände sich am Himmel eine Wolke, die nur auf mich Schatten wirft. Die Seiten dieses Heftes haben sich vor meinen Augen braun gefärbt, als wären sie an einem Tag um hundert Jahre gealtert. Je mehr ich darüber spreche, um so größer wird meine Sorge und um so schwerer fällt es mir, mit meinem Bericht fortzufahren.

Und dennoch muß ich es.

»Was ist denn jetzt schon wieder?« fragte der Kaplan, als er sah, wie ich das Buch wieder schloß.

Ich hatte die Geistesgegenwart zu antworten: »Ich möchte Euch einen Vorschlag unterbreiten. Ich werde in mein Zimmer gehen, das Buch mit ausgeruhtem Kopf lesen und mir Notizen machen, dann kehre ich morgen früh mit dem lateinischen Text zurück. Sollte mich dieses Vorgehen vor dem Kopfschmerz bewahren, werden wir es jeden Tag aufs neue wiederholen und können so regelmäßig in der Lektüre fortfahren.«

Ich hatte es verstanden, ihn zu überzeugen, und der alte Mann stimmte zu, wenngleich nicht sehr bereitwillig und nicht ohne mir das Versprechen abgerungen zu haben, mit zwanzig übersetzten Seiten zurückzukommen und nicht einer Seite weniger.

Ich ging also hinauf in mein Zimmer, von dem einen der beiden Schüler gefolgt, den ich vor meiner Tür auf und ab gehen hörte. Ich tat, als bemerkte ich diese Geste des Mißtrauens nicht, um nicht gezwungen zu sein, mich darüber gekränkt zu zeigen.

Sobald ich an meinem Tisch saß, legte ich das Buch, in der Mitte aufgeschlagen, aber mit den aufgeschlagenen Seiten nach unten, vor mich hin und begann statt dessen in diesem Heft zu blättern, wo ich zu meiner Freude am 20. Mai den Eintrag vorfand, den ich anläßlich der Worte meines persischen Freundes verfaßt hatte. Ich stützte mich auf das, was er mir hinsichtlich des Streitgesprächs über den höchsten Namen und Mazandaranis Ansicht erzählt hatte, und verfaßte, was ich morgen als eine Übersetzung der Worte ausgeben wollte, die letzterer geschrieben hatte, und hatte mich, um den Stil zu wahren, von dem Wenigen inspirieren lassen, was ich am Anfang des verfluchten Buches hatte lesen können …

Wieso schreibe ich »verflucht«? Ist es denn verflucht? Ist es gesegnet? Ist es verzaubert? Ich weiß es nicht. Ich weiß nur, daß es von einem Schild geschützt ist. Vor mir geschützt, soviel ist gewiß.

Am 8. September

Es ist alles gut verlaufen. Ich habe meinen lateinischen Text vorgelesen, und Magnus hat ihn Wort für Wort abgeschrieben. Der Kaplan sagte, so hätten wir von Anfang an vorgehen sollen. Er forderte mich allerdings auf, bei meiner Lektüre rascher voranzuschreiten.

Ich hoffe nur, daß dies ein Zeichen seiner wiedergefundenen Begeisterung ist und daß er seine Erwartungen mäßigt, sonst hege ich die schlimmsten Befürchtungen. Denn die List, auf die ich zurückgegriffen habe, läßt sich nicht beliebig fortsetzen. Heute habe ich aus dem geschöpft, was Esfahani mir erzählt hat, und auch ein wenig aus meinem Gedächtnis. Ich werde mich noch an weitere Dinge erinnern, die ich im Zusammenhang mit dem *Hundertsten Namen* vernommen hatte, doch ich kann diese Strategie nicht unbegrenzt fortsetzen. Eines Tages werde ich ans Ende gelangen und den erwarteten Namen nennen müssen, ob es sich nun um den wahrhaftigen Namen des

Schöpfers handelt oder nur um den von Mazandarani vermuteten.

Vielleicht sollte ich in den kommenden Tagen erneut den Versuch einer Lektüre unternehmen …

Ich hatte diese Seite voller Hoffnung begonnen, doch mein Vertrauen in die Zukunft war auf wenige Zeilen geschrumpft, so wie das Licht jedesmal schrumpft, wenn ich das verbotene Buch aufschlage.

Am 9. September

Ich habe den gestrigen Abend und den heutigen Vormittag damit verbracht, die Seiten mit lateinischen Worten zu beschreiben, die vorgeben, die Übersetzung des Textes von Mazandarani zu sein. Deshalb habe ich weder die Zeit noch die Kraft, die Feder für meinen eigenen Bericht in die Hand zu nehmen, und werde mich mit kurzen Notizen begnügen.

Der Kaplan hat mich gefragt, wie viele Seiten ich bisher übersetzt habe. Dreiundvierzig, habe ich geantwortet, doch hätte ich ebensogut siebzehn oder siebzig sagen können. Er hat mich gefragt, wie viele Seiten noch bleiben, und ich habe geantwortet: hundertdreißig. Er erwiderte daraufhin, daß er hoffte, ich könne die Lektüre in wenigen Tagen zu Ende bringen, am besten vor dem Ende der nächsten Woche.

Ich habe es ihm versprochen, doch ich sehe, wie sich die Falle um mich schließt. Vielleicht sollte ich von hier fliehen …

Am 10. September

Letzte Nacht ist Bess zu mir gekommen. Es war dunkel, als sie sich neben mich legte. Sie war seit der Rückkehr des Kaplans nicht mehr bei mir gewesen. Sie ist vor Sonnenaufgang wieder gegangen.

Wenn ich mich für eine Flucht entschied, sollte ich sie darüber in Kenntnis setzen?

Heute morgen habe ich den Text für den heutigen Tag beendet. Meine Phantasie hat dabei mein Wissen abgelöst, welches sich allmählich erschöpft. Die anderen haben mir dennoch mit größter Aufmerksamkeit gelauscht. Es ist wahr, ich habe Mazandarani sagen lassen, daß der höchste Name Gottes, sobald er ihn preisgegeben hätte, all die mit Erstaunen und Schrecken erfüllen würde, die ihn zu kennen vermeinten.

Zweifellos habe ich bei meinen drei Zuhörern an Zeit und Ansehen gewonnen. Doch kann man das Glück nicht auf seine Seite ziehen, indem man den Einsatz erhöht!

Am 11. September

Heute beginnt das neue russische Jahr, und ich habe die ganze lange Nacht daran gedacht. Ich habe gar im Traum den Pilger Jewdokim gesehen, der mir mit Zorn drohte und mich zur Reue anhielt.

Als wir uns um die Mittagszeit im Zimmer des Kaplans einfanden, sprach ich zunächst das Datum an, in der Hoffnung, auf diese Weise ein wenig abschweifen zu können. Nur wenig übertreibend, gab ich wieder, was mir mein Freund Girolamo auf der ›Sanctus Dionisius‹ erzählt hatte, nämlich, daß in Moskau die meisten Leute davon überzeugt seien, daß der heutige Tag des heiligen Simeon, der für sie das neue Jahr einläutet, der letzte wäre. Und daß die Welt von einer Feuersbrunst zerstört würde.

Trotz der eindringlichen Blicke, die seine Schüler ihm zuwarfen, blieb der Kaplan stumm, hörte mir nur geistesabwesend und nahezu gleichmütig zu. Und obschon er es vermied, meine Worte in Zweifel zu ziehen, nutzte er einen Moment der Stille, um mich zu unserer Sache zurückzuholen. Widerwillig strich ich meine Seiten glatt und begann, meine Lügen des heutigen Tages vorzulesen …

Am Sonntag, dem 12. September 1666

Herr! Herr! Herr!
Was sonst soll ich sagen?
Herr! Herr!
Ist es möglich, daß die Sache an das Ende gekommen ist?

Mitten in der Nacht hat London zu brennen begonnen. Und im Augenblick, wie man mir erzählt hat, werden die Stadtviertel eins nach dem anderen in Brand gesteckt. Aus meinem Fenster kann ich die rote Apokalypse sehen, aus den Straßen dringen die Schreie entsetzter Menschen nach oben, der Himmel ist sternenlos.

Herr! Ist es möglich, daß das Ende der Welt so aussieht? Nicht plötzliche Leere, sondern ein Feuer, welches immer mehr um sich greift, ein Feuer, das ich ansteigen sehe wie das Wasser der Sintflut und von dem ich mich überflutet fühle?

Ist es mein eigenes Ende, das ich vor dem Fenster sehe, das näher kommt und das ich, über das Papier gebeugt, zu beschreiben suche?

Das Feuer kommt näher und wird alles verschlingen, und ich, der ich an diesem Holztisch sitze, in diesem hölzernen Zimmer, im Begriff, meine letzten Gedanken einem leicht brennbaren Bündel Papier anzuvertrauen! Irrsinn! Irrsinn! Doch ist dieser Irrsinn nicht eine Raffung meines Daseins als Sterblicher? Ich träume von Unsterblichkeit, während mein Grab bereits ausgehoben ist, und vertraue gottergeben meine Seele demjenigen an, der sich gerade anschickt, sie mir zu entreißen. Bei meiner Geburt trennten mich wenige Jahre vom Tod, heute trennen mich nur mehr wenige Stunden, doch was ist im Angesicht der Ewigkeit ein Jahr? Was ist ein Tag? Was ist eine Stunde? Was ist eine Sekunde? Diese Einheiten haben nur einen Sinn für ein schlagendes Herz.

Bess war zurückgekommen, um an meiner Seite zu schlafen.

Wir lagen noch aneinandergeschmiegt, als die Schreie aus der Nachbarschaft nach oben drangen. Durch das Fenster konnte man in weiter Ferne, gar nicht so weit eigentlich, in Richtung Themse, die schreckliche Röte sehen und bisweilen ein paar Feuerzungen, die emporschossen und sodann in sich zusammenfielen.

Schlimmer noch als die Flammen und die rote Glut ist dieses unheilverkündende Knistern, als würde das riesige Maul eines Tieres seine Zähne in das Holz der Häuser schlagen, es zermalmen, es kauen und kauen und es dann ausspucken.

Bess lief eilig in ihr Zimmer, um sich anzuziehen, denn sie war nur spärlich bekleidet zu mir gekommen, und kam alsbald in Begleitung des Kaplans und seiner beiden Schüler zurück, die im Haus übernachtet hatten. Bei Tagesanbruch befanden sich alle bei mir, denn aus meinem Fenster, dem obersten im ganzen Haus, konnte man das Feuer am besten sehen.

Inmitten von Rufen, Weinen, Gebeten erwähnte der eine oder andere eine Straße oder ein hohes Gebäude, das Feuer gefangen hatte oder von den Flammen ausgespart worden war. Da ich nicht alle diese Orte kannte, wußte ich nicht recht, wann ich mich ängstigen, wann mich sorgen sollte oder mich gar ein wenig beruhigen konnte. Und ich wollte die anderen nicht mit den Fragen eines Fremden bedrängen. So zog ich mich zurück, gab das Fenster frei, überließ es den Augen der vier, die hier wohnten, und begnügte mich damit, in meiner Ecke ihre Kommentare, ihre Ängste, ihre Gesten zu verfolgen.

Nach wenigen Minuten stiegen wir zusammen die nicht sehr stabile Holztreppe zur Wirtsstube hinunter, wo wir nicht mehr den Lärm des Brandes hörten, sondern das Geschrei der Menschenmenge, die stetig wuchs und in Aufruhr schien.

Sollte ich lange genug leben, um meine Erinnerungen zu bewahren, so werde ich ein paar belanglose Szenen im Gedächtnis behalten. Magnus, der einen Augenblick auf die Straße getreten war und mit Tränen in den Augen zurückkam, um zu verkünden, daß seine Kirche, die des Schutzheiligen Magnus, in der

Nähe der Brücke zu London in Flammen stand. Im Lauf dieses unheilbringenden Tages sollten wir tausenderlei Nachrichten dieser Art zu hören bekommen, niemals jedoch werde ich die unendliche Trauer dieses jungen Mannes vergessen, wie er seinem Glauben treu war und stumm den Himmel anklagte, ihn verraten zu haben.

Die Tür des ›Ale House‹ hatte sich den ganzen Morgen nicht geöffnet. Wenn Magnus oder Calvin oder Bess auf die Straße traten, um die Neuigkeiten zu erfahren, wurde sie aufgemacht, damit sie hinausschlüpfen konnten, und dann noch einmal bei ihrer Rückkehr. Der Kaplan hatte seinen Sessel, wo er anscheinend den Anker geworfen hatte, nicht ein einziges Mal verlassen. Ich hingegen hütete mich davor, mich auf der Straße zu zeigen, aufgrund der Gerüchte, die seit Tagesbeginn umliefen und denen zufolge das Feuer von jenen gelegt worden sein soll, die man hier ›Papisten‹ nannte.

»Seit Tagesbeginn« habe ich geschrieben, doch das ist nicht zutreffend. Ich möchte mich bis zu meinem letzten Atemzug streng an die Wahrheit halten, und so sind die Dinge nicht gewesen. Am frühen Morgen hatte es geheißen, das Feuer sei ausgelöst worden durch einen Ofen in einer Bäckerei, der nicht richtig gelöscht worden war, oder durch eine Dienerin, die eingeschlafen war, woraufhin sich die Flammen zunächst in jener Straße verbreitet hatten, die Pudding Lane hieß und sich ganz in der Nähe der Herberge befand, wo ich meine ersten beiden Nächte in London verbracht hatte.

Eine Stunde später hatte jemand in unserer Straße Calvin erzählt, ein Angriff der holländischen und französischen Flotten habe stattgefunden, welche die Stadt in Brand gesteckt hätten, um große Verwirrung zu stiften und diese für weitere Angriffe auszunutzen; man müsse sich auf das Schlimmste gefaßt machen.

Eine weitere Stunde später war nicht mehr von den Flotten die Rede, sondern von Agenten des Papstes, des »Antichrist«, der »einmal mehr« danach trachte, dieses Land von guten Christen zu zerstören. Es heißt sogar, daß Leute von der Menge ergriffen worden waren aus dem einzigen Grund, daß sie nicht von hier waren. Es ist nicht gut, ein Fremder zu sein, wenn eine Stadt in Flammen aufgegangen ist, folglich habe ich mich den ganzen Tag lang versteckt gehalten. Zunächst in der Gaststube im Erdgeschoß, später dann, als Nachbarn kamen, denen man die Tür nicht vor der Nase zuschlagen konnte, mußte ich mich woanders verstecken, oben, in meinem Zimmer, in meinem hölzernen ›Beobachtungsposten‹.

Um meine Angst zu unterdrücken, habe ich mich zwischen längeren Aufenthalten am Fenster hingesetzt und diese Abschnitte niedergeschrieben.

Die Sonne ist untergegangen, doch das Feuer wütet noch immer. Die Nacht ist rot, und der Himmel scheint völlig leer.

Ist es möglich, daß alle anderen Städte wie London brennen? Und daß jede wie London glaubt, das einzige Gomorrha zu sein?

Ist es möglich, daß Genua am gleichen Tag in Flammen steht? Und Konstantinopel? Und Smyrna? Und Tripolis? Und sogar Gibelet?

Das Licht wird schwächer, und heute nacht werde ich keine Kerze anzünden. Ich werde mich im Dunkeln hinlegen und den winterlichen Geruch von brennendem Holz einatmen, und ich werde Gott bitten, mir Mut zu geben, daß ich ein weiteres Mal einschlafen kann.

Am Montag, dem 13. September 1666

Die Apokalypse ist noch nicht vollendet, sie setzt sich fort. Und für mich das Gottesurteil.

London steht in Flammen, und ich verstecke mich vor dem Feuer in einem Nest aus trockenem Holz.

Nach dem Aufwachen jedoch war ich in die Wirtsstube gegangen, wo ich Bess, den Kaplan und seine Schüler vorfand, die zusammengesunken auf ihren Stühlen saßen, sie hatten sich die ganze Nacht nicht vom Fleck gerührt. Bess schlug die Augen auf und flehte mich sogleich an, in mein Versteck zurückzukehren, aus Angst, man könne mich sehen oder hören. Im Verlauf der Nacht waren mehrere Ausländer ergriffen worden, darunter zwei Genuesen. Man hat ihr die Namen nicht genannt, doch die Nachricht stammt aus sicherer Quelle. Sie versprach, mir zu essen zu bringen, und ich sah in ihren Augen das Versprechen einer Umarmung. Doch wie können wir uns lieben in einer Stadt, die brennt?

Als ich gerade vorsichtig die Treppe hochsteigen wollte, hielt mich der Kaplan am Ärmel zurück.

»Eure Weissagung ist, wie es scheint, im Begriff, sich zu erfüllen«, sagte er mit einem gezwungenen Lächeln.

Worauf ich mit Nachdruck erwiderte, daß es sich nicht um meine Weissagung handelte, sondern um die der Moskowiter, von der mir ein venezianischer Freund auf See erzählt und die ich lediglich wiedergegeben hatte. In der jetzigen Zeit lege ich nicht den geringsten Wert darauf, als Unheilsverkünder zu gelten, man hat harmlose Schwätzer für weit weniger verbrannt! Der Mann verstand meine Sorge und entschuldigte sich, es sei unrecht, so zu reden.

Als Bess wenig später zu mir kam, entschuldigte sie sich erneut und schwor, daß der Kaplan niemandem von dieser Weissagung erzählt habe und daß er sich über die Gefahr im klaren sei, der ich mich aussetzen würde, wenn derlei Gerüchte die Runde machten.

Der Vorfall war abgeschlossen, und ich fragte sie nach dem Feuer. Nachdem es für kurze Zeit ein wenig eingedämmt schien, hatte es, angeblasen vom herrschenden Ostwind, von neuem angefangen, sich auszubreiten. Sie nannte mir etwa zehn Straßen, die heute Beute der Flammen geworden waren, doch ich konnte mir die Namen nicht merken. Die einzige beruhigende Nachricht: In unserer Straße, die Wood Street heißt, schreitet das Feuer nur langsam voran. Folglich ist noch keine Evakuierung vorgesehen. Im Gegenteil, Vettern von Bess sind gekommen und haben bei ihr Möbel untergestellt, aus Angst, ihr eigenes Haus, das näher an der Themse liegt, würde bald den Flammen zum Opfer fallen.

Doch es handelt sich nur um eine Atempause. Auch wenn dieses Haus heute nicht gefährdet ist, ist es vielleicht schon morgen in Gefahr, und mehr noch übermorgen. Und es würde genügen, daß der Wind ein wenig von Süden bläst, damit er uns erreicht, bevor wir fliehen könnten. Dies vertraue ich meinen Seiten an, doch zu Bess habe ich nichts gesagt, aus Angst, in ihren Augen als eine unheilverkündende Kassandra dazustehen.

Am Dienstag, dem 14. September 1666

Ich mußte mich im Dachstuhl verstecken. Noch habe ich eine Gnadenfrist, wie dieses Haus, diese Stadt, diese Welt.

Angesichts des Schauspiels der brennenden Stadt müßte ich schreiben, wie Nero gesungen hat, doch meine Stimme dringt nur in unartikulierten Sätzen nach außen.

Bess bittet mich, abzuwarten, keinen Lärm zu machen und keine Angst zu haben.

Ich warte. Ich rühre mich nicht mehr, ich suche nicht mehr die Flammen zu beobachten, und ich werde auch nicht mehr schreiben.

Zum Schreiben benötige ich einen gewissen Drang und eine gewisse Gelassenheit. Zuviel Gelassenheit macht meine Finger faul, zuviel Drang macht sie unbezähmbar.

Es scheint, als stürme der Pöbel jetzt die Häuser, um die Schuldigen zu finden, die sich darin versteckt halten.

Wo immer ich dieses Jahr gewesen bin, habe ich mich stets schuldig gefühlt. Sogar in Amsterdam! Ja, Maimun, mein Freund, mein Bruder, hörst du mich? Sogar in Amsterdam!

Wie werde ich zugrunde gehen? Durch das Feuer? Durch die Menge?

Ich schreibe nicht mehr. Ich warte.

Heft 4
Die genuesische Versuchung

In Genua, am Samstag, dem 23. Oktober 1666

Lange habe ich gezögert, das Schreiben wiederaufzunehmen. Doch heute morgen habe ich mir schließlich ein Heft aus gebundenen Seiten besorgt, deren allererste Seite ich im Augenblick, nicht ohne Sinnenfreude, beschreibe. Doch ich weiß nicht, ob ich fortfahren werde.

Dreimal bereits habe ich auf diese Weise unbeschriebene Hefte eingeweiht und mir vorgenommen, meine Pläne, meine Wünsche, meine Ängste, meine Eindrücke von Städten und Menschen, ein paar humorvolle und weise Worte niederzuschreiben, wie es vor mir so viele Reisende und Chronisten bereits getan haben. Ich habe nicht ihr Talent, und meine Seiten reichen nicht an diejenigen heran, welche ich auf meinen Regalen abgestaubt habe. Nichtsdestoweniger habe ich mich bemüht, Bericht abzulegen von allem, was mir zugestoßen ist, auch wenn die Vorsicht oder der Stolz mich eher schweigen hießen und auch wenn die Müdigkeit mich übermannte. Außer als ich Opfer der Krankheit geworden war oder der Freiheit beraubt, habe ich jeden Abend oder nahezu jeden Abend geschrieben. Ich habe Hunderte von Seiten in drei verschiedenen Heften gefüllt, und mir ist nur eins davon geblieben. Ich habe für das Feuer geschrieben.

Das erste Heft, das den Beginn meiner Reise beschrieben hat, ging verloren, als ich Konstantinopel in aller Hast verlassen mußte. Das zweite ist in Chios geblieben, als ich von dort verbannt wurde. Und das dritte ist gewiß dem Brand von London zum Opfer gefallen. Und jetzt sitze ich da und streiche die Seiten des vierten glatt, Sterblicher, der den Tod vergißt, bedauernswerter Sisyphus.

Wenn ich in meinem Laden in Gibelet bisweilen ein altes verfaulendes Buch ins Feuer werfen mußte, mußte ich einen Augenblick voller Zärtlichkeit an den Unglücklichen denken, der es geschrieben hatte. Mitunter war es das einzige Werk in seinem Leben gewesen, alles, was er von seinem kurzen Dasein auf der Erde zurückzulassen hoffte. Doch sein Ruf wird zu grauem Rauch, wie sein Körper zu Staub wird.

Ich beschreibe den Tod eines Fremden, wo es sich doch um meinen eigenen handelt!

Der Tod. Der Tod. Welche Rolle kann er spielen, und welche Rolle die Bücher, welche Rolle der Ruf, wenn morgen die ganze Welt wie London in Flammen aufgehen wird?

Heute morgen ist mein Kopf so wirr! Dennoch muß ich schreiben. Meine Feder muß sich aufrichten und loslaufen, allem zum Trotz. Mag dieses Heft überleben oder verbrennen, ich schreibe und schreibe.

Zunächst beschreiben, wie ich der Hölle Londons entkommen bin.

Als das Feuer ausbrach, war ich gezwungen, mich zu verstecken, um der Wut eines kopflosen Pöbels zu entgehen, der allen Papisten den Hals abschneiden wollte. Ohne einen weiteren Beweis für meine Schuld als meine Eigenschaft als Ausländer, gebürtig auf der gleichen Halbinsel wie der ›Antichrist‹, hätten mich gewöhnliche Bürger ergriffen, mißhandelt, gefoltert, sodann in Stücke gerissen und in die Glut geworfen, in der Überzeugung, ihren Seelen Gutes zu tun. Doch ich habe diese Wut bereits in dem verlorengegangenen Heft beschrieben, und ich habe nicht mehr die Kraft, darauf zurückzukommen. Wozu ich noch ein Wort sagen möchte, ist meine Angst. Meine Ängste vielmehr. Denn ich hatte zwei Ängste oder gar drei. Angst vor den entfesselten Flammen, Angst vor der entfesselten Menge und auch Angst vor der Bedeutung dieses Geschehens, das sich an genau dem Tag ereignet hat, den die Moskowiter als den Tag der Apokalypse genannt hatten. Ich möchte nicht noch einmal auf das Wort ›Zeichen‹ zurückkommen. Doch wie sollte man bei einer solchen Übereinstimmung nicht in Schrecken versetzt werden? Den ganzen verfluchten langen Tag des 11. September – des ersten nach dem Kalender der Engländer – habe ich unentwegt an die Unheilsverkündung gedacht, habe lange mit dem Kaplan darüber gesprochen. Ich würde nicht so weit gehen zu sagen, daß wir jede Minute auf den Höllenlärm der in Stücke gerissenen Welt warteten und das Chaos, das die Schriften verkündeten, doch wir hatten die Ohren gespitzt. Und am Abend desselben Tages, gegen Mitternacht war es, daß sich unheilvolles Geschrei erhob. Von meinem Zimmer aus konnte ich das Umsichgreifen der Flammen beobachten, konnte ich das Geschrei hören.

In meinem ganzen Unglück indes ein Trost: Die Ergebenheit der Menschen, die um mich waren, die zu meiner Familie geworden waren, obwohl sie drei Wochen zuvor noch nichts von meiner Existenz wußten, ebensowenig wie ich von ihrer. Bess, der Militärgeistliche und seine zwei jungen Schüler.

Nicht, daß man sich vorstellt, meine Dankbarkeit gegenüber Bess sei die eines verlassenen Mannes, der Trost in den nackten Armen einer verständnisvollen Wirtin gefunden hat! Was die Gegenwart dieser Frau in mir gestillt hat, ist nicht die Fleischeslust eines Reisenden, sondern meine ureigentliche Not. Ich bin als Ausländer geboren, habe als Ausländer gelebt und werde als noch größerer Ausländer sterben. Ich bin zu stolz, um von Feindseligkeit, Erniedrigungen, Groll und Leiden zu schreiben, doch ich kann die Blicke lesen. Es gibt Frauenarme, die Orte des Exils sind, und andere, die wie eine Heimat sind.

Nachdem sie mich zunächst versteckt, versorgt und beruhigt hatte, kam Bess am dritten Tag des Feuers zu mir, um mir mitzuteilen, daß wir versuchen sollten, nach draußen zu gehen. Das Feuer näherte sich unerbittlich, und aus diesem Grunde verzog sich der Pöbel. Wir konnten versuchen, zwischen beiden Bedrohungen hindurchzuschlüpfen, um zur Brücke zu gelangen, an Bord des ersten Bootes zu gehen und uns von dem lodernden Feuer zu entfernen.

Bess sagte mir, der Kaplan habe den Plan gutgeheißen, obwohl er selbst es vorzog, noch einige Zeit in diesem Haus zu bleiben. Wenn es vom Feuer verschont bliebe, könnte er es vor Plünderung schützen. Seine beiden Schüler würden bei ihm bleiben, um Wache zu halten und ihn zu unterstützen, sollte er fliehen müssen.

Statt beim Abschied an mein Leben zu denken, beschäftigte ich mich in meinem Geist mit dem Buch *Der Hundertste Name*. Die vergangenen Tage und Nächte war es mir im übrigen niemals aus dem Kopf gegangen. Je klarer mir wurde, daß mein Aufenthalt in London zu Ende ging, um so mehr begann ich mich zu fragen, ob ich Argumente finden würde, die den Kaplan davon überzeugen konnten, mir das Buch zu überlassen. Ich hatte gar erwogen, es gegen seinen Willen mitzunehmen. Es zu stehlen, jawohl! Wozu ich mich unter anderen Umständen, in einem gewöhnlichen Jahr, niemals imstande gesehen hätte. Im übrigen weiß ich nicht, ob ich meinen verabscheuungswürdigen Plan tatsächlich ausgeführt hätte. Zu meinem Glück erhielt ich keine Gelegenheit dazu. Ich brauchte nicht einmal die Argumente anzuführen, die ich mir zurechtgelegt hatte. Als ich an seine Tür klopfte, um ihm Lebwohl zu sagen, bat mich der alte Mann zunächst, einen Augenblick zu warten, und hieß mich sodann eintreten. Ich fand ihn an seinem angestammten Platz, das Buch auf seinen ausgestreckten Händen, eine Geste der Opfergabe, die uns beide einen langen Augenblick lang schweigend verharren ließ.

Dann sagte er auf lateinisch und nicht ohne eine gewisse Feierlichkeit: »Nehmt es, es gehört Euch, Ihr habt es verdient. Ich hatte es Euch versprochen im Tausch gegen Eure Übersetzung, und ich weiß jetzt genug von dem, was es sagen will. Ohne Euch werde ich nicht mehr darüber erfahren. Im übrigen ist es zu spät.«

Ich dankte ihm voller Ergriffenheit und umarmte ihn feierlich. Dann versprachen wir uns gegenseitig, ohne jedoch wahrhaftig daran zu glauben, daß wir uns wiedersehen würden, wenn nicht in dieser Welt, so doch zumindest in der anderen. »Was in meinem Falle nicht mehr lange auf sich warten läßt«, sagte er. »Auch nicht in unserem«, fuhr ich fort und deutete mit einer vielsagenden Geste auf das, was um uns geschah. Wir hätten uns einmal mehr in einen Disput über das Los der Welt gestürzt, wenn nicht Bess mich flehentlich gedrängt hätte. Sie wollte, daß wir auf der Stelle aufbrachen!

Beim Aufbruch drehte sie sich ein letztes Mal zu mir um, prüfte noch einmal meine englische Aufmachung und ließ mich versprechen, daß ich kein einziges Mal den Mund aufmachen, niemandem in die Augen sehen und nur traurig und erschöpft dreinblicken würde.

Von unserem ›Ale House‹ bis zur Themse war es eine Viertelstunde zu Fuß, doch es war ausgeschlossen, daß wir ›den direkten Weg‹ nahmen, denn dann wären wir geradewegs ins Feuer gelaufen. Zu Recht zog Bess es vor, die brennenden Viertel zu umgehen. Sie nahm zunächst sogar zur Linken eine kleine Gasse, die in die entgegengesetzte Richtung zu führen schien. Ich folgte ihr wortlos. Anschließend kam eine weitere Gasse und noch eine dritte und vielleicht ihrer fünfzehn oder zwanzig, ich habe sie nicht gezählt, und ich habe nicht versucht, herauszufinden, wo wir uns befanden. Ich sah auf den Boden vor mir, um nicht in ein Loch zu fallen, um nicht gegen irgendwelche Trümmer zu stoßen und nicht in irgendwelchen Unrat zu treten. Ich folgte Bess' rotem Haarschopf, wie man im Krieg einem Federbusch oder einer Standarte folgt. Ich vertraute ihr mein Leben an, wie ein Kind seiner Mutter die Hand reicht. Und ich hatte es nicht zu bereuen.

Ein einziges Mal nur drohte Gefahr. Als wir auf einen kleinen Platz gelangten, einen Ort, den man ›Hundegraben‹ nennt, nahe der Stadtmauer, stießen wir auf eine Ansammlung von rund sechzig Personen, die einen Menschen mißhandelten. Um nicht den Anschein zu erwecken, wir wollten flüchten, näherte sich Bess, sprach eine junge Frau an, die dabeistand, und erfuhr, daß in dem Viertel ein neues Feuer ausgebrochen war und daß jener Ausländer – ein Franzose – dabei ertappt worden sei, wie er sich in der Gegend herumtrieb.

Ich würde gern sagen können, daß ich eingeschritten wäre und die aufgebrachte Menge davon abgehalten hätte, ein Verbrechen zu begehen. Und wenn nicht dieses, so würde ich gern sagen können, daß ich versucht habe, einzuschreiten, und daß Bess mich daran gehindert hat. Die Wahrheit aber ist, daß ich meinen Weg so rasch wie möglich fortgesetzt habe, überglücklich darüber, nicht bemerkt worden zu sein und nicht in der Haut dieses Unglücklichen zu stecken, was gut und gerne der Fall hätte sein können. Ich vermied es gar, die Leute anzuschauen, aus Angst, ihr Blick könne auf mich fallen. Und sobald Bess ohne Hast in eine nahezu verlassene Gasse bog, folgte ich ihr auf dem Fuß. Rauch stieg aus einem Fachwerkhaus auf. Seltsamerweise konnte man im obersten Stockwerk ein paar Flammen erkennen. Trotzdem ging Bess weiter, ohne sich umzusehen und ohne sich zu beeilen, und ich folgte ihr im gleichen Schritt. Alles in allem, wenn ich es mir aussuchen dürfte, würde ich lieber vom Feuer eingeschlossen sterben als umgeben von einer Menschenmenge.

Der Rest des Weges verlief im Grunde ohne Hindernisse. Wir atmeten einen beißenden Geruch ein, der Himmel war von Rauchwolken bedeckt, und wir waren beide wie gelähmt und außer Atem, doch Bess hatte es verstanden, den sichersten Weg zu wählen. Wir gelangten jenseits des Towers von London an die Themse und kehrten zur Landungsbrücke zurück, die sich am Fuße desselben befand, vor den Treppen, die Irongate Stairs genannt werden oder ›das Tor zur Hölle‹.

Es befanden sich hier ungefähr vierzig Personen, die warteten, darunter einige weinende Frauen. Drum herum türmten sich Kisten, große und kleine Bündel und auch Möbel, von denen man nicht weiß, wie sie bis hierher transportiert werden konnten. Wir beide, Bess und ich, waren wohl am wenigsten bepackt, da ich nichts anderes in den Händen hielt als eine Segeltuchtasche, die sie mir geliehen hatte. Wir sahen gewiß sehr arm aus und dennoch am wenigsten unglücklich. Die anderen hatten offenkundig ihre Häuser verloren oder hatten sich damit abgefunden, sie zu verlieren, wie die meisten Einwohner der Stadt. Ich hingegen trug in meinem dürftigen Gepäck das Buch, für das ich durch die halbe Welt gezogen war, und verließ die Hölle unversehrt.

Nach den mitgenommen aussehenden Gesichtern zu urteilen, waren wir dazu verdammt, lange auf ein Boot zu warten. Dieses tauchte dennoch nach nur wenigen Minuten auf. Es legte dicht neben uns an, zur Hälfte mit fliehenden Städtern besetzt, zur anderen Hälfte gefüllt mit aufeinandergestapelten Fässern. Es gab noch ein paar Plätze, doch zwei Burschen bewachten den Zugang, zwei bärtige Riesen, mit Armen wie Oberschenkel, um ihre Köpfe triefnasse Taschentücher.

Einer von ihnen rief in wenig freundlichem Ton: »Das macht eine Guinee pro Person, ob Mann, Frau oder Kind, und sofort zu entrichten. Wer nicht zahlt, kommt nicht mit!«

Ich machte Bess ein Zeichen, worauf hin sie widerwillig zu ihm sagte: »Ist in Ordnung, wir werden zahlen.«

Der Mann streckte mir die Hand hin, ich sprang auf das Boot, das schräg im Wasser lag, damit jeweils nur eine einzige Person an Bord klettern konnte. Sobald ich an Bord war, drehte ich mich um und streckte Bess die Hand hin, um ihr zu helfen. Doch sie berührte meine Hand nur, wich dann zurück und schüttelte verneinend den Kopf.

»Komm!« rief ich.

Sie schüttelte ein weiteres Mal verneinend den Kopf und winkte mir mit der Hand zum Abschied. Auf ihrem Gesicht ein trauriges Lächeln, aber auch, wie mir scheint, ein Anflug von Reue oder ein Zögern.

Jemand zog mich am Hemd nach hinten, damit weitere Menschen auf das Boot konnten. Sodann verlangte einer der beiden Seeleute die Bezahlung. Ich zog aus meinem Beutel zwei Guineen, gab ihm indes nur eine.

Noch zur Stunde, da ich diese Zeilen schreibe, fühle ich einen Stich im Herzen. Dieser Abschied war zu rasch gegangen und ganz falsch verlaufen. Ich hätte mit Bess sprechen sollen, bevor das Boot kam, um mich zu erkundigen, was sie vorhat. Ich habe die ganze Zeit über so getan, als wäre es selbstverständlich, daß sie mich begleiten würde, und sei es nur ein Stück des Weges. Wohingegen es hätte klar sein müssen, daß sie nicht mitkommen würde, daß sie keinerlei Veranlassung hatte, ihre Taverne und ihre Freunde zurückzulassen, um mir zu folgen. Ich hatte sie im Grunde auch niemals darum gebeten, noch auch nur daran gedacht, sie darum zu bitten. Woher kommt dieses Gefühl von Schuld, das sich jedesmal von neuem einstellt, wenn ich von ihr oder von London spreche? Wohl weil ich mich von ihr wie von einer Fremden getrennt habe, wo sie mir doch in wenigen Tagen das gegeben hat, was mir Menschen, die mir viel näher stehen, in einem ganzen Leben nicht geben werden. Weil ich in ihrer Schuld bin und diese nie werde begleichen können, in keiner Weise. Weil ich der Hölle Londons entkommen war und sie in sie zurückgekehrt ist, ohne daß ich nur irgend etwas getan hatte, sie davon abzuhalten. Weil ich sie zurückgelassen habe auf diesem Kai, ohne ihr ein Wort des Dankes zu sagen, ohne sie mit einer zärtlichen Geste zu verabschieden. Weil es mir im letzten Augenblick so vorgekommen war, als würde sie schwanken und als hätte ein entschlossenes Wort aus meinem Mund sie vielleicht dazu bewegen können, das Boot zu besteigen. Und aus vielen weiteren Gründen auch … Sie zürnt mir nicht, davon bin ich überzeugt, doch ich selbst werde mir noch lange zürnen.

Ich höre die Stimme Gregorios, der vom Hafen zurückkehrt. Ich muß mich zu ihm setzen und essen. Am Nachmittag werde ich weiterschreiben, wenn er seinen Mittagsschlaf hält.

Bei Tisch hat mir mein Gastgeber von Geschäften erzählt, die seine und meine Zukunft betreffen. Er will noch immer, daß ich in Genua bleibe. Bald flehe ich ihn an, kein Wort mehr darüber zu verlieren, bald bestärke ich seine Hoffnung. Denn ich weiß selbst nicht, wo ich stehe. Ich habe das Gefühl, daß es schon spät ist, daß die Zeit drängt, und er bittet mich, nicht weiterzuziehen, meiner Irrfahrt ein Ende zu setzen und meinen Platz bei ihm einzunehmen, gleich einem Sohn. Die Versuchung ist groß, doch es warten noch andere Versuchungen auf mich, andere Verpflichtungen, andere dringende Angelegenheiten. Ich hadere bereits mit mir, daß ich Bess so ungehörig verlassen habe. Wie würde ich mich fühlen, wenn ich Marta ihrem Schicksal überließ? Sie, die mein Kind unter dem Herzen trägt und die heute nicht Gefangene wäre, wenn ich sie besser beschützt hätte.

Die wenige Zeit, die mir noch bleibt, möchte ich gern darauf verwenden, meine Schulden zu begleichen, meine Fehler wiedergutzumachen, und Gregorio wünscht, daß ich Vergangenes vergesse, daß ich mein Haus vergesse und meine Schwester und ihre Söhne, daß ich meine alten Liebesbeziehungen vergesse, um in Genua ein neues Leben zu beginnen.

Wir befinden uns in den letzten Wochen des schicksalhaften Jahres. Ist das der rechte Augenblick, um ein neues Leben zu beginnen?

Diese Fragen haben mir meine Kraft geraubt, ich sollte sie aus meinem Kopf verbannen, um den Faden meines Berichtes wiederaufzunehmen.

Ich war also bis zu meiner Abreise aus London mit diesem Schiff gekommen. Die Passagiere prophezeiten den Schurken, die uns beförderten und wegen dieses unverhofften Glücksfalls fröhliche Mienen zur Schau trugen und trällerten, mit halblauter Stimme den Galgen. Sie haben gewiß in ein paar Tagen mehr Geld verdient als sonst in einem ganzen Jahr und beten zum Himmel, er möge das Feuer schüren, um die Erträge zu erhöhen.

Sie gaben sich nicht allein damit zufrieden, uns solche Summen abverlangt zu haben, auch hatten sie es eilig, sobald wir die Stadt hinter uns hatten, wieder anzulegen und uns vom Schiff zu scheuchen wie eine Herde Vieh. Wir waren kaum zwanzig Minuten unterwegs gewesen. Denjenigen, welche zu protestieren wagten, erklärten sie, daß sie uns vor dem Feuer in Sicherheit gebracht und uns das Leben gerettet hätten und daß wir ihnen eher auf Knien danken sollten als über den Preis der Fahrt zu streiten. Was mich betrifft, so sagte ich kein Wort, aus Angst, mein Akzent könne mich verraten. Und während unsere ›Wohltäter‹ zurück nach London segelten, um weitere Guineen einzufahren, und sich die meisten meiner Leidensgenossen nach anfänglichem Zögern gemeinsam zum nächsten Dorf aufmachten, beschloß ich, auf das nächste Schiff zu warten. Eine einzige Person hatte gleichfalls beschlossen zu warten, ein großer blonder, etwas beleibter Mann, der wie ich kein Wort sagte und es vermied, mich anzuschauen. Im Gedränge war er mir nicht weiter aufgefallen, doch jetzt, da wir allein waren, würde es schwierig werden, sich gegenseitig zu übersehen.

Ich weiß nicht, wie viele Minuten wir stumm dastanden, uns gegenseitig über die Schulter musterten und jeder vorgab, auf seiner Seite den Horizont nach einem Schiff abzusuchen oder in seiner Tasche nach einem Gegenstand zu wühlen, den er vergessen haben könnte.

Die Situation schien mir mit einem Mal höchst lächerlich. Ich trat also auf ihn zu und sagte in meinem besten Englisch und mit einem freundlichen Lächeln: »Als wäre das Feuer nicht schon schlimm genug, mußten wir auch noch diesen Geiern zum Opfer fallen!«

Als er meine Worte hörte, freute sich der Mann über die Maßen. Er trat mit offenen Armen auf mich zu: »Ihr kommt also auch aus der Fremde?«

Er hatte dies auf ganz eigenartige Weise gesagt, als wäre »die Fremde« – »from abroad« – eine bestimmte Gegend, »die Fremde« ein einziges Land und wir somit Landsleute.

Sein Englisch war weniger bruchstückhaft als meins, doch sobald ich ihn über meine Herkunft in Kenntnis gesetzt hatte, versuchte er sich höflich auf italienisch oder vielmehr mit dem, was er für Italienisch hielt und was in meinen Ohren keiner Sprache ähnelte, die ich kannte. Nachdem ich ihn dreimal gebeten hatte, ein und denselben Satz zu wiederholen, sagte er ihn lieber auf Latein, was uns beiden leichter fiel.

Es dauerte nicht lange, und ich hatte allerhand über ihn erfahren. Daß er aus Bayern kam, fünf Jahre älter war als ich und daß er seit seinem neunzehnten Lebensjahr in verschiedenen fremden Städten gelebt hatte, in Saragossa, drei Jahre lang in Moskau, in Konstantinopel, in Göteborg, in Paris, dreieinhalb Jahre in Amsterdam und neun Monate in London.

»Gestern ist mein Haus abgebrannt, ich konnte nichts mehr retten. Mir ist nichts mehr geblieben als der Inhalt dieser Tasche.«

Er sagte dies in einem heiteren, nahezu belustigten Ton, und ich fragte mich sogleich, ob dieses Unheil ihn nicht doch ein wenig mehr berührte, als er zeigen wollte. Nachdem ich anschließend lange Zeit mit ihm geredet hatte, bin ich davon überzeugt, daß er hinsichtlich seiner Gefühle nicht gelogen hat. Im Gegensatz zu mir ist dieser Mann ein richtiger Reisender. Alles, was ihn an einen Ort bindet – Wände, Möbel, eine Familie –, wird ihm zuletzt unerträglich. Und umgekehrt ist ihm alles, was ihn dazu treibt wegzugehen, sei es ein Bankrott, eine Verbannung, ein Krieg oder ein Feuer, herzlich willkommen.

Dieser Drang hat sich seiner bemächtigt, als er noch ein Kind war, zur Zeit des Großen Krieges. Er erzählte mir von den Greueltaten, die damals begangen worden waren, von den in Kirchen niedergemetzelten Kongregationen, den von der Hungersnot entvölkerten Dörfern, den in Brand gesteckten Vierteln, die dem Erdboden gleichgemacht wurden – sowie den Galgen, den Scheiterhaufen, den durchtrennten Kehlen.

Sein Vater war Buchdrucker in Regensburg gewesen. Der Bischof hatte ihm die Herausgabe eines Meßbuchs aufgetragen, das eine Verwünschung gegen Luther enthielt. Seine Druckerei wurde in Brand gesteckt, desgleichen sein Haus. Die Familie kam unversehrt davon, doch der Vater hatte es sich in den Kopf gesetzt, sein Haus und seine Werkstatt an der gleichen Stelle wieder so aufzubauen, wie alles gewesen war. Er steckte sein ganzes Geld in den Bau – nur, damit dieser abermals zerstört wurde, sobald die Gebäude fertiggestellt waren, und bei diesem zweiten Mal starb seine Frau sowie eins seiner Töchterchen. Der Sohn, mein Gefährte, schwor sich damals, daß er niemals ein Haus bauen, sich niemals mit einer Familie belasten und sein Herz niemals an ein Stück Land hängen würde.

Ich habe noch nicht gesagt, daß er mit Vornamen Georg heißt und daß er sich den Beinamen Caminarius gegeben hat – seinen wahren Namen weiß ich nicht. Er scheint mit einem unerschöpflichen Vermögen ausgestattet, das er nicht verschwendet, mit dem er jedoch auch keineswegs sparsam umgeht. Über seine Einkünfte hat er sich nicht geäußert, und trotz aller kaufmännischen List und meinem Geschick, die Herkunft von Geld zu wittern, ist es mir nicht gelungen, herauszufinden, ob es sich um eine Erbschaft handelt, eine jährliche Rente oder eine andere gewinnbringende Tätigkeit. Eine solche, wenn es sie denn gäbe, scheint nicht sehr rühmlich, denn wir haben uns tagelang unterhalten, ohne daß er sie ein einziges Mal erwähnt hätte …

Doch zunächst sollte ich über den weiteren Verlauf meiner Flucht berichten und erzählen, daß nach etwas mehr als einer Stunde des Wartens, in deren Verlauf wir mehrmals die Gelegenheit genutzt hatten, einem vorbeifahrenden Schiff zuzuwinken, schließlich ein kleines Boot anlegte. An Bord befanden sich nur zwei Männer, die uns fragten, wohin wir wollten, und die uns sogleich verkündeten, daß sie uns bis ans Ende der Welt bringen würden, so wir dies wünschten, vorausgesetzt, wir wollten nicht nach Holland und vorausgesetzt, wir würden uns erkenntlich zeigen.

Georg sagte ihnen, daß wir bis Dover wollten, und sie boten an, uns noch weiter zu bringen, bis nach Calais. Sie verlangten für diese Fahrt vier Guineen, zwei von jedem von uns, was mir in normalen Zeiten übermäßig hoch vorgekommen wäre, doch in

Anbetracht der Summe, die wir für eine zwanzigmal kürzere Fahrt ausgegeben hatten, bestand keine Veranlassung zu handeln.

Die Überfahrt verlief ohne unliebsame Überraschungen. Wir legten zweimal an, um uns mit Wasser und Lebensmitteln zu versorgen, bevor wir die Mündung der Themse verließen und Kurs auf die französische Küste nahmen, die wir am Freitag, dem 17. September, erreichten. In Calais scharte sich eine Gruppe von Knaben um uns und zeigte sich überrascht und auch verächtlich, als sie sahen, daß wir kein Gepäck bei uns hatten, das sie tragen könnten. Im Hafen und in den Straßen sprachen uns ein Dutzend Leute an und erkundigte sich, ob es stimme, daß London vom Feuer zerstört worden sei. Alle schienen verdutzt über ein derart unglaubliches Ereignis, ohne sich jedoch wahrhaft betrübt zu zeigen.

In Calais war es, wo ich am Abend mein Heft hervorholen wollte, um ein paar Notizen darin zu machen, und mir auffiel, daß ich es nicht mehr bei mir hatte.

Hatte ich es aus Unachtsamkeit verloren, als ich durch die Stadt gelaufen bin? Oder hatte eine flinke Hand es mir im Gedränge entwendet, auf dem Boot der beiden Schurken?

Es sei denn, ich hätte es in meinem Zimmer vergessen oder im Dachstuhl, wohin ich mich zurückgezogen hatte … Ich meine allerdings, es eingesteckt zu haben, bevor ich *Der Hundertste Name* geholt habe, welcher sich immer noch in meinem Besitz befindet.

Sollte ich mich darüber freuen, daß es meinen unbedeutenden Bericht getroffen hat und nicht das Buch, das mich durch die halbe Welt getrieben hatte?

Sicher, sicher …

Ich bin auf alle Fälle erleichtert, die Gulden nicht verloren zu haben, die man mir in Lissabon für Gregorio anvertraut hatte und die ich ihm nun zurückgeben konnte, ohne meine Schuld ihm gegenüber noch zu vergrößern.

Jetzt hat meine Feder ihre Gewohnheit wiederaufgenommen,

und ich habe damit angefangen, erneut ein Reisetagebuch anzulegen, als hätte ich die vorausgegangenen drei Hefte nicht verloren, als hätte London nicht gebrannt, als würde das verhängnisvolle Jahr nicht unerbittlich seiner Vollendung entgegengehen.

Was sonst sollte ich tun? Die Feder, die ich führe, führt mich gleichermaßen. Ich muß ihrem Weg folgen, so wie sie meinem folgt.

Doch wie spät ist es geworden! Ich habe geschrieben, wie man nach dem Fasten ißt, und es ist an der Zeit, mich vom Tisch zu erheben.

Am 24. Oktober

Am heutigen Sonntagmorgen habe ich Gregorio und seine ganze Familie zur Kirche Santa Croce begleitet, als wäre ich der Schwiegersohn, den er gern in mir sähe. Auf dem Weg hat er mir noch einmal gesagt, daß ich, sollte ich mich in Genua niederlassen, der Gründer einer neuen Dynastie der Embriaci werden würde, die den Ruhm der Spinola, der Malaspina und der Fieschi vergessen machen würde. Ich belächele zwar nicht den edelmütigen Traum Gregorios, doch es will mir auch nicht gelingen, ihn zu teilen.

An der Messe nahm auch der Bruder Egidio teil, ein Vetter meines Gastgebers, mit dem ich im April gespeist hatte und in dessen Obhut ich die Briefe an meine Familie gegeben hatte. Noch habe ich keine Antwort erhalten, doch muß man mit drei oder vier Monaten rechnen, bis ein Brief Gibelet erreicht, und ebensolange, bis einer zurückkommt.

Dafür hätten ihn gestern, wie er mir sagte, die neuesten Nachrichten aus Konstantinopel erreicht, überraschende Nachrichten, über die er mich gerne unterrichten würde. Gregorio lud ihn sogleich ein, »unsere schmale Kost zu segnen«, was er mit Nachdruck und Appetit tat.

Der Brief, den er bei sich trug, erzählte von Vorfällen, die sich vor sechs Wochen zugetragen haben sollen, und ich weiß nicht, ob ich ihnen Glauben schenken kann. Geschrieben von einem seiner Freunde, einem Geistlichen seines Ordens, der auf Missionsreise in Konstantinopel weilt, heißt es, die Obrigkeit habe von einem polnischen Rabbiner erfahren, daß Sabbatai eine Revolte anzetteln wollte, daß er zum Palast des Sultans nach Adrianopel geführt worden sei, wo er aufgefordert worden war, auf der Stelle ein Wunder zu vollbringen, sonst würde er gefoltert und geköpft – es sei denn, er verzichte auf den Glauben seiner Väter und nehme den der Türken an. Dem Brief zufolge, aus dem mir der Bruder Egidio mehrere Stellen vorgelesen hat, bestand das Wunder, das man von ihm verlangte, darin, daß er sich splitternackt an einem Ort aufstellte, wo ihn die besten Bogenschützen der Garde des Sultans als Zielscheibe für ihre Pfeile nehmen würden. Sollte es ihm gelingen, die Pfeile davon abzuhalten, in seinen Körper einzudringen, dann gälte er als Gesandter des Himmels. Da er auf eine solche Forderung nicht gefaßt gewesen sei, soll Sabbatai um Bedenkzeit gebeten haben, welche ihm nicht gewährt wurde. Daraufhin sagte er, daß er seit langem gedenke, den Glauben Mohammeds anzunehmen und daß er nirgendwo die Verkündung seines Übertritts feierlicher gestalten könne als in Gegenwart des Herrschers. Sobald er diese Worte gesprochen hatte, hieß man ihn, seine jüdische Kopfbedeckung abnehmen, damit ihm ein Diener einen weißen Turban um den Kopf legen konnte. Man tauschte ebenfalls seinen jüdischen Namen gegen den Namen Efendi Mehemed und man verlieh ihm den Titel »kapidschi bachi oturak«, was soviel bedeutete wie »ehrenwerter Wächter der Tore« des Sultans, und ließ ihm die Behandlung angedeihen, die einem solchen Amt entsprach.

Nach Bruder Egidio ist der Mann nur dem Anschein nach von seinem Glauben abgefallen, »wie die Spanier, die am Sonntag Christen und am Samstag heimlich Juden sind«, was Gregorio billigte. Ich zweifle noch an der Wahrheit dieser Geschichte, doch sollte sie wirklich zutreffen und sollte sie sich während des

Brandes in London zugetragen haben, wie wollte ich leugnen, daß es sich auch hier um ein verwirrendes Zeichen handelt?

In Erwartung, daß weitere Gerüchte meine Zweifel vertreiben oder im Gegenteil bestätigen, muß ich meinen Reisebericht wiederaufnehmen, aus Angst, neue Ereignisse könnten mich die alten vergessen lassen.

In Calais sind wir nur zwei Tage und drei Nächte in einer Herberge geblieben, doch es waren die erquickendsten von allen. Wir hatten jeder, Georg und ich, in einem großen Zimmer, das auf die Promenade und auf das Meer ging, ein Bett für sich bekommen. Am Morgen hatte es ununterbrochen gestürmt und geregnet, ein schräger und feiner Regen. Am Nachmittag schien dafür die Sonne, und man sah die Städter mit der ganzen Familie oder mit Freunden spazierengehen. Mit Freude gingen auch wir nach draußen, mein Gefährte und ich, nicht ohne zuvor für teures Geld ein paar Halbschuhe sowie saubere Kleider bei einem Gauner am Hafen gekauft zu haben. Ich sage ›Gauner‹, weil der Mann Schuhe verkauft, ohne Schuhmacher zu sein, und Kleider, ohne Schneider zu sein, und ich zweifle nicht daran, daß er seine Ware von den Trägern und Schiffern hat, die ihre Reisenden ausrauben, indem sie einen Koffer entwenden und vorgeben, einen falschen gebracht zu haben. Es kommt bisweilen gar vor, daß Reisende, die keine Kleider mehr besitzen, losziehen, um sich neue zu besorgen, und ihre eigenen Sachen wiedererkennen. Man hat mir irgendwann die Geschichte eines Neapolitaners erzählt, der, als er seine Sachen erkannt hatte, verlangte, daß man sie ihm zurückgab, und dem die Hehler auf der Stelle die Kehle durchgeschnitten hatten, weil sie fürchteten, sie könnten verraten werden. Doch das hatte sich nicht in Calais zugetragen … Abgesehen davon und abgesehen vom Preis, den wir zahlen mußten, waren wir nicht unglücklich, so schnell passende Kleidung gefunden zu haben.

Während wir die Promenade entlangliefen und über dieses und jenes plauderten, machte mich Georg auf Frauen aufmerksam, die sich an den Arm von Männern klammerten, mit ihnen lachten und bisweilen die Köpfe auf ihre Schultern legten. Und vor allem diese Leute, Männer und Frauen, die sich, wenn sie sich begegneten, auf die Wangen küßten, zwei-, drei- oder viermal in Folge, mitunter ganz dicht neben den Lippen. Ich nehme daran keinen Anstoß, doch muß ich die Sache erwähnen, da sie wenig verbreitet ist. Weder in Smyrna noch in Konstantinopel, in London oder in Genua würde man Frauen und Männer sich so ungezwungen in der Öffentlichkeit unterhalten sehen, sich aneinanderklammernd oder küssend. Und mein Gefährte bestätigt mir, daß er auf seinen verschiedenen Reisen von Spanien nach Holland und von seiner Heimat Bayern nach Polen oder Moskau niemals solches Verhalten gesehen hat. Auch er mißbilligt es nicht, doch er kann sich nicht daran satt sehen und aufhören, darüber zu staunen.

Bei Tagesanbruch am Montag, dem 20. September, nahmen wir Platz in der Kutsche von Calais nach Paris. Wir hätten gewiß besser daran getan, uns einen Wagen und einen Kutscher zu mieten, wie Georg es wünschte. Wir hätten nicht viel mehr bezahlt und wären in den besten Häusern abgestiegen, wären schneller vorangekommen, hätten aufstehen können, wann es uns paßt, und uns die ganze Strecke über geradeheraus wie Edelmänner unterhalten können. Statt dessen wurden wir wie Knauserer empfangen, mit Resten abgespeist – außer in Amiens –, schliefen zu zweit in den gleichen feuchten und bräunlichen Leintüchern, wurden vor Tagesanbruch geweckt und vier lange Tage in einer Kutsche durchgeschüttelt, die mehr von einem Ochsenkarren hatte als von einer Postkutsche.

Das Vehikel war mit zwei Bänken ausgestattet, die einander gegenüberstanden und für zwei Reisende pro Bank bequem gewesen wären, jedoch für drei gedacht waren. Wenn nur der eine oder andere ein wenig beleibt war, saß man während der ganzen Reise Hüfte an Hüfte. Nun waren wir indes zu fünft, und auch wenn zwei von uns einigermaßen angenehm sitzen konnten, so saßen die drei anderen sehr beengt, um so mehr als bei den fünfen nur einer von schmaler Statur war, während die anderen vor Gesundheit nur so strotzten. Ich zuallererst, der ich schon immer gut beisammengewesen bin und der ich von Bess' gebuttertem Bier noch zugenommen hatte. Desgleichen Georg, der noch ein wenig beleibter ist, obwohl seine Größe die Körperfülle weniger auffallen läßt.

Was die beiden letzten Reisegefährten betrifft, waren sie nicht nur dick, sie hatten noch weitere Laster. Zwei Priester, die sich unablässig und mit lauter Stimme unterhielten. Wenn der eine der beiden schwieg, dann nur, weil der andere bereits angefangen hatte zu reden. Ihre Reden erfüllten den Kasten und machten die Luft dick und schwer, so daß Georg und ich, die wir für gewöhnlich große Freude daran hatten, uns zu unterhalten, nur noch verärgerte Blicke wechselten und mitunter leises Geflüster. Das Schlimmste war, daß die Diener Gottes sich nicht damit begnügten, uns ihre Meinungen um die Ohren zu schlagen, sie nahmen uns unentwegt als Zeugen, nicht, indem sie uns einluden, ihnen unsere Ansichten mitzuteilen, sondern als sei sie ihnen bereits bekannt, als stimme sie selbstredend mit der ihren überein, so daß wir sie nicht einmal mehr zu äußern brauchten.

Es gibt Leute, die nicht anders reden können. Ich habe häufig welche getroffen, in meinem Laden und anderswo, die einen mit ihrem Geplapper wie ein Wasserfall überschütten und einen gewissermaßen auffordern, ihnen zuzustimmen. Wenn man dann eine leise Bemerkung macht, sind sie davon überzeugt, daß diese ihre Reden nur bestätigt, und begeistern sich von neuem. Will man ihnen eine gegenteilige Meinung kundtun, muß man dies brüsk und nahezu unhöflich tun.

Was unsere heiligen Männer angeht, so war ihr bevorzugtes Gesprächsthema die Hugenotten. Am Anfang begriff ich nicht, warum sie so lebhaft darüber debattierten, wo sie sich doch gegenseitig beipflichteten. Daß die Anhänger der Reformation ihren Platz nicht im Königreich Frankreich hatten und daß sie aus dem Lande verjagt werden sollten, damit dieses wieder seinen Frieden finde und die Gunst des Himmels. Daß man zu gut zu ihnen sei und es bereuen werde, daß diese Leute sich über alles Unglück in Frankreich freuen und daß es nicht mehr lange dauern werde, bis der König ihre Hinterhältigkeit durchschauen wird … Alles im gleichen Ton mit Flüchen und auch Vergleichen zwischen Luther, Calvin, Coligny, Zwingli und verschiedenen bösen Tieren, Schlangen, Skorpionen – Ungeziefer, das es zu vernichten galt. Jedesmal, wenn einer der beiden eine Meinung vorbrachte, pflichtete ihm der andere bei und übertraf ihn noch.

Georg war es, der mir die Gründe für ein solches Gespräch verständlich machte. In einem unserer stummen Wortwechsel machte er mir unauffällig Zeichen, unseren fünften Gefährten zu betrachten. Der Mann rang nach Luft. Seine ausgemergelten Wangen waren gerötet, seine Stirn glänzte vor Schweiß, seine Augen lösten sich niemals vom Boden und von seinen Beinen, die er fest zusammengedrückt hielt. Ganz offensichtlich erreichten ihn diese Reden. Er war einer »von jener Rasse«, um den Ausdruck unserer Reisegefährten zu gebrauchen.

Was mich traurig stimmte, war, daß mein bayrischer Freund von Zeit zu Zeit über die grausamen und sarkastischen Bemerkungen lächelte, die auf den armen Hugenotten niedergingen. Und in unserer ersten Nacht stritten wir uns darüber.

»Nichts«, sagte Georg, »wird mich dazu bewegen, zugunsten derjenigen einzugreifen, die mein Haus zweimal in Brand gesteckt und den Tod meiner Mutter verschuldet haben.«

»Diesen Mann trifft keine Schuld. Sieh ihn dir an! Er hat noch nie auch nur die Flügel einer Fliege in Brand gesteckt!«

»Gewiß, und deshalb werde ich ihn auch nicht zur Rechenschaft ziehen. Aber ich werde ihn auch nicht verteidigen! Und erzähle mir nichts von Glaubensfreiheit, ich habe lange genug in England gelebt, um zu wissen, daß ich, der ›Papist‹, wie sie mich nannten, weder Freiheit noch Achtung für meinen Glauben fand. Jedesmal, wenn ich beleidigt wurde, mußte ich mich zwingen zu lächeln und meinen Weg fortsetzen mit dem Gefühl, ein

Hasenfuß zu sein. Und du, hattest du nicht während deines Aufenthaltes ständig den Drang zu verbergen, daß du ein ›Papist‹ bist? Und hast du es nie erlebt, daß man deinen Glauben in deiner Gegenwart beleidigt hat?«

Was er sagte, war nicht falsch. Und er schwor Stein und Bein, daß er sich mehr noch nach Glaubensfreiheit sehnte als ich. Doch er fügte hinzu, daß in seinen Augen die Freiheit gegenseitig sein mußte: Als läge es in der Natur der Sache, daß die Toleranz auf Toleranz antworte und die Verfolgung auf Verfolgung.

Im Lauf des zweiten Reisetages hörte besagte Verfolgung nicht auf. Und den beiden Geistlichen gelang es gar, mich hineinzuziehen – wider Willen! –, als mich einer der beiden ohne Umschweife fragte, ob ich nicht auch glaubte, daß die Kutsche eher für vier Reisende vorgesehen war als für sechs. Ich konnte nur beipflichten, überglücklich, daß die Diskussion eine andere Richtung nahm als jenen Streit zwischen Papisten und Hugenotten. Doch der Mann, von meiner Antwort gestärkt, fing an, sich laut darüber auszulassen, daß wir uns alle wohler fühlen würden, hätte man uns zu viert reisen lassen anstatt zu fünft.

»Gewisse Leute sind zuviel in diesem Land, und sie merken es nicht.«

Er gab vor zu zögern, bevor er sich verbesserte und sich darüber amüsierte.

»Ich sagte in diesem Land, Gott möge mir verzeihen, dabei wollte ich nur sagen in dieser Kutsche. Ich hoffe, mein Nachbar fühlt sich dadurch nicht gekränkt …«

Am dritten Tag hielt der Kutscher in einem Weiler namens Breteuil und öffnete die Tür. Der Hugenotte stand auf und entschuldigte sich.

»Verlaßt Ihr uns bereits? Reist Ihr nicht bis nach Paris?« erkundigten sich boshaft die beiden Priester.

»Leider, nein«, brummte der Mann, der, ohne uns eines Blickes zu würdigen, die Kutsche verließ.

Er blieb einen Moment hinter der Kutsche stehen, um sein

Gepäck an sich zu nehmen, und rief sodann dem Kutscher zu, er könne weiterfahren. Es war schon dämmerig, und der Kutscher gab den Pferden die Peitsche, um Beauvais noch vor Einbruch der Nacht zu erreichen.

Wenn ich mich über diese Einzelheiten auslasse, die in diesem Tagebuch nichts zu suchen haben, dann, weil ich das Nachspiel dieser unangenehmen Reise noch berichten muß. Als wir in Beauvais ankamen, war großes Geschrei zu hören. Unsere beiden Priester hatten soeben festgestellt, daß das Gepäck – das allein ihnen gehörte – unterwegs verlorengegangen war. Die Schnur, die es festgehalten hatte, war durchtrennt worden, und bei dem Lärm der Straße hatten wir nicht bemerkt, wie es heruntergefallen war. Laut jammernd versuchten sie den Kutscher zu überreden, kehrtzumachen, um es zu suchen, doch dieser wollte davon nichts hören.

Am vierten Tag war es in der Kutsche endlich friedlich. Unsere beiden Schwätzer verloren kein Wort mehr über den Hugenotten, da sie doch zum ersten Mal Grund gehabt hätten, ihm zu zürnen. Sie beschuldigten ihn nicht einmal, wahrscheinlich, um sich nicht eingestehen zu müssen, daß jener Ketzer das letzte Wort gehabt hatte. Sie murmelten den ganzen Tag über Gebete, ein Brevier in der Hand. Hätten sie nicht genau dies von Anfang an tun sollen?

Am 25. Oktober

Ich hatte mir vorgenommen, heute meinen Aufenthalt in Paris zu schildern, sodann meine Fahrt über Lyon, Avignon und Nizza, bis nach Genua, und wie ich mich als Gast Mangiavaccas wiederfand, nachdem wir uns doch nicht gerade in Freundschaft getrennt hatten. Doch ein Zwischenfall hat sich ereignet, der mich beschäftigt, und ich weiß nicht, ob ich noch einmal die Geduld besitzen werde, in meiner Erzählung zurückzugreifen.

Im Augenblick jedenfalls werde ich nicht mehr von der Vergangenheit sprechen – und sei sie noch so nah. Ich werde nur noch von der künftigen Reise erzählen.

Denn ich habe Domenico wiedergetroffen. Er hatte seinem Geldgeber einen Besuch abgestattet, und da Gregorio nicht zu Hause weilte, habe ich mich zu ihm gesetzt. Wir sprachen zunächst über gemeinsame Erinnerungen – jene Nacht im Januar, wo ich, zitternd vor Kälte und Angst in dem Sack, in dem man mich eingesperrt hatte, an Bord seines Schiffes gehievt worden war, um nach Genua verfrachtet zu werden.

Schon damals Genua. Nach der Demütigung in Chios folgte nicht der Tod, wie ich erwartet hatte, sondern Genua. Und nach dem Brand von London abermals Genua. Hier ist es, wo ich jedesmal wieder von neuem zum Leben erwache, wie in diesem florentinischen Spiel, wo die Verlierer zum Ausgangskästchen zurückkehren …

Während meiner Unterhaltung mit Domenico hatte ich das Gefühl, daß der Schmugglerkapitän grenzenlose Bewunderung für mich empfand, die ich nicht für gerechtfertigt halte. Der Grund dafür ist, daß ich aus Liebe zu einer Frau mein Leben riskiert habe, wohingegen er und seine Männer, die auf jeder Fahrt mit dem Tod spielen, es nur des Geldes wegen tun.

Er fragte mich, ob ich Neues wüßte von meiner Geliebten, ob sie noch gefangengehalten würde und ob ich noch die Hoffnung hätte, sie zurückzuholen. Ich schwor ihm, daß ich Tag und Nacht an sie dachte, wo auch immer ich mich aufhielt, in Genua, in London, in Paris oder auf See, und daß ich keine Gelegenheit unversucht lassen wollte, um sie aus den Händen ihres Peinigers zu retten.

»Auf welche Weise gedenkst du hinzugelangen?«

Meine Worte schossen aus meinem Mund, noch bevor ich darüber nachgedacht hatte: »Eines Tages werde ich mit dir zusammen hinfahren, du wirst mich dort absetzen, wo du mich einst aufgenommen hast, und ich werde dafür sorgen, daß ich mit ihr sprechen kann …«

»In drei Tagen lege ich ab. Wenn du dann immer noch der

gleichen Auffassung bist, so sei versichert, daß du an Bord willkommen bist und daß ich alles daransetzen werde, dir zu helfen.«

Als ich anfing, Worte des Danks zu stammeln, schickte er sich an, seine Verdienste zu schmälern.

»Wenn die Türken eines Tages beschließen sollten, Hand an mich zu legen, dann werde ich ohnehin auf dem Pfahl enden. Wegen des Mastix, das ich ihnen seit zwanzig Jahren wegnehme, unter Mißachtung ihrer Gesetze. Ob ich dir helfe oder nicht, es wird mir keine zusätzliche Gnade oder Strafe bescheren. Sie können mich nicht zweimal pfählen.«

Ich war wie trunken von soviel Mut und Großherzigkeit. Ich erhob mich, um ihm ergriffen die Hand zu schütteln und ihn wie einen Bruder zu umarmen.

Wir umarmten uns noch, als Gregorio eintrat.

»Na, Domenico, kommst du oder gehst du?«

»Es ist die Wiedersehensfreude!« sagte der Kalabrese.

Die beiden Kumpane begannen alsbald über ihre Geschäfte zu reden – Gulden, Bündel, Ladung, Schiffe, Sturm, Häfen … Während ich mich meinen eigenen Träumen hingab, bis ich die beiden nicht mehr hörte …

Am 26. Oktober

Heute habe ich mich betrunken, wie ich mich noch nie im Leben betrunken habe, aus keinem anderen Grund als dem, daß Gregorio von seinem Verwalter sechs Fässer Vernaccia erhalten hat, gereift auf seinen eigenen Hängen in Cinqueterre, und daß er Wert darauf legte, den Wein auf der Stelle zu kosten, und keinen anderen Trinkfreund unter dem Dach hatte als mich.

Als wir beide schon ziemlich besoffen waren, rang mir Signor Mangiavacca ein Versprechen ab, dessen Wortlaut er selbst vorgegeben hatte, doch in das ich mit der Hand auf dem Evangelium eingewilligt habe: Ich würde mit Domenico nach Chios segeln. Sollte es mir nicht gelingen, Marta ihrem Mann zu entreißen, würde ich sie künftig in Ruhe lassen. Ich würde sodann nach Gibelet reisen, Ordnung in meine Geschäfte bringen, regeln, was es zu regeln gab, verkaufen, was es zu verkaufen gab, und meinen Handel den Kindern meiner Schwester überlassen. Im Frühjahr schließlich würde ich nach Genua zurückkehren, mit großem Prunk Giacominetta in der Kirche Santa Croce heiraten und mit ihm, der alsdann – dieses Mal wahrhaftig – mein Schwiegervater geworden wäre, zusammenarbeiten.

Meine Zukunft scheint vorgezeichnet, für die kommenden Monate und für den Rest meines Lebens. Trotzdem bedarf es auf der Seite dieses Abkommens neben meiner Unterschrift und der Gregorios noch der Unterschrift Gottes!

Am 27. Oktober

Gregorio gibt unumwunden zu, daß er mich betrunken gemacht hat, um mir dieses Versprechen zu entlocken, und er lacht darüber. Außerdem ist es ihm gelungen, mich mein Versprechen beim Aufwachen bestätigen zu lassen, als ich wieder nüchtern war.

Nüchtern, ja, aber noch ganz wirr im Kopf und mit Schmerzen im Magen.

Wie dämlich habe ich mich verhalten, da ich doch am morgigen Tag aufzubrechen gedachte!

In dieser Verfassung an Bord zu gehen? Bereits seekrank zu sein? Unfähig, mich auf festem Boden aufrecht zu halten?

Vielleicht wollte Gregorio mich nur von meiner Reise abhalten. Ihm würde ich alles zutrauen. Doch damit wird er keinen Erfolg haben. Ich werde aufbrechen. Und ich werde Marta wiedersehen. Und ich werde mein Kind kennenlernen.

Ich liebe Genua, das ist wahr. Doch kann ich es ebensogut von dort lieben, aus der Ferne, wie ich es immer getan habe, und vor mir meine Ahnen.

Auf See, am Sonntag, dem 31. Oktober 1666

Ein kräftiger Nordostwind hat uns nach Sardinien getrieben, obschon wir doch nach Kalabrien wollten. Wie dieses Schiff, die Barke meines Lebens …

Beim Anlegen war der Schiffsrumpf heftig aufgeprallt, und wir hatten das Schlimmste befürchtet. Doch Taucher, die im schrägen Sonnenlicht des Morgens unter Wasser gewesen sind, sind zurückgekehrt und haben uns versichert, daß die ›Charybdos‹ unversehrt ist. Wir segeln weiter.

Auf See, am 9. November

Das Meer ist noch immer bewegt, und ich bin ständig krank. Viele altgediente Seeleute teilen mein Schicksal – dies sollte mich trösten.

Jeden Abend bete ich zwischen zwei Übelkeitsanfällen darum, daß die Natur uns gnädiger gestimmt wird, und jetzt vertraut Domenico mir an, daß er um das Gegenteil bittet. Seine Gebete werden ganz offensichtlich mehr erhört als meine. Und nachdem er mir seine Gründe dargelegt hat, werde ich mich ihm vielleicht anschließen.

»Solange das Meer tost«, sagt er, »sind wir sicher. Denn selbst wenn die Küstenwache uns ausmacht, wird sie es niemals wagen, unsere Verfolgung aufzunehmen. Das ist der Grund, weshalb ich vorwiegend im Winter unterwegs bin. So habe ich nur einen Feind, das Meer, und das ist nicht der Feind, den ich am meisten fürchte. Auch wenn es mich eines Tages untergehen ließe, wäre dies kein allzu großes Unglück, da es mir die Marter einer Pfählung ersparen würde, die mich erwartet, wenn ich gefaßt werde. Auf See zu sterben, ist ein männliches Schicksal wie der Tod in der Schlacht. Während dich die Pfählung auf diejenige spucken läßt, die dich geboren hat.«

Seine Worte haben mich so sehr mit dem Seegang versöhnt, daß ich mich auf die Reling gestützt und mein Gesicht der Gischt ausgesetzt habe, um auf der Zunge das Salzwasser zu schmecken. Es ist die Würze des Lebens, das Bier der Tavernen in London und die Lippen der Frauen.

Ich atme tief durch, und meine Beine geben nicht nach.

Auf See, am 17. November

In den letzten Tagen habe ich dieses Heft wieder und wieder aufgeschlagen, es aber gleich wieder geschlossen. Wegen der Schwindelanfälle, die mich seit Genua schwächen, und auch wegen einer gewissen fieberhaften Erregung, die mich daran hindert, meine Gedanken zu sammeln.

Ich habe auch versucht, das Buch *Der Hundertste Name* zu öffnen, in der Hoffnung, es möge mir dieses Mal gelingen, es zu ergründen und zu enträtseln, ohne daß es mich abweisen würde. Doch auf der Stelle wurde mir schwarz vor Augen, und ich habe es wieder zugeschlagen und mir vorgenommen, es nie wieder zu versuchen, außer, das Buch öffne sich mir von selbst!

Seitdem gehe ich an Bord spazieren, schwatze mit Domenico und seinen Männern, die mir von ihren schrecklichsten Erlebnissen erzählen und mir wie einem Kind die Masten, Rahen und Taue erklären.

Ich teile alle ihre Mahlzeiten, lache über ihre Scherze, auch wenn ich sie nur zur Hälfte verstehe, und wenn sie trinken, gebe ich vor zu trinken, doch ich trinke nicht. Seit mich Gregorio mit dem Wein aus seinen Fässern betrunken gemacht hat, fühle ich mich geschwächt, immer kurz vor der Übelkeit, und mir scheint, der kleinste Schluck würde mich umwerfen.

Außerdem war jener Vernaccia das reinste Elixier, während dieser Wein hier eine Art sirupartiger Essig ist, mit Meerwasser versetzt.

Auf See, am 27. November

Langsam und vorsichtig nähern wir uns der Küste von Chios, gleich einem Jäger, der auf der Lauer liegt. Die Segel sind eingezogen, der Mast wurde vom Sockel geschraubt und langsam umgelegt, und die Seeleute reden weniger laut, als könne man sie von der Insel aus hören.

Leider ist das Wetter gut. Eine kupferrote Sonne ist über Kleinasien aufgegangen, und der Wind hat sich gelegt. Nur die kalte Luft der letzten Nacht erinnert uns daran, daß der Winter vor der Tür steht. Domenico hat beschlossen, sich nicht vor der kommenden Nacht zu rühren.

Er hat mir erklärt, wie er vorzugehen gedenkt. Zwei Männer werden im Schutz der Dunkelheit in einer Schaluppe zur Insel rudern, beides Griechen, aber Griechen aus Sizilien – Jannis und Demetrios. Sobald sie das Dorf Katarraktis erreichen, werden sie zu ihrem dortigen Händler Kontakt aufnehmen, der die Ware bereits bei sich gelagert hat. Sollte alles nach Plan verlaufen – der Mastix bereit und verpackt, die Zöllner ›überredet‹, nichts zu sehen – und keine Falle zu erkennen sein, werden die beiden Kundschafter Domenico mit einem vereinbarten Zeichen Bescheid geben: eine weiße Fahne, die an einer bestimmten Anhöhe um die Mittagszeit ausgebreitet wird. Sodann wird sich das Schiff der Küste nähern, jedoch erst nach Einbruch der Dunkelheit und nur für einen kurzen Aufenthalt. Ladung und Bezahlung würden erfolgen, und das Schiff würde sich vor Sonnenaufgang entfernen. Sollte die weiße Fahne aus irgendeinem Grund ausbleiben, würde man auf hoher See warten und auf die Rückkehr der Griechen hoffen. Und sollte man sie beim ersten Tageslicht noch immer nicht sehen, würde man davonsegeln und für ihre verlorenen Seelen beten. So laufen die Dinge in der Regel ab.

Wegen mir sollte der Plan dieses Mal ein anderer sein. Die Änderung, die Domenico vorgesehen hat …

Nein, ich sollte nicht davon erzählen, nicht einmal daran denken, bevor meine Hoffnungen nicht erfüllt wurden, ohne daß meine Freunde darunter gelitten hätten. Bis dahin werde ich mich darauf beschränken, die Daumen zu drücken und ins Meer zu spucken, wie Domenico es tut. Und dabei, wie er, »Bei meinen Ahnen!« murmeln.

Am 28. November

Ich kann mich an keinen anderen Sonntag erinnern, an dem ich mit der gleichen Inbrunst gebetet hätte.

In der Nacht hat man den Kahn mit Jannis und Demetrios zu Wasser gelassen, und die ganze Mannschaft ist ihnen mit Blicken gefolgt, bis sie in der Dunkelheit verschwunden waren. Doch ihre Ruderschläge waren noch zu hören, und Domenico traute der herrschenden Stille nicht.

Ein wenig später in der Nacht, nachdem ich mich bereits schlafen gelegt hatte, waren Blitze zu sehen, Dutzende von aufeinanderfolgenden Blitzen, die von Norden zu kommen schienen und die sehr weit entfernt sein mußten, da kein Donner zu hören war.

Alle an Bord haben den Tag mit Warten verbracht. Am Morgen wurde auf das Ausbreiten der weißen Fahne gewartet, und als wir sie sahen, hieß es warten, bis die Nacht hereinbrach, damit wir uns der Küste nähern konnten. Ich teile ihr Warten, und ich habe mein eigenes, das meinen Kopf in jeder Minute ausfüllt, was ich diesen Seiten jedoch nicht anvertrauen will.

Wenn nur …

Am 29. November

Letzte Nacht legte unser Schiff für einige Zeit in einer kleinen Bucht in der Nähe von Katarraktis an. Domenico hat mir versichert, daß es ziemlich genau hier war, wo er – vor etwa zehn

Monaten – den Sack an Bord genommen hatte, in den man mich gestopft hatte. In jener Nacht hatte ich alle möglichen Geräusche gehört, jedoch nichts gesehen. Während ich heute nacht Gestalten erkennen konnte, die kamen und gingen, die sich geschäftig an etwas zu schaffen machten und gestikulierten, am Strand wie auf der Brücke. Und alle diese Geräusche, die mir im Januar völlig unverständlich waren, bekamen jetzt einen Sinn. Der Steg, der ausgeworfen wurde, der Mastix, der gebracht wird, den man überprüft und auflädt, der Lieferant, ein gewisser Salih – ein Türke oder vielleicht ein griechischer Renegat –, der an Bord kam, um einen Schluck zu trinken und sein Geld zu bekommen. Vielleicht sollte ich an dieser Stelle noch einmal daran erinnern, daß Chios nahezu der einzige Ort auf der Welt ist, an dem Mastix erzeugt wird, doch daß die Obrigkeit den Bauern auferlegt, die ganze Ernte abzuliefern, damit sie den Weg zum Harem des Sultans antreten kann. Der Staat legt den Preis nach Belieben fest und zahlt nur, wie es ihm gefällt, so daß die Bauern manchmal Jahre auf die Begleichung ihrer Schuld warten müssen – was sie in der Zwischenzeit dazu zwingt, Schulden zu machen. Domenico kauft ihnen den Mastix zum doppelten, dreifachen oder gar fünffachen des offiziellen Preises ab und zahlt die ganze Summe an Ort und Stelle, wenn er die Lieferung abholt. Will man ihm Glauben schenken, so trägt er weit mehr zum Gedeihen der Insel bei als die osmanische Herrschaft!

Man muß also nicht betonen, daß dieser Teufel von Kalabrese für die Obrigkeit ein Feind ist, den es dingfest zu machen, zu hängen oder zu pfählen gilt, während Domenico für die Bauern der Insel und für all diejenigen, die sich an diesem Schmuggel bereichern, ein Segen ist, ein Manna. Nächte wie diese erwartet man mit mehr Ungeduld als Weihnachten, aber auch voller Angst, denn es würde genügen, daß der Schmuggler oder seine Helfer abgefangen werden, so ginge die ganze Ernte verloren, und ganze Familien wären zur Not verdammt.

Das Treiben dauerte nicht lange, zwei oder drei Stunden höchstens. Und als ich sah, wie Salih Domenico umarmte und sich über den Laufsteg helfen ließ, glaubte ich, wir würden ablegen, und konnte nicht an mich halten, einen der Matrosen zu fragen, ob wir schon aufbrachen. Er antwortete mir kurz angebunden, daß Demetrios noch nicht zurück sei und wir auf ihn warten würden.

Es sollte nicht lange dauern, da sah ich eine Lampe am Strand und drei Männer, die hintereinanderher liefen und näher kamen. Der erste war Demetrios, den zweiten, der die Lampe trug und dessen Gesicht am besten beleuchtet war, kannte ich nicht, und der letzte war Martas Mann.

Domenico hatte mir eingeschärft, mich nicht zu zeigen, bis er meinen Namen rufen würde. Ich gehorchte ihm um so lieber, als er mich hinter einer Trennwand versteckt hatte und mir kein Wort ihrer Unterhaltung entging, die in einem Mischmasch aus Italienisch und Griechisch verlief.

Ich sollte wohl vorwegschicken, daß es von den ersten Worten an offenkundig war, daß Sayyaf genau wußte, wer Domenico war, und daß er sich mit Achtung und Furcht an ihn wandte, wie sich ein Dorfpfarrer an einen durchreisenden Bischof wenden würde. Ich hätte gewiß nicht auf einen derart gottlosen Vergleich zurückgreifen müssen, ich wollte nur sagen, daß es in der Welt außerhalb der guten Gesellschaft durchaus Hierarchien gibt, die jeder ehrbaren Institution würdig wären. Wenn ein Dorfgauner auf den verwegensten Schmuggler des ganzen Mittelmeers trifft, hütet er sich davor, ihm ohne Ehrerbietung zu begegnen. Und der andere vermeidet es tunlichst, ihn als seinesgleichen zu behandeln.

Der Ton war von der ersten Replik an festgelegt, als Martas Mann, nachdem er vergeblich darauf gewartet hatte, daß sein Gastgeber ihm erklärte, weshalb er vorgeladen worden war, schließlich selbst mit einer, wie mir scheint, zögerlichen Stimme sagte:

»Demetrios, dein Mann, hat mir erzählt, daß du eine Ladung

Stoffe, Kaffee und Pfeffer hast, von der du dich für einen guten Preis trennen würdest …«

Domenico schwieg. Ein Seufzen. Dann, wie man einem Bettler eine verbogene Münze hinwirft:

»Wenn er es dir gesagt hat, dann wird es wohl stimmen!«

Damit brach die Unterhaltung wieder ab. Und Sayyaf war es, der sich bücken mußte, um sie wiederaufzunehmen.

»Demetrios hat mir gesagt, daß ich ein Drittel heute zahlen kann und den Rest zu Ostern.«

Domenico, nach einiger Zeit: »Wenn er es dir gesagt hat, wird es wohl stimmen!«

Der andere, eifrig: »Er hat von sechs Säcken mit Kaffee gesprochen, von zwei Fäßchen Pfeffer, die nehme ich alle. Doch was den Stoff angeht, so muß ich ihn mir anschauen, bevor ich entscheide.«

Domenico: »Es ist zu dunkel. Du wirst alles morgen sehen können, am hellichten Tag!«

Der andere: »Ich kann morgen nicht herkommen. Und auch für euch wäre es gefährlich, zu warten.«

Domenico: »Wer hat von Warten oder Herkommen gesprochen? Du kommst mit uns aufs Meer, und morgen früh kannst du die Fracht überprüfen. Du kannst sie befühlen, zählen, kosten …«

Da ich Sayyaf nicht sehe, spüre ich um so mehr das ängstliche Beben in seiner Stimme.

»Ich will die Waren nicht prüfen. Ich vertraue euch. Ich wollte nur den Stoff sehen, um zu wissen, wieviel ich davon verkaufen kann. Doch es ist nicht nötig, ich will euch nicht aufhalten, ihr habt es gewiß eilig, von der Küste wegzukommen.«

Domenico: »Wir haben uns bereits von der Küste entfernt.«

Sayyaf: »Und wie wollt ihr die Ladung an Land bringen?«

Domenico: »Frag dich lieber, wie wir dich an Land bringen werden!«

»Ja, wie?«

»Das frage ich mich!«

»Ich könnte in einem kleinen Kahn zurückkommen.«

»Da bin ich nicht sicher.«

»Willst du mich gegen meinen Willen hier festhalten?«

»Nein, nein! Davon kann keine Rede sein. Aber es kann auch nicht die Rede davon sein, daß du gegen meinen Willen einen meiner Kähne nimmst. Du müßtest mich schon fragen, ob ich bereit bin, ihn dir zu leihen.«

»Willst du mir einen deiner Kähne leihen?«

»Darüber muß ich nachdenken.«

Anschließend hörte ich Geräusche einer kurzen Auseinandersetzung. Ich erriet, daß Sayyaf und sein Scherge versucht hatten zu fliehen, und daß die Matrosen, die dabeistanden, sie rasch überwältigt hatten.

Martas Mann tat mir in diesem Augenblick beinahe leid. Doch das Mitleid war nur von kurzer Dauer.

»Warum hast du mich kommen lassen? Was willst du von mir?« fragte er mit einem Rest von Mut.

Domenico antwortete nicht.

»Ich bin dein Gast, du hast mich auf dein Schiff geholt, und nur, um mich gefangenzunehmen. Schande über dich!«

Es folgten ein paar Flüche auf arabisch. Der Kalabrese sagte noch immer nichts. Dann begann er langsam zu sprechen.

»Wir haben nichts Falsches getan. Wir haben nichts anderes getan, als was ein guter Angler tut. Er wirft den Angelhaken aus, und wenn er einen Fisch aus dem Wasser zieht, so muß er entscheiden, ob er ihn behält oder zurück ins Meer wirft. Wir haben unseren Angelhaken ausgeworfen, und der fette Fisch hat angebissen.«

»Bin ich der fette Fisch?«

»Du bist der fette Fisch. Ich weiß noch nicht, ob ich dich auf diesem Schiff behalte oder ob ich dich ins Meer werfe. He, ich werde dich entscheiden lassen, was ist dir lieber?«

Sayyaf sagte nichts – was hätte er bei einer solchen Alternative sagen sollen? Die versammelten Matrosen lachten, doch Domenico hieß sie schweigen.

»Ich warte auf deine Antwort! Behalte ich dich hier auf dem Schiff oder werfe ich dich ins Meer?«

»Auf dem Schiff«, brummte der andere.

Es war ein Ton der Resignation, der Kapitulation. Und Domenico irrte sich nicht, als er ihm sogleich sagte: »Ausgezeichnet, wir werden uns hier in aller Ruhe unterhalten können. Ich habe einen Genuesen kennengelernt, der mir eine seltsame Geschichte über dich erzählt hat. Es scheint, als hieltest du eine Frau in deinem Haus gefangen, als würdest du sie schlagen und ihr Kind mißhandeln.«

»Embriaco! Dieser Lügner! Dieser Skorpion! Er schwänzelt um Marta herum, seit sie elf Jahre alt ist! Er hat mich schon mit einem türkischen Offizier zusammen aufgesucht, und sie haben sich davon überzeugen können, daß ich sie nicht mißhandele. Übrigens ist sie meine Frau, und was unter meinem Dach geschieht, geht niemanden etwas an!«

Das war der Augenblick, in dem Domenico mich rief.

»Signor Baldassare!«

Ich trat aus meinem Versteck und sah Sayyaf und seinen Schergen auf dem Boden sitzen, an die Taue gelehnt. Sie waren nicht angebunden, doch ein gutes Dutzend Matrosen stand um sie herum, bereit, sie niederzustrecken, sollten sie es erneut wagen, aufzustehen. Martas Mann warf mir einen Blick zu, der, wie mir schien, weit mehr Drohungen enthielt als Reue.

»Marta ist meine Base, und als ich sie Anfang dieses Jahres gesehen habe, sagte sie mir, sie sei schwanger. Wenn es ihr und ihrem Kind gutgeht, wird dir kein Leid geschehen.«

»Sie ist nicht deine Base, und es geht ihr gut.«

»Und ihrem Kind?«

»Welches Kind? Wir haben nie Kinder bekommen! Bist du sicher, daß es meine Frau ist, von der du sprichst?«

»Er lügt«, sagte ich.

Ich wollte fortfahren, doch mir wurde taumelig, und ich mußte mich an die nächste Wand lehnen. Daraufhin ergriff Domenico das Wort:

»Wie können wir wissen, daß du nicht lügst?«

Sayyaf drehte sich zu seinem Verbündeten, der seine Worte bestätigte. Daraufhin erklärte der Kalabrese: »Wenn ihr die Wahrheit gesagt habt, alle beide, seid ihr morgen wieder zu Hause, und ich werde euch fortan nicht mehr belästigen. Doch wir müssen Gewißheit haben. Deshalb schlage ich euch folgendes vor. Du, wie heißt du?«

»Stavro!« antwortete der Verbündete und blickte in meine Richtung. Jetzt erkannte ich ihn wieder. Ich hatte ihn nur kurz gesehen, als ich mit den Janitscharen in das Haus von Martas Mann eingedrungen war. Diesem Mann hatte Sayyaf ein Zeichen gemacht, seine Frau zu holen, während ich die ganze Zeit gebrüllt habe. Dieses Mal würde ich mich anders verhalten.

»Hör mir gut zu, Stavro«, sagte Domenico in einem plötzlich weniger überheblichen Ton. »Du wirst die Base von Signor Baldassare holen. Sobald sie die Worte ihres Mannes bestätigt hat, können beide gehen. Was dich betrifft, Stavro, wenn du tust, was ich dir sage, brauchst du nicht einmal mehr an Bord zu kommen. Du wirst morgen abend mit ihr an den Strand kommen, wir werden sie in einem Boot holen. Du kannst dann nach Hause zurückkehren und brauchst nichts mehr zu befürchten. Doch solltest du vorhaben, mich hereinzulegen, dann laß dir gesagt sein, daß es auf dieser Insel sechshundert Familien gibt, die von meinem Geld leben, und daß mir auch die höchsten Vertreter der Obrigkeit verpflichtet sind. Wenn du dich also als geschwätzig erweist oder wenn du verschwindest, ohne uns die Frau zu bringen, werde ich dafür sorgen, daß du für deinen Verrat zahlst. Die Strafe wird aus einer Richtung kommen, aus der du sie überhaupt nicht erwartest.«

»Ich werde dich nicht hereinlegen.«

Sobald das Boot im Wasser war, mit Stavro und drei Matrosen, die die Aufgabe hatten, ihn ans Ufer zu bringen, wandte ich mich an Domenico und fragte, ob er denn glaube, daß dieser Mann ihm gehorchen würde. Er zeigte sich ziemlich zuversichtlich.

»Wenn er sich sang- und klanglos aus dem Staub macht, werde ich nichts gegen ihn ausrichten können. Doch ich glaube, daß ich ihm Angst eingejagt habe. Und ich glaube auch, daß, was ich von ihm verlange, kein großes Opfer für ihn ist. Also wird er mir wohl gehorchen. Wir werden sehen!«

Zur Zeit sind wir wieder auf hoher See, und es kommt mir so vor, als bewege sich auf der Insel nichts. Und dennoch, irgendwo hinter einer dieser weißen Mauern, im Schatten des einen oder anderen großen Baumes, bereitet sich Marta darauf vor, an den Strand zu gehen. Hat man ihr gesagt, daß ich da bin? Hat man ihr gesagt, weshalb sie hier erscheinen soll? Sie kleidet sich an, macht sich zurecht, vielleicht packt sie gar ein paar Sachen in ihre Tasche. Ist sie beunruhigt, verängstigt oder voller Hoffnung? Denkt sie in diesem Augenblick an ihren Mann oder an mich? Und hat sie das Kind dabei? Hat sie es verloren? Hat man es ihr vielleicht weggenommen? Endlich werde ich es erfahren. Ich werde ihre Wunden verbinden können. Ich werde Dinge wiedergutmachen können.

Die Nacht bricht herein, und ich schreibe weiter ohne Licht. Das Schiff nähert sich vorsichtig der Insel, die dennoch in weiter Ferne bleibt. Domenico hat ganz oben am Mast einen Matrosen aus Alexandria, namens Ramadan, postiert, der von der ganzen Mannschaft die besten Augen hat und den Strand absuchen muß, um jede verdächtige Bewegung zu melden. Für mich nimmt alle Welt hier unnötige Gefahren auf sich, doch keiner läßt es mich spüren. Nicht ein einziges Mal habe ich einen vorwurfsvollen Blick aufgefangen oder einen verärgerten Seufzer vernommen. Wie, zum Teufel, kann ich je eine solche Schuld zurückzahlen?

Wir nähern uns erneut der Küste, doch die Lichter der Insel wirken ebenso schwach wie die Sterne weit hinten am Himmel. Natürlich ist es undenkbar, daß ich eine Kerze anzünde oder auch nur die kleinste Lampe. Ich kann das Blatt fast nicht mehr sehen, doch ich schreibe weiter. Schreiben hat für mich heute nacht einen anderen Geschmack als sonst. An den anderen Tagen habe ich geschrieben, um zu erzählen oder um mich zu rechtfertigen oder um meinen Kopf freizubekommen, wie man seine Kehle reinigt, oder um nicht zu vergessen, ganz einfach nur, weil ich mir vorgenommen hatte zu schreiben. Heute nacht hingegen klammere ich mich an diese Blätter wie an eine Boje. Ich habe ihnen nichts zu sagen, doch ich brauche sie.

Die Feder führt meine Hand, und es spielt keine Rolle, wenn ich sie lediglich in die Schwärze der Nacht tauche.

Vor Katarraktis, am 30. November 1666

Ich hatte nicht gedacht, daß wir uns unter solchen Umständen wiedersehen würden.

Ich auf dem Schiff, die Augen zusammengekniffen, sie im schwachen Licht einer Schiffslampe um Mitternacht am Strand.

Als die Schiffslampe anfing, sich wie das Pendel einer Uhr von rechts nach links und von links nach rechts zu bewegen, befahl Domenico drei Männern, das Beiboot ins Wasser zu lassen. Ohne Licht und mit der Anweisung, vorsichtig zu sein. Ihre Augen sollten die ganze Küste absuchen, um sicherzugehen, daß keine Falle gestellt war.

Das Meer war bewegt und laut, ohne indes stürmisch zu sein. Der Wind kam von Norden, es war ein Dezemberwind.

Auf meinen kalten Lippen Salz und Gebete.

Marta.

Wie nahe sie war und doch wie weit weg! Das Boot brauchte ein ganzes Leben, um den Strand zu erreichen, und ein weiteres Leben dort. Was taten sie? Worüber sprachen sie? Es ist doch nicht schwer, einen Menschen an Bord zu nehmen und in die umgekehrte Richtung wieder zu verschwinden! Warum habe ich sie nicht begleitet? Nein, Domenico hätte dies nicht zugelassen.

Und er hätte recht gehabt. Ich habe weder das Geschick seiner Männer noch ihre Gelassenheit.

Dann kam das Boot auf uns zu, die Schiffslampe an Bord.

Domenico knurrte: »Verflucht! Kein Licht, habe ich gesagt!«

Als hätten sie ihn aus der Entfernung gehört, löschten sie im gleichen Augenblick die Flamme. Domenico seufzte vernehmlich, tätschelte mir den Arm. »Bei meinen Ahnen!« Dann befahl er seinen Männern, alles vorzubereiten, damit wir aufs offene Meer fahren konnten, sobald das Beiboot und seine Besatzung an Bord waren.

Marta wurde so höflich als möglich an Bord gehoben – mit Hilfe eines dicken Taus, an dessen unterem Ende ein Brett befestigt war, worauf man die Füße stellen konnte, gleich einer Leiter mit einer Sprosse. Als sie hoch genug war, war ich es, der ihr über das letzte Hindernis half. Sie hatte mir die Hand gegeben, als wäre ich ein Fremder, doch sobald sie die Füße aufgesetzt hatte, fing sie an, nach jemandem Ausschau zu halten, und trotz der Dunkelheit wußte ich, daß ich es war, den sie suchte. Ich sagte ein Wort, ihren Namen, und sie ergriff meine Hand ein weiteres Mal, doch dieses Mal drückte sie sie ganz anders. Ganz offenkundig hatte sie gewußt, daß ich da bin. Ich weiß noch immer nicht, ob der Scherge ihres Ehemannes oder die Matrosen, die sie am Strand geholt hatten, es ihr gesagt haben. Ich werde es erfahren, sobald ich Gelegenheit habe, mit ihr zu sprechen. Doch, was soll's, wir haben uns so viele andere Dinge zu sagen …

Ich hatte mir vorgestellt, daß ich sie bei unserem Wiedersehen in die Arme schließen würde, um sie fest und endlos lange an mich zu drücken. Doch bei all den tapferen Seeleuten um uns herum und ihrem Mann, der an Bord festgehalten wurde, um von unserem Korsarentribunal verurteilt zu werden, wäre es fehl am Platze gewesen, allzu große Vertrautheit an den Tag zu legen, allzuviel Ungeduld, und dieser flüchtige Händedruck im Dunkeln zwischen uns war die einzige Geste heimlichen Einverständnisses.

Dann wurde ihr übel. Damit sie nicht taumelte, riet ich ihr, das Gesicht in die kalte Gischt zu halten, doch sie begann zu zittern, und die Matrosen rieten ihr eher dazu, sich der Länge nach auf eine Matratze im Schiffsraum zu legen und sich warm zuzudecken.

Domenico hätte sie gerne auf der Stelle vernommen, um von ihr selbst zu erfahren, was aus dem Kind geworden war, das sie in sich getragen hatte, um dann sein Urteil verkünden zu können und in seinen Heimathafen zurückzukehren. Doch sie schien kurz davor, das Leben auszuhauchen, und er mußte einwilligen, sie bis zum nächsten Morgen ruhen zu lassen.

Sobald sie sich hingelegt hatte, schlief sie ein, so schnell, daß ich glaubte, sie sei ohnmächtig geworden. Ich schüttelte sie ein wenig, damit sie die Augen öffnete und etwas sagte, doch dann entfernte ich mich verwirrt.

An Säcke voller Mastix gelehnt, verbrachte ich die Nacht damit, Schlaf zu finden. Ohne großen Erfolg. Es kommt mir so vor, als hätte ich nur kurze Zeit gedöst, kurz vor Tagesanbruch …

Im Lauf dieser unendlichen Nacht, in der ich weder richtig wach noch richtig eingeschlafen war, wurde ich von den schrecklichsten Gedanken geplagt. Ich wage kaum, sie hier schriftlich festzuhalten, so sehr erfüllen sie mich mit Entsetzen. Und dennoch sind sie in meiner größten Freude geboren …

Ich ertappte mich dabei, wie ich mich fragte, was ich mit Sayyaf machen sollte, wenn ich erführe, daß er Marta weh getan hat, und mehr noch ihrem Kind.

Könnte ich ihn nach Hause zurückkehren lassen, ungestraft? Müßte ich ihn nicht für sein Vergehen büßen lassen?

Im übrigen sagte ich mir, auch wenn Martas Mann am Tod des Kindes nicht schuld wäre, wie sollte ich mit ihr zusammen fliehen können, um mit ihr in Gibelet zu leben und diesen Mann zurückzulassen, der jeden Tag über seinen Racheplänen brüten und uns verfolgen würde?

Könnte ich ruhig schlafen, wenn ich ihn am Leben wüßte?

Könnte ich ruhig schlafen, wenn ich ihn …

Ihn töten?

Ich, töten?

Ich, Baldassare, töten? Einen beliebigen Menschen töten?

Und außerdem, wie tötet man überhaupt?

Mich jemandem nähern, ein Messer in der Hand, um ihm das Herz zu durchbohren … Warten, bis er eingeschlafen ist, aus Angst, er würde mich beobachten … Nein, Herr!

Oder aber jemanden dafür bezahlen, daß er …

Was denke ich da? Was schreibe ich da? Herr! Nimm diesen Kelch von mir!

In diesem Augenblick kam es mir so vor, als würde ich nie wieder schlafen, nicht in dieser Nacht und auch in keiner der Nächte mehr, die mir noch blieben!

Am Sonntag, dem 5. Dezember 1666

Die letzten Seiten möchte ich nicht noch einmal lesen, aus Angst, ich könnte sie zerreißen. Sie entstammen wohl meiner Tinte, doch ich bin nicht stolz auf sie. Ich bin nicht stolz darauf, darüber nachgedacht zu haben, meine Hände und meine Seele zu besudeln, und ich bin auch nicht stolz darauf, es nicht getan zu haben.

Am Dienstag im Morgengrauen, während Marta noch schlief, habe ich von meinen nächtlichen Vorstellungen berichtet, um meine Ungeduld zu bekämpfen. Anschließend habe ich fünf Tage lang nichts geschrieben. Ich hatte sogar erwogen, das Tagebuchschreiben aufzugeben. Doch jetzt sitze ich wieder da, meine Feder in der Hand, vielleicht aus Treue zu dem unvorsichtigen Versprechen, das ich mir zu Beginn der Reise gegeben hatte.

Im Lauf der vergangenen Woche haben mich drei Schwindelanfälle übermannt, einer nach dem anderen. Zunächst der Taumel der Wiedersehensfreude, dann der extremer Verwirrung und schließlich der des Zorns, ein Sturm der Seele, der in mir tobt, mich schüttelt und beutelt, als stünde ich aufrecht auf der Brücke, könnte mich an nichts festhalten und würde mich nur erheben, um erneut wieder wie ein Sack zu fallen.

Nicht Domenico und auch nicht Marta können mir jetzt noch helfen. Auch nicht irgendein anderer, an- oder abwesend, noch irgendeine Erinnerung. Was immer mir in den Sinn kommt, trägt nur noch mehr zu meiner Verwirrung bei. Wie übrigens alles, was mich umgibt, alles, was ich sehe, und alles, woran ich mich erinnern kann. Wie dieses Jahr, dieses verfluchte Jahr, von dem nur noch vier Wochen bleiben, doch vier Wochen, die mir im Augenblick unüberwindlich scheinen, ein Ozean ohne Sonne, ohne Mond, ohne Sterne, und am Horizont nichts als Wellen.

Nein, ich bin noch nicht in der Verfassung zu schreiben!

Am 10. Dezember

Unser Schiff hat sich bereits von Chios entfernt, und auch mein Kopf beginnt sich zu entfernen. Meine Wunde wird sich nicht so bald schließen, doch nach zehn Tagen gelingt es mir bisweilen, mich abzulenken von dem, was vorgefallen ist. Vielleicht sollte ich versuchen, das Schreiben wiederaufzunehmen …

Bis jetzt war es mir nicht möglich, über das Vorgefallene zu berichten. Doch es ist an der Zeit, daß ich dies nachhole, auch wenn ich die schmerzhaftesten Augenblicke in den fadesten Worten schildere wie: »sagt er«, »fragt er«, »sagt sie«, »angesichts« oder »es wurde beschlossen«.

Als Marta an Bord der ›Charybdos‹ gekommen war, hätte Domenico sie am liebsten noch in der Nacht vernommen, um von ihr zu erfahren, was aus ihrem Kind geworden ist, hätte sodann sein Urteil gefällt und wäre alsbald in Richtung Italien davongesegelt. Da sie sich nicht aufrecht halten konnte, willigte er ein –

das habe ich bereits gesagt –, sie erst schlafen zu lassen. Alle auf dem Schiff gönnten sich ein paar Stunden Ruhe, mit Ausnahme der Wachposten, für den Fall, daß ein osmanisches Schiff uns abfangen wollte. Doch auf den tobenden Wellen dürften wir in jener Nacht die einzigen Reisenden gewesen sein.

Am Morgen versammelten wir uns in der Kajüte des Kapitäns. Auch Demetrios und Jannis waren zur Stelle – fünf Personen insgesamt. Domenico fragte Marta feierlich, ob sie lieber in Anwesenheit ihres Mannes oder ohne ihn befragt werden wollte. Ich übersetzte ihr die Frage in jenes Arabisch, das in Gibelet gesprochen wird, und sie antwortete mit Nachdruck und nahezu flehentlich:

»Ohne meinen Mann!«

Die Bewegung ihrer Hände und der Ausdruck ihres Gesichts machten jegliche Übersetzung hinfällig. Domenico nahm es zur Kenntnis und fuhr fort: »Signor Baldassare hat uns erzählt, daß Ihr bei Eurer Ankunft in Chios vergangenen Januar schwanger gewesen seid. Doch Euer Mann behauptet, daß Ihr nie ein Kind bekommen habt.«

Martas Blick wurde betrübt. Sie drehte sich kurz zu mir, verbarg sodann ihr Gesicht und begann zu schluchzen. Ich trat einen Schritt auf sie zu, doch Domenico – der seine Rolle als Richter ernst nahm – winkte ab und bedeutete mir, wieder auf meinen Platz zurückzukehren. Und auch den anderen gab er Zeichen, nichts zu tun, nichts zu sagen und abzuwarten. Als er sodann der Ansicht war, er habe der Zeugin ausreichend Zeit gelassen, um sich wieder zu fassen, sagte er zu ihr: »Wir hören.«

Ich übersetzte und fügte hinzu: »Rede, du hast nichts zu befürchten, kein Mensch wird dir etwas tun.«

Anstatt sie zu beruhigen, schienen meine Worte sie noch mehr aufzuregen. Ihr Schluchzen wurde immer lauter. Daraufhin befahl mir Domenico, der Übersetzung seiner Worte nichts mehr hinzuzufügen. Ich versprach es.

Nach einigen Sekunden wurde das Schluchzen schwächer, und der Kalabrese stellte seine Frage erneut, ein wenig ungeduldig dieses Mal. Darauf hob Marta den Kopf und sagte: »Es hat nie ein Kind gegeben!«

»Was willst du damit sagen?«

Ich hatte es geschrien. Domenico rief mich zur Ordnung. Wieder entschuldigte ich mich und übersetzte genau, was er gesagt hatte.

Sie wiederholte mit fester Stimme:

»Es hat nie ein Kind gegeben. Ich bin nie schwanger gewesen.«

»Du hast es mir doch selbst gesagt.«

»Ich habe es dir gesagt, weil ich es geglaubt habe. Doch ich hatte mich geirrt.«

Ich sah sie lange an, ganz lange, ohne ein einziges Mal in ihre Augen sehen zu können. Ich hätte gerne in ihren Augen gesehen, was die Wahrheit war, um wenigstens zu verstehen, ob sie mich die ganze Zeit belogen hatte oder ob sie mich nur über das Kind belogen hatte, um mich dazu zu bewegen, sie so rasch wie möglich zu ihrem Gauner von Mann zu bringen, oder ob sie mich jetzt belog. Sie hat nur zwei- oder dreimal kurz aufgeschaut, wohl, um zu sehen, ob ich sie noch anstarrte und ob ich ihr glaubte.

Dann fragte Domenico in väterlichem Ton: »Sagt einmal, Marta, wünscht Ihr, mit Eurem Mann ans Ufer zurückzukehren oder wollt Ihr lieber mit uns kommen?«

Beim Übersetzen habe ich »mit mir kommen« gesagt. Doch sie gab deutlich mit ausgestreckter Hand zu verstehen, daß sie nach Katarraktis zurückkehren wolle.

Mit diesem Mann, den sie verabscheute? Ich verstand es nicht. Und dann, eine Art Erleuchtung: »Warte, Domenico, ich glaube, ich habe verstanden, was los ist. Ihr Sohn befindet sich gewiß auf der Insel, und sie hat Angst, daß man sich an ihm vergreift, wenn sie etwas Schlechtes über ihren Mann sagt. Wenn es das ist, was sie fürchtet, so sage ihr, daß wir ihren Mann zwingen werden, das Kind zu holen, wie wir ihn gezwungen haben, sie zu holen. Sie wird das Kind holen, und wir werden ihren Mann bis zu ihrer Rückkehr festhalten. Er würde ihr nichts tun können!«

»Beruhige dich!« sagte der Kalabrese. »Mir scheint, du erfindest dir Geschichten. Doch wenn du den leisesten Zweifel hegst, dann will ich gern, daß du ihr wiederholst, was du mir soeben gesagt hast. Und du kannst ihr von mir bestellen, daß weder ihr noch ihrem Kind ein Leid geschehen wird.«

Ich überschüttete Marta sodann mit einem langen, leidenschaftlichen, verzweifelten und pathetischen Wortschwall und flehte sie an, mir die Wahrheit zu sagen. Sie hörte mir mit gesenktem Blick zu. Und als ich fertig war, sah sie Domenico an und wiederholte:

»Es hat nie ein Kind gegeben. Ich bin nie schwanger gewesen. Ich kann keine Kinder haben.«

Sie sagte es auf arabisch und wiederholte dann dasselbe in schlechtem Griechisch, während sie sich an Demetrios wandte, den Domenico mit einer Kopfbewegung befragte.

Der Matrose, der bis dahin kein Wort gesagt hatte, schien mit einem Mal verlegen. Er sah mich an, sah Marta an, dann wieder mich und schließlich seinen Kapitän.

»Als ich in ihr Haus ging, hatte ich nicht den Eindruck, daß es dort ein Kind gab.«

»Es war mitten in der Nacht, das Kind hat geschlafen!«

»Ich habe an die Tür geklopft und das ganze Haus geweckt. Es hat viel Lärm gegeben, aber ein Kind hat nicht geweint.«

Ich wollte erneut das Wort ergreifen, doch dieses Mal befahl Domenico mir zu schweigen:

»Das genügt! In meinen Augen lügt diese Frau nicht! Wir müssen sie freilassen, sie und ihren Mann.«

»Noch nicht, warte.«

»Nein, ich werde nicht warten, Baldassare. Die Sache ist beschlossen. Wir brechen auf. Wir haben uns schon verspätet, um dich zufriedenzustellen, und ich hoffe, daß du eines Tages daran denkst, all diesen Männern zu danken, die sich für dich in große Gefahr begeben haben.«

Diese Worte verletzten mich mehr, als Domenico sich vorstellen konnte. In den Augen dieses Mannes war ich ein Held gewesen, und jetzt wirke ich wie ein abgewiesener, weinerlicher, phantasierender Liebhaber. In wenigen Stunden, in wenigen Minuten gar, in wenigen Sätzen war der geschätzte und edle Signor Baldassare Embriaco ein aufdringlicher Mensch, ein lästiger Passagier geworden, den man wie ein bemitleidenswertes Geschöpf erträgt und dem man befiehlt zu schweigen.

Und wenn ich mich anschließend in eine dunkle Ecke zurückgezogen habe, um vor mich hin zu weinen, dann war es ebenso deshalb wie Martas wegen. Sie war nach der Vernehmung sogleich aufgebrochen. Ich nehme an, daß Domenico sich bei ihrem Mann entschuldigt hat, und ich glaube, daß er ihnen das Boot vermacht hat, mit dem sie an die Küste zurückgekehrt sind. Ich habe dem Abschied nicht beiwohnen wollen.

Heute ist meine Wunde nicht mehr so groß, auch wenn sie nach wie vor schmerzt. Was Martas Verhalten betrifft, so habe ich es noch immer nicht verstanden. Ich stelle mir derart seltsame Fragen, daß ich sie diesen Seiten nicht anvertrauen will. Ich muß noch darüber nachdenken …

Am 11. Dezember

Und wenn mich alle Welt angelogen hat?

Und wenn dieser Ausflug nur eine Täuschung gewesen ist, ein Schwindel, einzig dazu gedacht, daß ich auf Marta verzichte?

Vielleicht ist dies nur ein Hirngespinst, eine Folge der Erniedrigung, der Einsamkeit und einiger schlafloser Nächte. Doch vielleicht ist es auch die alleinige Wahrheit.

Gregorio, der sich wünscht, daß ich ein für allemal auf Marta verzichte, kann Domenico gebeten haben, mich mitzunehmen und es so einzufädeln, daß ich diese Frau niemals wiedersehen will.

Hat man mir nicht irgendwann in Smyrna erzählt, daß Sayyaf beim Schmuggel seine Hand im Spiel hatte, und zwar beim

Schmuggel von Mastix? Es ist also wahrscheinlich, daß Domenico ihn kannte und dabei vorgab, ihn zum ersten Mal zu sehen. Vielleicht ist auch das der Grund, weshalb man mich gebeten hat, hinter einer Wand zu bleiben. Auf diese Weise konnte ich ihr Augenzwinkern nicht sehen und nicht hinter ihr Einverständnis kommen!

Und gewiß kannte Marta Demetrios und Jannis, da sie sie schon mit ihrem Mann gesehen hat. Deshalb fühlte sie sich verpflichtet zu sagen, was sie gesagt hat.

Doch als wir allein waren, im Schiffsraum, nachdem sie sich hingelegt hatte, wie kann es sein, daß sie mir da nicht von ihrem Geheimnis erzählt hat?

Das alles ist in der Tat ein Hirngespinst! Weshalb sollten alle diese Leute mir etwas vorspielen? Nur um mich zu täuschen und mich auf diese Frau verzichten zu lassen? Hatten sie wirklich nichts Besseres in ihrem Leben zu tun, als ihre Hinrichtung durch den Strang oder den Pfahl zu riskieren, um sich in meine verworrenen Liebesbeziehungen zu mischen?

Mein Verstand hat sich verrenkt, wie sich einst die Schulter meines armen Vaters verrenkt hat, und es wäre schon ein heftiger Schock vonnöten, um ihn wieder einzurenken.

Am 13. Dezember

Seit zwölf Tagen irre ich über das Schiff, als wäre ich unsichtbar, sie hatten allesamt Befehl, mir aus dem Weg zu gehen. Wenn der eine oder andere Matrose bisweilen das Wort an mich richtete, dann leise und nicht ohne sich vorher zu vergewissern, daß ihn keiner dabei sah. Ich aß allein und heimlich wie ein Pestkranker.

Seit heute spricht man wieder mit mir. Domenico ist auf mich zugekommen und hat mich in die Arme geschlossen, als empfange er mich soeben auf seinem Schiff. Das war das Signal, und man wagte erneut, sich mit mir abzugeben.

Ich hätte aufbegehren können, die ausgestreckte Hand verweigern, in mir das prahlerische Blut der Embriaci sprechen lassen. Ich werde es nicht tun. Weshalb sollte ich lügen? Die Aufnahme in Gnaden erfüllt mich mit Erleichterung. Die Quarantäne hatte schwer auf mir gelastet.

Ich gehöre nicht zu jenen, die sich im Unglück wohl fühlen.

Ich liebe es, geliebt zu werden.

Am 14. Dezember

Domenico zufolge sollte ich dem Allerhöchsten danken, daß er die Dinge lieber auf seine Art gesteuert habe als auf meine. Diese Worte eines kalabresischen Schmugglers, der sich zum Sprecher des Gewissens erhoben hat, haben mich nachdenklich gestimmt, mich abwägen und vergleichen lassen. Und letztendlich hat er nicht völlig unrecht.

»Stell dir vor, diese Frau hätte gesagt, was du dir gewünscht hast. Daß ihr Mann sie mißhandelt, daß sie seinetwegen ihr Kind verloren hat und daß sie ihn verlassen möchte. Ich nehme an, daß du sie dann bei dir behalten hättest, um sie mit in dein Land zu nehmen.«

»Gewiß!«

»Und ihr Mann, was hättest du mit ihm gemacht?«

»Er soll zum Teufel gehen!«

»Das glaube ich gern. Doch was noch? Hättest du ihn ziehen lassen und dabei riskiert, daß er eines Tages an deine Tür klopft und dich auffordert, ihm seine Frau zurückzugeben? Und was hättest du seinen Angehörigen erzählt? Daß er tot ist?«

»Glaubst du, daran hätte ich nie gedacht?«

»Nein, nein, ich bin überzeugt davon, daß du tausendmal daran gedacht hast. Doch möchte ich gern aus deinem Mund hören, welche Lösung du gefunden hast.«

Er schwieg einige Augenblicke, ich auch.

»Ich will dich nicht quälen, Baldassare. Ich bin dein Freund, und ich habe für dich getan, was dein eigener Vater nicht für dich getan hätte. Ich will dir sagen, was du dir selbst nicht eingestehst. Diesen Mann, dieses Schwein von einem Mann, hätte man töten müssen. Nein, zieh nicht so ein Gesicht, zeig dich nicht entsetzt, ich weiß, daß du darüber nachgedacht hast, und ich auch. Denn wenn diese Frau beschlossen hätte, ihn zu verlassen, hättest weder du noch ich gewünscht, daß er am Leben bleibt und uns für immer verfolgt. Ich hätte mir gesagt, daß es einen Mann in Chios gibt, der nur davon träumt, sich zu rächen, und bei jeder Fahrt zu dieser Insel hätte ich ihn gefürchtet. Und auch du hättest ihn natürlich lieber tot gesehen.«

»Gewiß!«

»Aber wärst du imstande gewesen, ihn zu töten?«

»Ich habe darüber nachgedacht«, gab ich schließlich zu, doch mehr sagte ich nicht.

»Es genügt nicht, darüber nachzudenken, und noch weniger, es zu wünschen. Es kann dir jeden Tag passieren, daß du jemandem den Tod wünschst. Einem unehrlichen Diener, einem ausgekochten Kunden, einem lästigen Nachbarn oder gar deinem eigenen Vater. Doch hier hätte es nicht genügt, es zu wünschen. Wärst du imstande gewesen, beispielsweise ein Messer zu nehmen, auf deinen Rivalen zuzugehen und es ihm ins Herz zu stoßen? Wärst du imstande gewesen, ihm Hände und Füße zu binden und ihn über Bord zu werfen? Du hast darüber nachgedacht, und ich für dich auch. Ich habe mich gefragt, was für dich die beste Lösung wäre. Und ich habe sie gefunden. Diesen Mann umzubringen, ihn über Bord zu werfen, hätte nicht genügt. Es hätte nicht genügt, ihn tot zu wissen, es wäre auch wichtig gewesen, daß die Leute aus deiner Gegend ihn tot sehen. Wir hätten nach Gibelet reisen und den Mann lebend in unserer Mitte behalten müssen. Nicht weit weg von der Küste hätten wir ihm die Füße fest mit einem Tau verbunden und hätten ihn über Bord geworden. Dann hätten wir ihn ertrinken lassen, sagen wir, eine Stunde lang, und hätten den Ertrunkenen anschließend wieder hochgeholt. Wir hätten seine Fesseln gelöst und ihn auf eine Bahre gelegt, und ihr wärt von Bord gegangen, du und seine Frau, mit betrübter Miene, mit meinen Männern, die den Leichnam an Land gebracht hätten. Ihr hättet erzählt, daß er am heutigen Tag ins Wasser gefallen und ertrunken wäre, und ich hätte eure Aussagen bestätigt. Sodann hättet ihr ihn begraben, und ein Jahr später hättest du seine Witwe geheiratet.

Das hätte ich getan. Ich habe schon Dutzende ums Leben gebracht, und noch keiner hat mich um den Schlaf gebracht. Aber du, sag mir, wärst du imstande gewesen, so zu handeln?«

Ich gab zu, daß ich dem Himmel gedankt hätte, wenn unser Unternehmen so geendet hätte, wie er es soeben ausgemalt hatte, doch wäre ich unfähig gewesen, mit meinen Händen ein solches Verbrechen zu begehen.

»Dann sei glücklich, daß diese Frau nicht die Worte gesprochen hat, auf die du gehofft hattest!«

Am 15. Dezember

Ich denke noch einmal an Domenicos Worte. Wäre er an meiner Stelle gewesen, so zweifle ich nicht daran, daß er genauso gehandelt hätte, wie er es mir beschrieben hat. Ich hingegen bin als Kaufmann geboren und habe eine Kaufmannsseele, nicht die eines Korsaren oder die eines Kriegers. Noch die eines Gauners – vielleicht ist das der Grund, weshalb Marta ihn mir vorgezogen hat. Er hätte, wie Domenico, nicht gezögert, jemanden umzubringen, um zu erhalten, was er sich wünscht. Keine Skrupel halten sie zurück. Doch wären sie von ihrer Route abgewichen aus Liebe zu einer Frau?

Ich habe sie noch nicht vergessen, ich weiß nicht, ob ich sie je vergessen werde … Doch, eines Tages werde ich sie vergessen, und ihr Verrat wird mir dabei helfen.

Allerdings kann ich mich eines leichten Zweifels nicht erwehren. Hat sie mich wirklich verraten oder hat sie so gesprochen, um ihr Kind zu retten?

Jetzt rede ich schon wieder von diesem Kind, wo alle mir doch sagen, daß es das Kind nicht gibt, daß es das Kind nie gegeben hat.

Und wenn sie mich alle belügen? Sie, um ihr Kind zu schützen, und die andern, um … Ach nein! Es reicht! Ich werde nicht wieder meinem Hirngespinst verfallen! Auch wenn ich nie die ganze Wahrheit erfahren werde, muß ich meinem vergangenen Leben den Rücken kehren und nach vorn schauen, immer nach vorn.

Wie dem auch sei, das Jahr geht zu Ende …

Am 17. Dezember

Letzte Nacht habe ich den Himmel beobachtet, und mir scheint, die Sterne werden wahrhaftig weniger.

Sie erlöschen einer nach dem anderen, und auf der Erde die Lichter.

Die Welt hat im Paradies ihren Anfang genommen, und sie wird in der Hölle enden.

Warum bin ich so spät auf diese Welt gekommen?

Am 19. Dezember

Wir haben die Meerenge von Messina passiert und den brodelnden Strudel umfahren, den man Charybdos nennt. Domenico hat sein Schiff nach diesem Strudel benannt, um seine Schrecken abzuwenden, doch er sorgt dafür, daß er sich ihm fernhält.

Wir werden jetzt die italienische Halbinsel hinauf bis nach Genua fahren, wo mich, wie der Kalabrese schwört, ein neues Leben erwarten wird. Was nützt es mir, ein neues Leben anzufangen, wenn die Welt ihrem Ende entgegengeht?

Ich habe immer geglaubt, daß ich die letzten Tage im »Jahr

des Tieres« in Gibelet verbringen würde, damit die Meinen im gleichen Haus versammelt wären, aneinandergedrückt, getröstet von vertrauten Stimmen, sollte das Unausweichliche geschehen. Ich war so sicher gewesen, dahin zurückzukehren, daß ich fast nicht davon gesprochen habe, ich habe mir nur über den Zeitpunkt und die Wege Gedanken gemacht. Hätte ich nicht im April direkt dorthin zurückkehren müssen, statt dem *Hundertsten Namen* bis nach London zu folgen? Hätte ich auf dem Rückweg über Chios fahren sollen? Oder über Smyrna? Sogar Gregorio hatte, als er mich versprechen ließ, daß ich zu ihm zurückkehre, begriffen, daß ich dies erst erwägen konnte, nachdem ich Ordnung in meine Geschäfte in Gibelet gebracht hatte.

Und dennoch bin ich wieder auf dem Weg nach Genua. Ich werde auch zu Weihnachten dort sein, und ich werde auch in Genua sein, wenn das Jahr 1666 zu Ende geht.

Am 20. Dezember 1666

Die Wahrheit ist, daß ich die Wahrheit stets verdrängt habe, sogar in diesem Tagebuch, welches mein Beichtvater hätte sein sollen.

Die Wahrheit ist, daß ich, als ich Genua wiederentdeckt habe, wußte, daß ich nicht wieder nach Gibelet zurückkehren würde. Ich habe es mehrmals vor mich hin gemurmelt, ohne es je aufgeschrieben zu haben, als könnte man einen derart gräßlichen Gedanken nicht auf Papier bannen. Denn in Gibelet befinden sich meine geliebte Schwester, mein Laden, das Grab meiner Eltern und mein Geburtshaus, in dem bereits der Vater meines Großvaters geboren wurde. Doch ich bin dort ein Fremder wie ein Jude. Während Genua, das mich nie kennengelernt hat, mich erkannt, mich umarmt hat, mich an seine Brust gedrückt hat wie einen verlorenen Sohn. Ich gehe hocherhobenen Hauptes durch seine Straßen, deklamiere mit lauter Stimme meinen italienischen Namen, lächele die Frauen an und fürchte keine Janitscharen. Die Embriaci hatten vielleicht einen Ahnen, der als Trunkenbold galt, doch sie haben auch einen Turm, der ihren Namen trägt. Jede Familie sollte irgendwo auf der Erde einen Turm mit ihrem Namen haben.

Heute morgen habe ich geschrieben, was ich glaubte, schreiben zu müssen. Ich hätte ebensogut das Gegenteil schreiben können.

Ich rühme mich damit, in Genua zu Hause zu sein, in Genua und sonst nirgends, wo ich doch zur Zeit und bis ans Ende meiner Tage Gregorios Gast sein werde und sein Schuldner. Ich werde mein eigenes Dach verlassen, um unter seinem zu leben, mein eigenes Geschäft zurücklassen, um mich um seins zu kümmern.

Werde ich stolz darauf sein, so zu leben? Von ihm und seinem Großmut abhängig zu sein, obwohl ich doch über ihn denke, was ich über ihn denke? Obwohl ich mich über sein Drängen erzürne, mich über seine Gottesfurcht lustig mache und mich bereits verstohlen aus seinem Haus geschlichen habe, weil ich seine Anspielungen und das Gesicht seiner Frau nicht mehr ertragen konnte? Ich werde die Hand seiner Tochter erhalten wie die Huldigung eines Vasallen, als Jus primae noctis, weil ich den Namen der Embriaci trage, wohingegen er nur seinen eigenen Namen trägt. Sein ganzes Leben lang wird er nur für mich gearbeitet haben, nur für mich wird er seinen Handel aufgebaut haben, seine Schiffe ausgerüstet, sein Vermögen angehäuft, seine Familie gegründet. Er wird gepflanzt, gegossen, geschnitten, umhegt haben, damit ich seine Früchte ernten werde. Und ich wage es, mich stolz zu nennen, meinen Namen zu tragen und durch Genua zu spazieren! Während ich zurückgelassen habe, was ich aufgebaut habe und was meine Vorfahren an mich weitergegeben haben!

Vielleicht werde ich in Genua Begründer einer Dynastie. Doch ich wäre der Totengräber einer anderen Dynastie, ruhmreicher noch, errichtet zu Beginn der Kreuzzüge, verschwunden mit mir, ausgelöscht.

Ich werde dieses Jahr in Genua beenden, doch sollten weitere Jahre folgen, weiß ich noch nicht, wo ich diese verbringen werde.

Am 22. Dezember 1666

Wir haben uns zum Schutz vor dem Seegang in eine kleine Bucht, nördlich von Neapel, zurückgezogen, an einen nahezu verlassenen Ort und stets auf der Hut vor Strandräubern.

Angeblich hat man vom Schiff aus ein großes Feuer über der Küste sehen können, am Rande Neapels. Ich habe geschlafen und habe nichts gesehen.

Ich bin wieder seekrank. Und habe das heimtückische Schwindelgefühl des zu Ende gehenden Jahres.

In zehn Tagen wird die Welt entweder wahrhaftig über den Berg sein oder Schiffbruch erlitten haben.

Am 23. Dezember 1666

Weder Marta noch Giacominetta hatte ich, als ich heute morgen erwachte, im Sinn, nur Bess' rote Haarpracht, ihren Geruch nach Veilchen und Bier und ihren Blick einer gefallenen Mutter. London fehlt mir nicht, doch ich kann nicht ohne Traurigkeit an sein schreckliches Schicksal denken, das eines Gomorrha. Wenn ich auch seine Straßen und die Menschenmengen verabscheut habe, so habe ich doch in dieser Stadt, in der Nähe dieser Frau, eine Gruppe ausländischer Freunde gefunden.

Was ist aus ihnen geworden? Was ist aus ihrem baufälligen ›Ale House‹ mit den hölzernen Treppen und dem Dachstuhl geworden? Was ist aus dem Tower von London geworden? Und aus der Saint Paul's Cathedral? Und aus allen Buchhandlungen mit ihren Bücherbergen? Asche, nichts als Asche. Und Asche auch aus dem treuen Tagebuch, das ich Tag für Tag gefüttert hatte. Ja, Asche, Asche, alle Bücher mit Ausnahme des Buchs von Mazandarani, das Betrübnis um sich herum verbreitet, jedoch jedesmal unversehrt davonkommt. Wo immer es sich befunden hat, kam es zu Bränden und Schiffbrüchen. Brand in Konstantinopel, Brand in London, Schiffbruch für Marmontel, und das Schiff jetzt, das kurz vorm Kentern scheint …

Unheil demjenigen, der sich dem verborgenen Namen nähert, seine Augen verfinstern sich oder werden geblendet – doch niemals leuchten sie auf. In meinen Gebeten habe ich von nun an Lust zu sagen: Herr, begib Dich niemals weit weg von mir! Aber komm mir auch niemals zu nahe!

Laß mich die Sterne auf den Frackschößen Deiner Robe bewundern, doch zeige mir niemals Dein Gesicht!

Gestatte mir, das Rauschen der Flüsse zu vernehmen, die Du fließen läßt, des Windes, den Du durch die Bäume fegen läßt, und das Lachen der Kinder, die Du auf die Welt kommen läßt! Doch Herr! Herr! Gestatte mir nicht, Deine Stimme zu hören!

Am 24. Dezember 1666

Domenico hatte uns versprochen, daß wir zu Weihnachten in Genua wären. Wir werden es nicht sein. Wenn das Meer ruhig ist, könnten wir morgen abend eintreffen. Doch der Libeccio, der von Südosten bläst, nimmt an Stärke noch zu und zwingt uns erneut, an der Küste Schutz zu suchen.

Libeccio … Ich hatte dieses Wort meiner Kindheit vergessen, welches mein Vater und mein Großvater mit einer Mischung aus Sehnsucht und Schrecken aussprachen. Sie stellten es stets dem Wort Scirocco entgegen, um – wenn ich mich recht erinnere – zu sagen, daß Genua sich vor dem einen zu schützen wußte, nicht jedoch vor dem anderen, und daß es an der Nachlässigkeit der Familien läge, die heute die Stadt regierten und ein Vermögen ausgaben, um ihre Paläste zu errichten, aber von Geiz ergriffen waren, sobald es ums Gemeinwohl ging.

In der Tat hat mir der Kalabrese erzählt, daß noch vor zwanzig Jahren kein Schiff den Winter in Genua verbringen wollte, denn der Libeccio richtete dort schreckliche Blutbäder an. Jedes Jahr zählte man zwanzig versenkte Schiffe oder vierzig, und einmal gar mehr als hundert Schiffe, Barken und Fregatten. Vor allem im November und im Dezember. Seitdem ist eine neue Mole gebaut worden, im Westen, die den Hafen schützt.

»Wenn wir dort einmal sind, haben wir nichts mehr zu befürchten. Das Hafenbecken ist zu einem friedlichen Teich geworden. Doch um in dieser Saison dahin zu gelangen, bei meinen Ahnen!«

Am 25. Dezember 1666

Wir haben heute morgen versucht, aufs Meer zu gelangen, doch wir mußten wieder zur Küste zurück. Der Libeccio blies immer stärker, und Domenico wußte, daß er nicht weit käme. Aber er wollte, daß wir Schutz in der Bucht suchten, die sich hinter der Halbinsel Portovenere, bei Lerici befindet.

Ich habe das Meer satt, denn ich bin ständig krank. Und liebend gern würde ich auf dem Landweg nach Genua reisen, was nicht mehr als eine Tagesreise von hier entfernt liegt. Doch nach allem, was der Kapitän und seine Mannschaft für mich getan haben, würde ich mich schämen, sie jetzt zu verlassen. Ich bin es mir schuldig, ihr Schicksal zu teilen, wie sie das meine geteilt haben, und sollte ich mir die Gedärme aus dem Leib spucken.

Am 26. Dezember

Einem alten griesgrämigen Seemann, der ihm vorgeworfen hatte, sein Versprechen nicht gehalten zu haben, hat Domenico geantwortet: »Besser zu spät in Genua als zu früh in der Hölle!«

Wir haben alle gelacht, außer dem alten Seemann, der schon dicht vor seinem Ableben steht und den die Erwähnung der Hölle nicht mehr zum Lachen bringt.

Am Montag, dem 27. Dezember 1666

Endlich Genua!

Am Hafen erwartete mich Gregorio. Er hatte einen Mann neben dem Leuchtturm postiert, der ihm Bescheid geben sollte, sobald unser Schiff auftauchte.

Als ich ihn aus der Ferne erblickte, wie er mit beiden Händen fuchtelte, habe ich mich an die erste Ankunft in meiner Heimatstadt vor neun Monaten erinnert. Ich kam mit demselben Schiff, von derselben Insel, mit demselben Kapitän. Doch damals war Frühling gewesen, und im Hafen hatte es von Schiffen gewimmelt, die beladen und entladen wurden, und von Zöllnern, Trägern, Reisenden, Dienern und Gaffern. Heute waren wir allein. Kein anderes Schiff legte an, kein anderes legte ab, niemand war da, um sich zu verabschieden, um die Arme zu öffnen oder um das Kommen und Gehen in stiller Freude zu verfolgen. Niemand, nicht einmal Melchione Baldi – vergeblich habe ich nach ihm gesucht. Nur leere Schiffe, die am Kai lagen, und auch die Kais waren fast leer.

In dieser Wüste aus Stein und Wasser, die von dem kalten Wind übel zugerichtet wurde, stand ein Mann aufrecht, erfreut, mit gerötetem Gesicht, herzlich und dennoch unerschütterlich. Signor Mangiavacca war gekommen, um eine Lieferung von achthundert Litern Mastix und einen verlorenen Schwiegersohn in Empfang zu nehmen.

Ich höre nicht auf, mich über ihn lustig zu machen, doch ich denke nicht mehr daran, ihm die Stirn zu bieten. Und ich segne ihn mehr, als ich ihn verfluche.

Giacominetta errötete, als sie mich das Haus in Begleitung ihres Vaters betreten sah. Offenkundig hatte man ihr bereits mitgeteilt, daß ich, sollte ich nach Genua zurückkehren, um ihre Hand anhalten würde und daß sie mir versprochen war. Meine künftige Schwiegermutter hingegen war unpäßlich aufgrund der Kälte und hat ihr Bett seit zwei Tagen nicht verlassen, wie man mir sagte. Nach allem ist es schließlich möglich, daß dies stimmt …

Drei Dinge mißfallen mir an Giacominetta: ihr Vorname, ihre Mutter und ihr Gang, der dem Elviras ähnelt, meiner ersten Frau, der traurigen Episode meines Lebens.

Doch für keinen dieser drei Makel kann ich die brave Tochter Gregorios verantwortlich machen.

Am 28. Dezember

Mein Gastgeber hat mich heute früh in meinem Zimmer aufgesucht, was er bis jetzt noch nie getan hat. Es wäre ihm lieber, wenn niemand von dieser Unterredung erführe, gab er vor, doch mir scheint, er wollte diesem Schritt vor allem einen Anstrich von Feierlichkeit verleihen.

Er kam, um meine Wortschuld einzufordern, wie er niemals meine Geldschuld einfordern würde. Selbstverständlich war ich darauf vorbereitet gewesen, wenn auch vielleicht nicht so schnell. Und nicht auf diese Art und Weise.

»Zwischen uns gibt es Versprechen«, sagte er, um das Spiel zu eröffnen.

»Ich habe sie nicht vergessen.«

»Auch ich habe sie nicht vergessen, doch ich würde nicht wollen, daß du dich gezwungen fühlst – aus Verpflichtung mir gegenüber oder auch aus Freundschaft –, etwas zu tun, was du nicht wünschst. Aus diesem Grund entbinde ich dich bis heute abend von deinem Schwur. Ich habe der Küche gesagt, daß du müde angekommen bist und dich bis zum Abend in deinem Zimmer aufhalten wirst. Man wird dir deine Mahlzeiten hierher bringen, sowie alles, wonach du verlangst. Gönne dir einen Tag der Erholung und des Nachdenkens. Wenn ich wiederkomme, gibst du mir deine Antwort, und ich werde sie hinnehmen, wie auch immer sie ausfällt!«

Er wischte eine Träne weg und verließ das Zimmer, ohne meine Antwort abzuwarten.

Sobald er die Tür geschlossen hatte, setzte ich mich an den Tisch, um diese Seite zu schreiben, in der Hoffnung, sie wäre mir bei meinen Überlegungen behilflich.

Überlegungen – was für ein anmaßendes Wort! Wenn man ins Wasser geworfen wird, strampelt man, man schwimmt, man treibt, oder man geht unter. Man überlegt nicht.

Hier bei mir auf dem Tisch liegt *Der Hundertste Name*. Soll ich mich glücklich schätzen, ihn in meinem Besitz zu haben, wenn sich das schicksalhafte Jahr dem Ende neigt? Sind dies wahrhaftig die letzten Tage der Welt? Die drei oder vier Tage, die dem Jüngsten Gericht vorausgehen? Wird das Weltall Feuer fangen und dann erlöschen? Werden die Mauern dieses Hauses zerbröseln und nachgeben wie ein Stück Papier in den Händen eines Riesen? Wird sich der Boden, auf dem sich die Stadt Genua erhebt, plötzlich inmitten von Geschrei unter uns auftun wie bei einem gigantischen und letzten Erdbeben? Und wenn der Augenblick da ist, werde ich dieses Buch noch packen können, es öffnen, die richtige Seite finden und auf einmal in funkelnden Buchstaben vor mir sehen, wie der höchste Name, den ich niemals habe entziffern können, plötzlich erscheint?

Um ehrlich zu sein, ich bin von nichts überzeugt. Ich stelle mir all diese Dinge vor, fürchte manches und glaube doch nicht daran. Ein ganzes Jahr lang bin ich einem Buch nachgelaufen, das ich nicht mehr begehre. Ich habe von einer Frau geträumt, die mir einen Gauner vorgezogen hat. Ich habe Hunderte von Seiten beschrieben, und nichts ist mir davon geblieben … Dennoch bin ich nicht unglücklich. Ich bin in Genua, im Warmen, ich werde begehrt und vielleicht gar ein wenig geliebt. Wie ein Fremder betrachte ich die Welt und mein eigenes Leben. Ich wünsche mir nichts, als vielleicht, daß die Zeit am 28. Dezember 1666 stehenbleibt.

Ich hatte auf Gregorio gewartet, doch es war seine Tochter, die vorhin kam. Die Tür hatte sich geöffnet, und Giacominetta war eingetreten und hatte mir ein Tablett mit Kaffee und Leckereien gebracht. Ein Vorwand, damit wir uns unterhalten konnten. Diesmal nicht über die Bäume im Garten oder die Namen der Pflanzen und Blumen, sondern über das, was über uns bestimmt worden ist. Sie ist ungeduldig – wie könnte ich es ihr verübeln? Meine Fragen über unsere künftige Ehe beschäftigen ein Viertel meiner Gedanken, während sie bei ihr, die sie gerade eben vierzehn Jahre alt geworden ist, alle vier Viertel beschäftigen! Doch ich tat so, als bemerkte ich es nicht.

»Sag mir, Giacominetta, weißt du, daß dein Vater und ich ausführlich über dich und deine Zukunft gesprochen haben?«

Sie errötete und sagte nichts, ohne allerdings Überraschung vorzutäuschen.

»Wir haben von Verlobung und Heirat gesprochen.«

Sie schwieg noch immer.

»Weißt du, daß ich schon einmal verheiratet war und Witwer bin?«

Sie wußte es nicht. Doch hatte ich es ihrem Vater gesagt.

»Ich war damals neunzehn, und man hatte mir die Tochter eines Kaufmanns aus Zypern zur Frau gegeben …«

»Wie hieß sie?«

»Elvira.«

»Woran ist sie gestorben?«

»An Traurigkeit. Sie hatte sich einem jungen Mann versprochen, den sie kannte, einem Griechen, und wollte mich nicht haben. Man hatte mir nichts davon gesagt. Hätte ich es gewußt, hätte ich mich dieser Ehe vielleicht widersetzt. Aber sie war jung, ich war jung, wir haben unseren Vätern gehorcht. Sie konnte nicht glücklich werden, und sie hat mich nicht glücklich gemacht. Ich erzähle dir diese traurige Geschichte, weil ich nicht möchte, daß uns das gleiche widerfährt. Ich möchte, daß du mir sagst, was du dir wünschst. Ich will nicht, daß man dich zu etwas zwingt, was du nicht willst. Du brauchst es mir nur zu sagen, und ich werde so tun, als ob ich es bin, der dich nicht heiraten kann.«

Giacominetta errötete noch mehr und wandte ihr Gesicht ab, bevor sie sagte: »Wenn wir heiraten, werde ich nicht unglücklich sein …«

Dann flüchtete sie durch die Tür, die weit offengeblieben war.

Während ich heute nachmittag auf die Rückkehr Gregorios warte, um ihm meine Antwort mitzuteilen, sehe ich durch das Fenster seine Tochter, die im Garten spazierengeht, sich der Bacchusfigur nähert, die ich der Familie geschenkt habe, und sich an die Schulter der mächtigen Gottheit lehnt.

Wenn ihr Vater wiederkommt, werde ich um ihre Hand anhalten, wie ich es versprochen habe. Wenn die Welt bis zu meinem Hochzeitstag überlebt, kann ich mich darüber nur freuen. Und wenn die Welt stirbt, wenn Genua stirbt, wenn wir alle sterben, werde ich meine Schuld beglichen haben, werde reinsten Gewissens gehen, und Gregorio auch …

Doch ich ersehne das Ende der Welt keineswegs. Und ich glaube auch nicht daran. Habe ich jemals daran geglaubt? Vielleicht … Ich weiß es nicht mehr …

Am 29. Dezember

Während meiner Abwesenheit ist der Brief gekommen, auf den ich gewartet habe, der Brief von Plaisance. Er trägt das Datum vom Sonntag, dem 12. September, doch Gregorio hat ihn erst vergangene Woche erhalten und ihn mir erst heute morgen gegeben, angeblich hatte er ihn vergessen. Ich glaube ihm nicht. Ich weiß genau, warum er ihn bis jetzt zurückgehalten hat – er wollte sicher sein, daß keine Nachricht aus Gibelet meine Entscheidung verzögert. Sein Verhalten war übertrieben vorsichtig, denn nichts in jenem Brief könnte meine Verbindung zu seiner Tochter wie auch die zu ihm beeinflussen. Aber wie sollte er das wissen?

Meine Schwester teilt mir mit, daß ihre beiden Söhne heil und unversehrt heimgekehrt sind. Hingegen hat sie keine Nachricht von Hatem, dessen Familie in höchstem Maße besorgt ist. »Ich bemühe mich, sie zu beruhigen, doch ich weiß nicht, was ich ihnen noch sagen kann«, schreibt sie und bittet mich, ihr Nachrichten zukommen zu lassen, so ich welche hätte.

Ich mache mir Vorwürfe, Marta nicht danach gefragt zu haben, als ich sie gesehen habe. Ich hatte es mir vorgenommen, doch die Wendung der Ereignisse hat mich derart erschüttert, daß ich nicht mehr daran gedacht habe. Jetzt habe ich Gewissensbisse, doch was nützen sie mir? Und was nützen sie dem unglücklichen Hatem?

Ich bin um so betrübter, als ich darauf nicht gefaßt war. Meinen Neffen hatte ich kaum vertraut. Der eine von seinen Gelüsten getrieben, der andere von seinen Marotten, schienen sie mir verwundbar, und ich fürchtete, sie würden sich weigern, nach Gibelet zurückzukehren, oder sich auf dem Weg verirren. Während mein Diener mich daran gewöhnt hatte, daß er es verstand, aus allen üblen Situationen unbeschadet hervorzugehen, so daß ich vor allem gehofft hatte, er würde über Smyrna reisen, um dort Habib und Bumeh zu treffen, bevor sie aufbrachen.

Meine Schwester teilt mir mit, daß ein Paket aus Konstantinopel gekommen ist, gebracht von einem Pilger, der auf dem Weg ins Heilige Land war. Das sind die Sachen, die ich bei Barinelli lassen mußte. Sie erzählt von Dingen, die sich darin befinden, vor allem von Kleidern, ohne indes ein Wort über mein erstes Heft zu verlieren. Vielleicht wurde es nicht wiedergefunden. Doch es ist auch möglich, daß Plaisance es nicht erwähnt hat, weil sie nicht weiß, wie wichtig es für mich ist.

Auch von Marta schreibt meine Schwester nichts. In meinem Brief hatte ich nur kurz erwähnt, daß sie einen Teil des Weges in unserer Begleitung zurückgelegt hatte. Gewiß haben ihre Söhne sie über uns in Kenntnis gesetzt, doch sie hat es vorgezogen, nicht davon zu reden, und das überrascht mich nicht.

Am 30. Dezember

Ich habe Bruder Egidio aufgesucht, der dafür gesorgt hatte, daß Plaisances Brief zu mir gelangt ist, um ihm zu danken. Er hat sich mit mir unterhalten, als sei die Ehe mit Giacominetta beschlossene Sache, und er pries ihre Frömmigkeit, die ihrer Schwestern, ihrer Mutter, jedoch nicht die von Gregorio, nur dessen Gutmütigkeit und Großmut hat er gerühmt. Ich suchte nicht, mich zu verteidigen oder zu verleugnen, die Würfel sind gefallen, der Rubikon ist überschritten, und es würde nichts mehr nützen, die Umstände näher zu bereden. Ich habe es mir nicht wirklich ausgesucht, die Füße dort hinzusetzen, wo ich sie hingesetzt habe. Doch sucht man sich das jemals aus? Besser ist es, sich mit dem Himmel zu verbünden, als das ganze Leben in Bitterkeit und Verärgerung zu verbringen. Man braucht sich nicht zu schämen, die Waffen vor der Vorsehung gestreckt zu haben, der Kampf war zu ungleich, und die Ehre bleibt unangetastet. Ohnehin wird man auf keinen Fall die letzte Schlacht gewinnen.

Im Lauf unserer Unterhaltung, die mehr als zwei Stunden dauerte, hat mir Bruder Egidio mitgeteilt, daß den Reisenden zufolge, die kürzlich aus London gekommen waren, der Brand schließlich bezwungen worden sei. Man sagt, daß er den größten Teil der Stadt zerstört habe, doch die Zahl der Toten sei nicht sehr hoch gewesen.

»Wenn Er es gewollt hätte, hätte der Allerhöchste dieses ungläubige Volk vernichten können. Aber Er hat sich damit begnügt, ihm eine Warnung zu schicken, damit es seinen Verirrungen abschwört und in den barmherzigen Schoß unserer Mutter Kirche zurückkehrt.«

In Bruder Egidios Augen hat die heimliche Gottesfurcht von König Karl und Königin Catarina den Herrn überzeugt, sich gnädig zu zeigen, noch dieses eine Mal. Doch die Heimtücke dieses Volkes wird die unendliche Geduld Gottes erschöpfen …

Während er sprach, gingen mir tausend Gedanken durch den Kopf. Die Zeit, in der ich in meinem Versteck war, im Dachstuhl, im obersten Stockwerk des ›Ale House‹, als gemunkelt wurde, daß Gott London des Königs wegen bestraft hatte, wegen seiner heimlichen Hingabe an den ›Antichrist‹ in Rom und seiner Liebeleien …

Ist Gott zu hart zu den Engländern gewesen? Oder zu gnädig?

Wir unterstellen Ihm Wut, Zorn, Ungeduld oder Zufriedenheit, doch was wissen wir von Seinen wahren Empfindungen?

Wäre ich an Seiner Stelle, würde ich auf dem Gipfel des Weltalls thronen, von Ewigkeit zu Ewigkeit, Herr über heute und morgen, Herr über Geburt, Leben und Tod, so scheint mir, daß ich weder Ungeduld noch Zufriedenheit empfinden würde – denn was bedeutet Ungeduld für den, der über die Ewigkeit verfügt? Was bedeutet Zufriedenheit für den, der alles besitzt?

Ich stelle Ihn mir nicht zornig vor, und auch nicht empört oder entrüstet, und ich denke nicht, daß Er sich vornimmt, jene zu züchtigen, die sich vom Papst abwenden oder vom ehelichen Bett.

Wenn ich Gott wäre, so hätte ich London für Bess gerettet.

Nachdem ich gesehen hätte, wie sie gerannt ist, wie sie sich gesorgt und ihr Leben aufs Spiel gesetzt hat, um einen Genuesen zu retten, einen Fremden auf der Durchreise, hätte ich ihre offenen roten Haare mit einer kleinen Brise gestreichelt, ihr schweißnasses Gesicht abgewischt, die Trümmer, die ihr den Weg verstellten, beseitigt, die aufgebrachte Menge zerstreut und hätte das Feuer gelöscht, das ihr Haus umzüngelte. Ich hätte sie in ihr Zimmer gehen lassen, damit sie sich hinlegen und mit ruhigen Lidern schlafen konnte …

Könnte es sein, daß ich – Baldassare, ein armer Sünder – zuvorkommender bin als Er? Könnte es sein, daß mein Kaufmannsherz großzügiger ist als das Seine, und barmherziger?

Wenn ich lese, was ich soeben geschrieben habe, mitgerissen von meiner Feder, kann ich mich nicht eines gewissen Schauderns erwehren. Es hat dieses indes keine Berechtigung. Der Gott, der es verdient, daß ich mich Ihm zu Füßen werfe, kann nicht kleinmütig oder wehleidig sein. Er muß über allem stehen, Er muß erhabener sein. Er ist erhabener, viel erhabener, als die Muselmanen es sich gern erzählen.

Ich harre also aus – ob nun der morgige Tag der letzte vor dem Weltuntergang ist oder lediglich der letzte dieses Jahres –, mit der Kühnheit der Embriaci harre ich aus und schwöre nichts und niemandem ab.

Am 31. Dezember 1666

Überall in der weiten Welt gibt es Menschen, die heute morgen glauben, sie würden den letzten Tag des letzten Jahres erleben. Hier in den Straßen von Genua sehe ich keine Angst und auch keinen besonderen Eifer.

Doch Genua hat stets nur für seinen Wohlstand und die Wiederkehr seiner Schiffe gebetet, die Stadt hat nie mehr Glauben gezeigt, als vernünftig ist – gesegnet sei sie!

Gregorio hat beschlossen, heute nachmittag ein Fest zu geben, um, wie er sagt, dem Himmel dafür zu danken, daß seine Frau wieder gesund ist, die gestern ihr Krankenbett verlassen hat und tatsächlich wiederhergestellt scheint. Doch ich habe den Eindruck, daß mein Gastgeber bereits etwas anderes feiert. Eine verschleierte Verlobung in gewisser Hinsicht, verschleiert wie diese Schrift.

Gewiß ist Signora Orietina nicht mehr unpäßlich, doch wenn sie mich sieht, wirkt ihr Gesicht schmerzverzerrt. Ich weiß noch immer nicht, ob sie mich so ansieht, weil sie mich nicht als Schwiegersohn wünscht oder weil sie sich wünschte, ich hätte demütiger um die Hand ihrer Tochter angehalten, statt sie hochnäsig geschenkt zu bekommen, als eine Huldigung, die meinem Namen gebührt.

Für das Fest hatte Gregorio einen Violenspieler und Sänger aus Cremona kommen lassen, der uns die lieblichsten Weisen gespielt hat – ich notiere die Namen der Komponisten aus dem Gedächtnis: Monteverdi, Luigi Rossi, Jacopo Peri wie auch ein gewisser Mazzochi oder Marazzoli, dessen Neffe eine Nichte Gregorios geheiratet hat.

Ich wollte das Glück meines Gastgebers nicht verderben, als ich ihm gestand, daß diese Musik, selbst die fröhlichste, für mich Anlaß zur Schwermut war. Das einzige Mal, daß ich zuvor einen Violenspieler gehört hatte, war, als ich kurz nach meiner Eheschließung mit den Meinen nach Zypern gereist war, um die Eltern Elviras zu besuchen. Ich empfand diese unglückliche Ehe bereits als schwere Heimsuchung, und jedesmal, wenn mich eine Weise anrührte, vergrößerte diese meine Wunde nur noch mehr.

Wohingegen ich heute, als dieser Mann aus Cremona zu spielen begann, als sich der große Saal mit seiner Musik füllte, sofort spürte, wie ich gleichsam geistesabwesend in eine sanfte Träumerei versank, in der es keinen Platz für Elvira gab, und auch nicht für Orietina. Ich habe nur noch an die Frauen gedacht, die ich geliebt habe, die mich im Laufe meiner Kindheit in den Armen gehalten haben – meine Mutter und die schwarzgekleideten Frauen von Gibelet –, und an die, welche ich im Mannesalter selbst in die Arme geschlossen habe.

Unter den letzteren löst keine so viel Zärtlichkeit in mir aus wie Bess. Natürlich denke ich auch ein wenig an Marta, doch sie bereitet mir heute ebensoviel Kummer wie Elvira, eine Wunde, die sich nur langsam schließen wird, während mein kurzer Aufenthalt im Garten von Bess auf ewig ein Vorgeschmack auf das Paradies bleiben wird.

Was bin ich glücklich, daß London nicht zerstört worden ist!

Das Glück wird für mich immer den Geschmack von würzigem Bier haben, den Geruch von Veilchen – und selbst den knarrenden Laut der Holztreppen, die in mein Reich im Dachstuhl über dem ›Ale House‹ führten.

Schickt es sich, im Haus meines künftigen Schwiegervaters, der mein Wohltäter ist, auf diese Weise an Bess zu denken? Aber Gedanken setzen sich über Häusergrenzen hinweg, über den Anstand, über jeglichen Schwur und jegliche Dankbarkeit.

Später am Abend, nachdem der Mann aus Cremona, der mit uns gespeist hatte, mit seiner Viola gegangen war, gab es ein unerwartetes Gewitter. Es mußte kurz vor Mitternacht sein. Blitze, Donner, Regenschauer – obschon der Himmel zwar wolkig, doch auch heiter schien. Dann kam der Blitz. Das zerreißende Geräusch eines Felsens, der zerbirst. Die jüngste Tochter Gregorios, die in seinen Armen schlummerte, wachte weinend auf. Ihr Vater beruhigte sie und sagte, daß der Blitz stets viel näher scheint, als er ist, und daß dieser hoch oben auf dem Castello oder im Hafenbecken eingeschlagen sei.

Doch kaum hatte er seine Erklärung beendet, als ein weiterer Blitz einschlug, näher noch. Der Donner kam im gleichen Augenblick wie der Blitz, und dieses Mal schrien wir alle.

Bevor wir uns von unserem Schrecken erholen konnten, vollzog sich eine seltsame Erscheinung. Aus dem Kamin, um den wir uns versammelt hatten, kam plötzlich und ohne ersichtlichen Grund ein Feuerzünglein, das auf dem Boden umherzuwandern begann. Wir saßen alle erschrocken, stumm und zitternd, und Orietina, die neben mir saß, mich bis jetzt jedoch weder eines Wortes noch eines Blickes gewürdigt hatte, klammerte sich plötzlich an meinen Arm und drückte ihn so fest, daß ihre Nägel sich in meine Haut gruben.

Sie flüsterte – ein lautes Flüstern jedoch, das jeder hören konnte: »Das ist der Tag des Jüngsten Gerichts! Man hat mich nicht belogen! Das ist der Tag des Jüngsten Gerichts! Der Herr erbarme sich unser!«

Sie warf sie sich zu Boden, zog aus ihrer Tasche einen Rosenkranz und forderte uns auf, es ihr nachzutun. Ihre drei Töchter und die Dienerinnen, welche anwesend waren, begannen Gebete zu murmeln. Was mich betrifft, war ich unfähig, meine Augen von dem Feuerzünglein abzuwenden, das bei seinem Lauf ein Schaffell erreicht hatte, welches dort lag, dieses erfaßte und in Brand setzte. Ich zitterte an allen Gliedern, ich gebe es zu, und in der Verwirrung des Augenblicks sagte ich mir, daß ich laufen müßte, um den *Hundertsten Namen* aus meinem Zimmer zu holen.

Mit einigen Sätzen war ich auf der Treppe, als ich Gregorio rufen hörte: »Baldassare, wo willst du hin? Hilf mir!«

Er war aufgesprungen, hatte eine große Wasserkaraffe ergriffen und angefangen, den Inhalt auf das brennende Schaffell zu gießen. Das Feuer ließ ein wenig nach, ohne jedoch zu erlöschen, dann suchte er es mit seinen Füßen auszutreten in einem Tanz, der uns unter anderen Umständen vor Lachen zum Weinen gebracht hätte.

Ich eilte zu ihm zurück und begann den gleichen Tanz, trampelte auf dem Zünglein herum, erstickte es, wenn es sich neu entfachte, als wollten wir eine Kolonne von Skorpionen zertreten.

Unterdessen erwachten auch andere aus ihrem Schrecken, zuerst eine junge Dienerin, dann der Gärtner, sodann Giacominetta. Sie liefen davon und holten verschiedene Behälter, die sie mit Wasser füllten und die sie auf alles gossen, was noch brannte, glühte oder rauchte.

Das Durcheinander währte nur wenige Minuten, doch es war ungefähr Mitternacht, und mir scheint, daß das »Jahr des Tieres« mit dieser Posse beschlossen wurde.

Signora Orietina, die allein auf ihren Knien geblieben war, erhob sich schließlich und ordnete an, es sei Zeit für alle, zu Bett zu gehen.

Auf dem Weg in mein Zimmer hatte ich einen Kerzenleuchter ergriffen, den ich anschließend auf meinen Tisch stellte, um diese wenigen Zeilen zu schreiben.

Letzter Aberglaube, ich werde bis zum Tagesanbruch warten, um das neue Datum zu vermerken.

Heute ist der erste Januar des Jahres sechzehnhundertsiebenundsechzig.

Das sogenannte »Jahr des Tieres« ist zu Ende, und doch geht über meiner Stadt Genua die Sonne auf. Unter ihrem Busen wurde ich vor tausend Jahren geboren, dann vor vierzig Jahren und heute ein weiteres Mal.

Seit Tagesanbruch bin ich munter, und ich habe Lust, die Sonne anzuschauen und zu ihr zu sprechen wie Franz von Assisi. Man sollte sich jedesmal freuen, wenn sie uns wieder leuchtet, doch heute schämen sich die Menschen, mit der Sonne zu sprechen.

Sie ist also nicht erloschen, ebensowenig wie die anderen Himmelskörper. Wenn ich die Sterne letzte Nacht nicht gesehen habe, dann weil der Himmel bedeckt war. Morgen oder in zwei Nächten werde ich sie sehen, und ich werde sie nicht zählen müssen. Sie sind da, der Himmel ist nicht erloschen, die Städte sind nicht zerstört, weder Genua noch London, Moskau oder Neapel. Wir sollten Tag für Tag auf dem Erdboden mit unserem menschlichen Elend leben. Mit der Pest und dem Taumel, dem Krieg und den Schiffbrüchen, mit unserer Liebe und unseren Wunden. Keine himmlische Katastrophe und keine majestätische Sintflut werden unsere Ängste und unseren Verrat ertränken.

Mag sein, daß uns der Himmel nichts versprochen hat. Weder das Beste noch das Schlimmste. Mag sein, daß der Himmel lediglich nach dem Rhythmus unserer eigenen Versprechen lebt.

Der Hundertste Name liegt neben mir und bringt meine Gedanken von Zeit zu Zeit durcheinander. Ich habe das Buch begehrt, ich habe es gefunden, ich habe es wiedererlangt, doch als ich es geöffnet habe, ist es mir verschlossen geblieben. Vielleicht habe ich es nicht genug verdient. Vielleicht hatte ich zu viel Angst zu entdecken, was es verbirgt. Doch vielleicht hatte es auch nichts zu verbergen.

Ich werde es künftig nicht mehr öffnen. Morgen werde ich es unauffällig in dem Wirrwarr einer Bibliothek zurücklassen, damit es eines Tages, in vielen Jahren, andere Menschen in die Hand bekommen und sich andere Augen, die nicht mehr verschleiert sein werden, hineinvertiefen.

Auf den Spuren dieses Buches habe ich die Welt auf dem See- und auf dem Landweg bereist, doch sollte ich am Ende des Jahres 1666 von meiner weiten Reise Bilanz ziehen, so bin ich im Grunde nur auf einem Umweg von Gibelet nach Genua gezogen.

Der Glockenturm der Nachbarkirche schlägt Mittag. Ich werde meine Feder weglegen, das Heft schließen, mein Schreibzeug zusammenpacken und das Fenster weit öffnen, damit die Sonne mich mit den Geräuschen Genuas umfängt.

Inhalt

NF 183/1/9.13

NF 184/1/9.13

»Ein opulentes Lesevergnügen, ein Rausch.« *Die Welt*

Kopenhagen im 17. Jahrhundert. Peter Claire, der engelhaft schöne englische Lautenspieler, kommt an den königlichen Hof von Christian IV. von Dänemark. Bald wird Peter zum Vertrauten des Königs und gerät mitten in ein gefährliches Netz aus royalen Intrigen. Die Königin betrügt den König – und das nicht sehr heimlich. Als sie es zu weit treibt, wird sie mit ihrer Hofdame Emilia in die Provinz verbannt. Peter ist hin- und hergerissen zwischen seiner Treue zum König und zu Emilia, in die er sich unsterblich verliebt hat …

Ein pralles Sittenbild und ein unvergleichliches Lesevergnügen.

Rose Tremain, Melodie der Stille. Roman. Aus dem Englischen von Elfie Deffner. it 4242. 584 Seiten

NF 188/1/9.13

Ungeduld des Herzens

Die junge Spanierin Inés Suárez wagt sich an der Seite des charismatischen Feldherrn Pedro de Valdivia an die Eroberung Chiles. Mut und Leidenschaft sind ihre herausragenden Eigenschaften, auch wenn es darum geht, ihre Liebe zu verteidigen und ihren eigenen Weg zu gehen.

»Ein Epos – und was für eines!« *Tages-Anzeiger*

»Eine der spannendsten Frauen der spanischen Geschichte und ein hinreißender Roman.« *Brigitte Woman*

Isabel Allende, Inés meines Herzens. Aus dem Spanischen von Svenja Becker. insel taschenbuch 4004. 394 Seiten

NF 180/1/6.13

»Ein Markstein in der lateinamerikanischen Literatur.«
Neue Zürcher Zeitung

Irene führt ein sorgenfreies Leben, und sie liebt ihre Arbeit als Journalistin. Doch ihre Unbekümmertheit hat ein jähes Ende, als ihr Land unter den Schatten diktatorischer Gewalt gerät …

»Ein paar Seiten nur, und sie ist wieder da, diese hinreißende und gleichzeitig so bedrückende Atmosphäre aus Isabel Allendes Erstling *Das Geisterhaus*, und mit ihr zurückgekehrt sind auch die starken, überzeugenden Frauenfiguren.« *Weltwoche*

Isabel Allende. Von Liebe und Schatten. Roman. Aus dem Spanischen von Dagmar Ploetz. insel taschenbuch 4112. 423 Seiten

NF 182/1/6.13

»Ohne Zweifel einer ihrer besten Romane.« *rbb*

Mayas Tagebuch erzählt von einer gezeichneten jungen Frau, die die unermesslichen Schönheiten des Lebens neu entdeckt und wieder zu verlieren droht. Ein unverwechselbarer Allende-Roman: bewegend, spannend und mit warmherzigem Humor geschrieben.

»Mit *Mayas Tagebuch*, einem prallen Roman, ist Isabel Allende ein weiteres Meisterwerk gelungen.« *freundin Donna*

»*Mayas Tagebuch* ist das einfühlsame Psychogramm einer starken Frau, die zu sich selbst findet – und doch alles zu verlieren droht. Und es stammt von einer Autorin in Bestform!« *emotion*

Isabel Allende. Mayas Tagebuch. Roman. Aus dem Spanischen von Svenja Becker. suhrkamp taschenbuch 4444. 447 Seiten

NF 181/1/6.13

Es war einmal in Paris …

Paris in den 1960er Jahren. Michel, gerade erst zwölf Jahre alt geworden, taucht ein in ein ganz neues Leben: Er entdeckt die Welt der Jugend und des Rock 'n' Roll, atmet die Luft der Intellektuellen und Literaten, die mit Gitanes-Zigaretten und Sartre-Bändchen in den Cafés und auf den Boulevards eine neue Zeit diskutieren. Durch die Linse seiner Kamera fängt er die Winkel und Gassen der Stadt ein und erlebt seinen ersten Kinofilm wie eine Erweckung.
Eines Tages stößt er im Hinterzimmer eines Bistros auf den »Club der unverbesserlichen Optimisten«. Hier trifft er Menschen, die zu Freunden werden, zu Vertrauten und Begleitern. Und schließlich erlebt er seine erste große Liebe …

»Ein Buch voll ungebrochenem Optimismus. Ein wunderbarer Schmöker.« *titel-magazin.de*

Jean-Michel Guenassia, Der Club der unverbesserlichen Optimisten. Roman. Aus dem Französischen von Eva Moldenhauer. insel taschenbuch 4136. 688 Seiten

NF 139/1/3.12

Eine Reise ins Reich der Sinne

Japan im 19. Jahrhundert. Rie ist die Tochter eines angesehenen Sake-Brauers und einzige Erbin. Doch als Frau ist sie nicht dazu bestimmt, das Familienunternehmen zu leiten – und auch nicht, ihren Ehemann zu wählen. Verheiratet mit einem Nichtsnutz, nimmt Rie ihr Schicksal schließlich selbst in die Hand: Mit Mut und leidenschaftlichem Willen kämpft sie für ihr familiäres Erbe und für ihre Liebe …

Joyce Lebra, Der Duft des Sake. Roman. Aus dem Amerikanischen von Ursula Gräfe. insel taschenbuch 4028. 420 Seiten

NF 113/1/1.12